KB184749

역사는,
끝났다.
다른 사람처럼 행복하라.

우리 중 그 누구도 돌아오지 못할 것이다

Auschwitz et Après

Cet ouvrage a bénéficié du soutien des Programmes d'aide à la
    publication de l'Institut français.
이 책은 프랑스 해외문화진흥원의 출판번역지원프로그램의
    도움을 받아 출간되었습니다.

샤를로트 델보
류재화 옮김

우리 중 그 누구도 돌아오지 못할 것이다
: 아우슈비츠와 그 이후

일러두기

○ 1970~1971년에 '아우슈비츠와 그 이후' 연작으로 출간된 세 권을 합본했다.
○ 3부 '우리 나날들의 척도'는 저자가 다른 생존자들의 귀환 이후 삶을 듣고
  재구성해 옮긴 내용으로, 구술성을 살린 문체로 번역했다.
○ 각주는 역자 및 편집자가 작성했다.
○ 단행본 및 신문·잡지 제목은 《 》, 예술 작품 및 글 제목은 〈 〉로 표기했다.
○ 수용소에서 사용된 독일어, 특히 내부 공간 및 관리자의 명칭, 명령어는
  한국어로 번역하지 않고 음차한 후 필요에 따라 그 뜻을 [ ]로 덧붙였다.
  프랑스인인 저자가 낯선 언어의 규율하에 놓인 상황을 드러내기 위해서다.
○ 반복해 등장하는 수용소 내부 공간 및 관리자의 명칭과 뜻은 다음과 같다.
— 블록: 수용소내 기능별로 나뉜 구역을 가리킨다.
— 라거슈트라세: 수용소 정문으로 이어지는 큰 도로이다.
— SS: 나치 친위대를 뜻하는 Schutzstaffel의 약어이다. 나치 독일의
  준군사조직으로, 강제 수용소 운영을 포함한 일련의 전쟁 범죄를 관장했다.
— 카포: 수용소 경찰을 뜻하는 Kamp Polizei의 약어이다. SS는 수감자 중
  일부에게 다른 수감자들을 통솔하는 중간 관리자 업무를 맡겨 수감자들 간
  분열을 꾀했다. '폴리차이'로도 언급된다.
— 안바이저: 독일어로 안내자, 지도자라는 뜻이며 작업장에서 수감자들을
  감독·감시했다.
— 블록호바, 스투브호바: 각 블록과 막사별로 우두머리 역할을 부여받은
  수감자이다.

차례

추천의 글

그렇게 그들은 살아냈다, 믿을 수 없는 것을 믿으며

목정원, 작가·공연비평가

라벤스브뤼크의 수용소에서, 집시 여자아이가 소매 사이로
　작은 책 한 권을 슬쩍 내민다. 빵 1인분. 그 표지를 보고
　반짝인 눈을 이미 들켰으므로 책값을 깎을 수 없다. 겨우
　목숨을 부지할 만큼만 주어지던 빵이었다. 델보는 그것을
　주고 몰리에르의 희곡《인간 혐오자》를 산다. 줄곧 기억을
　잃을까 봐, 자신을 잃을까 봐 두려웠기 때문이다. 이제 달달
　외워 간직할 문장들이 품속에 있다. 깊은 밤 보이지 않는
　벗이 되어줄 알세스트, 셀리멘이 정확한 대사를 발하며 그
　책에 들어 있다. 그는 빵을 주고 연극을 샀다.
흔히들 예술의 가치는 생존과는 직결되지 않는다고 말한다.
　누군가는 그것을 폄하하기 위해, 또 누군가는 드높이기
　위해. 무용한 아름다움을 사랑하며. 그러나 나는 예술이
　빵보다 큰 의미를 갖는다고 말하고 싶지는 않다. 다만 그
　둘은 이따금 동등하게 맞바꿀 만하다. 때로 예술은 관념적인
　의미에서뿐 아니라 물리적인 의미에서 생존을 돕기
　때문이다. 수용소에서 사람들은 먹지 못해 죽기도 했지만
　절망으로 죽기도 했다.
차디찬 숨에 폐가 얼어 터지는 긴긴 새벽 점호. 섬광 같은

현기증에 몸을 내맡기기란 얼마나 쉬웠던가. 다정한 죽음에
심장을 내어주는 일은 얼마나 달콤한 행복이던지. 그때 옆에
선 동기가 델보의 뺨을 온 힘으로 가격한다. 깡으로 서라고
명하는 친구의 목소리에 그는 순응한다. 행복을 버리고
고통을 택하려 애쓴다. 쉬운 죽음을 단념한다. 그는 죽음의
공포를 알고 있다. 끝없이 실려 나가 던져지던 시체들. 축
늘어진 발과 머리통. 그 공포를 그에게 전하기 위해 너무
많은 사람이 죽었기 때문이다. 그는 삶으로 돌아온다.

**나는 다시 나 자신을 소유하는 것이다. 젖어 차가운 옷을
걸치듯 나는 내 몸을 다시 소유하는 것이다.**

추위가, 통증이, 불안이 되돌아온다. 그 모두를 감각하는
몸이라는 누더기를 다시 입는다. 살아 있다는 건 그런 것이
아니던가. 지금도, 우리에게도. 아침마다 눈을 뜨고, 끔찍한
나를 다시 입는 것. 주어진 무대에서 나 자신이라는 역할을
계속 연기하기로 하는 것. 살아남기 위해서는 연극을 멈출
수 없다. 피차 진실과 허구를 구분하기 어려운 세상이다.
도처에 굴러떨어지기 좋은 절망의 골짜기들이 있다. 그래서
델보와 그 친구들은, 아름다운 여자들은 거짓말을 했다.
층층이 쌓인 썩은 널빤지들. 거기 빼곡하게 누워 죽어가던
해골들. 그토록 닮은 두개골의 숲에서 아직 푸르게 빛나는
실비안의 눈을 찾는다. 그에게 다가가 카르멘이 묻는다. 잘
지내? 다정하게. 응답하지 않는 그 공허한 빛. 오래 머물
수 없어. 다시 올게. 부드럽게 이마를 쓰다듬으며. 푹 자고
있어. 또 올게. 다시는 만날 수 없는 자들의 연극. 카르멘과

륄리는 차례로 그에게 키스하고. 이제 델보의 차례. 그는
공포와 혐오감으로 도망치고 싶다. 겨우 짧게 시늉하듯
입술을 댄다. 잘 자. 이 연극이 충분하기를 빌며.
아우슈비츠에서 반년을 살아남은 델보와 몇 동기들은 이후
고무민들레 재배 작업반으로 옮겨졌다. 겨우 조금 죽음을
비껴선 그곳에서 그들은 곧잘 연극 이야기를 했다. 그들을
지탱하는 기억 속의 인물들, 장면들. 크리스마스 후 첫
일요일, 이번에는 직접 공연을 올리기로 했다. 아직 《인간
혐오자》를 구하기 전이었다. 대신 기억을 더듬어 〈상상병
환자〉를 다시 썼다. 실험실의 망사 그물로 옷을 장식하고,
식탁의 다리를 떼 단을 세우고, 담요로 만든 커튼을
드리웠다. 막이 오른다. 배우와 관객이 모여 기적처럼
펼쳐내는 그리웠던 환상의 세계.

놀라웠다. 왜냐하면 그 두 시간 동안은, 굴뚝에서
피어오르는 인육의 연기가 그치지 않는 와중에도, 우린
우리가 하고 있는 일을 내내 믿었기 때문이다.

그 기이한 믿음이 빵 1인분만큼은 그들을 살렸을 것이다.
그렇게 그들은 계속 살아냈다. 믿을 수 없는 것을 믿으며.
짐짓 연기하며. 말하자면 희망을 버리지 않으며. 나는
절망하기 좋은 시대에 델보를 다시 읽는다. 단지 환멸하지
않기 위해 이 글을 쓴다. 그들의 고통을 따라 걷는 일은
왜인지 나를 강하게 하므로. 아프지만 강해지므로. 아프고
강해지므로. 다음 크리스마스는 집에서 보냈으면. 나는
돌아가도 가족이 없어. 그럼 우리 집으로 와. 엄마가

끓여주는 흰 강낭콩 수프를 먹자. 꼭 와야 해.
전쟁의 끝이 감지되던 봄. 아직 추운 어느 일요일. 끌려가
옷을 벗고, 검사를 받고, 번호가 지워진 옷을 걸치고,
석방된 것일까, 어디로 가게 될까, 얼마나 걸을까, 의혹만
무성하던 하루가 지난 뒤 다시 새벽이 와서야 그들은
막사로 되돌아갔다. 그날 나갔더라면 살았을지도 모를,
죽어가는 여자들의 절망하는 소리. 하염없이 이어지는 답
없는 질문들. 델보는 기어이 지쳐 함부로 확언했다. 우린
23일에 떠날 거야. 걱정 마. 버틸 수 있어. 23일. 다음 주
월요일. 몇몇은 안심하고 죽었다. 남은 자들은 정말 23일에
풀려났다.

**그녀들이 그렇게 많은 환상을 지닌 채로 죽은 게
끔찍하지 않아? 집에 돌아가면 기쁨이 터져 나오고, 삶의
모든 맛을 되찾을 거라고 믿으며 죽어간 게 말이야.**

수용소로 도착하던 때를 다룬 1부, 그곳을 떠나오던 때를 다룬
2부, 그리고 돌아온 이후를 다룬 3부 중에서, 놀랍게도
마지막이 가장 끔찍하다는 사실을 우리는 어떻게 설명해야
할까. 거기 우리가 연루되어 있다는 것을. 우리의 세계가
그들을 맞아주지 못했으므로. 아우슈비츠에서 그들이
연극을 계속했던 건, 막이 내리면 집으로 돌아가리라는
믿음이 있기 때문이었다. 돌아가면 모든 가장假裝을 그만둘
것이다. 나 자신을 되찾을 것이다. 나의 일상 속에서 웃고
울고 잠자고 버스를 잡으러 뛰어갈 것이다.
그들은 돌아간 뒤에도 연극을 계속해야 하는지는 몰랐던

것이다. 집에서도 연극을 해야 하는 것을. 가면을 쓰고,
삶을 흉내 내고, 어떤 행위를 할 때마다 어색하지 않은지
스스로를 관찰하게 될 줄 몰랐던 것이다. 사랑하는 사람들이
자신을 결코 이해하지 못할 것을 알기에, 그들을 계속
사랑하기 위해 그들에게 아무 말도 하지 않기로 하는 나날이
평생 이어질 것을. 침묵. 기만. 그들은 아득하게 낡아갔다.
그러다 때로는 친구를 만나러 너무 늦게 갔다. 그의
장례식으로 향하는 기차 안에서야 서로의 안부를 물었다.
너는 알지. 너는 아마도 나처럼, 그런 척하겠지. 겉으로만
살고 있겠지.
그리고 이번에는 그 연극이 그들을 살리지 않는다. 그것이
　　끝나리라는 희망이 없기 때문이다. 그들은 아우슈비츠에
　　저항 운동을 하다 잡혀갔었다. 전쟁과 폭력에 맞서 싸운
　　것이다. 친구와 남편이 총살당했다. 메마른 몸들이 짚단처럼
　　쓰러졌다. 그 죽음에 의미가 있다고 믿었다. 세상이 변할
　　것이라고. 그래서 돌아오려 했던 것이다. 그런데 돌아온
　　곳이 고작 이 세상이라니. 끝 모르게 펼쳐진 전장에서
　　여전히 고통받는 이들은 죽어가고 병든 사람들은 웃고
　　있었다. 이제 환멸을 피할 힘을 어디서 길어야 하나.
나는 그들의 이야기 옆에 웅크려 앉는다. 일찍이 죽음의
　　수용소를 빠져나와 고무민들레 재배 작업반에 들어갔을
　　때에야 그들도 연극을 올릴 수 있었던 것을 기억하며.
　　연극조차 할 수 없는 때가 있다는 것을 온몸으로 이해하며.
　　이 이야기를 통과하는 동안 그들은 나의 세상으로 인해
　　약해졌고, 나는 그들로 인해 강해졌으므로. 조금 더
　　강한 사람은 조금 덜 강한 사람을 위해 울 수 있으므로.

이제 그들에게 배운 연극을 나는 해보려 한다. 당신을
이해한다고, 우리도 알고 있다고 말하는 연극. 환멸하지
않겠다고 말하는 연극. 만나러 가겠다고, 함께 살자고, 울지
않고 말하는 연극.

*

이 책에서 내가 가장 좋아하는 이야기는 어느 날 매우
구체적으로 연극이 델보를 살린 이야기다. 예고 없이
호각을 불고 분리대를 쳐서 그 안에 선 이들을 수송차에
태워 공장들로 보내던 시절이었다. 델보와 동기들은 거기
타지 않는 편이 나을 거라고 판단했다. 수용소 거리를 홀로
배회하다 붙잡히지 않기 위해 날마다 신경을 곤두세웠다.
그런데 어쩐 일인지 덜컥 혼자 수송차에 태워질 위기에 처한
것이다. 친구들은 보이지 않고 모르는 언어로 둘러싸인 채
바보 같은 자신을 탓하며 발을 구르다 이내 침착하게 주위를
살핀다. 도망치려고.
그때 대열을 관리하던 두 SS 옆으로 한 명의 SS가 더 다가온다.
세 동료가 멈춰 선다. 델보는 그들에게서 눈을 떼지 않는다.
그들이 잠깐만 방심하면 된다. 불현듯 연출가 루이 주베와
함께 일했던 어느 날의 기억이 떠오른다. 연극 수업에서
한 학생이 무대에 올라 대사를 말하려 할 때였다. 주베가
끼어든다. 아니, 다시 해. 다시 제대로 들어와서 자리를
잡아. 닻을 내려 정박하듯 굳게 발을 디뎌. 그때서야 우리는
네가 곧 말을 꺼내리라는 걸 알 거야. 자리를 잡아. 정착해.
델보는 세 SS의 몸이 정박하는 것을 느낀다. 이제 서로의
대화에 빠져들 것을. 그는 정신없이 달려 나갔다.

*

몸을 갖고 살면서 몸들을 응시하는 일.
타인의 몸에서 발생하는 허기를 권태를 절망을
간절히 바라봄으로써 함께 겪어 내 몸처럼 이해하는 일.
그 감각을 델보는 얼마간 연극으로부터 배웠던 것이다.
그렇게 살아낸 시간을 우리에게 전한 것이다.
간절히 읽는다면 우리도 알게 될 테니.
죽어가는 이의 눈은 텅 비어 있지만 반짝인다는 것을.
땅으로 꺼질 듯한 당신의 발걸음이 어떤 날엔 희망을 향해
　　있다는 것도.
그 몸을 입어보는 일이 연극이라면.
피차 완전한 하나 됨은 불가능해도.
열심히 응시하다 찰나의 정박을 이해하고 우리가 손을 잡고 뛸
　　수 있다면.

I

우리 중 그 누구도 돌아오지 못할 것이다

오늘은, 내가 쓴 것이 사실인지 확신이 없다.
그러나 진정성이 있다는 확신은 있다.

도착 길, 출발 길

도착하는 사람들이 있다. 그들은 군중 속에서 자신을 기다리는 자들의 눈을 찾는다. 그들은 서로를 기다렸다. 그들은 서로 포옹하고, 여행으로 지쳤노라 말한다.

출발하는 사람들이 있다. 그들은 출발하지 않는 자들에게 작별 인사를 한다. 그리고 아이들을 포옹한다.

도착하는 사람들을 위한 길이 있고, 출발하는 사람들을 위한 길이 있다.

'도착지'라는 이름의 카페가 있고, '출발지'라는 이름의 카페가 있다.

도착하는 사람들이 있고, 출발하는 사람들이 있다.

그러나 도착하는 자들이 곧 출발하는 자들인 역이 있다.
도착하는 자들은 결코 도착하지 못하고, 출발하는 자들은 결코 되돌아오지 못하는 역.

이곳은 세계에서 가장 큰 역이다.

그들이 어디에서 왔든, 그들이 도착하는 것은 바로 이 역이다.

온 나라를 지나,

온 낮과 밤들을 지나, 이곳에 도착한다.

그들은 아이들과, 심지어 이런 여행을 해서는 안 되는 아기들과
여기 도착한다.

그들은 아이들을 데리고 왔다. 왜냐하면 이런 여행을 떠나면서
아이들을 두고 올 순 없기 때문이다.

금붙이가 있는 자들은 그것도 가지고 왔다. 왜냐하면 금이 쓸모
있을 거라고 믿어서였다.

모두들 자기가 지닌 가장 소중한 것들을 가지고 왔다. 왜냐하면
이토록 멀리 떠날 때는 소중한 것을 남겨놓고 와선 안 되기
때문이다.

모두가 그들 목숨을 가지고 왔다. 저마다 반드시 지녀야 하는
것은 특히 자기 목숨이었다.

그런데 도착해 보니

지옥에,

도착했다는 생각이 들었다. 하지만 그들은 지옥이 있다고는
믿지 않았다.

그들은 지옥으로 가는 기차를 탄 줄은 모르고 있었지만, 그도
그럴 것이, 거기에 맞설 준비가 되어 있다고 느껴서였다.

그도 그럴 것이, 아이들도 있고, 부인들도 있고, 연로한
부모님들도 있고, 가족에 관한 기억과 가족에 관한 서류로
무장했으니까.

그들은 이 역에는 누구도 도착하지 못한다는 것을 모른다.

그들은 최악을 예상한다—그러나 인간의 이해력을 초월하는
것을 예상한 건 아니다.

다섯씩 줄을 맞춰 정렬하라고, 한쪽에는 남자들, 다른 한쪽에는
여자들과 아이들이 서라고, 그들이 이해하지 못하는 언어로

누가 소리쳤을 때, 그들은 구타의 의미를 이해하고는 얼른 다섯씩 줄을 맞춰 섰다. 그도 그럴 것이, 이 모든 걸 예상했기 때문이다.

어머니들은 아이들을 꽉 껴안는다—그녀들은 아이들을 빼앗길까 봐 계속 떨고 있었다—왜냐하면 아이들은 굶주렸고, 목이 말랐고, 여러 나라를 거쳐 오는 동안 불면에 시달려 꾀죄죄했기 때문이다. 마침내 도착했으니, 그래도 이젠 아이들을 돌볼 수 있게 될 것이다.

짐, 솜이불, 그리고 기억들도 다 역 플랫폼에 내려놓으라고 누가 소리쳤을 때, 그들은 하라는 대로 했다. 왜냐하면 모든 걸 예상했기 때문이다. 어떤 것에도 놀라고 싶지 않았기 때문이다. 그들은 "좀 더 지켜보자" 하고 말했지만, 이미 볼 만큼 다 보았으며, 무엇보다 여행에 너무 지쳤다.

역은 역이 아니다. 그것은 철도의 끝이다. 그들은 바라본다. 그리고 그들 주변의 황폐함을 느낀다.

아침에는 안개가 습지를 가리고 있다.

저녁에는 탐조등이 천체사진처럼 희고 선명하게 철조망을 비춘다. 자기들을 데려가는 곳이 바로 저기라고 그들은 생각한다, 그리고 그들은 공포에 질린다.

밤에 그들은 어머니의 팔에 매달려 있는 아이들과 함께 낮을 기다린다. 그들은 기다린다. 그리고 궁금해한다.

낮이 되면 그들은 기다리지 않는다. 대열은 바로 행진을 시작한다. 우선 아이들과 여자들, 힘이 제일 없으니까. 이어 남자들. 그들 역시 기운이 없었지만 여자와 아이들을 앞줄로 보내니 마음이 놓였다.

왜냐하면 여자와 아이들을 앞줄로 가게 했으니까.

겨울에 그들은 추위를 탄다. 특히, 칸디아에서 온 자들은 눈이
    처음이다.

여름 태양은 출발할 때 빗장 걸렸던 어두컴컴한 화물차에서
    나온 그들을 눈멀게 한다.

프랑스와 우크라이나, 알바니아, 벨기에, 슬로바키아,
    이탈리아, 헝가리, 펠로폰네소스, 네덜란드, 마케도니아,
    오스트리아, 헤르체고비나, 흑해 연안, 발트 연안, 지중해
    연안, 그리고 비스와 강 연안에서 출발했던.

그들은 자기들이 어디 있는지 알고 싶다. 여기가 유럽
    중앙이라는 것을 알지 못한다. 역의 표지판을 찾는다.
    이름이 없는 역이다.

그들을 위한 역은 결코 이름이 없을 것이다.

그들 인생에서 처음으로 여행을 한 사람이 있다.

상인들처럼 전 세계를 여행해 본 사람이 있다. 모든 풍경이
    낯익지만, 그렇지만 이곳 풍경은 처음이다.

그들은 바라본다. 그곳이 어땠는지는 나중에야 말할 수 있을
    것이다.

모두가 그때 어떤 감정이었는지를 기억하고자 한다. 다시는
    돌아가고 싶지 않은 기분.

인생에서 한번은 느껴봤을 기분이다. 그들은 이런 감정과도
    싸워야 한다는 것을 안다.

바르샤바에서 온 자들은, 커다란 숄을 걸치고 보따리를 매고
있다.

자그레브에서 온 자들은, 머리에 두건을 쓰고 있다.

다뉴브에서 온 자들은, 전날 밤새워 짠 여러 색의 털실
뜨개옷을 입고 있다.

그리스에서 온 자들은, 검은 올리브와 라하트-로쿰●을
가지고 왔다.

몬테카를로에서 온 자들도 있다.

그들은 카지노에 있었다.

가슴받이 달린 연미복 차림이었는데, 여행 중에 다 망가졌다.

배가 나왔고, 대머리다.

금융가를 주름잡던 뚱뚱한 거물 은행가들이다.

화물차 바닥에 누워 있어 다 구겨졌지만, 하얀 드레스에 면사포
차림 신부와 그녀를 데리고 시너고그를 빠져나온 신랑도
있다.

신랑은 검은 정장에 실크해트를 썼고 장갑은 더러워졌다.

부모들, 하객들, 진주 핸드백을 든 여자들.

모두 집에 들러 좀 더 허술한 옷으로 갈아입고 나오지 못한
것을 후회한다.

랍비들은 몸을 곧추세우고 앞장서서 걷는다. 항상 타의
모범이었으니까.

비슷비슷한 주름치마를 입고 파란 리본이 나부끼는 모자를
쓴 기숙학교 여학생들도 있다. 자꾸 내려가는 무릎 양말을
연신 잡아당긴다. 이게 무슨 상황인지 몰라 목요일에 하던

● 향료를 넣은 튀르키예식 과자.

산책처럼 다섯씩 정답게 걷는다. 여선생과 함께 있는 이
어린 기숙학교 여학생들이 달리 뭘 할 수 있을까? 여선생이
아이들에게 말한다. "얌전히 있어, 애들아." 아이들은
얌전히 있고 싶지 않다.

미국에 있는 자식들에게 소식을 받던 노인들이 있다. 이들이
외국에 관해 아는 것이라고는 우편엽서에서 본 게 전부다.
여기는 우편엽서를 통해 안 것과 하나도 닮지 않았다.
자식들은 그걸 절대 믿지 않을 것이다.

지식인들이 있다. 의사 또는 건축가, 작곡가 또는 시인.
거동이나 안경으로 분간된다. 그들도 인생에서 많은 것을
보았다. 공부도 많이 했다. 어떤 사람들은 책을 쓸 정도로
많이 상상했다. 그러나 그들이 상상한 것과 그들이 여기서
본 것은 하나도 닮지 않았다.

서양에 이민 갔던 대도시의 모피 가공업자, 여성복과 남성복
재단사, 제조업자, 이들은 모두 고향에 왔지만 여기가
선조들의 땅임을 알아보지 못한다.

도시에는 무궁무진한 인구가 있다. 남자들은 각자 자기 벌집을
차지하고 있다. 열들이 끝날 것 같지 않게 이어진다. 도시에
층층이 포개져 있는 이 벌집들이 어떻게 이렇게 버티는지
신기하다.

다섯 살 난 아이의 뺨을 때리는 엄마가 있다. 아마도 아이가
엄마 손을 잡으려 하지 않고, 엄마는 아이가 옆에 조용히
있었으면 해서다. 잘 모르는 장소에선 길을 잃을 위험이
있으니 혼자 떨어져 있어선 안 된다. 그녀가 아이의 뺨을
때린 것을 아는 우리로서는 그녀를 용서할 수 없다. 설령
그녀가 뽀뽀로 무마하려고 한들 마찬가지일 것이다.

18일 동안 여행하다 결국엔 미쳐버렸거나 화물열차 안에서
　서로 죽도록 치고받는 자들도 있다.
숨이 막혀 죽은 자들도 있다. 서로 꽉 끼어 짓눌려 있는 여정
　동안.
당연히, 이들은 기차에서 내리지 않는다.
가슴에 인형을 꼭 끌어안은 어린 소녀가 있다. 인형도 질식할
　것이다.
하얀 외투를 입고 산책을 나간 두 자매가 있다. 그녀들은 저녁
　식사를 하러 돌아오지 않았다. 부모들은 여전히 불안해하고
　있다.

다섯씩 도착 길로 들어선다. 출발 길은 그들이 알지 못한다.
　한번 들어서면 그걸로 끝나는 길이다.
그들은 질서정연하게 걷는다—그들한테 어떤 비난도 할 수
　없도록.
큰 건물에 도착하자, 그들은 한숨을 내쉰다. 마침내 그들은
　도착했다.
누가 여자들에게 옷을 벗으라고 소리치자, 여자들은 우선
　아이들부터 옷을 벗긴다. 아이들이 완전히 잠을 깨지 않도록
　조심하면서. 숱한 밤낮을 여행했기에 아이들은 잠투정을
　하고 짜증을 낸다.
그리고 여자들은 아이들 앞에서 옷을 벗기 시작한다. 어쩔 수
　없다.
각자에게 수건이 한 장씩 주어졌을 때, 그녀들은 걱정하기
　시작한다. 샤워 물이 따뜻할까? 물이 차가우면 아이들이
　감기 걸릴 텐데.

남자들이 다른 문을 통해 벗은 몸으로 샤워실에 들어오자,
　　여자들은 아이들을 자기 몸에 꼭 붙여 숨긴다.
아마도 이제 그들은 모든 것을 다 안다.

그들이 이제 다 알게 되었다 해도 아무 소용이 없다. 그도 그럴
　　것이 기차역 플랫폼에서 기다리고 있는 자들에게 그것을
　　말할 수 없기 때문이다.
이곳에 도착하기 위해 어두컴컴한 화물열차를 타고서 모든
　　나라를 횡단해 오고 있는 자들에게 그것을 말할 수 없기
　　때문이다.
임시 수용소에 갇혀 있는, 이 출발에 겁먹은 자들에게 그것을
　　말할 수 없기 때문이다. 그들은 날씨도 작업도 두렵고, 두고
　　온 재산도 걱정된다.
산속에, 숲속에 숨어 있다가 더는 인내심이 없어진 자들에게
　　그것을 말할 수 없기 때문이다. 결국 그들은 집으로 돌아갈
　　것이다. 결코 아무에게도 나쁜 짓을 하지 않았는데 왜
　　그들을 굳이 집에까지 와서 찾아내겠는가?
모든 걸 다 포기할 순 없어 굳이 숨어 있고 싶지 않은
　　자들에게도 그것을 말할 수 없기 때문이다.
가톨릭 기숙학교 수녀들은 너무나 착해 그곳이 아이들의
　　은신처가 될 거라고 믿었던 자들에게도 그것을 말할 수 없기
　　때문이다.

오케스트라 단원에게는 소녀들이 입는 주름치마를 입힐
　　것이다. 사령관은 일요일 아침마다 빈 왈츠를 연주해 주길
　　원한다.

블록 책임자는 자기 안식일을 챙기기 위해 랍비가 둘렀던 신성한 레이스 천을 창문에 커튼처럼 치고 방을 은은한 분위기로 만들 것이다. 그가 어디에 있든 무슨 일이 생기든 예배는 드려야 하니까.

한 여자 카포는 정장과 실크해트를 갖춰 입어 신랑으로 가장하고, 자신의 여자 친구에게는 신부 베일을 씌울 것이다. 다른 포로들이 피곤에 지쳐 누워 있는 저녁에, 그녀들은 결혼식 놀이를 할 것이다. 카포들은 즐길 수 있다. 그녀들은 저녁에도 피곤하지 않으니까.

아픈 독일 여자들에게는 검은 올리브와 로쿰 과자가 배급될 것이다. 그녀들은 칼라마타 올리브도, 아니 어떤 종류의 올리브도 좋아하지 않는데도.

낮 내내, 밤 내내,

매일 낮, 매일 밤, 굴뚝은 유럽 모든 나라에서 온 이 가연성 연료로 불 지펴질 것이다.

굴뚝 옆에서 남자들은 잿더미를 뒤지며 하루를 보낼 것이다. 금이빨에서 녹아내린 금을 가져가려고 할 것이다. 유대인들은 모두 입속에 금을 가지고 있는데, 그들의 수가 너무 많아서 금은 몇 톤에 이를 정도다.

봄에 남자들과 여자들은 재를 넓게 뿌려 습지를 말린다. 처음으로 쟁기질된 이 습지는 인간 인산염으로 꽉 차 비옥한 땅이 되었다.

그들은 배에 작은 가방을 하나 차고 있다. 거기, 인간 뼛가루 속에, 손을 집어넣고 밭고랑 사이를 다니며 그것을 뿌린다. 바람결에 뼛가루가 그들 얼굴 위로 되돌아온다. 저녁이면 그들은 완전히 새하얘졌다. 얼굴에 묻은 뼛가루 위로 땀이 흘러 주름 선이 생겼다.

여기선 비료가 떨어질까 봐 걱정할 필요가 없다. 기차는 오고, 또 오니까. 매일 낮, 매일 밤 온다. 매일 낮, 매일 밤, 매시간 온다.

이곳은 도착과 출발을 위한, 세계에서 가장 큰 역이다.

수용소에 들어온 사람들만이 다른 사람들에게 무슨 일이 일어났는지를 알게 되고, 역에 그들을 두고 온 것 때문에 운다.● 왜냐하면 그날 역에서 장교가 가장 젊은 사람들만 따로 줄을 서라고 명령했기 때문이다.

습지를 말리기 위해, 다른 사람들의 재를 거기 뿌리기 위해 그럴 필요가 있었던 것이다.

그들은 속으로 말한다. 여기 절대 들어오지 않고, 절대 알지 못했다면 좋았을 것이라고.

● 당시 나치 강제 수용소는 말살 자체가 목적인 절멸 수용소와, 수감자들의 노동력을 동원하기 위한 노동 수용소로 나뉘어 있었다. 이 문장에서 '역에 두고 온 다른 사람들'은 곧바로 절멸 수용소로 보내진 자들로 보인다. 주로 유대인과 집시들이었다.

2천 년을 울었던 당신
3일 낮, 3일 밤을 반죽음 상태에 빠진 이를 위해

300일보다 더 많은 밤을, 300일보다 더 많은 낮을
죽어간 그들을 위해
당신은 어떤 눈물을 흘리겠는가.
반주검이 되어 그렇게 죽어간 그들을 위해
당신은 얼마나 울어주겠는가.
그런 자들이 셀 수도 없이 많은데

그들은 영생으로의 부활은 믿지 않는다.
그들은 당신이 울어주지 않을 거라는 것도 안다.

오 안다고 하는 당신
갈증으로 탁해진 눈이 허기로 빛난다는 것을
당신은 알고 있었는지.
오 안다고 하는 당신
죽은 엄마를 보고 눈물 흘리지 않을 수 있다는 것을
당신은 알고 있었는지.
오 안다고 하는 당신
저녁은 무섭고 아침엔 죽고 싶은 것을
당신은 알고 있었는지.
오 안다고 하는 당신
하루가 1년보다 길고, 1분이 일생보다 길다는 것을
당신은 알고 있었는지.
오 안다고 하는 당신
다리가 눈보다 더 약하다는 것을
신경이 뼈보다 더 단단하다는 것을
심장이 강철보다 더 굳건하다는 것을
당신은 알고 있었는지.
길 위의 돌들은 울지 않는다는 것을

당신은 알고 있었는지.
질겁에는 단 하나의 단어만 있다는 것을
불안에는 단 하나의 단어만 있다는 것을
당신은 알고 있었는지.
고통에는 한계가 없다는 것을
무서움에는 경계가 없다는 것을
당신은 알고 있었는지
안다고 하는 당신은.

나의 어머니
그것은 두 손과 하나의 얼굴
그들은 발가벗겨진 우리 어머니들을 우리 앞에 놓았다.

여기 어머니들은 당신들 자식들에게 더 이상 어머니가 아니다.

모두가 팔에 지워지지 않는 번호를 달고 있다,
모두가 발가벗겨져 죽어야 한다.

문신으로 죽은 남자와 죽은 여자를 식별한다.

이곳은 도시 변두리 황량한 벌판.

벌판은 얼어붙었고
도시는
이름이 없다.

대화

"프랑스인이야?"

"응."

"나도."

그녀 가슴엔 F가 없다. 별이 있다. •

"어디서 왔어?"

"파리."

"여기 온 지 오래됐어?"

"5주."

"난 16일."

"제법 됐네, 그 정도면."

"5주라니… 어떻게 그게 가능해?"

"그러게."

"버틸 수 있다고 생각해?"

그녀는 안달한다.

"노력해 봐야지."

"너넨 기대해 볼 수 있지, 한데 우린…."

• F는 프랑스인을, 별은 유대인을 뜻한다.

그녀는 나의 줄무늬 웃옷을 가리키고, 이어 자기 외투를 가리킨다. 정말 너무 큰, 정말 너무 더러운, 정말 누더기가 다 된 옷이다.

"오, 너와 나의 기회는 같아, 그러니….'

"우리에겐 희망이 없어."

그러면서 그녀는 손을 내저었다. 그녀의 손동작은 하늘로 올라가는 연기를 연상시켰다.

"용기를 내서 싸워야지."

"왜… 왜 싸워야 해. 우린 다 그렇게 될 텐데…."

그녀의 손동작은 끝이 났다. 올라가다 멈춘 연기처럼.

"안 돼. 싸워야 해."

"여기서 나갈 수 있을 거 같아? 여기선 한 사람도 못 나가. 당장 저 철조망에 몸을 던지는 게 낫지."

그녀에게 무슨 말을 할 수 있으랴. 그녀는 작고, 깡말랐다. 나도 나 자신을 설득할 수 없다. 모든 논쟁은 하나 마나 하다. 나는 내 이성과 싸우고 있다. 모두 자기 이성과 싸우고 있다. 굴뚝에서 연기가 난다. 하늘은 낮다. 연기가 수용소 위로 질질 끌려가다 멈추더니 누르듯 내려와 우릴 휘감는다. 이건 타는 살냄새다.

마네킹

"저것 봐, 저것 봐."
우린 고미● 다락방 바닥 판자에 웅크리고 있었다. 이 판자는
침대이자 탁자, 발판이기도 했다. 지붕은 아주 낮았다.
앉아 있거나, 머리를 숙이지 않으면 안 됐다. 우린 총 여덟
명이었다. 이 좁은 네모난 방에 매달려 사는, 죽음만이
갈라놓을 여덟 명의 동기 그룹이었다. 수프가 배급되었다.
우리는 밖에서 한참 줄을 서고 있다가 한 사람씩 양철통
앞으로 나아갔다. 양철통은 스투브호바의 얼굴에 김을
뿜어대고 있었다. 오른쪽 팔을 걷어붙인 스투브호바는
수프를 떠주기 위해 국자를 양철통에 넣었다. 김이 나는
수프 뒤에서 그녀는 소리를 질렀다. 수증기 때문인지
목소리가 좀 말랑해져 있었다. 그녀는 계속해서 소리를
질렀다. 왜냐하면 옥신각신이, 또 잡담이 있었기 때문이다.
우린 굽은 손으로 반합을 들고 기운 없이 차례를 기다렸다.
이제 무릎 위에 수프가 든 반합이 놓였고, 우리는 수프를
먹었다. 수프는 더러웠다. 하지만 뜨거웠다.

● 굵은 나무를 가로지르고, 그 위에 산자를 엮어 진흙을 두껍게 바른 반자.

"저것 봐, 봤어? 저기 마당에…."

"아!"

이본 P.는 숟가락을 그냥 놓는다. 그녀는 더 이상 배가 고프지 않다.

격자창 너머는 벽으로 둘러쳐진 블록 25의 마당이다. 수용소의 다른 구역으로 이어지는 문이 하나 있지만, 만일 이 문이 열리면 그 문을 지나가거나, 빨리 뛰거나, 내달려야지 문을 보거나, 문 뒤에 있는 것을 보아서도 안 된다. 당신들은 도망친다. 우리는, 그 격자창을 통해 당신들을 볼 수 있다. 그러나 우리는 절대 그쪽으로 고개를 돌리지 않는다.

"저것 봐, 저것 봐."

처음엔 본 것을 의심한다. 흰 눈과 뚜렷이 구분된다. 마당 한가운데 그게 있다. 벗은 나체들이. 서로 맞붙어 줄지어 있다. 새하얬다. 눈 위에 있어 약간 푸르스름한 기운이 도는 하얀색이다. 머리는 완전히 밀렸고, 음부의 털은 뻣뻣하게 섰다. 시체들은 얼어 있다. 하얀데 손톱만 밤색. 위로 쳐들린 발가락들은 좀 우스꽝스럽다. 너무나 터무니없고 끔찍하게.

몽뢰송의 쿠르테가街. 나는 누벨 갈르리에서 아버지를 기다리고 있었다. 여름이었다. 아스팔트 위 태양은 뜨거웠다. 트럭 한 대가 멈춰 섰고 남자들이 짐을 부렸다. 진열창에 놓을 마네킹들을 옮겼다. 각자 팔로 마네킹을 껴안고 가게 입구에 내려놓았다. 마네킹들은 나체였다. 사지 접속 부분이 뚜렷이 보였다. 남자들은 이것들을 소중히 옮겨다가, 벽 옆에, 볕이 잘 드는 보도 위에 눕혔다. 나는 바라보았다. 마네킹 나체에 나는 놀랐다. 나는 진열창에 있던 마네킹은 자주 보았다. 드레스와 구두, 가발을 차려입고 팔을 부자연스럽게 구부린 마네킹은 자주 보았다. 그러나 머리카락도 없이 완전히 발가벗은 마네킹들은 난 한 번도 생각해 보지 않았다. 진열창과 전기 조명 바깥의, 그 특유의 자세 이외의 마네킹은 한 번도 생각해 보지 않았다. 그것을 처음 보았을 때의 불편함은 시체를 처음 보았을 때의 불편함이기도 했다.

이제 마네킹들은 눈 속에 누워 있다. 겨울 햇볕에 잠겨. 이 볕은 아스팔트 위 태양을 상기시킨다.

눈 속에 누워 있는 마네킹들은 어제의 동기들이다. 어제, 점호할 때만 해도 그녀들은 있었다. 다섯씩 정렬하여, 라거슈트라세 양쪽에 서 있었다. 그녀들은 작업장으로 출발했고, 습지 쪽으로 갔다. 어제 그녀들은 배가 고팠다. 이가 있어 몸을 긁었다. 어제 그녀들은 더러운 수프를 마셨다. 그녀들은 설사했고, 구타당했다. 어제 그녀들은 고통스러워했다. 어제 그녀들은 죽기를 희망했다.

이제 그녀들은 여기 눈 속에 벌거벗은 시체로 있다. 그녀들은 블록 25에 죽어 있다. 블록 25에서의 죽음에는, 죽음에서 흔히 기대되는 고요도 평화도 없다.

아침에, 점호에서, 졸도했기 때문에, 아니 그녀들이 다른 사람들보다 훨씬 창백했기 때문에 SS는 그녀들에게 신호를 보냈다. SS는 그녀들을 일렬종대로 서게 했고, 단계별로 무너지는 상황을, 무리 속에서 약한 자들부터 하나씩 쓰러지는 상황을 뚜렷이 보이게 전시했다. SS의 지휘하에, 이 일렬종대는 블록 25로 떠밀려 왔다.

거기 스스로 간 여자들이 있었다. 자진해서. 마치 자살하듯. 그녀들은 문이 열리기를—그래야 문으로 들어갈 수 있으니까—제발 SS가 검열하러 와주기를 기다렸다.
뛰어야 하는 날에 충분히 빨리 뛰지 못해 거기 간 여자들도
있었다.

동기들이 문 앞에 버려두고 갈 수밖에 없어 거기 가게 된
여자들도 있었다. "날 떠나지 마, 날 떠나지 마" 하고
그녀들은 외쳤다.

여러 날 동안, 그녀들은 배가 고팠고, 갈증이, 특히 갈증이
났다. 그녀들은 추웠다. 바닥의 널빤지 위에, 옷도 없이,
짚 넣은 매트도 이불도 없이 누워 있어 그녀들은 추웠다.
반죽음 상태의 자들과 미쳐가는 자들에게 둘러싸여
이번에는 자기 차례가 오기를, 함께 미쳐가기를, 함께
죽어가기를 기다렸다. 아침에, 그녀들은 나왔다. 몽둥이질이
그녀들을 떠밀었다. 살아 있는 자들은 밤에 죽은 자들을
마당으로 끌고 나와야 했다. 왜냐하면 죽은 자의 수를
세어야 했기 때문이다. SS가 지나갔다. SS는 자기 개를
그녀들에게 풀어놓고 재미있어했다. 수용소는 개들이
짖어대는 소리로 가득 찼다. 그것은 밤의 울부짖음이었다.
이어 침묵. 점호는 끝났다. 그것은 낮의 침묵이었다. 살아
있는 자들은 다시 안으로 돌아왔다. 죽은 자들은 눈 속에
여전히 있었다. 그녀들의 옷은 다 벗겨져 있었다. 그녀들의
옷은 다른 사람들한테 갈 것이다.

이틀 또는 사흘마다, 트럭이 왔다. 산 자들은 가스실로
데려가기 위해, 죽은 자들은 화장터로 던지기 위해.
미쳐버리는 것이 거기 들어간 자들에겐 마지막 희망이었을
것이다. 어떤 자들은, 그러니까 살고자 하는 집념으로
간교해진 자들은 탑승을 피했다. 그녀들은 때론 몇 주를

블록에 남아 있었다, 3주를 넘기지는 못했다. 철망 너머로 그녀들이 보였다. 그녀들은 애원했다. "마실 걸 좀, 마실 걸 좀." 말하는 유령들이 거기 있었다.

"저것 봐. 확실해, 움직였어, 그녀가. 저기, 끝에서 두 번째. 그녀 손이… 그녀 손가락이 펴졌어, 분명해."

손가락들이 천천히 펴졌다. 희부연 눈 위에 색바랜 말미잘들이 피어 있었다.

"보지 마. 왜 보는 거야?" 이본 P.가 간청했다. 눈을 크게 뜬 채, 아직도 살아 있는 시체에 눈을 고정한 채.

"네 수프나 먹어." 세실이 말했다. 그녀들은, 그녀들은 이젠 아무것도 필요 없게 됐다.

나도 바라보았다. 나는 움직이는, 그러나 나로선 아무것도 느껴지지 않는 그 시체를 바라보았다. 이제 나는 다 컸다. 무서워하지 않고 이 나체 마네킹들을 바라볼 수 있게 되었으니까.

남자들

아침과 저녁, 습지 가는 길에 우리는 남자 대열과 마주쳤다. 유대인들은 민간인 복장이었다. 옷은 다 해지고 더러우며 등에 그들을 모욕하는 십자가가 그려져 있었다. 유대인 여자들도 마찬가지였다. 형체 없는 천을 몸에 두르고 다녔다. 어떤 사람들은 줄무늬 단체복을 입고 있었다. 그 옷은 그들의 야윈 등에서 붕 떠 나부끼고 있었다.

우리는 그들이 불쌍했다. 왜냐하면 그들은 보폭을 맞추어 걸어야 했기 때문이다. 우리는, 할 수 있는 한, 되는 대로 걸었다. 맨 앞에 선 카포는, 두툼하게 입고, 장화도 신고, 따뜻하게 무장한 채였다. 그가 박자를 세웠다. 린크스[왼쪽으로], 츠바이[둘], 드라이[셋], 피어[넷]. 남자들은 힘겹게 따라갔다. 그들은 발이 잘 붙지 않는, 밑창이 나무인 천 발싸개를 신었다. 우리는 어떻게 저런 걸 신고 걸을 수 있는지 의아했다. 눈길이나 빙판길에서는 이 나막신을 손에 들었다.

그들은 그곳에서만의 특유한 걸음걸이로 걸었다. 머리를 앞으로 빼고, 목을 앞으로 빼고. 머리와 목이 몸의 나머지를 이끌었다. 머리와 목이 발을 질질 끌었다. 얼굴은 피골이

상접했고, 두 눈은 푹 꺼졌다. 눈 밑은 거무스름했고, 동공은 검었다. 입술은 부르텄고, 검거나 너무 붉었다. 그들이 입술을 벌렸을 때, 잇몸에는 피가 고여 있었다.

그들이 우리 옆을 지나갔다. 우린 속삭였다. "프랑스인이에요, 프랑스인이에요." 그들 중 우리와 고향이 같은 사람이 있는지 알아보기 위해서였다. 아직까지는 한 명도 만나지 못했다.

걷기에만 몰두하며 그들은 우릴 쳐다보지 않았다. 우린, 우린 그들을 쳐다보았다. 우린 그들을 쳐다보았다. 우리의 손은 연민으로 기도하듯 꼭 쥐어져 있었다. 그들에 대한 생각, 그들의 걸음걸이, 그들의 눈이 우리를 쫓아다녔다.

우리 가운데에는 아픈 사람이 많았고, 그녀들이 통 먹지를 않아 우린 늘 빵이 많았다. 그녀들을 먹게 하려고, 할 수 있는 말은 다 해보았다. 뭐든 먹어야 환멸을 극복할 수 있다고. 살기 위해서는 먹어야 한다고. 우리의 말들은 그녀들에게 어떤 의지도 불러일으키지 못했다. 도착하자마자 그녀들은 포기했다.

어느 날 아침, 우리는 옷 속에 빵을 숨겨왔다. 남자들을 위해. 하지만 우리는 남자 대열을 만나지 못했다. 우리는 저녁을 초조하게 기다렸다. 돌아오는 길에, 우리는 뒤에서 그들의 발소리를 들었다. 드라이. 피어. 린크스. 그들은 우리보다 빠르게 걸었다. 우리는 그들이 지나가도록 옆으로 비켜섰다. 폴란드인? 러시아인? 가여운 남자들, 이곳의 모든 남자들처럼 비참하고 처절한 남자들이었다.

그들이 가까이 오자, 우린 얼른 빵을 꺼내 그들에게 던졌다. 그러자마자 아비규환이 되었다. 그들은 서로 빵을 차지하려고 했고, 다퉜고, 빼앗았다. 그들은 늑대의 눈을 하고 있었다. 빵을 놓친 두 사람은 도랑으로 굴러떨어졌다. 우리는 서로 싸우는 그들을 쳐다보았고, 우리는 울었다. SS가 고함을 쳤다. 그들에게 개를 풀었다. 일렬종대는 다시 형태를 갖추고 행군을 했다. 린크스. 츠바이. 드라이. 그들은 우리를 향해 고개를 돌리지 않았다.

점호

검은 장옷을 입은 SS가 지나갔다. 숫자를 셌다. 더 기다려야
한다.

기다린다.

며칠째, 앞으로도.

전날부터, 그 이튿날도.

한밤중부터, 오늘도.

기다린다.

날이 밝아온다.

그날을 기다린다. 왜냐하면 무엇이라도 기다려야 하기
때문이다.

죽음을 기다리는 게 아니다. 대기하는 것이다.

아무것도 기대하지 않는다.

다가올 것을 기다린다. 낮에 이어지는 것이 밤이기에 밤을
기다린다. 밤에 이어지는 것이 낮이기에 낮을 기다린다.

점호의 끝을 기다린다.

점호의 끝은 호각 소리다. 호각 소리가 들리면 각자 문을 향해
몸을 돌린다. 꼼짝하지 않던 줄이 행군 태세를 갖춘 줄이
된다. 습지를 향해, 벽돌을 향해, 도랑을 향해.

오늘은 평소보다 더 오래 기다린다. 하늘은 평소보다 더 창백하다. 우리는 기다린다.

무엇을?

라거슈트라세 끝에서 SS 하나가 나타났고, 우리 앞으로 오더니, 우리 열 앞에서 멈춰 섰다. 그의 모자에 달린 헤르메스 지팡이●로 보아 의사일 것이다. 그는 우릴 주시했다. 느리게. 그가 말한다. 그는 고함치지 않는다. 그가 말한다. 질문이다. 아무도 대답하지 않는다. 그가 부른다. "돌메처린[여자 통역사]." 마리-클로드가 앞으로 나간다. SS는 질문을 반복하고, 마리-클로드는 통역한다. "우리 중에 점호를 견딜 수 없는 자가 있는지 그가 물어요." SS가 우릴 쳐다본다. 그 옆에 서 있던 마그다가, 그러니까 우리의 블록호바가 우릴 쳐다본다. 슬쩍 옆으로 비켜나더니, 눈을 살짝 깜빡인다.

사실, 누가 점호를 견딜 수 있겠는가? 누가 몇 시간 동안 꼼짝하지 않고 서 있을 수 있겠는가? 그것도 한밤중에, 눈 속에서, 먹지도 자지도 않고. 누가 몇 시간 동안이나 이 추위를 견딜 수 있겠는가?

몇 사람이 손을 든다.

SS는 그들을 열에서 나오게 한다. 숫자를 센다. 너무 적다. 조용히 그는 또 한 문장을 말하고, 마리-클로드는 통역한다. "또 다른 사람은 없는지, 나이 든 분이나 아픈 분은 없는지, 아침에 하는 점호가 너무 힘든 사람은 없는지 그가 물어요." 다른 손들이 올라간다. 그때 마그다가, 재빨리, 마리-

● 신들의 전령사 헤르메스의 지팡이는 평화와 의술의 상징으로, 그 끝에 날개가 달리고 두 마리 뱀이 뒤엉켜 올라가고 있는 형상이다.

클로드를 팔꿈치로 민다. 그러자 마리-클로드는 어조 변화 없이 말한다. "말하지 않는 게 좋아요." 올라갔던 손들이 다시 내려간다. 단 한 손만 제외하고. 키가 아주 작은 노인 하나가 발꿈치를 들고, 울부짖기라도 할 것처럼 팔을 힘껏 뻗어 흔들지만 잘 보이지 않는다. SS는 물러난다. 그러자 작은 노파는 대담해진다. "저요, 이봐요, 난 예순일곱이오." 옆에 있던 여자들이 "쉿!" 한다. 그녀는 화가 난다. 환자나 노인들은 좀 덜 힘들게 해준다는데 왜 막는가? 그 혜택을 좀 보자는데 왜 막는가? 잊힌 게 절망스러워 그녀는 소리를 지른다. "이봐요, 난 예순일곱이오." SS가 듣는다. 그리고 몸을 돌린다. "콤[오라]." 그녀는 방금 만들어진 그룹에 합류한다. SS 의사는 그녀를 블록 25까지 호위한다.

어느 날

그녀는 둑 저편 비탈면에 매달려 있었다. 눈으로 뒤덮인
비탈면에 두 손과 두 발로 매달려 있었다. 그녀의 온몸은
긴장되어 있었다. 턱도 목도, 연골이 빠질 정도로 긴장되어
있었고, 뼈에 겨우 남은 근육까지 모두 긴장되어 있었다.
그녀의 노력은 헛되었다—상상 속 동아줄을 잡아당기는 사람의
노력처럼.

그녀는 집게손가락부터 엄지발가락까지 힘을 주어 버티면서,
좀 더 높은 데를 잡아보려 했다. 그래서 어떻게든 비탈면을
기어오르려고 손을 뻗었지만 매번 다시 떨어졌다. 순간
그녀는 무력해졌고, 비참해졌다. 고개를 다시 들어 올렸다.
그녀의 얼굴에서는 어떻게라도 팔다리를 움직여 보겠다는
정신적 고투가 그대로 읽혔다. 이를 악물자, 턱은 좁아졌고,
달라붙은 옷—여자 유대인의 민간인 복장—밑에서 갈비뼈가
둥글게 튀어나왔고 발목은 더욱 뻣뻣해졌다. 그녀는 다시 눈
덮인 강둑 위로 올라가 보려 했다.

그녀의 동작 하나하나가 너무 느리고 서툴고 쇠약하기
그지없었다. 어떻게 아직 움직일 수 있는지 의문이 들
정도였다. 저런 시도에 따르는 고생이 불을 보듯 뻔한데,

무게가 거의 나갈 것 같지 않은 저 연약한 몸으로 왜 저런 일을 감행하는지 이해하기 힘들었다.

지금 그녀의 손은 딱딱하게 언 눈을 움켜잡았고, 디딜 데를 찾지 못한 그녀의 발은 어디라도 튀어나온 곳을 찾고 있었다. 두 발이 허공에서 대롱거렸다. 두 다리는 누더기로 휘감겨 있었다. 너무 야위어 허수아비 다리를 만들 때 쓰는 콩대가 생각나는 다리. 매달려 축 처진. 허공에서 흔들릴 때 특히 더 그래 보였다. 결국 그녀는 도랑 바닥으로 고꾸라졌다.

길을 가늠해 보기라도 하듯 그녀는 고개를 들어 위를 바라본다. 그녀의 눈에, 손에, 경련이 이는 얼굴에 착란이 점점 커지는 게 보인다.

"왜 저 여자들이 다 날 저렇게 보는 거지? 왜 저 여자들이 저기 있는 거지? 왜 저 여자들은 저렇게 다닥다닥 줄을 선 채 가만히 있는 거지? 저 여자들이 날 쳐다보긴 하는데, 날 보는 것 같지는 않아. 날 보는 게 아냐. 그러면 저렇게 붙박인 듯 서 있진 않을 거야. 날 다시 올려줄 거야. 왜 날 안 도와주는 거야? 그렇게 거기 가까이 있으면서? 도와줘요 제발. 날 좀 잡아줘. 몸을 숙이고. 손 좀 달란 말이야. 아, 아, 꼼짝도 않는구나."

그리고 그 손은 호소하듯 필사적으로 우리 쪽을 향해 비틀렸다가 다시 축 처졌—시든 엷은 보랏빛 별이 눈 위에 떨어졌다. 다시 넘어진 그녀는 더 기력을 잃었고, 더 약해졌다. 다시 한번, 살아 있는 무참한 그 무엇이 되었다. 팔꿈치를 받쳐보는 듯하더니 다시 미끄러진다. 온몸이 무너져 내린다.

그 뒤에는, 철조망 뒤에는, 벌판이, 눈이, 또 벌판이 있다.
우리는 거기 있었다. 모두 거기, 수천 명이 아침부터 눈 속에 서
있었다—아니 실은 밤이라 불러야 하는 시간이었다. 그때는
아침이 새벽 세 시부터 시작되었다. 지금까지 어둠 속에
홀로 빛났던 눈을 이젠 새벽의 여명이 밝혀주었다—추위는
더욱 심해졌다.

한밤중부터 부동자세로 있으면서 다리는 너무 무거워졌고
몸은 땅속으로, 얼음 속으로 가라앉았다. 몸이 딱딱하게
굳어가는 것에 저항할 수 없었다. 추위에 관자놀이가, 턱이
다 멍들었다. 뼈가 부러지고 두개골이 터질 것 같았다.
우린 제자리뛰기를 하거나, 발뒤꿈치를 바닥에 구르거나,
손바닥을 비비는 것도 포기했다. 그러면 체력이 더 고갈될
테니까.

우린 꼼짝도 하지 않고 가만히 있었다. 투쟁하고 저항하려는
의지, 그리고 생의 의지는 몸에서 가장 오그라들어 있는
부분, 그러니까 심장 주변으로 피신해 있었다.

우린 거기 가만히 있었다. 다른 언어를 쓰는 수천 명의
여자들이 눈보라 휘몰아치는 그곳에서 고개 숙이고 몸을
웅크린 채 서로 꼭 붙어 서 있었다.

우린 꼼짝도 하지 않고 가만히 있었다. 심장만 뛰고 있었다.
그 여자는, 대열을 이탈한 그 여자는 어디를 가는 거지? 그녀는
불구처럼, 안 보이는 맹인처럼, 아니 눈을 뜬 맹인처럼
걷는다. 그녀는 나무 다리로 도랑을 향해 걸어간다. 그녀는
도랑 가장자리에 있다. 내려가기 위해서는 몸을 숙여야
한다. 그녀는 넘어진다. 그녀의 발은 무너지는 눈 위에서
미끄러진다. 왜 도랑 속으로 내려가려고 하는 거지? 그녀는

주저하지도 않고 줄을 빠져나갔다. 검은 장옷을 입고, 검은 장화를 신고, 꼿꼿하게 선, 우릴 지키던 여자 SS로부터 몸을 숨기지도 않고 이탈했다. 그녀는 마치 어딘가 다른 데 있는 사람처럼 걸었다. 길을 걷다 이 보도에서 저 보도로 건너가는 것처럼, 공원을 걷는 것처럼. 여기서 공원을 언급하다니 이상할지 모르지만, 광장에서 걸어오면 놀던 아이들이 겁을 먹고 도망치는 미친 노파 같았다고나 할까. 그러나 그녀는 노파가 아니라 젊은 여자였다. 거의 소녀였다. 어깨가 너무나 가녀린.

두 손으로 도랑을 파던 그 여자. 발이 대롱거리던 그 여자. 아무리 들어 올리려 해도 무거워 다시 처지던 그 머리. 그녀의 얼굴은 이제 우릴 향해 있다. 광대뼈는 보랏빛인데, 그 색이 더 역력하고, 입술은 터져 부풀었는데, 검은 보랏빛이다. 눈구멍 저 안쪽은 온통 어두운 그늘이 져 있다. 그녀의 얼굴은 발가벗겨진 절망의 얼굴이었다.

한동안 그녀는 마음대로 되지 않는 팔다리와 싸우며 다시 일어서려고 애썼다. 물에 빠진 사람처럼 허우적거렸다. 이어 그녀는 다른 강둑으로 올라가려고 손을 뻗었다. 손은 잡을 곳을 찾았고, 손톱은 눈을 할퀴었다. 그녀의 온몸이 한 번의 비상을 위해 사력을 다하고 있었다. 그러면서 그녀는 완전히 지쳐갔다.

나는 더 이상 그녀를 보지 않았다. 아니, 더는 보고 싶지 않았다. 더 보지 않기 위해 자리를 옮기고 싶었다. 눈구멍 저 안쪽에 자리한 그늘을 더는 보고 싶지 않아서. 그녀는 뭘 하고 싶었던 것일까? 전류가 흐르는 철조망으로 가려던 걸까? 우릴 왜 똑바로 쳐다봤을까? 그녀가 가리킨 게 나는 아니겠지? 나에게 애원한 걸까? 나는 고개를 돌렸다. 다른 곳을 보았다. 다른 곳을.

다른 곳이란—우리 앞에 있는—블록 25의 문이었다.

담요를 뒤집어 쓰고 선 한 아이가, 한 작은 남자아이가 있었다. 아주 작고, 짧게 민 머리에, 턱이 튀어나오고, 눈썹이 아치 같은 얼굴이었다. 맨발로, 그는 멈추지 않고 뛰었다. 춤을 추는 원주민들처럼 광적인 동작으로 몸을 흔들었다. 몸을 달구려는 건지 두 팔을 흔들어대려 했다. 그러자 담요가 벌어지며 미끄러졌다. 그런데, 여자였다. 아니, 여자 해골. 그녀는 벗은 몸이었다. 갈비뼈와 골반뼈가 보였다. 그녀는 어깨 위로 담요를 끌어 올리고, 계속해서 춤을 추었다. 기계가 추는 춤 같았다. 춤을 추는 여자 해골. 그녀의 발은 작았고, 야위었고, 맨발이었다, 눈 속에서. 살아 있는 해골이, 춤을 추는 해골이 있었다.

이제, 나는 이 이야기를 쓰러 카페에 들어와 있다—왜냐하면, 그것이 이야기가 되기 때문이다.

갠 하늘. 오후였나? 우린 시간 감각을 잃었다. 하늘이 나타났다. 아주 푸르렀다. 잊힌 푸르름. 많은 시간이 흘러 도랑에 있던 그 여자를 더는 보지 않을 수 있게 되었다. 그 여자는 아직도 거기 있을까? 비탈면 위까지 그녀는 결국 다다랐고—그게 어떻게 가능했을까?—거기서 멈췄다. 그녀의 두 손은 반짝이는 눈 속으로 끌려들어 갔다. 눈을 한 줌 쥐었고 그것을 입술로 가져갔다. 짜증 날 정도의, 거의 무한대의 수고를 치르는 듯한 느린 속도로 그녀는 눈을 빨았다. 우리는 왜 그녀가 우리 열을 이탈했는지 이해한다. 그녀 표정에 드러난 결의를 이해한다. 부어오른 입술을

위해 깨끗한 눈이 필요해서였다. 새벽 이후부터 그녀는
이 깨끗한 눈에, 그녀가 닿고자 했던 이 눈에 매혹되었다.
이쪽, 그러니까 우리가 밟고 있는 눈은 검었다. 그녀는
눈을 빨았다. 그러나 성에 차지 않는 것처럼 보였다. 열병이
났을 때, 눈은, 갈증을 풀어주진 않는다. 그녀 입에 눈 한
줌을 넣기 위해 했던 그 모든 노력이 고작 소금 한 줌으로
바뀌었다. 그녀의 손은 다시 처졌고, 그녀의 목은 다시
구부러졌다. 당장 부러질 듯한 연약한 줄기. 얇은 외투
천에 튀어나온 견갑골이 비치면서 그녀의 등은 동그랗게
휘어졌다. 노란 외투였다. 그 노란색은 우리 개 플락이 병을
앓고 나서 정말 야위었을 때의 색 같았다. 우리 개 플락은
죽어가던 순간, 자연사 박물관에서 본 새들의 뼈대처럼 몸
전체가 동그랗게 말렸다. 그 여자도 그렇게 죽어갈 것이다.
그녀는 우릴 쳐다보지 않았다. 눈 속에 누워 있었다.
완전히 오그라든 몸으로. 활처럼 휘어진 척추뼈를 하고,
플락은 죽어갔다—플락은 내가 처음으로 죽는 것을 본
생명체였다. 엄마, 플락이 정원 문 앞에 있어요. 완전히 몸이
오그라들었어요. 몸을 떨어요. 앙드레는 그가 죽어가는
것이라고 말했다.
"일어나야 해. 일어나야 해. 걸어야 해. 계속 싸워야 해. 저
여자들이 날 도와줄까? 당신들 모두 날 좀 도와줘요, 거기
우두커니 서 있지만 말고."
엄마, 빨리 와요, 플락이 죽어가요.
"왜 저 여자들이 날 돕지 않는지 알아요. 그녀들은 죽었기
때문이에요. 죽었어요. 아! 저 여자들은 살아 있는 것처럼
보여요. 서 있으니까요. 서로 기대고 있으니까요. 그런데

죽었어요. 나는 죽고 싶지 않아요."

그녀의 손은 또 한 번 비명처럼 흔들렸다—그런데 그녀는
울부짖지 않았다. 만일 그녀가 울부짖었다면, 도대체 어떤
언어로 울부짖었을까?

여기 그녀를 향해 오는 한 죽은 여자가 있다. 줄무늬 단체복을
입은 마네킹. 이 죽은 여자는 두 발짝 거리만큼 그녀에게
다가가고, 팔로 그녀를 잡아당기고, 대열 속 자기 자리에
그녀를 대신 세워두려는 건지 우리 쪽으로 끌고 온다. SS의
검은 장옷이 다가왔다. 죽은 여자가 우릴 향해 끌고 온 건
차라리 노랗고 더러운 자루 같은 것이었다, 거기 남아 있던.
몇 시간 동안. 우리가 뭘 할 수 있겠는가? 그녀는 죽어갈
것이다. 플락, 그렇게 말랐던 우리 노란 개도 죽어갈 것이다
몇 시간 후.

눈 진흙탕과 범벅이 된 이 노란 외투 더미에서 갑자기 작은
움직임이 일어났다. 그 여자는 우뚝 일어서 보려고
했다. 그녀의 동작들은 참기 힘든 지체 속에 하나하나
조각났다. 그녀는 무릎을 꿇었고, 우리를 바라보았다.
우리들 중 그 누구도 움직이지 않았다. 그녀는 손을
땅바닥에 짚었다—그녀의 몸은 죽어가던 플락의 몸처럼
휘어지고 비틀렸다. 그녀는 안간힘을 써서 일어났다. 다시
비틀거렸고, 애써 몸을 지탱해 보았지만, 거긴 허공이었다.
그녀는 걸었다. 허공 속을 걸었다. 다시는 고꾸라지지 않을
것처럼 그녀는 완전히 몸을 말아 구부렸다. 아니다. 그녀는
걷는다. 그녀는 비틀거린다. 그래도 앞으로 나아간다. 그녀
얼굴뼈들은 오싹할 정도의 의지를 띠고 있다. 우리는 그
의지가 우리 대열 앞의 허공을 지나가는 것을 본다. 그녀는

어디로 아직도 가고 있는 걸까?

"내가 걷는데 당신들이 왜 놀라죠? 그가, SS가, 나 부르는 거 못 들었어요? 자기 개랑 문 앞에 있었는데요. 당신들은 죽어 있어 못 들은 건가요."

검은 장옷의 SS는 떠났다. 이제 문 앞에는 녹색의 SS가 와 있다.

여자가 앞으로 나온다. 하라는 대로 순순히 할 것 같다. SS 앞에서 그녀는 멈춘다. 노란 외투 아래 어깨뼈가 튀어나온, 둥글게 말린 그녀의 등은 오한으로 심하게 떨리고 있었다. SS는 개줄을 잡고 있었다. 개에게 명령을 내린 걸까, 아니면 신호를 보낸 걸까? 개가 여자에게 달려들었다—포효하지도, 숨을 몰아쉬지도, 짖어대지도 않았다. 조용했다, 꿈속처럼. 개가 여자에게 달려들었고, 송곳니를 그녀의 목에 박았다. 우리는 마치 꿈속에 있는 것처럼, 그 어떤 사소한 몸짓조차 할 수 없게 하는, 끈적한 점액에 갇힌 것처럼 꼼짝도 하지 않았다. 여자는 비명을 지른다. 뿌리째 뽑히는 비명. 벌판의 부동성을 다 찢어버리는 단 한 번의 비명. 우리는 그 비명이 그녀에게서 나온 것인지, 우리에게서 나온 것인지, 그녀의 목에서 나온 것인지, 우리의 목에서 나온 것인지 알지 못한다. 나는 내 목에 박힌 개의 송곳니를 느낀다. 나는 비명을 지른다. 나는 울부짖는다. 그 어떤 소리도 내게서 나오지 않는다. 꿈의 침묵.

벌판. 눈. 벌판.

여자는 주저앉는다. 한 번의 경련, 그리고 끝이다. 깨끗이 깨지는 어떤 것. 눈 진창 속 머리는 잘린 나무 그루터기 같았다. 두 눈은 더러운 상처로 변했다.

54

"나를 더는 쳐다보지 않는 이 모든 죽은 여자들." 엄마, 플락이 죽었어요. 개는 오랫동안 반죽음 상태에 있었다. 이어 개는 현관 계단 아래로 자신을 끌고 나갔다. 목구멍에 거친 숨결이 토해지지 못한 채 가득 찼고, 그리고 개는 죽었다. 마치 누가 목을 조른 것처럼.

SS는 개줄을 잡아당겼다. 개는 하던 일로부터 풀려났다. 개의 입에 약간의 피가 묻어 있었다. SS는 휙 휘파람을 불더니, 자리를 떠났다.

블록 25 앞에서는 맨발과 민머리의 담요가 폴짝거리기를 멈추지 않았다. 밤이 왔다.

그리고 우리는 눈 속에 가만히 서 있었다. 정지된 벌판 속에 정지된 채로.

그리고 지금 나는 이것을 쓰기 위해 어느 카페에 있다.

마리

그의 아버지도, 어머니도, 형제들도, 자매들도 도착하자마자
　독가스에 질식당했다.
부모들은 너무 늙었고, 자식들은 너무 어렸다.
그녀가 말했다. "내 여동생은 정말 예뻤어. 너희가 상상도 못 할
　정도로.
그들은 차마 내 동생을 바라보지 못했을 거야.
만일 바라보았다면, 죽이지 않았을 거야.
아니, 죽이지 못했을 거야."

이튿날

점호는 밤부터 시작되었고 지금은 낮이다. 밤은 맑고
차가웠고, 사위는 얼어붙어 사각거렸다—마치 별들에서
얼음이 흘러내리는 것 같았다. 낮은 맑고 차가웠다.
참기 힘들 정도로 차가웠다. 호각 소리. 각 일렬종대가
부산히 움직인다. 그 움직임이 우리한테까지 물결쳐
온다. 영문도 모르고 우린 빙글빙글 돈다. 영문도 모르고
우리 역시 움직인다. 우린 앞으로 나간다. 너무 무감각해
우리는 움직이는 차가운 한 덩어리에 지나지 않는다. 우리
다리는 우리 다리가 아닌 것처럼 앞으로 나간다. 첫 번째
일렬종대가 문을 통과한다. 양편에 개들과 함께 있는 SS.
그들은 군용 외투에, 방한모에, 목도리에 완전히 감싸여
있다. 개들도. 개들도 하얀 원에 검은 두 개의 문자 SS가
새겨진 개 외투를 입고 있다. 깃발 천으로 만든 외투다.
일렬종대가 양옆으로 벌어졌다. 문을 통과할 때는 일정
간격으로 대열을 맞춰야 했다. 일단 문을 통과하면, 우리는
가축들처럼 서로 몸을 붙였다. 하지만 추위가 너무 심한
나머지, 우리는 더 이상 그것을 느낄 수 없다. 우리 앞에
벌판이 별빛처럼 반짝거린다. 바다다. 우리는 따라간다.

대열은 도로를 건너고, 바다를 향해 똑바로 걷는다. 침묵 속에서. 천천히. 우리는 어디로 가는 걸까? 우리는 반짝이는 벌판 속으로 나아간다. 우리는 추위로 엉긴 빛 속으로 나아간다. SS들이 소리친다. 우리는 그들이 소리치는 말을 알아듣지 못한다. 각 일렬종대는 바닷속으로, 그러니까 얼음 같은 차가운 빛 속으로 멀리 더 멀리 빨려 들어간다. SS는 우리 머리 위로 명령을 반복한다. 우리는 눈이 부신 채 앞으로 나아간다. 그런데 갑자기, 눈이 멀 것처럼 눈부신 벌판 가장자리에 다다르자, 공포가, 현기증이 몰려온다. 뭘 하려는 거지? 우리한테 뭘 하려는 거지? 그들은 또 소리를 지른다. 그들은 달리고, 그들 무기는 쨍그랑거린다. 도대체 우리한테 뭘 하려는 거지?

각 일렬종대가 헤쳐 모여 정사각형을 만든다. 10명씩 10열. 사각형에 이어 또 사각형. 반짝이는 눈 위에 그려진 회색 체스판 같다. 그리고 마지막 종대. 이 마지막 사각형은 부동자세로 멈춰 있다. 눈 위에 체스판 윤곽선을 똑바로 그리라고, 그렇게 줄을 서라고 그들은 소리를 질러댔다. SS가 각 모서리를 지키고 있다. 우리한테 뭘 하려는 거지? 말을 탄 장교 하나가 지나간다. 1만 5천 명의 여자들이 눈 위에 서서 그린 완벽한 정사각형을 그는 바라본다. 흡족한지 고삐를 당겨 말을 돌린다. 고함이 멎는다. 보초병들이 정사각형 주변을 왔다갔다 하기 시작한다. 우린 다시 정신을 차린다. 우린 아직 숨을 쉬고 있다. 우린 추위를 들이마시고 있다. 우리 너머 있는, 저 벌판.

눈이 굴절된 빛 속에서 섬광처럼 빛난다. 퍼지는 빛살은 없고 단단하고 차가운 얼음 빛만 있다. 모든 게 잘린 듯 날카로운 윤곽선으로 새겨져 있다. 하늘은 파랗고, 단단하고, 얼어 있다. 빙하 속에 갇힌 식물들이 떠오른다. 빙하가 수중 식물까지 얼려버리는 북극에서나 있을 수 있는 일이다. 우린 그런 식물들처럼 얼음덩어리 속에 갇혀 있다. 단단하고, 잘린 듯 날카롭고, 투명해 마치 수정 같기도 한 얼음 속에. 그리고 빛이 이 수정을 관통한다. 마치 빛이 얼음 속에서 얼어버린 듯, 아니 마치 얼음이 곧 빛이기라도 한 듯. 우리가 이 얼음덩어리 속에서 그래도 움직일 수 있음을 깨달은 것은 한참이 지나서였다. 우리는 신발 속에서 발가락을 꼼지락거려 보고, 발로 바닥을 굴러본다. 1만 5천 명의 여자들이 발을 구르고 있지만, 아무 소리도 나지 않는다. 우리는 시간이 폐기된 환경에 있다. 이 얼음 속에서, 이 빛 속에서, 이 눈이 멀 것처럼 눈부신 눈 속에서 우리 자신이 있는지 없는지조차 알 수 없다, 이 얼음, 이 빛, 이 고요. 우리는 꼼짝도 하지 않는다. 오전이 흘러간다―시간 밖의 시간. 그리고 이제 체스판 가장자리는 말끔하지 않다. 열들이 흐트러진다. 몇몇은 제자리로 돌아가느라 몇 걸음 걷는다. 눈이 반짝인다, 드넓게, 그 어떤 그림자도 없는 너른 곳에서. 눈 속에 거의 파묻힌 전봇대와 막사 지붕 윤곽선이 잘린 듯 날카롭고, 가시 돋친 철조망은 펜으로 그린 것 같다. 그들은 우릴 가지고 뭘 하려는 걸까?
빛은 변하지 않았는데, 시간은 흐른다. 빛은 단단하고, 얼음 같고, 견고하다. 하늘도 파랗고, 단단하다. 얼음이 어깨 위에 눌어붙어 있다. 점점 무거워지면서, 우릴 짓누른다. 우린 이제 추운 게 아니라, 점점 더 무기력해지고, 무감각해진다. 얼음덩어리 속에 갇혀, 그 속에서, 저 너머 기억 속에서 우리는 살아 있는 자들을 본다. 비바가 말한다. "난 다시는 겨울 스포츠를 좋아할 수 없을 거야." 눈이 치명적이고, 적대적인 요소가 아니라 뭔가 얼토당토않은 다른 것을 떠올리게 했다는 사실이 부자연스럽고, 지금까지도 낯설기는 하다.

우리 발밑에, 눈 위에, 한 여자가 엉거주춤 앉아 있다. 그녀에게 이런 말은 안 한다. "눈 속은 안 돼요. 동상 걸려요." 이런 말은 기억, 옛 관념의 반사 작용이다. 그녀는 눈 위에, 아니 눈 속에 앉아 거기에 자리를 판다. 어릴 때 읽었던 게 기억난다. 동물들은 죽을 때 자기 누울 자리를 판다고 했다. 여자는 자잘하면서도 정밀한 동작으로 바쁘다. 몸을 자리에 눕힌다. 눈 속에 얼굴만 보인다. 조용히 앓는 소리를 낸다. 두 손은 축 처져 있다. 그녀는 입을 다문다.

우리는 이해하지 못하는 표정으로 그녀를 바라본다.

빛은 여전히 가만하고, 살을 에듯 차갑다. 그것은 죽은 별의 빛이다. 얼어붙은 막막함, 눈부신 무한, 그것은 죽은 행성에서 나온 것이다. 우리가 무기력하게, 무감각하게, 갇혀 있던 얼음. 그곳의 정지 속에서 우리는 삶의 모든 의미를 잃어버렸다. 누구도 이런 말은 하지 않는다. "배고파. 목말라. 추워." 전혀 다른 세계로 전이된 우리는 전혀 다른 생의 호흡에 속박된다. 그곳은 살아 있는 죽음의 세계이고, 얼음 속이며, 빛 속이며, 침묵 속이다.

갑자기, 철조망 옆 도로로 트럭 한 대가 나온다. 트럭은 눈 속을 달린다. 아무 소리도 없이. 자갈 운반 용도로 쓰이는 덮개 없는 트럭이다. 여자들이 가득 실려 있다. 여자들은 서 있다. 다 밀어버린 머리로. 소년처럼 짧게 깎은 작은 머리들,

여위고 마른 머리들이 빽빽이 밀착되어 있다. 트럭은 조용히
이 머리들을 싣고 달린다. 머리들은 그날의 푸른 하늘에
선명한 윤곽을 새기며 지나간다. 철조망을 따라 조용히
환영처럼 미끄러지는 트럭. 하늘에 떠가는 얼굴들의 프리즈.•
여자들이 우리 옆을 지나간다. 그녀들은 울부짖는다. 그녀들은
울부짖지만, 우리는 아무것도 들리지 않는다. 만일 우리가
평범한 일상 환경에 있었다면, 이 차갑고 메마른 공기를
통해 소리가 전해졌을 것이다. 그 어떤 소리도 우리에게
도달하지 않는데 그녀들은 우릴 향해 울부짖는다. 그녀들의
입은 울고 있고, 우리들을 향해 뻗은 팔도 울고 있다.
그녀들의 모든 것. 각각의 몸이 하나의 울음이다. 공포의
울음으로 타오르는 횃불, 여자의 몸을 한 비명. 각자가
물화된 비명이고 절규다―그러나 들리지 않는다. 트럭은
조용히 눈 위를 굴러간다. 주랑 현관 아래를 지나간다.◦
사라진다. 트럭이 비명들과 함께 사라진다.
첫 번째 트럭과 꼭 닮은 또 다른 트럭이, 역시나 울부짖지만
소리는 들리지 않는 여자들을 싣고 또다시 주랑 현관
아래로 미끄러져 들어가 사라진다. 이어서 세 번째 트럭이.
이번엔 우리 차례다, 우리는 울부짖는다. 얼음 속에 갇혀
있어 전달되지 않는 울음소리로―혹은 우리는 벼락이라도
맞았던 걸까?
트럭에는 죽은 여자들과 산 여자들이 섞여 있다. 죽은 여자들은
나체로 켜켜이 쌓여 있다. 산 여자들은 죽은 여자들과

• 방이나 건물 윗부분에 양옆으로 길게 그리거나 조각한 띠 모양 장식.
◦ 대성당 건축의 특징인 주랑 현관을 지나간다는 표현은 삶과 죽음의 경계를
  넘어 사지(死地)로 향한다는 뜻으로 보인다.

닿지 않으려고 안간힘을 쓴다. 트럭이 흔들리고 덜컹거릴
때마다 팔 하나가, 다리 하나가, 트럭 짐칸 가로장 사이로
삐져나온다. 산 여자들은 질겁하고 온몸이 굳어 있다.
공포와 혐오감. 여자들은 울부짖는다. 우리는 아무것도
들리지 않는다. 트럭은 눈 위를 고요히 미끄러진다.
우리는 울부짖는 눈으로, 믿기지 않는 눈으로 바라본다.
얼굴 하나하나가 그토록 선명하게, 얼음 빛 속에, 푸른 하늘에
새겨져 있다. 그곳에 영원한 자국을 남기듯.
짧게 깎인 머리들, 빽빽하게 붙어서 비명 지르는 머리들,
들리지도 않는 울음소리를 내느라 비틀린 입들, 소리 없는
비명 속에 요동치는 손들.
그 울부짖음이 푸른 하늘에 새겨진 채 있다.

그날은 블록 25를 다 비워버린 날이었다. 선고받은 자들이
가스실로 올라가는 트럭에 실렸다. 마지막으로 남은 자들은
불태워질 시체들을 트럭에 실은 후, 자기도 거기에 올라야만
했다.
죽은 자들은 곧장 화장터로 던져졌기에, 우린 궁금했다.
"마지막 트럭에 죽은 여자들과 섞여 있던 산 여자들은
가스실을 거쳤을까? 아니면 트럭에서 불꽃 속으로 바로
던져졌을까?"

그녀들은 울부짖었다. 왜냐하면 알고 있었으니까. 하지만
그녀들의 성대는 목구멍 속에 부러져 있었다.

그리고 우리는, 얼음과 빛, 침묵의 벽 속에 갇혀 있었다.

같은 날

우리는 추위로, 얼음 받침돌 위에, 조각상처럼 서 있었다. 우리 다리는 얼어붙은 땅에 붙박여 있었다. 모든 동작이 폐지되었다. 코를 긁고 손에 입김을 부는 것은 유령이 코를 긁고 손에 입김을 부는 것처럼 환상의 영역에 속한 듯 느껴졌다. 누군가 말한다. "우릴 다시 돌려보낼 거야." 그러나 우리 중 아무도 대답하지 않는다. 우린 의식과 감각을 다 잃었다. 우리는 스스로에게도 죽어 있었다. "우릴 다시 돌려보낼 거야. 앞 사각형이 열을 맞추고 있어." 그리고 보니 모든 사각형 대열에 명령이 떨어지고 있었다. 다시 다섯 줄씩 늘어섰다. 얼음벽들이 넓어졌다. 첫 번째 일렬종대가 도로에 접어들었다.

우린 넘어지지 않기 위해 서로 기댔다. 하지만 애를 쓰고 있다는 느낌은 들지 않았다. 우리 몸은 우리 바깥에서 걷고 있었다. 뭔가에 사로잡히고, 박탈당한. 어떤 추상적 상태. 우린 무감각했다. 우린 수축된 움직임으로 걸었다. 얼어붙은 관절이 허용하는 만큼만 걸었다. 아무 말 없이. 수용소로 귀환. 우리는 지난밤부터 계속된 이 꼼짝없음에 끝이 있을 거라고는 예상하지 못했다.

우리는 돌아가고 있었다. 빛은 덜 냉혹해졌다. 의심할 여지 없이, 황혼 녘이었다. 어쩌면 우리 눈이 흐려져서 그런지도 몰랐다. 조금 전까지만 해도 그렇게 분명했던 철조망이 저만치 멀고, 반짝이던 눈은 설사처럼 얼룩덜룩해져 있었다. 더러운 웅덩이. 하루의 끝. 웅덩이 속 눈 위에 죽은 자들이 널브러져 있었다. 가끔은 그들을 뛰어 건너야 했다. 그것은 우리에겐 흔하디흔한 장애물이었다. 그것에 대해 더 이상은 아무런 감정을 느낄 수 없었다. 우린 걸었다. 로봇처럼 걸었다. 걷는 얼음 조각상들이었다. 다 고갈된 여자들이 걷고 있었다.

걷는데, 앞줄에 있던 조제가 돌아보며 말했다. "문에 도착하면 뛰어야 해. 전달해 줘." 내가 못 들었다고 생각했는지 그녀는 다시 말했다. "뛰어야 해." 명령은 전달되었지만, 그걸 수행하겠다는 의지는 우리 안에서 전혀 깨어나지 않았다. 마치 이렇게 말하는 것이나 다름없었다. "비가 오면, 우산을 펴야 해." 그처럼 얼토당토않은 말.

우리 앞에서 동요가 일어나면, 그건 우리가 문에 도착했다는 뜻이었다. 모두 달리기 시작한다. 그녀들이 달린다. 제 맘대로 안 되는 나막신, 신발들이 사방에서 날아다닌다. 이걸 신경 쓸 틈이 없다. 그녀들은 달린다. 얼음 조각상의 그로테스크함, 아비규환. 그녀들은 달린다. 우리 차례가 오자, 우리가 문 앞에 도착하자, 우리도 달린다. 어떤 판단이나 의지가 작용한 것도 아닌데, 숨이 끊어질 때까지 달리기로 한 듯 우린 죽어라 앞으로 달린다. 이제 이건 우리에게 더 이상 그로테스크하지 않다. 우린 달린다. 무엇을 향해? 왜? 그저 우린 달린다.

달려야 한다는 것을, 왜냐하면, 라거슈트라세를 따라, 문 양쪽에, 이중 대열이 서 있기 때문에 달리지 않으면 안 된다는 것을 내가 이해하고 달렸는지는 잘 모르겠다. 여자 SS, 모든 계급을 가리키는 모든 색의 완장과 작업복 차림의 포로들이 지팡이, 막대기, 가죽끈, 허리띠, 소 힘줄 채찍을 들고 있었고, 이중 대열 사이를 지나가는 모든 것을 향해 도리깨 치듯 내리쳤다. 맞는 것을 피하려면, 가죽끈이 날아올 때 바로 그 아래에서 쓰러지면 된다. 구타가 비 오듯 머리와 목 위로 쏟아졌다. 분노의 여신들이 아우성을 쳤다. 슈넬러! 슈넬러! 더 빨리, 더 빨리! 더 빨리 도리깨질을 해야 곡식 알갱이들이 튀어나온다, 달린다, 달린다. 내가 목숨 달린 일임을 알고 달린 것인지는 모르겠다. 그러나 나는 달렸다. 이런 부조리에는 순응하지 않겠다는 생각은 그 누구에게도 들지 않았다. 우린 달렸다. 우린 달렸다.

이 전체 장면을, 훗날에 내가 재구성한 건지, 아니면 처음부터 모든 걸 아우르는 개념이 내게 있었는지는 잘 모르겠다. 한데 전체를 다 보고, 다 포착하고, 종합하는, 예리하고도 주의 깊은 능력이 원래 내게 있는 것 같긴 했다.

그것은 기상천외한 달리기였다. 일상이라는, 곳 같은 곳에서 조망해야 그 터무니없음이 헤아려진다. 거리를 두고 본다는 것을 그때는 생각조차 할 수 없었다. 우린 달렸다. 슈넬러, 슈넬러. 우린 달렸다.

숨을 헉헉거리며 수용소 안쪽에 도달한 나는 누군가 이렇게 말하는 소리를 듣는다. "이제 블록으로, 빨리. 블록으로 들어가." 정신 차리고 들은 첫 인간 목소리였다. 나는 냉정을 되찾고 주위를 둘러본다. 나는 내 동기들을 놓쳤다.

뒤이어 다른 사람들이 몰려들었다. 그리고 서로를 확인했다.
"아, 너 있었구나? 마리는? 질베르트는?"
나는 찌그러진 머리들과, 충혈되고 뒤엉킨 분노의 머리들이
튀어나오는 환각에서 빠져나온다. 슈넬러. 슈넬러. 그리고
지팡이의 구부러진 부분으로 내 옆에 있던 동기를 낚아채던
드렉슬러. 누구지? 그게 누구였지? 누군지는 기억해 낼
수 없었지만, 지팡이에 끌어당겨진 그녀의 얼굴을 나는
분명히 보았다. 목이 뒤로 확 젖혀진 그녀의 굳은 표정을.
도대체 그녀는 누구였을까? 이 달리기의 광기는 밖에
있는 관객만이 제대로 볼 수 있었다. 왜냐하면 우린 즉시
이 비현실성에 굴복했으니까. 우린 정상인이 이런 광란에
직면해 발휘하는 반사 신경을 잃어버렸다.
"블록으로 들어가. 여기. 여기로." 먼저 정신을 차린 사람들이
다른 사람들을 안내한다. 나는 어둠 속으로 들어간다. 어둠
속에서 나를 이끄는 목소리들이 들린다. "여기로, 자, 거기,
이제 올라가." 나는 우리 방으로 올라가기 위해 판자들을
붙잡는다.
"뭐 하고 있었어? 우리 중에 너만 없어서 너무 무서웠어."
손들이 날 끌어올렸다. "누구랑 있었어?" "나랑, 우린 함께
있었어." 이본 B.가 말했다. 그녀는 내 곁에 계속 붙어
있었는데, 난 그녀를 보지 못했다.
"엘렌 봤어?"
"엘렌?"
"응. 알리스 비테르보하고 바닥에 넘어졌어. 엘렌이 팔을
내밀었는데."
"알리스는 붙잡혔어."

66

"엘렌은 알리스를 부축해서 데려가려고 했는데, 알리스가 다시 못 일어났어."

"그래서 엘렌이 그냥 놨어."

엘렌이 도착했다. "너 빠져나왔구나."

"누가 날 빼내더니 '그 여자 놔' '그 여자 놔' 하고 소리 지르면서 날 잡아당겼어. 난 다시 달리기 시작했고. 알리스를 포기할 수밖에 없었어. 알리스를 다시 찾으러 가면 안 될까?"

"안 돼. 블록에서 나가면 안 돼."

여자들이 하나씩 차례로 돌아왔다. 망연자실한 채, 진이 다 빠진 채. 우린 숫자를 세어봤다.

"만세, 너희 그룹은 다 있네."

"응, 여덟 명 다."

"그 옆 그룹은? 다 있어?"

"아니, 브라반더 부인이 없어."

"또 누가 없어?"

"반 데어 리 부인."

"여기 마리."

"그럼, 이본 할머니는?"

우린 나이 든 사람, 아픈 사람, 약한 사람들을 불러봤다.

"나 있어." 이본 할머니의 목소리가 작게 들렸다.

우린 다시 숫자를 세었다. 14명이 부족했다.

나는 브라반더 부인을 분명 보았다. 드렉슬러가 지팡이로 그녈 붙잡았을 때 그녀는 딸에게 이렇게 말했다. "도망쳐, 얼른. 뛰어. 난 내버려둬."

나는 달렸다, 아무것도 보지 않고 달리고 달렸다. 나는 달리고 달렸다. 아무것도 생각하지 않고, 위험이 거기 있다는 것을 생각하지 않고, 그것이 희미하면서도 임박해 있다는 감만으로 나는 무작정 달렸다. 슈넬러. 슈넬러. 끈이 풀린 신발을 내려다보고도, 나는 달리는 걸 멈추지 않았다. 나를 박살 낼 것처럼 몽둥이로, 허리띠로 때려도 그것을 느끼지 않고 달렸다. 그러다 웃고 싶어졌다. 아니 그보다, 웃고 싶어하는 나의 분신을 보았다. 내 사촌은 어떤 오리가 목 잘린 채로도 걷더라고 나에게 주장한 적이 있다. 이 오리는 목이 뒤로 넘어갔는데도 그걸 보지 못하고 달리고, 또 달렸다고 했다. 이 오리는 여느 오리가 달리는 것처럼 달리지 않았다. 자기 발만, 자기 신발만 바라보며, 나머지는 무시한 채 달렸고, 이젠 머리가 떨어졌으니, 더는 두려워할 게 없었다.

지금 없는 사람들이 다시 돌아오기를 희망하며, 우린 기다린다. 그녀들은 되돌아오지 않는다. 우린 기다리며, 차마 두려움을 꺼내지 못한다. 그것이 우리의 또 하나의 천성이 되었다. 그리고 우리는 상황을 맞춰보았다.

"알겠지. 젊은 사람들만 통과시킨 거였어. 잘 달리는 여자들만. 다른 사람들은 다 붙잡혔어."

"난 정말 알리스를 끌고 오고 싶었어. 할 수 있는 한 꽉 잡았어."

"브라반더 부인은 아주 잘 달렸어."

그러자 언니인 한 여자가 자기 동생에게 말했다. "그 비슷한 일이 생기면, 넌 나 신경 쓰지 마. 네 목숨이나 챙겨. 너만 생각해. 약속해. 나한테 맹세할 수 있지?"

"내 말 들어봐, 엘렌, 알리스는 그 다리로는 어쨌든 버틸 수 없었을 거야."

"그들이 폴란드인들을 정말 많이 잡아갔어."

"얼굴 주름 때문에, 브라반더 부인은 더 늙어 보였어."

벌써, 그녀들을 과거처럼 말한다.

브라반더 부인의 딸은, 그 고미 다락방에서, 더 이상 아무것도 기대하지 않는 자의 눈길로 있었다.

나는 어떻게 오리가 머리 잘린 채 달릴 수 있었는지 궁금해한다. 내 다리는 추위로 마비되었다.

그들이 그녀들한테 무슨 짓을 할까?

슬로바키아인인, 블록의 우두머리 마그다가 다들 조용히 하라고 했고, 뭐라고 말하자 마리-클로드가 통역한다. "자원자가 필요하대. 오래 걸리진 않을 거래. 제일 젊은 사람들로." 우리 팔다리는 여기서 더 힘을 내는 게 불가능했다. 우리 그룹을 위해 일어난 건 세실이었다. "내가 갈게." 그러고는 신발을 신었다. "가봐야겠어. 무슨 일이 생긴 건지 알아봐야겠어."

돌아온 그녀는 이빨을 딱딱 부딪혔다. 말 그대로, 캐스터네츠 소리를 냈다. 추워서 완전히 얼어붙었다. 그리고 울고 있었다. 우린 그녀 몸을 데워주고, 우리 몸까지 전해지는 덜덜거림을 가라앉히려 그녀 몸을 비벼댔다. 그러면서 우린 어린아이에게 질문하듯 바보 같은 단어들로 그녀에게 물었다. "수용소에 남아 있는 죽은 자들을 다 주워 모으려고 부른 거였어. 블록 25 앞에 그 시체들을 가져다 놓아야 했어. 한데 아직 살아 있는 여자가 하나 있었어. 여자가 애원했어. 우리한테 매달렸어. 누가 '도망쳐요, 도망쳐요! 25 앞에 있지 말아요. 타우베가 도착할 거예요. 당신을 거기 던질 거예요. 도망치란 말이에요!' 하고 말했을 때, 우린 그녈 억지로라도 끌고 가고 싶었어. 방금 붙잡힌 우리 동기들이 거기 있었어. 우린 그녀들을 그냥 놔두고, 뛰었어. 죽어가던 여자가 내 발목을 잡았어."

총 14명이 죽었다. 사람들 말로는, 앙투아네트는 가스실에 보내졌다고 했다. 어떤 사람들은 아주 오래 버텼다. 반 데어 리 부인은 미친 것 같았다. 가장 길게 죽어간 것은 알리스였다.

알리스의 다리

어느 날 점호 전 시각, 블록 25 뒤편 화장실에 갔던, 어린 시몬이 온몸을 떨며 돌아왔다. "알리스 다리가 저 아래 있어요. 가서 보세요."

블록 25 뒤에는 시체 보관소가 있었다. 판자로 만든 막사에 위생소에서 나온 시체들을 쟁여놓았다. 켜켜이 쌓인 시체들은 자신들을 화장터로 실어갈 트럭을 기다리고 있었다. 쥐들은 이들을 마음껏 먹어댔다. 그곳은 따로 문이 없어 나체 시체 더미가 그대로 드러나 있었고, 나타났다 사라졌다 하는 쥐들의 번득이는 눈도 보였다. 시체들이 너무 많을 때면 밖에도 쌓아놓았다.

그것은 잘 정렬된 시체 장작더미다. 진짜 장작더미처럼 밤에는 달빛과 눈 속에서 기묘하게 빛난다. 우린 그것들을 두려움 없이 바라본다. 인내의 한계에 직면하지만 그 한계에 굴복하지 않으려 애를 쓴다.

눈 속에 누워 있는 알리스의 다리는 살아 있는 듯 선연하다. 다리가 죽은 알리스로부터 분리되어 있음이 틀림없었다. 우리는 그것이 여전히 있는지 보려고 일부러 가보았다. 매번 그건 정말 참을 수 없는 일이었다. 눈 속에서 죽어간, 버려진 알리스. 우리가 다가가지 못했던 알리스. 왜냐하면 나약함이 우릴 못 박힌 듯 꼼짝 못 하게 했기 때문에. 홀로 죽어간 알리스. 아무도 부르지 못하고.

알리스가 죽은 지 몇 주가 지났지만 그녀의 인공 다리는 눈 위에 아직도 누워 있었다. 이어 다시 눈이 왔다. 다리가 덮였다. 다리가 진흙 웅덩이에서 다시 나타났다. 진흙 속 그 다리—산 채로 잘려 나간.
우리는 그것을 오래 바라보았다. 어느 날 그것이 없어졌다. 누군가가 불을 피우려고 가져간 게 분명했다. 확실히, 집시의 소행일 것이다. 그런 용기는 집시 말고는 누구도 낼 수 없을 테니까.

스테니아

아무도 오늘 밤 잠들 수 없다.

바람이 불고, 휙휙 소리를 내고, 신음한다. 이것은 습지에서 올라오는 신음이다. 부풀어 오르고, 부풀어 오르고, 그러다 터지고, 전율의 침묵으로 가라앉는 흐느낌이다. 또 다른 흐느낌이 부풀어 오르고, 부풀어 오르고, 터지고 소멸한다.

아무도 잠들 수 없다.

침묵 속, 바람의 흐느낌과 죽어가는 자의 거친 헐떡임. 처음엔 틀어막힌 듯하다가 이어 뚜렷해진다. 커지고 커져, 바람이 꺾였는데도 어디서 들리는 소리인지 귀가 곤두선다.

아무도 잠들 수 없다.

스테니아는, 이 블록호바는 잠들 수 없다. 그녀는 자기 방에서, 블록 입구 골방에서 나온다. 그녀가 든 초가 우리들이 층층이 누워 있는, 칸과 칸 중간의 어두운 통로를 밝힌다. 스테니아는 회오리바람이 꺾이기를 기다린다. 침묵 속에서 거친 헐떡임이 들썩이자, 그녀가 소리 지른다. "누구 소리지? 조용!" 거친 숨소리가 계속된다. 스테니아가 소리친다. "조용!" 그러나 단말마의 여자는 듣지 못한다. "조용!" 죽어가는 자의 거친 숨소리가 바람의 물결 사이 침묵을 가득 메운다. 칠흑 같은 어둠을 가득 메운다.
스테니아는 초를 들어 올린다. 거친 숨소리를 향해 간다.
이윽고 죽어가는 자의 정체를 알아내고, 그녀를 내려보내라
명령한다. 죽어가는 자의 동기들은, 스테니아의 몽둥이질
아래, 그녀를 바깥으로 끌어낸다. 그녀들은 벽을 따라
그녀를 눕힌다. 최대한 부드럽게. 그리고 돌아와 다시
잠자리에 눕는다.
스테니아의 불빛이 멀어진다, 사라진다. 비 섞인 돌풍이 지붕을
부수기라도 할 듯 덮친다.
막사에서는, 아무도 잠들 수 없다.

습지로
광차로
덮인 벌판.
광차에 실을 자갈들과
습지를 메울 삽과 가래들로
덮인 벌판.
가래와 광차로, 습지로 가서
일할 남자들과 여자들로 덮인 벌판.
분투하다 죽어갈
남자들과 여자들로 덮인 벌판.

낮

습지들. 습지로 덮인 벌판. 무한의 습지들. 무한하게 얼어붙은 벌판.

우리는 우리 발에만 집중했다. 열을 지어 걸어가니 일종의 망상이, 편집증이 생긴다. 항상 자기 앞을 걸어가는 발만 보인다. 전진하는, 무겁게, 당신 앞을 전진하는 발들. 당신들을 벗어나는 발들, 당신들은 절대 따라잡을 수 없는 발들. 제자리걸음의 악몽 속에 항상 당신들보다 앞서 있는 발들, 심지어 밤에도. 당신이 맨 앞줄에 있어도 여전히 보일 정도로 당신을 사로잡는 발들. 고르지 않은 소리로, 고장 난 발걸음으로 전진하는 발들. 당신이 어쩌다 신발을 도둑맞은 벗은 맨발 뒤에 있다면, 빙판 속을, 진창 속을 걸어가는 맨발들, 눈 속에서 벗고 또 벗은 맨발들, 더는 보고 싶지 않은 고문당한 발들, 부딪힐까 무서운 그 발들은 당신을 실신할 지경으로 고통스럽게 한다. 때론 발에서 나막신이 벗겨져 당신 앞에 좌초하고. 여름날 파리 떼처럼 당신을 괴롭히고. 다른 자가 몸을 숙여 주워갈 뿐 당신은 이 나막신 때문에 걸음을 멈추지는 않는다. 당신은 걷는다. 열에서 이탈해 길 한옆으로 밀려난 낙오자를 당신은 추월한다.

다시 자기 자리를 찾기 위해 뛰는 낙오자를, 같이 걷던 동기들이 다른 대열 속으로 빨려 들어가 이젠 그 동기들을 알아보지 못하는 낙오자를, 그러니 이젠 발에 눈길을 던져 신발로 그들을 찾는 낙오자를 추월해 버린다. 당신은 걷는다. 스케이트장처럼 미끌거리는 길을, 아니면 진창으로 끈적거리는 길을, 당신은 걷는다. 신발 바닥이 들러붙는 붉은 점토질. 당신은 걷는다. 당신은 안개로 뒤덮인 습지를 향해 걷는다. 당신은 아무것도 보지 않고 걷는다. 당신 앞을 걷고 있는 발들에 눈을 고정하고. 당신은 걷는다. 습지로 덮인 벌판을 걷는다. 지평선까지 펼쳐지는 습지. 경계도, 가장자리도 없는 벌판. 얼어붙은 벌판. 당신은 걷는다.

해가 떠서부터 하루 종일 우리는 걷고 있다.

추위가 뼈에 훨씬 축축하게, 훨씬 적나라하게 들러붙는 순간이 있다. 하늘은 맑게 개었다. 낮이다. 사람들이 말하는 낮이다. 우리는 출발하기 위해 낮을 기다렸다. 출발하기 위해 우리는 매일 낮을 기다렸다. 날이 밝기 전에는 나갈 수가 없다. 감시탑 보초병들이 도망자들에게 방아쇠를 당길 수 있는 시각 전에는 도저히 나갈 수가 없다. 도망칠 생각은 아무도 하지 못했다. 탈주할 마음을 먹으려면 우선 강해야 했다. 자기의 모든 근육과 감각을 다 헤아리고 있어야 했다. 아무도 도망칠 생각을 하지 않았다.

낮이었다. 일렬종대가 만들어졌다. 우리는 그 어디로 가든 상관없었다. 우리의 유일한 관심사는 헤어지지 않는 것이었다. 서로 붙어 있는 것이었다.

종대가 만들어지고 나서 한동안 대기가 있었다. 수천 명의 여자들이 한 번에 다섯 명씩 나오고, 그 숫자를 세는 데 한참 걸렸다. 문을 통과할 때 긴장이 역력했다. 드렉슬러와 타우베의 눈 밑을, 수많은 감시관의 눈 밑을 질질 끌리듯 지나가야 하는, 제대로 잠기지 않는 옷깃들, 느슨해진 단추들, 축 처진 손들, 읽을 수 없는 숫자들. 막사 관리 초소 앞에서 SS 하나가 자기 작대기로 각 열의 첫 번째 사람을 건드리며 숫자를 세었다. 퓐프첸[15], 츠반치히[20]. 작업반의 중요도에 따라 100 또는 200까지 세었다. 대열이 다 지나가자, 개줄을 잡은 SS 둘이 행군을 정리했다. 고리에 고리를 던지듯 수용소는 밤의 내장을 낮에 던졌다.

오른쪽 또는 왼쪽으로 돌았다. 오른쪽은 습지로 향했다. 왼쪽은 철거할 집들과 그 잔해를 실어 밀고 가야 할 광차들이 있었다. 몇 주 동안, 나는 오른쪽으로 돌게 해달라고 빌었다. 그러면 개울을 건너야 하고, 마실 물을 취할 수 있기 때문이었다. 몇 주 동안 나는 갈증이 났다. 대체로 우리는 습지로 보내졌다.

길로 접어들었다. 구속이 줄었다. 걷는 일을 거들기 위해 서로 팔을 잡고 목깃을 올리고 소매 속에 손을 집어넣을 수 있었다. 일렬종대가 길을 따라 늘어졌다.

오늘 길은 서리로 덮여, 거울처럼 윤이 났다. 누구는 이 얼음 위를 스케이트 타듯 미끄러졌다, 헛돌았다, 넘어졌다. 종대는 전진한다. 다리가 터질 듯 부풀어 오른 탓에 걸을 수 없어 거의 끌고 가다시피 해야 할 여자들이 있었다. 그래도 종대는 전진한다. 가기 꺼려지는, 커브 길이 나타났다. 왜냐하면 거기서 바람이 방향을 바꾸기 때문이다. 바람이 얼굴 전체에 들이닥친다, 예리하고 차갑게. 습지 근처에 오자 안개 기운이 느껴진다. 아무것도 보이지 않는 안개

속을 걸어간다. 보이는 게 아무것도 없다. 무한한 습지,

안개에 잠긴 벌판. 얼어붙은 하얀 솜으로 뒤덮인 벌판.

우리는 길을 걷는다. 그저 발에만 온 신경을 곤두세운 채

우리는 걷는다. 날이 밝은 이래 우린 줄곧 걸었다.

우리는 걷는다.

우리 걸음이 느려지면, 뒤따라오는 SS들이 개들을 흥분시킨다

우리는 걷는다.

얼어붙은 벌판 속을 우리는 걷는다.

습지 가장자리에서, 일렬종대는 멈춘다. 작업을 명령하는

하사관들은 자기한테 배당된 인원을 센다. 퓐프첸[15],

츠반치히[20], 피에르치히[40]. 움직이지 말라. 계속 숫자를

센다. 드라이시히[30], 퓐프치히[50]. 움직이지 말라. 다시

숫자를 센다. 이어 그들은 우리를 안개 속 희미하게 빛나는

연장 더미들로 안내한다. 우리는 삽을 잡는다. 그 옆에는

끌개들이 쌓여 있다. 안됐지만, 삽을 챙길 만큼 재빠르지

못한 자들은 이걸 끌어야 한다. 손에 연장을 들고, 우리는

습지로 내려온다. 우리는 습지의 더 짙은 안개 속으로

들어간다. 우리 앞에 아무것도 보이지 않는다. 우리는 구멍

속으로, 구덩이 속으로 미끄러져 들어간다. SS가 소리친다.

군화를 신어 안심인 그들은 여기저기 왔다 갔다 하며 우리를

뛰게 한다. 그들은 작업할 사각형 구간을 표시해 놓았다.

전날 삽질을 끝낸 데부터 다시 시작해야 한다. 안개 속,

끝이 보이지 않는 선을 따라 수많은 벌레들의 그림자가,

무력하고 비참한 벌레들의 그림자가 어른거리며, 여자들은

자리를 잡기 시작한다. 몸을 숙인다. SS들이, 안바이저들이

카포들이 여기저기서 으르렁댄다. 얼음처럼 굳은 땅에 삽을

박고, 땅을 쳐대, 흙덩이를 파내야 한다. 이 흙덩이들을 끌개에 갖다 놓아야 한다. 끌개는 삽으로 파서 만든 고랑 양쪽에 있다. 끌개가 다 채워지면, 여자들은 다시 출발한다. 그녀들은 짐의 무게로 어깨가 빠질 듯 고통스럽게 걷는다. 산처럼 솟아 있는 흙덩어리 위에 끌개를 비우러 가며 비틀거리고, 올라가다 넘어진다. 옮기는 여자들은 쓰러지고, 다시 일어나고, 허리가 꺾인다. 흙더미 산꼭대기에 끌개를 엎고, 다시 삽질하는 여자 앞에 돌아와 선다. 계속해서 끝없이 돌아가는 원무圓舞가 발생한다. 이 순환 경로 내내, 목덜미에 몽둥이질이, 관자놀이에 작대기질이, 허리춤에 채찍질이 계속된다. 울부짖음. 울부짖음. 습지의 보이지 않는 경계까지 퍼지는 울부짖음. 이 울부짖는 것들은 벌레들이 아니다. 벌레는 말을 못 한다.

삽질하는 여자들 뒤에서 몽둥이가 날아온다. 이른바 분노의 여신 셋이, 갔다가 돌아왔다가 통로마다 서서 한순간도 멈추지 않고 마구 패댄다, 소리 지른다, 항상 같은 단어로 소리 지르며, 도대체 이해할 수 없는 이 언어로 같은 욕을 반복하면서 돌아가며 제 역할을 하고, 돌아가며 팔을 휘두르며, 대체로 같은 사람을, 주목한 사람을, 작은 여자면 작은 여자를, 왜냐하면 작기 때문에, 삽에 비해 너무 작기 때문에, 큰 여자면 큰 여자를, 왜냐하면 크기 때문에, 그 키가 도전적으로 느껴지기 때문에, 골라 팬다. 또 다른 여자를 선호하는 사람도 있는데, 손이 동상에 걸려 피가 흐르기 때문이다. SS는 좀 떨어져 나뭇가지로 불을 피웠다. 그들은 몸을 녹인다. 그들 개들도 그들과 함께 몸을 녹인다. 울부짖음이 절정에 이르면 그들도 뒤섞여 소리 지르며 덩달아 때린다. 울부짖는다, 때린다. 왜 때리는지 모르면서.
이유도 없이. 발길질. 주먹질. 마치 안개가 두터워지는
것처럼, 습지에 침묵이 찾아들었다가, 소리에 펠트를 씌운
것처럼 소리가 잦아들었다가, 이어 울부짖음이 다시 침묵을
후벼팠다.

그렇다. 우리가 낮을 기다렸던 이유가 이것이다. 우리는
노동하기 위해 낮을 기다렸다.

이 하루보다 영원에 가까운 것이 있을까? 하루보다 더 긴
것은 무엇일까? 하루가 흐르는 것을 어떻게 알 수 있을까?
흙덩이들이 흙덩이들로 이어지고, 고랑이 뒤로 물러난다.
옮기는 여자들은 계속해서 원을 만든다. 울부짖음,
울부짖음, 울부짖음.

하루보다 더 긴 것은 무엇일까? 시간은 흐른다. 왜냐하면
느리고 느리게 안개가 걷히기 때문이다. 손들이 덜 곱은
것처럼 느껴진다. 태양은 멀리, 희미하게 있다. 안개
조각들이 서서히 떨어져 나간다. 얼음이 물러진다,
물러진다, 녹는다. 다리가 진창 속에 빠지고, 나막신에는
반쯤 언 진흙이 달라붙는다. 진흙에 발목이 잠긴다. 진흙탕
속에, 얼음물 속에 꼼짝 못 한 채 서 있다. 끌개로 흙덩이를
옮기는 여자들은, 흙더미 산이 점점 더 젖고 미끄러워,
올라가기 점점 더 어려워진다.

낮이다.

습지는 안개를 뚫고 나온 태양의 노란 빛줄기로, 차가우면서도
희부연 빛으로 해쑥하다.

안개가 걷힌 습지는 태양 아래 다시 액체로 흐른다.

완전히 낮이다.

키 큰 황금빛 갈대들이 반짝이는 습지 위의 낮이다.

공포에 질린 눈을 한 벌레들이 지친 습지 위의 낮이다.

삽이 점점 더 무거워진다.

옮기는 여자들은 점점 더 끌개를 낮게 끈다.

인간 형상의 벌레들이 죽어가는 습지 위의 낮이다.

흙덩이는 들어 올리기 불가능해진다.

이것은 낮의 끝까지의 낮이다.

허기. 열병. 갈증.

이것은 저녁까지의 낮이다.

허리는 고통 덩어리다.

이것은 밤까지의 낮이다.

얼어붙은 손들, 얼어붙은 발들.

이것은 태양이 저 멀리 성에로 만든 수의壽衣 속 나무 형상을
어슴푸레 빛나게 하는 습지 위의 낮이다.

이것은 영원을 향한 낮이다.

작별

정오에 그녀들을 끌어냈다. 통로에서, 블록호바는
그녀들에게서 두건과 외투를 벗겨냈다. 누더기 두건, 누더기
외투.

메마르고 차가운 겨울 낮이었다. 사람들이 "걷기에 참 좋은데"
하고 말할 수도 있을 법한 겨울날들 중 하나였다. 사람들이.
어딘가 다른 곳에서는.

땅은 굳은 눈으로 덮여 있었다.

외투가 벗겨진 이들은 모두 맨팔이었다. 그녀들은 팔짱을 끼고
야윈 손으로 팔을 비벼댔다. 또 다른 이들은 머리를 감쌌다.
머리카락이 1센티미터 이상 되는 사람은 아무도 없었다.
이미 오래전부터 그런 사람은 여기 있지 않았다. 모두가
추워서 온몸을 덜덜 떨었다.

마당은 이들이 다 들어가기에는 너무나 작았다. 다들
양달쪽으로 가서 붙었다. 죽어가는 사람들을 응달로
밀어냈다. 눈 속에 앉아 그녀들은 대기했다. 그녀들의
시선은 아무것도 보고 있지 않은 시선이었다. 그들 주변의
그 어떤 것도. 마당을 보는 것도 아니었고, 다 죽어가는
자들을 보는 것도 아니었고, 죽은 자들을 보는 것도

아니었다. 자기 자신을 보는 것도 아니었다. 그녀들은 그냥 거기 있었다, 눈 위에서. 도무지 억제가 안 되는 이 덜덜거림 때문에 몸을 심하게 흔들고 있을 뿐이었다.

갑자기, 전조처럼, 그녀들은 모두 울부짖기 시작했다. 부풀고, 상승하고, 벽 너머로 커지는 울부짖음이었다. 그녀들은 이제 하늘을 향해 울부짖고, 울부짖는 입술들에 불과했다. 비틀린 입술 바닥들.

울부짖음이 산산이 부서졌고, 정적 속 여기저기서 흐느끼는 소리가 들렸다. 그녀들은 무너졌고, 쓰러졌다. 아마도, 다 포기해서. 그녀들은 이제 퀭하게 파인 눈들에 불과했다. 퀭한 눈 바닥들.

그러나 곧 받아들일 수도, 체념할 수도 없었다. 오열이 더 거칠게 일어났고, 부서졌다. 흐느낌과 함께, 절망한 퀭한 눈과 함께 다시 침묵이 가라앉았다.

얼룩덜룩한 누더기들 속에서, 얼굴 무리 속에서, 울지도 울부짖지도 않는 여자들이 더러 있었다. 그녀들은 떨지도 않았다.

그리고 다시 울부짖음이 시작되었다.

격렬한 공포의 끝에서 울부짖던 이 호소를 아무도 들어주지 않았다. 세계는 여기서 한참 떨어진 곳에 멈춰 서 있었다. "걷기에 참 좋은데" 하고 말할 법한 세계는. 우리들의 귀만이 그 소리를 들었지만, 우린 더 이상 살아 있는 자들이 아니었다. 우린 우리 차례를 기다리고 있었다.

마지막 침묵이 한동안 계속되었다. 그녀들 모두 죽었는가? 아니다. 그녀들은 여기 있다. 패배했지만, 그녀들의 의식은

여전히 거부하고, 거부하고, 곧게 서서, 항의하길, 버텨내길
원한다. 울부짖음이 다시 올라가고, 올라가고, 부풀고,
커진다. 다시 그녀들은 하늘을 향해 울부짖는 입술들에
불과했다.

침묵과 울부짖음이 시간에 가늘고 긴 선을 새겼다.

태양이 물러났다. 마당 전체가 그늘에 잠겼다. 그날의 마지막
태양 광선이 닿아 빛나는 일렬의 머리들만, 절규로
일그러지고 피골이 상접한 그녀들의 얼굴 윤곽선만 남았다.

그때 트럭 오는 소리가 들리고, 울부짖음이 그 소리를 곧장
뒤덮었다. 수용소 문이 열리자, 마당이 너무 커 보인다.
모두가 일어난다. 반대편 벽으로 몰려가 붙는다. 덩그러니
놓인 빈 공간에는, 더러워진 눈 위에는, 아직 다 수를 못 센
시체들이 즐비하다.

두 포로가 들어온다. 그들이 보이자, 울부짖음은 두 배로
커진다. 하늘의 코만도다.

몽둥이로 무장한 그들이 문 쪽으로 여자들을 밀어내려고 한다.
여자들은 움직이지 않는다. 힘이 없어서다. 이어 굴한다.
그들이 그녀들을 떼밀지 않아도, 그녀들이 가까이 온다.

첫 번째 트럭이 문 앞에 멈춘다.

포로 하나가 트럭 위에 서 있다. 목까지 올라오는 모피 깃
달린 작업복과 두 귀를 덮는 아스트라한 모피 모자 차림의
거구다.

(하늘의 코만도는 특권을 누린다. 그들은 잘 입고, 배불리
먹는다. 단 3개월간. 시간이 다 되면 다른 사람들이

● 수용소 내 죽음의 절차를 관장하는 역할을 맡긴 포로들을 '하늘의
코만도(작업반)'라고 불렀다.

파견된다. 이들은 대체되어 떠난다. 천국으로. 불구덩이로.
이렇게 석 달이 가고, 또 석 달이 간다. 가스실과 굴뚝을
보수하고 유지하는 게 바로 그들이다.)

등에는, 그들 작업복 등에는 작은 붉은 십자가가 보인다.
여자들도 같은 붉은 십자가를 달고 있다, 점점 더, 이젠,
줄무늬 통옷 차림의 여자들도 많다.

그를 향해 다른 두 사람이 여자들을 민다. 그는 요대를 풀고, 양
끝을 단단히 잡아 한 여자의 팔 아래로, 또 뒤에 있는 여자의
팔 아래로 집어넣는다. 그리고 그 여자들을 든다. 트럭
바닥에 던진다. 여자들은 정신을 차리고 일어난다. 한결같은
반사작용이다.

얏. 얏. 또 하나. 또 하나. 얏. 얏. 또 하나. 또 하나.

그는 자기 일을 아주 잘 아는 사람처럼, 매번 최선을 다하고
싶은 사람처럼 빠르게 일한다. 트럭은 가득 찼다. 하지만
충분하진 않다. 그는 허리들을 밀치며 쟁이고 또 쟁인다.
계속해서 싣는다. 여자들은 서로 딱 붙어 눌린다. 그녀들은
더 이상 울부짖지 않는다. 더 이상 떨지 않는다.

정말 더는 추가할 수 없다 싶을 때, 그는 땅바닥으로 깡충
뛰어내려 트럭 뒤판을 올리고, 가는 쇠사슬로 묶는다. 그는
점검하듯 자기 작업을 마지막으로 살핀다. 두 팔로 허리를
잡아 몇 사람을 더 올린다. 다른 여자들 위로 그 여자들을
던진다. 다른 여자들 머리 위로, 어깨 위로, 이 여자들이
쏟아진다. 그녀들은 울부짖지 않는다. 떨지 않는다. 적재
작업이 끝나면, 그는 운전사 옆에 올라탄다. 갑시다! SS가
트럭을 출발시킨다.

드렉슬러는 출발을 지켜본다. 허리에 주먹을 올린 채,

감독한다. 작업을 관리하고, 잘되어 흡족해하는 십장처럼
지켜본다.

트럭에 탄 여자들은 울부짖지 않는다. 너무 꽉 끼어 있어 팔과
몸통을 빼내려고 할 뿐이다. 아직도 팔 하나를 뺄 수 있다니,
아직도 어딘가에 기대기를 바라다니, 이해할 수 없는
일이다.

한 여자가 짐칸 가로장 위로 상반신을 완전히 뒤로 젖힌 채
기대어 있다. 곧게. 뻣뻣하게. 그녀의 두 눈은 반짝인다.
그녀는 증오로, 경멸로, 죽여버릴 것 같은 경멸로
드렉슬러를 쳐다본다. 그녀는 다른 여자들과 함께 울부짖지
않았다. 그녀의 얼굴은 다만 병 때문에 움푹 꺼졌다.

트럭이 출발한다. 드렉슬러는 계속해서 트럭에 눈길을 준다.
트럭이 멀어지자, 그녀는 작별하듯 손을 흔들며 웃는다. 그녀는
웃는다. 그렇게 손으로 한참을 작별 인사를 한다.

그녀가 웃는 것을 우리는 그때 처음 보았다.

또 다른 트럭이 블록 25 문 앞에 나타난다.

나는 더 이상 쳐다보지 않는다.

°

점호

그게 지체되면, 뭔가 잘못됐다는 거다. 셈이 틀렸거나
위험하거나. 어떤 종류의 위험? 알 수 없다. 위험.
SS가 다가온다. 우리는 당장 알아챈다. 의사다. 곧, 가장
건강한 여자가 앞으로 나오고, 가장 창백한 여자는 뺨을
꼬집는다. 그가 우리 앞으로 온다. 우릴 바라본다. 그가
시선만으로도 우릴 목 조를 수 있다는 걸 알까?
그가 지나간다.
우린 호흡을 되찾는다.
좀 더 가더니, 그가 그리스인들 열에서 멈춘다.
그리고 묻는다. "스무 살에서 서른 살 사이 여자 중 아기를 산
채로 낳아본 사람 있나? 누구지?"
실험 블록에 데려갈 새 모르모트가 필요한 것이다.
그리스 여자들은 지금 막 도착했다.
우리는, 우리는, 아주 오래전부터 여기 있었으니까. 몇
주간이나. 배를 가르기엔 너무 말랐거나 쇠약하니까.

밤

문어들이 그 끈적끈적한 근육으로 우릴 목 졸랐고, 팔을 겨우
빼내봤자 다시 문어발 하나가 우릴 목 졸라 죽일 것이었다.
문어발은 목둘레를 휘감았고, 척추에 달라붙었다. 척추를,
기관지를, 식도를, 후두를, 인두를, 아니 목 안에 있는 모든
기관을 와그작 씹어먹고, 부숴버릴 것처럼 달라붙었다.
목을 자유롭게 해줄 필요가 있었다. 목 졸림을 당하지
않기 위해서는, 차라리 팔과 다리와 허리를 문어발에
내줘야 했다. 문어발은 끝도 없이 늘어나며 쳐들어왔고,
도처에서 튀어나왔다. 이 투쟁을, 이 진력나는 경계를
포기하고 싶을 정도로 그 수가 셀 수도 없이 많아졌다.
문어발들이 펼쳐지며 위협을 가했다. 긴장 상태 속에
위협은 한동안 지속되었고, 우린 최면에 걸린 듯 가만히
있었다. 쳐대고, 휘감고, 달라붙고, 씹어대는 이 야수의
공격을 살짝 피하는 동작도 해보지 못하고, 우린 거의
항복 직전까지 갔는데, 바로 그때 갑자기 깨어나는 듯한
기분이 들었다. 그건 문어들이 아니었다. 그건 진창이었다.
우리는 진창 속을 헤엄치고 있었다. 무궁무진 끝도 없이
달라붙는 끈적거리는 물살의 진창 속을. 그것은 진흙

바다였다. 우리는 헤엄을 쳐야 했다. 힘써서 헤엄을 쳐야 했다, 지치도록 헤엄을 쳐야 했다. 진흙 소용돌이 위에 머리를 내놓은 채 가쁜 숨을 몰아쉬어야 했다. 우리는 진흙이 눈 속으로, 콧속으로, 입속으로 들어가 질식할까 봐 그 거부감으로 온몸이 경직되었다. 문어 같은 팔로 우릴 감싸는 이 진흙 속에서도 우린 냉정을 찾으려 애쓰며 팔을 휘둘렀다. 만일 우리가 흙덩이로 가득 찬 끌개를 옮겨야 하지 않았다면 이런 진흙 속에서 헤엄칠 일도 없었을 텐데, 우리를 바닥까지 하릴없이 끌어내릴 정도로 흙덩이들은 무거웠고, 끈적거렸고, 진흙이 우리 목 안으로, 귀 안으로 파고들었다, 얼음처럼 차갑게. 머리 위로 끌개를 계속 들고 있으려니 거의 초인적인 노력이 필요했는데, 앞에 있던 동기가 고꾸라지며 눈앞에서 사라지더니, 진흙 속으로 먹혀들어 갔다. 끌어내야 했다. 진흙 물살 위로 다시 올려놔야 했다. 그러려면 끌개를 놔버려야 했지만, 우리 손목에 너무나 견고하고 단단하게 얽혀 있어, 빠져나오는 게 불가능했다. 끌개로 완전히 연결되어, 한 거푸집에 담긴 두 몸처럼 붙어 있었다. 끌개에서 흙이 쏟아지고 몸을 빼내기 위한 우리의 마지막 몸부림으로 진흙과 그 흙이 섞이더니, 이제 끌개는 눈과 이빨들로 가득 찼다. 번뜩이는 눈들과, 킥킥대며 발광성의 돌산호들처럼 진흙을 밝게 비추는 이빨들로 가득 찼다. 이 모든 눈들이, 이 이빨들이 찌르고, 물어뜯는다. 사방에서 찌르고 물어뜯고 으르렁대며, 횃불처럼 타오르고 아우성친다. 슈넬러, 슈넬러, 바이터[더], 바이터. 그런데 우리가 이 이빨과 눈이 달린 아가리들 속에 주먹을 날렸을 때, 주먹이 닿은 건 푹신푹신한 베갯잇,

아니면 썩은 스펀지들이었다. 우리는 우리 목숨을 구하고 싶다. 이 진흙 바깥으로 헤엄쳐 나가고 싶다. 진창은 여름날 붐비는 수영장처럼 꽉 차 있고, 기름기로 번들거려 자꾸 미끄러지는 흙덩이들 때문에 우리는 어디로도 후퇴하지 못하고 이 흙덩이들과 자꾸 부딪힌다. 어깨들이 굴러다니고 뒤집히고 다른 어깨들을 밀친다. 그야말로 아비규환, 몸이 뒤얽히고, 팔다리가 뒤섞인다. 그리고 마침내, 어떤 단단한 것에 닿았는가 싶었는데, 우리가 잠자던 판자였다. 그리고 모두가 기절한다, 그림자 속에서. 이 다리가, 뤼뤼의 다리가 움직이고, 팔이, 이본의 팔이 움직이고, 이 머리가 내 가슴을 짓누르는데, 이건 비바의 머리다. 허공 가장자리에, 사각형 가장자리에 있다는 느낌이 들어, 길로 떨어지기 일보 직전이라는 느낌이 들어 화들짝 잠이 깼지만 나는 다시 또 다른 악몽 속으로 떨어진다. 왜냐하면 이 그림자 동굴 전체가 온몸으로 숨을 쉬면서, 숨을 내뿜고, 마구 흔들렸기 때문이다. 그 동굴은 수천 번의 고통스러운 악몽과 선잠들로 이뤄진 주름진 습곡이었다. 그림자에서 또 그림자가 떨어져 나와 미끄러지고, 미끄러지면서 진흙 속으로 떨어지고, 동굴 문을 향해 마구 달려가고, 이 그림자는 또 다른 그림자들을 깨우고, 이 또 다른 그림자들은 미끄러지고 달려가고 밤이라 길을 못 찾고, 더듬거리고, 망설이고, 부딪히고, 어떤 맥락도 없는 말을 주고받는다. "내 신발 어딨지? 너야? 이질●, 내가 나온 건 세 번째야." 다른 그림자들이 되돌아온다. 손으로 자기 자리를 찾는다. 머리를 만지면서

● 대장에서 발병하는 전염병의 일종. 설사에 피와 점액이 섞여 나오며 심한 복통을 수반한다.

머리 위치를 찾는다. 악몽들이 온갖 단락段落들로 들고 일어나고, 그림자 속에서 형상을 만든다. 진흙과 싸우고, 울부짖는 하이에나 얼굴들과 싸우는 멍든 몸들에서 하소연과 신음이 온갖 단락들로 올라온다. 바이터, 바이터." 왜냐하면 하이에나들이 이 단어들로 울부짖기 때문이다. 이 곤경의 유일한 탈출구는 자기 몸속에 바짝 자리 잡고, 견딜 만한 악몽을 불러일으키는 것밖에 없다. 아마도 그 악몽은 집에 돌아가는 거다, 돌아가서 이렇게 말하는 거다. 나야, 나 왔어. 봐봐. 그런데 불안으로 고통받을 거라고 생각했던 가족들이 벽 쪽으로 몸을 돌린 채 말 못 하는 이가, 무심한 낯선 이가 되어 있다. 아니면 내가 이렇게 말한다. 나야, 나 여기 왔어. 이젠 이게 실제라는 걸 알아. 내가 꿈을 꾸는 게 아냐. 돌아가는 꿈을 많이 꿨지만 깰 때마다 끔찍했다. 이번엔 진짜다. 진짜다. 왜냐하면 내가 부엌에 있으니까. 개수대가 만져진다. 봐봐, 엄마. 나야. 돌 개수대의 차가움에 나는 소스라쳐 깨어난다. 이건 옆 방과 이 방을 분리하는 벽이 허물어지면서 튀어나온 벽돌이다. 옆 방에서는 다른 망령들이 잠들어 있고, 신음하고 있고, 그녀들을 덮어놓은 덮개 아래서 꿈을 꾸고 있다―이것은 그녀들을 덮어놓은 수의다. 왜냐하면 그녀들은 죽었기 때문이다. 오늘, 또는 내일도 비슷할 것이다. 그녀들은 어머니가 기다리는 부엌으로 돌아가기 위해 죽었다. 우리는 그림자의 구멍 속에서, 끝도 없는 구멍 속에서 뭔가 흔들리는 것을 느낀다―그것은 밤의 구멍 또는 또 다른 악몽, 또는 우리의 진짜 죽음이다. 우리는 격노하며 자신과 싸운다. 우리는 자신과 싸우고 또 싸운다. 돌아가야

한다. 반드시 집에 돌아가야 한다. 돌아가 우리 손으로
돌 개수대를 만져야 한다. 우리는 밤 또는 죽음의 구멍
바닥으로 우릴 끌어당기는 저 현기증과 싸운다. 우리는
마지막 필사적인 노력 끝에 기운을 끌어모은다. 그리고
우리는 벽돌을 다시 잡는다. 우리 가슴에 안고 날랐던
차가운 벽돌을 다시 잡는다. 얼어 시멘트처럼 굳어버린 벽돌
무더기에서 우리 손톱으로 얼음을 깨가며 뽑아낸 벽돌이다.
빨리빨리, 작대기와 가죽끈들이 날아다닌다―빨리, 더
빨리, 손톱들에서 피가 난다―우리 심장에 댄 이 차가운
벽돌을 우리는 들고 가서 다른 벽돌 무더기에, 음울한
행렬들 속에 옮겨놓는다. 이 행렬 속에서는 각자 자기 가슴
위에 벽돌 하나를 갖고 있다. 왜냐하면 여기서는 그렇게
벽돌을 운반하므로. 벽돌 하나, 그다음 벽돌 하나. 아침부터
저녁까지. 이 벽돌 무더기에서 저 벽돌 무더기로, 아침부터
저녁까지. 작업장에서 하루 종일, 우리는 밤에도 여전히
벽돌을 옮긴다. 왜냐하면 밤이 우릴 추격하기 때문이다.
푹푹 빠지는 습지 진흙과 가슴에 안고 날라야 하는 차가운
벽돌과 으르렁대는 카포들과 단단한 땅 위를 걷듯 진흙 위를
걷는 개들과 함께 밤이 우릴 추격하기 때문이다. 그리고
어둠 속 빛나는 눈만 봐도 우리를 물어뜯으러 달려온다.
우리는 얼굴 위에서, 뜨겁고 축축한 개의 숨결을 느끼고
공포로 관자놀이에 땀방울이 맺힌다. 밤에는 낮보다 훨씬
더 진이 빠진다. 진흙과 개들과 벽돌과 울부짖음과 뒤섞여
옴짝달싹 못 하는 자들 사이에 끼인 채 쓸쓸하게 홀로
죽어가는 자들의 기침과 거친 숨소리로 가득하기 때문이다.
우리는 잠에서 깨어나 죽은 그녀들을 본다. 그리고 문

앞에다, 진흙 속에다 그녀들을 운반해 놓는다. 그녀들이 토한 덮개로 둘둘 말아서. 시신들은 각각 밤의 그림자처럼 가볍기도 하고 무겁기도 하다. 헐벗고 야위어 그토록 가볍고, 그 누구와도 결코 나눌 수 없는 고통의 짐을 졌기에 그토록 무겁다.

호각 소리가 기상을 알릴 때, 그것은 밤이 끝나서가 아니다. 왜냐하면 밤은 색을 잃는 별들과 색을 얻는 하늘로만 끝나기 때문이다.

그것은 밤이 끝나서가 아니다.

왜냐하면 밤은 낮이 와야만 끝나기 때문이다.

호각 소리가 기상을 알릴 때, 밤과 낮 사이, 건너야 할 영원의 해협이 있다.

호각 소리가 기상을 알릴 때, 하나의 악몽이 응결되고, 또 다른 악몽이 시작된다.

둘 사이에 유일하게 명료한 순간이 있다, 우리가 자기 심장 박동에 귀 기울여 심장이 아직도, 오래, 뛸 힘이 있는지를 듣는.

오래라면, 그러니까 여러 날. 왜냐하면 우리 심장은 몇 주나 몇 달까지는 셀 수 없기 때문이다. 우리는 일별로 센다. 그 하루하루는 천 번의 단말마이며, 천 번의 영원이다.

호각 소리가 수용소에서 울릴 때, 목소리 하나가 외친다. "젤아펠." 그것을 우린 이렇게 이해한다. "점호다." 이어 또 다른 목소리가 들린다. "아우프스텐[일어나]." 그것은 밤의 끝이 아니다.

위생소에서 착란을 일으킨 자들에게는 밤의 끝이 아니다. 아직도 살아 있는 그들 입술을 공격하는 쥐들에게는 밤의 끝이 아니다.

얼어붙은 하늘에서 얼어붙은 별들에게는 밤의 끝이 아니다.

그것은 밤의 끝이 아니다.

그것은 그림자들이 벽 속으로 들어가고, 다른 그림자들이 밤 속으로 들어가는 시각이다.

그것은 천 번의 밤과 천 번의 악몽의 끝일 뿐이다.

50까지

남자가 무릎을 꿇는다. 팔짱을 낀다. 머리를 숙인다. 카포가
　　앞으로 나온다. 그는 몽둥이를 들고 있다. 무릎 꿇은
　　남자에게 다가간다. 다리에 한껏 힘을 주며.
SS는 개와 함께 다가간다.
카포는 두 손에 들고 있던 몽둥이를 올린다. 허리를 한 대 친다.
　　아인스[하나].
또 한 대. 츠바이[둘].
또 한 대. 드라이[셋].
수를 세는 것은 남자다. 구타와 구타 사이에서 이 소리가
　　들린다.
피어[넷].
퓐프[다섯]. 그의 목소리가 약해진다.
젝스[여섯].
지벤[일곱].
아흐트[여덟]. 우리는 더 이상 듣지 않는다. 하지만 그는 계속
　　수를 센다. 50까지 세어야 한다.
한 대씩 때릴 때마다, 그의 몸이 조금씩 구부러진다.
카포는 크다. 그 키로, 그 힘으로 때린다.

한 대씩 때릴 때마다, 개가 낑낑거린다. 달려들고 싶어 한다. 개 주둥이가 몽둥이 날아다니는 방향을 좇는다.

"바이터." 안바이저가 우리에게 고함친다. 왜냐하면 우리가 삽에 기댄 채 꼼짝도 하지 않고 있기 때문이다.

"바이터." 우리 팔은 늘어져 있다.

카펫 두들기는 소리와 함께 맞고 있는 이 남자.

그는 계속해서 수를 센다. SS는 그가 세는 소리를 듣는다.

한 남자의 등을 내리치는 쉰 번의 몽둥이질, 끝도 없는 이 몽둥이질.

우리는 수를 센다. 그도 센다. 계속해서 센다!

그의 머리가 땅바닥에 닿는다. 몽둥이질할 때마다 그의 몸이 탈구될 듯 소스라친다. 몽둥이질할 때마다 우리도 소스라친다.

만일 수를 세는 것을 멈춘다면, 몽둥이질도 멈출 것이다. 그리고 영부터 다시 시작할 것이다.

끝이 나지 않는다. 울려 퍼진다. 한 남자의 등을 내리치는 쉰 번의 몽둥이질 소리가.

튤립

저 멀리 집 하나가 어렴풋이 드러난다. 광풍 속에 있는 그
　집은 꼭 배 같다. 겨울의 배. 북쪽 항구에 정박한 배. 회색
　수평선에 떠 있는 배.
우리는 얼굴을 연신 때려대며 휘몰아치는 싸락눈 속에서
　고개를 숙이고 걸었다. 광풍이 불 때마다 그다음은 무엇일까
　두려워하며 우린 고개를 더 숙였다. 광풍은 쏟아졌고,
　휘갈겼고, 찢어댔다. 얼굴 정면에 소금 한 줌이 던져진
　듯했다. 우리는 바람과 눈이 만든 절벽을 밀어내며 앞으로
　나아갔다.
우리는 어디로 가고 있었던가?
한 번도 가보지 않은 방향이었다. 우리는 냇물 앞에서 방향을
　틀었다. 둑길이 호수를 따라 길게 이어졌다. 얼어붙은
　커다란 호수.
무엇을 향해 가고 있지? 거기서 뭘 할 수 있지? 새벽이 올
　때마다 새벽을 맞으며 우리가 던진 질문이었다. 어떤 노동이
　우릴 기다리는 거지? 습지, 광차, 벽돌, 모래. 이런 단어들만
　생각해도 우린 쓰러질 지경이었다.
우린 걸었다. 우린 풍경에 물었다. 강철색의 얼어붙은 호수.

대답하지 않는 풍경.

도로가 호수에서 갈라진다. 바람과 눈 벽도 따라서 이동한다.
집이 나타난 곳은 바로 거기였다. 걷는 게 좀 덜 힘들어졌다.
우린 집을 향해 갔다.

집은 도로변에 있다. 붉은 벽돌집이다. 굴뚝에서는 연기가
피어난다. 이렇게 외딴 집에 누가 사는 거지? 집이
가까워진다. 하얀 커튼이 보인다. 모슬린 커튼. 우리는
입안에 그 부드러운 천을 넣듯 "모슬린" 하고 발음하였다.
그리고, 커튼 앞에, 겹창 사이에 튤립이 하나 있다.

마치 환영을 본 듯 눈이 확 뜨인다. "봤어? 봤어? 튤립이야."
모든 시선이 그 꽃에 쏠린다. 여기는 얼음과 눈의 사막인데,
어떻게 튤립이. 창백한 두 이파리 사이에 분홍빛이 어떻게.
우리는 그 꽃을 바라본다. 얼굴을 후려치던 싸락눈을 우린
잊는다. 일렬종대의 속도가 느려진다. "바이터." SS가
소리친다. 우리 머리는 아직도 그 집을 향해 있다. 한참 전
그 집을 지나왔는데도.

하루 종일 우리는 그 튤립을 생각한다. 눈이 녹으며 떨어지고,
등에 달라붙어 우리 웃옷은 다 젖는다, 뻣뻣해진다. 그날
하루는 여느 하루만큼이나 길다. 우리가 판 도랑 바닥에도
튤립이 그 정교한 화관을 피워내고 있다.

돌아오는 길에도, 호숫가 그 집에 도착하기 훨씬 전부터
우리 눈은 그 집을 살폈다. 집은 거기 있었다. 하얀 커튼을
배경으로. 창백한 이파리들 사이 분홍빛 반구半球. 점호
시간에 우리는 우리와 함께 있지 않았던 동기들에게 말했다.
"우리는 튤립을 보았어."

우리는 다시는 그 도랑으로 돌아가지 못했다. 다른 사람들이

그것을 완성했을 것이다. 아침에, 호수 길로 나가는
교차로에서 우리는 잠시나마 희망의 순간을 만났다.

그것이 어장을 관리하는 SS의 집이라는 것을 알게 되었을 때,
우리는 우리의 추억을, 그리고 아직도 다 말라 없어지지
않은 우리 안의 이런 감정을 증오했다.

아침

어둠의 가장자리에서 목소리 하나가 외쳤다. "아우프스텐."
어둠 속에서 이 목소리는 "스타바슈 " 하고 메아리로
울려 퍼졌다. 이어 각자가 자기 팔다리를 잡아당기느라,
어두컴컴한 부석거림이 일었다. 아래로 뛰어 내려가려면
우선 신발부터 찾아야 했다. 담요에서 재빨리 뛰쳐나오지
않는 자들에겐 가죽 채찍이 쉭쉭 소리를 내며 휘몰아쳤다.
통로의 스투브호바 손에 쥐어진 채찍이 3층까지, 방까지
날아와 졸려 괴로운 얼굴들과 다리들을 후려쳤다. 부산을
떨며 이리저리 몸을 움직이고 담요들을 다 개었을 때, 서로
부딪히며 나는 금속성 소리가 들렸다. 수증기가 퍼져 어두운
방 한가운데 켜져 있던 초의 깜박거림을 뿌옇게 흐렸다.
차를 배급할 때 쓰는 양철통이 보였다. 막 들어온 여자들은
숨이 가빠 손바닥 한가운데를 심장 위에 지그시 대고 벽에
몸을 기댔다. 그녀들은 멀리 떨어진 부엌으로부터 돌아온
것이었다. 그렇게 커다란 통을 그렇게 멀리서부터 들고
왔으니 양철통 손잡이에 손바닥이 다 쓸려나간 것 같았다.

● stavache라는 단어는 없으나, sta가 '성스러운', vache가 '소가죽'인 것에
  미루어 보아 "일어나"라는 명령에 뒤따를 소가죽 채찍질을 연상시킨다.

눈 속을, 얼음 속을, 진창 속을 세 걸음 나아갔다가 두 걸음 물러나며, 여태 걸어왔다. 힘없는 팔로 이 무거운 양철통을 들고는 앞으로 갔다 뒤로 갔다 넘어졌다 일어났다 하면서 그 멀리서부터 온 것이다. 호흡을 고르고 나서 그녀들은 말했다. "오늘 아침 추워. 어젯밤보다 더 추워." 그녀들이 "오늘 아침"이라고 말한 이 아침은 그러니까, 이제 막 새벽 세 시가 지난 한밤중이었다.

차에서는 메스꺼운 냄새와 함께 연기가 났다. 스투브호바들은 우리가 열로 인한 갈증을 겨우 달랠 만큼만 차를 찔끔 내주었다. 나머지 대부분의 차는 자기 몸을 씻으려고 남겨두었다. 그건 분명, 가능한 최상의 용도였다. 우리도 괜찮은 따듯한 물로 몸을 씻고 싶은 마음이 간절했다. 도착한 이후 내내 우린 전혀 씻지 못했다. 심지어 찬물에 손을 씻은 적도 없었다. 전날 먹었던 수프 냄새가 아직도 배어 있는 반합에다 우린 차를 받았다. 반합 닦을 물도 없었다. 자기 차를 받는다는 건 몽둥이질과 팔꿈치 밀기, 주먹질과 아우성이 뒤섞인 험한 싸움에서 승리한다는 것을 의미했다. 갈증과 열병에 사로잡힌 우리는 뒤섞여 빙빙 돌았다. 차를 받지 못할까 봐 안달인 여자들과 당장 나가야 하기에 나가고 싶어 하는 여자들에 떠밀리며 우린 서서 차를 마셨다. 호각 소리가 마지막으로 울렸다. 알레스 라우스[다 밖으로].

문이 열리자 별들이 보였다. 매일 아침이 일찍이 겪은 적 없는 가장 추운 날이었다. 지금까지 아침마다 그 추위를 참아왔지만, 이젠 너무 추워서, 더는 참을 수 없을 것 같은 기분이 들었다. 별들의 문턱에서 망설였다. 뒤로 물러나고 싶었다. 몽둥이들이, 가죽끈들이, 울부짖음이 맹렬하게 쏟아져 나왔다. 문에서 가장 가까이 있던 여자들은 추위로 내던져졌다. 블록 안쪽으로부터의 몽둥이질로, 뒤에서의 한 번의 밀침으로 모두가 추위 속에 내던져졌다.

밖은 돌과 흙더미가 쌓인 맨땅이었다. 빙판과 진흙, 눈, 그리고 밤의 배설물들에다 돌아가야 할 장애물, 피해야 할 구덩이투성이였다. 밖은, 뼛속까지 시릴 정도로 추웠다. 우리는 추위로, 얼음 칼날에 몸이 도려내지는 것 같았다. 밖은, 밤은 추위로 맑았다. 달빛이 드리운 그림자는 빙판 위에서, 눈 위에서 파랬다.

이제 점호다. 모든 블록들이 자기 그림자를 내뱉는다. 추위와 피로로 온몸이 마비되어, 무리들은 라거슈트라세로 비틀비틀 걷는다. 고함과 몽둥이질이 뒤섞인 가운데 모두 다섯 줄로 정렬한다. 빙판, 진흙, 눈 속에서 발을 어디 둘지 몰라 헤매는 그림자들이 다 정렬할 때까지 한참이 걸린다. 이 그림자들은 가능한 한 얼음 바람을 덜 맞으려고 서로를 찾으며 모여든다.

이어 침묵이 자리 잡는다.

어깨 속에 목을 파묻고, 흉곽은 안으로 쏙 밀어 넣고, 각자 자기 손을 앞에 있는 여자의 팔 밑에 끼운다. 맨 앞줄은 앞에 아무도 없어 이를 할 수 없으니 돌아가며 선다. 가슴과 등을 딱 붙이고 우린 서로 밀착한다. 그렇게 하나로 된 순환 구조를, 하나로 된 혈관 조직을 만들었지만, 우린 완전히 얼어붙는다. 추위에 전멸한다. 멀찍이 분리된 두 발은 존재하기를 멈춘 것 같다. 신발들은 여전히 어제, 아니 그 모든 어제들의 눈과 진흙으로 젖어 있다. 절대 마르지 않는다.

몇 시간 동안 꼼짝하지 않은 채 추위와 바람 속에 있어야 할 것이다. 우리는 말하지 않는다. 말들이 우리 입술 위에 얼어붙는다. 추위가 정지되어 서 있는 이들 여성 부족 모두를 마비시킨다. 밤 속에서. 추위 속에서. 바람 속에서. 우리는 부동자세로 서 있고, 우리가 그렇게 서 있다는 건 찬탄할 만한 일이다. 왜? 아무도 "이런들 무슨 소용이야?" 하고 생각하지 않기 때문이다. 혹은 그런 말을 하지 않기 때문이다. 체력의 한계가 와도, 우리는 서 있다.

나는 내 동기들 한가운데 서 있다. 만일 언젠가 내가 돌아간다면, 만일 이 설명할 수 없는 것을 내가 설명하려고 한다면, 난 이렇게 말할 것이다. "난 스스로에게 말했어. 넌 버텨야 해. 넌 모든 점호 때마다 버텨야 해. 오늘도 버텨야 해. 만일 언젠가 돌아가게 된다면, 바로 오늘 버텼기 때문이야." 그런데 이건 틀릴 수 있다. 난 아무것도 말하지 않았다. 난 아무것도 생각하지 않았다. 저항 의지는 분명 용수철 같은 생의 본능 속에 숨어 있었다. 다 부서지고 없어진 줄 알았는데, 깊이, 비밀스럽게 파묻혀 있었다. 그러나 나는 이 사실을 결코 모르리라. 만일 죽은 자들이 살아 돌아온 자들에게 설명을 요구한다면, 설명할 수 없을 것이다. 난 아무것도 생각하지 않았다. 난 아무것도 쳐다보지 않았다. 난 아무것도 느끼지 않았다. 난 추위로 얼어붙은 해골이었다. 내 갈비뼈들 사이 모든 균열과 구멍에 차가운 바람이 파고들어 얼어붙은 해골이었다.

나는 내 동기들 한가운데 서 있다. 나는 별들을 쳐다보지 않는다. 별들도 추위로 날카롭다. 나는 밤 속에 하얗게

빛나는 가시 철조망을 쳐다보지 않는다. 그건 추위의
발톱이다. 나는 아무것도 바라보지 않는다. 나는 엄마를
본다. 단단한 의지의 가면을 쓰고. 그런데 이 가면이 엄마의
얼굴이 되어버린다. 나의 엄마. 멀리 있다. 나는 아무것도
바라보지 않는다. 나는 아무것도 생각하지 않는다.

들이마시는 숨 하나도 너무 차가워 모든 호흡기가 곤두선다.
추위가 우리를 발가벗긴다. 이런 추위에는 피부가 몸 거죽에
붙어 있더라도 더는 단단한 보호막이 아니다. 뱃속이
따뜻해도. 폐가 얼음 바람에 터진다. 빨랫줄에 널린 린네르
천처럼. 심장은 추위로 졸아들고, 오그라든다. 오그라들어
아프다. 갑자기, 뭔가가, 내 심장에서 부서진다. 심장이
흉곽에서, 그러니까 심장을 제자리에 위치시키는 주변의
모든 기관으로부터 떨어져 나온 것 같다. 나는 내 안에서
떨어지는, 갑자기 떨어지는 돌 하나를 느낀다. 그것이
나의 심장이다. 경이로운 행복이 몰려든다. 차라리 이
취약하고 까다로운 심장이 없어져 버렸으면 좋겠다. 어쩐지
가벼워지며 몸이 이완된다. 행복의 가뿐함이 이런 것이겠지.
모든 게 내 안에서 녹는다. 행복의 액체성이 밀려온다. 나는
다 내려놓는다. 죽음에 나를 내맡기니 너무나 달콤하다.
사랑보다 더 달콤하다. 다 끝났다는 것을, 고통받는 것도,
투쟁하는 것도, 더는 뛸 수 없는 이 심장에 불가능을
요구하는 것도 다 끝났다는 것을 알고 나니. 현기증은 번개
같은 섬광보다 짧았다. 그러나 존재하는 줄도 몰랐던 행복을
만져볼 만큼은 지속됐다.

정신이 든 것은, 얼얼한 따귀 때문이었다. 비바가 입을
앙다물고, 눈을 질끈 감고, 온 힘을 다해 내 뺨에 올려붙인

따귀 때문이었다. 비바는 강하다. 점호에 기절하지도
않는다. 나는, 매일 아침 그러는데. 형언할 수 없는 행복의
순간. 비바는 결코 그것을 알지 못하리라.

비바는 내 이름을 말하고 또 말한다. 내 이름이 저 멀리 텅
빈 곳에서 올라와 내게 도달한다─아니다, 내가 들은 건
엄마 목소리다. 목소리가 거칠어진다. "깡으로. 서." 나는
어린아이가 엄마 뒤에 있듯 내가 비바 뒤에 서 있다는 것을
느낀다. 나는 그녀에게 매달려 있다. 한번 빠지면 다시
일어서기 힘든 진창과 눈 속으로 쓰러지려는 나를 그녀가
잡아준 것이다. 의식하는 고통과 포기하는 행복 중 하나를
선택하기 위해 난 싸워야 한다. 그리고 비바가 나에게
"깡으로. 서" 하고 말했기에 난 그것을 선택한다. 그녀의
명령을 따지는 건 아니다. 그러나 딱 한 번만, 딱 한 번만
포기하고 싶다. 그도 그럴 것이 딱 한 번만이니까. 여기서
죽는 건 너무 쉽다. 내 심장이 가는 대로 내버려두면 되니까.

나는 다시 나 자신을 소유하는 것이다. 젖어 차가운 옷을 다시
걸치듯 나는 내 몸을 다시 소유하는 것이다. 되돌아와
다시 뛰는 내 맥박을, 뜯겨 나간 입아귀와 추위에 타버린
내 입술을 다시 소유하는 것이다. 나는 다시 내 안에 깃든
불안을, 억누른 희망을 소유한다.

비바는 거친 목소리로부터 빠져나와, 묻는다. "좀 괜찮아?"
그녀의 목소리가 너무나 다정하고 위안을 주어 나는
대답한다. "응, 비바, 나 괜찮아." 열과 추위로 갈라 터진 내
입술이 조금 더 찢어지며 대답한다.

나는 내 동기들 한가운데에 있다. 우리의 접촉이 만들어낸
그 가난하고 처량한 공통의 온기 속에 나는 다시 자리를

잡는다. 이젠, 완전히 자기 자신으로 돌아와야 한다. 나는
점호를 받아야 한다. 나는 생각한다. 아침 점호다—얼마나
시적인 제목인가. 그게 아침인지 저녁인지 나는 더는 알지
못했다.

그것은 아침 점호다. 하늘은 동쪽에서부터 천천히 색이 돈다.
타오르는 불 다발이 퍼지고, 얼어붙은 불길들이 퍼지고,
우리들의 그림자를 삼켰던 그림자가 서서히 녹는다. 그리고
이 그림자들로 얼굴이 빚어진다. 이 모든 얼굴들이 하늘이
띤 빛에 따라 보랏빛이 되었다가 푸르스름한 납빛이 된다.
간밤 죽음이 스쳤던 자들이, 오늘 밤 죽음이 앗아갈 자들이
분간된다. 왜냐하면 죽음이 얼굴에 그려져 있고, 가차 없이
거기에 달라붙어 있기 때문이다. 이제, 죽어갈 쉬잔 로즈를
쳐다보며, 죽어갈 무네트를 쳐다보며, 이 모든 것들을
이해해 보겠다며 서로 시선을 마주칠 필요도 없다. 죽음은
광대뼈에 달라붙은 피부에, 눈구멍에 달라붙은 피부에,
턱뼈에 달라붙은 피부에 새겨져 있다. 그리고 우리는 이제
그녀들에게 집이나 그녀들의 아들 또는 어머니에 관한
기억을 불러일으키는 게 무용한 일임을 잘 알고 있다. 너무
늦었다. 그녀들을 위해 우리가 할 수 있는 게 아무것도 없다

그림자가 약간 더 녹는다. 개 짖는 소리가 가까워진다. 도착한
건 SS들이다. 블록호바가 그들의 무도한 언어로 외친다.
"조용!" 앞사람의 팔 밑에서 빠져나온 손들을 냉기가
물어뜯는다. 1만 5천 명의 여자들이 차렷 자세를 한다.
SS가 지나간다—큰 키에 검은 장옷, 장화, 길고 검은 후드
차림이다. 그녀들이 지나간다, 수를 센다. 오래 걸릴 것이다
그녀들이 지나가면, 우리는 다시 손을 다른 사람 겨드랑이에

집어넣는다. 그때까지 참았던 기침이 터져 나온다.
블록호바들이 그들의 무도한 언어로 기침하는 여자들에게
"조용!" 하고 외친다. 더 기다려야 한다. 낮이 되려면 더
기다려야 한다.

그림자가 녹는다. 하늘은 불타오른다. 이제 환각을 일으키는
놀라운 행렬이 지나가는 것을 본다. 작은 롤랑드가 묻는다.
"나 맨 앞으로 가게 해줘요. 보고 싶어요." 그녀는 조금 후에
이렇게 말할 것이다. "확실히 알아봤어요. 비틀린 발, 그
발을 보니 알겠어요." 롤랑드의 어머니는 며칠 앞서 떠났다.
매일 아침, 그녀는 언제 그녀의 어머니가 죽게 될지 보려고
살폈다.

환각을 일으키는 놀라운 행렬이 지나간다. 시체 보관소로
옮기기 위해 위생소에서 꺼내온 밤의 시신들이다. 그녀들은
나뭇가지로 대강 조립된 짧은 들것에 벗겨진 채 누워 있다.
두 다리―정강이뼈―와 끝에 달린 발이 축 처졌다. 야위고,
헐벗은 채. 머리는 다른 쪽으로 축 처졌다. 뼈만 앙상한
민머리다. 누더기 담요가 중간에 걸쳐져 있다. 네 명의
포로들이 각자 들것 손잡이를 잡았다. 발이 앞쪽으로 가게
걸어가는 게 맞다. 그녀들이 그녀들을 옮길 때는 항상 그
방향이다. 그녀들은 눈 속을, 진창 속을 힘들게 걷는다. 블록
25 옆 무더기 위에 시체들을 던진다. 그러고는 아까보다 덜
무거운 텅 빈 들것을 가지고 다시 돌아오고, 또 다른 시체를
싣고 다시 지나간다. 그녀들이 항상 하던, 하루 종일 하던
노동이다.

나는 그녀들이 지나가는 것을 본다, 그리고 나는 경직된다.
방금 난 죽음에 굴복할 뻔했다. 매일 새벽마다, 찾아오는

유혹. 들것이 지나갈 때마다 나는 경직된다. 난 죽고 싶다. 하지만 난 다리가 축 늘어지고, 머리가 축 늘어진 채 누더기 담요 아래 발가벗겨져서 이런 작은 들것에 실려 나가고 싶진 않다.

죽음은 날 안심시킨다. 죽음을 느끼진 못할 거라고. "넌 화장터가 무섭지 않다고 했잖아. 한데 왜 그래?" 죽음은 얼마나 우애로 가득 차 있는가. 죽음의 얼굴을 망측하게 그린 사람들은 결코 죽음을 본 적 없는 자들이다. 혐오가 죽음을 압도한다. 나는 저 작은 들것에 실려 나가고 싶지 않다.

그래서 난 안다. 지나가는 모든 사람들은 다 나를 위해 지나가고, 죽는 모든 사람들은 다 나를 위해 죽는다는 것을. 나는 그녀들이 지나가는 것을 보고 아니, 라고 말한다. 죽음 속으로, 여기 눈 속으로 미끄러져. 미끄러지게 내버려둬. 아냐, 저기 저 작은 들것을 보니 그러면 안 돼. 아니야, 난 저 작은 들것에 실려 나가고 싶지 않아.

그림자가 완전히 다 녹는다. 더 추워진다. 나는 내 심장 소리를 듣는다. 나는 아르놀프°가 자기 심장에 하듯, 내 심장에게 말한다.

내가 심장에, 폐에, 근육에 내리는 이 명령을 멈출 날이 언제 올까? 뇌와 신경과 뼈와, 뱃속에 있는 이 모든 기관의 의무적인 연대가 끝날 날은 언제 올까? 우리, 내 심장과 내가 더는 서로를 알지 못할 날이 언제 올까?

공중의 붉은 기운이 가셨고, 하늘 전체가 창백하다. 창백한

● 몰리에르의 희극 〈아내들의 학교〉에 나오는 인물로 자신에게 충실한 아내를 얻기 위해 어린 여성을 세상 물정 모르게 교육해 결혼하려는 교사다.

하늘 저 멀리에서 까마귀들이 나타난다, 검게 무리 지어 수용소 위를 두텁게 뒤덮으며 날아간다. 우리는 점호의 끝을 기다린다.

우리는 일하러 가기 위해 점호의 끝을 기다린다.

바이터

SS들이 네 모서리에 지키고 서서 넘어가면 안 되는 한계선을
표시하고 있었다. 그것은 거대한 작업장이었다. 밤에 우리
뇌리를 떠나지 않는 것들이 거기 모두 집합해 있었다. 깨야
할 자갈, 돌을 깔아야 할 도로, 추출해야 할 모래, 자갈과
모래를 옮기기 위한 끌개, 파야 할 도랑, 이쪽 무더기에서
저쪽 무더기로 옮겨야 할 벽돌. 폴란드인들과 섞인 채 각자
다른 팀에 배치되어 일하다가 서로 마주치면, 우린 슬픈
미소를 주고받았다.
태양 빛이 나면서부터는 덜 추웠다. 정오의 막간. 우리는
자재들 위에 걸터앉아 먹었다. 수프를 들이켜고 나서─이건
몇 분 안 걸렸고, 수프 통 앞에 줄 서서 배급을 기다리는
데 드는 시간이 훨씬 길었다─자갈, 모래, 도로, 도랑,
벽돌로 돌아가기 전까지 시간이 약간 남았다. 그때 우린
옷 주름을 뒤져 이를 잡았다. 그곳에 이가 제일 많았다.
아무리 죽여봤자 총량에는 별 차이가 없었다. 그것은 우리의
오락이었다. 슬프다. 날씨가 좋았기 때문에 그래도 앉아
있을 수 있었던 정오의 휴식.
작은 그룹으로 모여 우리는 이야기를 나눴다. 각자 자기 고향에

대해, 자기 집에 대해 말했고, 한번 오라고 했다. 올 거지? 꼭 와야 해. 우리는 약속했다. 그렇게 우리는 얼마나 많은 여행을 했던지.

"바이터." 고함이 꿈결 같은 위안의 순간을 깨뜨렸다.

"바이터." 누구한테 하는 말이지?

"바이터."

한 여자가 개울을 향해 가고 있었다. 반합을 손에 들고, 분명 그것을 닦으러 가는 중이었을 것이다. 그녀가 엉거주춤, 멈춰 섰다.

"바이터." 그녀한테 하는 말인가?

"바이터." SS의 목소리에는 조롱기가 있었다.

여자는 망설인다. 정말 더 멀리 가야 하는 건가? 여기에서는, 개울로 몸을 숙이는 것도 허락되지 않는 건가?

"바이터." SS는 더 강경한 어조로 명령한다.

여자는 멀어지다, 다시 멈춰 선다.

습지에 서서, 그녀는 온몸으로 질문하고 있다. "여기는, 돼죠?"

"바이터." SS가 으르렁댄다.

그러자 여자는 걷는다. 여자는 개울이 흐르는 방향으로 계속 간다.

"바이터."

발포. 여자가 쓰러진다.

SS는 총을 다시 메더니 개에게 휘파람을 불고, 여자 쪽으로 간다. 그녀에게 몸을 숙이고, 마치 사냥감을 만지듯 여자 몸을 뒤집어 본다.

그 자리에 같이 있던 다른 SS들이 웃는다.

여자는 한계선에서 겨우 20보 더 나갔을 뿐이다.

우리는 우리 수를 센다. 다 있지? 한 사람도 빠짐없이?
SS가 총을 들어 겨눌 때, 여자는 태양 속을 걸어갔다.
그녀는 즉살되었다.
폴란드 여자였다.

어떤 여자들은 아무것도 보지 못해서, 질문한다. 어떤 여자들은
자기가 제대로 본 것인지 스스로에게 되물으며, 아무 말도
하지 않는다.

갈증

갈증, 그것은 탐험가들의 이야기다, 당신도 알다시피, 어린
시절에 읽던 책에 나오는. 그것은 사막에서의 이야기다.
신기루를 보면서, 잡히지 않는 오아시스를 향해 걸어가는
사람들. 그들은 사흘 동안 갈증이 난다. 책의 가장 비장한
장章. 그 말미에 식량을 지닌 카라반이, 모래 폭풍으로
안개 낀 듯 뿌연 길을 헤매다가 도착한다. 탐험가들은 가죽
부대를 뜯어 물을 마신다. 물을 마셨으니, 이제는 갈증이
나지 않는다. 이것은 태양의 갈증이다, 뜨거운 바람의
갈증이다. 사막에서의. 다갈색 모래 위에 선각한 듯한
종려나무 한 그루가 있는.

그러나 습지의 갈증은 사막의 그것보다 훨씬 타들어 간다.
몇 주 동안이나 지속된다. 가죽 부대는 결코 오지 않는다.
정신이 오락가락한다. 이성은 갈증에 굴복한다. 이성은 모든
것에 저항하지만 갈증에는 무너진다. 습지에는 신기루도
없고, 오아시스의 희망도 없다. 진창만, 진창만 있다. 진창만
있지, 물은 없다.

아침의 갈증과 저녁의 갈증이 있다.
낮의 갈증과 밤의 갈증이 있다.

114

기상하는 아침, 입술들은 말을 하는데, 아무 소리도 나오지 않는다. 불안이 당신의 온 존재를 엄습한다. 꿈속의 불안처럼 섬광을 발한다. 그렇다면 이건 죽었다는 뜻인가? 입술들은 말을 하려고 하나, 입이 마비되었다. 입술이 다 말랐다. 침이 없어 말을 만들어내지 못한다. 시선은 표류한다, 광기의 시선이다. 다른 사람들이 말한다. "그 여자 미쳤어. 밤새 정신이 나간 거야." 그러고 나서 그녀들은 정신을 차리게 할 만한 단어들을 떠올린다. 그녀들에게 설명을 해야 한다. 그런데 입술들이 거부한다. 입의 근육들은 조음을 하려고 하나 조음이 되지 않는다. 나를 옥죄는 불안을, 죽어 있는 것 같은 느낌을 그녀들에게 말할 수 없다. 절망적이다.

금속성 소리가 들리자마자, 나는 차茶 양철통으로 달려간다. 그게 카라반의 가죽 부대는 아니다. 몇 리터 용기에 든 몇 리터의 차이지만, 각자에게는 아주 적은 양만 배분된다. 나는 이미 다 마셔버렸는데 다른 사람들은 아직도 마시고 있다. 내 입술이 적셔지지도 않았고 말들은 여전히 나오기를 거부한다. 뺨은 이빨에 달라붙고, 혀는 딱딱하고, 뻣뻣하고, 턱은 경직되고, 그래서 아직도 죽어 있는 느낌이 들고, 정말 죽어 있는 건지 알고 싶은 느낌이 든다. 내 눈 속에서 공포가 커진다. 격렬한 공포가 거의 착란에 이를 정도로 내 눈 속에서 커지는 게 느껴진다. 다 바닥으로 가라앉고, 다 비껴간다. 더 이상은 이성으로 통제가 안 된다. 갈증. 나는 숨을 쉬는가? 갈증이 난다. 점호를 위해 나가야 하나? 나는 무리 속에서 길을 잃고, 어디로 가야 할지 모르겠다. 갈증이 난다. 더 추운지, 덜 추운지, 느껴지지 않는다. 갈증이 난다. 소리를 질러야 할 정도로 갈증이 난다. 내 잇몸에다 손가락을 대보니, 입이 마른 게 느껴진다. 내 의지가 주저앉는다. 남은 것은 단 하나의 강박적 생각이다. 마시기.

만일 블록호바가 자기 장부를 가져오라고 시킨다면, 나는 그녀의 작은 방에 가서 그녀가 비누로 몸을 씻은 찻물 대야를 보게 될지 모른다. 그러면 나의 첫 동작은 더러운 거품을 걷어내는 것. 그러고는 대야 옆에 무릎을 꿇고, 그 물을 마실 것이다. 소리를 내며 부드러운 혀로 핥아먹는 개처럼. 나는 뒤로, 발을 씻어 비누 냄새가 나는 그녀의 찻물로부터 물러난다. 거의 정신이 나갈 지경으로, 실성할 지경으로 갈증의 정도가 심한 것이다.

나는 점호로, 다시 강박적 생각으로 돌아온다. 마시기. 오른쪽 도로로 접어들면 작은 다리가 하나 있고, 거기 개울이 흐른다. 마시기. 내 눈은 아무것도 보지 않는다. 개울, 저 멀리 개울 외에는. 점호가 나를 그 개울과 갈라놓는다. 점호는 사하라사막보다 더 건너기 힘들다. 일렬종대가 출발을 위해 형태를 만든다. 나는 둑에 가장 접근하기 쉬운 열 바깥쪽에 자리한다.

개울. 거기 도착하려면 한참이나 남았는데, 난 동물처럼 뛰어들 준비가 되어 있다. 개울이 보이려면 한참이나 남았는데, 내 손에는 이미 물을 뜰 반합이 들려 있다. 개울이 보이면, 바로 열에서 이탈해야 한다. 앞으로 달리고, 미끄러운 강둑을 내려가야 한다. 개울 물이 얼어붙어 있을 수도 있다. 그러면 빨리 얼음을 깨야 한다. 다행히 추위가 조금은 가셔, 얼음은 그렇게 두껍지 않다. 반합 가장자리로 얼음을 빨리 깨야 한다. 반합에 물을 담고, 미끄러운 강둑을 기어 올라와야 한다. 뛰어서 내 자리로 다시 돌아와야 한다, 너무 빨리 뛰면 물이 쏟아질 테니 물을 똑바로 지켜보면서. SS가 급히 달려온다. 소리를 지른다. 그의 앞에 달려오는 그의 개가 거의 따라붙을 것 같다. 동기들이 날 덥석 잡아채고, 대열이 날 빨아들인다. 내 발걸음에 따라 흔들리는 물을 게걸스럽게 쳐다보는 눈들. 난 그녀들 얼굴의 불안을, 내가 그녀들에게 준 불안을 보지 못한다. 그녀들에게 나의 부재는 한없이 길었다. 마시기. 난 무섭지 않다. 마시기. SS와 그의 개가 내 뒤를 바짝 쫓는데, 그렇게 개울로 내려가는 것은 미친 짓이라고 매일 아침 그녀들은 내게 말한다. 지난번에는 개가 폴란드 여자를 물어뜯었으니까. 게다가 그건 습지 물이다. 장티푸스를 앓을 수도 있다고. 아니다, 이건 습지의 물이 아니다. 나는 마신다. 열린 반합에 담긴 물을 걸어가면서 마시는 것은 불편하기 짝이 없다. 물이 이쪽 테두리에서 저쪽 테두리로 요동친다. 입술을 빗나간다. 마시기. 아니다, 이건 습지의 물이 아니다. 이건 개울물이다. 나는 아무런 답도 하지 않는다. 왜냐하면 아직도 말할 수 없기 때문이다. 이건 습지의 물이 아니다. 하지만 썩은 잎들 냄새가 난다. 그리고 이 물을 생각할 때마다, 아니 생각을 안 할 때도, 오늘도, 입안에 그 맛이 맴돈다. 나는 마신다. 좀 나아진다. 침이 내 입안에 되돌아온다. 말이 내 입술들에 되돌아오지만, 나는 말을 하지 않는다. 시선이 내 눈에 되돌아온다. 삶이 되돌아온다. 나는 내 호흡과 내 심장을 되찾는다. 내가 살아 있다는 걸 나는 안다. 나는 천천히 침을 빨아들인다. 제정신이 되돌아온다, 그리고 시야도―나는 어린 오로르를 본다. 그녀는 아프다. 신열에 지쳐서, 입술은

색이 바랬고, 눈은 퀭하다. 그녀도 갈증이 난다. 그녀는 개울에 내려갈 힘이 없다. 그런데 아무도 그녀를 위해 거기까지 가려고는 하지 않는다. 이 비위생적인 물을 그녀가 먹어서는 안 된다. 아프니까. 나는 그녀를 본다. 그리고 생각한다. 그녀는 차라리 이 물을 마시는 게 나을 수도 있다, 어차피 죽을 거라면. 매일 아침 그녀는 내 옆에 온다. 내가 내 반합 바닥에 물 몇 방울이라도 남겨놓길 바란다. 왜 내가 그녀에게 내 물을 줘야 하나? 그녀는 곧 죽을 텐데. 그녀는 기다린다. 그녀의 눈이 애걸하지만 난 그녀를 보지 않는다. 나는 나를 보는 그녀의 목마른 눈을 느낀다. 내가 반합을 허리춤에 넣자 그녀 눈에 서린 고통이 느껴진다. 삶이 다시 내 안으로 되돌아와 치욕스럽다. 그리고 매일 아침 나는 그녀의 애원하는 시선에, 갈증으로 바랜 그녀의 애걸하는 입술에 무심하게 군다. 그리고 매일 아침 물을 마시고 난 후 나는 치욕을 느낀다.

내 입은 젖어 있다. 나는 이제 말할 수 있다. 아니, 나는 말하지 않는다. 나는 이 침이 내 입안에서 오래 머물기를 원한다. 그리고 강박적으로 생각한다, 내가 또 언제 물을 마시게 될까? 우리가 일하게 될 곳에 물이 있기는 할까? 절대 물은 없다. 거긴 습지니까. 진흙탕 습지.

내 동기들은 내가 미쳤다고 생각했다. 뤼뤼가 나에게 말하곤 했다. "조심해. 여기선 항상 경계하며 지내야 한다는 것 알지? 그러다 죽을 수도 있어." 난 귀 기울여 듣지 않았다. 그녀들은 여전히 내 옆을 떠나지 않았다. 자기들끼리 이런 말을 하기도 했다. "C를 지켜봐야 돼. 그녀는 미쳤어. 카포도, SS도, 걔들도 보이지 않나 봐. 일도 안 하고 가만히 있어. 멍한 눈길로. 고함을 쳐도 알아듣지를 못해. 아무 데나 가. 그들이 그녀를 죽이고 말 거야." 그녀들은 나를 무서워했다. 광기의 시선을 한 나를 바라보는 걸 무서워했다. 그녀들은 내가 미쳤다고 생각했고, 아마 그랬을 거다. 그 몇 주가 나는 하나도 기억나지 않는다. 가장 힘들었던 그 주, 내가 사랑한 그 많은 사람들이 죽었던 바로 그 주였지만, 내가 그녀들의 죽음을 알게 된 기억은 없다. 우리가 다른 방향으로 갔던 날, 그러니까 개울의 반대쪽으로 갔던 날에는, 그 실망을 내가 어떻게 견뎠는지 모르겠다. 아침의 갈증과 낮의 갈증이 있다.

아침부터 나는 마실 것만 생각한다. 점심 수프가 나오면, 수프는 짜고도 짜, 입이 타들어 가는 것 같아 바로 뱉어냈다. "먹어. 먹어야 해." 음식을 거부했던, 이미 죽은 그 많은 사람들이 여태 들었던 말이었다. "먹어봐. 그래도 오늘은 좀 묽어." "아냐, 짜." 나는 한 번에 삼켜보려고도 했지만, 결국 숟가락을 밀어낸다. 입 속에 침이 하나도 없을 땐 아무것도 들어가지 않는다.

때때로 우린 광차 쪽으로 보내진다. 철거 현장에는, 폐허가 된 집들 사이로 홀쭉한 소관목들이 있다. 소관목들에 서리가 덮여 있다. 광차에 돌을 실을 때마다 나는 관목에서 작은 나뭇가지를 꺾는다. 서리를 혀로 핥는다. 그런다고 입안에 침이 생기지는 않는다. SS가 좀 멀찍이 떨어지면, 나는 깨끗한 눈을 향해 달려간다. 말리려고 죽 펼쳐놓은 요처럼 하얀 눈 조각이 있었다. 나는 눈을 한 줌 집는다. 그런데도 눈은 입안에서 물이 되지 않는다.

지표면에 있는 열린 저수통 옆을 지날 때는 현기증이 일어머리가 빙빙 돈다. 왜냐하면, 내가 뛰어들지 못하게 막는 카르멘 또는 비바가 있기 때문이다. 매번 이 옆을 지나갈 때마다 그녀들은 에돌려고 애쓴다. 그러나 내가 그녀들을 저수통 쪽으로 이끈다. 그녀들은 나를 놓치지 않으려고 따라오다가 가장자리에서 나를 우악스럽게 잡아당긴다.

휴식 시간 동안, 폴란드 여자들 여럿이 저수통을 둘러싸고는 철삿줄 달린 반합으로 물을 푼다. 줄은 너무 짧다. 여자의 구부러진 몸이 거의 저수통 속에 담겼고, 동기들이 그녀의 다리를 꽉 붙들고 있다. 반합 바닥에 탁한 물이나마 조금 퍼 올렸고, 그 물을 그녀는 마신다. 차례가 돌아간다. 나는 그녀들 쪽으로 간다. 그리고 나도 원한다는 걸 그녀들이 알게 한다. 철삿줄에 달린 반합이 다시 내려가고, 폴란드 여자는 몸을 숙여 다시 한번 물을 끌어 올린다. "클레바[빵]?" 하고 말하면서 나에게 그 물을 내민다. 나는 빵이 없다. 나는 차를 얻으려고 저녁에 내 빵 전부를 줘버렸다. 애원하는 입술로 나는 빵이 없다고 말한다. 그녀는 반합을 뒤집고, 물이 쏟아진다. 카르멘이나 비바가 달려오지 않았다면 난 쓰러졌을 것이다.

습지에 와서도 하루 종일, 나는 돌아갈 길을, 개울을 생각한다. 하지만 SS는 아침 일을 기억한다. 작은 다리가 보이는 모퉁이를 돌자마자, SS는 앞으로 나아간다. 곧장 개울로 내려가더니 그의 개를 풀어 다 휘저어 놓는다. 우리가 도착했을 때, 물은 진흙탕이고, 악취가 난다. 그래도 좀 마시고 싶었는데, 불가능했다. 모든 안바이저들이 경계를 서고 있었다.

낮의 갈증이 있고, 밤의 갈증이 있다.

저녁, 점호 내내, 나는 배급받게 될 차를 생각한다. 나는 차를
가장 먼저 받을 것이다. 갈증이 나를 대담하게 만든다.
나는 다른 사람들을 밀치고 맨 앞으로 나아갈 것이다.
나는 마신다. 마시자 더 갈증이 난다. 이 찻물은 갈증을 다
풀어주지 못한다.

이제 내 빵이 손안에 있다. 저녁거리인 빵 조각과 몇 그램의
마가린이 있다. 나는 그것들을 손에 들고 수용소 이곳저곳을
다니며 찻물과 물물교환할 사람을 찾는다. 아무도 원하지
않을까 봐 나는 덜덜 몸을 떤다. 그래도 항상 받아주는
사람이 하나는 있다. 매일 저녁 난 몇 모금을 위해 내 빵을
준다. 나는 바로 마신다. 그런데 더 갈증이 난다. 방으로
돌아왔을 때, 비바가 내게 말한다. "널 위해 내 차를 보관해
놨어(차 또는 달인 물, 둘 다 아니다). 잠들기 전에 마시는
게 좋을 거야." 그녀는 날 그때까지 기다리게 할 수 없다.
나는 마신다. 더 갈증이 난다. 나는 내 반합에 가득 퍼 담을
수도 있었을, 한데 그놈의 개가 다 휘저어 놓은 개울물을
생각한다. 그렇지만 않았어도 반합에 가득 채워올 수 있었을
텐데, 나는 갈증이 난다, 더 갈증이 난다.

저녁의 갈증과 밤의 갈증이 있다, 가장 잔혹한 갈증이다.
왜냐하면, 밤에 내가 마시면, 마시자마자 물은 즉시 내
입안에서 마르고 단단해지기 때문이다. 내가 마시면
마실수록, 내 입은 굳은 썩은 잎들로 가득 찬다.

아니면 이건 오렌지 조각이다. 내 이빨들 사이에서 터진다.
그렇다면 이건 정말 오렌지 조각이다—이런 데서 오렌지를
보다니 기가 막힌 일이다—이건 정말 오렌지 조각이다.
나는 입안에서 오렌지 맛을 느낀다. 즙이 내 혀 밑으로

퍼진다. 내 입천장에 닿고, 잇몸에 닿고, 목 안으로 흐른다. 약간 시고, 놀랍도록 신선한 오렌지다. 이 오렌지 맛과 흐르는 이 신선한 감각이 날 깨운다. 깨어나는 것이 무섭다. 하지만 오렌지 껍질이 이빨 사이로 삐져나오는 순간은 너무나 달콤해서 그 꿈을 다시 꾸고 싶다. 나는 이 꿈을 좇고, 밀어붙인다. 하지만 다시 한번 회반죽처럼 굳어버린 썩은 잎들이 돌아온다. 내 입은 건조하다. 심지어 쓰지도 않다. 입이 쓰다고 느낀다는 건, 아직 미각을 상실하지 않았다는 것, 아직 입안에 침이 있다는 것이다.

집

비가 내리고 있었다. 흘러내리는 빗줄기가 막을 치듯 벌판을
모두 가렸다.

우리는 한참을 걸었다. 길은 온통 웅덩이였다. 우리가 웅덩이
가장자리를 돌아 걷자, 안바이저들이 소리쳤다. "일렬로.
줄을 지켜!" 그리고 신발 때문에 망설이던 여자들을 진창
속으로 밀어버렸다. 그 어떤 묘사로도 우리가 신고 있던 이
신발이 어떤 것이었는지를 전달할 수 없다.

우리는 작업장에 도착했다. 쟁기질로 뒤엎어 놓은 개밀
뿌리들을 다 걷어내야 했다. 몸을 숙이고 우리는 희부연
뿌리줄기들을 뽑아 앞치마 속에 집어넣었다. 이 뿌리들
때문에 배 부분이 다 젖었고 차가웠다. 무겁기도 했다.
앞치마를 비우면 다른 밭고랑으로 가서 또 뽑았다. 비가
내리고 있었다. 고랑 또 고랑, 몸을 밭고랑에 숙인 채 우리는
계속 일을 했다. 비가 옷 속까지 스며들었다. 우리는 벗은
것이나 다름없었다. 차가운 빗물이 견갑골 사이에 작은
물줄기를 만들었고, 등골로 연신 흘러내렸다. 우린 거기에는
더 이상 신경 쓰지 않고 그저 개밀 뿌리를 걷어내는 손에만
집중했다. 그 손은 죽은 손이었다. 진흙이 들러붙어 신발이

더욱 무거워졌다, 점점 더 무거워지면서 땅에서 떼어내기가 점점 더 힘들어졌다. 아침부터 비가 내리고 있었다.

안바이저들은 우거진 나뭇가지 아래서 비를 피하고 있었다. 그녀들이 멀리서 소리쳤다. 우리가 들판 저 끝에 가 있을 때는 그 소리가 거의 들리지 않았다. 우리는 거기서 약간 꾸물거렸다. 그래도 그녀들이 보고 있으니까, 밭고랑에 몸은 숙인 채. 다시 몸을 일으켜 세우는 건 너무 고통스러웠다.

우리는 짝지어 다녔다. 우린 걸어가면서 이야기했다. 우리 과거에 대해 말했고, 과거는 비현실이 되어갔다. 우리는 아직은 다가올 것들에 대해 말하고 있었고, 미래는 확실해져 갔다. 우린 많은 계획들을 세웠다. 끝없이 세웠다.

점심에, 비가 두 배로 더 왔다. 수렁과 진창으로 변해버린 들판이 더 이상 보이지 않을 정도였다.

좀 멀찍이, 버려진 집 한 채가 있었다. 이 집이 우릴 위한 것일 리 없었다. 잠깐의 휴식 후에, SS는 벌써 호각을 불며, 다시 열을 맞추라고 명령했다. 우린 개밀 뿌리들과 진흙 덩이로 되돌아가는 것을 포기했다. 대열은 벌판을 뒤로하고 그곳을 떠났다. 즈느비에브가 말했다. "만일 저들이 우리로 하여금 저 집에서 비를 피하게 해준다면…" 우리 모두의 소원을 이 문장 형식이 담고 있었다. 다시 말해, 이런 표현은 그게 얼마나 불가능한지를 알고 있다는 말이었다. 하지만 우리는 그 집을 향해 가고 있었다. 거의 다, 아주 가까이 왔다.

대열은 멈춰 섰다. 한 SS가 우리가 들어간다고 소리쳤다.

● 즈느비에브의 말은 가정법이다. 프랑스어의 가정법은 'Si(만일~한다면) + 주어 + 동사'의 구조로 쓰는데 동사가 반과거 시제일 경우 실현 불가능하다는 뉘앙스를 띠며, 희망과 소원에 그치는 말이 된다.

이어, 그러나 소리를 내면, 당장 나와야 한다고 덧붙였다. 이 말을 믿어야 할까?

우린 교회에 들어가듯 그 집으로 들어간다. 그것은 막 허물기 시작한 농부의 집이다. 그들은 농부들의 집을 다 부순다. 생울타리며 담장도 제거하고, 정원을 평평하게 밀어 넓은 부지로 만드는 중이다. 이런 식으로 소규모 경작을 없애버리는 거다. 우선 농부들부터 없애버린다. 집에는 검은색 페인트로 J라고 표시되어 있다. 유대인들이 살던 집이다.

우리는 젖은 회반죽 냄새가 나는 안으로 들어간다. 마루판과 벽지들이 뜯겨 있었다. 거의 모든 문과 창문도. 우리는 바닥에, 바닥을 덮은 잔해에 앉았다. 우리의 길고 헐렁한 옷이 더 춥게 느껴진다. 먼저 온 이들은 벽에 붙을 수 있는 자리를 확보해, 기대어 있다. 나머지 다른 사람들은 어디에든 서로 꼭 붙어 앉는다.

우린 집이 무엇인지 잊고 있었다는 듯 집을 본다. 단어들도 다시 찾는다. "이건 꽤 멋진 방이야—그래, 밝고—저기 탁자가 있었겠다—아니면 침대가 있었거나—아냐, 여긴 식당이야. 벽지를 봐. 아직도 붙어 있는 늘어진 종이 조각 보이지. 나라면 여기다 소파 하나 놓을 거 같아. 난로 바로 옆에—전원풍의 커튼이 훨씬 잘 어울리겠다. 주이산 천 같은 거 있잖아."

집은 가구가 다 갖춰진 채, 편안하고 친숙하며 고색을 띤다.

● 주이(Jouy)는 파리 근교에 위치한 지역으로, 주이산 천은 18세기 말 이후 이곳 면직물 날염 공장에서 생산되어 인기를 끈 천을 가리킨다. 꽃과 나무 등 자연의 문양을 단색으로 프린트한 것이 특징이다.

여기에 세부적인 것만 더하면 된다. "소파 옆엔 라디오가 있어야 해—여긴 이중창을 달아야겠어. 다육식물들을 키울 수 있을 거야—너 다육식물 좋아해? 난 히야신스 종. 물에 구근을 담가두면, 봄이 오기 전에 꽃을 볼 수 있을 거야—난 히야신스 향기가 싫던데."

안바이저들은 다른 방에 자리 잡았다. SS들은 그녀들 옆에서 졸고 있다. 우리는 서로서로 기댄다. 우리 몸의 열기로 옷에서 김이 피어올라 창문이 있던 구멍들로 나간다. 집은 따듯하고, 사람 사는 집 같았다. 우린 좋았다. 이 비가 저녁까지 계속해서 내리기를 바라며 가만히 비를 바라본다.

저녁

호각 소리가 나면, 연장들을 내려놓고, 닦고, 한 무더기로
잘 쌓아 정리해야 하고─우리도 정렬해야 한다─입을
다물고 조용히 있어야 한다─움직여선 안 된다.
안바이저와 카포들이 수를 센다. 틀렸나? 다시 세도─
으르렁대면서─둘이 모자라는데─기억해 낸다. 오후의 두
사람이다, 삽질하다 쓰러진 두 사람. 즉각 분노의 여신들이
몰려들었다. 그녀들을 때리고, 때렸다. 다른 사람들을
때리는 걸 보는 데 익숙해질 수는 없다. 구타도 아무 소용이
없었다. 피가 빠져나간 손에서 삽이 미끄러져 떨어졌다.
눈에서 생명이 떠났고, 애원의 빛도 없었다. 말없이 침묵한
두 눈. 분노의 여신들이 더 이상 움직이지 않는 두 여자를
악착같이 물고 늘어졌다. 만일 그녀들이 이런 구타에도 아무
반응을 하지 않는다면, 더는 할 수 있는 게 없다. 그녀들을
실어가는 것 말고는. 우리는 조용히 둑길로 그녀들을 데리고
갔다. 그곳 풀은 다 말라 있었다. 우리는 다시 우리 삽으로
돌아왔다.

이제 그녀들은 없다. 모두가 알지는 못해서, 물어보는 사람들이
있다. 그 이름들이 어떤 감정도 드러내지 않는 속삭임으로,

입에서 입을 타고 전해진다. 우린 너무 피곤했다. 베르트와 안-마리는 죽었어. 어떤 베르트? 보르도의 베르트. 그녀들은 오늘 아침 나갈 때만 해도 분명히 숫자 중 하나였고 귀가할 때도 응당 그래야 했다. 우리가 그녀들을 옮겨야 했다. 그러나 아무도 움직이지 않는다. 자동적으로, 저마다 머리를 숙인다. 그저 무리에 녹아들고 싶은 것이다. 눈에 띄지 않고 싶은 것이다, 어떤 기적도 내지 않고 싶은 것이다. 기진맥진해 자기 다리가 얼마나 더 버틸 수 있을지 불안해한다. 대다수는 다른 사람들 팔에 몸을 실은 채 걸었다. 안바이저들은 열을 되짚어 가며 얼굴과 발들을 살핀다. 그들은 가장 강한 자들을 선택할 것이다. 좀 덜 약한 자들에게 몸을 기대고 있던 여자들은 그녀들을 빼앗길까 봐 두렵다. 자신들을 받쳐주던 이 팔이 떠나면, 어떻게 돌아가지? 안바이저들은 가장 신발을 잘 신은 자를, 가장 몸집이 큰 자를 찾는다. "두[네], 두, 두." 셋을 호명했다. 그리고 또 다른 사람들이 지목된다. 우리는 무리에서 떨어져 나와, 시체들을 향해 걸어간다. 우린 그녀들을 바라본다. 당황한 채. 어떻게 들지? 안바이저들은 각자 팔다리 하나씩을 잡으라고 지시한다. 그리고 빨리하라고. 우린 우리의 동기들을 향해 몸을 숙인다. 아직은 뻣뻣하지 않다. 우리가 발목과 손목을 잡자, 몸이 휘어진다. 땅바닥까지 휘어진다. 그래서 들어서 옮기는 게 불가능하다. 무릎과 어깨를 드는 게 나을 듯했지만, 그것도 잘 안된다. 그러나 결국은 된다. 우린 일렬종대 맨 끝으로 가서 자리 잡는다. 다시 수를 센다. 이번에는 숫자가 맞다. 일렬종대는 움직이기 시작한다.

이렇게 하고 몇 킬로미터나 가야 하나? 우리는 그녀들이 우리에게 짐 지운, 죽도록 애를 써서 가야 할 거리를 헤아려본다. 그 거리는 어마어마하다.

일렬종대가 움직이기 시작한다.

우리가 들고 있는 건 우선은, 베르트와 안-마리다. 그러나 이제 곧 움직일 때마다 자꾸 손에서 미끄러져 힘겨운, 너무나 무거운 짐에 불과할 것이다. 출발부터, 간격이 벌어진다. 우리는 앞줄에 속도를 늦춰달라고 부탁한다. 그러나 종대는 여전히 속도를 낸다. 카포가 선두에 있다. 그녀는 좋은 신발을 신고 있다. 그녀는 서두른다.

SS가 우릴 뒤따라온다. 그들은 장화를 질질 끈다. 그도 그럴 것이, 우리가, 질질 끌리듯, 너무나 천천히 걷기 때문이다. 안바이저 하나가 그들을 보며 웃는다. 그들에게 저열한 농담을 해가며, 춤추는 듯한 동작을 해보인다. 그들은 이를 즐기는 것이다.

창백한, 거의 포근한 저녁이다. 우리 고향에서는 싹이 돋아나고 있을까. SS가 호주머니에서 하모니카를 꺼낸다. 그는 연주하고, 우리의 고통은 비극의 광경이 된다.

이제 교대해 달라고 우린 불러본다. 아무도 우리 말을 들어주지 않는다. 아무도 오지 않는다. 아무도 우릴 대신해 줄 만큼 힘이 남았다고 생각하지 않는다. 우린 점점 힘겨워, 몸이 휘어지고, 다리가 벌어져 이러지도 저러지도 못한다.

카르멘이 도랑에서 부러진 널빤지 조각을 얼핏 본다. 우린 그 널빤지들을 줍기 위해 우리 동기들을 길에 내려놓는다. SS는 기다린다. 두 번째 사람이 칼을 꺼내더니 자기

몽둥이로 쓰던 나무의 껍질을 벗긴다. 안바이저가
하모니카로 반주한다. 그녀는 〈난 기다릴래요〉●를 부른다.
그들의 애창곡.
우리는 널빤지 두 쪽을 교차시켜 그 위에 시신을 놓고, 각자 맨
끝을 잡는다. 그러고는 다시 출발한다. 카르멘이 말한다.
"기억나, 륄뤼, 엄마가 우리한테 '이 더러운 나무는 만지지
마. 가시가 박힐 수 있어. 그럼 거기 흉한 하얀 종기가 생겨
아플 거야' 하고 말했었잖아." 우리 어머니들은 그랬다.
처음엔 수월할 것 같았다. 그러나 좀 지나자 시신이
미끄러지고, 가운데가 휘더니 떨어진다. 발을 옮길 때마다
이 죽어 무기력한 몸뚱아리와 널빤지를 잘 조정해야 했다.
SS는 돌아가며 하모니카를 불고, 낄낄거리고, 콧노래를
부른다. 시끄럽게 웃어댄다. 특히나 여자가 더 시끄럽다.
일렬종대는 전진한다. 그리고 우리는 거의 불가능한 힘을
발휘해 앞으로 나아가고 있다. 트럭 한 대가 온다. 트럭이
지나가게 종대는 잠시 한쪽에 비켜선다. 우린 그 기회를
놓치지 않는다. 그 트럭은 점심때 작업장에 배급된 수프
양철통을 거둬 싣고 돌아가는 트럭이다. 사방에 작업장이
있다. 여기저기 멀찍이 가래와 삽 무더기가 있다. 운전사는
차 브레이크를 밟으며 SS에게 말을 건다. 나는 하모니카를
부는 자 바로 옆에 있다. 아직 소년이다. 열일곱 살쯤 되어
보인다. 내 막내 남동생 나이다. 내가 그에게 말한다.
"수용소로 돌아가는 이 트럭에 우리 동기들을 좀 실을
수 없을까요?" 그는 우릴 모욕하듯 비웃는다. 웃음을

● 프랑스어 제목은 〈J'attendrai〉로, 원래 이탈리아 노래이며 1938년에
샹송으로 번안되었다. 리나 케티가 불러 유행했다.

터뜨린다. 그가 웃는다, 웃는다. 내 말이 웃긴 것이다!
온몸이 흔들리도록 웃는다. 그러자 다른 놈이 흉내를 낸다.
그리고 여자는, 그놈을 더 웃게 하려고 내 뺨에 따귀 한 대를
갈긴다. 나는 수치스럽다. 어떻게 그들한테 그런 부탁을
했지? 트럭은 멀어져 간다.
자, 이만하면 됐다. 그들은 목줄을 느슨하게 풀고 개들을
맘껏 뛰놀게 하면서 무사태평하게 보낸 시간은 이 정도면
충분하다고 본다. 이제 하모니카를 집어넣고, 개들을 뒷발로
서게 한다, 그리고 외친다. "슈넬레 제츠[이제 더 빨리]!"
우린 긴장한다. 뒤꿈치에 달려드는 개들에 쫓겨 우리는
대열을 따라잡아야 한다.
그래야 한다. 그래야 한다.
그래야 한다… 왜 그래야 하는가, 알다시피 이렇게 죽으나
저렇게 죽으나. 이 창백한 저녁에 길 위에서 죽으나,
개들한테 물리고 몽둥이에 맞아 즉사하나 매한가지인데?
아니다. 그래야 한다. 방금, 그들의 웃음 때문에.
아마도. 그래서 그래야 한다.
우린 대열에 합류하는 데 성공한다, 대열에 닿기 일보
직전이다. 우린 누구든 우리와 교대해 달라고 애걸한다.
두 사람이 온다. 그녀들은 거의 기절할 것 같은 가장
쇠약한 두 사람을 대신해 준다. 우린 걸음을 멈추지 않고
손만 바꾼다. 우리 장딴지에 개들의 아가리가 와 있다.
신호만 떨어지면, 목줄이 한번만 흔들리면, 개들은 당장
물어뜯을 것이다. 우린 자꾸 미끄러지는, 고정시켜도 자꾸
미끄러지는 이 시체들과 함께 걷는다. 그녀들의 발은 길을
긁어대고, 머리는 거꾸로 넘어가 거의 땅바닥에 닿아 있다.

우린 더 이상 눈이 뒤집힌 이 머리를 볼 수 없다. 베르트여. 안-마리여. 남은 손으로 우린 잠시 그 머리를 받쳐본다. 하지만 포기해야 한다. 이 머리는 그냥 포기해야 한다. 눈꺼풀을 감겨줄 용기가 나지 않는다.

우린 바라보지 않는다. 왜냐하면 눈물이 우리 얼굴 위로 흐르고 있기 때문이다. 우리는 울지도 않는데, 눈물이 흘러내린다. 피로와 무력함 때문에 흐르는 눈물이다. 우린 이 죽은 살 때문에, 죽은 몸이 살아 있는 양 고통스럽다. 넓적다리 밑의 널빤지가 넓적다리를 벗겨대고 뺐다. 베르트여. 안-마리여. 손들이 늘어지지 않게, 우리는 그 손들을 가슴 위에 십자 모양으로 팔짱 끼우려 한다. 거기 그렇게 고정해 둘 필요가 있다. 그러나 손들은 다시 늘어지고, 걸을 때마다 우리 다리를 쳐댄다.

우리 뒤에서 SS들은 행군하듯 걷는다. 산책은 이제 끝났다고 말한다. 개줄을 짧게 쥔다. 개들이 우리한테 더 달라붙는다. 우린 뒤돌아보지 않는다. 우린 개들의 주둥이를, 그 뜨겁고 거친 숨결을 느끼고 싶지 않다. 더는 그 네 발로 걷는 소리를 듣고 싶지 않다. 길바닥 돌들을 발톱으로 긁어대는 소리를 듣고 싶지 않다. 우릴 쳐대는 몽둥이 소리도 듣고 싶지 않다. 나무 몽둥이는 이제 껍질이 다 벗겨져 희고 축축하다.

우린 긴장한 채 걷는다. 우리 심장은 뛰고, 또 뛰고, 터질 듯 뛴다. 그리고 우린 생각한다. 내 심장은 더는 버티지 못할 것이다. 내 심장은 굴복할 것이다. 그러나 아직은 아니다. 아직도 버티고 있다. 그런데 몇 미터나 더? 불안한 나머지 우리는 수 킬로미터나 되는 거리를 걸음 수로 헤아려보고, 미터로 헤아려보고, 아니면 전봇대 수로, 커브 길 수로 헤아려본다. 우린 자꾸 기둥에서 틀린다. 커브 길에서 틀린다. 이곳은 벌판, 습지로 덮인 벌판이다. 랜드마크가 눈에 띄지 않을 정도로 까마득한 벌판이다. 이따금 서리 내린 붉은 덤불만이, 다른 것과 뒤섞인 채 보인다. 절망이 우릴 짓누른다.

그러나 해내야 한다. 그래야 한다.

거의 다 왔다. 수용소가 가까워졌다는 것이 냄새로 느껴진다. 사체 냄새, 화장터에서 나는 질식할 것 같은 냄새가 더 진하게 느껴진다. 또 그 냄새를 감싸는 설사 냄새. 수용소 안에서는 그 냄새를 맡지 못한다. 저녁에 돌아올 때면, 우리가 이런 악취 속에서 어떻게 숨을 쉬었는지 의아해한다.

이곳으로부터, 냄새로 알아차리는 이곳으로부터, 2킬로미터는 더 가야 한다.

작은 다리를 지나면서부터 속도가 빨라진다. 이제 1킬로미터 남았다.

어떻게 우리가 해냈는지 모르겠다. 입구 바로 앞에서, 우리 일렬종대는 다른 사람들이 먼저 지나가게 잠시 멈췄다. 우린 짐들을 내려놓았다. 짐을 다시 들어야 했을 때, 우린 더 이상 할 수 없을 거라고 생각했다.

문에서, 다시 몸을 일으켜 세웠다. 입을 앙다물고, 위를 올려다보았다. 이건 비바와 내가 서로에게 했던 맹세였다. 드렉슬러 앞에서도, 타우베 앞에서도 머리를 높이 들겠다는 것. 우린 이렇게까지 말했다. "머리는 높이, 발은 앞으로." 오, 비바여.

통로에서 숫자를 세던 SS가 곤봉으로 가리켜 묻는다. "츠바이 프란죄시넨[프랑스인 둘]." 안바이저가, 진저리 내며 대답한다.

우린 우리 동기들을 점호에 데려간다. 두 열이 더 생기며 대열에 변화가 온다. 짐꾼 네 명과 그녀들 앞에 누운 시신들. 이번엔 여자 유대인 작업반이 돌아온다. 오늘 저녁엔 시신이 둘이다, 우리처럼. 매일 저녁 그녀들 중 몇 명은 죽어 돌아온다. 철거 작업을 하던 집에서 문을 떼어 그 위에 시신들을 놓은 다음, 어깨에 올려 가져왔다. 그녀들은 힘들어 엉망이 됐다. 우린 그녀들이 불쌍하다. 불쌍해 흐느껴 운다. 죽은 자들은 얼굴을 하늘로 향한 채 반듯이 납작하게 누워 있다. 우린 생각한다. 만일 우리에게도 문짝이 있었다면.

점호는 평소처럼 길었다. 그러나 우리에겐 더 짧게 느껴졌다. 가슴이 터질 듯 심장이 뛰었다. 너무 거세어져 혼자 있을 때 들리는 시계 소리 같았다. 모든 걸 압도하다 서서히, 천천히, 움푹 파인 곳으로 돌아가 자리 잡는 심장 소리를 우린 들었다. 시간이 흐르면서 간격이 벌어지고. 벌어지다가, 누그러들었다. 평소 익숙하던 박동 소리로 돌아가자, 고독의 가장자리로 밀려난 듯 우리는 혼란스러웠다.

바로 그 순간, 우리의 손은 우리의 눈물을 닦아내었다.

점호는 탐조등이 철조망을 밝게 비출 때까지, 밤까지 지속되었다.

점호 내내, 우리는 그녀들을 바라보지 않았다.

134

시체. 쥐가 파먹은 왼쪽 눈. 속눈썹이 술 장식처럼 늘어진, 떠 있는 다른 쪽 눈.

쳐다보려고 해보라. 직시하려면 봐야 한다.

더는 따라갈 수 없는 한 남자. 개가 그 남자 엉덩이를
　　물어뜯는다. 남자는 멈추지 않는다. 아가리로 남자 엉덩이를
　　문 채, 뒷다리로 선 개를 뒤에 달고 걷는다.
남자는 걷는다. 그는 비명도 지르지 않았다. 피가 바지
　　줄무늬에 찍혀 있다. 마치 압지에 잉크 자국이 번지듯
　　안으로부터 피가 스며 나오고 있다.
남자는 살에 개의 송곳니가 박힌 채 걷는다.

쳐다보려고 해보라. 직시하려면 봐야 한다.

136

두 여자의 팔에 끌려가는 한 여자. 한 유대인 여자. 그녀는 25로 가고 싶지 않다. 두 여자가 그녀를 끈다. 그녀는 저항한다. 그녀의 무릎이 땅에 끌린다. 소매가 잡아당겨져 옷이 목까지 올라와 있다. 닳아빠진 바지—남자 바지—가 뒤집힌 채 발뒤꿈치까지 내려가 그녀 뒤에서 질질 끌리고 있다. 껍질이 벗겨진 개구리. 허리는 다 드러나 있고, 피와 고름으로 더러워진 수척한 엉덩이가 바지에 난 구멍 틈으로 보인다. 그녀는 울부짖는다. 두 무릎이 자갈에 찢긴다.

쳐다보려고 해보라. 직시하려면 봐야 한다.

아우슈비츠

우리가 지나가곤 했던 이 도시는 이상한 도시였다.
여자들은 모자를 쓰고 있었다
곱슬머리 위에 놓인 모자.
여자들은 시내에서처럼
구두와 스타킹을 신고 있었다.
그 어떤 주민도 얼굴을 드러내지 않았다.
인정하지 않으려는 듯
우리가 지나가는 것을 보지 않으려고
몸을 돌렸다. 보면 달아났다.
자기 다리만큼 긴, 보라색 법랑 우유통을 든
어린아이조차도.
우린 이 얼굴 없는 존재들을 바라보았다.
우린 우리 자신에게 놀랐다.
상점에 가 과일과 채소를 보고 싶어 하는
우리 자신에게 우린 실망했다.
진열창만 있을 뿐 상점이랄 것도 없었다.
나는 나를 알아보고 싶었다
진열창 위를 미끄러지며 지나가는 열들 속에서

나는 팔을 들어 올렸다.
그러나 모두가 자신을 알아보고 싶어 했기에
모두가 다 팔을 들어 올려
아무도 누가 자기인지 알아보지 못했다.
역에 걸린 시계에는 시간이 표시되어 있었다
우린 그걸 봐서 행복했다
그 시간은 진짜 시간이었으니까.
무 보관창고에 도착하면 우리는 안도했다.
우리가 일하러 가던
도시 반대편에 있던 그곳.
우린 아침의 불안처럼 도시를 가로질러 갔다.

마네킹

도로 맞은편에, SS가 개들을 조련하러 가는 곳이 있다. 목줄 하나에 개를 둘씩 묶어 거기로 가는 그들이 종종 보인다. 맨 앞을 걸어가는 SS는 마네킹 하나를 들고 있다. 우리 같은 옷차림의 커다란 인형이다. 색이 다 바랜, 때투성이 줄무늬 옷은 소매가 너무 길다. SS는 마네킹을 팔 밑에 끼워 들고 간다. 질질 끌리는 두 다리가 자갈에 쓸린다. 발에는 심지어 나막신이 신겨 있다.

바라보지 마. 땅바닥에 끌려가는 마네킹은 바라보지 마. 너 자신을 보게 되니까.

일요일

일요일 점호는 약간 늦었다. 새벽에 가까워진 시각이었다. 일요일에, 일렬종대는 출동하지 않는다. 수용소 안에서 작업한다. 일요일은 모두가 가장 두려워하는 날이었다.

이번 일요일은, 날씨가 아주 좋다. 하늘은 붉은 기운도, 불길 같은 층도 없이 맑았다. 봄날처럼 날이 푸르렀다. 태양도 봄날의 태양이었다. 집을 생각하지 말자. 정원도, 텃밭도 생각하지 말자. 계절의 첫 나들이도 생각하지 말자. 생각하지 않기. 생각하지 않기.

여기의 좋은 계절이 나쁜 계절과 다른 점은 눈이나 진흙 대신 먼지로 가득하다는 것이다. 이런 날씨에는 냄새가 훨씬 지독하다. 태양이 빛나는 풍경은, 눈에 파묻힌 풍경보다 더 심란하고 절망적이다.

점호의 끝을 알리는 호각 소리가 울린다. 대열을 유지하며 블록 25를 향해 느리게 걷기 시작한다. 매주 일요일이 달랐다. 블록 25로 왜? 우린 무섭다. 누군가가 말한다. "블록 25는 우리가 다 들어갈 만큼 크지 않아. 우린 곧장 가스실로 갈지도 몰라." 우린 덜덜 떨었다.

그들은 뭘 하려는 걸까? 우린 기다린다. 한참을 기다린다.

남자들이, 삽과 함께 올 때까지. 그들은 도랑을 향해 간다.
철조망 안쪽을 격리하는 도랑이 일주일 사이에 더 깊이
파였다. 자살이 너무 많아서? 우리는 밤에 총소리를 듣는다.
누군가가 철조망에 접근하면, 철조망에 당도하기도 전에
감시탑 보초병이 사격한다. 그렇다면, 도대체 도랑은 왜
팔까?

왜 다 나와 있는 걸까?

남자들은 손에 삽을 들고 도랑을 따라 자리 잡는다.
일렬종대는 인디언 행렬식으로 길게 죽 늘어선다. 수천 명의
여자들이 단 한 줄로 길게 섰다. 끝도 없는 한 줄. 우린
따라간다. 우리 앞에 있던 여자들은 뭘 하는 걸까? 우린
남자들 앞에서 그 여자들이 자기 앞치마를 당겨 펼치는
것을 본다. 남자들은 깊은 구덩이에서 파낸 흙 두 삽을 거기
놓는다. 왜 그렇게 하는 걸까? 이 흙을 왜? 우린 따라서
한다. 그녀들이 뛰기 시작한다. 우리도 뛴다. 몽둥이질과
채찍질이 쏟아져서다. 얼굴은, 눈은 안 맞으려고 피한다.
목에, 등에 매질이 쏟아진다. 슈넬. 슈넬. 달린다.
열 양쪽에서 카포와 안바이저들이 으르렁댄다. 슈넬러. 슈넬러.
으르렁대고, 후려친다.

우린 앞치마를 채운 다음 달린다.

우린 달린다. 흐트러지지 않고 열을 지켜야 한다. 우린 달린다.
문으로.

분노의 여신들이 가장 밀집해 있는 곳이다. 치마바지를 입은
SS들이 그녀들과 합류한다. 달리기.

문을 지나, 왼쪽으로 돌아, 도랑을 가로질러 놓인 불균형한
판자 위를 디뎌야 한다. 달리면서 이 판자를 건너가야 한다.

앞뒤로 몽둥이질.

달리기. 고함으로 지시하는 장소에서 앞치마를 비우기.
쇠스랑을 가지고 온 또 다른 사람들이 흙을 평평하게
다졌다. 달리기. 철조망을 따라 길게 서기. 철조망을
살짝이라도 건드리지 않기. 붉은 램프가 켜져 있다.
되돌아가기 위해 다시 문을 통과하기. 통로가 좁다. 더 빨리
뛰어야 한다. 거기에서 넘어지면 큰일 난다, 그녀들은
짓밟힐 것이다.

달리기. 슈넬러. 달리기.
다시 앞치마에 흙을 채워 남자들 앞으로 돌아가기.
남자들은 빨리해야 한다. 안 그러면 그들을 때리기 때문이다.
삽을 가득 채워야 한다. 안 그러면 그들을 때린다, 우리도
때린다.

채운 앞치마. 몽둥이질. 슈넬러.
문을 향해 달리기. 가죽끈과 채찍을 통과하기. 흔들리고
휘어지는 판자 위를 달리기. 판자 끝 쪽에 서 있는 SS
대장의 곤봉을 조심. 쇠스랑 아래에다 앞치마를 비우고
달린다, 점점 더 좁아지는 통로를 통해 문을 건넌다―
몽둥이질하는 여자들이 점점 더 좁혀온다―남자들의 흙 두
삽을 향해 다시 달린다, 문을 향해 달린다, 끝없이 순환하는
회로 속에서 달린다.

그들은 수용소 입구에 화단을 만들기 원한다. 두 삽 자체는
그렇게까지 무겁지 않다. 점점 더 무거워진다. 무거워지니
팔이 경직된다. 우리는 앞치마 모서리 끝을 제대로 잡지
않는다. 그러면 흙을 슬쩍 흘릴 수 있다. 분노의 여신들이
이걸 보면 우릴 두들겨 팬다. 그래도 우린 그렇게 한다, 너무

무거우니까.

남자들 중 프랑스 사람이 한 명 있다. 우리는 그에게서 흙을 받을 수 있도록 전략적으로 계산해 달린다. 우린 몇몇 단어들을 주고받는다. 그는 감옥에서 말하는 법을 배운 것처럼 입술을 움직이지 않고, 눈을 내리깐 채 말한다. 한 문장을 위해 세 번의 턴이 필요하다.

순환이 충분히 빠르지 않다. 분노의 여신들이 더 크게 외쳐대고, 더 세게 때린다. 혼잡이 인다. 왜냐하면 여자들이 쓰러지고, 그 동기들이 그녀들을 도와 일으키고, 다른 여자들은 매질에 밀려 계속 달리려 하기 때문이다. 유대인 여자들은 우리보다 더 많이 맞기에 우리 줄무늬 옷들 사이로 껴들어 온다. 그녀들은 너무 딱해 보인다. 그 이상한 복장은 딱해 보인다. 그녀들은 앞치마가 없다. 그녀들에겐 외투를 뒤집어 입혀 단추가 등에 달렸다. 뒤에서 단추를 잠그고 외투 아래 접힌 밑단 속에 흙을 넣게 했다. 소매 달린 방향도 반대라 팔 동작이 불편하다. 꼭 허수아비나 펭귄 같다. 그리고 뒤트임이 있는 남자 외투를 입은 여자들은… 끔찍하게 웃기다.

그녀들은 너무 안됐지만 그래도 우린 서로 떨어지고 싶지 않다. 우린 서로를 보호한다. 동기 옆에 머물고 싶어 한다. 자기보다 더 약한 동기 앞에, 그래야 그녀를 향한 매를 대신 맞을 수 있으니까. 약한 동기 뒤에, 그래야 넘어지려는 그녀를 붙잡을 수 있으니까.

프랑스 남자는 도착한 지 얼마 안 되었다. 그는 샤론 출신이다. 레지스탕스 활동이 프랑스 전역으로 확대되었다. 우린 그와 말하기 위해 어떤 용기라도 낼 것이다.

문으로 달리기—슈넬—통과하기—바이터—도랑 위 판자로
뛰어들기—슈넬러—앞치마 비우기—달리기—철조망
조심—다시 문으로. 발 닿는 데마다 곤봉 든 장교가 있다—
남자들에게 달려가기—앞치마 펼치기—몽둥이질—문을
향해 달려가기. 환각에 사로잡힌 듯한 달리기.

우리는 블록 안에 숨을 생각도 해본다. 불가능하다. 모든
출구를 몽둥이가 지키고 있다. 이런 봉쇄를 돌파하려는
자들은 극심한 구타를 당한다.

화장실 가는 것도 금지된다. 1분이라도 멈추는 것은 금지된다.
처음에는, 속도를 늦추는 것이 계속 달리는 것보다 더 힘들다.
조금이라도 느려지면, 몽둥이질은 두 배가 된다. 나중에
우린 차라리 맞는 편을, 달리지 않는 편을 택한다, 우리
다리가 더는 복종하지 않는다. 그러나 속도를 늦추기가
무섭게, 구타가 너무나 지독해 우린 다시 달린다.

여자들이 넘어진다. 분노의 여신들이 그녀들을 열 밖으로 끌고
나와, 블록 25의 문으로 데려간다. 거기 타우베가 있다.
우리들 사이에는 유대인 여자들이 점점 더 많아진다. 한
번 돌 때마다 우리 그룹은 점점 흩어진다. 그래도 둘씩은
붙어 있는 데 성공한다. 이 둘은 떨어지지 않고, 입구로
향하는 좁은 통로에서, 밟히는 자들과 그녀들 위로 넘어질까
두려워하는 자들의 공포 속에서, 서로를 붙잡고 밀어준다.
환각에 사로잡힌 듯한 달리기.

여자들이 넘어진다. 원무는 계속된다. 달리기. 계속 달리기.
속도를 늦추지 말기. 멈추지 말기. 넘어지는 사람들,
그녀들을 보지 말기. 우리는 둘씩 꼭 붙어서 매 순간
집중한다. 다른 사람들은 신경 쓸 겨를이 없다.

여자들이 넘어진다. 원무는 계속된다. 슈넬. 슈넬.
화단 터가 넓어진다. 회로는 더 길어져야 한다.

달리기. 점점 더 휘어지고 흔들리는 판자 위를 통과하기—
슈넬—앞치마를 채우기—슈넬—문—슈넬—판자. 이것은
환각에 사로잡힌 달리기다.

뭐라도 생각하기 위해, 우린 구타 수를 센다. 30, 그래 그
정도는 그렇게 힘들지 않은 회차였다. 50에 이르자 우린 더
이상 숫자를 세지 않는다.

프랑스인은 엄중한 감시를 받고 있다. 카포가 그 옆에 있다.
우린 이제 그에게서 흙을 받을 수 없다. 때때로 우린 눈길을
주고받는다. 그는 이빨 틈으로 말한다. "죽일 놈들, 죽일
놈들." 새로 온 자다. 그는 눈물을 흘린다. 그는 우리를
불쌍해한다. 그는 덜 고통스러운 거다. 그는 한자리에 있다,
그는 춥지도 않다.

우리 다리는 부었다. 우리 얼굴은 일그러졌다. 한 바퀴 돌
때마다 우린 더 무너졌다.

달리기—슈넬—문—달리기—판자—슈넬—흙 비우기—
슈넬—철조망—슈넬—문—슈넬—달리기—앞치마—
달리기—달리고 달리고 달리고 슈넬 슈넬 슈넬 슈넬 슈넬.
환각에 사로잡힌 달리기.

각자 점점 더 추해지는 다른 사람들을 본다. 이젠 자신을 보지
않는다.

우리 옆에서, 한 유대인 여자가 열을 이탈한다. 그녀는
타우베에게 가서 말한다. 그가 문을 열고 그녀의 따귀를
세게 때려 블록 25 마당으로 그녀를 내동댕이친다. 그녀는
다 포기한 것이다. 타우베는 돌아서서, 또 다른 여자에게

신호를 보낸다. 그녀 역시 블록 25 마당으로 던져진다.
우리는 할 수 있는 한 달린다. 우리가 더 이상 달릴 수
없다고 그가 생각하지 않도록.

원무는 계속된다. 태양이 높이 떠 있다. 오후다. 달리기는
계속되고, 구타도, 아우성도 계속된다. 회차마다, 다른
여자들이 넘어진다. 설사병 걸린 여자들한테서 악취가 난다.
흘러나온 설사가 다리에 말라붙어 있다. 우린 계속 돈다.
언제까지 돌아야 하나? 이건 환각에 사로잡힌 얼굴로 하는
환각에 사로잡힌 달리기다.

우린 앞치마를 비우며, 화단 상태를 본다. 거의 다 끝났나
싶은데 흙층이 충분히 높지 않다. 다시 시작해야 한다.
오후가 그렇게 흘러간다. 원무는 계속된다. 구타도. 아우성도.

분노의 여신들이 "블록으로!" 하고 외쳤을 때, 타우베가 호각을
불었을 때, 우린 서로를 부여잡고 돌아왔다. 자리에 앉았을
때, 우린 신발을 벗을 힘도 없었다. 우린 말할 힘도 없었다.
우린 자신에게 물었다. 어떻게 이번에 또 이걸 해낸 거지.
이튿날 우리 중 여럿이 위생소로 들어갔다. 그녀들은 들것에
실려 나왔다.

하늘은 푸르렀고, 태양이 되돌아왔다. 3월의 어느
일요일이었다.

남자들

그들은 막사 앞에서 기다린다. 묵묵히. 그들 눈에서는 체념과 반항이 싸운다. 체념이 이겨야만 한다.

SS가 그들을 지킨다. 그들을 넘어뜨린다. 왜 그러는지 모르겠는데, 갑자기 그들한테 달려들고 외치고 때린다. 남자들은 침묵을 유지하며, 열을 바로잡고 손을 몸에 가져다 붙인다. 그들은 SS에게도, 그들 서로에게도 주의를 기울이지 않는다. 각자 오로지 자기 자신과 있다.

그들 가운데에는 이를 이해하지 못하는, 아주 어린, 소년들도 있다. 그들은 남자들을 관찰한다. 그리고 그들의 무거움에 짓눌린다.

막사로 들어가기 전, 그들은 옷을 벗어 접고, 팔에 걸친다. 날씨가 좋아지면서부터는 웃통을 벗고 일했다. 옷을 벗으니, 긴 흰색 속바지가 그들 뼈에 달라붙은 것처럼 보인다.

대기가 길다. 그들은 기다린다. 그리고 그들은 안다.

이곳은 막 개보수를 한 새 위생소 막사다. 트럭들이 래커칠과 니켈 도금이 된 기자재들을 배달했고, 믿기 힘들 정도로 청결해졌다. 막사에 방사선실, 열전기 치료실이 만들어진 것이다.

148

남자들이 우리 수용소에서 치료를 받은 건 처음이다. 남자들 숙소는 아래쪽에 있다. 그 수용소의 위생소는 우리 것보다 낫다고 들었다, 조금 덜 끔찍하다고. 그런데 왜 그들을 여기로 보냈을까? 이제 여기서 그들을 치료하려고?

남자들은 계속해서 기다린다. 묵묵히. 멍하고 무색인 눈길로. 한 사람씩, 먼저 들어간 사람들이 나오기 시작한다.

그들은 문지방에서 다시 옷을 입는다. 그들의 눈은 기다리고 있는 다른 사람들의 시선을 피한다. 그리고 그들의 얼굴을 볼 수 있게 되었을 때, 다 이해가 된다.

그들 몸짓에서 보이는 이 비참함을 어떻게 말할 수 있을까. 그들 눈에서 보이는 이 굴욕감을 어떻게 말할 수 있을까. 여자들도, 바로 이 수술실에서 불임이 된다.

이게 다 무슨 상관인가? 어차피 그들 중 누구도 돌아오지 못하는데. 우리 중 누구도 돌아오지 못할 텐데.

대화

"오! 샐리, 내가 너에게 부탁한 거 기억나?"
샐리는 라거슈트라세로 뛰어간다. 그녀의 옷차림은, 그녀가
에펙트에서 일한다는 것을 보여준다. 이들 작업반은
유대인들의 짐, 그러니까 플랫폼에 도착한 유대인들의 짐을
선별하고, 일람표를 만들고, 정리한다. 에펙트에서 일하는
여자들은 모든 걸 다 갖고 있다.
"그래, 기억나. 한데 지금은 없어. 8일째 열차가 도착하지 않고
있어. 오늘 밤 한 대 올 거야. 헝가리에서. 지금은 우리도
아무것도 없어. 내일 봐. 비누 갖다줄게."
수용소에 수도 시설이 막 설치되었다.

사령관

두 명의 금발 소년들, 잘 익은 이삭 같은 수염과 머리털,
맨다리, 벗은 웃통. 두 명의 소년들. 열한 살, 일곱 살. 두
형제. 두 금발, 푸른 눈, 갈색 피부, 더 짙은 갈색 목.
큰애가 작은애를 괴롭힌다. 작은애는 엉거주춤한다. 그는
투덜거린다. 결국 투덜대며 이렇게 말한다.
"싫어. 싫어. 왜 항상 형이야."
"당연하지. 내가 크니까."
"싫어. 그건 불공평해. 왜 난 절대 안 돼? 왜 난 한 번도 아냐?"
마지못해, 형이 제안한다. 결정은 해야 했으니까.
"그러면, 이렇게 해. 한 번만 이렇게 하고, 그담엔 바꾸자.
그담엔 돌아가면서. 알았지?"
작은애가 코를 훌쩍이면서 울퉁불퉁한 벽에서 고집스럽게
기대고 있던 몸을 뗀다. 햇볕에 눈을 찌푸리면서, 발을 질질
끌며 형에게 간다. 형이 동생을 흔든다. "올래? 할 거야?"
그는 자기가 맡고 싶었던 역할을 하기 시작한다. 그러면서
동생이 자기를 따라오는지, 이 놀이를 따라오는지 살핀다.
작은애는 가만히 기다릴 뿐이다. 아직은 그 놀이에 들어가지
않는다. 형이 준비되길 기다린다.

큰애는 준비한다. 윗옷 단추를 채우고, 허리띠를 졸라맨다. 그리고 옆구리에 칼을 찔러넣는다. 이어 두 손을 벌려 머리에 투구를 얹는다. 천천히, 손목을 움직여 투구 챙을 어루만지고 눈 바로 위까지 눌러쓴다.

배역에 맞는 옷을 갖춰 입자, 그의 이목구비도, 입매도 점점 단단해진다. 입술이 얇아진다. 챙 때문에 눈이 답답한지 고개를 뒤로 젖히더니 상체는 활처럼 휘게 하고, 왼손을, 손바닥이 바깥을 향하게 등에 올리고, 오른손으로는 외알박이 안경 모양을 만들어 주변을 둘러본다.

그러나 이 아이는 불안하다. 뭔가 잊은 것 같아서다. 잠시 자기 배역에서 벗어나 가는 단장을 찾는다. 그건 진짜 단장—평소에 쓰던 유연한 나뭇가지 막대기—인데 풀숲에 놓아두었다. 그는 이어 다시 자세를 취하고 단장으로 자기 장화를 두드린다. 준비가 됐다. 그가 몸을 돌린다.

이제 작은애도 자기 역할을 시작한다. 이 애는 그렇게까지 신경 쓸 게 없다. 형을 흘낏 보더니 몸이 뻣뻣해진다. 그리고 곧바로 한발씩 앞으로 나아간다. 발뒤축을 탁탁 부딪치며— 탁탁 소리는 나지 않는다, 맨발이라서다—오른팔을 올리고, 시선은 정면을 향하고, 얼굴은 무표정하다. 큰애가 짧은 경례로 답한다, 이것만 봐도 그가 상급자다. 작은애가 팔을 내리며 발뒤축을 다시 부딪친다. 그러자 큰애가 행진을 시작한다. 몸을 꼿꼿이 세우고, 턱은 들어 올리고, 거만한 입 모양을 하고, 가는 단장은 엄지와 검지 사이에 꽂은 채 살짝 돌리면서 맨살인 자기 장딴지를 가볍게 두드린다. 작은애가 간격을 유지하며 따라간다. 그는 덜 뻣뻣하게 걷는다. 졸병이다.

그들은 정원을 가로지른다. 네모난 잔디밭 가장자리에는
꽃들이 줄지어 심겨 있다. 그들은 정원을 가로지른다.
사령관이 거만하게, 검열하듯 바라본다. 그 뒤에 부하가
있다. 그는 아무것도 보지 않는다, 표정이 멍하다. 그냥
졸병일 뿐이다.

좀 안쪽, 덩굴장미 울타리 근처에서 그들은 멈춘다. 우선
사령관이, 두 발짝 뒤에서 부하가. 사령관은 자리를 잡는다.
오른 다리를 앞으로 내밀고 무릎을 약간 구부린다. 손
하나는 허리에, 승마용 채찍 한가운데를 잡은 다른 손은
엉덩이에 얹는다. 그는 장미 나무들을 굽어본다. 표정이
벌써 험악하다. 이어 그는 명령을 내린다. 소리를 지른다.
"슈넬[빨리]! 레슈트[똑바로]! 린크스[왼쪽으로]!" 그의
가슴이 쫙 펴진다. 이어 말 순서를 뒤집는다. "린크스!
레슈트!" 점점 더 빨라지고, 점점 더 커진다. "린크스!
레슈트! 린크스! 레슈트! 린크스! 레슈트! 린크스!" 더
빨라진다, 더, 더, 더 빨라진다.

명령을 받은 죄수들은 이제 더는 따라갈 수 없다. 그들은
바닥에 발부리를 부딪힌다. 발이 엉킨다. 사령관의 얼굴은
분노로 창백하다. 자신의 단장으로, 그는 때린다, 때린다,
또 때린다. 움직이지 않은 채, 어깨는 꼿꼿하게 펴고 있다.
눈썹을 치켜올리고 고함을 친다. "슈넬! 슈넬러! 아베르
로스[다시 시작]!" 명령마다 단장을 후려친다.

그러다, 갑자기, 대열 끝에서 뭔가 문제가 생겼다. 그는 자기
부하 역할인 동생에게 성큼성큼 달려간다. 동생은 이제
잘못을 저지른 포로 역할을 한다. 척추는 휘어 있고,
두 다리는, 더는 몸을 지탱하고 싶지 않다는 듯 처져

있다. 얼굴은 일그러졌고, 입은 뒤틀려 있다. 아니, 더는
고통도 느낄 수 없는 자의 입매다. 사령관은 채찍 든
손을 바꾼다. 오른 주먹을 꽉 쥐고, 그의 가슴팍을 한 대
갈기니—장난으로 주먹질한다, 이건 놀이니까—작은애가
비틀거린다, 빙빙 돈다. 잔디밭에 쓰러진다. 사령관은
자기가 땅바닥에 고꾸라뜨린 이 포로를 경멸스럽게
쳐다보며 입술에 침을 묻힌다. 그의 분노는 가라앉는다.
이제 남은 건 혐오다. 구둣발길로 그를 걷어찬다—장난으로
그런 시늉을 한다, 그는 맨발이다. 하지만 작은애는 놀이를
할 줄 안다. 구둣발길에 그의 몸이 휙 돌아간다, 납작한 작은
병처럼. 뻗는다. 입은 벌어지고, 눈은 시체처럼 죽은 눈이다.
자신을 둘러싸고 있는 보이지 않는 무수한 포로들에게
단장으로 신호를 보내며, 큰애가 명령을 내린다. "줌
크레마토리움[화장터로]." 그리고 그는 떠난다. 뻣뻣한
걸음으로, 흡족해서는, 역겨워하며.

수용소 사령관은 전기 철조망 바깥, 바로 근처에 거주한다.
이 벽돌집에는 장미 나무와 잔디밭 정원이 있다. 파랗게
칠한 화분에서는 찬란한 색 베고니아가 자란다. 덩굴장미
울타리와 전기 철조망 사이에 길이 있고 그 길은 화장터로
통한다. 시체 운반용 들것들이 다니는 길이다. 죽은 자들이
하루 종일 줄을 잇는다. 굴뚝에선 하루 종일 연기가 난다.
시간이 길의 모래 위를 지나가고, 굴뚝 그림자가 잔디밭
위로 옮아간다.
사령관의 아이들은 정원에서 놀이를 한다.
말놀이를 하고, 공놀이를 하고, 아니면 또 사령관 놀이를, 포로

놀이를 한다.

점호

끝나지를 않는다. 오늘 아침은.

블록호바들은 동요하고, 수를 세고, 또 센다. 장옷 차림의 여자 SS들은 이 그룹 저 그룹을 돌아다닌다. 사무실로 들어가 명부를 가지고 나온다. 명부의 숫자와 실제 사람 수를 맞춘다. 점호는 숫자가 딱 맞을 때까지 계속된다.

타우베가 도착한다. 그는 수색 담당이다. 그는 개와 함께 블록을 훑으러 간다. 블록호바들은 신경질을 내며, 닥치는 대로 주먹질과 채찍질을 한다. 제발 자기 블록의 숫자는 모자라지 않기만을 바란다.

기다린다.

SS들은 숫자를 살피며 다시 한번 사람 수를 더해본다.

기다린다.

타우베가 돌아온다. 그가 찾아냈다. 그는 나직이 휘파람을 불어 개가 따라오도록 한다. 개가 한 여자를 끌고 온다. 아가리로 여자의 목을 물고서.

타우베는 여자가 속한 블록 그룹으로 개를 이끈다. 숫자가 맞는다.

타우베는 호각을 분다. 점호가 끝났다.

누군가가 말한다. "그녀가 이미 죽어 있었기를."

튈뤼

아침부터 우리는 이 도랑 안에 있었다. 우리 셋이서. 다른 작업반은 좀 멀찍이 있었다. 카포들은 때때로 우리가 파고 있는 도랑이 어디까지 갔는지 확인하려고 우리 쪽을 가리킬 뿐이었다. 우리는 대화할 수 있었다. 아침부터, 우리는 이야기했다.

이야기한다는 것은, 곧 귀환 계획을 세우는 것이었다. 왜냐하면, 귀환을 믿는다는 것은, 그 가능성을 스스로에게 강요할 수 있는 하나의 방법이었으니까. 귀환을 믿지 않기로 한 자들은 죽었다. 귀환을 믿고, 이 모든 것에도 불구하고, 이 모든 것을 거역하며 믿어야 했다. 귀환을 준비하고, 모든 세부사항을 구체화해 귀환에 색과 현실성을 부여함으로써 귀환을 확신해야 했다.

이따금, 우리 중 한 명이 모두가 생각만 하고 있던 질문을 툭 던졌다. "하지만 여기서 어떻게 나가지?" 우린 그제야 정신이 들었다. 질문은 침묵 속으로 떨어졌다.

이 침묵과, 침묵으로 뒤덮인 불안을 흔들어놓기 위해, 또 다른 여자가 용감하게 나섰다. "아마 언젠가는 점호로 잠을 깨지 않을 거야. 그날은 늦게까지 잘 수 있을 거야. 깨어나면 밝은

158

대낮일 거고. 수용소는 완전히 조용할 거야. 먼저 막사를 나선 사람들은 초소와 감시탑이 텅 비어 있다는 걸 알아챌 거야. SS들은 다 도망쳤을 거고. 몇 시간 후에는, 러시아 전위 부대가 도착할 거야."

이 예견에 화답하는 또 다른 침묵.

그녀가 덧붙였다. "그 전에 먼저, 우린 대포 소리를 듣게 될 거야. 우선은 멀리서, 그다음엔 점점 가까이서. 크라쿠프● 전투. 크라쿠프 함락 후, 끝날 거야. 그러면, SS들은 냅다 도망치겠지."

그녀가 설명하면 할수록, 우린 덜 믿겼다. 그래서 암묵적 동의하에, 이 주제는 이 정도로 하고, 다시 우리 계획으로 넘어갔다. 정신 나간 자들의 논리로 세운 듯한 비현실적 계획으로.

아침부터 우린 이야기하고 있었다. 우린 작업반으로부터 떨어져 있어 흡족했다. 왜냐하면 카포들의 고함이 들리지 않았기 때문이다. 고함에 구두점을 찍듯 날아오는 몽둥이질도 없었다. 시간이 가면서 도랑은 더 깊이 파였다. 우리 머리는 더 이상 밖으로 튀어나오지 않았고, 그렇게 도랑 속에 처박혀 이회토층○까지 파내려갔고, 발은 물에 잠겼다. 우리가 머리 위로 던진 진흙은 하얬다. 춥지는 않았다―더 이상 춥지 않게 된 날들의 초입이었다. 태양이 우리 어깨를 데워주었다. 우린 평온했다.

카포 여자가 들이닥친다. 고함을 친다. 내 두 동기를 불러

● 폴란드 남부, 비스와 강에 접해 있는 주요 도시 중 하나로 나치가 폴란드를 점령한 후 총독부를 두고 근거지로 삼았다. 아우슈비츠 수용소 인근이다.
○ 석회암 위 토양층으로 진흙과 석회가 섞여 있다.

데려간다. 도랑은 이제 충분히 깊다. 마무리만 하면 되니 세 명은 너무 많은 거다. 그녀들은 마지못해 인사하고 떠나간다. 다른 사람들과 떨어져 홀로 남을 때 느끼는 공포를, 다들 잘 안다. 그녀들은 내 용기를 북돋으려고, 말한다. "빨리하고, 우리 쪽으로 와."

도랑 바닥에 홀로 남겨진 나는 절망에 휩싸인다. 다른 사람들의 존재가, 그들의 말이 있어야 귀환이 가능하다. 그런데 이제 그녀들이 떠났다. 나는 무섭다. 혼자 있으면 귀환을 믿을 수 없다. 그녀들과 함께 있어야 한다. 그녀들이 그것을 진실로 강하게 믿고 있는 것처럼 보였기에 나도 믿은 거니까. 그녀들이 날 떠나자마자, 난 무섭다. 그 누구도 혼자 있으면 귀환을 더 이상 믿지 못한다.

여기 이 도랑 바닥에서, 이렇게 혼자 완전히 낙담한 나는 하루의 끝까지 버틸 수 있을지 의문이다. 작업의 끝을 알리는 호각 소리가 울리려면, 우리가 다시 일렬종대를 이루어 수용소로 돌아가려면, 다섯씩 한 줄로 서로 팔을 잡고 말을 하면서, 얼이 빠질 정도로 말을 하면서 돌아가려면 몇 시간이나 남았을까.

그런데 이렇게 나 혼자다. 이젠 아무것도 생각할 수 없다. 왜냐하면 내 모든 생각이 우릴 지배하는 불안에 맞닥뜨려 막히기 때문이다. 여기서 어떻게 나가지? 언제 여기서 나갈 수 있지? 나는 더 이상 아무것도 생각하고 싶지 않다. 그리고 이대로 가면, 결국엔 어느 누구도 나가지 못하리라. 여전히 살아 있는 자들은 8주를 버틴 것이 기적이라고 매일 생각한다. 아무도 자기 앞에 한 주가 더 있는지 아닌지 알지 못한다.

나는 혼자다. 나는 무섭다. 나는 이를 악물고 땅을 파려고
한다. 작업은 진척되지 않는다. 이 바닥을 평평하게 하려면
곱사등 같은 마지막 흙덩이를 치워야 한다. 그럼 아마
카포는 그 정도면 충분하다고 생각할 거다. 등은 멍 들었고,
마비되었고, 어깨는 삽 때문에 뽑혀 나간 것 같다. 팔은 힘이
없어 더는 진흙을 떠 밖으로 던질 수 없다. 나는 혼자다. 이
흙 속에 누워 기다리고 싶다. 카포가 와서 죽은 나를 발견할
때까지 그렇게 기다리고 싶다. 죽는 것도 그리 쉽지 않다.
누군가를 쳐 죽이는 데에도 시간이 걸린다. 삽이나 몽둥이로
얼마나 오래 쳐대야 죽는지, 끔찍하게도.

나는 조금 더 파본다. 두세 삽 더 판다. 너무 힘들다. 혼자가
되면서부터 생각한다. 이게 다 무슨 소용이람? 왜 하는
거지? 왜 포기하지 않았지… 차라리 지금 당장. 그런데 다른
사람들 속에 있으면, 그래도 한다.

나는 혼자다. 내 동기들과 합류하기 위해 서둘러 끝내고도
싶고, 다 포기하고도 싶다. 왜? 왜 나는 이 도랑을 파야만
하는가?

"됐어, 충분해!" 머리 위에서 목소리가 으르렁댄다. "콤,
슈넬[어서 나와]!" 나는 삽을 딛고 도랑 벽을 올라간다. 팔
힘이 다 빠졌고, 목은 고통스럽다. 카포가 뛴다. 그녀를
따라가야 한다. 그녀는 길을 건너 습지 가장자리로 간다.
땅을 다지는 작업장. 개미 떼 같은 여자 떼. 모래를 퍼 오는
여자들이 있고, 그 모래를 받아 달구●로 바닥에 평평하게
고르는 여자들이 있다. 땡볕이 내리쬐고 완전히 평평한

● 원어는 dames로 땅이나 콘크리트, 눈 등을 단단히 다질 때 쓰는 판 모양
기구이다.

넓은 공간. 수백 명의 여자들이 태양에 그림자를 드리운 채 프리즈처럼 늘어서 있다.

나는 카포에 이어 도착한다. 카포는 달구와 작은 삽을 주면서 나를 한 그룹으로 보낸다. 눈으로, 나는 내 동기들을 찾는다. 뤼뤼가 나를 부른다. "이리 와, 내 옆으로. 여기 자리 있어." 그리고 그녀는 내가 옆에 자리 잡게 약간 비켜선다. 두 손으로 달구를 잡고 들어 올렸다 내리면서 땅바닥을 두드리는 여자들의 무리 속에 우리는 있다. "이리 와, 쌀을 빻듯 이렇게 하는 거야!" 비바는 어떻게 저렇게 할까, 저런 말을 할 힘이 아직도 있단 말인가? 나는 입술 움직일 힘도 없어, 미소조차 지을 수 없는데. 뤼뤼가 걱정한다. "왜 그래? 어디 아파?"

"아냐, 안 아파. 그냥 못 하겠어. 오늘은 할 수가 없어."

"이건 아무것도 아냐. 하다 보면 될 거야."

"안 돼, 뤼뤼. 해도 안 될 거야. 내가 말했지, 오늘은 더는 할 수가 없다고."

그녀는 아무 대답도 하지 않았다. 내가 이렇게 말하는 건 처음 들었을 거다. 현실적인 그녀는 내 연장 무게를 헤아린다. "네 달구가 너무 무겁네. 내 걸로 해. 훨씬 가벼워. 도랑 때문에 네가 지금 나보다 더 많이 피곤한 거야."

우리는 연장을 교환한다. 나도 모래를 두드리기 시작한다.

무거운 덩어리를 들어 올리느라 점점 약해지는 팔로 똑같은 동작을 하는 이 모든 여자들을 나는 쳐다본다. 곤봉을 들고 이 그룹, 저 그룹으로 이동하고 있는 카포들을 보자, 나는 다시 절망에 휩싸인다. "우리가 여기서 어떻게 나가겠어?"

뤼뤼가 나를 바라본다. 나에게 미소 짓는다. 그녀 손이 내 손에 살짝 닿는다, 날 위로하려고. 그리고 난 그녀에게 반복한다. 이게 다 아무 소용 없는 일이라는 것을 그녀가 제발 알도록. "분명히 너한테 말했어. 난 오늘은 할 수 없다고. 이번엔 진짜야."

뢸뤼가 우리 주변을 둘러본다. 지금은 어떤 카포도 가까이 있지 않다는 걸 확인하고는, 내 손목을 붙잡으며 말한다. "너 안 보이게 내 뒤로 와. 이젠 울어도 돼." 그녀는 낮은 목소리로, 수줍게 말한다. 분명 내게 이 말이 필요해서 했을 것이다. 그도 그럴 것이 이렇게 다정한 독려라면 난 순순히 따를 테니까. 나는 내 연장을 바닥에 세우고, 손잡이에 기댄 채 운다. 나는 울고 싶지 않았다. 그러나 눈물이 새어 나와 내 뺨 위로 흐른다. 나는 눈물이 흐르게 내버려둔다. 그리고, 눈물 한 방울이 내 입술을 적실 때, 짠맛을 느낀다. 나는 계속해서 운다.

뢸뤼는 일을 하면서 망을 본다. 가끔씩 몸을 뒤로 돌린다, 그리고 그녀 소매로, 부드럽게, 내 얼굴을 닦아준다. 나는 운다. 나는 더는 아무것도 생각하지 않는다.

나는 운다.

뢸뤼가 나를 잡아당겼을 때 나는 더 이상 내가 왜 우는지 몰랐다. "이제 됐지. 자, 일하자. 봐봐, 이제 되잖아." 이렇게 착한 말에 난 내가 울어버린 것이 하나도 부끄럽지 않았다. 꼭 엄마 품에 대고 펑펑 운 것 같았으니까.

오케스트라

그들은 문 옆 흙바닥에 서 있다.
지휘하는 여자는 빈에서 유명했었다. 모두가 훌륭한
　음악가들이었다. 많은 사람들 가운데 선택되기 위해서는
　시험을 치러야 했다. 그녀들은 음악 덕분에 작업에서 제외될
　수 있었다.
왜냐하면 화창한 계절에는 오케스트라가 필요했기 때문이다.
　적어도 새로운 사령관에게는. 그는 음악을 사랑했다. 자신을
　위한 연주를 주문하면서, 음악가들에게는 빵 반 개를 더
　배급했다. 도착한 자들이 화물열차에서 내려 가스실로
　줄지어 갈 때, 유쾌한 행진곡 리듬이 있기를 그는 바랐다.
그녀들은 아침에 일렬종대가 출발할 때 연주했다. 지나가면서,
　우리는 보조를 맞춰야 했다. 그 후, 그녀들은 왈츠를
　연주했다. 폐기된 저 먼 과거에, 다른 곳에서 들었던 왈츠를.
　거기서 그걸 듣는 건 참을 수 없는 일이었다.
작은 둥근 의자에 앉아 그녀들은 연주한다. 연주하는
　첼리스트의 손가락을 보지 말기를. 그 눈을 보지 말기를.
　참을 수 없을 테니까.
지휘하는 그녀의 몸짓을 보지 말기를. 그녀는 빈의 대형

카페에서 여성 오케스트라를 지휘한 적이 있다. 그때의 자신을 패러디하는 중이다. 그래 보인다, 그때를 생각하며 그때의 몸짓을 되살리는 것이다.

그녀들은 모두 남색 주름치마에 화사한 블라우스를 입고 있다. 머리에는 라벤더색 스카프를 둘렀다. 그녀들은 습지로 향하는 여자들의 보조를 맞추려고 그렇게 차려입었다. 잘 때 입은 옷 그대로 습지로 가는, 달리 말하면, 절대 마르지 않을 그 옷을 입고 가는 여자들의 보조를 맞추기 위해.

일렬종대는 떠났다. 오케스트라는 잠시 그대로 있다.

바라보지 말라. 듣지 말라. 특히 〈유쾌한 과부〉●를 연주할 때는. 두 줄의 철조망 뒤 막사에서, 남자들이 한 사람씩 나오고, 이 벌거벗은 남자들을 카포들이, 가죽 허리띠로 한 사람씩 때린다.

〈유쾌한 과부〉를 연주하는 오케스트라를 바라보지 말기를. 듣지 말기를. 남자들의 등을 치는 소리를, 허리띠가 후려칠 때 버클에서 나는 금속성 소리를 듣지 말기를.

벌거벗은 해골 같은 남자들이 구타 속에 비틀거리며 하나하나 나올 때 연주하는 이 음악가들을 바라보지 말기를. 그들은 소독하러 가는 중이다. 왜냐하면 막사에 이가 너무 많기 때문이다.

바이올리니스트를 바라보지 말기를. 그녀는 바이올린으로 연주한다. 만약 예후디●가 바다 건너, 저 멀리 있지

● 제1차 세계대전 직전의 프랑스 파리를 배경으로 한 오페레타로 부유한 과부인 여주인공의 사랑과 결혼을 코믹하게 다뤘다. 헝가리 작곡가 프란츠 레하르의 작품으로 1905년 빈에서 초연된 후 유럽 전역에서 흥행했다.

○ 미국에서 태어나 유럽에서 활동한 유대계 바이올리니스트인 예후디 메뉴인(1916~1999)을 가리킨다. 일곱 살 때 처음으로 오케스트라와

않았다면 연주했을지도 모를 바로 그 바이올린으로. 이 바이올린은 또 어떤 예후디의 것이었을까?

바라보지 말기를. 듣지 말기를.

추방당할 때 자신의 바이올린을 챙겼던 모든 예후디들을 생각하지 말기를.

협연했고, 여덟 살 때 독주회를 열면서 음악 신동으로 불렸다. 전쟁 당시 미군의 위문 공연을 500회 이상 다녔다. '예후디(Yehudi)'라는 이름은 '유대인'의 어원인 히브리어다.

당신은 그렇게 생각했겠지

죽어가는 자들의 입술에서 장중한 말들만 흘러나왔을 거라고
  당신은 그렇게 생각했겠지
왜냐하면 임종 침대에서는 당연히 장중함이 울려 퍼지니까.
가족에 둘러싸여 성대한 장례식을 치를 준비가 된 침대
무거운 분위기와 진지한 고통.

초라한 들것 병석에, 벗은 채 누워 있는 우리 동기들, 거의
  모두가 이렇게 말했다.
"이번엔 내가 뒈질 거야."
그녀들은 헐벗은 널빤지 위에 벗은 채로 있었다.
그녀들은 더러웠고, 널빤지도 설사와 이 때문에 더러웠다.
그녀들은 이게 얼마나 힘든 일인지 몰랐을 것이다. 살아남은
  자들이 그 마지막 말을 그녀들 부모님께 전하는 일 말이다.
  부모님들은 장중한 무언가를 기대했을 것이다. 그들을
  실망시킬 수는 없다. 저속한 말은 최후의 말들을 담는
  선집에 결코 어울리지 않을 것이다.
그러나 자신에게 나약해지는 건 허용할 수 없었다.
그래서 그녀들은 이렇게 말했다. "이번엔 내가 뒈질 거야."

그건 다른 사람들의 용기를 앗아가지 않기 위해서였다.
그녀들은 단 한 사람도 살아남지 못할 거라고 생각했기에,
메시지가 될 만한 것을 하나도 맡겨놓지 않았다.

봄

살색과 생기를 잃은 이 살들은 흙먼지투성이로 진창에 펼쳐져
있었고, 햇빛 아래 완전히 시들고 철저히 망가진 채―갈색,
보라색, 회색 살이었다―흙먼지 속에 뒤범벅되어 누가
누군지 분간해 내려면 갖은 애를 써야 했다. 흙 주름 사이에
여자의 젖가슴들―텅 빈 젖가슴들―이 툭 튀어나와 있었다.
오, 감옥의 문턱에서, 또는 밤새워 긴 장례식을 치른 후 빛바랜
아침에, 또는 당신 자신의 죽음의 문턱에서 여자들에게
작별을 고한 당신은 그들이 그녀들한테 한 짓을 보지
못했으니 차라리 행복한 거다. 죽음의 문턱에서 마지막으로
당신이 겨우 닿아본, 너무나 부드러웠던 젖가슴, 죽으러
떠난 당신에게는 너무나 감격적으로 부드러웠던 그
젖가슴한테 그들이 어떤 짓을 했는지 당신은 보지 못했으니
차라리 행복한 거다.
더는 빛나지 않는 동공과 더는 재색도 흙색도 띠지 않는
얼굴들 속에서 그나마 윤곽의 특징을 알아보기 위해 갖은
애를 써야 했다. 그 얼굴들은 썩은 나무 밑동에 조각했거나
저 고대의 석조 부조에서 떨어져 나온 것 같았다. 하지만
시간도 마모시키지 못한 광대뼈의 돌출부―뒤죽박죽이

된 두상들—믿기 힘들 정도로 작고, 머리털 하나 없는
두상들—불균형한 둥근 활 모양 눈썹이 달린 부엉이 머리
같은 두상들—시선이 없는 오, 이 모든 얼굴들—두상들과
얼굴들, 말라붙은 진창 흙먼지 속에 서로 맞붙은 채
비스듬히 누운 몸들과 몸들.

넝마들 사이에서—이것들에 비하면, 당신이 넝마라고 부르는
것은 거의 고급 천 수준일 것이다—이 흙투성이 해진 헝겊
조각들 사이에서 손들이 나타난다—왜 손들이 나타났냐면,
그게 움직였으니까—왜냐하면 손가락들이 구부러져
있거나 움켜쥐고 있으니까. 왜냐하면 그것들이 넝마를
휘젓고, 겨드랑이를 파댔기 때문이다. 두 엄지손톱으로
이를 터트리려고 말이다. 짓눌린 이들의 피가 손톱에 갈색
얼룩으로 남아 있다.

눈과 손에 있었던 생명은 이렇게라도 남아 있다—그러나 먼지
구덩이 속 다리들은—파인 상처에서 고름이 흘러나온 맨살
다리들은—먼지 구덩이 속 다리들은 나무 절굿공이처럼
생기가 하나도 없다—물체처럼—무겁다.

처진 머리는 나무 인형처럼 목이 고꾸라져 있다—무겁다
첫 태양 열기에 이를 잡느라 넝마 옷들을 다 벗었던 여자들,
매듭과 끈처럼 남은 목, 차라리 쇄골이라고 해야 할 어깨,
이제는 갈비뼈가 다 비쳐 보이는 가슴—차라리 둥근 테라고
해야 할.

말라붙은 진창의 흙먼지 속에서 움직임 없이 서로 기대고 있는
여자들은 그게 뭔지도 모르면서
—아니, 당신이 알듯 그녀들도 알았다—그게 더 끔찍한 건데
이튿날—아니면 아주 가까운 어느 날—자기들의 죽음의

장면을 반복했다는 것이다.

왜냐하면 이튿날 또는 아주 가까운 어느 날 그녀들은 죽게 될 것이기 때문이다.

왜냐하면 각자 자기 죽음을 수천 번 죽었기 때문이다.

이튿날 또는 아주 가까운 어느 날, 그녀들은 겨울 눈과 진흙이 마른 흙먼지 구덩이 속에서 시체가 될 것이기 때문이다.

그녀들은 겨우내 버텼다—습지 속에서, 진창 속에서, 눈 속에서. 그녀들은 첫 태양 너머로 갈 수 없었다.

헐벗은 땅 위에 내리쬔 그해의 첫 태양.

처음으로 땅은 적대적인 요소가 아니었다. 매 걸음을 위협했던—만일 네가 넘어진다면, 만일 네가 넘어지게 자신을 그냥 내버려둔다면, 네가 다시는 일어나지 못했을 그 땅이.

처음으로 땅에 앉을 수 있게 되었다.

땅은, 처음으로 헐벗은 채로, 처음으로 메마른 채로, 현기증이 날 정도로 잡아끄는 걸 멈췄다. 그저 땅으로 미끄러져 들어가도록—눈 속으로 미끄러져 들어가듯 죽음 속으로 미끄러져 들어가도록—망각 속으로—체념 속으로— 미끄러져 들어가도록 내버려두도록—팔에, 다리에, 그리고 수많은 작은 근육들에 제발 좀 서 있으라고—제발 좀 살아 있으라고—명령하는 것도 멈추도록—그저 미끄러지라고—눈 속으로 미끄러져 들어가도록—눈의 부드러운 포옹 속으로 미끄러져 들어가듯 죽음 속으로 미끄러져 들어가도록 잡아끄는 것을.

끈적거리는 진흙과 더러운 눈은 처음으로 먼지가 되었다.

태양으로 따듯해진 마른 먼지.

먼지 속에서 죽는 것이 훨씬 힘들다.

태양 속에서 죽는 것이 훨씬 힘들다.

태양은 빛났다—동쪽에서처럼 창백하게. 하늘은 아주
푸르렀다. 어딘가에서는 봄이 노래했다.

봄은 기억 속에서—나의 기억 속에서—노래했다.

이 노래에 나는 너무 놀라서 정말 들은 것인지 확신할 수
없었다. 꿈에서 들었을 수도 있다. 그래서 그걸 부정하려고
애썼다. 그걸 더는 듣지 않으려고 애썼다. 그리고 내 주변 내
동기들을 필사적인 눈길로 바라보았다. 그녀들은 거기 태양
속에, 철조망과 막사 사이 공간 속에 끈적하게 달라붙어
있었다. 태양 속 그토록 하얀 철조망.

그날 일요일에.

기가 막힌 일요일이었다. 왜냐하면 쉬는 일요일이었으니까.
땅바닥에 앉아 쉬는 것이 허용된 날이었으니까.

말라붙은 흙먼지 구덩이 속에서 여자들이 무리 지어 가련하게
앉아 있었다. 꼭 두엄 위에 달라붙은 파리 떼처럼. 분명
냄새 때문일 것이다. 냄새가 너무나 진하고 지독해서, 공기
속에서 숨을 쉬는 것이 아니라, 두텁고 점성이 있는 유체
속에서, 그것이 뒤덮어 고립된 땅의 자체 대기 속에서,
이런 곳에 특별히 적응한 생물 종만이 움직일 수 있는 점액
속에서 숨을 쉬는 것 같았다. 적응한 종이 바로 우리였다.

설사와 시체의 악취. 이 악취 위로 하늘이 푸르렀다. 그리고 내
기억 속에서 봄은 노래를 불렀다.

왜 이 모든 존재들 중 유일하게 나만 기억을 간직했을까? 내
기억 속에서 봄은 노래를 불렀다. 왜 이런 차이가 있을까?

버드나무 새잎들이 태양 속에서 은빛으로 반짝거린다—포플러

나무 하나가 바람에 몸을 숙인다—풀은 너무나 초록이고 봄꽃들은 놀라운 색으로 빛난다. 봄은 만물을 가벼운, 가벼운, 몽롱할 정도로 가벼운 공기 속에 담근다. 봄이 머리를 타고 오른다. 봄은 사방에서 터지는, 터지고, 또 터지는 교향곡이다.

터진다—머릿속에서 터진다.

왜 나는 기억을 간직하고 있나? 왜 이리 불공평하게도?

그리고 내 기억에서 깨어나는 변변찮은 이미지들에 절망해서, 내 눈에서는 눈물이 흐른다.

봄이면, 강둑을 따라 산책을 했다. 루브르의 플라타너스들은 섬세하게 다듬어져 있고, 바로 옆 튈르리 공원 마로니에들은 잎이 무성하다.

봄이면, 사무실 앞 뤽상부르 공원을 가로지르며 거닌다. 아이들이 팔 밑에 책가방을 끼고 가로수길을 뛰어간다. 이런 곳에서 아이들을 떠올리다니.

봄이면, 창문 아래 아카시아에서 새벽이 오기도 전에 티티새가 깨어난다. 동도 안 튼 시각에 티티새는 휘파람 부는 것을 배웠다. 아직은 솜씨가 별로다. 이제 겨우 4월 초니까.

왜 내게만 이런 기억을 남겨놨는가? 내 기억은 상투적인 것들만 찾아낸다. 〈나의 아름다운 선박이여, 오 나의 기억이여〉▮… 도대체 어디 있는가, 나의 진정한 기억은? 도대체 어디 있는가, 나의 삶의 기억은?

하늘은 푸르디푸르다, 저 하얀 시멘트 기둥 위로, 그리고 역시나 하얀 철조망 위로, 더 하얘 보이는 전깃줄들이

● 〈Mon beau navire, ô ma mémoire〉는 유명한 샹송 가수인 레오 페레의 곡 제목이다.

가로질러 더 확고하게 푸르고,

여긴 초록이 하나도 없다.

여긴 식물이 하나도 없다.

여긴 살아 있는 것이 하나도 없다.

철조망 너머 저 멀리, 봄이 펄떡이고, 봄이 반짝이고, 봄이 노래한다. 내 기억 속에서. 왜 나는 기억을 간직했나?

소리 나는 포석 길의 추억을 나는 왜 간직했을까? 청과물 시장 벤치에서 듣던 봄의 피리 소리들, 아침이면 마룻바닥에 드리우던 황금색 햇살의 추억을 나는 왜 간직했을까?

그리고 웃음들과 모자들, 저녁 대기 중의 종소리, 첫 블라우스와 아네모네들에 대한 추억을 나는 왜 간직했을까?

여기에서는, 태양은 봄의 태양이 아니다. 그것은 영원의 태양이다. 그것은 창조 이전의 태양이다. 그리고 나는 생명들의 땅을 비추는, 밀밭의 땅을 비추는 태양을 기억한다.

영원의 태양 아래, 살은 요동치기를 멈춘다. 눈꺼풀은 파리해지고, 손들은 시들고, 혀들은 검게 부풀고, 입은 썩는다.

여기에서는, 시간은 시간 밖의 시간이다. 창조 이전의 태양 아래, 눈들은 희미해진다. 눈들은 꺼진다. 입술들은 파리해진다. 입술들이 죽는다.

모든 말들이 오래전부터 시들었다.

모든 단어들이 오래전부터 색을 잃었다.

잔디―산형화―샘물―라일락 송이―소나기―그 모든 형상들이 오래전부터 창백한 납빛이었다.

왜 나는 기억을 간직했을까? 나는 봄에 내 입안에서 느꼈던

침의 맛을 되찾을 수 없다—풀대를 빨면 났던 그 맛. 나는 바람이 노닐던 머리카락의 냄새를, 위안이 되었던 손과 그 부드러움도 되찾을 수 없다.

내 기억은 가을 이파리보다 더 핏기가 없다.

나의 기억은 이슬방울을 잊었다.

나의 기억은 진이 다 빠졌다. 나의 기억에선 피가 다 빠져나갔다.

그렇다면 심장이 뛰는 것을 멈춰야 할 때다—뛰는 것을 멈춰야 한다—뛰는 것을.

그래서 난 날 부르는 여자에게 다가갈 수가 없다. 내 옆 사람. 그녀가 불렀나? 왜 불렀나? 갑자기 그녀 얼굴에 죽음이 서려 있다. 콧날에 보라색 죽음이, 눈구멍 깊숙이 죽음이, 불길이 물어뜯는 잔가지처럼 뒤틀리고 꼬여 있는 그녀의 손가락에 죽음이. 그녀는 알 수 없는 혀로 내가 못 알아듣는 말들을 해댄다.

철조망은 푸른 하늘을 배경으로 더없이 하얬다.

그녀가 나를 불렀던가? 그녀는 이제 더러운 흙먼지 구덩이 속에 머리를 고꾸라뜨린 채 움직이지도 않고 굳어 있다.

철조망 저 멀리서, 봄이 노래한다.

그녀의 눈은 텅 비어 있다.

그리고 우리는 기억을 잃었다.

우리 중 그 누구도 돌아오지 못할 것이다.

우리 중 그 누구도 돌아오지 말았어야 했다.

2

쓸모없는 지식

당신의 믿음에 걸맞은 사람이 되기 위해
우린 너무 멀리에서부터 왔다.

— 폴 클로델

남자들

우린 남자들에게 매우 다정했다. 산책 시간에 운동장을 도는 그들을 우린 바라보곤 했다. 철책 위로 그들에게 쪽지를 던졌고, 감시가 느슨한 틈을 타 몇 마디라도 주고받았다. 우린 그들을 좋아했다. 그걸 우린 눈으로 말했다, 입술이 아니라. 이런 게 그들에게 유별나 보일 순 있었다. 그들의 삶이 얼마나 무너지기 쉬운지 우리가 알고 있다는 걸 그들에게 말해버리는 일이었으니까. 우리의 두려움은 감췄다. 그걸 드러낼 수 있는 어떤 말도 하지 않았지만, 그들을 늘 주시하다가, 복도나 창문에서, 그들이 우리의 생각과 염려를 느끼게 해주었다.

개중 남편이 있는 여자들은, 자기 남편만 바라보았고, 오가는 수많은 시선들 속에서 그와 눈을 마주쳤다. 남편이 없는 여자들은, 그들을 알지 못하는 채로도, 거기 있는 모든 남자들을 좋아했다.

그들 가운데 그 누구도 내 형제나 연인은 아니었다. 난 남자들을 좋아하지 않았다. 그들을 쳐다보지도 않았다. 나는 그들의 얼굴을 회피했다. 나와 재차—부엌에 몰래 수프를 가지러 왔다가—맞닥뜨린 남자들은 내가 그들

목소리도, 윤곽도 알아보지 못하자 놀랐다. 나는 그들
앞에서 무한한 연민과 공포를 느꼈다. 그러나 내가 진심으로
가담하지는 않는 연민과 공포였다. 내 안 깊숙한 곳에는
끔찍한 무심함이 있었다. 이미 재처럼 다 타버린 내 가슴
때문이었다. 그들에게 어떤 감정도 갖지 않으려 했고, 모든
살아 있는 자들에게 냉담했다. 내 마음 깊은 곳에 살아 있는
자들을 위한 용서의 기도 같은 건 아직 없었다. 찾으려야
찾을 수 없었다.

남자들도 우릴 좋아했다, 그러나 비참하게. 그들은 훨씬
절실하게 이런 감정을 느꼈다, 남자로서의 힘과 의무가
위축되어 있었기 때문이다. 여자들을 위해 그들이 할 수
있는 거라곤 아무것도 없었다. 우리 여자들이 불행하고,
굶주리고, 헐벗은 그들을 보는 게 고통스러웠다면, 남자들은
우리 여자들을 보호하거나 방어해 줄 수 없고, 자기 운명을
스스로 떠맡을 수 없어서 괴로워했다. 하지만, 여자들은,
처음부터 그들의 책임감에서 벗어나 있었다. 여자들은
남자들이 그녀들에 대해 하는 걱정을 덜어주었다. 여자들은
자신이 위험에 처하지 않았음을 남자들에게 납득시키려
했다. 여성성이 자신을 지켜주었고 지금도 그렇게 믿고
있다고. 남자들이 쉽게 겁을 먹은 반면, 여자들은 자기에
관한 한, 믿음을 가졌다. 그러니 남자들에게 인내와
용기를 불어넣어 주어야 했다. 이 두 미덕만큼은 확실하다.
왜냐하면 매일매일 필요한 것이었으니까. 그래서 여자들은
남자들을 위로하고 격려했고, 싫증이나 슬픔, 특히 불안
같은 것을 드러내 보이지 않았다. 그녀들은 그들에게
그렇게 하는 게 마땅하다고 여겼다, 그들 생명을 향한

위협을 알고 있었으니까. 남자들은 한편, 일상생활을 하듯 자연스럽게 행동하려고 애썼다. 그들은 우리에게 유용한 사람이 되려고 애썼고, 우리에게 해줄 수 있는 일을 찾으려고 했다! 아, 그런데 그들이 물리적 고통에 처한 상황에서, 여자들이 그들에게 부탁할 수 있는 건 아무것도 없었다. 여자들 역시 똑같이 큰 고통 속에 있었지만, 여자들에겐 아직, 자산이랄까, 그러니까 여자들이 항상 가지고 있는 그 무언가가 있었다. 여자들은 옷 빨래를 할 수 있었고, 남자들이 체포될 때 입고 있었던, 지금은 누더기가 다 된, 단벌 셔츠를 수선해 줄 수 있었고, 담요의 일부를 잘라 덧신을 만들어줄 수도 있었다. 또 남자들을 위해 자기가 먹을 빵을 내주기도 했다. 남자들은 더 많이 먹어야 하니까. 매주 일요일 마당에서 일종의 작은 공연을 하기도 했는데, 남자들에게 보여주려는 거였다. 남자들은 두 구역을 분리하는 철조망 바로 뒤에 서서 이를 지켜보았다. 한 주 내내 여자들은 일을 했다. 옷을 깁거나, 일요일을 위해 연습했다. 열의가 부족하거나 분위기가 좋지 않아 공연 준비가 잘 안될 것 같으면, 꼭 누군가가 이렇게 말했다. "해야만 해, 남자들을 위해." 남자들을 위해, 여자들은 노래를 부르고 춤을 추었다. 남자들을 위해, 여자들은 무사태평과 쾌활함을 연기했다. 이건 비통한 게임이었다. 그러나 그것이 주는 활기는 때론 진짜 같았다. 이 모든 게 얼마나 가소로운 일인지 너무나 잘 알고 있는 사람들에게조차.

그래서 그 일요일은 어떤 다른 일요일보다 슬펐다. 수용소 사령관이 공연을 금지했기 때문이다. 남자들은 남자들

방으로, 여자들은 여자들 방으로 들어가라는 명령이
떨어졌다. 우리가 불현듯 무력해진 건 그 이유 때문만은
아니었다. 우린 각자 막연한 예감이 들었지만, 그것에
빠져들지 않기 위해 다른 사람들 사이에서, 거리를 두며
동기들의 태도를 면밀히 살폈다. 모두가 최선을 다해
연기했다, 아무도 속진 않았지만.

우린 불안했다. 어떤 여자들은 청진기를 대듯 벽에 귀를 갖다
붙이고 바깥—남자들이 있는 쪽—에서 나는 소리를 유심히
들었고, 나머지의 질문에 "아니, 하나도 안 들려" 하고
대답했다. 정말 아무것도 들리지 않았다. 오후가 지나면서
긴장이 더 커졌다.

9월의 일요일이었고, 여름날의 일요일처럼 쾌청했지만, 이미
가을의 우울감에 젖어 있었다. 다시 말하면, 아침부터,
공기 중에는, 그리고 창을 통해 보이는 나무들 잎사귀에는,
얼음처럼 굳어버린 땅 위의 풀을 흔드는 바람에는, 수용소
너머 하늘 색에는, 또 눈들의 색에는, 아침부터 줄곧, 정확히
말하면 분명한 무광택이 있었다. 나중에 그날을 예사롭지
않았던 날로 그리게 한 무광택.

"이베트, 창문에 뭐가 보여?" "아니, 아무것도." 그때 갑자기
복도에서 발소리가 들린다. 우리 쪽 복도다. 방문을 여는
열쇠 소리. 수용소장이 들어온다. 보초를 대동하고서. 이
보초도 포로였다. 그녀는 절대 혼자 돌아다니지 않는다.
"조제, 무슨 일이야?" "아무 일도 아냐, 아무 일도. 다들
얼굴이 왜 죽을상이지? 아무 일도 없어. 난 그저 남자들
세탁물을 찾으러 왔을 뿐이야. 준비됐든 안 됐든, 당장
돌려줘."

"돌려주라고? 당장? 왜?"

모두들 분주했다. 셔츠와 양말들을 보따리에 쌌고, 다시
풀었다. 손수건을 잊었기 때문이었다. 아침부터 자신들을
짓누르던 무지막지한 수동적 기다림에서 벗어나니 차라리
행복해 보였다. 마침내 뭐라도 할 수 있으니까. 그게 마치
무척 쓸모 있는 일이라도 되듯.

"남자들이 떠나?"

"몰라. 난 아무것도 몰라." 조제는 아무 말도 하려 하지 않았다.
한 여자가 물었다. "지금 몇 시지?" 그 순간 우리는 지금이
네 시라는 걸 새삼 떠올렸다.

조제는 세탁물을 가지고 나간다. 문이 닫힌다. 각자 다시 자기
침대로 돌아간다. 방 안은 다시 침묵과 기다림으로 숨이
막힐 듯하다.

분위기를 환기하거나 주의를 돌리려는 모든 시도는 무기력에,
형용할 수 없는 불안에 부딪혔다. 뭐라도 읽을까? 아무도
대답하지 않았다.

"어, 지금 무슨 소리 났어. 그들이 계단을 내려오고 있어."

"무슨 일이지?"

방 맨 안쪽에서부터 머리들이 삐죽 나와 있다. 질문들이 벽
너머 소리를 듣고 있던 그녀를 향해 몰려든다.

"그들을 내려오게 하는 거 같아."

"다?"

"아니, 다는 아냐. 잠깐, 멈췄어."

수용소에 있는 몇 달 동안 그녀들은 온갖 소리들, 그러니까
부스럭거리는 소리, 숨 쉬는 소리, 발소리까지 다 해석하는
감각기관을 하나 더 갖게 된 것 같았다.

다시 침묵, 다시 기다림.

어떤 이들은 더 이상은 기다릴 것이 없다고 생각했다. 도대체 어째서 기다렸을까? 뭘 기다렸을까? 왜 또 기다리는가? 그러나 그녀들은 기다림과 고뇌를 단념할 수 없었다.

침묵이, 길게 이어졌다.

이어 복도에서, 우리 쪽 복도에서, 장화 소리가 들린다. 그러자 모든 여자들이 침대 사이에 서서, 준비 자세를 취했다.

부사관이 나타났다. 호주머니에서 종이 한 장을 꺼내 이름을 부른다. 호명된 자들이 문 옆에 줄을 선다. 표정에는 직전의 불안 대신 결의와 경직이 들어선다. 독일인은 17개의 이름을 불렀고, 명단이 적힌 종이를 접더니, 이 17명의 여자들과 함께 방을 나간다. 그리고 열쇠로 문을 다시 잠근다. 방은 이제, 자기 자리에 선 채 남겨진 사람들에게는 그야말로 텅 비어버렸고 울림만이 있었다. 무슨 일이 일어날 것 같은 장소에 들어서는 특별한 소리의 공명.

나는 저편에 남편이 없었다. 내가 호명된 건 넉 달 전 상테 감옥에서였다. 그때는 아침이었다.

우리는 기다렸다. 우리의 불안에 뭐라도 이름을 붙이기 위해 동기들이 어서 돌아와 주기를 기다렸다.

우리는 그녀들이 돌아오는 소리를 들었다. 부사관이 그녀들을 돌려보냈고, 문이 다시 잠기자, 그녀들 얼굴에 있던 결의와 경직이 순식간에 사라졌다. 마치 돌연 조명이 비치면서 진실이 드러나는 폭로와 계시의 순간처럼, 그 모든 표정들이, 그 모든 의례적인 표정들이 가면 벗겨지듯 벗겨졌다.

우리는 여태 기다렸고, 이제 일종의 이완이 우리 안에서

가동된다. 그녀들 모두가 돌아온 걸 본 순간 우리 안에
뭔가 차오른다. 우리는 이야기를 기다리고 있었다. 그러나
그녀들은 각자 자기 침대로 돌아갔다. 각자 자기 자리로,
말없이, 멍한 눈길로. 무슨 일인지 알고 싶은 이들은 17명 중
한 여자에게, 질문하러 다가갔다. 그녀들과 특히 긴밀했던
한 여자에게. 나는 내 자리에 가만히 있었다. 나는 내가 정말
좋아했던 레지나에게도, 마르고에게도 가지 않았다. 상테
감옥에서, 나와 같은 날 아침에 호명됐던 여자들은 누구도
움직이지 않았다. 우리는 알고 있었으니까.

이제 방 전체가 수군거린다. 자세히 알게 된다. "남편이
나에게 결혼반지를 줬어—수용소 사령관이 그들은 내일
아침 떠난다고 했어—오늘 밤은 지하 감옥으로 데려가는
거래—다들 자기 담배들을 챙겼어—장은 정말 낯빛이
창백하고, 눈이 퀭해 난 무서웠어." 그리고 난 내 침대 바로
옆의 몇몇 중 하나가 속삭이는 걸 듣는다. "르네가 베티에게
말해준 건데, 다 총살당할 거래. 한데 모두가 이런 사실을
부인들에게는 절대 말하지 않기로 했대. 그냥 수용소
이감으로 알도록. 당연히, 베티에게는 말할 수 있었겠지.
하지만 다른 사람들에게 말하면 안 돼."

그때 우리 중 한 사람이 앞으로 나온다. 방 한가운데로 가더니
큰 소리로 모두를 향해 말했다. "얘들아, 취침 시간이 아직
멀었으니, 함께 시를 읽으면 어떨까."

젊은 여자들이 긴 의자를 놓는다. 모두가 자리를 잡는다.
마치 장례식을 마치고 난 후의 첫 식사 같았다. 누군가가
다시 익숙한 단어들을 내뱉으려 애쓰고, 그러고 나면 다른
사람들에게 말을 걸면서, 마실 것도 먹을 것도 건넬 수 있게

되는. 그러나 낭송하는 여자가 "당신을 더 고양시키는 것은 없기에—죽은 그 남자 또는 그 여자에 대한 사랑만큼—우린 평생 이토록 강해졌다—더 이상은 아무도 필요하지 않다" 하고 말했을 때, 남자들의 거짓말과 세탁물을 돌려주던 사령관의 위선에도 불구하고, 이게 무슨 의미인지 우리 모두는 결국 알게 되었다. 죽음에 대한 예감, 그리고 확신이었다. 그들은 용감하고, 다정했다. 우리가 사랑했던 남자들은.

그리고 난, 그토록 짧은 유예 기간에 그들을 외면했던 나 자신이 부끄러웠다. 그들을 좋아하려고 하지 않았던 것에 대해. 나는 그들을 바라보고 싶지 않았다. 그들의 얼굴도, 그들의 눈도 바라보고 싶지 않았다. 그들의 목소리도 듣고 싶지 않았다. 이젠 그들을 분간하지 못한다. 난 후회가 되어 울었다. 오늘날 세 명의 독일인을 쓰러뜨린 피에르에 대해 또는 레몽에 대해, 스페인에서 탄환을 맞아 불구가 된 그 어린 레몽에 대해 누군가가 말하면, 내 기억 속에서는 우리가 사랑했던 남자들 전부가, 서로 잘 분간이 안 되는 형제처럼, 하나로 스쳐 지나간다.

나는 그에게 내 젊은 나무를 말했다.
그는 소나무처럼 아름다웠다
내가 그를 처음 보았을 때
그 피부는 너무나 부드러웠다
내가 그를 처음 껴안았을 때
그리고 또 그다음 몇 번이나
너무나 부드러워
지금 그걸 떠올리면
그 입술이 아예 느껴지지도 않을 정도다.
나는 그에게 내 젊은 나무를,
매끈하고 꼿꼿한 나무를 말했다.
내가 그를 안았을 때
나는 바람을, 자작나무를, 아니 물푸레나무를 생각했다.
그가 나를 팔로 꼭 껴안았을 때
나는 더는 아무것도 생각하지 않았다.

*
벗은 채로

떠난 그
벗은 눈으로
벗은 피부로
전쟁으로 떠난
벗은 심장과
벗은 몸을 한 채
죽음으로
떠난 그.

*
감옥의 문지방에서
이별의 아침에
3월 21일에

그것은 단념의 시간
팔은 풀어지고
입술은 메마르고

청명하게 씻긴 하늘과
서늘한 수선화의 계절.

*
나는 그를
내 5월의 사랑이라 불렀다.
그가 어렸을 때
그토록 행복했던 날들

내가 그를 놓아줬을 때
아무도 보지 못했다
그 존재를
내 5월의 사랑을
12월에도
아이 같고 다정한 그를.
우리가 손을 잡고 걸을 때
숲은 항상
우리 어린 시절의 숲이었다.
우리에게 헤어진 기억은 없다
그가 내 손가락들에 키스했다
내 손가락들은 차가웠다.
그는 말했다
5월의 연인들이 쓰는 단어들로
나만 귀 기울여 들었다
사람들은 그 말을 듣지 않았다
왜
뛰는 심장 소리를 듣느라고
평생
그 부드러운 말들을
들을 수 있을 거라 믿었기에
서로 사랑한 두 사람에게
평생
5월은 많고도 많았기에.

그래서

그들이 그를 5월에 총살했다.

*

나는 그들이 부럽다
희생에 동의해 그들 자신을
내줬기에.
나는
반항했다
겨우겨우
그의 앞에서 울부짖지 않기 위해.
그에겐 정말 많은 용기가 필요했다
그것만으로도 이미 지나칠 정도였다
그의 뒤를 이어 살아갈
아내를 남겨두고
떠날 한 젊은이에게는.

*

죽음은 나에게서 그를 앗아갔지만
나는 그를 내주지 않았다.
그리고 내 사랑보다 더 강한 그 이유로
그 이유 때문에
그는 죽어야 했다.
내 사랑을 위해서였다면
그는 살았어야 한다.
당신은 아마 쉽다고 생각하겠지
그의 사상을

질투하는 여자가
되지 않는 것이.
그러려면 죽어야 한다
그러나 나는 그와 함께 죽을 수 없었다
나는 그것 때문에 죽지는 않았다.

*
겁쟁이를 사랑하느니
영웅을 위해 눈물 흘리자
분명 당신 말이 맞다
모든 일에 맞는 말을 하는 당신이니까.
그러나
강하지도 약하지도 않은 자가 있다
아직까지 희생한 적도
배반한 적도 없는 자가 있다.
그런 생각을 하게 됐다
그도 그들 중 하나일 수 있었다는
그래서 부끄러울 수 있었다는.
나는 그것이 부끄러웠을 거라고
확신하고 싶다.
그래야 한다
그래야 한다
당신 말이 맞아야 한다.

*
나는 나 자신에게 묻는다

누굴 위해
누굴 위해 그는 죽었을까
그의 친구들 중 누굴 위해.
목숨을 바쳐 살릴 만한 자가 있었는지
살아 있는 자가 있는지.
그
가장 소중했던 그.
조용히 그가 돌아왔다
그가 갔던 곳으로부터
돌아와서 내게 말하기를
그는 역사를 위해 죽었고
모든 미래를 위해 죽었다고.
순간 내 목이 터질 것 같았다
그런데도 내 입술은 웃고 싶어 했다
그를 다시 보고 있었기에.

*

죽어가는 자의 심장이 뛰는 것을 들어보지 않은
당신은
이해할 수 없을 것이다

*

나는 여태 울고 있다
왜냐하면 우리 두 사람 모두 믿었던 것 때문에
우리에게 사랑이 부적이 되어줄 거라고
우리는 믿었다.

그건 신앙을 잃는 것보다 더 가혹했다
그건 마치 그를 더 많이 사랑하지 못했다고
나 자신을 책망하는 것과 같았다.

*

나는 그를 사랑했다
왜냐하면 그는 미남이었기 때문이다
이건 하찮은 이유이다.

나는 그를 사랑했다
왜냐하면 그가 나를 사랑했기 때문이다
이것은 이기적인 이유이다.

그러나
내가 이유를 찾는 것은
당신 때문이다.
나로선 이유가 없다
나는 한 여자가 한 남자를 사랑하듯
그를 사랑했다
그걸 다 설명할 말이 없다.

*

그는 죽었다
왜냐하면 사랑 이야기에 필요하니까
그 이야기가 더 아름다워지려면
비극적 결말이 있어야 하니까.

우리의 이야기는 장엄하다
이루 다 말할 수 없는 그것을 당신들은 왜
상투적인 결말로 끝내려 하는가.

*
사랑으로, 고통으로,
내 심장은 다 고갈되었다
고통으로, 사랑으로
하루하루 다 말라갔다.

라 마르세예즈와 잘려 나간 목

날들은 끝이 없었다. 아무것도 없던 날들. 아침에 커피 배급, 열한 시에 수프 배급, 다섯 시에 빵 배급. 우리는 창문에 있는 일곱 개의 창살이 벽에 그리는 도안을 따라가며 시간을 보냈다. 창살 그림자는 천천히, 이쪽 벽에서 저쪽 벽으로 이동했다. 벽의 왼쪽 모서리, 표면이 다 벗겨진 초벽에 곧 사라질 서너 개의 창살만 남았을 때, 하루가 끝났고, 저녁이 기울었다. 마당을 이리저리 서성대던 보초가 그곳을 떠나는 순간, 감옥에는 활기가 돌았다. 이쪽 창문에서 저쪽 창문으로, 이쪽 편에서 저쪽 편으로, 대화가 시작되었다. 밤교대 전에 반짝. 얽히고설킨 여러 목소리들 속에서, 각자가 잘 아는 목소리에 말을 걸었다.

우리 창문은 너무 높아ㅡ거의 천장과 맞닿을 정도로ㅡ창문 앞으로 가려면, 침대 철제 프레임 위로 올라가, 발가락에 힘을 주고 몸을 세워, 양손으로 창살을 붙잡고 매달려야 했다. 손이 아팠다. 손바닥에 창살 무늬가 붉게 새겨졌다. 우리는 돌아가며 창문으로 올라가 바로 옆 동의 '관습법' 위반 수감자들과 대화를 시도했다. 이들은 프랑스 형무 행정 소관하에 있었다. 상테 감옥의 대부분은 독일군이

196

장악한 상태였으며, 대체로 이른바 정치범들, 아직은
레지스탕스라고 불리지 않았던 이들이 수감되어 있었다.
'관습법' 범들은 여러 작업장에서 일했고, 저녁에나 그들
방으로 들어왔다. 그들 역시 우리와 말을 하기 위해 보초가
자리를 뜨는지 망을 보고 있었다. 그들은 편지를 받았고,
신문을 읽었고, 우리에게 새로운 소식을 전해주었다.
중요한 소식을 접하면, 우릴 부르기 위해 휘파람을
불었고, 이렇게 외쳤다. "이봐요, 됐어요! 영국군이
투브루크*를 탈환했어요. 엄청난 기세네요!" 우리는 이
승리가 갖는 의미를 아직 잘 이해하지 못했다. 리비아
공습은 우리가 체포된 이후 시작되었다. 우리는 질문했다.
"러시아에서는요?" "그들이 계속 진군하고 있어요." "그들이
누구죠?" "독일군이요."

그날 저녁, 뤼시앵과 르네는 늦었다. 그들의 창문은 텅 비어
있었다. 우리는 하루 종일, 1초 간격의 차이로 정각을
알리는 그 동네의 모든 시계 소리를 들었다─우리는 그
소리를 들으면서 시계들의 위치를 다 파악해 보려고 했다.
시계가 얼마나 많던지! 나는 그 동네에 살았지만, 한 번도
들어본 적 없는 시계 소리들이었다. 자유로울 때는 시간을
세지 않는다. 우리는 하루 종일 저녁까지 시간을 헤아렸다.
그날 하루는 오로지 저녁을, 그러니까 새로운 소식을
기다리기만 했다. "한데 도대체 오늘 그들은 뭘 하는 거지?
뭘 하고 있는 거야?"

* 리비아 북동부의 항구 도시. 제2차 세계대전 당시 북아프리카 지역을
두고 벌어진 영국군과 이탈리아-독일군 간 '사막의 전쟁'에서 주요 격전
지역이었다.

"지하 감옥에 있을지도 몰라."

"그럼 옆 사람들을 통해서라도 우리한테 알렸을 거야."

"그 사람들은 너무 멀리 있어. 잘 들리지 않아."

"창문에서 신호를 보냈을 거야."

"아직도 안 보여?"

"아니, 전혀."

창살에 매달려 있던 여자가 대답한다. 그녀의 감방 동료는 교도관이 불시에 들어올까 봐 문 쪽을 지켜보고 있었다.

"아직도, 아무것도?"

우린 절망적이었다. 약속한 걸 받지 못해 아이들이 울 때처럼 우린 정말 미치게 절망적이었다.

"봐봐, 봐! 왔다!" 뤼시앵의 숨찬 얼굴이 마당 저편 감방 창살 사이로 쑥 나온다.

우린 바로 안심했다. 창살에 매달려 있던 여자가 외쳤다. "왜 이렇게 늦게 들어온 거예요? 시간이 거의 없어요."

"잡일을 했어요. 아주 큰 욕조를 설치하게 시켰어요."

"큰 욕조? 그게 뭔데요?"

"밀기울을 깐 바구니, 단두대 밑에 놓아 머리를 담는 거요. 내일, 네 명이 당할 거예요. 그래서 큰 게 필요하죠. 부치가街의 4인, 알죠?"

우린 몰랐다.

"그렇군요, 당신들은 모르겠군요. 당신들은 이미 안에 있었으니까. 부치가에서, 청년 네 명이 연설을 했어요. 장날 아침이라 장을 보려고 여자들이 줄을 서 있는 와중에, 한 사람이 진열대 위에 올라가 독일군과 싸우자고 했죠. 그러곤 자기를 보호해 주던 다른 세 명과 함께 도망치려다 경찰에 붙잡혔죠. 이들은 특별 법정에서 재판을 받았어요. 모두 사형 선고를 받았어요. 내일 아침이에요. 여기, 프랑스 관할 영역에서."

장화 소리, 소총이 딸가닥거리는 소리. 야간 보초가 마당으로 들어온 것이 분명했다. 뤼시앵의 머리가 인형극의 인형처럼 쏙 들어갔다. 갑자기, 모든 것이 멈췄다. 보초의 발소리가 들렸다.

부치가의 4인. 우리 중 네 사람. 우리가 그들의 이름을 안다면… 어쩌면 우리가 이미 아는 사람들인지도 모른다. 그날 밤, 우리 중 그 누구도 잠들지 못했다. 우리는 매 시각을 알리는 소리를 들었다. 우리는 천장이 밝아지는 것을 보았다. 태양이 뜨는 것을 보았다. 첫 창살 그림자가 벽에 나타나고, 흐릿하게 새겨지는 것을 보았다.

"네 시야. 시간이 됐어." 네 번째 타종이 잦아들자, 앙리에트가 말한다.

처음에는 저 멀리로부터, 우리 동 바로 뒷동으로부터 들려오기 시작한 소리가 점점 더 또렷해진다. 〈라 마르세예즈〉를 부르는 소리. 그들이 감옥의 중앙인 마당 한가운데로 나옴에 따라 소리가 더 또렷하게 울려 퍼진다. 소리가 점점 더 커지자, 우리는 화음이 잘 안 맞는 네 목소리를 구분할 수 있었다. 목소리들은 저마다 가능한 최대 음역까지 점점 더 부풀어 오른다. 제1절을 마치자—그들은 기다려야 했다, 단두대 바로 밑에 서서—목소리가 더는 흔들리지 않는다— 그들은 다시 호흡을 가다듬고 후렴구를 부른다. 목소리가 다시 부푼다, 충만하고 고르게. 그러나 후렴구에서 첫 두 단어 이후, 이젠 목소리가 셋뿐이다. 여전히 고르고, 모든 가사를 정확히 발음하는. 이어 둘, 이어 하나. 오로지 하나의 목소리가 홀로 감옥 전체에 들리기 위해 힘을 주며 최고조로 커지다가, 갑자기 잘려 나간다. 머리가 단어 중간에서 떨어졌다. 참을 수 없는 침묵 속에서, 단어 하나가 잘린 채, 그대로 걸려 있다. 잠시 그렇게, 그러다 노랫소리가 다시 올라간다. 감방 저 안쪽에서부터 정치범들이 그 노래를 이어 부른다.

1942년 여름이었다.

"…지난주에도, 여러 일관성 없는 조치들에 이어, 같은 모순의 극치가 신정부에 의해 결정되었다. 리용의 그 음산한 몽트뤽 요새 마당에서 우국지사 알제리인 압데흐라만 라클리피의 사형이 집행되었다. 토요일 새벽, 그의 머리가 잘려 나갔다. 감방의 쇠창살 뒤에서 시작된, 그의 모든 동료들의 노래가 처형대까지 들려왔다." (1960년 8월 4일자, 《엑스프레스》 기사)•

• 1960년, 프랑스 샤를 드골 정부는 식민지였던 알제리에서 핵실험을 했고, 알제리에서는 독립운동이 거세어졌다. 당시 독립운동을 한 알제리 인사의 처형을 인용함으로써, 저자는 역사 속에서 주체와 대상이 바뀌며 반복되는 국가 폭력의 비극을 보여주고자 한 것으로 보인다.

도착한 아침

지옥이 모든 영벌자들을 토해냈다
우릴 맞은 건 그들이었다
그리고 즉시
우린 이해했다
왜 그들이 우릴 뜨겁게 반기지 않는지
그들은 지옥의 고통에 사로잡혀 있었다
그리고 그들은 세상으로부터
우리가 오는 걸 본다
변화를 아는 사람들
그렇게 할 수 있는 사람들인 우리는
당장 그렇게 하려고 할 것이다
그래서 그 삶을 다 잊어버리길 원할 것이다.

*
지옥에선
동지들이 죽어가는 걸 보지 못한다
지옥에선
죽음이 위협이 아니다

지옥에선
배가 고프지도 목이 마르지도 않다
지옥에선
더는 기다리지 않아도 된다
지옥에선
더 이상 희망이 없다
희망은 피가 빠져나간 심장의 불안이다.
어떻게 당신은 여기가, 지옥이라고 말하는가.

*
이본 블레흐에게

우린 아폴리네르와 클로델에 취해 있었지
기억해?

이게 그 시의 도입부지
내가 기억하고 싶었던 것
너에게 들려주기 위해.

나는 단어들을 다 잊었어
내 기억은 지난날들의 폐허 속에서 길을 잃었어
내 기억은 이미 떠나버렸고
우리의 옛 도취들
아폴리네르와 클로델
그들은 우리와 함께
여기 묻혔네.

*
또 다른 이들에게 감사를

전신기 전선 위에서
밤새 춤춘 유령 무용수
그는 내가 본 것을 알지 못했다.
그는 춤을 추었다
유령처럼 입고
그런데
아무도 그를 보지 않았다.

나도 잡히지 않았겠지
만일 아무도 나를 보지 않았다면,
만일 당신이 거기 없었다면.

*
실은
죽는 건 아무것도 아니다
깨끗하게만 죽는다면
하지만
설사 속에서
진흙탕 속에서
피 속에서 죽어야 한다면
그것도 오래
죽어가야 한다면

*
바보 같은 로맨스
어느 여름밤의
후회되는 과거의 삶
아니,
여기선 잊었다
후회하는 법을 잊었다.

*
나는 남자들이 맞는 것을 보았다
그리고 마침내 나는 그에 대해 생각할 수 있었다
죽은 그에 대해
그날도 그는 여전히 아름다웠다
꼿꼿한 죽음
선택한 죽음이었다.

*
내가 보는 것을 내가 보았을 때
고통스럽다
내가 고통스러워하는 것을 내가 보았을 때
죽고 싶다
내가 죽는 것을 보았을 때
난 깨달았다
이 싸움에선 아무것도
그 무엇도 너무한 것은 없다.

*
지도 위의 이 지점
유럽 중심에 있는 이 검은 얼룩
이 붉은 얼룩
이 불타는 얼룩, 이 그을린 얼룩
수백만 명의
이 피 얼룩, 이 재 얼룩
이 이름 없는 장소로
유럽의 모든 국가에서
지평선의 모든 지점에서
출발한 기차들이 모였다
이 이름 없는 곳으로
어디인지도 알지 못한 채
그들의 생명과 함께
그들의 추억과 함께
그들의 작은 죄악들과 함께
여기에 쏟아부어진
수백만 명을 싣고.
그리고 그들은 경악하고
질문을 품은 시선이었으나
그러나 그들이 본 것은 불뿐이었다
이곳이 어디인지 모르지만
하여튼 타오르는 불.
오늘날에는 다들 안다
몇 년 전부터 안다
지도 위의 이 지점이

바로 아우슈비츠라는 것을
그건 안다.
그리고 그 나머지도 안다고 믿는다.

에스테르

나는 이미 누웠는데, 옆의 동기가 나에게 신호를 보냈다.
"나오래."
"누가?"
"어떤 애가. 문 앞에 있어."
나는 밖으로 나갔다. 한 여자아이가 기다리고 있었다. 한데
나를 아는 것 같지는 않았다. 나도 모르는 아이다. 난
주변을 살펴본다. 블록을 나누는 지저분한 눈길은 텅 비어
있다. 여자아이는 혼자였다. 나는 그 아이를 바라본다.
유대인이다. 민간인 복장을 하고 있다. 그 아이가 나를
바라본다. 나한테 와서 독일어로 말한다.
"당신이 샤예요?"
"네, 전데요."
"전 에스테르라고 해요. 당신이 제 동지라는 걸 알아요."
나는 경계심을 드러내며 말했다. "어떻게 날 알죠?"
"그건 나중에 말할게요. 잘 들어요. 우린 시간이 없어요. 곧
있으면 소등이에요. (소등 후에는, 수용소 감시탑에서
움직이는 것이라면 무엇에든 총을 겨눈다.) 전
유대인이에요, 벨라루스 출신이에요."

나는 그 아이를 쳐다본다. 작고, 동그랗고, 사과처럼 반짝이는
뺨을 갖고 있다. 스무 살, 아니 그것도 안 된 거 같다.
스카프 밑 머리카락이 갓 깎인 듯 짧았다. 유대인 여자들은
매달 머리가 깎였다. 다른 나라 여자들은, 별일이 없다면,
도착했을 때만 깎였다. 그런데 그녀는 깨끗하고, 옷도 잘
입고 있다. 그녀는 내 눈빛을 이해하더니, 해명했다. "저는
에펙트에서 일하고 있어요."
그곳은 아우슈비츠에 도착한 유대인들이 역 플랫폼에 남긴
짐들을 분류하고, 정리하고, 목록화하는 작업반이다. 에펙트
작업반은 수용소에 들어온 유대인 여자들 중에서 추려진다.
매번 열차가 도착할 때마다 가장 젊고 가장 강한 여자들이
선별되어 작업에 투입된다. 다른 사람들은 가스실로 간다.
에펙트의 여자들은 옷을 잘 입는다. 자기들이 다루는
옷들 중 골라서 입기 때문이다―이 수용소에 있는 유대인
여자들과 남자들은 줄무늬 단체복을 입지 않았다. 그들은
등에 커다랗고 붉은 십자가가 그려진 민간복을 입었다.
따라서 에펙트 여자들은 자기 옷과 바꿔 가져간 옷에 그
표시만 하면 됐다. 그녀들은 마르지 않았다. 왜냐하면 여자
포로들에게 속바지나 스웨터를 팔아 저녁 식사로 나온
빵 조각이나 마가린 조각을 얻었기 때문이다. 그녀들은
깔끔했다. 왜냐하면 그녀들은 속옷을 갈아입었고 수도
시설이 있는 작업장에서 씻을 수 있었기 때문이다. 더욱이
SS들은 그녀들에게 늘 청결할 것을 요구했다. 불우한 독일
민간인들에게 겨울 구호품으로 배급할 옷들을 그녀들이
정리하기 때문이었다. 우리에겐, 갈아입을 속옷이 없었다.
우린 결코 씻지 못했다. 특혜를 누리는 에펙트의 수십 명과

수용소의 귀족들—블록의 관리자들, 경찰들, 관습법을 위반한 독일인 정치범들—을 제외하곤. 아무도 자기 몸을 씻지 못했다.

나는 에스테르를, 그녀의 하얀 스카프를 바라본다. 나는 그녀의 얼굴을 환히 밝히는 치아를 바라본다. 나는 말한다. "치아가 예쁘군요."

"저는 그저, 당신을 도우러 왔어요. 뭐가 필요해요?"

내게 뭐가 필요하냐고? 뭐라 대답하지?

"하긴, 모든 게 다 필요하죠, 안 그래요? 제가 내일 다시 올게요. 나중에 봐요!"

다음날 같은 시각에, 그녀가 또 왔다. 그녀는 자기 블라우스에서 치약 튜브와 투명한 종이에 싸인 새 칫솔을 꺼냈다.

"아침에 차를 약간 묻혀 이를 닦으세요."

분홍빛 저지 블라우스.

"칫솔이 더러워지면, 버려요. 제가 다른 것 드릴게요. 오늘 드릴 수 있는 건 이게 전부네요. 내일은 다른 걸 가져올게요. 이건 잠옷이에요. 옷을 그대로 입고 자지 않아도 돼요."

나는 그녀가 내 손에 쥐여준 물건들을 바라본다. 칫솔 손잡이에는 알 수 없는 기호가 새겨져 있다. 치약 튜브에도 또 다른 알 수 없는 기호가 인쇄되어 있다. 최근의 수송 열차는 그리스에서 온 것 같다.

나는 당황했다. 이걸 어디다 넣지? 내 옷엔 호주머니가 없다. 내 담요 밑에 숨기더라도, 작업 후 저녁에 돌아와 보면 이미 없어졌을 것 같다. 나는 칫솔과 새 치약, 깨끗한 잠옷을 바라본다. 내게 필요한 물건들은, 사실 너무 많다. 그러나 이젠 폐지된 삶의 일부다, 이빨을 닦는 삶. 그런데 이걸 어떻게 공유하지? 우린 모든 걸 공유하는데. 에스테르는 내 얼굴에서 기쁨을 찾고 있다.

"고마워요, 에스테르. 정말 친절하군요."

"만일 다른 날 저녁에 조금 일찍 올 수 있고, 당신이 너무 피곤하지만 않다면, 좀 더 얘길 나눌 수 있을 텐데요."

그녀는 나에게 손을 내밀더니, 떠난다. 뒤돌아보며 그 깨끗한 하얀 치아로 내게 미소를 지어준다. 자기가 나에게 준 기쁨에 행복해하며.

에스테르는 누구였을까? 나는 다시는 그녀를 보지 못했다. 에펙트 작업반은 자주 수검을 받았다. 슬쩍 훔친 물건들을 잘 감추는 데 성공하지 못한 여자들은 훈육 종대, 또는 가스실로 보내졌다. 어느 쪽인지는 SS의 기분에 달려 있었다. 나는 그녀가 그로드노에서 왔다는 걸 알게 되었다.

마시다

점호 후, 열들은 작업장에 가기 위해 일렬종대로 바뀌었다. 다섯씩 나란히, 그 자리에서 반 바퀴 돌아 수용소 정문을 향해 행진하는 대열을 갖추고, 작업장으로 출발할 준비를 했다. 그다지 빠르게 되진 않았다. 우리는 좀 더 기다리면서 제자리걸음을 해야 했다. 카포들은 자기 작업반을 편성하느라 분주했다. 우릴 다섯씩 세다가 백 명째에서 대열을 끊었다. 각자 자기 몫의 노동력을 잘라가는 것이었다. 그런데 오늘 아침에는 우리 그룹 중간에서 대열이 끊겼다. 그래서 일부는 철거 작업장으로, 나머지는 다른 데로 갔다. 저녁이 되어, 점호 시간에 우리가 다시 모였을 때, 카르멘이 나에게 말했다. "내일, 우린 거기로 다시 가려고 해. 내가 카포 하나를 잘 봐뒀으니 그 여자를 알아볼 수 있을 거야. 넌 꼭 우리 옆에 붙어 있어. 떨어지지 않게 조심해. 거기 가면 물이 있어."

나는 며칠 동안이나 갈증이 났다. 거의 이성을 잃을 지경의 갈증이었고, 더 먹을 수 없을 지경의 갈증이었다. 왜냐하면 입안에 침이 고이지 않기 때문이었다. 더는 말할 수 없을 지경의 갈증이었다. 왜냐하면 입안에 침이 없으면 말을 할 수 없기 때문이다. 내 입술들은 다 찢어졌고, 내 잇몸들은 부어 있었다. 내 혀는 나무토막 같았다. 부은 잇몸들과 부은 혀 때문에 입이 잘 다물어지지 않아 입을 벌린 채 있었다, 정신 나간 여자처럼. 동공이 팽창된 두 눈은 얼이 빠져 있었다. 적어도, 다른 사람들이 나중에 그렇게 말해줬다. 그녀들은 내가 미친 줄 알았다고 했다. 나는 아무것도 듣지 못했고, 아무것도 보지 못했다. 심지어 내가 눈이 먼 줄 알았다고 했다. 나는 나중에 그녀들에게 한참을 설명해야 했다. 눈이 멀지는 않았지만, 그저 아무것도 안 보였다고. 내 모든 감각들이 갈증으로 다 없어져 버렸다고.

내 눈에 희미한 총기가 돌아온 걸 본 카르멘은, 희망을 갖고 여러 차례 나에게 같은 말을 반복했다. "거기 가면 물이 있어. 내일, 마실 수 있어."

밤은 한이 없었다. 잔혹했다. 그 밤에 얼마나 갈증이 났는지, 나는 아직도 그날 밤을 어떻게 견뎌냈는지 의아하다.

아침에는, 내 동기들에 매달려, 여전히 말 못 하고, 얼이 빠지고, 정신이 나간 채, 어떻게든 하라는 대로 했다— 그녀들은 내가 쓰러지지 않도록 나를 살폈다. 나는 최소한의 반사 반응도 없어, 그녀들이 없었다면, 벽돌 무더기에 발부리가 걸리거나, 열을 맞추지 못해 SS한테 걸릴 수도 있었다. 그러다 죽을 수도 있었다. 오로지 물에 대한 생각만이 나를 깨어나게 했다. 난 도처에서 물을 찾았다. 웅덩이, 진흙탕에 고인 약간의 물기만 봐도 난 거의 실성을 했고, 그들은 이런 나를 붙잡았다. 내가 그 웅덩이로, 흙탕물로 뛰어들려고 했기 때문이다. 난 물만 있다면, 개들의 아가리 속에라도 몸을 던졌을 것이다.

길은 멀고 멀었다. 절대 도착할 수 없을 것 같았다. 난 아무것도 묻지 않았다, 아무 말도 할 수 없었기 때문이었다. 내 입술로 단어들을 만들려는 시도조차 안 한 지 꽤 오래되었다. 물론 내 두 눈은 걱정스럽게 묻고 있었고, 그녀들은 줄기차게 내 마음을 안심시켰다. "겁먹지 마. 바로 그 작업반이야. 물이 있어. 진짜야. 믿어도 돼."

우린 마침내 도착했다. 그곳은 묘목장이었다. "우리가 나무를 심었어. 어린나무들이야. 나무를 심고, 물을 주지. 물뿌리개를 가득 채워서." 전날 거기 왔던 여자들이 설명했다. 실제로 우물 옆에 물뿌리개가 줄지어 놓여 있었다. 나는 당장 열을 이탈해 거기로 뛰어가고 싶었다. 그러나 비바가 내 팔을 단단히 잡았다. "기다려, 카포가 숫자를 다 셀 때까지." 인원 파악이 다 끝나자, 카포는 작업 팀들을 나누었다. 나는 물뿌리개 팀에 들어가지 못했고, 내 동기들도 마찬가지였다. 우린 나무 심는 남자들에게 나무를 가져다주어야 했다. 나는 절망적이었다. 저마다 나를 진정시키느라 애쓰는 동안, 카르멘은 손에 뭔가를 들고서 말했다. "잘 들어. 뤼뤼 옆에 조용히 가 있어. 착하지, 침착해." 그녀는 마치 환자에게 말하듯이, 나를 부드럽게 얼렀다. "자, 이제 일해, 이거 받고." 그녀는 내 손에 뭔가를 쥐여줬다. 종려나무 같은, 연약한 줄기가 달린 작은 나무였다. "우물물을 긷는 건 폴란드인이야. 어제와 똑같은 사람이라 알아봤어. 그가 물뿌리개에 물을 채워. 우린 빵 한 덩어리를 다 가져왔어. 보여? 이 빵과 교환할 거야. 그에게 나무 더미 뒤에서 물을 조금만 달라고 부탁해 볼 거야. 움직이지 마. 준비가 되면 내가 곧장 신호를 보낼게.

아냐 안 돼. 움직이면 안 돼. 내가 올게. 바로 올게." 다행히, 우린 평평한 노면에 있지 않았다. 후미진 구석과 돌아가는 모퉁이가 있었다. 이쪽에는 연장 보관소, 저쪽에는 목재 창고가 있어, 카포와 SS의 눈을 피할 수 있었다. 난 비바의 부축을 받고, 또 다른 동기들에게 둘러싸여 숨은 채 일하는 척했다. 나무 하나를 들고 그녀들과 함께 왔다 갔다 했지만, 폴란드 남자가 나무를 심고 있던 고랑 옆으로 가서 몸을 숙이고 그걸 내려놓을 힘도 없었다. 난 간신히 서 있었을 뿐, 내가 뭘 하고 있는지도 몰랐다. 심지어 목마른 느낌도 이젠 없는 것 같았다. 무의식 상태로, 얼이 빠진 채, 나는 무엇도 느끼지 못했고, 지각하지 못했다.

카르멘이 돌아왔다. 카르멘과 비바는, 주변에 아무도 없는 걸 확인하고는 내 팔을 잡아 벽과 나무 더미 사이 구석으로 데려갔다. 우리가 옮겨야 할 나무들이 쌓인 곳이었다. "봐!" 카르멘은 나에게 물 양동이를 보여주며 말했다. 아연 양동이였다, 시골에서 우물물을 길 때 쓰는, 아주 큰 양동이. 거기에 물이 가득 담겨 있었다. 난 카르멘과 비바를 뿌리치고, 물 양동이로 내달렸다. 진짜, 몸을 내던졌다. 양동이 옆에 무릎을 꿇고, 말이 물을 마시듯 코를 물에 처박고, 아니 온 얼굴을 양동이에 처박고, 벌컥벌컥 마셨다. 물이 차가웠는지 어땠는지—3월 초였으니, 물은 제법 차가웠을 것이다—모르겠다. 나는 내 얼굴이 젖었는지, 그게 차가운지 어떤지 아무것도 느끼지 못했다. 그냥 마시고 또 마셨다. 숨도 쉬지 않고, 이따금 공기를 들이마시기 위해 콧구멍을 물 밖으로 들면서. 나는 멈추지 않고 마셨다. 나는 아무런 생각도 하지 않고 마셨다. 행여 카포가 들이닥치면

잡혀가서 맞을 수도 있다는 생각은 하지 않고. 나는 마셨다.
망을 보던 카르멘이 말했다. "됐어, 이제." 나는 양동이
물의 반을 마셨다. 꽉 껴안고 있던 양동이를 내려놓지 않은
채 잠깐 멈췄다. "이제, 그만, 어서 와. 그거면 충분해."
카르멘이 말했다. 대답도 하지 않고ㅡ그 비슷한 제스처나
동작을 취할 수도 있었는데ㅡ움직이지도 않고, 나는
마시고, 또 마셨다. 말처럼, 아니 개처럼. 개 한 마리가
민첩한 혀로 핥는다. 혀를 숟가락 삼아 물을 파내듯이. 말 한
마리가 마신다. 물이 줄어들었다. 나는 바닥 물까지 마시기
위해 양동이를 기울였다. 거의 바닥에 누운 채, 마지막 한
방울까지, 단 한 방울도 흘리지 않으면서 다 들이마셨다.
그러고 나서도 양동이 가장자리를 핥고 싶었다. 내 혀는
너무 뻣뻣했다. 입술을 핥는 것도 힘들 정도로 뻣뻣했다.
나는 손으로 얼굴을 닦았고, 입술로 손을 닦았다. "이번엔
진짜야, 빨리 와." 카르멘이 말했다. "폴란드인이 양동이를
갖고 오래." 그러면서 그녀는 뒤에 있는 누군가에게 신호를
보냈다. 난 내 양동이를 내놓고 싶지 않았다. 움직일 수도
없을 만큼 배가 무거웠다. 내 배는 마치 독립된 어떤 것,
그러니까 내 해골에 매달린 무거운 보따리 같았다. 나는
아주 야위어 있었다. 몇 날 며칠이나 빵을 입에도 대지
않은 참이었다. 입안에 침이 없어, 아무것도 삼킬 수
없었기 때문이다. 물처럼 흐르는 수프조차 마실 수 없었다.
왜냐하면 내 입안엔 아구창이 생겨 피가 났고, 짠 수프가
닿으면 불에 덴 듯 쓰렸기 때문이다. 나는 물을 마셨다. 나는
이젠 갈증이 나지 않았다. 아직도 확신은 없었지만. 나는 다
마셨다. 한 양동이 물을 다. 그렇다, 말처럼.

카르멘이 비바를 불렀다. 둘은 나를 일으켜 세웠다. 내 배는 어마어마하게 불러 있었다. 별안간 나는 생명이 내 안에 되돌아온 것을 느꼈다. 피가 다시 돌고, 폐가 다시 호흡하고, 심장이 다시 뛰는 것을 의식할 수 있었다. 나는 살아 있었다. 침이 내 입안에 다시 생겼다. 눈꺼풀의 화끈거림도 가라앉았다. 눈물샘이 다 마르면 눈이 화끈거린다. 내 귀는 다시 들리기 시작했다. 난 살아 있었다.

비바가 날 다른 사람들이 있는 곳으로 데려갔다. 카르멘은 그동안 양동이를 다시 가져왔다. 내 입이 다시 축축해짐에 따라 나는 시력을 회복했다. 내 머리는 다시 가벼워졌다. 난 내 머리를 똑바로 세울 수 있게 되었다. 나를 걱정스럽게 바라보는 뤼뤼를, 내 거대한 배를 보고 있는 뤼뤼를, 나는 보았다. 그녀가 비바에게 하는 말이 들렸다. "그렇게 다 마시게 놔두면 안 됐어." 나는 내 입안에 침이 고이는 걸 느꼈다. 난 다시 말이 날 찾아온 걸 느꼈다. 입술을 움직이는 건 여전히 어려웠다. 마침내, 말을 할 수 있게 되었다, 좀 이상한 목소리이긴 했지만. 내 혀가 아직은 불편했기 때문에, 겨우 유연성을 찾고선, 마침내 나는 이렇게 말할 수 있었다. "나 이젠 갈증 안 나." 그러자 누군가가 이렇게 말했다. "그래도, 이 물은 괜찮겠지?" 나는 대답하지 않았다. 나는 물맛을 느끼진 않았다. 그냥 마셨을 뿐이다.

"내일도 다시 와보자." 뤼뤼가 말했다. 그러자 세실이 덧붙였다. "오늘 저녁엔 빵을 좀 남겨야겠어."

그다음 날은, 점호에 이은 야단법석으로 어떻게 해야 할지 갈피를 못 잡고 묘목 작업반에 들어가지 못했다. 이젠 상관없다. 난 치유되었으니까.

"갈증 난다." 이렇게 말하는 사람들이 있다. 그러면서 그들은 카페로 들어가고, 맥주 한 잔을 주문한다.

이본 피카르는 죽었다
그토록 어여쁜 가슴을 가졌는데.
이본 블레흐는 죽었다
아몬드 열매 같은 두 눈과
그토록 표현이 풍부한 두 손을 가졌는데.
무네트는 죽었다
그토록 어여쁜 피부색과
식욕이 왕성한 입과
은은하고 맑은 웃음을 가졌는데.
오로르는 죽었다
접시꽃 색의 눈을 가졌는데.

그 많은 아름다움이
그 많은 젊음이
그 많은 열정이
그 많은 언약이…
로마 시대와도 같은 그 모든 용기가.

이베트 역시 죽었다.
어여쁘지도 않고, 누구처럼 용기도 없던.
그리고 너 비바와,
나 샤를로트는
머지않아 죽을 것이다.
대단하달 게 전혀 없는
우리는.

냇물

참 이상하게도, 그날에 대한 건 아무것도 생각나지 않는다. 냇물 외에는. 모든 날들이 비슷했고, 단조로움은 오로지 대대적인 체벌과 점호로만 깨졌기에, 그날도 여느 날처럼, 우린 점호를 받았고, 점호 후에는 작업을 위한 일렬종대가 갖춰졌고 나는 우리 그룹과 같은 종대에 들어가려고 신경을 곤두세웠고, 오래 대기한 끝에 일렬종대가 정문을 지나 밖으로 나갔고, 초소를 지키던 SS들이 통과하는 열을 센 것은 틀림없다. 하지만 그다음은? 일렬종대가 오른쪽으로 갔던가? 왼쪽으로 갔던가? 오른쪽의 습지로 갔던가, 왼쪽의 가옥 철거 현장 또는 농산물 보관 창고로 갔던가? 우리가 얼마나 걸었지? 모르겠다. 우리가 무슨 작업을 했더라? 그것도 모르겠다. 종대의 우두머리는 기억난다. 왜냐하면 그 기억이 정확히 냇물과 이어져 있기 때문이다. 그 여자는 독일인 정치범이었다. 숨을 고르지도 않고 계속해서 소리를 질렀다. 그녀는 정말이지 으르렁댔다…. 글쎄 뚜렷한 이유는 모르겠지만, 그녀는 머리, 손, 곤봉을 흔들어대면서 우리를 무차별적으로 때리다가 갑자기, 움직임을 멈추었고, 또다시 소리를 질러댔다—도대체 이해되지 않는, 실현

220

불가능한 명령을 해대면서. 그러다가 우리더러 걸어가며 노래 부르라고 명령했다. 사람들 말로는, 그 여자는 예전에 사회주의자였다고 했다. 히틀러의 집권 이후, 모든 수용소, 모든 감옥을 거쳐 마침내 이곳 비르케나우에 도착했으며 수감된 지 7~8년이 되었다고 했다. 미치고도 남을 세월이었다. 아마도 이렇게 소리 지르는 버릇이 생긴 것은, 자신을 감추기 위해서, 그리고 카포가 될 자격이 있다는 걸 입증하기 위해서였는지도 몰랐다. 곤봉을 흔들 때면, 그녀는 주로 옆으로 때렸다. 그래서 타격을 피할 시간을 주었다. 그날 우리가 무슨 작업을 했는지는 정말 기억나지 않는다. 다만 냇물이 기억날 뿐이다. 그 기억이 그날의 모든 다른 인상들을 지워버렸다. 그날을 복구하려면, 곰곰이 생각해 맞춰봐야 할 것이다.

아마 4월 초였을 것이고—내 계산으로는 우리가 거기 도착하고 나서 67일이 지났으니까. 우린 1월 27일에 도착했다—우리 중 70명은 아직 살아 있었다. 이것도 당시에 계산해 두었기 때문에 꽤 확신한다. 그런데 그날 냇물에 있었던 것은 70명이 안 되었다. 그때까지 살아 있던 자들 대부분이 티푸스에 걸려 위생소에 있었기 때문이다. 이본 피카르는 이미 죽었고, 이본 블레흐도 죽었고, 비바는 아직이었다. 그녀는 7월에야 죽었다. 따라서 나와 함께 있었던 우리 그룹은 소수였다. 비바, 카르멘, 륄뤼, 마도 정도. 그녀들도

● 비르케나우 수용소는 아우슈비츠의 이름이 붙은 여섯 개의 강제 수용소 중 하나로 본격적인 학살이 자행되어 가장 악명이 높았다. 이른바 '죽음의 수용소'라고 불렸다. 1942~1944년에 이곳에서 120만 명 이상이 죽었고, 그중 90퍼센트가 유대인이었다.

티푸스로 위생소에 들어갔지만, 훨씬 후였다. 4월에는, 우리 다섯이 모두 수용소에 있었다. 우린 항상 함께 일하러 갔다. 항상 함께 점호를 받았고, 항상 다섯이 팔짱을 끼고 함께 걸었다. 따라서, 그날 내가 그녀들과 함께 있었던 것은 확실하다. 우리가 일했던 모든 장소에서 나는 그녀들을 분명히 보았다. 그런데, 그 냇물의 날에는, 내 곁에서 그녀들을 본 기억이 전혀 없다. 습지에서 삽질할 때도, 도랑을 팔 때도, "트라그"라 부르던 들것에 얼어붙거나 질척거리는 흙덩이를 운반할 때도, 벽돌을 옮길 때도, 모래 실린 광차를 밀 때도, 철거된 가옥의 잔해들을 정리할 때도 난 그녀들의 몸짓을 보곤 했는데, 그날은 아무것도 보지 못했다. 이 냇물 옆에서 우리가 해야만 했던 작업이 뭐였는지도 전혀 모르겠다. 내가 본 건 냇물뿐이다. 내 기억 속에서는, 아무리 기억하려고 애써봤자, 냇물과 나밖에 없다. 그건 틀렸다, 절대로 틀렸다. 지하 감옥에 갇혔다면 모를까, 거기에선 누구도 절대 혼자 있을 수 없었다. 그리고 내가 알기로, 우리 중에 거기 갇혔던 사람은 없었다. 다른 가능성은 없었다. 반쯤 미친 독일인 여자 카포를 따라 일렬종대는 그 작업장에 도착했다. 카포는 대열의 사람 수를 세었고—분명하다, 왜냐하면 항상 그렇게 했으니까—우린 연장을 집었다. 하지만 어떤 것을? 뭘 하러? 우린 일을 시작했다. 가래로? 삽으로? 아니면 부삽? 아니면 철로를 깔거나 벽돌을 쌓을 때처럼 맨손으로? 그날의 빛밖에는 기억나지 않는다. 왜냐하면 이 빛의 기억은 냇물의 기억과

● 돌이나 흙덩이뿐 아니라 수용소에서 일하다 쓰러진 자들, 시체들을 실어 나르던 들것을 뜻한다.

연관되어 있기 때문이다. 정오의 휴식을 알리는 호각 소리가 났고—항상 그랬으니까—우린 수프 통 앞에 줄을 섰다. 그런데 우리가 수프를 서서 먹었던가? 앉아서 먹었던가? 잘 모르겠다. 아마도 앉아서였을 것이다, 날씨가 좋았으니까. 그런데 어디에 앉았지? 우리가 만일 철거 현장에 있었다면, 앉을 만한 낡은 문이나 널빤지를 찾았을 것이다. 날씨가 좋았지만, 풀 위에 앉을 만큼 따뜻하진 않았다. 그런데 거기 풀이 있었던가? 십중팔구. 거긴 냇물 바로 옆이었으니까. 따라서 거긴 들판이었을 것이다. 수프를 먹은 후에—이 기억은 매우 분명하다—그 여자 카포가 소리쳤다. "이제, 원하면, 냇물에 가서 씻어도 좋아." 내 기억은 확실하다. 나는 냇물을 향해 갔지만, 누구와 함께였는지는 생각나지 않는다. 내가 혼자 가는 건 불가능하다. 그렇다면 도대체 누구랑? 정말 모르겠다. 우린 항상 적어도 둘씩은 꼭 붙어 있었다. 우린 절대 떨어지지 않았다. 우리 다섯은 분명 모두 함께 갔을 것이다, 이야기하면서, 우린 항상 서로에게 말했으니까. 하지만 다른 사람은 보이지 않는다. 늘 내가 걷는 걸 부축했던 비바도 보이지 않는다. 냇가로 내려간 건 기억나는데, 완전히 혼자였다. 4월이었다. 정확한 날짜도 말할 수 있다. 그도 그럴 것이, 우리가 도착하고 나서 67일째 되는 날이었으니까. 1월 27일 수요일에 도착했고, 그날부터 하루하루를 우리는 꼬박꼬박 셌다. 적어도 날짜는 기억하기 위해. 날짜? 무슨 날짜? 그게 무슨 날인지, 무슨 요일인지는—금요일인지, 토요일인지, 무슨 기념일인지는—중요하지 않았다. 기억해야 하는 날짜는, 이본의 죽음, 쉬잔의 죽음, 로제트의 죽음 또는 마르셀의 죽음이었다. 우린 언젠가 이렇게 말하길 원했다. "아무개가 X일에 죽었어요." 혹시 우리가 살아 돌아가게 되면, 그리고 누가 우리에게 그걸 물어보면 말해주려고 우린 꼼꼼하게 날짜를 셌다. 행여 날짜에 이견이 있으면 우리는 오래 토론했다. 하지만 우리의 날짜는 대체로 정확했다고 생각한다. 우린 계속 확인했다. "아냐, 젠장, 그건 그저께야, 어제가 아니라." 일요일엔, 일렬종대가 수용소 밖으로 나가지 않았다. 우리가 세던 날짜를 놓치면, 이를 기준점 삼아 숫자를 맞췄다.

나는 냇가에 도착했다. 그 물이 다시 흐르기 시작한 건 그리 오래되지 않았다. 심지어 이 내에서 물을 본 게 처음인 듯했다. 그때까지만 해도 꽁꽁 얼어붙어 있어 우린 별로 주목하지 않았다. 그렇지 않았다면, 너무나 갈증이 났던 몇 주 동안 내가 분명 그것을 알아차렸을 터였다. 냇물은 조약돌 위를 흘러갔다. 풀들이 나 있는 양안 사이를. 그렇다, 이제, 풀이 기억난다. 좀 보기 흉한 풀이, 여기저기 나 있었고, 막 움튼 소관목이 하나 있었다.

지금 생각해 보면, 놀라웠던 건, 공기가 가볍고 맑은데, 아무 냄새가 나지 않았다는 점이다. 그렇다면 화장터에서 상당히 떨어져 있었을 것이다. 아니면, 그날 바람이 반대 방향으로 불었든지. 어쨌든, 우린 화장터 냄새를, 더는 맡지 못했다. 그렇다, 놀라웠던 건, 공기에서 약간의 봄 냄새도 나지 않았다는 점이다. 하지만, 새싹, 풀, 물에는 뭔가 냄새가 있었을 텐데. 아니, 내 기억 속에는 어떤 냄새도 없다. 사실, 입고 있던 옷을 걷어붙였을 때 내게서 나던 냄새도 기억나지 않으니까. 이는 자신의 악취로 오염되어 버린 우리의 콧구멍이 더 이상 아무 냄새도 맡지 못했음을 증명한다.
나는 조심스럽게 냇가로 내려왔다. 1초도 허비하지 않으려면
어떻게 해야 하는지 생각하며 움직임을 정확히 조율했다.
휴식은 짧았고, 최대한 잘 활용해야 했다. 내로 내려가는
비탈이 그렇게 미끄럽지는 않았지만 난 내 신발이 젖는
것을 원치 않았다. 정말 짧은 시간이긴 했으나, 처음으로
내 신발이 마른 상태로 있었다. 이 말은, 내가 있었던 곳이
습지가 아니라는 것이다. 습지였다면, 4월이면 얼음이 다
녹아, 그야말로 진흙밭이었을 테니까. 더욱이 이제 나는
분명히 풀을 기억하는데, 습지라면 풀이 없었을 테니까.
먼저 발을 물속에 담그면, 그런 채로 세수할 수 있고, 이어서
발 씻기도 빠르게 할 수 있을 거라고 계산했다. 그래서
비탈면 풀 위에 앉아, 신발을 벗어, 내 외투 밑에 조심스레
넣어놓았다. 이건 비바도, 우리 그룹의 그 어떤 동기도
내 옆에 없었다는 뜻이다. 왜냐하면 우린 우리 신발을 늘
함께 놓았기 때문이다. 난 외투와 두건을 벗었다―얼굴과
귀를 씻기 위해서―그러나 목과 팔을 씻기 위해 내 통옷을
벗을 생각은 하지 않았다. 날이 쾌청하고 심지어 해도
났지만, 그렇게까지 따뜻하지는 않았다. 신발, 외투,
두건을 포개놓은 후, 난 긴 양말을 벗었다. 도착한 이래,
그러니까 67일 동안 나는 한 번도 이 양말을 벗지 않았다.
나는 그것을 말아 내리며 잡아당겼다. 그런데, 발끝에서
어떤 저항이 느껴졌다. 양말이 딱 달라붙어 있었다. 그래서
약간 세게 당겼더니 순간 양말이 뒤집히며 벗겨졌다. 아니,
끝에 괴상한 게 붙어 있었다. 나는 신기하게 생긴 그것을
바라보았다. 이어서 내 두 발도. 내 발은 때가 껴 시커멨고,

특히 끝부분은 좀 특이하게 검었는데, 차라리 보라색이었다.
발가락은 말라붙은 더께투성이로, 괴이하게 변해 있었다.
가장 큰 두 개만 빼곤, 발톱이 모두 떨어져 나가고 없었다.
양말에 붙은 신기한 게 바로 이 발톱들이었다. 당연히, 그걸
한참 동안 들여다볼 시간은 없었다. 몸을 씻으려면 1분도
허비해선 안 됐다. 나중에야, 내 발이 동상에 걸렸었다는 걸
알았다. 아니면 내가 그때 놀란 일을 얘기하니, 누군가가
그렇게 설명해 줬을 것이다. 무늬처럼 양말에 박힌 발톱을
보는 건, 분명 화들짝 놀랄 만한 일이다.

어디 보자, 얼굴, 발, 다리. 밑도 씻어야 한다. 나는 팬티를
벗었고, 그것을 외투, 두건, 신발 더미 위에 놓았다.
내 팬티에서는 당연히 악취가 났을 것이다. 67일 만에
처음으로 벗었으니까. 그런데, 정말, 신기하게도 나는 아무
냄새도 맡지 못했다. 후각이란, 신기했다. 나는 돌아오고
나서 꽤 오랫동안, 하루에 최소 두 번씩 목욕을 했다—거의
편집증적으로—좋은 향이 나는 비누로 온몸을 문질러가며
몇 주를 씻었는데도 내게선 늘 수용소 냄새가, 물거름과
사체 냄새가 났다. 그런데 그날, 냇물 옆에서, 설사가
말라붙은 팬티를 벗었는데도—당신들은 닦을 수 있는
화장지 따위가 있었을 거라고 생각하겠지만, 아직은 풀도
자라기 전이었다—나는 냄새 때문에 역겹진 않았다.

나는 냇물 속으로 들어갔다. 물이 차가웠다. 온몸이 오싹했다.
물은 겨우 발목 바로 위까지 왔는데도, 정말 놀라운
접촉이었다. 내 피부에 닿은 물의 접촉.

이제, 어디서부터 시작하지? 얼굴? 아니면 밑? 얼른 두 손
가득 물을 담았다. 옷깃 단추를 푼 내 통옷이 젖지 않도록

조심하면서 몸을 숙이고 얼굴에 물을 묻혔다, 우선은 천천히. 부드럽게. 왜냐하면 얼굴에 끼얹은 물의 감각은 너무나 새롭고, 너무나 경이로웠기 때문이다. 이어 빠르게 물을 끼얹었다. 허비할 시간이 없었다. 그리고 아주 세게 얼굴을, 특히 귀 뒤를 문질렀다. 왜 어머니들은 그렇게 귀를 잘 닦으라고 강조했을까? 다른 데보다 특별히 더 더럽지도 않은데.

내 피부를 하나하나 닦으면서 나는 무슨 생각을 했던가? 도착하던 날, 내가 했던 마지막 샤워? 우리 머리를 다 밀어버린 후, 그들은 우릴 샤워실로 보냈다. 나는 아직 내 비누와 목욕 수건을 갖고 있었다. 나머지는, 막사 입구에, 여행 가방 속에 남겨둬야 했다. 그들이 우리한테 옷을 다 벗을 것을 명령했을 때, 우리 물건들을 남김없이 가방에 집어넣고 수용소 안으로는 하나도 못 가져가게 했을 때, 나는 출발 전 받은 마지막 소포에 친구가 슬그머니 넣어준 작은 향수병을 열어 내 목과 가슴 부분에 쏟아버렸다. 그 직전까지 나는 이 향수를 정말 아껴 썼다. 잠들기 전 저녁, 뚜껑만 살짝 열어 향기 맡는 것에 만족할 정도로. 다른 사람들 속에서 완전히 벗은 몸으로 나는 이 향수병—향수 이름은 '르롱의 자존심'•이었다. 어찌나 그날에 꼭 맞는, 아름다운 이름이었는지—을 조용히 바라보다가, 내 가슴 사이에 그 자존심을 천천히 모두 부었다. 이어, 샤워기 아래서, 향수가 지나간 길에는 비누칠을 하지 않으려고 조심했다. 향기의 흔적이라도 간직하려고. 물론 그 흔적이

• 제2차 세계대전 당시 프랑스의 유명한 패션 디자이너였던 뤼시앵 르롱이 파리 해방을 기념해 출시한 향수다.

그렇게 오래 남아 있을 거라고는 생각하지 않았다. 앞서 말한 대로, 우리의 후각은 너무나 빨리 몽매해졌다. 나는 정말 나를 정성껏 씻으려 했지만, 카포가 서두르라고 소리쳤다. 물이 끊겼다. 나는 건조실로 들어갔다. 이미 비바와 이본, 그리고 다른 사람들이 있었다. 몸을 절반만 행군 채였다. 그걸 보자 웃음이 터졌다. 우리 사이에 울려 퍼진 마지막 웃음소리. 그녀들 중 하나가 말했다. "당신에게서 정말 좋은 냄새가 나는데요!" 그러자 또 한 사람이 "잠깐만 옆에 좀 앉게 해줘요. 이렇게 좋은 냄새를 우린 다시는 흡입하지 못할 거예요" 라고 했다. 이 말을 한 여자는 투르 지역 사람인 게 분명했다. 아주 적절한 표현이었다. "흡입하다." 이 단어가 내 기억 속에 남아 있다, 그것을 발음한 목소리와 함께. 하지만 나는 그 여자가 누구였는지는 잘 모르겠다, 얼굴도 떠오르지 않는다. 따라서, 그날, 냇물에서 나는 이 마지막 샤워를 생각했을 것이고, 또한 부드럽고 따뜻한 물속에 잠기는 기쁨을 생각했을 것이다. 아니면, 우리가 도착한 후 얼굴에 물 한 번 묻히지 못하고 죽은 그 모든 이들을. 하지만 이건 덧붙여진 기억에 불과하다. 나는 아무것도 생각하지 않았다. 냇물 이외에는. 내 생각은 씻기 위해, 가능한 한 빠르게 완전히 때를 벗겨내기 위해 해야 할 것에만 집중되어 있었다. 나는 재빨리, 억세게 문질렀다. 결과를 확인할 방법이 없어서 다행이었다, 그렇지 않았다면 나는 낙담했을 것이다. 얼굴을 충분히 씻는 것만으로도 시간이 훌쩍 지났다. 수용소에서의 시간 중, 늘리고 싶은 마음이 든 유일한 시간이었다. 따라서 얼굴은 그것으로 충분하다고 간주해야 했다. 나는

228

이번에는 통옷을 돌돌 말아 올려 허리에 붙이고 팔꿈치로
고정한 채 물 위에 쪼그려 앉았다. 발이 시려오기 시작해
발을 바닥 자갈에 대고 문질러보려고 했다. 하지만 몸이
기우뚱해 바로 포기했다. 옷을 올리고 보니, 너무 말라 뼈가
다 튀어나온 허리 쪽에 손이 닿지 않았다. 그러나 거기서
지체하기엔 마음이 너무 급했다. 나는 손바닥으로 물을 퍼
올려 문지르기 시작했다. 도착하던 날 밀려버린 음모가
다시 자라나 있었다. 설사로 털들이 다 엉겨 붙어 하나하나
떼는 것도 힘들었다. 이 털들을 원래의 길이로, 원래의
곱슬 형태로 돌아가게 할 수만 있다면, 기분이 훨씬 나아질
텐데. 그러려면 몸을 몇 시간은 담가야 했을 것이다. 나는
몸이 긁힐 때까지, 문지르고 문질렀지만, 결코 만족스럽지
않았다. 너무 불쾌했다. 그리고 그 물은 차가웠다! 배가
얼어붙는 것 같았다. 이제 다른 부위를 공략할 때였다.
더구나, 내가 문질러댄 것이 무엇인지 알 수 없었다, 여전히
내 허벅지와 다리, 발에, 시커멓게 때 낀 것이 보였으므로.
내 다리는, 투명한 물속에서, 한참 잠겨 있었는데도, 그 색이
하나도 변하지 않았다.
얼굴과 밑은, 생각은 해봤지만, 비누 대신 모래 한 줌으로
문지르는 건 차마 할 수 없었다. 하지만 허벅지와 다리의
피부는 더 단단하다. 젖은 흙을 잔뜩 쥔 손으로 나는 오른쪽
허벅지, 무릎 바로 위를 문지르기 시작했다. 피부는 약간
밝아지고 붉어졌다. 그랬다, 정말로, 밝아진 것처럼 보였다.
나는 특히 무릎을 죽어라 문질렀다. 핏방울이 진주처럼
맺혀서, 옮겨가며 문질러야 했다. 나는 너무 세게 문질렀고,
모래는 너무 굵었다. 카포가 호각을 불었을 때, 나는 다른

무릎을 시도하려던 참이었다. 정렬! 휴식은 끝났다. 나는 얼른 팬티를 다시 입고, 발의 물기를 풀에 닦고, 내 긴 양말과 발톱을 다시 끼워 올리고, 신발을 다시 신었다. 그리고 외투와 두건을 챙겨 대열에 합류했다. 기억은 전혀 나지 않지만, 그렇게 된 것이 틀림없다. 나는 오로지 냇물만 기억난다.

비바를 보는 것은 이번이 마지막이다. 나는 그 죽음을 너무나
정확히 인식하고 있어, 몇 시에 비바가 죽게 될지 말할 수
있을 정도이다. 내일 아침이 오기 전이다.

비바를 보러 간 것이 나의 마지막 비르케나우 위생소 방문이다.
오로지 비바 때문에 거기 갈 용기를 냈다.

비바를 보는 것은 이번이 마지막이다.

그 곱슬머리가 없었다면, 난 그녀를 알아보지 못했을
것이다. 머리카락이 얼마나 많이 자랐던지! 얼마나 오래
고통받았는지, 비바여.

그녀는 거기, 맨 널빤지 위에, 이미, 생명 없이 있다. 악취
나는 널빤지 위에 생살이 잘려 나가 어깨뼈가 드러난 채로.
그녀는 아름다운 어깨를 지녔었는데, 비바여.

머리카락이 없었다면, 나는 그녀를 알아보지 못했을 것이다.
턱뼈에 붙어 있는 피부, 눈구멍에 붙어 있는 피부, 광대뼈에
붙어 있는 피부. 비바의 얼굴에 죽음이 있었다. 죽음이 깃든
얇은 피부. 가늘고, 팽팽한, 기이한 투명성.

나는 부드럽게 불러본다. "비바." 비바는 내 말을 못
알아듣는다. 나를 보지 못한다. 나는 그녀의 손을 잡지만,

그녀 손은 아무런 답도 하지 않는다. 아주 작은 떨림조차 없다. 그녀의 손은 차갑다. 죽음이 이미 그녀의 손을 엄습했다. 그녀의 맥박이 저 멀리, 멀어진다. 죽음이 그녀의 손에서 그녀의 눈으로 올라올 것이다. 내일 아침이 오기 전에.

내일 아침, 점호 대열 앞에서 비바는 작은 들것에 실려 갈 것이다. 두 발은 삐져나오고, 머리는 들것 막대기 사이로 처져 매달린 채. 아마도 점호 대열에 서 있는 여자 중 하나는 이 작은 들것에 실릴 차례가 자기한테도 오리란 걸 알고는, 비바의 아름다운 검은 머리칼을 보면서 이렇게 말할 것이다. "그녀는 오래 버텼어." 겨울 내내, 봄 내내.

그렇다, 그녀는 오랫동안 분투하게 될 것이다. 그녀는 오랫동안 나를 도와줄 것이다.

비바를 보는 것은 이번이 마지막이다.

눈물이 하나도 나지 않았다. 눈물이 더 이상 나오지 않은 지가, 아주 오래, 오래되었다.

릴리

"릴리 여기 없어? 릴리는 어딨어?" 들판에서 아침나절을
　보내고 온 여자들이 물었다.
다른 사람들이 목소리를 낮추라는 신호를 보냈다. 그녀들은
　에바를 가리켰다.
"실험실에서 릴리를 데리러 왔었어."
"두 사람이었어."
"그래도 릴리 수프는 받아놨지?"
"사촌이 해놨어."
에바는 앉아 있었다. 그녀는 먹고 있었다. 아무것도 바라보지
　않았다. 그리고 우리도 그녀를 바라보지 않았다. 그녀 옆
　릴리 자리가 비어 있었다. 팔걸이도 등받이도 없는 낮은
　둥근 의자, 다 벗겨진 나무 식탁, 다 식은 수프 사발. 릴리
　몫의 수프가 있긴 했다. 사발 속에서 식어 걸쭉해진 수프를
　아무도 바라보지 않았다. 침착하게, 아마도 평소보다 더
　조용히 먹고 있는 에바를 아무도 바라보지 않았다.
다들 먹었다. 이제 치운다. 빈 수프 사발을 걷어가는 여자는
　릴리와 에바의 식탁에 와서는 릴리의 자리를 건너뛰었다.
　차갑게 식은 수프는 그대로 놔둔다. 마치 그걸 못 본 것처럼.

호각 소리가 울리자, 모두 식당에서 나왔다. 작업장으로 돌아가기 위해 정렬했다. 아무도 에바에게 다가가지 않았다. 아무도 그녀에게 말 걸지 않았다. 그녀에게 말을 한다는 것은, 불행 속에 있는 자에게 위로를 건네는 표현이 될 수 있었다.

SS 둘이 아침에 릴리를 찾으러 왔었다. 그녀는 저울 앞에 서 있었다. 작은 잔에 흙을 담아 무게를 달고, 표에 적고 있었다. SS는 출입구에서 그녀의 이름을 크게 불렀다. 그녀는 무게 다는 것을 멈추고, 숫자를 적으며, 물었다. "저요?" 독일어로. 릴리는 독일어를 아주 잘했다.

"콤!" SS 하나가 말했다.

"지금요?"

"야, 슈넬!"

그래, 너, 빨리. 릴리는 작업복을 벗었다. 동기 하나가 도와주었다. 등에 단추가 달린 실험복이었다. 아침에는 서로 도와 단추를 잠그고, 저녁에는 서로 도와 풀어야 했다. 릴리가 작업복을 벗었다. 그 밑에 입은 줄무늬 통옷은 깨끗했고, 몸에 붙고 약간 짧았다. 릴리는 스무 살이었다. 수감 생활 중에도 교태를 잃지 않았다. 그 줄무늬 통옷도 직접 잘라 만들었다.

SS들은 서둘렀지만, 난폭하게 굴진 않았다. 모든 것이 과학적이고 복잡해 보이는 실험실에 있으면, 흰 실험복을 입고 조용히 정밀한 몸짓으로 일하는 화학자들을 보면, 그 진지한 분위기에 압도당할 수밖에 없었다. 릴리는 서두르지 않았다. 독일어를 잘하므로 SS에게 독일어로 묻는다. 왜 자기를 데리러 왔고 어디로 데려가는지. SS 중 하나가 재킷 바깥에 달린 작은 주머니에서 접힌 종이 한 장을 꺼냈고, 동의를 구하듯이 다른 SS를 쳐다본다.("말해도 되지?") 그러자 그가 대답한다. "폴리티슈 압테일룽."(정치국이라는 뜻. 경찰, 즉 게슈타포가 부른다는 것이다.) 릴리는 화장실에 간다는 핑계를 대며, 옆방에서 도면을 그리고 있던 사촌에게 신호를 보냈다. 그러나 에바는 이미 알고 있었다. 화학자들 중 하나가, 일하는 척하는 몸짓과 태도로, 에바의 사무실에 시험관을 가져다주며 암시했기 때문이다. 에바는 의아했다. 왜 릴리가 게슈타포에게 불려가는 거지? 모두가 의아했다.

릴리는 짧게 인사한 후 나갔다. 창문을 통해 우리는 그녀가 가는 것을 보았다. 두 SS 사이에서 똑바로 서서 걷는 그녀를. 그녀는 통옷 차림이었다. 여름이었다. 여름에는 웃옷을 입히지 않았다. 길에는 뙤약볕이 내리쬐고 있었다. 우린 볼 수 있는 한 오래 그녀를 보았다. SS 사이에서 똑바로 서서, 아마도 자신을 왜 소환했는지 알면서, 걷는 그녀를. 우린, 아니, 우린 몰랐다. 그저 의아했다. 아무 이유 없이 게슈타포에 불려가진 않으니까. 사실, 우린 누군가가 왜 게슈타포에 소환되는지 알지 못했다. 릴리가 처음이었다. 우린 두 SS 사이에서 걸어가는 그녀를 보았다. 우린 그녀의 반짝이는 검은 머리카락을 보았다. 최근에 박박 밀렸다가— 릴리는 유대인이었다. 유대인 여자들은 자주 머리를 깎였다—개의 윤기 나는 털처럼, 검고 반질반질하게 자란 머리카락을. 그녀의 머리카락은 정수리부터 길어 목덜미를 덮고 있었다. 릴리는 내버려뒀다, 다듬지조차 않았다. 머리를 여러 차례 깎이고 나면, 다시는 자르고 싶지 않게 된다. 목이 성가신 한이 있어도.

릴리는 두 SS 사이에서 걸었다. 그녀는 아마도 알고 있었다. 두 SS는 몰랐을 것이다.

번갈아서, 우리는 잔이나 시험관을 든 채 도판 작업 중인 에바의 책상으로 갔다. 에바는 예쁜 그림을 그렸다. 수채화로 채색된 여러 다른 형태의 잎과 꽃, 여러 다른 유형의 뿌리, 도판 가장자리에는 작은 화살표 표시와 함께 인도산 잉크로 설명이 적혀 있었다. 실험실의 SS 관리자인 헤르 박사가 자리에 없을 때 에바는 사실적인 꽃을, 잎을, 새들을, 집들을 그렸다. 그녀는 또한 초상화도 그렸다. 나중에 알게 된 거지만, 그날 우리는 각자 속으로 에바가 릴리의 초상화를 그려두어서 다행이라고 생각했다. 당시엔 서로 같은 생각을 하는지 알지 못했다.

정오에도, 릴리는 돌아오지 않았다. 저녁에도. 우리끼리 이런 말을 주고받았다. "심문하는 건가." 심문은 오래 걸린다. 어느 누구도 자신의 마음속 깊은 생각을 말하지 않았다. 감히 표현하지도 않았고, 그런 생각을 하는 것 자체를 자책했다. 그래서 우리는 생각하지 않으려고 괜히 말을 많이 했고, 추측만 나눴다. 에바가 나타나면, 우린 입을 다물었다. 에바는 이제 더욱더 혼자였다. 단순히 릴리가 없어서만은 아니었다. 하지만 어떻게 에바와 이야기하지? 릴리의 이름을 아예 입 밖에 내지 않을 수도 없는데, 그러나 그 이름을 말하는 순간 불안을 내비치게 된다. 에바는 겉으로 볼 땐 침착한데 굳이 그녀에게 불안감을 줄 필요가 있을까? 우린 알고 있다. 스스로 이런 이유를 대는 건 비겁한 짓임을. 에바는 결코 침착할 수가 없었다. 나중에 그녀는 우리에게 첫날 한숨도 못 잤다고 말했다. 숙소에서 그녀와 릴리의 침대는 붙어 있었다. 에바는, 밤의 소음들 속에서 심문을 마친 릴리를 다시 데려오는 SS의 발소리가 혹시 들릴까 봐 온 신경을 곤두세우고 있었다. 두 번째 밤에도 그녀는 잠들지 못했고, 이제 릴리가 돌아오는 소리를 듣겠다는 희망을 버렸다.

이튿날에도, 우리는 계속 에바를 피했다. 정오에 릴리의 자리는 여전히 비어 있었고, 그녀의 수프 사발은 채워지지 않았다. 수프가 식는 것보다는 그게 나을지 몰랐다.

…내 식탁에서는 릴리의 뒷모습이 보였다. 개의 털처럼 무성하고, 검고, 윤기 흐르는 머리카락으로 통옷의 목 부분이 덮인 목덜미가. 그녀가 없는데도, 그녀의 의자가 비어 있는데도, 그녀가 자기 자리에 앉아 있는 것처럼 내겐 보였다. 곧게 편 등과, 부모가 이발할 돈을 주지 않는 소년 같은 목덜미, 시골 아이의 머리처럼 반짝거리며 뻣뻣하게 다시 자라나던 머리카락.

우리가 알게 된 건 사흘째였다. 우린 모두 에바에게 갔다. 그녀를 안아주었다. 우린 아무 말도 할 수 없었다. 에바는 울지 않았다. 얼굴이 상해 있었다. 이전보다 훨씬 더 뭔가에 쫓기는 듯한 눈빛이었다. 릴리는 그녀에게 유일하게 남은 혈육이었다. 가족 모두가 가스실로 보내졌다. 그녀가 살던 슬로바키아의 작은 마을 전체가 가스실로 보내졌다. 이제 다들 식탁에서 조금씩 벌려 앉았다. 의자는 치워졌고 릴리의 부재는 더 이상 보이지 않았다.

우린 이제 안다. 우리가 그것을 어떻게 알았을까? 그걸 설명하기는 거의 불가능하다. 분명한 건 남자들을 통해서였다는 점이다. 어쨌든 에바를 통해서는 아니다.

에바는 누구에게도 그 무엇도 말하지 않았다. 릴리에 관해서는 다시는 누구에게도 말하지 않았다. 아무 말도 하지 않았지만 모두가 알고 있었다.

우린 대大수용소에서 몇 킬로미터 떨어진 실험실에서 일하고 있었다. 어느 날, 독일 과학자들은 자신들이 우크라이나에서 본 고무민들레를 폴란드 풍토에 적응시켜 재배하는 연구를 하기로 결정했다. 고무민들레는 뿌리에 라텍스가 함유된 민들레과 식물이었다. 러시아에서는 산업 용도로 재배되어 거기에서 생산되는 고무가 파라고무나무의 생산량과 맞먹었다. 그래서 이 식물은 독일인들의 관심을 끌었다. 그들은 정복한 영토에서 재배해 보고자, 러시아로부터 종자 한 자루를 가져왔다. 이를 위한 아우슈비츠 실험실에 화학자, 생물학자, 식물학자, 농학자, 통역사, 제도사, 연구 보조원들이 필요했다. 이런 직업을 가졌던 여자들이 죽음의 수용소, 비르케나우에서 차출되었다. 해당하는 여자들에게는—100명이 좀 못 되었다—일종의 구원이었다. 우린 거기서 좋았다. 씻을 수 있었고, 깨끗한 옷을 입을 수 있었고, 은신처 같은 곳에서 일할 수 있었으니까. 고무민들레 재배 실험은 전쟁이 끝난 1948년까지도 성과를 내지 못했다. 우린 수용소에서 멀리 있었다. 우린 더는 그 냄새를 맡지 않았다. 화장터에서 올라가는 연기만 보일 뿐이었다. 이따금 불이 너무 커 엄청난 불길이 굴뚝으로부터 하늘까지 치솟았다. 그런 저녁이면 용광로에서 내뿜은 것 같은 붉은 기운이 지평선에 자욱했다. 우린 그게 제철소 용광로 때문이 아니라는 걸 잘 알았다. 화장터의 굴뚝 때문이었다, 사람들이 불타고 있었다. 잘 지낼 수 없었다.

238

밤낮으로 사람들이 타죽고 있다는 것을, 밤낮으로 타죽는 이 무수한 사람들을 생각하지 않을 수 없었다.

실험실 근처에 포로들이—남자 작업반이었다—SS들을 위한 꽃과 채소를 재배하는 정원이 있었다. 결혼식에 쓸 꽃과 장례식에 쓸 꽃이 있었다. 정원사들이 화환을 준비하면, SS 하나가 결혼하거나, SS 하나가 죽었다는 뜻이었다. 어떤 SS는 티푸스로 죽기도 했다.

정원사들은, 매일 아침, 남자들 수용소에서 정원으로 일하러 왔다. 그들과 대화하는 것은 금지되어 있었다. 그러나 당연히, 우린 그들에게 말을 걸었다. 온실 뒤에서, 화분을 옮기며, 씨앗들에 물을 주며—왜냐하면 고무민들레 재배는 실험실, 즉 우리 작업반 소관이었기 때문이다—우린 남자들에게 말을 거는 데 성공했다. 그들은 우리에게 소식을 전해주었다. 뉴스에 관한 한 남자들은 우리 여자들보다 훨씬 더 조직적이었다. 우리 중 어떤 여자들은 그들 가운데 남자 친구, 심지어 약혼자를 두고 있었다. 릴리도 그랬다. 그녀의 약혼자는 폴란드인이었다. 남자가 식물에 몸을 숙이고 있는 동안 서로 눈도 마주치지 않고 몇 마디를 주고받다가 둘은 약혼까지 하게 되었다. SS가 불시에 나타날 수 있기에 서로를 쳐다보지도 않고, 말하는 티도 내지 않고, 단지 몇 마디밖에 주고받지 못하면서도. 릴리가 멋을 부렸던 것은 그 때문이었다, 약혼자 때문이었다. 그녀는 실험실에서 나갈 때, 어딘가로 가져가는 척하며 식물 뿌리가 담긴 바구니를 껴안은 채 나갔다. 창문으로 지켜보다가 자기가 지나갈 길 가장자리에서 그 약혼자가 무릎을 꿇고 앉아 일하면, 통옷 목 부분에 하얀 칼라를 달고 실험실을 나섰다. 유대인의 줄무늬 통옷에 하얀 칼라를 다는 것은 금지되어 있었다. 게다가 칼라를 만들 천 조각, 실, 바늘을 찾아내는 것은 어렵고도 복잡한 일이었다. 그래도 남자들 수용소의 바느질 작업장—여자 포로들이 SS를 위해 일하던 곳—과 원예 작업을 하는 실험실 사이에는 일종의 연결선이 있었다. 약혼자가 릴리를 위해 뭔가—배급받은 담배 몇 개비, 훔친 오이 하나—를 가져올 때는 우물가 호박잎 밑에 그것들을 숨겼다. 작은 쪽지도 함께 두곤 했다. 약혼자가 놓고 간 것을 릴리는 집어서 재빨리 고무민들레 뿌리 바구니에 넣었고, 약혼자가 나중에 주워가도록, 자기도 호박잎 밑에다 쪽지를 남겼다. 편지 쓰는 것은 금지되어 있었고, 특히나 남자에게 편지 쓰는 것은 엄격히 단속되었다. 하지만 어떻게 말할 수 있었을까, 그런 방법이 아니면 어떻게 서로 말할 수 있었을까, 팔에 뿌리 바구니를 들고 반복해 지나가는 방법이 아니면—항상 같은 뿌리로 채워진 하나의 바구니를 우리는 번갈아 가지고 나가며 남자들과 말을 했다. 그리고 돌아와선 다른 사람을 위해 바구니를 실험실 문 뒤에 놓아두었다. 릴리는 그래서 쪽지를 썼다. 글을 쓰면서 저녁을 보냈다. 글을 쓰면서 매일 저녁 그녀는 행복했다.

그날 저녁, 릴리의 약혼자는 오지 않았다. 그는 다른 작업반으로 보내졌다. 그는 한 동료에게 릴리의 쪽지가 어디 있는지 설명해 주었다. 저녁에, 작업을 마치고 돌아오는 길에 수용소 정문—"노동이 자유케 하리라"는 격언이 걸려 있는 문—을 지나가다가, 이 동료는 그 쪽지를 잃어버렸다. 작게 접힌 쪽지가 그의 바지에서 흘러내렸다— 호주머니에 넣었던 것은 아니었다. 호주머니에는 절대 아무것도 넣지 않았다. 수색은 항상 호주머니부터 했기 때문이다. 한 SS가 쪽지를 주웠고, 그 동료를 소환했고, 정치국의 심문이 있었다. 그는 쪽지가 자기 거라고 말했다. 좋아. 그러면 "릴리"라고 서명한 여자는 누구지? 그는 말하고 싶지 않았다. 그러자 그를 때리고 또 때렸다. 게슈타포에게, 실험실에 있는 릴리를 찾는 건 식은 죽 먹기였다. 그래도 그들은 그 동료를 계속 구타했다. 이어, 모든 남자들을 수용소 마당에, 부엌 바로 앞 마당에 집결시켰다. 수용소장이 "릴리"로부터 쪽지를 받은 자는 총살할 것이라고 공표했다. 그 쪽지에는 정치적인 내용이 담겨 있어서라고 했다―왜냐하면, 게슈타포에게는 모든 게 암호로 읽혔기 때문이다. 사랑의 밀어도 정치적 정보로 번역되는 암호였기 때문이다. 릴리의 약혼자는 결국 앞으로 나왔다. 동료를 자기 대신 총살당하게 할 수는 없었다. 두 남자는 지하 감옥에 갇혔다. 바로 그 이튿날, SS 둘이 릴리를 찾으러 온 것이었다. 그녀는 햇볕이 가득 내리쬐는 길을 SS 사이에 서서 걸었다. 아마도 알면서, 아마도 의아해하지 않으면서. 그렇게 세 사람 모두 총살당했다. 릴리가 약혼자에게 보낸 편지에는 이런 문장이 있었다. "우리는 생명과 수액 가득한 식물들 같아. 자라고 싶고, 살고 싶은 식물들 같아. 이 식물들이 살아내지 못할 것이란 생각을 난 그만하려고 해도 그만할 수가 없어." 이건 정치국에서 일했던 한 사람이 우리에게 해준 말이다.

곰 인형

폴란드 여자들은 완두콩이 필요하다고 생각했다. 한 사람당
한 컵씩. 러시아 소녀들이 수확물 포장 작업반에 있었기에
그녀들에게서 완두콩을 사는 건 쉬웠다. 저녁에 돌아오면
폴란드 여자들은 신발에 숨겨온 마른 완두콩을 비웠다―
거기선 다들 신발이 컸다. 완두콩 한 컵은 빵 한 조각과
맞바꿀 수 있었다.

당연히, 완두콩에 양배추도 필요했다. 프랑스 여자들은
회의적이었다. 폴란드인인 정원사가 양배추를 갖다주었다.
다음은 소스에 넣을 감자였다. 감자는 부엌에서 훔쳤다.
비트를 찾을 수 있다면, 보르시●로 시작할 수 있을 것이다.
그녀들은 그 요리법을 알려주면서, 특히 크림이 들어가면
얼마나 풍미가 있는지를 설명했다. 그러나 온갖 꾀를 내봐도
소용없었다, 크림은 없을 거였다.

각자 구해야 하는 할당량은 양파 두 개―러시아 소녀들에게
사야 했다(배급받는 빵 중 또 내주어야 할 한 조각)―마가린
한 조각, 국수 한 봉지, 설탕 두 덩어리였다. 폴란드

● 폴란드와 러시아 등 동유럽의 전통 수프. 비트를 넣어 붉은색이 나고 주로
애피타이저로 제공한다.

242

여자들은 소포로 받곤 했던 양귀비씨를 내놓았다. 그녀들의 소포는 우리 것보다 훨씬 정기적으로 도착했다. 양귀비씨 뿌린 국수가 빠진 크리스마스 식사는 상상할 수 없었다. 한카가 이 모든 걸 다 모았다. 책임이 막중한 일이었다.

수색당해 우리 작전이 들통나면, 작업반 전체가 처벌을 받는 것은 물론이고, 식량이 몰수될 수도 있었다. 그러나 한카는 수용소에서 4년이나 있었다. 그녀는 영악했다.

이게 다 전통적인 크리스마스 이브를 보내기 위한 일이었다. 폴란드식 크리스마스 이브였는데, 폴란드인 수가 가장 많아서이기도 했다. 러시아인도 제법 있었지만, 그녀들은 초대받지 못했다.

11월에는 안개 끼는 날이 잦았다. 둥근 태양은 들판의 회색빛 속으로, 일몰의 흐린 지평선 아래로, 오렌지빛을 띠며, 매일 점점 더 깊이 빨려 들어갔다. 12월이 되자 수용소는 얼음 표면으로 뒤덮였고 밤엔 달빛을 받아 더욱 반짝였다. 화장실에 가느라 밖으로 나올 때면 서리 내려 은색으로 빛나는 철조망 뒤에서, 보초들이 얼어붙은 땅을 밟으며 오가는 소리가 들려왔다. 가끔 오페라 곡을 혼자 부르는 SS도 있었다. 겁을 먹은 듯 목소리를 드높였다. 밤의 푸른 고요 속에서 환상적인 효과가 났다. 이어 눈이 내렸다. 크리스마스라면 응당 눈이 와야 하니까.

하루가 끝났다. 각자 침대에 걸터앉아, 선물을 만드느라 분주했다. 누구는 바느질을 하고, 누구는 그림을 그리고, 누구는 수를 놓고, 누구는 뜨개질을 하고. 얼마 안 되는 천 조각이고, 얼마 안 되는 털실이지만, 꾀바른 술책의 대가였다. 그러는 동안, 이 한 해의 마지막 저녁 식사 준비가 제대로 될지 내내 걱정한 요리 담당들은, 요리를 데울 때나 쓸 법한 실험실 난로에 냄비를 올려놓을 수밖에 없었다. 날이 몹시도 추워 음식 보관은 안심이었다. 완다가 트리 장식을 맡았다. 서프라이즈가 있다고도 했다.

크리스마스 이브가 왔다.

우린 네 시에 일을 끝냈다. 폴란드 전통에 따르면 크리스마스 이브는 첫 별이 나타날 때부터 시작된다고 했다. 각자 차례를 기다리며 꾸미고, 옷을 다려야 했지만 다리미가 하나뿐이라 시간이 부족했다. 다리미가 난로 위에서 달궈지길 기다리며 (그런데 이 다리미는 어디서 났지?) 머리 손질을 했다. 몇몇 전문가들이 스타일링을 맡았다. "세실, 질베르트 다음에 나야—아냐, 나야!" 아직 크고 둥근 컬을 만들 정도는 아니지만, 그래도 제법 머리카락이 자라 우린 즐거웠다. 몇몇은 출처가 불분명한 실크 스타킹을 신었다. 다리들이 어찌나 기막히게 가늘어 보이고, 반짝였는지. 다들 부러워서 쳐다보았다. 누구는 슈미즈 자락을 잘라 만든 하얀 칼라를 줄무늬 통옷에 달기도 했다. 갈색 머리 여자들은 종이 끝을 찢어 만든 꽃을 머리에 꽂았다. 누구는 위생소에서 가져온 바셀린을 눈꺼풀에 발랐다. 수용소 숙소는 무슨 무도회라도 열리는 양 달아올랐다. "바늘 너 다 썼어?—나 빗 좀 빌려줄 사람?—누구 내 벨트 못 봤어?— 빨리빨리 줘, 다리미. 우리 쪽에는 아직 한 번도 안 왔단 말야."

누군가 말한다. 이제 다 됐지. 이젠 정말 서둘러야 해. 첫 별이… 일순간, 그 방은 충만했다.

단장한 머리며 화장 때문에 우리는 서로를 거의 알아보지 못할 지경이었다. 실험실의 화학자들은 뺨과 입술에 바를 분과 립스틱을 제조해 주었다. 그러나 색조는 한 가지뿐이었고, 그래서, 좀 어색한 느낌이 들었다. 똑같은 방식으로, 똑같은 톤으로 그려진 이 모든 얼굴들. 줄무늬 통옷 탓에 더 똑같아 보였다. 우린 갑자기 이 모든 노력이 다 헛된 기분이 들었다. 우리의 준비도, 진짜 이브를 보낸다는 흥분도. 마치 손님을 맞는 것처럼 우린 단장하고 꾸몄지만, 그들은 오지 않는 손님이었다. 우리는 여전히 우리들 사이에, 우리 얼굴이 아닌 얼굴들로 있었다. 웃음이, 다소 억지스런 웃음이 다 뒤흔들어 놓은 슬픔의 순간.

식당의 식탁들은, 이 끝에서 저 끝까지 큰 말굽 모양으로 배치했다. 침대 시트를 급하게 세탁해 식탁보로 깔았다. 식탁보 밑에는, 건초를 넣어놓았다ー폴란드의 또 다른 전통이었다. 천장에는 종이로 만든 꽃장식을 매달았다. 식당 한가운데 놓인 크리스마스트리에는 군데군데 작은 솜뭉치들이 놓여 있고, 초콜릿 포장지로 만든 알록달록한 공과 색종이 테이프, 초 등으로 장식되어 있었다. 실험실이 다 약탈당한 듯했다. 나무 밑동에는 앙증맞게 포장한 상자들이, 선물들이 놓여 있었다.

식탁을 따라 등받이 없는 낮은 의자가 줄지어 있었지만, 면병을 나눠 먹기 전에는 앉으면 안 됐다. 면병은 파란색, 분홍색, 자주색, 흰색, 연한 초록색 봉인이 찍힌, 반죽을 굳혀 만든 판 모양 과자였다. 폴란드 여자들은 면병을 서로 선물하고, 조각을 떼어 먹은 후, 눈물의 기원을 하며 서로 뽀뽀했다. 우리는 단지 이런 소리를 들었을 뿐이다. "도 도무." 집으로. 이 단어가 계속해서 들렸다. 다음 크리스마스는 집에서.

집에서….

프랑스인들은 면병이 없었다. 그래서 폴란드인들은 친절하게도 자신들의 면병을 권했고, 이 마법의 단어를 계속 반복하려고 애썼다. "도 도무." "도 도무." 집에서. 폴란드인들이 설명했다. "우린 면병을 상징으로써 나눠. 이건 우리가 빵도 나눈다는 의미야." 프랑스인들은 이 설명을 관대한 마음으로 받아들였다. 지금은 누군가의 이기심 때문에 가슴에 맺힌 걸 떠올릴 때가 아니었다.

요리를 준비하는 여자들은 우리들 사이를 재빨리 왔다 갔다 하며 접시들ー그러니까 실험실의 모든 유리 제품들ー을 채웠다. 크리스마스 식사인데, 반합에 먹을 수는 없는 노릇이었다. 결국 보르시는 포기해야 했고, 그래서 그들은 속상해하고 있었다.

우리는 서로 뽀뽀했다. 끝도 없이 뽀뽀하고 면병과 기원을 주고받았다. 각자가 주고받은 포옹이 아흔네 번이었다. 우린ー프랑스인들은ー약간 힘들었다. 왜냐하면 폴란드인들은 입에다 뽀뽀를 했기 때문이다. 슬라브식이라고 했다.

마침내 자리에 앉았다. 양배추 완두콩 요리는 차가웠지만 양이 많았다. 양파 소스와 감자 요리가 나왔다. 이어, 국수, 폴란드에서는, 여기다 호두와 꿀을 넣는다고 했다. 옆의 여자가 말해주었다. 핵심은 양귀비씨였다. 주님께 감사하게도, 그걸 빠뜨리지 않을 수 있었지만 면은 너무 딱딱했다. 우리 중 그걸 다 먹은 사람은 몇 명 안 됐다. 사실 우린 양껏 먹는 습관을 다 잊어버렸다.

완다의 서프라이즈는 디저트와 함께 나왔다. 그건 맥주였다.

그녀가 SS 부엌에서 통째로 "준비한(훔친)" 맥주였다. 이런 준비에 있어서는 완다를 따를 자가 없었다. 갈색이 나는 달콤한 맥주.

옆에 있던 여자가 자기 케이스에서 담배 한 개비를 꺼내 나에게 주었다. 그녀에겐 담배 케이스까지 있었다…. 손톱으로 눌러 찰칵 여는 그 동작이 내겐 세련미의 극치로 보였다. 담배는 그녀가 사귄 남자들이 보내준 것들이었다.

식사가 끝나갔다. 전등이 꺼졌다. 담뱃불의 작은 불티들밖에는 보이지 않았다. 이어, 초에 하나씩 불이 붙여졌다. 크리스마스트리가 어둠 속에서 환영 같은 후광을 내뿜으며 드러났다. 이어 폴란드 여자들의 합창이 울려 퍼졌다.

여러 목소리가 어우러진 성가는, 가사는 알아듣지 못했지만, 그 멜로디가 향수를 불러일으켰다. 촛불이 깜박이는 어둠 속에서 듣는 음악에, 우린 기분이 이상했고, 몽롱했다. 그녀들은 노래를 불렀다. 우린 꿈속으로 미끄러져 들어갔다. 꿈이었다, 크리스마스 밤에, 지옥에서 꾸는. 우리 꿈속에서, 우리 기억들과 희망들은 너무나 멀어졌고, 너무나 흐려졌다. 이 특혜받은 작업반에 함께할 만큼 운이 좋지 않았던 우리 동료들은 어떨까? 죽음의 수용소에서는 크리스마스를 어떻게 보내고 있을까? 죽음의 수용소 마당 중앙에도, 12월 중순 이래로, 진짜 눈으로 덮인 커다란 전나무가 있었다. 나무 꼭대기에는 전구로 밝힌 붉은 별이 빛났다. 전나무는 단두대 바로 옆에 있었다.

성가가 멈췄다. 다시 전등이 켜진다. 다들 이 축제가 명한 쾌활함에 다시 적응했다. 합창단원들은 칭찬받았다. 그녀들은 정말 노래를 잘 불렀다. 이제 선물 배포가 시작되었다. 여러 겹의 종이 포장지들이 뜯겨 나갔고 비누, 헝겊 인형, 손수 만든 레이스 리본, 노끈을 엮은 허리띠, 색색의 표지 달린 공책 등이 드러났다.

식탁 끝에서는, 한 어린 소녀가 방금 받은 작은 곰 인형을 어루만졌다. 목에 리본을 두른, 분홍색 테디 베어였다.

"저것 봐, 저거!" 마들렌이 나에게 말했다. "곰 인형이야! 어릴 때 갖고 놀던!" 그녀의 목소리는 어린아이처럼 완전히 변해 있었다.

나는 곰 인형을 바라보았다. 끔찍했다.

어느 날 아침, 들판으로 가기 위해 역 근처를 지나던 우리 일렬종대는 유대인 수송 열차가 도착해 잠시 멈춰서야 했다. 가축 싣는 칸에서 사람들이 내렸고, SS들이 외쳐대는 명령에 따라 플랫폼에 줄지어 섰다. 여자들과 아이들부터. 맨 앞줄에, 엄마 손을 잡은 어린 여자아이가 있었다. 아이는 놓치지 않으려고 인형을 가슴에 꼭 껴안고 있었다.

어떻게 곰 인형이, 테디 베어가 아우슈비츠까지 도착했겠는가, 바로 이렇게, 였다. 그 어린 소녀는, 잘 다려진 빳빳한 옷과 함께 이 장난감도 품에서 내려놓아야 했던 것이다, 샤워실 입구에. 화장터에서 일하던 자, 하늘의 코만도가 탈의실에 쌓인 옷 더미 중 이 인형을 발견하고는 양파와 교환한 것이다.

처음엔, 노래 부르고 싶었다

1943년 1월 아침, 우린 도착했다.
열차 차량들은 얼어붙은 평원을 향해 활짝 열려 있었다. 이곳은
지리적 개념 이전의 장소였다. 우린 어디에 있었던가?
나중에 우린 알게 되었다―적어도 두 달은 지난 후에,
그러니까 여기에서 우리란 두 달 후에도 살아 있었던
여자들이다―그 장소가 아우슈비츠라 불리는 곳임을.
그러나 우리는 그곳에 그 어떤 이름도 붙일 수 없으리라.
처음엔, 우린 노래 부르고 싶었다. 당신은 상상도 못 할 것이다.
습지에 가려지고 나약하게 부서지던, 이젠 그 어떤 형상도
떠올리지 못하는 단어들을 반복하는 그 연약한 목소리들에
마음이 얼마나 갈가리 찢어졌던지. 죽은 자는 노래하지
않는다.
…그녀들은 되살아나자마자 연극을 했다.
죽음의 수용소에서 여섯 달이나 생존했던 그 소수의 그룹은
그곳에서 얼마간 떨어진 곳으로, 특혜받은 작업반으로
보내졌다. 잠들 수 있는 짚 매트리스가 있었고, 씻을
물이 있었다. 작업은 덜 힘들었다. 때로는 은신처에 숨을
수 있었고, 때로는 앉아 쉴 수 있었다. 죽음으로부터

빠져나와 서 있기도 힘들었던 우리는—빈 바구니를 들고 작은 초원을 통과하는 데에도 얼마나 대단한 노력과 의지가 요구되었던가—얼마 지나, 다시 인간의 모습을 찾게 되었다. 또 얼마 지나, 우린 연극을 생각했다. 우리 중 누군가가 삽질을 하면서, 또 풀을 뽑으면서, 옆에 있던 사람들에게 연극을 들려주곤 했다. 누군가가 물었다. "오늘은 뭘 볼까?" 각각의 이야기가 여러 차례 반복됐다. 다들 순서대로 듣고 싶어했고, 청중은 대여섯 명을 넘지 않았다. 그러다 레퍼토리가 고갈되기 시작했다. 우린 곧 "연극을 올려보자"는 생각을 하게 되었다. 그 이상도 그 이하도 아니었다. 대본도 없었고, 마련할 방법도 없었다. 아무것도 없었다. 특히, 자유 시간이 거의 없었다.

집에 돌아온 후, 나는 전쟁 포로였던 남자들을 만났다. 나는 그들의 이야기를 들으며, 소통 불가능성이 무엇인지, 그것이 얼마나 무거운지 알았다. 그들에겐 이야기할 것이 있었다. 우리에게도 말할 만한 것이 있는지도 몰랐다. 그들은 기다림의 공허함을 이야기했다. 우린 우리의 불안이 무엇이었는지 다 말할 수 없었다. 아우슈비츠에 있는 사람들에겐, 기다림은 죽음을 향한 경주였다. 그래서 우린 기다리지 않았다. 우린 조금이라도 이성적으로 보면 부서지지 않을 수 없는 너무나 연약한 조각들로, 허황되게 꾸며낸 희망에 매달렸다. 이성의 상실, 희망이라는 광기에 대한 집착이 우리 중 누군가를 구했다. 그러나 그 수는 너무 적어 별다른 증명이 되지 못했다.

전쟁 포로들의 말을 들으면, 그들이 통제할 수 없는 사건의 피해자라는 점에서 안타까웠다. 나는 내 선택의

250

희생자였으니까. 한편 그들이 그 오랜 세월의 허무를 어떻게
극복했는지 이야기하면, 난 그들에게 질투가 났다. 그들은
책을 받았고, 연극을 했고, 무대를 올렸다. 그들은 못이
있었고, 풀이 있었다. 그들은 상상 속에 살 수 있었다. 가끔,
몇 시간이라도. 비록 짧은 시간이라도 그럴 수 있었다는 게
중요하다.

당신은, 인간이라는 존재에게서 모든 것을 빼앗더라도,
생각하는 능력과 상상하는 능력은 예외라고 말할지 모른다.
그렇다면 당신은 뭘 모르는 거다. 인간이라는 존재를,
설사로 배에서 꾸르륵 소리가 나는 해골로 만들 수 있다.
그런 그에게서 생각하는 시간도, 생각하는 힘도 제거할 수
있다. 상상이란 충분히 먹고, 자유로운 시간을 만끽하고,
꿈을 구체화하기 위한 기본적인 것이 갖춰진 육체가
처음으로 누리는 사치이다. 아우슈비츠에서 사람들은, 꿈을
꾸지 않았다. 정신 착란 상태였다.

하지만 당신은 반문할지 모른다. 모두에게는 기억이 비축되어
있지 않냐고. 아니, 우리에게 과거는 어떤 도움도, 어떤
자원도 아니었다. 그것은 비현실적이고, 믿을 수 없는 일이
되었다. 이전까지 우리의 실존을 이뤘던 것이 다 무너졌다.
대화만이 유일한 도피였고, 망상이었다. 그럼 우린 뭐에
대해 말했나? 물질적인 것, 소비 가능한 것, 실현 가능한
것. 고통과 회한을 일깨우는 것은 모두 멀리해야 했다. 우린
사랑에 대해서도 말하지 않았다.

이렇게 해서, 그 작은 수용소에서, 우린 삶을 찾았고, 모든 게
되돌아왔다. 욕망들, 강력한 요구들. 우린 읽고 싶었고,
음악을 듣고 싶었고, 극장에 가고 싶었다. 우린 연극을

올리려 했다. 어쨌든 우린 일요일에 쉬었고 저녁에 한 시간만 내면 되지 않을까?

실험실에서 일했던 클로데트는, 거기 책상도, 연필도, 종이도 있었기에, 기억에 의존하여, 〈상상병 환자〉●를 다시 썼다. 제1막이 완성되자, 연습이 시작됐다.

나는 지금 그 일이 간단했던 것처럼 쓰고 있다. 머릿속으로 연극을 생각하는 것, 등장인물을 보고 듣는 것은 좋았지만, 티푸스를 달고 살며, 늘 배고픔에 시달리는 사람에게 그건 무척이나 힘든 일이었다. 도울 수 있는 사람들이 있었다. 대사 한 줄 완성하는 게 그날의 성취가 되었다. 그리고 연습은⋯ 노동하고 돌아와, 저녁 식사를 한 후에—여기서 저녁 식사란, 딱딱한 빵 200그램과 마가린 7그램이다— 피로가 가장 극심할 때 어두컴컴하고 추운 막사에서 했다. 설득과 협박을 하고, 동지애에 호소하고, 아첨이나 거친 말에 대처하는 것이 진행자들의 일상이었다. 경쟁심과 자존심도 중요한 역할을 했다. 우리는 폴란드 여자들에게 우리의 능력을 보여주고 싶었다, 그녀들이 그렇게 노래를 잘 부른다면, 우린 무엇을 잘할 수 있는지를.

매일 저녁, 발을 구르고, 팔을 휘저으며—12월이었다—우린 연습을 했다. 어둠 속에서, 또렷한 발성이 낯설게 울렸다.

정해진 공연 날—크리스마스 후 첫 일요일—이 다가왔다. 감시하는 사람이 있어 미리 무대를 설치하는 건 불가능했다. 하지만 감시자인 SS가 자기 연애사로 바쁜 덕분에,

---

● 몰리에르가 생애 마지막으로 쓴 3막의 희곡이다. 1673년 초연되었고, 연극이 상연되는 동안 몰리에르는 여러 번 쓰러졌다. 주인공인 구두쇠 아르강은 자신이 아프다고 상상하는 상상병 환자이다.

252

우리에겐 약간의 여지가 있었다. 제도사인 에바가 포스터를
그렸고, 토요일에, SS의 순찰 후, 막사 안쪽에 붙였다.
그런데 왜 포스터를? 우린 다 알고 있는데? 그건 정말
연극을 하는 것 같은 환상을 불러일으키기 위해서였다.
포스터는 컬러였고, 이렇게 쓰여 있었다. "몰리에르의
〈상상병 환자〉, 각색 클로데트, 의상 세실, 연출 샤를로트,
무대 및 소품 디자인 카르멘." 그 뒤로 아르강 역의 뤼뤼
등 출연진이 이어졌다. 그런데 우리의 극은 4막으로
구성되었다. 우린 아직 몰리에르 극의 구조를 복기하지
못했다. 하지만, 내가 기억하는 한, 다른 건 다 있었다.
아침부터, 처음으로, 수프나 잡일, 빵에 대한 걱정을 잊고, 우린
분주했다. 다행히 세실이 스웨터를 17세기 남자 저고리와
조끼로 변형시켰고, 가운과 파자마를 가지고 남자 배역들이
입는 짧은 바지까지―줄무늬 단체복이 아닌 유일한 의상
요소들이었다. 이걸 다 어떻게 구했는지 이야기하자면
끝이 없다―만들어냈다. 사실, 이건 거의 상상할 수 없는
일이었다. 줄무늬 통옷은 어떻게 해도 변신이 불가능한
것으로 판명되었다. 다행히, 우리에겐 식물 씨앗들을 선별할
때―이미 말했지만, 우리는 독일인들이 러시아에서 발견한
고무민들레를 이곳 토양에 적응시키는 시험장에 있었다―
사용하는 얇은 망사 그물이 있었다. 이 망사가 가슴 장식,
소맷부리, 장식용 리본, 숄 등이 되었다. 누비질한 하늘색의
원피스―우리 옷들 중 가장 귀한 것―는 벨리즈●를 위한
화려한 드레스가 되어주었다. 무슨 성분인지는 모르겠지만,

● 몰리에르 희곡에 등장하는 자아도취적인 여성 캐릭터로 〈인간 혐오자〉,
〈학식을 뽐내는 여인들〉 등에 나온다.

노란색과 초록색 가루는, 아마도 살충제 같은데, 성질 잘 내는 의사들의 안색 표현에 사용되었다. 숙소에서 누가 외쳤다. "깨끗한 검은 앞치마 있는 사람! (검은 앞치마도 우리 단체복의 일부였다.) 좀 빌려줘! 당장, 제발, 의상 담당이 기다리고 있어!" 여섯 개의 앞치마가 나왔다. 세실은 그것을 의사 역할 배우에게 헐렁하게 걸쳐줬다. 그리고 잉크로 검게 칠하고 둘레에 대팻밥을 머리털처럼 붙인 마분지 고깔을 씌웠다. 각본가인 클로데트는 이 결과에 만족했다. 하지만 남자 역할 배우들에게 가발과 모자가 없고, 벨리즈에게 부채가 없는 게 영 아쉬웠다. "루이 14세 시대인데! 한번 해봐!" 아, 이런. 도착하자마자 깎였던 우리 머리카락은, 겨우 몇 센티미터 자라 있었다. 그래도 우리에겐 지팡이가 있었다. 망사로 장식한 막대기들이었다. 식당의 식탁들을, 다리를 떼고ー막사 천장이 낮아, 이렇게 하지 않으면 무대가 상대적으로 너무 높아졌다ー나란히 붙이자 단이 되었다. 카르멘이 담요들을 솜씨 좋게 손봐 무대 커튼으로 달았다. 그녀가 한동안 탐내다가, 마침내 훔쳐낸 SS 정원사의 망치, 못, 노끈이 사용됐다. 결코 작지 않은 성공이었다. 창문에도 담요들을 못질해 박아 막사 안을 어두컴컴하게 만들었다. 무대만 밝았다. 무대 감독이자 전기 기술자인 카르멘은 휴대용 조명까지 설치했다. "어디서 이걸 다 훔친 거야?ー나중에 설명해 줄게…" 지금은, 못질하랴, 고정하랴 바빴다. 심지어 백스테이지도 있었다. 담요와 노끈으로 적당히 가렸다. 필요하다면 프롬프터도, 대사를 들고 있도록 배치할 수 있었다.

세 번 두드리는 소리가 나고, 막이 오른다. 폴란드 여자들이 객석을 메웠다. 그녀들 대부분이 프랑스어를 알아들었다.

막이 오른다. 아르강이, 궤짝을 담요로 가려 만든 소파에, 담요를 덮은 채로 앉아 있다. 그가 종을 흔든다. 빈 깡통에 유리 조각을 넣어 만든 종이었다. 카르멘이 말했었다.

"싫어, 난 자갈은 싫어. 자갈은 소리가 너무 안 좋아."

막이 오른다. 놀라웠다. 정말 기가 막혔다. 뤼뤼는 천생 배우였다. 라이무●가 떠오르는 마르세유 억양뿐 아니라, 진정한 순수함을 지닌 감동적 얼굴. 그 순수한 인간성, 그 선량함.

놀라웠다. 우리 기억에 온전히 있던 몰리에르의 몇몇 대사들이 다시 솟구쳤다. 설명할 수 없는 마법의 힘으로 고스란히 되살아났다.

놀라웠다. 왜냐하면, 다들, 정말 겸손하게, 자기만 돋보이려 하지 않고, 성심성의껏 연기했기 때문이다. 허영기 없는 배우들의 기적. 문득 어린 시절의 순수함을 되찾고, 상상을 되살리는 관객의 기적.

놀라웠다. 왜냐하면 그 두 시간 동안은, 굴뚝에서 피어오르는 인육의 연기가 그치지 않는 와중에도 우린 우리가 연기하는 세계를 더 믿었기 때문이다.

그 믿음은 당시 우리가 유일하게 믿었던 자유, 이를 위해 앞으로 500일을 더 투쟁해야 했던 바로 그 자유를 향한 믿음보다 강했다.

● 1930~40년대에 활동한 프랑스의 남자 배우. 마르셀 파뇰의 마르세유 3부작 〈마리우스〉 〈파니〉 〈세자르〉 등에 출연했다.

여행

우리는 기차 안에 있었다. 진짜 기차. 긴 의자며, 원하면 내리고 올릴 수 있는 차창, 오른쪽으로, 왼쪽으로 돌릴 수 있는 핸들─기차가 난방이 되지 않아 이건 무용지물이었지만─ 그리고 양쪽에서 흘러가는 풍경. 우린 모두 여덟 명이었다. 몇 년 만에 처음으로 여행하는 기분이 들었다. 여행을 하다니. 너무 흥분해 우리에겐 차표가 없다는 것을, 기차 차량 맨 끝에 있던 우리 칸에는 검표원이 오지 않는다는 것을 깜박 잊었다.

어쨌든 그건 진짜 여행이었다. 너무 진짜 같아서 칸막이 뒤에 우릴 호송하는 SS들이 졸고 있다는 것도 잊어버릴 정도였다. 진짜 여행. 짐칸에는 우리 여행 가방이 있었다. 손을 뻗어 열어보면 빗이나 오래된 립스틱처럼 한때 우리 소유였고 다시 우리에게 돌아온 익숙한 물건들을 찾을 수 있는 가방이, 한 번도 우릴 떠난 적 없는 것처럼 있었다. 우린 긴 기차 의자에 앉아 있었다. 실로, 진정 아름다운 여행이었다.

그리고 이 되찾은 자유라는 감정은, 가짜 감정이지만, 자유를 박탈당했을 때의 그 모든 것을 잊게 해주었다. 우린 자유의 몸짓을, 자유 그 자체인 몸짓을 되찾았다. 손거울을 보기도 하고, 화장실에 가기도 하고, '사용 중'이라고 표시되는 잠금장치로 문을 닫기도 하고. 놀라운 건, 이 모든 상황이 우리에게 전혀 이례적으로 느껴지지 않았다는 점이다. 모든 게 정상적이었다. 마치 우리가 현관에 걸려 있던 옷을 오랜만에 입는 것만으로도 원래의 인격으로 돌아갈 수 있다는 듯이, 우리는 우리 자신을 되찾았다. 더 놀라운 것은 우리가 다른 옷으로 갈아입지도 않았다는 점이었다. 우린 여전히 줄무늬 통옷과 웃옷, 턱 밑에서 묶는 두건과 끈으로 졸라맨 헐렁한 나막신 차림이었다. 우리가 출발할 때 신긴 이 신발은, 엄청났다. 너무 커서, 일부러 신긴 게 틀림없었다. 마치 쇠사슬처럼 걷고 뛰는 것을 방해해 여간 불편하지 않았다. 거기다 단체복이, 그러니까 동일한 복장이 이 구속을 보완했다.

우린 달리는, 또 내일까지 달릴 기차에 있었다. 너무나 경이로워서, 부디 더 오래 가기를, 아니 영원히 가기를 바랐다. 우린 결코 끝나지 않을 여정을 꿈꿨다. 이 여정이 좋게 끝날 거라곤—끝에 뭐가 있을까? 우린 전혀 몰랐다— 기대하지 않았다. 그래도 우린 좋았다. 다음에 무슨 일이 생길지 생각하지 않음으로써 이 기분을 그냥 만끽했다. 우리가 더 이상 놀라지 않는 것에 도리어 우린 순간순간 놀랐다. 우린 이유를 묻지 않았다. 왜냐하면 몇 년 동안 이유를 묻는 습관을 버렸기 때문이다. 질문을 던지지 않고 일어나는 일을 감당해 냈다. 그럼에도 불구하고, 이 여행은 정말 놀라웠다.

채 동이 트지 않은 이른 아침에, 우리는 한참 전부터 실험실에 있었다. SS가 도착했고, 소문이 모든 팀에 퍼졌다. 프랑스 여자들을 찾는대. 우리의 첫 반응은 불안이었다. 플로라가, 우리를 관리하는 SS가 우릴 비르케나우까지 수행한대. 비르케나우라는 이름만 들어도 떨렸다. 우리는 그래도 안심했다. 왜냐하면 수레 차가 대기하고 있었기 때문이다. 트럭이라면 절대 타지 않았을 것이다, 차라리 바로 죽었을 것이다. 가스실로 간 사람들은 모두 트럭을 타고 갔다. SS─입이 더러운 그자였다. 우리가 몇 달 전, 비르케나우에 있었을 때, 무한한 공포를 조성했던 바로 그자였다─는 호주머니에서 종이 한 장을 꺼내더니, 10개의 이름들을 읽었다. 호명된 10명이 정렬했다. 그는 이어 우리에게 짐 꾸릴 시간을 주었다. 완다가 말했다. "아무것도 가져가지 마. 다 동기들에게 줘. 어차피 거기서 다 빼앗아 갈 거야." 우린 그 많은 잔머리와 계산으로 얻어낸 잠옷을, 여분의 팬티와 양말, 스타킹, 고무줄을 다 주었다. 대신 우리는 칫솔과 비누, 칼이 들어 있는 작은 천 가방을 챙겼다. 폴란드 여자들은 우리보다 훨씬 경험이 많고 이감에 익숙했다. 우리가 음식까지 압수당하지 않았다는 걸 확신하고는, 당장에, 작업장에서 돌아오자마자, 식당에 결집해, 칸막이 선반이며 보관함을 뒤졌다, 무엇보다 빵을─포로 생활을 해보면 알겠지만, 빵이 가장 중요하다─또 설탕을, 양파를, 그리고 담배를 꺼내가기 위해서였다. 그녀들은 담배에 관해서는 우릴 믿고 있었다. 그럴 만했다. 우린 담배만큼은 어떤 수색에도 능수능란하게 빼돌렸으니까.

우리는 각자 하나에 1킬로그램이나 되는 빵 덩어리를 몇 개씩 챙겼다. 이렇게 부유했던 적이 없었다.

258

그걸 다 끈으로 묶느라 바빴다. 그때 플로라가 식당 문지방에 나타나 말했다. "슈넬." 우리 모두는, 서서, 〈라 마르세예즈〉를 불렀다. 부를 수 있는 노래가 그것밖에 없다는 듯이. 폴란드 여자들은 〈라 마르세예즈〉를 프랑스어로 알았고, 우리보다 더 잘 불렀다. 한 소절도 빠뜨리지 않았다. 이어, 〈작별 인사만 남았어요〉를 불렀다. 내겐 이게 더 고통스럽고 참을 수 없었다. 왜냐하면 감옥에서 우리가 남자들에게, 아침에 그들이 끌려갈 때 불러줬던 노래였기 때문이었다. 우린 동료들을 떠나는 게 슬펐다. 눈이 신비로운 빛을 발하며 내리던 날이었다. "됐나? 자, 출발!" 플로라가 소리쳤다. 우린 각자 짐을 들고, 그곳을 나왔다.

비르케나우의 SS가 다시 10개의 이름을 부르며, 여자 10명의 수를 세었다. 우린 수레 차에 올라탔다. 다른 사람들은 우리 뒤를 따라, 수용소 경계까지, 손과 두건을 흔들며 뛰었다. 수레 차는 순무밭 사이 흙길을 따라 출발했다. 우린 몸을 뒤로 돌려, 우리가 떠나는 것을 보고 있던 동료들에게 손을 흔들었고, 작별을 고했다. 그녀들은 우릴 눈으로 좇았다, 볼 수 있는 한 최대한 오랫동안.

습곡 뒤로 그녀들이 사라졌을 때, 우린 몸을 돌려 다시 앞을 보았다. 그리고 노래를 부르기 시작했다. 즐거워서가 아니라, 노래 부르는 것 말고는 다른 무엇도 할 수 없어서. 이걸 누구보다 더 잘 알고 있는 카르멘이 노래를 이어갔다. 목청이 떠나가라 우린 노래했다. 눈으로 뒤덮인 들판을 가로지르는 수레 차 가로장을 잡고서. 플로라가 담요로 돌돌 몸을 감싸고 있고 입이 더러운 SS가 수레 차를 모는 와중에.

건널목에서 우린 기다려야 했다. 카르멘이 따지듯 큰 소리로 말했다. "또 건널목이네. 이런 게 길을 막으니 짜증 나네." 그리고 우린 다시 카르멘과 함께 무척이나 즐겁다는 듯이 노래를 불렀다. 그러나 철조망과 눈에 파묻힌 블록 지붕들이 나타나자, 우린 더 이상 계속할 수 없었다. 죽음의 수용소 앞에, 격리 막사들 앞에 멈춘 수레 차에는 우리의 침묵이 가득 실려 있었다.

플로라와 SS가 초소에 서류를 내미는 동안 우리는 내렸다. 그리고 막사 안으로 들어섰다. 나무 냄새가 났다. 옆방에서 프랑스인들의 목소리가 들렸다. 처음 우리가 실려 온 수송 열차의 생존자들이 이 막사에 격리되어 있었다. 곧이어, 화장실 간다는 핑계를 대고 우리에게 온 몇 명이 물었다. "어디로 가는 거예요? 왜 당신들을 부른 거예요?" 우리는 알지 못했다. 아무것도 몰랐다. 그때 그녀들 중 한 명이, SS의 말을 엿듣고 와서 말했다. "당신들은 라벤스브뤼크⁰로 간대요. 옷을 벗기고, 수색하고, 다시 입으라고 할 거예요. 가진 게 있으면, 우리한테 줘요. 수색이 끝나면 문 밑으로 다시 넣어줄게요." 우린 담배와 칼, 그리고 집에서 온 편지들을 맡겼다.

여자 SS가 블록의 우두머리, 즉 계속해서 소리 지르는 히스테리컬한 독일 여자, 그리고 팔이 다 드러나는 줄무늬 통옷 차림의 카포 하나와 함께 돌아왔다. 우린 옷을 벗었다. 우린 나체가 되었다. SS 의사 하나와 음산하게 생긴 SS 하나가 왔다. 그는 우리가 아는 사악한 타우베였다.

● 독일 동부 지역에 위치한 강제 수용소로 주로 여성 정치범이 수감되었다. 샤를로트 델보는 1944년 초에 이 수용소로 이감되었다.

포로였던 유대인 여자 의사도 동행했다. 의사는 들고 온 체온계를 우리에게 나눠줬고, 우린 벗은 채, 정탐하는 SS들의 눈 아래 있었다. 의사는 우리한테 혀를 내밀라고 했다. 의사도 아니면서 타우베도 우릴 검사하고, 180도 회전시키고—다 벗은 우릴 보는 것이었다. 뒤에 체온계를 대며, 우릴 팽이처럼 돌렸다—만져댔다. 여의사는 체온계를 가져가면서, 체온을 적었다. 뤼시와 주느비에브는 38도가 넘었다. 그들은 떠나지 못할 것이다. 그들은 운다. 우린 의사에게 숫자를 좀 고쳐달라고 한다. 그러자 그녀가 소리를 지르고, 또 지른다. 우린 제발 SS의 주의를 끌지 말아달라고 간청하고, 그녀는 더 소리친다.

우리 동료들은, 나무 칸막이 틈으로 이 광경을 쳐다본다. 그들이 서명할 종이를 가져온다. '우린 부당한 대우를 받지 않았고, 어떤 질병도 앓지 않았고 (우린 확실히, 발진성 티푸스에는 걸리지 않았다) 귀중품과 개인 소지품을 돌려받았다. 서명! 이런 상황에서 우리는 촉구한다….' 우리는 서명하고 다시 숙소로 가 옷을 입는다.

옷들은 피와 설사와 고름으로 얼룩져 더러웠다. 작년에 우리가 막 도착해 단체복을 받았을 때와 똑같이 구역질이 났다. 이가 들끓는 그 옷들을, 우린 6개월 후, 실험실 작업반에 배속될 때까지 입었다. 우린 항의했다. 히스테리컬한 독일 여자는 째지는 목소리로 으르렁댔다. SS 여자가 돌아오자, 우린 이 옷가지들이 너무 불결하다고 지적한다. 그러자 그녀는 타우베를 부르고, 타우베도 소리를 지르며 카포 여자한테 다른 옷들을 찾아오라고 시킨다. 그동안, 우리는, 벌거벗은 채로 있다… 다른 옷들은 조금 덜 더러웠다.

마침내.
SS도 우리 옷이 너무 그렇다고 생각했는지, 규정에 없던
줄무늬 웃옷을 가져오게 했다. 영하 20도의 날씨였다.
마지막으로 엄청나게 큰 나막신을 신고 나서야, 우린 준비를
마쳤다.

우리는 길 맞은편 막사로 끌려가고—지나가는 길에 동지들이
우리에게 담배와 칼, 편지들을 돌려주고, 우린 그것들을
재빨리 소매 속에 집어넣는다—문에 들어서자마자, 추위가
몰려온다. 정원에서 훔친 양파와 배급된 식량과 맞바꾸어
어렵사리 얻어낸 모직물도 우린 빼앗겼다.

맞은편 막사는 새로 도착한 자들의 옷을 쌓아놓은 곳이었다.
놀랍게도, 이 산적한 옷 더미 속에서—지금 비르케나우에는
7만 5천 명이 있다—우린 우리 것과 똑 닮은 물품을
되찾는다. 물론, 다 있는 건 아니지만. 우린 놀라고 또
놀란다. 누구에게는 결혼반지를 돌려주고, 누구에게는
시계를 돌려준다. 또 누구는, 신발을 되찾지 못하자,
사이즈를 물어보면서 다른 신발을, 그러니까 새것인 신발을
준다—마음대로 신을 권리는 없다. 왜냐하면 그 신발은
단체복이 아니기 때문이다.

우린 여행 가방을 보고, 우리가 도착했던 날을 회상한다—우린
이상한 상태로, 모든 게 자연스럽고도 변형되어 있는
또 다른 차원으로 들어간다. 작년에 우리가 도착했을
때—그때도 1월이었다. 수용소는 눈 아래 묻혀 있었다—
우린 모두 230명이었다. 우린 이제 50명쯤 된다. 수용소를
떠난 8명은 소지품을 돌려받고 퇴소 서류에 서명을 했다.

밖에서, 타우베는 초조해한다. 다른 SS와 이야기하며

부산하다. 이러면 기차를 놓치니 서둘러야 한다고 말하는 것 같다. 사령관도 보인다. 자신의 녹회색 자동차 안에 앉아 있다. 그도 초조해한다. 카르멘은 낮은 층계에 앉아 몸을 잔뜩 웅크린 채―날이 얼마나 추웠는지! 이미 가방을 들 수 없을 정도로, 우리 손은 완전히 곱았다―잘 묶이지 않는 신발 끈과 씨름하고 있었다, 신발이 어찌나 큰지, 끈으로 졸라매지 않으면 한 발짝도 못 걸을 게 불 보듯 뻔했다.

그런데 바로 그때, 우린 정말 놀라운 장면을 목도하게 되었다. 타우베가―우린 그가 수천 명의 여자들을 가스실로 보낸 것을 똑똑히 보았고, 우리 동기들 중 몇 명한테 자기 개를 풀어 물어뜯게 하는 것도 똑똑히 보았다. 오늘 같은 아침에 빨리빨리 들어가지 않는다며 (마치 천 명의 여자들이 단 하나의 문을 신속하게 통과하는 게 가능하기라도 한 것처럼) 블록 15의 유대인 여자들을 권총으로 쏘아 죽이는 것도 똑똑히 보았다. 타우베의 그림자만 보여도 우린 오금이 저렸다. 그는 아주 잔인한 SS였다. SS들 중 가장 잔혹한 자였다―바로 이런 타우베가 카르멘 앞에 무릎을 꿇고, 군용 주머니칼로 신발 끈의 끝을 조금 자르더니 구멍 속에 집어넣었다. 마침내 성공하자 일어서면서 조용히 이렇게 말했다. "굿." 차라리 그가 우릴 블록 25로, 화장터 내실로 끌고 갔다면 그렇게 놀랍지 않았을 것이다.

사령관은 점점 더 초조해한다. 또 다른 SS 넷이 한쪽에서 기다리고 있는데, 우린 그들이 온 것을 알아차리지 못했다. 그들에겐 개가 없다. 사령관과 타우베는 뭔가를 논의하고, 이어 결정한다. 타우베는 우리 여행 가방들을 낚아채 사령관에게 준다. 사령관은 그것들을 자동차 뒤 칸에 하나씩

쌓는다. 차에 들어가는 건 다 가져간다. 하지만 나머지 짐도 우리에겐 여전히 무거워 보인다. 두 사람은 차에 올라타고, SS들에게 명령을 내린다. 자동차가 출발한다. SS들은 우릴 둘씩 줄지어 걷게 한다. 우린 역 방향으로 출발한다.

우리 동료들은 격리 블록 창문에서 작별 인사를 보낸다.

우린 나막신과 짐들 때문에 걷기 힘들었다. 1년 전 처음 걸어 들어왔던 이 얼어붙은 길을 우리는 다시 걷는다. 희망이 전혀 없는 모습이 예전 그대로인 이 길을 걷자니 기분이 묘했다. 우린 아우슈비츠를 떠나고 있었다. 우린 포로 복장으로 그곳을 떠나는데, 이건 우리가 한 번도 생각해 보지 못한 일이었다. 모든 게 무모한 짓 같았고, 믿을 수 없고, 괴상했다. 꿈을 꾸는 듯했고 그 꿈이 사실이라는 확신을 가진 채, 꿈이 계속되는 느낌이었다.

우린 피신할 만한 창고로 가기 위해 정차한 열차 차량들 사이를 지나, 화물용 철로를 가로질렀다. 점점 더 추워졌다. 빵을 넣어 무거워진 가방에 손목이 떨어져 나갈 것 같았다.

녹회색 자동차가 거기에 있었다. 사령관과 타우베가 방향을 가늠하고 있다. 그들은 우리의 SS들을 불렀다. SS들은 나막신과 짐 때문에 웃기게 걷고 있는 우리 뒤를 따라오고 있었다. 거기엔 줄무늬 단체복을 입은 남자들도 기다리고 있었다. 여기서 보는 남자들은 항상 그렇게 비참하다. "어떻게 저렇게 서 있지?" 누군가가 그들을 보며 묻는다.

철로의 휘어진 부분을 돌아, 열차가 나타난다. 서서히 속도를 낮추더니, 플랫폼을 따라 들어온다. 천천히, 덜컹거리며 차량들이 잇달아 지나간다. 우린 어떤 종류의 차량이 우리 앞에 멈출지 짐작해 보려 한다—승객과 화물이 섞인 차량이 지나간다—우린 감히 더 나은 건 바라지도 못한다. 지난해처럼 가축 칸을 타고 가지나 않을까 걱정한다. 어찌나 추웠던지!

그러나 기적이 계속된다. 사령관이 3등 칸 쪽으로 가더니, 우릴 타게 하고 여행 가방과 짐들을 우리 SS들에게 내민다. 짐을 다 싣고 나자, 이번엔 자신도 탄다. 여행 가방들을 짐칸에 정리하고는, 친절하게도 우리 자리를 지정한 후 SS들에게 우리가 다른 역에 내리지 않도록 감시할 것을 상기시킨다. 이어 펄쩍 뛰어 내려가더니, 문을 쾅 닫는다. 만일 그가 "좋은 여행 되십쇼!"라고 덧붙였다 해도 우린 그다지 놀라지 않을 것 같았다.

우린 실레지아●를 횡단하는 기차 안에 있었다. 낮이라서 다행이었고, 카토비체의 뭐라도, 더러운 벽돌집들과 슬픈 거리들이라도 본다는 게 우린 좋았다. 유아차를 밀고 가던 한 부인이 우리 기차를 바라보았다. 길에는 차가 없었다. 창틀에 눈이 쌓여 있었다.

옆 도로에, 탱크와 대포 행렬이 지나치더니, 동쪽을 향해 갔다. 우리의 SS가 일어나더니 설명한다. "판처, 뤼슬란트[대전차병이다, 러시아로 가는]."

난 그들에게 다가가, 대화를 해보고 싶었다. 아무리 작은 거라도, 뭐라도 알아내고 싶어 몸이 근질거렸다. SS가 뭔지, 어떻게, 왜 SS가 됐는지도 궁금했다. 다른 동기들도 동의했다. 그래서 내가 갔다. 그들은 슬로베니아 사람들이었다. 그들은 SS에 강제징집됐고 아우슈비츠가

● 아우슈비츠 수용소가 있었던 폴란드-독일 접경 지역이다. 이어지는 문장의 카토비체는 이 지역에 있는 도시다.

뭔지도 몰랐다고 했다―다른 무엇보다도, 그 굴뚝들이
다 무엇인지도. 그들은 우리에게 담배와 불을 줬다.
정차역에서는, 역 매점으로 가서 적십자 간호사들이
군인들에게 주던 에르사츠● 커피를 사와 우리에게
건넸다. 역은 군인들로 가득했다. 여태까지 우린 SS에게서
이런 연민의 시선, 인간의 시선을 본 적이 전혀 없었다.
아우슈비츠를 떠나면 그들은 암살자의 외피를 벗는가?
밤이 왔다. 차창에 비친 풍경이 흐리다. 공장, 제철소 용광로―
아니면 아직도 화장터일까?―시커먼 대형 건물, 철조망이
둘러쳐진 들판 등이 연이어 나타났다. 독일 전체가 수용소로
뒤덮였거나, 수용소들이 철로를 따라 이어져 있거나.
절망적인 풍경이었다.
객차에서, 우린 잘 있었다. 여행 가방에서 스웨터와 양말,
손수건을 꺼냈다. 시몬은 여동생 것이었던 책을 바라본다.
그러나 차마 펼쳐보진 못한다. 그래도 작년 여름 죽은
여동생의 책이 자기 옆에 남은 것에 만족한다. 질베르트는
아무 말도 하지 않는다. 아무것도 바라보지 않는다. 그녀는
여동생의 그 무엇도 되찾지 못할 것이다. 그리고 륄뤼는
카르멘의 손을 잡고 있다, 자신들의 행운에 감격한 채.
그녀들은 유일하게 살아남은 자매였다.
완전히 깜깜한 밤이 되었다. 기차의 전등도 꺼졌다. 어둠
속에서 우린 칼을 찾는다. 마가린 타르틴을 만들기 위해
우린 빵을 자른다. 타르틴을 먹은 후, 우린 담배에 불을
붙인다, 각자 하나씩. 우린 좋았다. 밤이다. 서로에게 몸을

● 독일어로 대체품, 대용품이라는 뜻으로 전쟁 중 보급된 품질이 낮은 식품을
가리킨다.

기대고, 덜컹거리는 열차 소리에 우린 잠이 든다.
아침이 되니, 베를린 근교였다.

"남베트남인 109명을 살해해 재판에 회부된 윌리엄 L. 칼레 중위는 한 어린 베트남 소녀를 입양했었다. 갈 곳을 잃은, 굶주린, 누더기만 걸친 어린 소녀였다. 벌거벗은 아이들을 보자, 굶주려 길거리를 배회하는 아이들을 보자, 윌리엄 L. 칼레의 가슴이 찢어졌다. 그래서 이 소녀를 입양했고, 음식을 먹였고, 옷을 입혔고, 보살폈다. 어느 날, 작전을 마치고 귀가해 보니, 아이가 없어졌다. 도망친 것이었다. 윌리엄 L. 칼레 중위는 매우 상심해 있다." (이는 1969년 11월 28일자 《뉴욕 포스트》 기사의 일부로, 중위의 누이가 한 말이다.)

베를린

기차는 이제 역마다 섰다. 추위에도 불구하고, 우리는 기차가 역에 들어서자마자 차창을 내렸다, 더 잘 보기 위해서—창에는 성에가 끼어 있었다—더 잘 듣기 위해서. 플랫폼은 일터로 향하는 듯한 사람들로 붐볐다. 목을 동여맨 목도리로 코까지 다 가렸고, 어깨에는 배낭을 멘 채, 그들은 서둘렀고, 아무것에도 관심을 두지 않았다. 그들이 내쉰 숨은 작고 하얀 구름 모양으로 떠올라 자욱한 안개에 더해졌다. 그들의 그림자는 서로 부딪히며 미끄러져 들어갔고, 조용히 뒤섞였다. 막 동이 튼 참이었다. 그때, 프랑스어로 외치는 소리가 들렸다. "여기! 아, 이 영감탱아!" 당장, 우린 불렀다. "이봐요! 이봐, 여기! 프랑스인이에요? 우리도 프랑스인이에요!" 한 남자가 뒤를 돌아본다. 그러나 마땅찮은 시선을 우리에게 던지더니 답한다. "젠장!" 그러곤 맞은편 선로의 기차를 타기 위해 달리던 길을 다시 달려간다.

"우리가 처음 만난 프랑스인인데… 대단한 환영이군!" 뛜뤼가 말한다.

우리의 실망은 컸다. 어떻게 이럴 수 있지? 똑같은 줄무늬 옷을 입은 여자들이 그를 부르니 이 자유인은 그녀들이 누군지, 어디에서 왔는지조차 묻지 않는 것이다. 우리는 아우슈비츠에서 왔다. 모든 사람이 이를 알 수밖에 없다. 우리는 세상과 우리 사이에 커다란 해자가 파인 것을 보았다. 우린 모두 침통했다.

다음 역에 오자, 날이 조금 밝아졌다. 플랫폼에 서 있는 승객들이 더 또렷이 보였다. 그들의 걸음걸이며 옷차림, 적어도 바스크 베레●만 봐도, 우리와 동향인인 걸 알 수 있었다. 그러나 이번에는 그들을 부르지 않고 참았다. "독일에는 S.T.O.○ 프랑스 노동자들이 득실거려." 누군가가 말했다.

우리 기차는 베를린으로 들어섰다. 선로를 따라 폭격으로 파괴된 건물들과, 아직도 거기 거주하는 사람들이 보였다. 여기저기 지하실의 작은 여닫이창으로 연통이 나와 있었고, 파괴되지 않고 남아 있는 벽면에 덧대어 세운 대피소가 있었다. 도시는 공포스러운 광경이었다.

"완전히 다 파괴된 거 같은데…."

"너희들은 그래도 싸."

우리는 아우슈비츠에서 끝도 없는 부상병 수송 열차를 보았을 때, 그러니까 하얀 지붕에 빨간 십자가가 그려진 열차들이 동부 전선으로부터 부상자를 싣고 돌아오는 것을 보았을 때 느낀 만족감을 똑같이 느꼈다. 그 열차 복도에는

● 둥글고 납작하고 챙이 없는 울 재질 모자. 바스크 지역 농부들이 쓰던 이 모자에서 오늘날의 베레모가 유래했다.

○ Service du Travail Obligatoire의 약자이다. 제2차 세계대전 기간에 프랑스 중남부에 있었던 비시 정부하 대독 협력 강제노동국을 가리킨다.

간호사들이 지나다녔다. 열차들은 천천히 갔고, 때론 오래 정차했기 때문에 우린 간이침대에 누워 있는 부상자들을 볼 수 있었다. "너희들은 그래도 싸." 몇 명은 머리에 붕대를 감고 서서 우릴 바라보았다. 그들은, 우릴 보면서 무슨 말을 했을까?

기차는 넓은 정거장에서 멈췄다. 우리 SS들은 다시 요대를 차고, 어깨에 다시 소총을 걸치고 우리에게 내릴 준비를 하라고 명령했다. 맨 뒤 차량에서 줄무늬 옷을 입은 남자들이 내렸다. 아마도 우리가 아우슈비츠 역 플랫폼에서 봤던 자들일 것이다. 제법 많았다, 대략 60명이었다. 그들도 이감되는 중이었다. 우리가 익히 아는, 그러나 결코 익숙해질 수 없는 마르디마른 체형이었다. 그들은 자동 인형처럼 줄을 섰다. 우린 그들 옆에서 상대적인 강인함과 경계심을 느꼈다. 우린 그들의 얼굴을 뚫어져라 쳐다보았다. 그들 중 아는 사람이 있을지, 혹시 모를 일이다. 하지만 남자들은 다 닮아 보였다. 다들 눈은 푹 꺼져 있고 퀭했다. 입술은 불어 터졌다. 누가 누군지 구분할 수 없었다.

우리 SS들은 남자들을 호송 중인 다른 SS들은 알지 못했다. 그들은 우리 여덟 명만 담당할 뿐이었다. 우리 수를 세지도 않고, 둘씩 줄을 맞추게도 하지 않고, 우릴 지하 통로로 이끌었다. 그들은 틀림없이 농민들이었을 것이다. 지하철에 익숙하지 않았다. 그들 중 하나가 손에 든 종이와 지하철 노선도를 비교하며 읽어보더니, 안 되겠는지 한 사람을 보내 알아본다. 지하철 노선도 옆에 모여 우리는 호기심에 찬 눈으로 주변 것들을 바라보았다. 지하철을 타면서 일상을 누리고 있는 이곳 시민들을 쳐다보았다. 화장실을 가리키는 화살표 표시가 있었다. 우린 SS들에게 화장실에 좀 가게 해달라고 부탁했다. 그들은 승낙했다. 그들은 계단 위에서 우릴 기다리며 담배에 불을 붙였다. 우린 신발의 나무 통굽이 너무 커서 계단에서는 신발을 옆으로 하고 다녀야 했다. 여행 가방까지 걸리적거려 계단은 아찔했다. 우린 몸이 성치 않은 사람처럼 아주 천천히 계단을 내려왔다.

화장실은 매우 안락해 보였다. 세면대와 문들이 가지런히 정렬해 있었다. 화장실을 관리하던 부인은, 나이 든 여자였는데, 소독제 냄새가 나는 그녀의 모자이크 타일 궁에 우리가 들어오는 걸 보고서도, 별달리 놀란 기색이 없었다. 그 당시 베를린은, 세상의 온갖 것들을 다 보았을 터였다. 이 나이 든 여자는 웬만한 일에는 놀라지 않을 듯 닳고 닳은 얼굴을 하고 있었다. "불쌍한 것들!" 그녀는 역시나 닳고 닳은 목소리로 이렇게 말했고, 유료 화장실 문의 빗장을 열어주었다.

우린 여행 가방을 열어 세면에 쓸 게 있나 찾아보았다. 수건도, 장갑도, 빗도, 당장 쓸 수 있는 물건이 하나도 없었다. 다 도둑맞은 것이었다. 우리 중 하나가 옷을 뒤적거리며 말했다. "변장을 하면 달아날 수도 있어."

"그다음엔 어디로 가는데? 우린 베를린을 몰라. 독일어도 더듬더듬하고."

"베를린엔 프랑스인들이 많을 거야."

"아까 프랑스인들 봤잖아. 그들이 우릴 도와줄 거 같아?"

이 기회를 활용하기엔 너무나 예측불허였다. 우린 너무 오랫동안 우리 행동을 헤아리고 계산해 버릇해, 그런 위험천만한 모험을 준비 없이 시도할 수는 없었다. 우린 세수를 하고, 머리를 빗고, 다시 여행 가방을 잠갔다. 그리고 담배를 피우고 있는 우리 SS들을 향해 얌전히 올라갔다. 그들이 우리에게 탈출할 기회를 준 것이었을까? "그러기엔 너무 멍청해." 카르멘이 말했다.

우린 발치에 여행 가방을 놓고, 열차를 기다렸다. 인파가 붐볐지만, 사람들은 혹시 이라도 옮을까 봐 우릴 피해 갔다. 아예 우릴 쳐다보지도 않았다. 우린 지나가는 사람들이 조금이라도 알아듣도록 이렇게 중얼거렸다. "우린 프랑스인이에요. 정치범 포로들이에요. 우린 범죄자들이 아니에요." 정확한 문장을 만들기 위해 곰곰이 궁리해 조합한 독일어였다. 그때 엄마와 함께 오는 어린 소녀가 보였다. 아이는 우리 또래인 엄마 손을 놓고 뛰어가려다가, 우릴 보더니 겁에 질렸다. 그러자 엄마가 아이를 붙잡고 조용히 말했다. "불쌍한 분들이야. 미소 지어 드리렴." 그러면서 자기가 먼저 우리에게 미소를 지어 보였다. 아이는 우릴 향해 몸을 돌리더니, 미소를 지어 보이려고 애썼다. 우린 그 어머니를 안아주기라도 하고 싶었다. 두 사람은 멀어져 갔다.

지하철이 도착했다. 우리 SS들과 남자 포로를 호송하는 SS들이 다른 승객들을 밀치면서, 포로들에게 예약된 객차 문을 지켰다. 사람들은 순순히 비켜났다. 우리 SS들은 우릴 맨 뒤 차량으로 보냈고, 남자들은 중간쯤에 서 있었다. 한낮의 태양 빛에—지상을 지나는 노선이었다—남자들의 얼굴은 더욱 불쌍해 보였다. "그들에게 빵을 줘야겠어." 뤼뤼가 말했다. 그들은 무심히 빵을 받았다. 어떤 눈빛도, 어떤 입술 움직임도 없었다. 우리의 행동에 답하는 어떤 표시도 하지 않았다. 그들은 더 비참해 보였다.

역에 정차할 때마다, SS들은 올라오려는 승객을 막아서며 우리 객차 문을 지켰다. 여행은 길었다. 우린 여정이 매우, 매우 길었으면, 하고 바랐다. 우리는 도시 전체를 횡단하고 있는 것 같았다. 폐허들. 도처가 폐허들이었다. 이 황망한 광경이 우릴 희망으로 가득 차게 했다. "승리가 이제 머지않았어. 그들은 오래 버틸 수 없을 거야." 그 잔해 밑에 분명 묻혀 있을 아이들이 측은하지 않냐는 질문은, 우리에겐 너무한 질문이었다. 우린 오로지 아우슈비츠의 아이들에게만 연민을 느꼈다. 그들은 우리를 이토록 다른 이들에게 철벽같아지게 했다.

우린 지하철에서 내려 다른 역으로 들어갔다. 전쟁 포로들이, 두 독일군―늙은 군인들이었다―의 감시하에 폐허를 치우고 있었다. 그들은 누더기가 다 된 자기 군복처럼 푸르뎅뎅했다. 우린 그들을 불러봤다. 이탈리아인이었다, 마르고, 깡마른! 그래도 강제 수용된 자들만큼 마르진 않았다. 우린 그들과 대화하고 싶었지만―포로들 사이에서는, 우린 어떻게든 소통 방법을 찾아낼 수 있었다. 아우슈비츠에서 적어도 그거 하나는 배웠다―그들을 지키던 늙은 군인들이 호통을 쳤다. 우리 SS들은 우리에게 아무 말도 하지 않았다.

역 플랫폼은 사람들로 붐볐다. 우리 SS들은 팔꿈치로 툭툭 치며 우릴 빈 객차에 들여보내고, 자기들은 복도에 머물렀다. 그들은 우리 칸으로 들어오려고 항의하는 승객들을 막았다. 회색 제복을 입은 여자 독일군 둘이, 자기들에겐 앉을 권리가 있다고 우리 SS들에게 주장했다.

그녀들은 우리에게 자리를 내놓으라고 강요했다.

"이가 옮아도 괜찮겠어요?" 그녀들이 무력한 우리들 사이를 비집고 들어와 앉기에, 내가 물었다.

"아! 프랑스인들이네요! 난 프랑스를 알아요. 아미앵에 있었죠. 프랑스인들은 더러워요." 한 여자가 이렇게 말하더니 우리와 닿지 않으려고 가능한 한 떨어져 앉았다.

"우리는 프랑스에 살 때는 이가 없었어요. 한데 아우슈비츠에는 이가 들끓었죠. 그것들은 티푸스를 옮겨요." 그녀들은 서로 눈빛을 주고받더니 우리 SS들에게 욕을 하며 객차를 떠났다.

또 다른 풍경이 펼쳐졌다. 소나무 군락이 군데군데 산재한, 모래땅이었다. 베를린 인근 지역이었다. 광대한 성벽과 그 성벽에 구두점처럼 찍힌 감시탑들이 계속해서 나타났다. 우린 무슨 역인지 살폈다. 다음 역 이름을 읽으니 오라니엔부르크였다. 그때만 해도 이 도시 이름은 생경했다. 그 이름이 의미를 갖게 된 건 훗날로, 카를 폰 오시에츠키°가 노벨상을 받을 당시 거기 있었다는 걸 알고 나서였다. "그곳은 베를린에서 정말 가까웠다. 하지만 어떤 부끄러움도 없었다." 또 다른 철조망들이 계속해서 이어졌다. 여전히 같은 수용소인지 궁금했다. 줄무늬 옷을 입은 남자들이 도처에서 일하고 있었다.

이후 한 시간 좀 넘는 여정 끝에, 우리는 목적지에 도착했다.

● 카를 폰 오시에츠키는 독일의 작가이자 언론인이며 급진적 평화주의자로 1935년 노벨 평화상을 받았다. 반나치즘 운동을 하다가 게슈타포에 체포되어 강제 수용소로 보내졌고, 노벨 평화상 수상자로 선정된 당시에도 수감 상태였다. 히틀러는 그의 노벨 평화상 수상이 독일에 대한 모독이라고 비난하고 독일인의 노벨상 수상을 금지하는 명령을 내렸다.

274

건널목 옆에 작은 건물 하나만 있는, 단순한 역사였다.
라벤스브뤼크. 철로를 건너려고, 우리가 타고 온 기차가
출발할 때까지 기다렸다. 우리 SS들은 우릴 둘씩 줄 서게
했다. 그리고 규정에 따라 걸음을 맞추게 했다. 그들이 우리
짐을 들어주는 건 이제 문제가 안 되었다. "라벤스브뤼크
탈의실까지 가져오겠다고 이 짐을 들고 온 건 진짜 바보
같은 짓이었어. 베를린 화장실에 다 놓고 왔어야 해."
소나무 사이로 띄엄띄엄 나타나는 제법 앙증맞은 빌라들은,
휴양지 분위기를 물씬 풍겼다. 그것은 수용소 SS 장교들의
별장이었다. 처음 들어온 포로들이 일일이 돌을 날라 지은
것들이었다. 이건 우리가 수용소에 있을 때 들어 알게 된
사실이었다.
"퐁텐블로●라고 해도 믿겠어." 세실이 말한다.
"오, 퐁텐블로! 거의 토요일마다 가서 캠핑했는데, 친한
친구들이랑."
"난, 만일 돌아가면, 캠핑을⋯."
이 휴양지와 수용소 성벽 사이 거리가 얼마나 멀게 느껴졌는지.
높은 성벽은 초록색으로 칠해져 있었다.
"전기 철조망들보다는 덜 무서운데." 푸페트가 말했다.

● 파리 남동쪽 센 강 연안에 있는 숲으로, 인기 있는 휴양지다. 12세기부터
왕실, 귀족들의 수렵지로 사용되어 르네상스 양식의 옛 왕궁과 정원이 있다.

인간 혐오자

집시들은 정말 놀라웠다. 수용소를, 저녁에, 점호 후에도—
여름에 말이다. 겨울에는 점호 후 아무도 밖에 나가지
않았다—들어와 돌아다니며 여기저기서, 소매치기한 온갖
것들을 팔았다. 그들은 탈의실에서, 부엌에서 훔쳤고,
심지어 SS들의 호주머니에까지 정교하게 손을 대 담배를
빼내기도 했다. 약간의 벌어진 틈만 있으면 충분했다.
그들은 우리 쪽으로 다가와, 재빠른 몸짓으로, 옷을 열어
물건을 보여줬다.

가격은 단 하나였다. 빵 1인분. 담배 하나에 빵 1인분. 양파
하나에 빵 1인분. 팬티 또는 슈미즈 하나에 빵 1인분. 심지어
구운 고기 한 조각을 파는 집시들도 있었다. 노릇노릇 잘
구워진, 군침 도는 고기. 그들이 아무리 SS 부엌에서 훔친
거라며, 자기 어머니 목을 걸고 맹세해도 소용없었다. 우린
적어도 그건 절대 사지 않았다. 혹시나 그 구이 요리가
화장터에서 나온 것일까 봐 너무 무서웠다.

그날 저녁, 어린 집시 여자애 하나가 나에게 접근하더니, 작은
책 한 권을, 소매에서 얼른 꺼냈다가 다시 집어넣었다.

"빵 1인분." 그 아이는 프랑스어로 말했다.

"프랑스어 잘하네? 어디서 왔어?"

"전 프랑스인이에요. 릴에서요."

"그거 책이야? 한번 보여주긴 해야지."

그 아이는 내가 보도록 그 작은 책을 다시 꺼냈다, 다 내놓지는 않고. 그건 라루스● 고전 선집 중 한 권인 1프랑짜리 《인간 혐오자》◦였다. 나는 내 눈을 믿을 수 없었다. 라벤스브뤼크 여행길에 《인간 혐오자》를 가져온 누군가가 있다는 것 아닌가….

나는 내 1인분 빵을 주었다. "싸게 해주면 안 될까. 이건 팬티처럼 그렇게 팔기 쉬운 게 아냐." 소용없었다. 아이는 내 눈이 반짝반짝 빛나는 걸 봐버렸다. 책을 이렇게 비싸게 산 사람이 또 누가 있을까?

나는 가슴에 내 《인간 혐오자》를 소중히 껴안고 막사의 동기들에게 돌아왔다. 그들은 저녁을 준비하고 있었다. 저녁이라고 해봤자 마가린 바른 빵.

"밥 안 먹어?"

"너, 네 빵은 어떻게 했어?"

"또 담배 샀구나!"

"담배였다면 나 혼자만 피우진 않았겠지. 아니, 나 책 샀어."

나는 품에서 《인간 혐오자》를 꺼냈다.

"그럼, 우리도 읽게 해줄 거지?"

다들 자기 빵을 한 조각씩 잘라줬다.

● 전 세계 3대 백과사전 편찬으로 유명한 프랑스의 전통 있는 출판사다.

◦ 원제는 〈Le Misanthrope〉로 몰리에르의 희곡이다. 스무 살의 나이에 과부가 된 셀리멘의 살롱에서 여러 젊은 귀족들이 그녀의 사랑을 차지하기 위해 경합을 벌이는 내용이다. 사교계를 무대로 배신, 거짓, 권력과 아첨 등을 일삼는 인간 군상을 날카롭게 풍자했다.

알세스트, 아, 얼마나 말을 잘하는지. 그의 언어는 정말 정확하고, 단호하다. 폼은 여유작작하고.

"세실, 이 여자 말은 너처럼 아주 날카로운데. 셀리멘 말이야." 셀리멘을 난생 처음으로 만난 푸페트가 말했다.

아우슈비츠 이후로, 나는 기억을 잃어버릴까 봐 두려웠다. 기억을 잃는다는 건, 자기를 잃는다는 것이다. 더 이상 나 자신이 아니다. 나는 내 기억력을 단련하기 위해 할 수 있는 모든 종류의 연습을 고안해 냈다. 알고 있는 모든 전화번호를 떠올린다거나, 지하철 한 노선의 모든 역을 떠올린다거나, 아테네 극장과 지하철 아브르-코마르탱 역 사이에 있는 모든 상점들을 떠올린다거나. 나는 무한한 노력 끝에 57편의 시를 복기하는 데 성공했다. 그 시들이 사라질까 봐 너무 두려워 매일 점호 시간마다 하나하나 외우고, 또 외웠다. 시를 되찾는 것도 무진장 힘들었다. 단 한 행을, 단 한 단어를 끝내 기억해 내는 데 때로는 며칠이 걸리기도 했다. 그런데 지금, 갑자기 이 책이 나한테 생긴 것이다. 읽고 또 읽어 다 외울 이 책이.

나는 《인간 혐오자》를 암기했다. 매일 저녁 한 편씩 외우고, 이튿날 아침 점호 때 반복했다. 어느새 극 전체를 다 외웠고, 한 번 복기하면 점호 내내 이어졌다. 출발할 때까지 이 책은 내 목구멍에 걸려 있었다.

라벤스브뤼크에서 뛰는 심장

아름다운 가을날이었다. 누굴 위해 이렇게 날씨가 좋은 거지?
작업장에서는, 재봉틀이 박고, 또 박으며 수백 벌의 재킷을
만들어내고 있었다. 여자들은 각자 자기 자리에서, 각자
자기 재봉틀 앞에서, 자기 작업에 몸을 기울이고 있었다. 옷
조각들이 이를 한데 모으는 사람에게, 소매를 붙이는 다음
사람에게, 깃을 다는 세 번째 사람에게, 단추를 다는 네 번째
사람에게, 안감을 대는 마지막 사람에게 순서대로 갔다.
하나의 사슬이었다. 줄지어 있는 재봉틀 사이로 감독관이
돌아다니고 있었다. 회색 제복을 입은 그 SS 여자는 소리를
지르고―쓸데없었다. 어차피 기계 소리에 다 묻혔기
때문이다―때렸다. 고개를 들거나, 말하거나, 멈추는 것은
금지되었다. 사슬처럼 이어진 공정을 둔화시킬 유일한
방법은, 바늘을 부러뜨리는 것이었다. 그런 다음 앉아 있던
의자를 떠나 감독관에게 가서 다른 바늘을 부탁하면, 바늘과
함께 따귀 혹은 주먹질이 날아왔다. 한 사람씩 돌아가며
자기 바늘을 부러뜨렸다. 그런데도 제복들은 더미로
쌓여갔다. 이제 남은 일은 옷을 뒤집어 옷깃에 방패 문양과
두 개의 S를 박아 넣는 것뿐이었다.

재봉틀은 돌아가고, 포로들의 머릿속에서 소리내어 돌고 또 돌아가고, 그녀들의 생각을, 어느 훈훈하고 적갈색을 띤―이전의―가을날의 추억을, 자유로운 삶을 위한 계획을 휘감으며 돌고 또 돌아갔다. 그런데 만일 그녀들이 결코 자유를 되찾지 못한다면. 기계 돌아가는 소리가 요란하게 울리며 작업장을 가득 채웠다.

이때, SS 하나가 문에 나타났다. 기계 소리를 압도하고, 기계 소리를 중단하기 위해, 호각을 불더니 소리쳤다. "알트! 알레스 라우스!" 모두 밖으로! 재봉틀이 멈춘다. 우선, 문 옆에 있는 것들부터, 이어 다른 재봉틀들이, 마지막 재봉틀까지. 여자들은 일어나, 정렬한다. "왜 우릴 나오라는 거지? 뭐지? 분명 또 벌주려는 거겠지."

그녀들은 마당으로 나온다. 또다시 열을 맞추고, 기다린다. 막사에서 자고 있던 야간 근무자들은 아직 잠이 덜 깬 채 도착해 무슨 일인지를 묻는다. 그러나 아무도 무슨 일인지, 무슨 일이 일어날지, 말해줄 수 없다. 작업장 사람들 전체가, 막사 앞 온화한 가을 햇빛 샤워 속에 정렬해 있다.

여자들은 자신들에게 어떤 요구가 닥칠지 궁금해한다. 그리고 기다린다. 마침내, 수용소장이 SS 의사를 대동하고 도착한다. 명령이다. "신발 벗어! 긴 양말도! 어서!" 여자들은 신발을 벗는다. "옷도 벗어!" SS 계급장을 단 자―수용소장이었다―가 여자 하나를 붙잡아 통옷을 허벅지까지 끌어 올린다, 다들 따라서 하라는 듯, 그리고 빨리하라는 듯.

이제, 맨발이 된 채, 왼손으로는 자기 신발을 들고, 오른손으로는 줄무늬 통옷의 아랫단을 잡고, 여자들은 SS

앞을 행진한다. "슈넬러!" 수용소장이 소리 지른다. 그는 우리가 더 빨리 걷기를 원한다.

모두가 이해했다. 이제 몸이 뻣뻣하게 굳는다. 그러자 젊은 여자들이 얼른 대열 바깥쪽으로 가고, 나이 많은 여자들을 가운데로 들여 숨긴다. 군복 작업장에는 발로 땅을 간신히 딛는 여자들, 다리를 절뚝거리는 여자들이 있었다. 앉아서 작업할 수 있으니 동료들이 어떻게든 그녀들을 이곳으로 보냈다. 너무 허약해 모래나 석탄 노역을 피해야 하는 사람들, 그 모두가 걷고 있다.

SS들은 우리가 빨리 걷길 원한다. 아니, 그것을 보길 원한다. 그들 앞을 포로들이 여러 차례 지나가게 한다. 다리에 보내는 눈길이 단호하다. 다리가 붓고, 부종으로 발 형태가 일그러진 자들을 옆으로 끌어낸다. 그래도 행렬은 계속된다. 허벅지가 다 드러나게 옷을 들춘 채, 타고 남은 석탄 찌꺼기가 박힌 땅바닥을 맨발로 따끔하게 디디면서. 슈넬! 슈넬러! 여자들은 SS들 앞을 지나간다. 긴장되고, 경직된 채. 그러나 표정에 겁먹은 게 드러나지 않도록, 자연스러운 걸음인 양, 편한 거동인 양 안간힘을 쓴다. 그러자 더 몸에 경련이 인다. 한 바퀴 돌 때마다 열에서 탈락자들이 나온다. 옆으로 나와 서 있는 자들은 "청년 수용소"로 갈 것이다. 거긴 주요 구역 바깥에 위치한 막사로, 마실 것도, 먹을 것도 전혀 주어지지 않는다. 그냥 죽게 내버려두는 곳이다. 한쪽에 따로 떼어놓은 그룹의 숫자가 늘어남에 따라 공포와 긴장감이 더욱 커진다.

자기 무릎을 쳐다보고 또 쳐다보는 여자가 있다. 명령을 거부하는 이 무릎의 경직을 눈빛으로 치유할 수 있는 것처럼….

턱이 떨리는 여자가 있다. 그녀는 그 진동을 억누르느라 입술을 꽉 문다. 그러나 이가 갈리고, 턱이 떨린다.

한 발 한 발 내디딜 때마다 온몸의 무게를 들어 올리듯 치켜세우는 여자가 있다. 그 무게에 목이 점점 더 접히고 접힌다.

머리가 먼저 나가는 여자가 있다. 그녀는 도망치고 있다. 앞을 향한 도주. 불가능한 도주.

그리고 모든 여자들이 대성당 현관에서 영벌받은 자들처럼 걷는다.

수용소 사령관은, 엉덩이에 주먹을 올린 채, 활기를 띤다. "얍! 얍! 심장이 뛰지 않나! 안 그런가!" 그는 실컷 즐긴다.

자리를 잡아, 거기 가만히 있어

지난 여름, 수용소 내 거리는 마음이 안 놓였다. 아침 점호와
저녁 점호 사이에 돌아다니는 것은 위험했다. 갑자기 일제
단속이 실시될 수 있었다.
제3제국● 공장들에는 점점 더 많은 인력이 필요했다.
수용소는 그 노동력을 공급했다. 이런 일은 일사천리로
진행되었다. 보이지 않는 신호에 따라, 호각이 여기저기서
동시다발적으로 울렸고, 막사 사이 길들은 붉은 분리대가
쳐져 차단되었다―수용소 수감자 중 이른바 폴리차이들이
붉은 완장을 차고 주어진 명령을 수행했다. 거리 또는
막사 문턱에 있던 포로들은 추격되고 포위되었다. 그들은
폴리차이의 손아귀를 피해 사방으로 달아나다가 분리대와
부딪히고, 목덜미를 잡히고, 패대기쳐지고, 발길질,
주먹질, 몽둥이질을 당하면서 수용소 한가운데 한 종대로
몰아넣어졌다. 이를 가리켜 "수송차 타기"라 했다.
이 수송차 타기에 관해선 의견이 분분했다. 어떤 사람들은
차라리 어디로라도 가는 게 낫다고 생각했다.

● 히틀러 정권은 1934~1945년의 나치 독일 체제를 962~1806년 신성로마제국,
1871~1918년 독일제국을 잇는 제3제국으로 일컬었다.

라벤스브뤼크가 아닌 다른 어디로라도. 그들은 끝을 두려워했는데—1944년 여름 연합군의 노르망디 상륙 작전 이후 확실시되었듯—곧 패배할 SS들이, 이 분노자들이 모든 잔혹함을 한껏 폭발시킬 것이라고 생각했기 때문이다. "두고 봐, 그들이 우릴 순순히 가게 놔두진 않을 거야. 수용소를 날려버릴 거야. 하수구를 다 파낼 거야. 폭탄으로 불바다를 만들 거야. 물에 독극물을 뿌릴 거야. 그런 다음 피신하겠지. 그들은 벌써 숨을 땅굴을 팠어. 분명해." 또 어떤 사람들은 독일 산업에 최소한의 기여도 하지 않겠다고 주장했다. 전쟁은 곧 끝날 것이고, 그런 기여에는 아무 이득도 없을 테니까. 그녀들은 이런 이유를 들었다. "여기가 훨씬 안전해. 연합군은 공장들을 폭격하고 있어. 하지만 라벤스브뤼크는 절대 폭격하지 않을 거야. 여기가 우리 피난처야. SS들은 연합군 부대가 도착하기 전에 이곳을 떠날 거야. 포로로 잡히는 걸 극도로 두려워하거든. 언젠가 한 여자 SS의 서류 가방이 열렸는데, 거기 민간복이 들어 있었대." 그러나 양측은 한 가지 점에서만큼은 의견이 같았다. 그룹이 흩어져서는 안 된다는 것이었다. 함께 떠나든지 함께 남든지. 우린 각자 고립되면 아무런 방어가 안 된다는 것을, 다른 사람이 없으면 생존 불가능하다는 것을 그간의 고된 경험으로 너무나 잘 알게 되었다. 다른 사람들, 즉 당신 그룹에 있는 다른 사람들이, 당신이 더는 걸을 수 없을 때 당신을 부축하고 업어줄 것이다. 당신 힘이 바닥나거나, 용기가 바닥날 때 버티게 도와줄 것이다. 우리 그룹은 결정했다. 떠나지 말자.

일제 단속과 수송을 피하는 가장 확실한 방법은 작업반 종대에 들어가는 것이었다. 그러면 점호 후 밖에 나가 석탄을 부리거나 모래와 자갈을 짊어지거나 숲에서 나무를 베야 할 것이다. 그러나 우린 더는 일하고 싶지 않았다. 아니, 전혀 일하고 싶지 않았다. 포로 생활을 3년이나 했으니, 만일 우리가 끝까지 살아남길 원한다면, 이제 힘을 비축할 필요가 있었다. 더욱이 끝이 가까이 온 듯 보였다. 매일 아침, 일렬종대가 집결할 때마다, 들켜서 작업장으로 보내지지 않도록, 숨기 위한 온갖 꾀를 부려야 했다. 종대가 일단 출발하면, 저녁 점호까지 우린 쥐 죽은 듯 있었다. 그때까진 성공적이었다.

그런데, 왜, 도대체, 그날 난 수용소 거리에 혼자 있었단 말인가? 사방에서 갑자기 호각 소리가 터지거나 폴리차이들이 길 끝에 쇠줄을 칠 수 있었다. 그래서 우린 돌아다닐 때 항상 그룹으로 다녔고, 눈과 귀는 온통 경계 태세였다. 그런데 어쩌다 이렇게 되었는지 모르겠다. 난 암컷 SS들의 장화 발길질과 카포들의 몽둥이질에 떠밀려 종대 안에 들어와 있었다. 어쩌다 이렇게 잡혔단 말인가. 이런 바보 같으니라고. 아! 머저리, 머저리!

전혀 모르는 얼굴들 속에 내가 있었다. 러시아인, 폴란드인, 본 기억이 없는 사람들. 프랑스어를 하는 사람은 아무도 없었다. 차츰, 타격과 비명과 함께 종대는 자리를 잡는다. 더는 흐트러지지 않는다. 모두가 체념한 성싶다. 나는 너무나 분하다. 불안감이 극에 달한다. 난 내 동기들을 다시는 보지 못할 것이다. 어디로 가는 거지? 전혀 알 수가 없다. 어떤 공장으로 가는 거지? 전혀 알 수가 없다. 열 가장자리에서 나는 보고, 또 본다. 탐색한다, 가능한 도주로를 찾는다. 카포들이 주변을 지키고 있다. 그러나 지금은 적당히 방심하고 있다. 여태 몽둥이를 휘날리며 뛰었기 때문에 피곤하다. 두 암컷 SS들이 우릴 감시하며 종대 이쪽 끝에서 저쪽 끝으로 왔다 갔다 한다. 기다린다. 플라움, 이른바 "노예 상인"이라 불리는 자를 기다린다. 왜냐하면 바로 그가 수송 담당자이고, 노동력을 착취하는 산업가들이 그와 거래하고 있기 때문이다. 그가 도착하면, 번호가 배당되고, 수송대가 편성될 것이다. 우린 출발할 것이다. 나는 떠날 것이다, 그리고 나의 동기들은 내가 어딨는지 모르게 될 것이다. 기다린다.

이때 자신의 두 동료와 합류하러 세 번째 SS가 온다. 그리고 셋은 모두 멈춘다. 나는 그들을 바라본다. 눈을 떼지 않고 그들을 바라본다. 그들이 잠깐 어떤 것에 한눈을 팔기만 하면 되는데. 가령, 종대 저 다른 쪽 끝에다…. 나는 특히 나를 등지고 있는 여자를 주목한다. 두 발로 탁 선 그녀가, 서서히 주의를 저 다른 쪽 끝으로 돌리는 것 같은 느낌이 드는 가운데, 난 갑자기 번개 속에 있는 듯, 아니 꿈속에 있는 듯 주베●의 목소리를 듣는다. 예술학교 수업에서 주베는, 무대에 등장해 자기 장면을 시작하려는 한 학생에게 이렇게 말했다. "아냐, 다시 해. 넌 아직 안 들어왔어. 들어와. 그리고 기다려. 자, 자리를 잡아. 좋아. 움직이지 마. 거기 가만히 있어. 거기가 제자리야. 이젠 말할 수 있어. 그리고 우린, 네가 뭔가 말할 게 있다는 걸

● 제2차 세계대전 당시 프랑스의 유명한 연극·영화 배우이자 감독이다. 샤를로트 델보는 독일군에게 체포되기 전, 아테네 극장의 감독이었던 루이 주베의 비서였다.

알아. 이제, 들을게. 이제 네가 말할 걸 알아." 자리를 잡아. 거기 가만히 있어. SS 셋은 제자리에 있었다. 그들 등에서, 그들 장화에서, 그들 어깨에서, 나는 이제 그들이 대화를 시작했고, 움직이지 않을 거라는 걸 안다. 그들은 자리를 잡았다. 좋아, 이제 빨리, 나는 열에서 튀어 나간다. 내 온 다리를 휘저으며, 내 앞에 있는 길로 내달려, 달려드는 폴리차이를 밀쳐버리고, 나는 달린다, 달린다. 수용소 끝까지, 우리 막사 앞까지. 심장이 터져라 뛰어 도착한다. 그토록 뛰고, 그토록 빨리 달려 지칠 대로 지친, 겁에 질릴 대로 질린 나는 내 동기들 무리 속으로 몸을 던지고, 내 동기들은 팔을 벌려 나를 받는다. "어딨었어? 잡혔어? 호각 소리 들렸을 때, 네가 없어서 우린 얼마나 무서웠는 줄 알아? 아!" 나도 무서웠다. 내 거친 숨이 가라앉는 데에는, 내 심장 박동이 제자리를 찾는 데에는 한참이 걸렸다.

출발

일요일 오후의 나른함이, 갑자기, 진앙이 보이지 않는 진동으로
흔들리기 시작하더니, 진동이 점점 부풀어, 웅성거림으로
번지고, 광란과도 같은 동요로, 이윽고 대혼란으로
확대되었다. 모든 그룹이 사방으로 달리고, 붉은 완장을
찬 자들이 수용소 거리를 전속력으로 뛰어다니며, 블록의
우두머리들을 부르고, 명령을 전달하니, 삽시간에 막사에
퍼진다. 떨어져 혼자 있는 자들, 아니면 몇몇씩 모여
이리저리 잡담하며 거니는 자들, 아니면 막 세탁한 슈미즈를
팔 높이로 들고 빨리 말리려고 흔드는 무리들, 아니면 막사
창문 밑 벽을 따라 앉아, 그해 내리쬔 첫 햇살 속에 머리를
털며 바람을 쐬고 있는 무리들을 찾아댄다. 그러자 모두가
활기를 띤다. 질문한다. 움직인다. "프랑스인이에요? 자,
그럼 빨리, 라거플라츠로! 모든 프랑스인은 라거플라츠로!
집합!" "벨기에인! 라거플라츠로! 집합!" "라거플라츠로!
다 자기 짐 챙겨서!" 모든 짐을 챙겨서? 이게 무슨 말이지?
반합, 숟가락, 칫솔, 남아 있는 게 있으면 비누 조각도. 또
집에서 온 편지, 마지막 보낸 날짜가 1944년 5월인. 거울
조각 같은 것도 소중한 물건이다. 아니면 온갖 뒷거래를

통해 얻어낸 칼… 그냥 보기엔 가소로운 물건들이지만, 얼마나 탐을 내다 치밀한 계산 끝에 갖게 된 보물들이란 말인가. 그리고 종이 쪼가리에 적어놓은, 온갖 꾀와 터무니없는 거래의 대가로 수집한 각종 요리법들.

수백 명의 여자들이, 블록 숙소에서, 또는 숨었던 후미진 구석에서 하나둘 나왔다. 벌칙 없이 보낼 수 있는 일요일의 행복을 만끽하기 위해, 오후를 가능한 한 평화롭게 휴식하며 보내기 위해, 아니면 날이 너무 좋아 머리를 감고 태양 볕에 말리는 행운을 누리기 위해 다들 제각각 은신처를 찾았던 것이다.

신발의 나무 밑창이 길바닥에 다져진 타고 남은 석탄 찌꺼기를 긁어대는 소음의 한가운데, 붉은 완장들과 카포들이 포로들을 집합 장소로 모느라 온갖 나라 말로 고함을 친다. 머리 위로 명령들이 엇갈리며 지나가고, 부엌 맞은편 넓은 마당에는 정사각형 대열이 만들어진다. "도대체 무슨 일이야?" 불안이 엄습한다. "그들한테 무슨 일이 생긴 거야?" 무질서 속에서 줄이 맞춰지고, 대열이 완전히 자리를 잡아 안정되기까지는 시간이 제법 걸렸다. SS들이 도착한다. 이들은 블록 우두머리들을 뒤따르며 숫자를 세느라 왔다 갔다 한다. 질문과 수군댐이 이쪽 열에서 저쪽 열로 옮겨 다닌다. "왜 프랑스인, 벨기에인, 룩셈부르크인만 부른 거지?—네덜란드 사람도 불렀어—노르웨이 사람도—거기에 노르웨이인들도 있었어? 너 아는 사람 있어?—수용소를 철수하는 거야—그런데 왜 다가 아냐?—왜 자꾸 따져 물어? 잘 알잖아, 우리가 어떻게 다 알겠어."

그러는 동안, 줄이 다시 흐트러졌다. 붉은 완장들이 개입했다.

하지만 그들이 외쳐도 아무도 개의치 않았다.

우리는 기다린다. 기다림은 점점 지겨워졌다.

"저것 봐! 움직여, 저 끝에."

"그렇네. 샤워실로 데려가는데."

"그럼, 철수하는 게 아니잖아. 우릴 길바닥에 내칠 텐데, 왜 샤워를 굳이?"

"처음에 우리한테 이상한 짓을 했을 때처럼…."

"그래도, 그때와는 다르잖아, 이건 말이 안 되는데…."

대열은 점점 흐트러진다, 한 줄씩. 한 줄씩, 여자들이, 샤워실로 들어갔다. 먼저 들어갔던 사람들이 벌써 나왔다. 카포들은 샤워를 마친 자들을 다시 길거리에 줄 세운다. 우리 차례가 되자, 샤워실엔 더 이상 물이 없었다. 그래도 우리에게 옷을 벗으라고 했다. "자, 옷은 벗고, 신발은 들고, 반합은 반납할 것." 거기에 SS 의사가, 수컷과 암컷 SS들을 옆에 끼고 있었다. 그리고 우리 모두를 검사했다. 우린 아직 아무것도 이해하지 못했다. 특히 왜, 머리털이 깎여 머리가 휑한 여자들을 한쪽에 따로 세워놨는지. 많진 않지만, 몇몇은 머릿니가 있다는 이유로 최근에 머리털을 깎였다. SS들은 이들을 또 다른 줄로 밀어 넣었고, 이렇게 자기 동기들과 떨어진 여자들은 절망에 빠져 있었다. 다른 사람들은 벌거벗고 신발을 손에 든 채 의사에게 나갔고, 의사는 걸리는 대로 대강 촉진을 하다가, 곧 자기 앞을 지나가는 여자들을 쳐다보는 것으로 만족했다. 점검이 끝나자, 샤워실에서 일하는 한 포로가, 각자 방금 벗은 것과 비슷한 줄무늬 옷이 든 상자를 내밀었다. 그런데 이 옷들에는 번호가 없었다. 우리는 다섯씩 줄을 지어 샤워실에서 나왔고 라거슈트라세에 정렬한 종대에 합류했다. 종대의 길이는 점점 더 늘어났다.

우리는 기다렸고, 계속해서 서로 질문했다. "일이 어떻게 되어가는 거야, 대체." 그런데 갑자기 하나의 소문이 대열을 뒤흔든다. "우리 석방됐대. 프랑스인들은 자유래." 지친 미소로 이 새로운 소식을 받아든다. "안 그럴 수 없잖아? 작년에, 개네들도 석방했잖아. 캐나다인들과 함께 떠난 애들―아마, 다 나갔을 거야. 한데, 어디에 도착했는지는 들었어?"

"우릴 풀어줄 순 있는데, 그럼 어디로? 우릴 그냥 밖에 내보내는 거 아냐? SS들이랑 개들과 함께?"

또 다른 소문이 들려온다. "수용소 앞에 대기 중인 트럭들이 있대―아, 어제 저녁에 도착해 있었어―트럭? 네가 봤어?― 아니, 마르타가 말해줬어. 개가 봤대."

"난, 내가 그걸 봐야 믿겠어."

"보면 뭐… 거기 우리가 탄다고 어떻게 장담해?"

"어쨌든, 뭔가 일이 생긴 거야…."

"그게 또 시키먼 수송차면 어떡하지…."

"아, 넌, 또. 우리 사기를 꺾어버리는구나."

또 새로운 그룹이 샤워실에서 나와, 일렬종대가 더 확장됐다. "우리는 옷을 못 갈아입었어. 샤워도 못 했고. 그들은 우리에게 번호를 다 떼서 바구니 속에 던지라고 했어―이제 더는 물도 없고 옷도 없다고."

태양이 기울었다. 누군가 말한다. "비가 오나 봐. 나 빗방울 하나 맞았어." 그 말이 맞는지 확인하려고 손을 펴본다. 작은 빗방울이었다. 우리에겐 그다지 신경 쓰이지 않는

빗방울. 처음의 흥분도 가라앉았다. 그러자 이제 추워지기 시작했다. 피곤해지기 시작했다. 시간이 너무 길게 느껴졌다. 발을 동동거리며 기다리는 수밖에 없었다. 모든 억측과 추측도 고갈되었다.

그때, 플라움이, 도착한다, 자전거를 타고. 자전거 한쪽으로 펄쩍 뛰어내리더니 우리 일렬종대를 지키고 있는 SS 중 하나에게 이렇게 말했다. "이 여자들은 오늘 저녁 출발하지 않습니다. 오늘 밤은 스트라프블록에서 지냅니다."

소식이 들불처럼 퍼진다. "우리 스트라프블록으로 간대." 그러더니 다들 겁에 질린다. 방책 뒤, 약간 떨어져 있는, 징계를 위한 블록으로 간다니, 공포가 번진다. 우린 거기에서 무슨 일이 벌어졌는지 몰랐다. 분명 가공할 만한 일이었을 텐데.

천천히, 피곤에 지친 발걸음으로, 종대는 다시 막사로 향하고, 그 안으로 휩쓸려 들어간다. 막사는 텅 비어 있었다. 여기서 무슨 짓을 한 걸까? 벌을 받은 사람들은 어떻게 됐을까? 판자 바닥은 물로 다 씻어낸 듯, 아직도 젖어 있었다. 축축한 나무 냄새가 우릴 맞았다. 블록 우두머리인 독일 여자가, 소리친다. "침대로! 전부 취침!"

"빵을 아끼려는 거겠지." 저녁 빵은 배급되지 않았다. 하지만 아무도 개의치 않는 듯했다. 몇 시간의 기다림으로 지쳐, 다들 자리에 눕고 싶은 마음밖에 없었기 때문이다. 마도와 내가 막사로 들어왔을 때, 침대는 모두 차 있었다. 앉을 자리가 남아 있지 않아, 식당의 젖은 판자 바닥에 앉아야 했다. 안쪽에는 식탁과 등받이 없는 낮은 의자가 잔뜩 쌓여 있었다. 새로 도착한 여자들은, 삼삼오오 바닥에 모여 앉았고, 곧이어 이 그룹에서 저 그룹으로 질문들이 서로 얽히기 시작했다. "정말 그렇게 생각해?"

"아, 그렇다니까! 이번엔 분명 확실한 거 같아."

"수용소를 철수하려 했다면, 번호들을 떼지 않았을 것 같은데."

"샤워실도 안 보냈을 거고."

"우리가 아우슈비츠를 떠날 때, 그들이 우리 짐들을 다 돌려줬잖아."

"작년에는 시간이 있었지만. 이번엔 그럴 시간도 없어 보였어."

"맞아, 한데 어디로 가는 거지? 사람들 말로는 미국인들이 50킬로미터 반경 내에 있대."

"바로 그거야. 우릴 미군 기지로 보내는 건가?"

"설마. 아직도 싸우고 있는데. 전선을 통과시킨다고?"

"우리가 지나갈 때, 잠시 휴전하지 않을까." 회의적인 웃음이 일었다. 이 말을 한 여자는, 낙천주의자였다.

몇몇은 힘이 하나도 없어, 아무 말도 하지 않고, 뻗어 누워 있었다. 어떤 사람들은 벽에 몸을 기댄 채, 자기 호흡수를 세고 있었다. 아침까지 버틸 자신이 없는 것처럼, 심장을 계속 뛰게 하려는 듯, 가슴에 손을 대고 있었다. 여기저기서, 수다가 희망—약간 억지스러운—과 두려움 사이에서 요동치며 이어졌다. 모든 문장이 의문문이었다.

"석방되면 제일 먼저 뭐 해달라고 할 거야?"

"먹는 거. 나 혼자 닭 한 마리를 다. 통닭 말야, 아주 잘 구워져서, 뼈가 살살 발라지는."

"난 뭔가 바삭바삭한 거 먹고 싶어."

"넓적다리 살을 입안에 통째로 넣고 싶다…."

"입에서 육즙이 뚝뚝 떨어지게… 아, 아냐. 난 포크랑 나이프가 있으면 좋겠어, 예쁜 접시에 놓고 잘라 먹게."

난 정말 달고, 진한 초콜릿 마시고 싶어. 아, 그리고 타르틴. 버터를 듬뿍 발라서. 물면 내 이가 쑥 들어가서 잇자국이 날 만한 두께로."

난, 뜨거운 욕조에 물부터 받아달라고 할 거야. 거기에 라벤더 소금을 풀어서 향을 내달라고 할 거고."

아주 고상한 요부처럼?"

아, 난, 그냥 우선 누울래. 목욕할 기운도 없을 거 같아."

왜, 뜨거운 목욕을 하면, 기운 나고 좋지."

내일, 당장, 잠자리에 들고, 누가 침대에 먹을 걸 가져다주면 좋겠다."

난, 한번 누우면, 다음날도 깨지 않았으면 좋겠어. 몇 날 며칠 자는 거지."

난, 담배. 진짜 담배. 혼자 조용히 실컷."

우리에게 담배가 생기는 일은 아주 드물었다. 집시들이 SS한테서 훔친 담배 한 개비를 빵 1인분과 바꿔 팔았다. 그렇게 얻은 담배 한 개비를 한 모금씩 나눠 빨게 해줘야, "너, 미쳤어? 겨우 목숨을 부지할 만큼 주는 음식을 담배와 바꿔?" 하고 비난하는 동기들의 입을 막을 수 있었다.

넌, 뭐 하고 싶어?"

나, 아무것도 안 하고 싶어."

아무것도?"

응, 아무것도. 믿는 거. 확신하는 거. 익숙해지는 거."

바로 익숙해져야지."

늦게 일어나는 데 익숙해지는 거. 마음대로 돌아다니는 일에 익숙해지는 거. 아냐, 이건 바로 되지 않을 거야."

"뭐 하러 그런 걱정을 미리 해."

"맞아. 우리가 아직 그렇게 된 것도 아닌데."

극심한 피로가 몰려왔다. 톤이 낮아졌다. 목소리가 잦아들었다. 도란거리는 소리들 중간에 침묵이 생겼다. 이 침묵들 틈에서 힘겨운 숨소리가 들렸다. 입을 벌리고 눈이 퀭한, 벽에 기대 있는 여자들이 내는 소리였다. 그때 한 여자가 숙소에서 나오고 또 한 여자가 구석에서 일어났다. 그녀들은 화장실에 가다가 바닥에 앉아 있는 여자들을 밟기도 하고, 이런 걸 묻기도 했다. "누구 컵 있는 사람? 마고 상태가 안 좋아. 물을 좀 줘야겠어."

"수존 부인은 오래 못 버틸 것 같아. 숨이 너무 가빠. 무서워."

그때 멀리서, 웅성거림을 압도하는 비명이 들려왔다.

"자네트야. 거의 정신이 나갔어. 온몸이 불덩이야."

"아니, 저 자들은 어떻게 검진한 거야. 티푸스가 분명해."

"넌 그럼, 자네트는 출발을 못 하게 해야 했다는 거야?"

꼼짝도 하지 않고, 덜덜 떨면서, 입술의 핏기가 가신 채, 얼굴이 거의 갈색인 다른 발진자들 옆에 주저앉아, 자네트는 점점 무너져 가고 있었다.

다시 잡담들을 한다. "난, 아무 말도 하지 않고 도착할래. 안녕! 나 왔어!"

"그렇게 해야 될 걸. 프랑스 가면 전화는 되겠지?"

"한 명 한 명 도착하는 게 아냐. 다들 역에서 우릴 기다릴 거야."

"아, 5월 1일에 도착하면 딱 좋은데."

"5월 1일 행진 때문에?"

"당연하지. 우린 파리 해방● 보는 것도 놓쳤잖아."

"나는 다시는 행진 같은 건 안 할래. 고맙지만 사양할게요. 이미 여기서 충분히 했거든."

"그건 다섯씩 줄 서는 게 아니니까…."

"다섯이든 열이든. 더 이상 행진은 안 해."

"여기서 새벽 네 시에 일어났으니, 다시는 이른 시간에 일어나고 싶지 않다는 거지."

"맞아. 여기서 평생 볼 일출을 다 봤어. 만일 또 봐야 한다면, 이젠 파리 중앙 시장에 가서 양파 수프를 먹고 돌아올 때라면 좋겠어. 그리고 또…."

"돌아가면 많이 바뀌었을 거야."

"아, 그렇겠지. 작년에 우리가 출발할 때도 이미 많은 변화가 있었는데."

"맞아, 넌 여기 온 지 1년밖에 안 됐지."

"로맹빌에서 출발할 때 얼마나 바보 같았는지. 그때 미국인들은 오를레앙 성문에 있었어."○

"더 웃긴 건, 우린 출발할 때 신나 있었다는 거야. 우린 갔다가 돌아온다고 생각했어. 둘러보고 소식을 전할 수 있을 줄 알았지."

"겨울이 정말 길었지. 파리가 해방되고도 꽤 지났어. 그들은 끝까지 싸웠어."

● 1940년 독일군에 점령된 파리는 4년 후인 1944년 8월 24일 연합군과 자유
   프랑스군에 의해 해방을 맞는다. 샤를로트 델보는 1944년 초에 라벤스브뤼크
   수용소로 이감되었고, 1945년 4월에야 풀려났다.
○ 오를레앙은 프랑스 중부 도시로 미국군과 영국군이 1944년 6월 노르망디
   상륙작전 성공 이후 진격해 독일군에게서 탈환한 주요 거점 중 하나다. 당시
   오를레앙은 연합군의 폭격으로 폐허가 됐다.

"넌 그들이 우릴 풀어주려고 끝까지 싸웠다고 생각해?"

"난 집에 있다가 가스 불 위에 빨래를 올려놓고 나왔어."

"다 익어 버렸겠다."

"설마, 경찰이 불 껐겠지."

"그러면 뭐 진정한 민중의 지팡이고."

"누군가가 너희 집에 와서 다 정리했을 거야."

"아냐, 아무도 내가 어디 사는지 몰랐어."

"엽서라도 하나 보내지."

"미쳤어? 바보 같은 짓이지!"

"좋아, 이렇게 하자. 라벤스브뤼크 담배 가게에 가서
　그림엽서를 사는 거야."

"안 돼, 넌 돈이 없잖아."

"난 여기서 1분도 더 있지 않을 거야. 내가 자유로워지면,
　주변을 돌아다니는 데 시간을 낭비하진 않을 거야."

"난 서둘러 밖으로 나가겠지만, 집에 돌아가는 건 천천히 할래.
　날 기다리는 것, 날 기다리지 않는 것, 그게 뭔지 난 알아.
　내가 돌아가면, 우리 가족 중 유일한 생존자로 살아가게 될
　거야."

"우리 집에 올래? 우리 가족은 서른 명도 더 돼."

"넌 어디서 왔어?"

"푸아투. 돌아가면 난 몽제트 요리를 해달라고 할 거야."

"그게 뭐야?"

"강낭콩. 하얀 콩인데 돼지 껍질과 함께 끓여. 우리 엄마가 그거
　진짜 잘하는데… 정말 말랑말랑하고 입에서 살살 녹지!"

"넌 항상 먹는 것만 말하는구나. 마시는 건 없어? 내가 원하는
　건, 뭔가 마시는 거, 정말 좋은 거."

"커피? 아주 좋은?"

"출발하기 전에, 그들이 우리한테 커피를 줄까? 너무 목마르다…."

그때 모두가 입을 다문다. 문이 확 열려서다. 플라움이 달려온 것처럼 숨을 몰아쉬며, 문턱에 나타났다. 블록 우두머리가 문 바로 옆 골방에서 자다가 깨어 그에게 온다. "이들을 다시 자기 블록으로 돌려보내. 이들은 출발하지 않는다." 그는 독일어로 말한다. 그러고는 돌아간다.

"뭐야? 뭐래?"

약간 망설이다가, 문 옆에 앉아 있던 여자가 목소리를 높인다. "그가 이랬어. 이들을 다시 자기 블록으로 돌려보내. 이들은 출발하지 않는다."

순간, 아연실색. 비명. 한탄. 더 긴 비명이 인다. 모두가 무너질 듯하다.

블록 우두머리가 식당을 가로질러 와선 외친다.

"일어섯! 점호!" 또 점호라니! 다들 악몽에 빠진 것 같다. 블록 우두머리가 또 으르렁거린다. "줄 서! 다 밖으로! 각자 자기 블록으로 돌아가!"

잠들었던 여자들이 깨어 어리둥절하게 밖으로 나온다. "무슨 일이야? 떠나는 거야?"

새벽 네 시쯤 되었을 것이다. 깜깜한 밤이었다. 둔하게, 멍하게, 다시 대열을 만든다. 추웠다. 밤새 서로 몸을 밀착시켜 따뜻이 데우고 나와서인지 더욱 살을 에는 듯 느껴지는 축축한 추위였다. 블록 우두머리가 재차 소리 지른다. "줄 서! 각자 자기 블록으로 가서 다시 점호한다."

여자들이 얼빠진 채로, 비틀거리며, 나온다. 아픈 사람들을 또 끌어낼 것이다. 자유를 향해 걸어 나가려면 또 한번 죽을힘을 내야 한다. 그러나 이제 그녀들은 서 있을 수도 없다. 몇몇은, 거의 의식이 없는 채로, 설명을 해달라며 입술을 겨우 움직인다. 누구도 아무것도 대답할 수 없다. 아무 설명도 할 수 없다.

한 발 한 발, 우린 서로를 도와가며, 이미 점호를 위해 정렬해 있는 우리의 옛 동료들과 합류한다. 그녀들은 영문도 모른 채 우릴 쳐다본다. 그러나 질문하지 않는다. 그녀들은 질문하는 습관을 잃어버린 지 오래다. 늙은 포로들은, 체코인들은, 폴란드인들은.

점호 후, 다시 판박이 같은 일들이 일어난다. 그러나 이상하다. 우리를 더 이상 작업장에 보내지 않았다. 붉은 완장들은 더 이상 수용소 거리를 단속하지 않았다. 이 모의 출발은 체계를 다 무너뜨리기에 충분했다. 수프는 아무 시간에나 나왔다. 어떤 때는 수프가 없었고, 어떤 때는 너무 많았다. 우리는 할 일이 없었고, 정직당한 기분이었다. 우린 수용소 여기저기를 다니며, SS들의 얼굴에서 그들의 혼란 또는 어떤 의도의 징후를 읽으려 애썼다. 그러나 SS들을 많이 만나지는 못했다. 사무실에서 일하는 자들을 찾아봤다. 아마, 그들도 뭔가를 알게 된 것 아닐까? 그리고 매일, 우리는 죽어가는 사람들을, 혹은 생사의 경계에 있는 사람들을 보았다. 만약 그날 자유로운 몸이 되었다면 목숨을 구할 수도 있었을 사람들. 그러나 그녀들은 감정에 휩싸여, 낙담에 휩싸여 죽어갔다. 또 가슴속에 희망이 고동치는 채로 죽어갔다.

"우리가 떠날 수 있을 거라고 생각해? 넌 어떻게 생각해?" 이런 질문을 뜨겁게 던지지 않는 얼굴은 하나도 만나지 못했다.

"아무것도 모르겠어. 어떻게 생각해야 할까."

"들어봐. 우린 자유로워져야 해. 난 더는 못 버틸 거 같아. 이제 더는."

들릴락 말락 한 목소리, 안으로 말린 입술, 커진 동공으로 그녀는 나를 바라보았다. 그녀의 시선은 간청하고 있었다. "난 죽을 거야." 그녀의 시선이 말하고 있었다. "여기서 당장 못 나가면 난 죽을 거야."

"정말 이제 얼마 안 걸릴 거야. 조금 더 버텨야 해."

"아냐. 난 더 이상. 정말이야. 이번엔 난 더 못 하겠어."

사실 그랬다. 그녀의 말을 반박하는 건 불가능했다. 그녀는 나에게 매달렸다, 다 시든 식물처럼 힘없이. 다른 사람들은? 푹 꺼진 눈, 납빛이 된 눈꺼풀, 어디서 버틸 힘을 찾을 수 있을까, 단 며칠이라도? 하소연하는 그녀들의 시선은 이미 죽음에 사로잡힌 몸들 중 유일하게 살아 있는 하나의 점點이었다.

마지막엔, 대답할 수 없는 질문들에 지쳐, 난 이렇게 말해버리고 말았다. "그래, 그래, 우리 떠나, 우린 23일에 떠날 거야."

"언제야, 23일이?"

"다음 주 월요일."

"왜 23일이야? 넌 알고 있어? 어떻게 그걸 알고 있어?"

"그냥 알아. 어떻게 아는지는 묻지 마. 23일에 우린 떠날 거야."

"내가 그때까지 버틸 수 있을까?"

"그럼, 버틸 수 있고말고. 자, 누워."

머릿속으로 날을 다시 헤아려보더니, 또 묻는다. "왜

23일이야?"

"왜냐하면 나에게 닥친 모든 일은 23일에 일어났으니까."

며칠 전부터 수업에서 내 옆에 앉아 있던 청년이, 이번엔 내가
나갈 때도 내 옆에 있기로 작정한 듯 날 감히 쳐다보지도
못하고 물었다. "어느 방향으로 가십니까? 같이 가도
될까요?" 내 오른쪽에서 조용히 그는 걸었다. 우리는
생-미셸 대로를 내려왔다. 소나기가 지나간 저녁이었다.
우린 조용히 걸었다. 그는 뭔가 대화를 시작할 방법을 찾고
있었다. 나는 몰래 그를 쳐다보았다. 그는 점점 더 무슨
말을 할지 몰라 당황해하는 기색이 역력했다. 난 그 상황을
즐겼다. 그래서 그를 도와주지 않았다.

생제르맹가 모퉁이, 클루니 철책을 따라 늘어선 진열대 위에
꽃바구니들이 놓여 있었다. 그중 인공 풀을 엮은 초록색
타래가 깔리고 보라색 꽃들이 층층이 담긴 고리버들
바구니가 하나 있었다. 그 보라색 속에 꽂힌 가는 석판에
이렇게 써 있었다. 오늘은 4월 23일. 성 조르주 축일.

"어, 제 기념일이네요." 청년은 마침내 입을 열었다.

"이름이 조르주예요?"

그는 대담해져 또 말했다. "제 기념일에 당신을 만나는 행운을
누리게 됐네요."

"성 조르주는 아름다운 성인이죠. 까만 갑옷을 입은 그는 정말
멋있지요. 어깨 위를 나부끼는 그 금발 머리며, 말에 올라탄
모습도. 또 용의 아가리를 찌른 그 긴 창도."

"그처럼 저도 당신 마음에 들면 좋겠습니다." 마침내 수줍음을
극복한 청년은 이렇게 말하며, 거의 내 팔을 잡을 뻔했다.
나는 그가 무척 아름답다고 생각했다. 나중에 그는 실은

그 보라색 꽃바구니를 나에게 선물하고 싶었는데, 하지 않았다고 털어놓았다. 내가 자기를 비웃을까 봐 무서웠다는 것이다.

또, 그날도 23일이었다. 우리가 수감되어 있던 상테 감옥에서, 그의 감방으로 내가 불려 갔던 날도. 그와 작별 인사를 하기 위해서였다. 5월 23일이었다. 용을 무찌르며 죽어간 나의 아름다운 성 조르주, 나의 아름답고 수줍고 용감했던 성 조르주.

그러나, 이 순간, 라벤스브뤼크에서, 우리가 23일에 출발하리라는 희망을, 간청하는 여자들에게 주면서도 나는 추억 속에 마음껏 빠져들지 못했다. 아직은 나 자신을 내버려둘 때가 아니었다.

그런데 나는 왜 우리가 23일에 출발할 거라고 말했을까? 나는 점쟁이가 아니다. 인내력의 한계로, 자비심으로 그랬을 뿐이다. 왜냐하면 나는 희망의 불빛 한 줄기를, 확신의 부스러기 한 조각을 찾던 그 시선들을 더는 참을 수 없었기 때문이다. 그래서 나는 말했었다. "우린 23일에 떠날 거야." 내가 너무나 자신 있게 말했던지, 그녀들은 안심하며 우리 곁을 떠났다.

우린 23일, 4월 23일에 출발했다. 만일 이를 증명해 줄 마도가 없었다면, 난 감히 내 예측을 돌아보지도 못했으리라.

작별

자물쇠에 열쇠가 들어가는 소리에, 우린 깼다. 막 동이 트고 있었다. 감방에 약한 빛이 비쳤다. 문가에 서 있던 군인이 내 이름을 불렀고, 억양 변화로, 단어들에 치명적 의미를 부여하면서 당장 옷을 입을 것을 명령했다. "옷을 입으시오. 당신 남편을 보고 싶으면—한 번 더." '한 번 더' 바로 앞에서 잠시 그는 숨을 골랐다. 내가 옷을 갈아입는 동안, 그는 문을 반쯤 열어둔 채 복도에 나가 있었다. 감방 동기들도 일어났다. 그녀들은 내 물건들을 건네주며, 친절과 연민이 밴 몸짓으로 나를 도왔다. 자신들의 친절과 연민을 표현할 수 있는 유일한 방법이었기 때문이다. 두 군인에 에워싸여, 나는 어둡고 긴 복도를 지났다. 이어 길이 갈라지고 또 구부러지고, 가는 길이 무척 복잡했다. 군인들의 군화 소리가 포석 위에서 울리고 있었다. 우리는 빠르게 걸었다. 나는 더 빨리 걷고 싶었다. 그들은 나를 감방에 들여보내고 문을 열어두었다. 벽에 기댄 채, 조르주는 나를 기다리고 있었다. 나는 결코 그의 미소를 잊을 수 없을 것이다. 우리에겐 그동안 하고 싶었던 말을 다 할 수 있는 시간이 없었다. 군인 하나가 나를 불렀다. "부인!" 여전히 단어들에

치명적 의미를 부여하는 억양이었다. 나는 이에 몸짓으로 대답했다. 잠깐만요. 1분만 더 줘요. 딱 1초만 더. 몸짓으로 이렇게 말했다. 그래도 그는 나를 또 불렀다. 나는 조르주의 손을 놓지 않았다. 세 번째 부름에는, 떠나야 했다. 마치 운디네처럼. 운디네가 죽어가는, 자신이 사랑한 기사에게 작별을 고할 때 물의 왕이 그녀를 세 번 부른다. 그녀는, 세 번째에는 땅 위에서의 일을 다 망각하고, 다시 물속 깊은 곳으로 돌아간다. 운디네처럼, 나도 다 잊어버릴지 모른다. 계속해서 숨 쉬려면 잊어야 하기 때문이다. 계속해서 기억하려면 잊어야 하기 때문이다. 삶과 죽음 사이의 거리는, 땅 위에서부터 운디네가 잊기 위해 돌아간 물속까지의 거리보다 훨씬 더 멀다.

군인들은 나를 도로 내 감방으로 데려갔다. 내가 문턱에서 움직이지 않아, 문을 닫을 수 없자, 그들은 나를 밀어 넣으려고 했다. 난 다시 감방 안으로 들어왔다. 동기들이 다가왔다. 나는 비틀거렸고—아, 가까스로. 발을 약간 헛디디며—동기들은 나를 침대에 눕혔다. 나에게 아무것도 묻지 않았다. 나 역시 아무것도 말하지 않았다. 내가 그에게 무슨 말을 했는지, 죽게 될 그에게 무슨 말을 했는지 전혀 말하지 않았다.

● 운디네는 북유럽 신화에 나오는 물의 요정으로, 19세기 독일의 낭만주의 작가 프리드리히 데 라 모테 푸케가 이를 모티프로 쓴 동화가 유명하다. 운디네는 기사 훌트브란트와 사랑에 빠져 인간의 영혼을 얻지만, 그가 다른 여자와 결혼하려 하자 그를 물속에 끌고 들어가 죽인다.

나는 그에게 말했다
당신은 아름답다고.
그는 죽으면서도
매 순간 더 아름다웠다.
사실이다, 죽음마저
아름답게 만들었다.
그 당시 죽은 자들이
얼마나 젊고 근육질인지
당신은 알아챘던가?
그해의 시체들은
매일매일
죽음을 점점 더 젊게 만들었다.
어제의 그 소년은
채 열아홉 해를 다 살지 못했다.
살아 있는 사람을 아름답게 하는 것,
당신을 어린 얼굴로
만들어줄 수 있는 것이
죽음 말고는 없다는 것을

나는 너무나 잘 안다.
그는 죽으면서도
아름다웠다.
매초마다 더 아름다웠다.
당당했다.
미소도
눈도
심장도
펄펄 뛰는 심장도
살아 있었다.
그가 죽으면서도 더 아름다워
끔찍했다.
형제들처럼
나란히 누워
영원히 아름다운 그들이
더 젊고 더 아름다워
끔찍했다.
곡식이 익어가는 수확의 계절
이삭을 줍듯
인간을 주웠다.
뜨거운 반란의 여름,
이삭을 늘어놓듯
인간을 늘어놓았다.
강철을 노려보는 시선
가져가라 내놓은 가슴
이를 선택한 자들의

구멍 난 심장.

그가 이토록 아름다운 것은
이것을 선택해서
이 삶을 선택해서
이 죽음을 선택해서
앞을 응시해서다.

마지막 밤

몇몇 세세한 일을 제외하곤, 모든 게 지난 일요일처럼 흘러갔다. 소란, 비명, 오후가 시작될 무렵의 부엌 앞 집결. 그날도 일요일이었다.

우리는 정렬한다. 줄을 센다. 지난 일요일보다 더 부드럽고, 덜 아우성치는 명령들이 교차한다. 지난 일요일처럼, 새어 나온 그 어떤 소문도 없었고, 출발 장면을 재연할 것 같은 그 어떤 전조도 없었다. 그런데, 갑자기, 빨리, 프랑스인, 벨기에인, 룩셈부르크인들은 라거플라츠에 집합하라고 했다. 다시 줄을 센다. 블록 우두머리들은 가슴팍에 커다란 명부를 안고 다니면서 거기에 등록된 번호들과 실제 여자들이 맞는지 확인했다. 오래도 걸렸다, 그 번호들을 다 확인하는 데에는. "그러면, 다시 또 샤워실로 가는 건가? 이번엔 물이 있으면 정말 좋겠어."

그러나 샤워도, 선별도 없었다. 단지 절차가 하나 추가된 것뿐이었다. 지난 일요일부터 우리는 통옷이나 웃옷에 번호를 달고 있지 않았기 때문에—적어도 내가 추측한 바로는 그랬는데—우리 신원을 다 기록하기로 결정한 것이었다. 길가에 간이 무대 같은 게 설치되고 그 위에 판자

테이블이 놓였다. 정치국에서 온 포로 둘이 거기 착석해
앞에 공책을 펼쳐놓고 있었다. 줄을 서서, 우리는 기다렸다.
맨 끝에 있는 사람들이 앞줄에 있는 사람들에게 질문했다.
"뭘 해야 돼? 뭘 적는 거야? 뭘 물어보는 거야?"
I열에 있는 사람들이 알려주자 열에서 열로 정보가 이동한다.
"이름과 생일, 아버지 이름, 또 아버지 생일."
"누구 생일?"
"네 아버지."
뭘 물어보는지 미리 아는 게 중요했다. 그래야 준비해서
머뭇거리지 않고 대답할 수 있으니까. 몇 사람은 생각할
시간이 필요했다. 가명을 쓴다고 해서 이름과 생일이 있는
아버지까지 지어놓은 것은 아니니까. 수용소에 도착했을
때, 이미 이 질문에 답했던 자들은, 자기들이 그때 뭐라고
했는지, 뭐라고 적었는지 기억해 내야 했다. "우리 아버지
이름을 뭐라고 했더라? 전혀 기억이 안 나는데―네 진짜
이름을 안 댔어?―그들은 내 진짜 이름은 못 알아냈어.
프랑스 경찰도―거참 편하네―만일 네가 죽었다면?―
죽어도 죽지 않게 되는 거지. 이런 게 불멸성이야―한데
저게 중요할까? 쟤네들 완전 뒤죽박죽인데?"
"이번엔, 정말 출발이야. 더는 의심할 것 없어. 이젠."
"넌 그들을 잘 모르는 거 같은데. 우리가 있던 요새
수용소에서는, 어느 날 아침에 포로 하나를 찾더라고.
석방할 것처럼 온갖 장난은 다 쳤어. 그 여자에게
손가방이며 서류를 다 돌려줬고. 그러곤 심지어 여행
잘하라는 인사까지 했는데, 그 여자는 다시 사형수 감방으로
갔지. 난 그 여자가 어떻게 됐는지 궁금해. 우리랑 여기로

이감되지는 않았어."

"지금 그런 얘기나 하며 시시덕거릴 때가 아냐."

"우리 아버지 이름하고 생일 좀 생각해 줘 봐."

"아무거나 말해. 분명해. 상관없다니까. 저들의 쇼는 이제 아무런 의미가 없어. 쟤네들은 이제 자기들이 서류로 뭔 짓을 했는지 알고 있어서도 안 될걸."

"연합국이 아무것도 못 찾게 다 불태워야 할 거야."

"그러면, 왜 또 다른 서류가 필요한 거야? 신원이 말소돼도 우릴 다 풀어줄 수 있을 텐데. 어쨌든 우린 여권 없이 여행하게 될 텐데."

"저자들 괜히 무용지물이 될 서류를 만드는 거야."

"냅다 줄행랑치기 전에, 일단 태연한 척해야 하니까. 우리가 떠나면, 다 사라질 거야. 포로가 되고 싶은 생각은 전혀 없을 테니까."

"싹, 날아가는 거지! 이렇게 휘익! 영화처럼."

"다른 날 보니까, 한 SS가—너도 봤지, 언젠가부터 항상 손에 작은 서류 가방 같은 거 들고 다니던—가방을 떨어뜨려 열렸는데, 안에 있던 게 땅바닥에 다 쏟아졌어. 민간복들이 있더라고. 치마, 블라우스, 재킷, 신발. 싹 갈아입으려고. 잔이 그걸 봤지. 사라지려는 수작 아니겠어?"

우린 천천히 앞으로 나아갔다. 신원 확인은 오래 걸렸다. 기록하는 자들은 체코인 혹은 폴란드인이었다. 그들은 우리가 하는 말을 잘 못 알아들었고, 이름 철자를 쓸 줄도 몰랐다. 우린 그들을 도와줄 생각이 추호도 없었다. 그들에게 악감정이 있는 건 아니었다. 신원이 잘못 작성되면, 우리야 좋은 일이었다.

열이 흐트러지고 있었다. SS 여자들 몇 명이 감독하고
있었지만, 벌써 지겨운 눈치였다. 애써 명령을 따르게도,
줄을 세게도 하지 않았다.

"정말, 이제 끝났나 봐."

분명, 규율이 느슨했다. 너무 피곤한 사람들은 바닥에 앉았다.
또 어떤 사람들은 그룹을 옮겨 다니며 잡담을 했다. 그때,
갑자기, 어디서 왔는지 모르겠지만, 두 붉은 완장이 끄는,
평상형 수레가 길 저 끝에서 나타났다. SS 여자들은
호명하고, 테이블 앞에 서 있던 열들이 이제 수레 쪽으로
이동했다. 수레에는 종이 상자가 가득 쌓여 있었다. 붉은
완장과 SS들이 상자를 배포했다. 한 사람당 하나씩.

캐나다 적십자에서 온 소포였다. 다들 바로 상자를 열기
시작하더니, 신원 확인 테이블로 갈 생각 따위는 더 이상
하지 않았다. 하지만, 엄청난 혼란 속에, 우린 어찌어찌 그
일을 마무리하고, 다시 라거슈트라세에서 다섯씩 정렬했다.

하루가 끝나갔다. 지난 일요일처럼, 비가 내리고 있었다. 신원
공책에 쓰인 글자를 녹이는 가랑비가. 우리는 구호품 상자에
든 것을 하나하나 꺼내 먹으며 기다렸다. 안에는 비스킷,
얇게 썰린 마른 빵 조각, 콘비프, 그 밖의 여러 가지가
차곡차곡 쌓여 있었다. 기다렸다, 항상 기다렸다. 그들은
정말 끝까지 우릴 기다리게 했다…. 우리는 상자를 샅샅이
뒤지며, 발견한 것들을 큰 소리로 말했다. 다 똑같았다.

심지어 미국산 담배도 한 갑 있었다. 내가 제일 먼저 뜯은
게 이것이었다. 나는 담배 한 개비를 들었다. 나는 그것을
내 손가락들 사이에, 약간 어색하게 끼우고는, 순간,
성냥을 넣어놨을 수도 있겠다는 생각을 했다. 물론 그들은

그런 생각까지는 하지 않았다. 그 소포는 군용 소포였고, 군인들은 항상 불을 갖고 다니니까. 나는 당장 이 담배에 불을 붙이고 싶어 죽을 것 같았다. 조용한 걸음으로, 나는 SS 여자에게 다가가 불이 있는지 물었다. 망설이거나 놀라지 않고, 자신이 마치 민간인인 것처럼 자연스럽게, 그녀는 호주머니에서 라이터를 꺼내 내게 내밀었다. 나는 담배에 불을 붙였고, 라이터를 돌려주며, SS의 코 바로 밑에서, 담배 한 모금을 빨았다. SS는 라이터를 챙기며 "당케[감사합니다]" 하고 말했다. 확실히, 다 끝난 것이다. 담배는 기대했던 것만큼 맛이 좋진 않았다. 그래도 내가 기다려 얻은 첫 담배였으므로, 나는 끝까지, 약간 억지로 다 피웠다. 머리가 핑 돌았다.

이 소포 안에 있는 모든 것들은, 포장이 매우 잘되어 있었다. 처음 보는 유형의 뚜껑들이 많았는데, 금속 꼭지를 잡아 당기면 뚜껑이 따지거나 열렸다. 가장 다루기 쉬운 형태로 들어 있는 것, 비스킷, 초콜릿, 각설탕 등을 먹어 치운 후, 몇몇은 이제 버터 상자를 공략했다. 손가락 두 개를 집어넣어, 버터 한 조각을 떼어 혀에 올려놓고 사탕처럼 빨았다. "이건 좀 짠 버터인데—난, 뭔가 먹고 있는데, 뭔지 잘 모르겠지만, 진짜 맛있어—뭔데, 한번 봐. 아, 파란 상자. 땅콩버터네. 거의 영양제네, 영양제."

우린 기다렸다. 기다림은 끝이 나지 않았다. 비는 그쳤다. 하늘은 개었다. 밤이 되었다. 탐조등이 켜졌다. 지난 일요일처럼, 우린 플라움이 자전거를 타고 오는 걸 보았다. 그는 핸들을 놓더니, SS 중 하나한테 달려갔다. "저 여자들은 오늘 저녁 출발하지 않습니다." 그러면서 몇몇

블록을 손가락으로 가리켰다. 우린 또다시 밤을 보내야 하는 것이었다. 그리고 지난 일요일처럼, 질문들이 뒤엉켰다, 걱정 어린 질문들이.

"그가 뭐래? 이해했어? 넌 독일어를 알잖아. 들었어?"

"우리는 오늘 저녁 출발하지 않는다고 그가 말했어."

"지난 일요일하고 똑같은 짓을 하고 있네."

"봐봐요, 안 가잖아요" 하고 어린아이 하나가 풀 죽은 얼굴로 내게 말한다.

나는 그래도 흔들리지 않고 대답한다. "내가 말했지. 우린 23일에 출발한다고, 23일. 23일은 내일이야."

"우리가 출발한다는 거죠?"

"그래, 내일. 확실해."

아이는 믿어보겠다는 표정으로 나에게 고마운 눈빛을, 그러나 어두워진 눈빛을 건넨다.

"자 힘내. 여기서 보내는 마지막 밤이야."

일렬종대는 다시 움직였고, 수용소 전체를 가로질러, 맨 안쪽 황량한 곳으로, 텅 빈 막사로 돌아갔다. 당장 다들 침대를 차지했다. 이번엔 자리가 충분했다. 우린 피로에 짓눌렸고, 하룻밤의 잠이 얼마나 중요한지 너무나 잘 알고 있기에, 지체하지 않고 바로 누웠다. 다들 그 소중한 상자를 꼭 끌어안고, 자리에 누웠다. 나만 빼고. 소포에 물에 녹는 커피 가루 한 통이 들어 있었다. 사용법에는 찬물에 타도 된다고 써 있었다. 커피 한 잔에, 담배 한 개비라니! 내가 지금 가장 원하는 것들이었다! 나에겐 작은 컵이 있었다. 맥주잔처럼 손잡이가 달린 적갈색 에나멜 컵이었다—나는 이 컵과 절대 떨어지지 않았다. 나는 커피 통에 딸린 작은 마분지 숟가락을 사용해 커피 가루를 두 번, 내 컵에 덜었다. 커피 한 잔 나올 양이었다. 그건 좀 적어 보였다. 그래서 더 넣었다. 세면대의 수도꼭지로 가서, 나는 물을 조심조심 틀었다. 거의 한 방울씩 흐르게. 내 커피 가루를 망치지 않게, 정말 진하고 맛있는 커피를 만들기 위해. 차가운 물이라 설탕이 녹는 데 오래 걸렸다. 나는 인내심을 갖고 기다렸다. 진정한 기쁨을 위해, 기다릴 수 있었다. 아쉽게도, 커피와 함께 즐길 담배 한 개비를 피울 불이 없었다. 그건 내일 일로 남겨두자. 나는 내 커피를 아주 조금, 한 모금 마셨다. 기대만큼 나를 기쁘게 하지는 않았다. 커피는 썼다. 첫 커피인데…. 기쁨에, 맛에, 커피 맛에도, 담배 맛에도 적응할 필요가 있었다. 아무래도, 이건 가공품이라, 이 물에 녹는 커피가 진짜 커피와 같을 수는 없었다. 아까의 담배처럼, 나는 약간 억지로, 마저 마셨다. 컵을 헹궈 숙소로 돌아와 보니, 친구들이 자기들 옆에 내 자리를 만들어놨다. 거기 몸을 뻗어 누웠는데, 그러자마자 이상한 느낌이 들었다. 나는 무슨 일인지 의아했다. 목과 가슴이 괴롭게 조여왔다. 심장이 너무 격렬하게 뛰어 그 소리가 내 귀를 가득 메웠다. 귀가 윙윙거리고 아팠다. 심장이 내 가슴 속에서 요동쳐 아팠다. 숨을 쉬려고 내 콧구멍을 완전히 벌리고, 내 입을 완전히 벌렸는데도, 난 숨이 막혀 죽을 것 같았다.

"어디 가?" 내가 내려가는 소리를 듣고, 마도가 물었다. 나는 세면대 방향을 가리켰다. 어둠 속이라 마도는 분명 내 몸짓을 못 봤을 것이다. 그러곤 바로 잠들었을 것이다. 나는 숙소에서 나왔다. 숨이 막혔다. 공기가 필요했다.

314

막사 출입구까지 가는 데 성공했고, 문을 여는 것도 성공했다. 나는 헐떡였다. 쓰러질 것 같았다. 문기둥에 기대고 서서, 얼굴을 밤하늘로 향한 채, 나는 내 가슴을 두 손으로 부여잡고 찢어질 것 같은 부분을 억눌렀다. 옷이 거추장스러웠다. 나는 옷의 단추를 풀었다. 《인간 혐오자》, 겨우내 나를 따뜻하게 지켜줬던, 가슴에 품고 다니는 데 익숙해졌던 이 작고 딱딱한 책마저도 거추장스러웠다. 나는 내 발밑에 《인간 혐오자》를 던졌다. 나는 공기를 들이마시려고 애썼다. 들숨마다, 난 죽을 것 같았다. 라벤스브뤼크에서의 마지막 밤. 내게 속한 마지막 밤. 내가 《인간 혐오자》를 다 암기해, 이젠 더 이상 필요하지 않게 되자, 죽어가는 것이었다. 나는 횡설수설했다. 어리석은 도박을 하는 사람처럼 나는 이렇게 어리석게 죽어가는구나. 내 심장은 목구멍까지 튀어 올라와, 조르고 눌렀다. 숨 쉴 때마다 나는 그것이 마지막 호흡이라고 생각했다. 고통스러웠다, 고통스럽고 고통스러웠다. 나는 문가에 선 채, 얼굴은 밤 공기에 얼어붙고 관자놀이는 망치로 두드리는 것 같고—아, 관자놀이가 너무 아프다—이마는 땀 범벅이었다. 그것은 불안의 땀이었다. 뒤틀리는 내 입술과 이리저리 날뛰는 내 심장을 자제할 수 없었다. 정말 너무 어리석었다고 나는 생각했다. 이 막사의 문턱에서, 자유의 문턱에서 죽는다니. 왜냐하면, 이번에는, 정말 믿었기 때문이다. 정말 해방이라고 믿었기 때문이다. 그걸 가리키는 신호들이 너무 많았기 때문이다.

밤은 맑고 차가웠다. 달은 막사 바로 위에 떠 있었다. 아주 크고, 아주 가까웠다. 달빛에 지붕은 푸르스름했고,

반짝였다. 나는 숨을 헐떡이며 밤을 쳐다보았고, 내 심장을 아침까지 붙잡고 있기 위해, 내 의지를 꽉 잡았다. 참아, 버텨, 이 바보 멍청아. 내 심장에 명령을 내린 것이 처음은 아니었다. 하지만 이전에는 지금과 반대로, 심장을 억지로라도 뛰게 만들려 했었다.

서서히, 심장 박동이 가지런해졌다. 호흡은 제 리듬을 되찾았다. 밤이 끝나가고 있었다. 나는 이 밤에 서 있는 게, 밤의 끝을 버티고 서 있는 게 너무 좋았다. 나는 어떤 피로도 느끼지 않았다. 잠을 자기에는 밤은 이미 끝났고, 그렇다고 아직 아침은 아니었다. 별들은 밤하늘에서 차갑게 빛났고, 달은 저 어두운 곳 높이 떠 있었다. 카포 둘이 도착했고, 호각을 불었고, 눈 깜빡할 사이에 모두 일어났다. 내 동기들은 나를 찾고 있었다. "어딨었어? 아팠어?" 그녀들은 내가 침대에 두고 나왔던 내 소포를 가져다줬다. "아냐, 아무것도 아냐. 다 끝났어."

나는 그녀들에게 왜 내가 밤에 아팠는지 바로 말해주지 않았다. 나는 너무 부끄러웠다. 죽음을 두려워한 것이 정말 부끄러웠다. 나처럼 오래된 수감자가…. 수용소에서 27개월을 보내는 동안 나는 매 순간 힘을 아꼈다. 내 심장을 관리하고, 최소한의 몸동작까지, 발걸음 하나까지 계산했다. 한 시간이라도, 하루라도 더 버티기 위해. 그랬던 내가, 신참자처럼, 바보처럼 행동하다니.

두 암컷 SS가 카포들 뒤에서 오더니 막사 앞에 일렬로 서라고 명령했다. 그러나 별다른 결과도 얻지 못하고 고함만 질렀다. 여자들이 막사에서 나와 줄을 섰다가 갑자기, 왜인지도 모른 채, 모두 흩어지면서, 뒤로 물러났다. SS와

316

카포들은 점점 더 세게 소리 질렀다. 억지로 줄을 세우려고
여자들을 여기저기 되는 대로 움켜잡았다. 여자들은
거부했고, 보이지 않는 힘이 그녀들을 뒤로 끌어당겼다.
우리 그룹은, 절대 나가는 걸 서두르지 않았다. 우린 첫 줄에도,
마지막 줄에도 안 섰다. 경험을 통해 주로 앞쪽과 뒤쪽에
몽둥이질이 비처럼 쏟아진다는 걸 알고 있었기 때문이다.
중간은, 전반적으로 소강상태였다. 몽둥이질은 첫 줄부터
파도를 타고 오다가, 중간쯤에서 지쳐 대충 넘어갔고, 다시
끝에서 열기를 되찾곤 했다.
우린 나갔을 때, 왜 대열이 만들어지다가, 다시 흐트러지고
있는지, 그 이유를 이해하지 못했다. 왜 카포들이 주먹질을
해대도 줄들이 더 뒤로, 무질서하게 물러나기만 하는지, 그
이유를 이해하지 못했다. 우리는 문 가까이 붙어 서 있었기
때문이다. 우리 앞에 있던 여자들이 열을 이탈하더니 맨
뒤로 달려왔다. 우린 움직이지 않았다. 여전히 왜 우리 앞에
있던 여자들이 그렇게 겁에 질렸는지 이해하지 못했다.
아무도 첫 줄에 서고 싶어 하지 않았다. 그 결과, 움직이지도
않았는데, 우리가 맨 앞줄에 있게 됐다. 우린 비로소 이
궤멸의 이유를 이해했다.
우리 바로 앞에, 헬멧을 쓴 SS 넷이 한쪽 무릎을 땅바닥에 댄
자세로 자리 잡고 있었다. 그들 뒤에는 집중사격을 위해
목표물을 조준하고 있는 기관총 사수들이 있었다. 달빛 한
줄기가 기관총 총신에 창백하고 밝게 걸려 있었다. 굳이
계획을 세우고, 마음을 다잡지 않고도, 우리의 결정은
신속하게 이뤄졌다. "만일 그들이 쏠 거라면… 1분 먼저
쏘거나, 1분 늦게 쏘거나 마찬가지야. 그냥 한 번에 맞는

게 나아." 아까 밤에는 죽을까 봐 너무 무서웠던 나는 이제 아무것도 두렵지 않았다. 우리 다섯은 아주 침착했다. 그 힘든 세월을 보내고 나니, 그 어떤 것도 우리의 차갑게 식은 피를, 우리의 철두철미한 냉정함을 앗아갈 수 없게 되었다. 우리 다섯은 서로 팔짱을 끼고, 단단히 결속한 채, I열을 굳건히 지켰다. 그리고 우린 뒤에 있는 다른 사람들에게 외쳤다. "모두 제자리로. 그들은 갈 거야."

일렬종대가 만들어졌다. SS와 카포들의 고함이 멈췄다. 긴 제자리걸음 후, 잠시 침묵이 흘렀다. 이어, 카포들이 외쳤다. "로스!" 행진! 이제 종대는 행진하기 시작했다, 기관총 사수들을 향해 몸을 꼿꼿이 세우고. 그들은 사격하지 않았다.

이것은 아마도 사령관의 마지막 장난이었는지 모른다. 덴마크에서였을 텐데, 저녁에 나는 옷을 벗으면서, 나의 《인간 혐오자》를 거기 버려두고 온 것을 까맣게 잊고 있었음을 깨달았다.

자유의 아침

우리 눈에 나타난 그 남자는 우리 인생에서 본 가장 아름다운 사람이었다.

그는 우리를 바라보았다. 그는 자신을 바라보는 이 여자들을 바라보았다. 그녀들에겐, 그가 인간의 아름다움 중에서도 가장 완벽한 아름다움이라는 것을 알지 못한 채.

입구의—우리가 그때까지 생각하지 못한 놀라운 사실은, 입구는 출구가 될 수도 있다는 점이었다—낮은 층계에 서서, 틀림없이, 그는 우리가 도착하는 것을 기다리고 있었다. 부드러운 펠트 재질 비옷을 입은 무리 옆에서, 혼자.

두 문짝은 활짝 열려 있었다. 입구 위 반사경이 어둠을 비췄다. 남자는 그 빛을 따라 먼 시선을 하고 있었다. 빛 속에 머리들의 첫 열이 새겨지면서, 앞으로 나왔고, 뒤이어 또 다른 머리들이 열을 지어 나왔다. 이어, 또 이어. 남자는 자신을 향해 점점 커져 오는 이 머리들을 바라보았다. 이 머리들, 이 눈들의 실재를 의심하며, 홀린 듯 바라본다. 반사경 빛 때문에 훨씬 파리해 보이는 이 납빛 머리들에 홀려, 아니, 이제는 그 몸들과 그 발들을 보기 위해 시선을 떼지 못한다. 그러면서 그는 더 의심이 든다.

어둠을 배경으로 이 머리들이, 이 창백한 점 무리가 띠를 그리며 천천히 흘러간다. 침묵 속에 앞으로 나아간다. 그의 눈에는 이제 얼굴들이 분간된다. 모든 눈이 그를 응시하고 있다. 그러나 이 눈들은 도저히 믿을 수 없는 광경에도, 불 꺼진 창문처럼 무엇도 현현하지 않은 지 오래라, 이 남자를 보고도 별다른 표시가 없었다. 놀람이든. 물음이든.

일렬종대가 전진한다. 어떤 감정도 없다. 아무것도.

얼굴들에는, 굵고도 깊게, 그 길고 오랜 고통과 그 길고 오랜 투쟁만이 서려 있었다. 의지와 고통이 얼굴에 들러붙어— 아마도, 이곳에 들어왔을 때, 남자가 선 문지방을 통과했을 때—계속 굳어져 온 것 같았다.

일렬종대가 전진한다. 문이 열려 있다. 방책은 한껏 낮춰져 있다. 일렬종대는 그 앞에서 멈칫한다. 여자들은 남자를 바라본다. 기다린다. 그리고 남자도 기다린다. 그는 탐조등으로 푹 파인 듯한, 빛의 길 끝에 대열의 마지막 줄이 멈출 때까지 기다린다. 일렬종대 전체가 멈춘다. 모든 여자들이 그 남자를 볼 수 있다. 그 모든 여자들이 그 남자를 응시한다, 보고 있는 것 같지 않은 눈으로, 그토록 오랫동안 아무것도 표현하지 않았기에 텅 비어버린 눈으로. 그리고 아마도, 그 어떤 감정도 없었을 것이다, 너무 경직된 나머지, 너무 제어한 나머지, 그 어떤 것도 이젠 느끼지 못하게 되었기 때문에.

남자는 여자들을 바라본다. 자신이 느끼는 감정을 드러내지 않기 위해 그가 얼마나 애쓰고 있는지 짐작할 수 있다.

여자들은 남자를 응시하지만, 그를 보지 않는다. 다시 말해, 그를 세부적으로 보지 않는다. 그 남자를 바로 그 남자로

320

구별 짓게 하는 특징을 보지 않는다. 그저 한 인간, 그녀들이 다 잊어버렸던 인간의 초상을 보고 있는 것이다. 그것이 이 남자의 존재보다 더 놀랍다.

일렬종대는 모두 멈췄다. 제자리걸음도 멈췄다. 우리는 기다린다.

그리고 그가 말을 한다. 인간인 그, 그 남자가. 펠트 우비들이 자기들은 그 남자 혹은 우리와는 별 상관없다는 듯이 찔끔 돌아선다. 남자가 묻는다―배워 익힌 프랑스어로, 음절을 하나하나 떼어 만든 문장으로. 중부 그리고 동부 유럽의 모든 억양에 훈련된 우리 귀에도 낯선 억양이다― 그가 묻는다. "부제트 투트 프랑제즈[당신들 모두 프랑스인인가요]?" 탈락성의 e를 모두 발음하며.● 우리에게 하는 말인가? 우리에게 뭔가를 물어본다는 게 있을 수 있는 일인가? 아무도 대답하지 않는다.

마침내, 제1열에서 말한다. "네." "부제트 투트 레 프랑세즈[프랑스인은 다 있나요]?" 그는 이번에는 정관사 "레"를 고집한다.

제1열에서 다시 답을 한다. 외국인들이 알아들을 수 있는 프랑스어로 정확하게.

"아뇨, 병자들은 의무실에 있어요."

남자가 말한다. "그녀들은 어제 다 데려갔습니다. 110명이더군요."

제1열에서 다시 답을 한다. "그렇다면 우리는 모두 여기

● **Vous êtes toutes françaises?** 앞 문장에서 밑줄 친 부분이 '탈락성 e'로 프랑스인은 이를 들릴 듯 들리지 않게 발음한다. 조금만 분명하게 발음되어도 외국인이 하는 프랑스어처럼 들린다.

있습니다."

(그러나 그게 아니었다. 수용소 사령관이 전날, 110명을 넘겨주기는 했다. 모두 아픈 여자들이기는 했지만― 일렬종대를 이룬 여자들 중 아프지 않은 사람이 있을까?―의무실에 있던 병자들이 아니었다. 그녀들은 내보일 수 있는 상태가 아니었던 것이다. 그녀들은 다른 1만 2천 명의 포로들―주로 폴란드인, 러시아인, 체코인, 유고슬라비아인―과 함께 남겨졌다가 며칠 후, 러시아군에게 발견됐다.)

그가 말을 하는 순간, 여자들은 이 남자가 황갈색의 제복과 다갈색 군화와 장갑, 그리고 한쪽 팔에는 하얀 바탕의 적십자 완장을, 또 다른 팔에는 파란 바탕의 노란 십자― 적십자와는 다른 형태의 십자―완장을 찬 걸 알아챘다. 그는 담배를 쭉 뻗은 손가락 사이에 끼운 채 피웠는데, 그것은 군인이 아닌 민간인의 방식이었다. 맨 앞줄에 있던 한 여자는 나중에 이런 말을 하게 될 것이다. "그때 그 냄새, 버지니아산 담배였어." 적십자 완장의 의미는, 우리가 안다. 그러면 다른 하나는?

그 남자는 도저히 믿을 수 없는 눈으로 우리를 한참 바라보며, 역시나 음절을 하나하나 떼어 말했다. "이제, 우리는 스웨덴으로 갑니다."

우리는 스웨덴으로 갑니다. 어둠 속 굴처럼 이어진 시선들, 그 밝은 점들이 이어진 긴 띠에선 아무 반응도 없다. 어떤 활기도, 어떤 전율도 없다.

그러니까, 스웨덴으로 간다고? 이 여자들이 스웨덴으로 갈 것을 기대했었나? 아니다. 불과 한 시간 전, SS들이 밤을

보낸 막사에서 그녀들을 나오게 했고, 출발을 위해 집결하게
했다. 나왔더니 제법 많은 무장 SS들을 마주해야 했고,
총신이 빛을 받아 번쩍거리는 총검 달린 소총과 기관총
앞에서 정렬해야 했다. 그때만 해도 우린 이게 우리가
예상한 출발이 아니며, 수용소가 철수되는 것이라고
생각했다—일렬종대는 몇 날 며칠을 행진할 테고, 여자들은
완전히 지쳐서 혹은 SS의 총에 관자놀이나 이마를 맞아서
쓰러져 갈 것이라고. 우리는 1월에 진행된 아우슈비츠
철수에 대해 알고 있었다. 실레지아 지역의 도로를 따라,
발걸음을 옮길 때마다 사람들이 쓰러졌고, 그때 하염없이
내린 눈이 시체들을 모두 뒤덮었다고 했다. 우린 서부
수용소에서 온 남자들도 보았다. 그들은 도보로 수백
킬로미터를 걸어왔고, 도중에 동료들을 거의 잃었다. 이곳,
베를린 북부는 점점 조여오는 러시아 전선戰線과 미국 전선
사이, 나치 독일군에게 남아 있는 유일한 통로였다. 우릴
어디다 철수시킬 것인가? SS들에게 그건 중요하지 않았다.
그들은 이미 수천 명의 포로들을 길바닥에 내버렸다. 아무
목표도 이유도 없이 행군하게 했다. 그들은 걷다 보면 지쳐
죽는다는 것을 알고 있었다.
우린 잠든 수용소를 가로질렀다. 달빛이 지붕을 서리처럼
덮었다. 부엌 앞 가로등이 플라움을 비췄다. 그는 손에
서류를 들고 아직도 이름들을 부르고 있었다. 왜? 그는 따로
출발시키고 싶은 자들의 이름을 부르고 있었는데, 우린 그
이유를 몰랐고, 플라움의 모든 것이 무서웠기 때문에 그저
무서웠다. 이어 일렬종대는 문 쪽으로 갔고, 그 남자가 우리
앞에 나타난 것이다.

우리는 스웨덴으로 갑니다… 그 남자의 팔에 있던 파란 바탕의 노란 십자는 바로 스웨덴 국기였다. 방책이 낮춰졌다. 우린 기다린다.

우리는 스웨덴으로 갑니다. 우리 눈은 반응하지 않지만, 보는 능력을 회복했다. 문 앞에, 밖에, 자동차들이 있다. 적십자 표시가 있는 하얀 자동차다. 입들은 아직 말을 못 한다. 얼굴들도 움직이지 않는다. 어떤 "아!"도, 어떤 놀람도 없다. 어떤 기쁨도 없이, 우린 부동자세로, 기다린다.

우리는 스웨덴으로 갑니다. 그 남자는 단 한 번 말했지만, 그 문장이 우리 안에서 반복해 노래한다, 몇 개의 음으로 이루어진 노래처럼, 하나하나 또렷한 음을 내며, 똑같이 되풀이되며 울려 퍼진다.

우리는 스웨덴으로 갑니다. 오토바이가 문 앞에 있다. 우린 그 소리는 듣지 못했다. 이 오토바이는 장화와 헬멧, 가죽 장갑 차림의, 요란하게 옷을 입은 운전자와 함께 있다. 가슴과 등에 하얀 정사각형 바탕의 적십자 문양을 단 기사, 성스러운 십자가 제의를 입고 역사 속에서 튀어나온 진짜 기사.

우리는 스웨덴으로 갑니다. 이건 믿어야 했다. 그도 그럴 것이, 그 말을 한 것이 그 남자였으니까, 하얀 트럭이 문 앞에 있었으니까, 포로를 구출하러 온 기사가 자기 오토바이에 몸을 기댄 채 서 있었으니까.

우리는 기다린다, 조용히. 우리 자신도 놀란 침착함으로. 그날이, 정말 그날이 오면, 우린 행복으로 기절하고 말 것이라고 생각했다.

방책이 건널목 차단기처럼 올라간다. 플라움이 서류를 든

채 분주하다. 그는 사무실로 들어갔다가 다시 나와, 녹색
모자를 쓴 우비 사나이들―게슈타포들―에게 뭔가를
말한다. 우린 기다린다. 우린 그 남자의 입술에 어떤 신호가
나타나는지 주시한다. 우리는 스웨덴으로 갑니다.
남자는 잠자코 있다. 손동작으로 신호를 보내는 건 플라움이다.
앞으로! 일렬종대는 행진하기 시작한다. 문을 건너간다.
이제, 우리 중 누군가의 목소리가 울린다. "동지들! 우리가
여기 남겨두고 가는 사람들을 생각합시다. 그들을 위해 잠시
묵념합시다." 침묵을 요구하는 이 목소리가 침묵을 깬다.
스웨덴인들은 전날부터 와서, 준비하고 있었다. 우리가 밖으로
나오자 그들은 우리의 팔을 잡아주었고, 팔꿈치를 받쳐주며,
자동차에 오르게 도왔다. 어깨에 가방을 멘 여성들이
구급상자, 각종 도구, 물병 등으로 가장 약한 사람들을
돌보았고, M 대위는 자신을 바라보던 시선과 얼굴의 주인을
알게 된다. 부어오르거나 상처투성이인 다리들과, 그 비참한
몸들, 상상하기도 힘든 괴상한 신발을 신은 발을 그는 본다.
우리는 모두 착석하고, 무릎 위에 작은 꾸러미와 담요를
받아 든다. 그가 자동차 하나하나에 들러서 묻는다.
"괜찮습니까?" "네." 마침내 여자들은 말을 할 수 있었다.
자동차 문에, 그 아름다운 얼굴이 다시 한번 나타나 이렇게
덧붙였다. "끝났습니다, 게슈타포는." 그는 미소 지었다.
모두가 미소로 답했다.
나는 이제는 안다. 1945년 4월 23일 아침 라벤스브뤼크에서,
M 대위가 왜 그토록 아름다웠는지. 나는 안다. 덴마크의
그 작은 역 플랫폼에서 우리가 보았던 아이들이 왜 그토록
아름다웠는지. 나는 안다. 꽃들이 왜 그토록 아름다웠는지.

하늘이, 태양이 왜 그토록 아름다웠는지. 인간의 목소리가
왜 그토록 떨릴 정도로 아름다웠는지.

그 땅은 되찾아졌으므로, 아름다웠다.

아무도 살지 않게 되었으므로, 아름다웠다.

그리고 나는 돌아왔다.
당신은 우리가 거기서 돌아올 줄은
몰랐다.

거기서 돌아오다니,
그렇게 먼 곳에서.

*
나는 딴 세계에서
이 세계로 돌아왔다.
이 세계를
내가 떠난 적은 없지만.
그런데 난 어떤 게 진짜인지 모르겠다.
말해보라,
내가 그 딴 세계에서
돌아온 게 맞는지?
내 의식 속에서 난
아직도 거기 있다.

그리고 거기서 매일 죽는다.
아니, 거기서 죽은 그 모든 이들의
죽음을 다시 죽는다.
어떤 게 진짜인지 모르겠다.
여기 이 세계,
저기 그 딴 세계,
난 이제 모르겠다.
꿈을 꿀 때도,
꿈을 꾸지 않을 때도.

*
나도
예전엔
절망과 술로 지새우며
꿈을 꿨다.
전에 난
절망으로부터 기어 올라왔다,
그 절망은 내가
꿈으로 꾼 것이라 믿으며.
기억은 다시 돌아왔고.
기억과 함께 내게 가해졌던 고통도 되돌아와
미지의 고국으로 날 또 돌려보냈다.

그건 여전히 이 땅에 있는 나라였고,
나의 어떤 부분도 도망칠 수 없었다.
절망의 밑바닥에서 깨달은 이 지식을

난 철저히 소유한다.
당신이 알아야 할 것은
죽음과 대화하지 말아야 한다는 것이다.
그것은 쓸모없는 지식이다.
존재한다고 믿지만,
살아 있는 게 아닌
어떤 세계에서
그 모든 지식은
알게 된다 해도
쓸모없다.

살아남기 위해서는
아무것도 모르는 게 낫다.
죽음을 앞둔 젊은이라면
삶의 가치가 무엇인지
모르는 게 낫다.

*
나는 죽음과 대화했다.
그래서
알게 됐다.
너무나 큰 고통을 겪은 대가로
내가 배운 그 많은 것들이 얼마나 헛된지.
너무나 엄청났지만
그럴 만한 가치가 있었는지
정녕 그런 고통의 가치가 있었는지.

*
서로 사랑하는 당신들
여자들과 남자들
한 남자의 여자
한 여자의 남자
당신들은 도대체 어떻게
당신의 사랑을
신문에, 사진으로
전시할 수 있는가.
거리를 지나갈 때마다
상점 쇼윈도에서
당신들의 사랑을 본다.
바로 옆에, 꼭 붙어서
거울에서 두 눈이 마주치고
입술은 가까워지고.
도대체 어떻게 말할 수 있는가
식당 종업원과, 택시 운전사에게까지
당신들이 사랑에 빠졌다는 걸.
연인들이란
말하지 않고도 말한다
몸짓만으로도.
자기, 여기 외투, 장갑 잊지 말아요.
그녀가 먼저 지나가게 옆으로 비켜서고
그러면 그녀는 미소 짓는다, 눈꺼풀을 감았다 다시 뜨며.
당신을 바라보는 사람들에게도
당신을 바라보지 않는 사람들에게도

말할 수 있다.
누군가를 기다릴 때의 확신으로
카페에서
광장에서
인생에서 누군가를 기다릴 때의 확신으로
동물원의 동물들을 보며
얘는 못생겼고, 쟤는 잘생겼고 하면서
자못 진지하게 동의한다.
아니
그게 뭐 중요하다고
당신들은 겨우 그런 걸 생각하고
도대체 어떻게 그런 걸
나에게 말하는지.
안다, 나도
남자들이 여자들에게 하는 똑같은 몸짓을.
자기야, 여기 당신 장갑, 당신이 잊은 당신의 꽃
나에게 너무나 잘 어울리는 연인.
안다, 나도
여자들이 남자들에게 느끼는 똑같은 황홀감을.
그도 내 손을 잡았고
내 어깨를 감싸줬고.
도대체 어떻게 그런 걸
감히 나에게 묻는가.
난 이젠 미소 지어줄 상대가 없다.
고마워요, 당신, 친절했던 당신
당신도 거기서 잘 지내지요.

이 황량한 사막에
서로 사랑하는 남자들과 여자들이 가득하다,
서로 사랑하며 그 사랑을 외치는 연인들이.
땅 이쪽 끝에서 저쪽 끝으로.

*

나는 죽음들로부터 돌아왔다.
그래서 나에게는 다른 사람들에게
말할 권리가 있다고 생각했다.
그런데 그들과 마주하게 되면
할 말이 하나도 없었다.
왜냐하면
나는
거기서
배웠기 때문이다.
다른 사람들에게 말할 수 없다는 것을.

산 자들을 위한 기도
살아 있는 것을 용서하기 위해

지나다니는 당신들은
당신 몸의 모든 근육에
어울리기도 하고
어울리지 않기도 한
옷을 입고 지나다닌다.
뼈에 달라붙어 있는
동맥에서 힘차게 뛰는
삶으로 활기가 넘친다.
발걸음은 운동선수처럼 민첩하고
얼굴을 찌푸리며 웃어대는, 당신들은 아름답다.
너무나 평범한
세상 어디나 있는
그 평범함이 그토록 아름답다.
이 넘치는 삶의 다양성으로
다리를 따라가는 흉곽을 느끼는 것도
모자에 올린 당신의 손을, 심장에 얹은 당신의 손을
무릎에서 조용히 구르는 슬개골을 느끼는 것도

어려운 당신의 삶.

어떻게 해야 살아 있는 당신들을 용서할 수 있을까…

모든 근육에 어울리게 차려입고

지나다니는 당신들을

어떻게 해야 용서할까.

그들은 모두 죽었는데

당신은 돌아다니며 테라스에서 술을 마신다

당신은 그녀의 사랑을 받아 행복하다

돈 걱정은 좀 있지만.

어떻게 어떻게

살아 있는 당신들을 용서할까.

어떻게 어떻게 해야

죽은 자들에게서 용서받을 수 있을까.

당신은 모든 근육에 어울리게 차려입고

테라스에서 마시는데

봄마다 더 젊어지는데.

나는 당신들에게 간청한다

제발 뭐라도 하기를.

스텝을 배우든

춤을 배우든.

당신을 정당화할 뭐라도.

당신 피부를, 당신 털을 입고 있을

권리를 당신에게 주기를.

걷는 것을 배우고

웃는 것을 배우기를.

그렇게나 많이 죽었는데

그랬는데
당신은 살았는데도
아무것도 안 하고 그 삶을 산다는 건
너무 바보 같으니까.

*

나는 지식 너머에서 돌아온다.
이제는 배웠던 것을 잊어야 한다.
그러지 않으면, 더는 살 수 없을 것을
나는 너무나 잘 안다.

*

그리고
돌아온 자들의 이런 이야기들을
믿지 않는 게 나을 것이다.
이 돌아온 유령들을
어떻게 그랬는지 설명도 못 하는
이 돌아온 유령들을 믿으면
당신은 결코 영원히 잠들지 못할지 모른다.

3

우리 나날들의 척도

나는 모든 사람을 기억한다,
떠난 사람들마저.

— 피에르 르베르디

귀환

귀환 여행에서, 나는 내 동기들과 함께 있었다. 내 동기들
중 살아남은 자들. 그녀들은 비행기 안 내 옆자리에 앉아
있었다. 그러나 시간이 지나면서, 그녀들은 반투명해졌다,
점점 더 반투명해지면서 그 색깔도 형태도 사라졌다. 모든
유대가, 우릴 서로 연결해 주던 칡처럼 단단한 줄들이
느슨해지고 있었다. 오로지 그녀들의 목소리만 머물다가,
그마저도 파리가 가까워짐에 따라 멀어져 갔다. 나는
그녀들이 내 눈앞에서 변해가는 것을, 투명해졌다가,
흐릿해졌다가, 환영이 되어가는 것을 보았다. 아직
그녀들이 하는 말은 들렸지만, 무슨 말인지 이해하지
못하기 시작했다. 도착하고 나선, 더 이상 그녀들이 누군지
알아보지 못했다. 우릴 기다리는 인파 속으로 그녀들은
미끄러져 갔고, 사라졌고, 잠깐 다시 출현했지만, 그 모습은
너무나 잡히지 않고, 너무나 비현실적이고, 너무나 달아나는
듯하여, 나는 내 존재 자체도 실재하는지 의심이 갔다.
우리가 이 사무국, 저 사무국을 지지부진하게 돌아다니는
동안, 그녀들은 도깨비불처럼 장난치듯 사라졌다가, 다시
나타났다. 나를 다시 찾아와, 알아듣지 못할 말을 하고,

흔적 없이 사라졌다가 마침내 우릴 기다리는 군중 속에 녹아들더니 영영 삼켜졌다. 여행하는 내내 그녀들에게서 실체감이 없어졌기에, 매 순간 변형되고 변신하는 그녀들의 모습을 보았기에, 느릿느릿, 눈에 띄지 않게, 그렇게 끝끝내 환영이 되는 것을 보았기에, 나는 그녀들이 사라진 걸 바로 알아채지 못했다. 아마도, 나 역시, 그녀들처럼 투명하고, 비현실적이고, 흐르는 액체 같았으니까. 나는 내 주변으로 미끄러지는 인파 한가운데서 떠다녔다. 그러다 갑자기, 혼자 있는 듯한 기분이 들었다, 텅 빈 구멍 속에 혼자. 산소가 없고, 호흡해 보려고 해도, 숨이 막히는 구멍 속에. 그녀들은 어딨지? 나는 그녀들이 사라진 것을 깨달았다. 그녀들을 불러보았지만, 이미 너무 늦었다. 그녀들을 찾아 달려보려고 해도 이미 너무 늦었다―이 미끄러지는 인파를 헤치고 어떻게 달린단 말인가. 더욱이 내 목소리가 나오지 않았다. 내 다리는 굳었다. 그녀들은 어딨지? 어딨어, 뤼뤼, 세실, 비바?

비바, 왜 지금 그녀를 부르나? 비바, 너 어딨어? 아니, 넌 우리랑 비행기 안에 있지 않았어. 만일 내가 죽은 자와 산 자를 혼동한다면, 난 지금 어느 쪽에 있는 거지? 도대체 나는? 이젠 인정해야 했다―이런 결론을 표명하기까지 오래 걸렸고, 그 와중에 나는 고뇌 속에서 헤매고, 미끄러지고, 떠돌았다―나는 그녀들을 잃었고, 이제부터는 나 혼자라는 것을 인정해야 했다. 어디에 구조를 청할 수 있을까? 그 무엇도 나를 구하지 못할 것이다. 소리를 질러봐도 소용없고, 도와달라 외쳐봐도 소용없었다. 나를 둘러싼 군중 속 모든 이들이 날 도울 준비가 되어 있었고, 그러려고 거기

와 있었지만, 그들은 그들 방식대로 날 도우려 했고, 난 그게
별 소용없다는 걸 알았다. 날 도울 수 있는 유일한 사람들은
내가 닿을 수 없는 곳에 있었다. 어렵사리, 기억하려 노력해
보아도―그런데 왜 기억하려는 노력이라고 말하고 있지?
내겐 이제 기억이 남아 있지 않은데?―어떻게 명명해야
할지 모를 힘겨운 노력으로, 나는 이 세상에서 살아 있는
사람의 형태를 되찾기 위해 취해야만 하는 행동들을
떠올렸다. 걷기, 말하기, 질문에 대답하기, 가고 싶은 곳을
말하기, 그리고 거기로 가기. 나는 이런 것까지 다 잊었다.
내가 그런 걸 알았던 적이 있었나? 나는 어떻게 해야 할지,
어디서부터 시작해야 할지 몰랐다. 그 모든 시도가 내
능력 밖이었다. 결국 포기하는 수밖에 없었다. 포기하거나
나중으로 미루거나. 우선, 생각을 해야 했다. 나는 무겁지도
않고 머리도 텅 비었기에, 나도 모르게 인파에 실려
떠다니고 있었다. 생각한다고? 단어를 다 잊어버려 단어가
없는데, 어떻게 생각하지? 절망했다고 하기엔 난 너무
멍했다. 나는 그냥 거기에 있었다… 어떻게? 모른다. 그런데
내가 거기 있었나? 내가 나였나? 내가… 내가 거기 있었고
무엇을 해야 할지 알지 못했고, 생각하지 않았고, 해야 할
일이 있는지 궁금해하지 않았다고 말하는 것도 틀렸다.
알다, 궁금해하다, 생각하다, 는 내가 지금에야 사용하는
단어들이다.
나는 얼마나 오래 이 벤치에 앉아 있었을까, 생각에 잠기거나
휴식을 취하는 것처럼? 생각하는 게 아니라, 생각에 잠긴 게
아니라, 그저 떠올리는 법을 떠올리려고 애쓰면서 얼마나
시간을 보냈지? 뭘 떠올려야 하지? 뭘 떠올려야 할지 나는

더 이상 몰랐다. 열이 나고 춥다는 말, 완전히 지쳤다는 말, 이런 건 지금은 굳이 설명하지 않아도 바로 말할 수 있다. 나는 아무것도 느끼지 못했다. 나는 존재하는 것도 느끼지 못했다. 나는 존재하지 않았다. 얼마나 오래 나는 이런 존재의 유예 상태로 있었을까?—그 이후 나는 내 단어들을 되찾았다. 한참 동안, 한참 동안. 모든 게 안개 낀 것 같던 그 시간의 형상이 나에게 각인되어 있었다. 수면과 불면을 구분할 수 없는 밝고도 흐릿한 그 얼룩이. 한참 동안. 애를 쓰면, 내가 누워 있고, 사람들이 날 보러 온 기억이 나기는 한다. 그들은 나를 부둥켜안고, 말을 하고, 이것저것 이야기하고, 질문을 던졌다. 질문은 얼마 안 가 멈췄다, 내가 아무 대답도 하지 않았기 때문이었다. 그들의 목소리는 저 멀리서 들렸다. 그들이 내 방으로 들어오면, 내 눈은 베일에 가린 듯 흐릿해졌다. 그들의 두께가 빛을 가로막았기 때문이었다. 베일 너머로, 나는 용기를 북돋는 미소를 짓는 그들을 보았다. 그러나 나는 그들의 미소도, 그들의 태도도, 그들의 친절도 전혀 이해하지 못했다—나중에야 그것이 친절이었음을 나는 짐작했다. 단어가 없던 당시의 상황을, 나중에, 단어들로 설명하는 것은 거의 불가능했다. 왜 날 보러오지? 왜 나에게 말하지? 뭘 알고 싶은 거지? 왜 그들은 자기들이 말하려고 준비한, 일부러 말하러 온 바로 그것에 대해 내가 뭐라도 알고 있기를 원하지? 모든 게 이해할 수 없었다. 그리고 이해할 수 없다는 게 아무렇지 않았다. 나에겐 어떤 호기심도 없었으니까. 알고자 하는 욕구가 전혀 일어나지 않았으니까. 그들은 나에게 꽃과 책을 가져다주었다. 내가 지루해할까 봐 걱정하는 건가?

지루해한다… 그들의 이런 모든 관념들은 딴 세계의
것이었다. 내가 지루해할까 봐 걱정해 나에게 책을 가져온
것이다… 그들은 침대 머리맡 탁자에 책을 놓았고, 그
책들은 거기 그대로 있었고, 나는 책에 손댈 생각조차
하지 않았다. 한참, 한참 동안. 그러니까, 세계 속 나의
부재는 아주 오래갔다고 했다. 내 몸은 무게가 없었고, 내
머리도 무게가 없었다. 날들이 가고, 날들이 갔다. 아무것도
생각하지 않고, 존재하지 않으면서. 아니, 내가 존재한다는
걸 알고는 있으면서—그러나 그걸 어떻게 알았는지 지금은
기억나지 않는다—내가 존재한다는 감각을 간신히 가진
채로. 나는 다시 나라는 존재에 익숙해지는 데 이르지
못했다. 내가 존재했었는지조차 확신이 안 갈 만큼 너무
분리되어 버린, 나라는 자아에 어떻게 다시 익숙해질 수
있을까? 이전의 나의 삶에? 내게 이전의 삶이 있었던가?
아니면, 이후의 나의 삶에? 이 이후를 갖기 위해, 이후가
무엇인지 알고 싶어 나는 이렇게 살아남지 않았나? 나는
현실성 없는 현재 속에서 부유하고 있었다.
친구들은 계속해서 나를 방문했고, 그들이 가져다준 새 책들이
다른 책들 위에 쌓여갔다. 이따금, 나는 베개에 기대 몸을
세우고, 책과 독서를 연결 짓지 않은 채 그냥 그 책들을
바라보았다. 쓸모없는 물건들. 그것들로 뭘 하지? 그러고
나선 잊었다. 다시 나의 부재로 돌아갔다.
천천히, 나도 모르는 사이에, 나를 둘러싼 현실이 다시 형태를
갖춰갔다. 나도 모르는 사이. 왜냐하면 현실의 수면
위로 다시 올라오기 위해 나는 어떤 노력도 하지 않았기
때문이다. 나는 약간의 노력을 할 기운도 없었다. 현실은

스스로, 자체의 무게로, 윤곽선이 그려지고, 색이 칠해지고, 의미를 띠었다. 하지만, 아주 천천히…. 나는 아주 긴 간격을 두고, 새로운 선을, 새로운 감각을 찾았다. 조금씩 조금씩, 시력과 청력을 회복했다. 조금씩 조금씩, 색깔과 소리와 냄새를 지각했다. 미각은, 훨씬 나중이었다. 어느 날, 나는 내 머리맡 탁자 위에, 그리고 내 침대 옆 의자 위에 있는 책들을 보았다—그렇다, 보았다. 모든 게 내 손이 닿을 거리에 있었다. 내 손은 그것들을 향해 나아가지 않았다. 만지거나 잡을 생각을 하지 않고 나는 그냥 그 책들을 쳐다보았다. 마침내, 그중 하나를 집어서, 펼쳐서, 들여다보려고 하다가, 너무 빈약하고, 너무 지엽적이어서 나는 도로 뒤집어 놓았다. 지엽적. 그렇다, 모든 게 지엽적이고 부차적이었다. 무슨 책이었던가? 모르겠다. 내가 아는 건 그게 지엽적이었다는 것이다. 지엽적인 문제, 지엽적인 삶, 지엽적인 본질, 지엽적인 진실.

그러면 지엽적이지 않은 것은 무엇이지? 나는 나 자신에게 질문했지만 거기에 답을 할 수 없어 절망했다. 내 말은, 내가 말하고 싶은 바에 개념을 부여할 수 있는 단어가 없어 절망했다는 것이다. 나는 절망한 게 아니었다. 나는 부재했다.

다시 한번 책을 정찰해 볼 엄두가 나기까지는, 또 한참을 기다려야 했다. 그러나 처음 경험만큼이나 당황스러웠고, 나는 훨씬 더 절망했다, 오히려 나의 부재 속으로 더 깊이 틀어박혔다.

지엽적이지 않은 것은 무엇이지? 책에서 찾을 수 있는 게 이젠 없을까? 왜 다 쓸데없는 반복들과, 무게 없는 단어들의

345

연속과, 상상으로 지어낸 예쁜 묘사들뿐이지?

책 앞에서 느낀 실망감은 아주 오래갔다. 여러 해 동안. 나는 책을 읽을 수 없었다. 책 속에 무엇이 쓰였는지 내가 이미 알고 있는 것 같았고, 그것을 다른 방식으로, 훨씬 확실하고, 훨씬 깊고, 명확하고, 반박 불가능한 지식으로 알고 있는 것 같았기 때문이다.

같은 맥락에서, 나는 얼굴들을 보지 않기 위해 눈을 내리깔았다. 왜냐하면 얼굴들이 내 눈앞에 그대로 노출되었기 때문이다. 내 시선이 사람들에게 가닿는 순간 그 얼굴들을 통해 그들의 모든 게 보여 눈을 내리깔지 않을 수 없을 정도로 불편했다. 같은 맥락에서, 쓰인 말들이 훤히 들여다보여서, 나는 책들을 멀리했다. 나는 진부함, 상투성, 공허함을 봤다. 아니, 난 그 노련함을 봤다. 도대체 그자는 나에게 말하려는 것에 대해 무엇을 알까? 그리고 왜 그걸 제대로 말하지 않는가?

다 거짓이었다. 얼굴들도, 책들도. 모든 게 나에겐 다 거짓으로 보였다. 나는 환상을 품고 꿈을 꾸는 능력을, 상상과 해석을 관통하는 속성을 모두 잃어버려 절망했다. 바로 이것이다. 아우슈비츠에서 죽은 것은, 내게서 죽은 것은. 그 때문에 나는 유령이 되어버렸다. 거짓이 뻔히 보이는데, 더 이상 미묘한 명암이 없는데, 시선에서도 책에서도 짐작할 만한 게 하나도 없는데, 무엇이 흥미롭겠는가. 신비 없는 세상에서 어떻게 살지? 혼합물이 각각의 색과 밀도를 지닌 성분들로 나뉘는 것처럼, 진실과 완전히 분리된 거짓이 눈을 멀게 할 정도로 찬란하게 채색되는 세상에서 어떻게 살지?

나는 한동안 답을 찾지 못한 채 나 자신에게 질문했다.

346

아무것도 진실이 아닌데 왜 살지? 그냥 속아주면 편할 텐데, 왜 그걸 못 하지? 나는 해결할 수 없는 딜레마 속에서 나 자신과 싸웠다. 나는 쓸모없는 책들을 바라보았다. 모든 게 내겐 무용했다. 더 이상 어떻게 살아야 할지 모르는데 앎이 무슨 소용일까?

그 일은 어떻게 일어났지? 모른다. 어느 날, 나는 책 한 권을 집었고, 그것을 읽었다. 그런 일이 어떻게 일어났는지 말할 수 있다면 좋겠다. 그러나 지금은 전혀 기억이 안 난다. 제목도 생각나지 않는다. 걸작이라 할 만한 작품이면 좋겠지만. 그렇진 않았다. 그냥 많고 많은 책 중 하나였고, 내겐 다른 모든 책들을 되돌려준 책이었다. 떠올리려 애써볼 필요가 있다. 하지만 너무 힘들어 당분간은 포기했다. 빛의 웅덩이에 도착하기 전 여러 해를 길 잃고 헤맨 어둠의 경로에 푯말을 세우는 걸 누가 하려고 들겠는가. 그 지하로는, 결코 되돌아가지 않을 걸 알면서, 왜 뭐 하러 되짚어 보겠는가?

나는 부당함에 저항했다.
부당함이 나를 겁박해
죽음으로 내몰았다.
나는 죽음에 저항했다
너무도 격렬하게.
그래서 죽음은 나에게서 목숨을 앗아갈 수 없었다.
그 복수를 위해선지
죽음은 나에게서 욕망을 앗아갔고,
대신 나에게 증명서를 줬다.
나는 십자 표시로 서명했다.
다음번에는 그에게 복무하기 위해.

*

나의 심장은 고통을 잃었다.
떨 이유를 잃었다.
삶이 내게 반환되었지만
더 이상 입을 수 없는 옷 앞에 있듯
나는 그렇게 삶 앞에 있다.

*
어느 날 아침
한 아이가 나에게 꽃을 주었다.
나를 위해 딴 꽃을.
나에게 주기 전 그는 꽃에 키스했다
그리고 내가 그에게 키스해 주길 원했다.
그는 나에게 미소 지었다
시칠리아였다
감초 색 같은 아이였다.
낫지 않는 상처란 없다
그날
나는 속으로 그렇게 말했다.
이따금 그걸 다시 속으로 말한다
그걸 완전히 믿을 만큼 충분히는 아니지만.

질베르트

내 경우엔, 파리로 돌아오면서부터 바로 제정신이 아니었어. 도착해서, 우리는 이상하게 생긴 장소를 거쳤는데, 넓은 운동장에 지붕을 덮고 현장에서 급조한 테이블들을 놓아 사무실처럼 개조한 곳이었지. 그곳에서 사람들은 분주했어. 그랬어, 내가 보기에는, 첫눈에는 학교 같았어. 나는 파리를 잘 모르기 때문에 거기가 어디였는지까지는 못 짚겠어. 여기서는 신원을 밝혀야 했고, 자기 질병을 죽 열거해야 했고, 증명서를 받아야 했어. 이어, 우린 버스에 실려 옮겨졌어. 이번엔 도심으로 갔어. 거기에도 일련의 테이블과, 일련의 질문, 일련의 서류들이 있었고. 나중에 보니 여긴, 호텔 안이었어. 내게는 군중에 대한 인상만 남아 있어. 나는 그 군중 속에서 길을 잃었어. 처음에는 네가 내 앞이나 뒤에 있었고, 나는 네가 아직도 거기 있는지 확인하려고 뒤돌아보았고, 내 앞에 있던 여자들도 뒤돌아 나에게 미소 지었던 것이 분명히 기억나. 하지만 어찌 된 일인지 북적거리는 테이블 앞의 줄을 통과하고 나니, 나는 홀로 있다는 걸 깨달았고, 말 걸 얼굴이 하나도 없는 군중 속에 홀로 있었지. 너희들은 사라졌어. 언제 우리가 헤어졌는지도 모른 채 나는 홀로 남겨진 나를 발견했어.
나중에야 알았지만, 너희들은, 그러니까, 파리 사람들인
너희들은, 가족들이 와서 기다리다가, 절차가 다 끝나자,
바로 데려갔던 거야. 아무도 이렇게 말하지 않았어. "그런데
질베르트는?" 아니면 너희들이 뭔가 알아챘을 때, 내가
이미 사라졌거나. 군중 속에 삼켜진 후였겠지. 너희들
모두 나처럼 얼떨떨해져 있었으니까. 보르도에서 온
사람은 나뿐이었어. 나는 그 자리에, 아무도 나에게 관심을
기울이지 않는 황량한 사막 같은 곳, 테이블 앞의 줄 끝나는
곳에 붙박인 듯 서 있었어. 교차로에 선 것처럼. 거기에,
길을 잃고 멍하니 서 있었어. 너희들은 더 이상 내 옆에
있지 않았어. 그 순간 갑자기 몸에서 팔다리가, 핵심적인
기관이 떨어져 나간 것 같았어. 나는 보지도 듣지도 못했어.
난파당한 기분이었지. 모든 게 침몰했고. 붙잡고 매달릴
잔해 쪼가리도 없었고. 자기들 앞에 줄 선 자들을 위해
서류를 작성하느라 분주했던, 테이블 뒤 사람들 중 누군가가
나를 걱정해 줬던 것이 분명해. 나는 어슴푸레한 방에서
깨어났어. 침대가 있었어. 방 한가운데 아주 큰 침대에서
나는 옷을 다 입은 채 길게 누워 있었어. 완전히 지쳐
있었지. 깨어나 보니, 밤이 와 있었고. 겁에 질렸을 때처럼
목구멍이 조여왔어. 하지만 난 겁에 질려 있진 않았어. 난
내가 뭘 하고 있었는지, 왜 여기 있는지, 어떻게 여기까지
왔는지 궁금했어. 극심한 피로로 내 몸은 침대에서 꼼짝도
하지 않았어. 나는 움직일 힘이 없었어. 내가 어디 있는지
알아보고 싶은 욕구가—아! 잠시—생겼지만 그 욕구는
저 멀리, 너무 멀리 있어서 나를 침대에서 일으켜 전원

스위치를 찾게 하기에는 역부족이었지. 나는 다시 잠이 들었어. 다시 깨어났을 때는, 여전히 밤이었어. 나는 나가고 싶었지만, 결정을 하지 못했어. 긴 더듬거림 후에, 긴 망설임 후에, 나는 드디어 불을 켰어. 방은 호텔 방이었어. 제법 세련된 호텔처럼 보이게 가구를 잘 갖춰놓았더군. 그리고 컸어. 나는 꽃무늬 벽지와 상들리에—술잔을 들고 있는 청동의 천사, 아니, 큐피드 형상—에 혼미해졌어. 이젠 일어나야 한다. 일어나야 한다. 움직이지 않은 채 나는 이 말을 반복했어. 마침내, 나는 일어났어. 반쯤 열려 있는 문 너머는 욕실이었어. 화장실도 같이 있었고. 나는 수도꼭지를 돌렸고, 물이 흘러나오는 것을 바라봤어. 나는 아무것도 생각하지 않았어. 나는 부재했고, 상실했다. 그리고 나는, 언젠가 너희들과 떨어질 뻔한 그날 엄습했던 그 불안에 다시 휩싸였어. 카포 하나가 나를 억지로 한 종대에 밀어 넣었고, 거기엔 러시아인과 폴란드인밖에 없었지. 아는 얼굴이 하나도 없었어. 나는 절망했다. 너희들이 없는 다른 수용소로 간다는 생각에, 나한테는 아무 관심도 없이 수다만 떨고 있는 낯선 사람들과 뒤섞여 너희들을 떠나야 한다는 생각에 난 완전히 머리가 하얘졌어. 나는 그녀들이 하는 말을 한 단어도 알아듣지 못했어. 그녀들은 수용소를 떠날 결심을 한 듯 보였어. 당연히 그녀들은 자기들끼리 모여 있었어. 하지만, 그녀들 사이에서 길을 잃은 나는… 너희들과 떨어진다는 생각에 나는 얼어붙었고, 마비되었고, 모든 본능적 힘이 빠져나갔어. 나는 절망했지. 마치 군중 속에서 엄마를 잃은 아이처럼 길을 잃었어. 밀고 떠밀리는 와중에 나는 도망칠 수 있었어—내가 어떻게 그걸 해냈을까. 절망하면 오히려 담대해지는 건지—나는 막사를 향해 달렸고, 거기서 나를 기다리는, 불안에 휩싸여 기다리고 있는 너희들을 보았어. 너희들 가운데 있게 되자마자, 나는 다시 기운이 났고, 안심했고, 몸이 따뜻해졌어. 그것은 내 인생에서 느낀 가장 강렬한 기쁨 중 하나였어. 그리고 이제, 그 방에 나 혼자 있게 된 거지. 절망이 나를 덮쳤어. 나는 강제 수용된 내내 자유를 꿈꿨어. 그런데, 이 참을 수 없는 고독이, 이 방이, 이 피로가 그 자유란 말인가? 나는 다시 누웠어. 마치 베개로부터 어떤 온기를, 어떤 현존감을 되찾으려는 것처럼. 그리고 나는 다시 잠들었어. 어떻게 내가 일어났고, 방 밖으로 나올 용기를 갖게 되었는지는 기억나지 않아. 난 불은 그냥 켜놓았고, 벽지의 꽃무늬만으로도 안심이 되는 듯했지. 나는 문을 열었고, 대담하게 밖으로 나왔어. 복도는 끝도 없이 길었어. 팔꿈치처럼 굽은 모퉁이도 나오고 우회로도 나오는, 어디에도 닿을 것 같지 않은 긴 복도였지. 감히 너무 멀리까지는 가지 않았어. 길을 잃을까 봐 두려웠어. 복도 모서리까지만 나아갔어. 더 가볼 필요가 있을까? 겁에 질린 나는 다시 방으로 들어갔어. 나올 때 문을 살짝 열어두어 내 방을 알아볼 수 있었어. 그곳은 나의 피난처가 되었어. 그 장식에, 침대보 색에 나는 익숙해졌어. 방에는 화장대, 세면대, 욕조가 있었어. 그러나 몸을 씻는 데 필요한 것은 하나도 없었어. 수건도 없고, 뜨거운 물도 나오지 않았어. 나는 손으로 얼굴에 물만 좀 적시곤 침대에 앉았어. 나는 아무것도 기다리지 않으면서도 뭔가를 기다렸어. 아니, 나는 그저 무기력하게, 뭔가를 할 생각 없이 가만히 거기 있었어. 그 어떤 소리도 들리지 않았어. 몇 시인지도 몰랐어. 창문으로 가서, 커튼을 걷어, 내가 지금 어디쯤 있는지 볼 수도 있었을 텐데. 그러나 나는 그럴 힘도, 그럴 마음도 없었어. 주도성도 없고, 어딘가에 문의해 볼 생각도 못 했어. 뭐 할 게 있었던가? 뭘 하지? 나는 배고프지도 목마르지도 않았어. 다만 피로와 혼란만 느꼈어. 고독이 나를 짓눌렀어. 이 방으로 오게 된 상황이 나는 기억나지 않았어. 나에게 떠오른 질문은 이것뿐이었어. 뤼브는 어딨지? 세실은? 샤를로트는? 그러나 답을 찾기 위한 것이라기보다는 나 자신에게 던지는 질문의 단조로운 반복에 불과했어. 나는 어떤 주소를 떠올려볼 생각도 하지 않았어. 나는 망연자실했고, 무엇을 해야 할지 몰랐고, 할 의지도 없었지. 그 방에서 얼마나 오래 있었을까? 몰라. 몇 날 며칠의 낮과 밤, 한참 동안. 복도가 두려웠어. 위험을 무릅쓸 용기가 더는 없었어. 나는 오랜 시간 아무 생각도 하지 않고 침대에 있었어. 그러다 다시 잠들었던 것 같아.

깨어났을 때, 나는 배가 고팠어. 나는 이 배고픔을 해방감으로 기꺼이 받아들였어. 나는 배가 고프다, 그러므로 나는 존재한다. 난 너무 정신이 없어 이 상황을 벗어날 방법을 생각해 낼 수도 없었어. 배가 고픈데, 어디에서 먹을 걸 찾아야 하나? 어떻게 하지? 방에서 가만히 있으면서, 기다렸어. 아마 누가 오겠지. 호텔에는 방 청소하는 여자들이 있을 테니까. 무슨 일이 생긴 건 아닌지 보러 오는 사람이 없으면 이상한 호텔이니까. 나는 방에 있는 물건들을 하나하나 열거해 봤어. 의자 위 이 외투는 누구 거지? 그건 스웨덴에서 받은 외투였어. 아마도 네 거랑 비슷한. 회색.

그러나 나는 이 외투를 알아보지 못했어. 최소한의 지표나 단서가 될 만한 게 없었어. 벨을 발견했어. 아마도 연결이 안 되어 있었을 거야. 서너 번 벨을 눌러봤지만 아무 일도 일어나지 않았어. 침대 머리맡 탁자 위 전화도, 연결되어 있지 않았어. 나는 망연자실했지만, 이제 불안하지는 않았어. 기운이 없을 뿐이었어. 내 나름의 탐험 후, 나는 다시 누웠어. 달리 할 일이 없었으니까. 나는 다시 한참을 누워 있었어. 얼마나 오래? 그건 말할 수 없어. 내게는 시간이 간다는 개념이 없었어. 다만, 오래, 아주 아주 오래, 이 방에 내가 있었던 것 같았어. 다시 일어났을 때—한데 내가 왜 일어났지?—배고픔이 더 심해졌어. 처음에는 그게 무슨 감각인지 식별하지 못했어. 내 위가 당기는 게 배고픔 때문임을 알게 되자, 안심이 되었지. 배고픔은 나를 깨울 만큼 심했지만, 그렇다고 나를 복도 끝까지 걸어가게 만들 정도는 아니었어. 그 복도 끝에 분명 출구가 있을 텐데… 마침내, 나가겠다는 결심이 섰어. 나는 문을 열었고, 문지방에 서서, 밖을 살피고, 기다리면서, 오른쪽으로 갈지 왼쪽으로 갈지 나 자신에게 물으면서 여전히 망설였어. 나는 문틀을 감히 놓지 못하고 꼭 붙잡고 있었어. 나는 거기에, 결정하지 못한 채, 겁에 질려 서 있었어. 나는 움직이지 않았어. 내가 아직도 나갈지 침대로 되돌아갈지 주저하고 있을 때 한 남자가 지나갔지. 그가 나를 불렀어. "어디서 왔어요?"

"아우슈비츠요."

"난 마우트하우젠•에서 왔어요. 한데 내가 지금 물어보는 건 그게 아녜요. 어디 출신이냐고요, 어느 지역에서 왔어요?"

"보르도에서요."

"가족은 있어요?"

"아버지요. 아버지는 살아 계실 거예요."

"소식을 기다리는 건가요?"

"아니요. 아무도 제가 여기 있는 줄 몰라요."

"어떻게 여기로 왔어요? 혼자 온 건 아닐 테고…."

"제 동기들이랑 왔어요. 뢸뤼, 세실, 샤를로트, 마도. 우린 스웨덴에서 비행기 편으로 송환되었어요. 저기, 도착해서, 테이블들 많은 데서 잃어버렸어요, 동기들을."

"여기 있은 지 오래됐어요?"

"몰라요."

이 남자는 질문들로 날 피곤하게 만들었어. 내 목소리가 영 이상하게 들렸어… 난 더 이상 말할 힘이 없었어.

"아버지에게 전보를 쳐야 해요. 아래 사무실 가면 전보를 보낼 수 있어요."

아버지에게 전보를 보내야 한다는 생각에, 난 더 망연자실해졌어. 아니, 아니, 그건 아니다. 아버지에게 뭐라 말할 것인가? "귀환. 질베르트." 그러면 아버지는 생각할 테지. "앙드레는? 앙드레는 어떻게 됐어?"

"아니, 난 전보를 보낼 수 없어요."

"그렇다고 여기서 영영 머무를 순 없어요. 집에 돌아가야

• 오스트리아에 있었던 강제 수용소로 이곳의 수감자들은 채석, 터널 굴착 공사, 항공기 제작 등 여러 산업 분야 노동에 동원되었다. 아파서 일할 수 없는 자들은 굶기거나 가스실로 보냈다.

해요."

"네, 집에 돌아가야겠죠."

왜, 포로로 잡혀 3년을 보내는 동안, 나의 의지는 귀환을 향해
있었을까? 그걸 믿었으니까? 의심할 여지 없이, 너희들
때문이었어. 그래, 돌아가야 했어. 돌아가야… 거기에선,
귀환이 너무나 불가능해 보였지. 기적을 믿어선 안 된다…
하지만, 만일 내가 지금까지 이렇게 버텼다면, 그건 돌아갈
의지가 있어서였겠지. 집에 돌아가야 했다. 너희들 모두
말하곤 했잖아. "돌아가야 해." 그리고 너희들은 계획을
세웠잖아. 나는, 계획을 세우지 않았어. 하지만 나는 그
공통된 결론에는 사로잡혀 있었어. 돌아가기. 돌아가야
했다. 그런데 왜? 이 방에 혼자 버려진 채, 길을 잃은 채,
어떻게 해서라도 집에 돌아가야 하는 이유를 나는 더는
몰랐어. "당연히 집에 돌아가야지." 나는 무서웠어. 집에
돌아가서. 그다음에는? 나는 그다음이 안 보였어. 도대체
어떤 이유로 집에 돌아갈 의무가 나에게 부여된 건지
몰랐어. 아버지를 다시 보기 위해… 그래, 물론이지. 나도
아버지를 다시 보길 원했어. 하지만 아버지와 대면하는
장면을 그토록 떠올리면서도 나는 무서웠어. 아버지를
다시 보는 순간을 뒤로 미룰 수만 있다면, 저 멀리, 접근할
수 없을 만큼 저 멀리 밀어내고 싶었어. 아버지… 내가
아버지를 어떻게 다시 마주할 수 있겠어? 아버지는 보르도
근처에 있는 메리냑 수용소에 수감되었어. 내가 체포되기
전부터, 레지스탕스가 점령군에 저항해 공격할 때마다
게슈타포는 마을 사람들을 인질로 삼았어. 아버지가 살아
있기는 할까? 나는 모든 게 두려웠어. 아버지를 다시 보는

것도, 아버지가 돌아가셔서 다시 볼 수 없는 것도. 그런데 나는 그걸 알아보기 위해 한 발도 내디딜 수가 없었어. "자, 오세요. 점심 식사합시다. 그다음에 전보를 보내죠." 마우트하우젠의 동지가 말했어.

나는 그를 따라 복도로 나왔어. 승강기가 작동하지 않았어. 우리는 계단을 걸어 내려갔어. 붉은 카펫이 깔린 웅장한 계단이었지. 그가 나를 식당으로 안내했어. 나를 자리에 앉히더니, 마우트하우젠의 동지는 말했어. "기다려요. 제가 당신 접시 가져올게요." 난 정말 처참했어. 사람들이 꽉 찬 식당 한가운데에 멍하게, 그 어느 때보다 더 멍하게 앉아 있었어. 나는 다른 테이블 사람들을 향해 감히 눈을 들어 올리지도 못했어. 다들 서로 아는지, 수다를 떨고, 이 테이블에서 저 테이블을 부르고, 왁자지껄 떠들어댔어. 나는 뭐가 뭔지 하나도 안 들어왔어. 사람들 얼굴이 안개 속에 있는 것처럼 아득하고 해독할 수 없었어. 마우트하우젠의 동지가 접시들을 가지고 돌아와서 하나를 나에게 밀었어. "드세요, 배고프죠." 그는 나에게 포도주 한 잔을 따라주었어. "마셔요, 기분이 좋아질 거예요." 포도주는 쓰디썼어. 적어도 내겐 맛이 없었어. 수프는… 그냥 수프였어. 아니면 국수 종류였는지도 몰라, 어쩌면. 이젠 잘 모르겠어. 별로 신경 쓰지 않고 먹었어. 나는 울고 싶었어. 눈물 속을 피난처 삼아 숨어들고 싶었어. 나는 우는 것만 생각했어. 우는 것이 얼마나 달콤할지 생각했어. 만일 내가 울 수만 있다면…. 나는 거기에 데데를 남겨 두고 온 이후, 더 이상 울지 않아. 너는 울어? 한데, 내가 데데의 죽음 이후, 눈물을 쏟아낼 수만 있었다면. 비바의 죽음에, 이본 할머니의 죽음에, 데데와 나와 처음부터 함께 투옥된 모든 보르도 사람들의 죽음에. 그리고 베르트, 습지에서 돌아오던 저녁에, 너희들이 옮긴, 죽은 베르트를 위해. 뤼뤼, 카르멘, 비바와 너를 위해. 눈물, 그건 아직도 우리에겐 허락되지 않은 은총이지.

마우트하우젠의 동지가 말을 했어. 그는 질문을 던졌어. 그는 나에게 관심이 있었고, 나를 돕고 싶어 했어. "빵을 드세요. 빵은, 맛있는데요. 앞의 것들 다음에 먹어서 그런지 말입니다." 맛있다고, 빵? 나는 더는 배가 고프지 않았어. 나는 울고 싶었어. 곧 울음이 터지려고 할 때처럼 내 입술이 오므라드는 것을 느꼈어. 나는 제발 눈물이 나오길 바라면서, 입술을 더 오므라뜨리려 애썼어. 눈물은 나오지 않았어.

후식으로 잼이 나왔어. "드세요." 이번엔 내가 마우트하우젠의 동지에게 말을 했어. 마침내 내 말을 듣게 되자 그는 표정이 밝아졌어. 다행히도 그는 내가 그에게 질문하지 않아도 되게, 기다리지 않고 말했지. 그는 남 피레네에서 왔어. "아, 그러니까, 당신이 보르도에서 왔다고 말했을 때 반가웠어요! 우린 거의 같은 지역 아닙니까. 있잖아요, 만일 제 전보가 제때 도착하면… 물론 형이 비아리츠나 포에 지금도 있는지 모르지만요. 분명 이사했을 거예요. 점령 기간에 많이들 이사를 했으니까요. 일단 전보를 기다리고 있어요. 그다음에 포나 비아리츠로 가는 표를 구하려고요. 전보가 제때 도착하면, 우리는 함께 돌아갈 수도 있겠네요…." 난 당장, 그 자리를 떠나고 싶었어. 그는 친절했어. 그가 한 질문들에서 단순한 호기심이 아닌 우정 같은 게 느껴졌어.

나는 그가 젊었는지 아니면 늙었는지, 키가 컸는지 작았는지 알 수 없었어. 왜냐하면 나는 그를 제대로 보지 않았으니까. 그저 그의 존재감과, 돕고자 하는 열망만 느꼈을 뿐이야. 그의 목소리는 안개를 거쳐 마침내 도달한 목소리처럼, 아득하게 들렸어. 모든 게 안개에 싸여 있었어. 나 자신도 이 안개 속에 있었고, 내 모든 지표들을 잃었어.

"다 먹었어요? 자, 이리 와요. 전보를 보내러 갑시다." 그는 나를 계산대 같은 창구로 데려갔어. 거기엔 전보 양식이 더미로 쌓여 있었어. 이 동지는 그중 하나를 집어 자기 호주머니에서 꺼낸 연필과 함께 나에게 내밀었어. 이미 다 방식이 갖춰져 있었어. 손에는 연필이, 전보 양식은 바로 내 눈앞에. 그러나 나는 텅 비었어. 머릿속이 안개처럼 하얘졌어. 한 단어도 써지지 않았어.

"에이! 자, 일단 주소를 써요. 주소가?" 주소라… 나는 순간 내 아버지 성이, 아니 내 성이 생각나지 않았어. 그러자 그가 내 손의 연필과 전보를 다시 빼앗아 갔어. "제가 대신 써줄게요. 아버지 이름이 어떻게 돼요?" 나는 겨우 이름과 주소를 발음할 수 있었어. "그럼 전보 내용은요?"

"전보 내용은… 몰라요."

"아버지가 보르도에 계신 게 확실해요?"

"만일 살아 있다면, 보르도에 계실 거예요."

"우선 그걸 물어보고 답을 기다리고 싶어요?"

"아니요, 전 그냥 출발할 거예요."

"그럼, 4시 기차를 타요. 그거 탈 시간은 있어요. 4시에 출발하면, 보르도에 자정 무렵 도착해요. 제가 잘 알아요. 왜냐하면 저도 비아리츠로 가든 포로 가든, 그 기차를 타야 하거든요."

4시. 자정. 그럼 오늘 밤인데. 벌써. 공포의 떨림이 나를
덮쳤어. 그는, 이 동지는 결정력이 있는 단호한 사람이었어.
나는 오늘 당장은 떠나고 싶지 않았어. 그러나 그에게 어떤
이유를 대야 할지 몰랐어.

"집에 누가 있는지 확실하지 않은데, 한밤중에 도착하려고
4시에 출발하는 건 좋은 생각은 아닌 거 같아요. 내일
아침에 출발해서 낮에 도착하면 어떨까요? 당신 집이,
역에서 멀어요?"

"네, 좀 멀어요."

"보르도에는 그 시각이면 분명 택시도 없을 거예요."

"전동차는 다닐 겁니다. 전쟁 때도 운행했어요. 전 그걸 탈
겁니다."

"좋아요, 그럼, 이렇게 써주세요. '보르도 도착, 내일 토요일
생-장.'"

그는 내일이 토요일인 것도 알고 있었지. 그는 정말, 체계적인
사람이었어.

"'내일 토요일 오후 4시 30분.' 됐죠? 서명은 어떻게 할까요?"

"질베르트."

"제가 다시 읽어볼까요?" 난 안 해도 된다는 표시를 했어. 그는
창구 뒤 여자에게 전보를 내밀었어. "돈 안 내도 돼요."
그는 왜 이 말을 덧붙였을까? 호주머니에서 돈을 찾는
동작도 안 했는데. 아니, 그런 건 꿈도 못 꾸는데. 완전히
잊힌 동작인데. 나는 나한테 돈이 있다는 것도 몰랐어. 그건
보르도에 와서야 알게 됐어. 이른바 송환 보상금.

"이제, 여행 허가증을 어디에서 받는지 알려줄게요. 이것도

공짜예요." 그는 나를 다른 창구로 데려갔어. 사람들이 대기하고 있었어. 우린 그들 뒤에 섰어.

"당신, 송환증 있지요?"

그의 질문들은 도대체 언제 끝나려나… 이 동지는 용감하다, 도대체 왜 이렇게 기운이 넘치지?

"송환증이요? 그게 뭐죠?"

"여기 도착했을 때, 발급해 준 거 있잖아요."

"아, 그렇다면, 그건 제 방에 있을 거예요."

"제가 줄을 서는 동안 가서 찾아와요."

나는 그를 떠난다는 생각에 확 겁이 났어. 나 혼자 복도에 갔다가, 복도에서 길을 잃으면 어떡하지. 그래서 겨우 이렇게 대답했어. "전 안 가고 싶어요." 그러자 동지는, 인내심과 우정을 발휘하며, 기다렸어. 나는 말했어. "제 방이 어디 있는지 모르겠어요." 난 완전히 지쳐 보였을 거야. 그가 나를 바라보았어. 나는 땀에 흠뻑 젖어 있었어. 식은땀이 이마에서 내려와 눈썹에서 방울져, 잠깐 거기 머물렀다가, 뺨 위로 흘러내렸고, 내 옷에 떨어졌어.

"당신은 326호예요. 제 방 바로 옆이에요. 당신 서류가 어딨는지 말해줘요. 제가 찾아다 줄게요."

"모르겠어요."

"좋습니다. 그럼, 여기 있어요. 내가 가서 찾아볼게요."

그는 떠났어. 나는 안심이 됐어. 그는 정말 나에 비해 너무나 힘이 넘쳤어. 나의 약함이 너무 심대하고, 내 피로가 너무 심대해서, 나는 그의 넘치는 활력을 감당할 수 없었어. 그가 나를 밀고, 밀어붙이고, 강요한다는 느낌까지 들었어. 지금 생각해 보면 당시 그는 친절했고, 한순간 친오빠 같았는데도. 그가 돌아왔을 때, 이번엔 내 차례였어. 이젠 내가 말을 해야 하고, 대답을 해야 하고, 설명을 해야 해서, 정신이 하나도 없었어. 이제 내 계획을 실행해야 했고, 피할 수 없는 일로 만들어야 했지만, 여전히 도망치고 싶었어. 마우트하우젠의 동지가 선수를 쳤어. "내일 아침, 보르도입니다" 하면서 내 서류를 보여줬어. 나는 움직이지 않았어. 나는 질문들에 더 대답을 해야 하는 것이 무서워서, 동지 뒤에 작게 웅크리고 숨었어.

"자, 됐어요. 이게 당신 차표예요. 이거 잃어버리면 안 돼요. 자 여기, 당신 호주머니에 제가 넣을게요. 당신 송환증하고요" 하고 말하며, 그는 내 서류를 정성스럽게 접었어.

"얼굴 닦을 손수건 없어요? 땀이 많이 나네요."

"아니, 없어요."

"잠시만요. 자, 제 겁니다. 깨끗해요." 그는 자기 손수건으로, 내 얼굴을 부드럽게, 섬세하게 닦아줬어. 나는 정말 바보 같았어. 그러나 그게 불편하지는 않았어. 이 동료라면, 바보 같은 내 모습을 보여줘도 괜찮았어.

"이제, 가서 좀 쉬어요. 저녁 먹을 때까지."

"제 방으로 가는 길을 몰라요."

"3층이에요. 제가 데려다줄게요."

나는 올라가는 것이 힘들었어. 이 붉은 계단은 끝이 나지 않을 듯했어. 마우트하우젠의 동지는 내 앞에서 갔어. 층계참마다 나를 기다려줬어. 그리고 마지막 계단에서는, 내 손을 잡아줬어. "당신도 저 같군요. 당신도 계단 보는 걸 힘들어하는군요." 그는 이 말을 하면서 알 수 없는 미소를 지었어. 나는 그가 왜 그런 말을 하는지 이해하지 못했어. 그러나 지금 생각해 보면, 그는 마우트하우젠의 계단을 깎아 만드는 일을 했던 것 같아. 그 당시 나는 마우트하우젠에 계단이 있는지도 몰랐어. 내 문 앞에서, 그가 말했어. "여기예요. 보이죠. 326." 난 그에게 고맙다는 말도 못 했어. 바보 멍청이가 되어 이렇게 안내를 받는 내가 너무나 부끄러워서였어. 감사를 표하기 위해 친절한 말 한마디라도 건네고 싶었지만, 그러지 못했지. 어떤 단어도 머릿속에 떠오르지 않았고, 혼자 있는 일이 절실했어. 문을 겨우 넘어가자마자, 나는 그냥 그를 내버려두고, 힘이 다 빠져, 침대 위로 쓰러졌어.

저녁 식사를 위해 그가 다시 나를 찾으러 왔을 때는 아직도 날이 밝았어. 저녁이 이른 시간에 제공되었지. 6월이었고, 식당은 여전히 대낮처럼 환했어. 내 방은 그렇지 않았어. 나는 커튼을 열지 않았어. 식당은 아침과 마찬가지로 활기로 가득 차 있었어. 시끌벅적한 소리가 내 머릿속에서 윙윙거렸어. 나는 차라리 방에 있고 싶었지만 이 동지는 안 된다고 고집했고, 내게는 그의 말을 거스를 의지가 없었어.

저녁 식사를 하는 동안, 그는 식당을 한 바퀴 돌고 오더니, 용기를 주는 말투로, 나에게 이렇게 말했어. "같은 기차를 타는 사람들이 더 있어요. 역까지 당신을 데려다줄 차가 있을 거예요. 7시까지 로비로 와야 해요." 나는 곰곰이 생각했어. 아니, 적어도 곰곰이 생각해 보려고

● 마우트하우젠 수용소에는 일명 '죽음의 계단'이 있었다. 수감자들은 50킬로그램의 화강암을 지고 186계단을 올라야 했고, 그러다 한 사람이 넘어지기라도 하면 서로 엉키고 굴러떨어져 떼죽음을 당하는 사고가 종종 일어났다.

애썼어. 머릿속에서 모든 게 튕겨 나가, 하나의 개념으로 정리되지도, 하나의 문장으로 맞춰지지도 않았어. 내일 아침, 7시, 호텔 로비. 중국 여행만큼이나 비현실적으로 느껴졌어. 7시가 되었는지는 어떻게 알 수 있지? 밤새 로비에 있어야 할지, 침대에 누워 있어야 할지, 시간이 지나가게 내버려두어야 할지 고민했어. 마우트하우젠의 동지는 사고가 체계적이었고, 명민했어. 그가 덧붙였어. "그들한테 말해놓을게요. 당신 방문을 두드리라고. 당신과 같은 층에 두 사람이 있어요. 만일 제가 제 전보를 받았다면, 당신과 함께 떠날 텐데요. 오늘은 받았어야 하는데. 이상하네요…."

그는 아직 전보를 받지 못해 불안해했던가? 나는 그의 일을 걱정해 주지 못했어. 아니, 나는 아무것에도 집중하지 못했어. 모든 게 안개에 휩싸여 흘러갔어. 이 안개 베일 뒤에서, 동료의 질문이 들려왔어. "당신 어머니는? 어머니는 안 계세요?" 그에게 대답하는 내 말이 들렸어. 내 목소리 또한 안개 베일 뒤에 있었어.

"어머니는 여동생이 태어나면서 죽었어요."

"그럼, 여동생이 있겠군요…."

"동생은 아우슈비츠에서 죽었어요."

"그렇군요." 그가 말했어. "그래서 집에 돌아가는 게 그렇게 당신을 힘들게 하는 거군요."

나의 아버지는 역에서 기다리고 있었어. 그는 변하지 않았어. 다만, 등이 굽었고, 피곤해 보였어. 아버지는 나를 안아주었어. 어떤 질문도 하지 않았어. 그는 나보다 먼저 돌아온 보르도 사람들로부터, 데데는 돌아오지 못할 거라는 얘기를 들었던 거야. 내 마음은 무너졌어. 그래서 나는 이 여정이 오래, 오래 이어지기를 원했던 것 같아.

집은, 모든 게 제자리에 있었어. 데데의 물건들이 여기저기에 있었고, 방도, 모든 게 이전과 같았어. 안개가 서서히 걷힘에 따라, 사물들이 그 윤곽을, 그 용도를, 그 과거를, 그 흔적을 되찾았어. 모든 게 날카로워졌고, 위협적이었어. 어떻게 하면 나를 포위하고 있는, 나를 공격하고 있는, 나를 쳐대고 있는 이 모든 물건들과의 접촉을 피할 수 있을까, 나는 알지 못했다. 어떻게 해야 도망칠 수 있을까? 어떻게 해야 나를 해체할 수 있을까? 도대체 어떻게 해야 과거에 붙들리지 않고, 벽에, 사물에, 추억에 부딪히지 않을 수 있을까? 동시에 모든 게 비현실적이었어. 점도가 없는 것처럼. 점도는 없는데 베일 것 같았어. 모든 것에 멍이 들었고, 온몸이 다 퍼런 멍 자국으로 뒤덮인 기분이었어. 실제로는 피부의 어디도 아프진 않은데도.

그 이후… 나는 어떻게 해냈던가? 이따금 나는 그걸 묻곤 해. 잘 모르겠어. 아버지가 아팠어. 나는 아버지를 돌봤어. 내가 돌아오고 나서 4년 후에 아버지는 돌아가셨어. 결혼은? 그럴 생각도 있었어. 아이를 가질 수도 있었을 거야. 하지만 아버지가 편찮으셨기 때문에―아버지에게는 지속적인 돌봄이 필요했어―실제로는 꿈도 꾸지 못했지. 그 후, 아이를 갖기에는 너무 늙어버렸고. 결국, 너무 늦었음을 알았어. 나는 다른 집으로 이사해야만 했어. 데데가 태어났고, 그 아이를 내가 키웠던 그 집을 떠난다는 것은, 찢어지는 고통이었어. 다른 데서 정착한다… 나는 정착하지 못했어. 사물들은 거기 있었어. 그러나 제자리를 잡지 못했어. 주변과 합쳐지지도, 서로 연결되지도 않았어. 사물들은 그저 놓여 있었어. 제자리를 잡지 못한 채. 나는 너무 지쳤어.

그 이후… 모르겠다. 나는 아무것도 하지 않았어. 돌아오고 나서 무슨 일이 있었는지 누가 나에게 묻는다면, 나는 그렇게 대답할 거야. 아무 일도 없었다고. 그 이후, 다시 삶을 살아갈 용기를 낸 사람들이 난 정말 대단하다고 생각해. 마도… 마도는 결혼했지. 아들도 하나 있고. 남편에게, 아들에게 그녀는 쓸모 있는 사람이겠지. 그녀에겐 살아갈 이유가 있어. 륄뤼처럼 남편이나 자식을 되찾은 사람들에게는 분명 훨씬 쉬웠을 거야. 그러나 드는 생각은… 아마도 그들은 행복하겠지. 행복이라는 것, 그건 우리가 던질 수 있는 질문일까? 우리가 돌아온 지 25년이 지났다는 걸, 나는 계속 되뇌어, 스스로에게 확신시키려고. 그러지 않았다면 믿지 못했을 거야. 난 그걸 알아, 지구가 돈다는 걸 알듯이, 그렇게 배웠으니까. 그러나 그것을 알기 위해서는, 그것에 대해 생각해야 해.

나는 사람들의 얼굴을 심문하듯 쳐다보지 않고는 그들을 볼 수 없다. 돌아온 뒤부터 그렇게 됐다. 나는 그들의 입술을, 눈을, 손을 낱낱이 살핀다. 그들의 입술에, 눈에, 손에 캐묻는다. 내가 만나는 모든 사람들 앞에서, 나는 속으로 묻는다. 저 사람은 내가 걷는 걸 도와줬을까? 저 사람은 나에게 물을 한 모금이라도 줬을까? 나는 내 눈에 보이는 모든 사람들―행인, 모르는 사람―우체부, 옛 친구들, 가게 점원―을 심문하듯 쳐다본다. 그 어디에서든, 아무 데서나. 살아가며 살짝 스친, 가까이 지낸, 평생 자주 봐온 그 모든 사람들을 나는 심문하듯 쳐다보지 않고는 볼 수 없었다. 그것이 내가 돌아온 이후, 사람들을 분류한 방식이었다. 나는 내 걸음을 도와주지 않았을, 물 한 모금 주지 않았을 사람들을 첫눈에 알아봤고, 그들 목소리나 말에서 거짓을 찾느라 굳이 대화를 나눠보지 않아도 됐다. 나는 그들의 답을 바로 읽어내면서도, 더 주의 깊게 살폈다. 나는 필사적으로 그들을 심문하듯 보았다. 그들이 날 도와주는 사람이었으면 얼마나 좋았을까, 그래서 그들을 내가 사랑할 수 있게 되었다면 얼마나 좋았을까, 하는 마음으로―가령,

아버지를. 내가 돌아왔을 때… 나는 그들의 입술 주름에서, 무심결에 반짝이는 그들의 눈빛 속에서 '어쩌면'의 징후를 읽어내려 했다. 나는 정말 필사적으로 애썼다. 그러나 그들의 입술과 눈은 인색했다. 그들도… 그러면 누구? 이제 내게 남은 건 누구지? 나는 계속해서 질문한다. 첫눈에 내가 걷는 걸 도와줬을 것 같은 사람들은 극히 적었다…. 난 내가 바보 같단 생각을 했다. 걷는 걸 도와줄 사람이 이젠 난 필요하지 않다. 마실 걸 줄 사람이 이젠 난 필요하지 않다. 빵을 나눠줄 사람이 이젠 난 필요하지 않다. 이제, 다 끝났으니까. 그런데도 나는 그들 얼굴과 손을, 손과 눈을 심문하듯 쳐다보는 걸 자제할 수가 없다. 이건 비참한 탐구다. 이건 삶 속에서 만나는 사람들에게 던질 만한 질문이 아닌데, 그들 입술이 얇아지는 것을 보면, 눈빛이 흐려지는 것을 보면, 난 더 이상 그들에게 할 말이 없어졌다. 나는 속으로 말한다. 바보 같은 짓이야. 이제 다음 장으로 넘어가야 해. 나는 속으로 이젠, 이건 정말 전혀 중요하지 않아, 하고 말한다. 그러면 이제 뭐가 중요하지? 남은 문제는, 내가 그들 옆에서 살아가기 위해 알아야 할 것보다 인간 존재에 관해 더 많이 알고 있다는 것, 그리고 그들과 나 사이에는 항상 쓸모없는 지식이 있으리라는 것이다.

각자 자신의 기억을 가지고 갔다. 기억의 그 모든 무게와 과거의 그 모든 무게를. 도착했을 때, 그 무게를 모두 내려놓아야 했다. 다 벗고 들어가야 했다. 인간에게서, 모든 걸 빼앗더라도 기억만큼은 예외라고 말할지 모른다. 그러나 그건 뭘 모르고 하는 말이다. 일단 인간에게서 인간 존재의 속성을 제거하면, 기억도 사라진다. 기억은 불에 탄 피부처럼, 조각조각 떨어져 나간다. 이렇게 헐벗은 채 살아남는다는 것을, 당신들은 결코 이해할 수 없을 것이다. 당신에게 내가 설명할 수 없는 게 바로 이것이다. 결국, 몇 사람은 그렇게 살아남았다. 설명이 안 되는 걸 사람들은 기적이라 말한다. 살아남은 자는 기억을 되찾아야만 했다. 그가 이전에 소유하고 있던 것을 되찾아야만 했다. 그의 지식, 그의 경험, 그의 유년의 추억, 그의 손재주, 그의 지적 역량, 그의 감수성, 꿈꾸고, 상상하고, 웃을 줄 아는 능력. 그가 거기에 들인 노력을 당신이 헤아릴 수 없다면, 내가 아무리 당신에게 그것을 이해시키려고 해봤자다.

전쟁에서 돌아오건
다른 곳에서 돌아오건
그 다른 곳이 다른 사람은
상상할 수 없는 곳이라면
돌아오는 것은 정말 어렵다.

전쟁에서 돌아오건
다른 곳에서 돌아오건
그 다른 곳이 그 어디에도 없는 곳이라면
돌아오는 것은 정말 어렵다.
다른 곳에서 있었던 동안
집 안의 모든 것이
낯설어지기 때문이다.

전쟁에서 돌아오건
다른 곳에서 돌아오건
거기가 정말 다른 곳이라면
죽음과 대화했던 곳이라면

돌아오는 것은 정말 힘들다.
다시 산 자들과 대화하기는 정말 힘들다.

전쟁에서 돌아오건
다른 곳에서 돌아오건
거기에서 돌아와
모든 걸 다시 배워야만 한다면
돌아오는 것은 정말 힘들다.
맨 동공으로 죽음을 보았다면
탁한 동공을 한
산 자들을
쳐다보는 것을
다시 배우기는 정말 힘들다.

마도

나는 살아 있는 것 같지 않았어. 그렇게 많이 죽었으니, 내가
죽지 않은 게 불가능해 보였어. 모두가 죽었다. 무네트,
비바, 실비안, 로지, 또 나머지 다, 나머지 다. 나보다 훨씬
강하고, 훨씬 의지가 있었던 사람들도 죽었는데, 왜 난
살았을까? 살아서 나오는 게 가능했을까? 아니야. 그건
가능하지 않았어. 고요한 물 같은 눈을 가졌던 마리에트.
그러나 그녀의 눈은 아무것도 보고 있지 않았어, 왜냐하면
고요한 물속에서 죽음을 보았기 때문에. 이베트… 아니,
불가능해. 나는 살아 있지 않아. 나는 나를 바라봐. 바깥에서
삶을 흉내 내고 있는 자아를 봐. 나는 살아 있지 않다.
내밀하고 고독한 인식으로 나는 이것을 알아. 넌, 알 거야.
내가 무슨 말을 하고 싶어 하는지, 내가 느끼는 게 뭔지.
다른 사람들은, 몰라. 어떻게 그걸 그들이 이해할까? 우리가
본 것을 그들은 보지 않았으니까. 그들은 매일 여명이 터올
때마다 죽은 자들을 세지 않았으니까. 매일 해가 기울
때마다 죽은 자들을 세지 않았으니까. 우린 시간을 세면서
하루하루를 보냈잖아. 산 사람들 수를 세는 게 우린 더
두려웠을걸. 우린 죽은 사람들을 하나하나 세면서, 후회도

눈물도 없었어. 고통도 지쳐서 약해졌지. 우리에겐 공포와
불안만 남았어. 내가 그 세어진 수에 더해지기까지 며칠이나
남았을까? 우리가 시간을 센 방식이란! "우리가 측정하는
시간이, 우리 나날들의 척도는 결코 아니다." 거기선, 정말
그랬어. 이건 네가 암송한 시였어. 나는 지금도 기억해. 내가
그 세어진 수에 더해지기까지 며칠이나 남았을까? 누가
남아 날 세게 될까? 말도 안 되는 일이었어. 우릴 버티게
한 그 의지, 참고, 버티고, 저항하게 한 의지는 차라리
착란이었어. 나가서 돌아올, 말하게 될, 목소리가 되려는.
최종 숫자를 대는 목소리가 되려는 그 의지는. 얼어붙은
공터에서, 유일한 귀환자가 될 거였다면 왜 돌아왔을까?
봐봐, 나야, 나. 그러나 난 죽은 거야. 내 목소리가
사라졌어. 누가 들을까? 아니, 누가 들을 줄이나 알까?
그녀들도 말하기 위해 돌아오고 싶어 했어. 모두가 말하기
위해 돌아오길 원했어. 그래서 난 살아 있게 된 걸까?
하지만 아무것도 말할 수 없는데. 살아 있다고? 내 목이
틀어막혔는데? 우리가 여기서 말하고 있다는 사실 자체가
우리가 해야 할 말을 부정하는 거잖아.

아침, 아니 한밤중에, 점호 소리가 울려, 난 깨어났고, 내 바로
옆에 앙젤 메르시에가 있었어. 그런데 움직이지 않았어.
나는 그녀를 흔들지 않았어. 나는 그녀 몸을 더듬거려
보지도 않았어. 쳐다보지 않고도, 죽은 걸 알았어. 내
옆에서 죽은 건 그녀가 처음이었는데도. 그녀는 죽어
있었어. 나는 빨리 튀어 내려가야 했어. 설사 때문에
밖으로 빨리 뛰쳐나가야 했어. 그러나 나는 소리 지르지
않았어. 도와달라고 부르지도 않았어. 역겹거나 놀랍지도

않았어. 앙젤은 거기, 죽은 채로 있었어. 그녀는 밤 동안
죽어 있었어. 나를 따라 길게 누워. 나는 아무 소리도 듣지
못했어. 그러면 나는? 이건 불가능해. 나는 살아 있지 않은
채 사는 거야. 나는 해야만 하는 걸 해. 해야만 하니까,
사람들이 하니까. 아직 다 자라지 않은 아들이 내겐 있기
때문이야. 다 끝내버리고 싶은 유혹을 내가 전혀 느끼지
않았다고는 생각하지 말기를. 끝내고 말고 할 것도 없어.
나는 다른 사람들은 어떻게 하나, 돌아온 그들은 어떻게
하나 궁금해. 가령, 너는. 아마도 나처럼. 그런 척하겠지.
겉으로는 사는 것 같겠지. 오고, 가고, 선택하고, 결정하고.
휴가를 어디로 갈지 결정하고 방 벽지 색깔을 뭘로 할지
결정해. 우리가 매분 사는 것과 죽는 것 사이에서 결정을
해야 했던 때가 있었지. 나도 삶에서 할 법한 일들을
하지만, 그건 삶이 아니라는 걸 알아. 왜냐하면, 그 이전과
그 이후의 차이를 알기 때문이지. 거기에서, 우리는 모든
과거를, 모든 기억을, 심지어 부모님들로부터 온 저 먼
기억까지 가지고 있었어. 우린 자신을 보호하기 위해 우리의
과거로 무장했어. 우리를 온전히 지키기 위해, 우리의
진정한 자아와 우리의 존재를 지키기 위해 공포와 우리
사이에 우리의 과거를 우뚝 세웠던 거지. 우린 우리의 과거
속에서, 우리의 유년 시절 속에서 물을 길었어. 우리의
인격이, 우리의 성격이, 우리의 취향이, 우리의 사상이
형성된 기억을 끌어와 우리 자신을 인식하기 위해, 우릴
지키기 위해, 우릴 잘라내 버리지 않기 위해, 우릴 절대
없애버리지 않기 위해. 우린 우리 자신에게 찰거머리처럼
달라붙었어. 그래서 각자 자기 과거의 삶에 관해 수없이

애기했지. 어린 시절을 되살리고, 자유롭고 행복했던 시간을 되살리며, 자신이 이야기한 그 시간을 정말 살았다는 것을 확신하기 위해 이야기하고 또 이야기했지. 우리의 과거가 우리에게는 구명줄이었고, 보험이었던 거야. 내가 돌아온 이후부터, 이전의 나는, 이전의 모든 내 기억들은 다 녹아버리고 해체되었어. 아무래도 거기서 너무 사용해 다 닳아 없어졌는지도 모르지. 이전 것은, 이제 나에게 하나도 남아 있지 않아. 내 진짜 자매는, 너야. 내 진짜 가족은 너희들, 나랑 함께 거기 있었던 그녀들이야. 이제, 내 기억과 과거는 거기 있어. 이제 내 회상은 결코 그 경계를 넘지 못해. 거기서 걸려 멈추지. 우리의 파괴를 막기 위해, 우리 자신으로 끈질기게 남기 위해, 우리 이전의 존재를 유지하기 위해, 우리가 했던 그 모든 노력들이 거기서만 소용 가치가 있었던 거야. 돌아오니, 우리 가슴 한가운데 벼리고 벼렸던 우리의 단단한 핵이, 너무 많은 대가를 치러 그만큼 단단하다고 믿었던 그 핵이 여기선 다 녹아 와해되었어. 이젠 아무것도 없어. 내 삶은 거기서 시작되었어. 그 이전에는 아무것도 없었어. 내가 거기서 가졌던 것을, 내가 전에 가졌던 것을, 전에 나였던 것을 이젠 나는 가지고 있지 않아. 다 뽑혀 나갔어. 그러면 나에게 남은 건 뭔가? 아무것도. 죽음뿐. 이전과 이후의 차이를 안다고 방금 내가 말했지만, 내가 하고 싶은 말은, 이전에는 삶을 살았지만, 그 삶은, 즉 이전의 삶은 다 잊어버렸다는 거야. 이제, 나는 더 이상 살아 있지 않다. 바로 이 차이, 그 정확한 척도를 난 가지고 있어. 감각적 지식, 그리고 내 온전한 정신 상태도 나에게 아무 도움이 안 돼. 다른 사람들과 나 사이의 간극을,

나와 나 사이의 간극을 그 어떤 것도 메워줄 수 없어. 그 차이를 그 어떤 것도 채워주지 못해. 무엇도 그 차이를 좁혀주지 못해.

그러니까, 이전에는, 나는 젊었고, 이후에는 내 나이 이상의 경험을 했기 때문일까? 권태 혹은 노쇠 때문에? 내가 젊었던 적이 있었나? 내가 젊은 나이였을 때, 그때는 전쟁 중이었어. 그래서 아니, 나는 젊지 않았어. 바보 같고, 순진하고, 그래, 흥분해 있었지. 행동에, 투쟁에, 그 쟁점에, 그 목숨을 건 게임에, 그 혹독함에, 그 가차 없는 규칙에, 광기 어리게 고취되어 있었지. 최소한의 실수도 용인되지 않았고, 즉시 그 대가를 치러야 했어. 기억하니? 내가 이미 너에게 얘기해 줬지? 수송 중에, 우리가 기차에서 던진, 부모님들께 보낸 쪽지들 중 하나를, 철도원들이 철길 자갈 위에서 발견해 우체통에 넣었다고. 그 쪽지에 난 이렇게 썼지. "저 강제 수용되고 있어요. 제 인생 최고의 날이에요." 난 정말 미쳤었어, 단단히 미쳤었어. 후광이 비치는 영웅, 사형장에 노래하며 가는 순교자. 분명, 우리에겐 그런 흥분과 고취가 필요했을 거야. 비밀 활동 중 하마터면 죽을 뻔하면서도 여느 사람들처럼 아무렇지 않은 척해야 했으니까. 지금 내가 하는 건, 삶을 스치면서도 여느 사람들처럼 사는 척, 아무렇지 않은 척하는 거야. 내 인생 최고의 날이라… 그날이 내 인생의 마지막 날이었어. 그 이후로 나는 나이가 하나도 안 변했어. 난 늙지 않았어. 시간이 가질 않아. 시간이 멈췄어. 난 닳지 않았어. 아니 닳는 것보다 더 나쁘지. 삶이 텅 비었어. "각성한" 아니 "환멸을 느낀". 그래 이 단어가 나을 거야. 논리적 정신 상태로, 평범한 사람들, 그러니까 거기 가본 적 없는 사람들의 생각을 그대로 투사한 사고방식으로 보면, 그래 그 단어가 더 맞을 거야. 사실 적확한 단어는 없어. 우리가 그토록 고통받고 또 고통받으면서, 그렇게 희생당하면서도 기대를 품었는데, 결국 그게 다 아무 소용없다는 걸 알게 되었는데 어떻게 환멸을 느끼지 않을 수 있겠어. 전쟁은 계속되고, 더 끔찍한 전쟁이 아직도 위협을 가하고 있고, 부정과 불의, 광신이 지배하고 있고, 세계가 아직도 변해야 한다고? 이런 말을 할 때 난 논리적이지. 내 안에 분리되어 있는 별개의 자아가 이성을 발휘하는 거야. 인간이 대재앙에 맞닥뜨렸을 때 도저히 표현하지 못하는 불안에는, 적어도 나는 영향을 받아야 해. 그런 불안이 앞으로 삶을 더 살아야 하는 내 아들에게도 닥치고 말 테니. 내 아들은 우리가 궤멸시키지 못한 그것들과 같은 괴물들에 대항해 싸워나가야 할 거야. 다 아는데도, 그 불안이 나의 저 깊은 자아까지 닿진 않을 거라는 걸. 이걸 어떻게 설명하지? 다르게는 설명할 수가 없네. 나는 살아 있지 않다는 말로밖에는. 돌아오기 위해 우린 우리 자신에게서 초인적 의지를 끌어냈는데, 막상 돌아오고 나니 그 의지가 우릴 버려버린 거야. 비축된 게 바닥났어. 우린 돌아왔어, 그런데 왜? 우린 이런 투쟁이, 이런 죽음이 쓸모없지 않길 원했으니까. 무네트가 아무 쓸모없이 그냥 죽었다고 생각하면, 비바가 아무 쓸모없이 그냥 죽었다고 생각하면, 미칠 것 같지 않아? 그저 네가, 내가, 다른 몇몇이, 우리들이 돌아오도록? 그러니, 우리의 귀환이 이 죽음에 소용이 되어야 한다는 거야. 바로 그래서, 내가 주변에다 대고

설명하는 거야. 내 직장 동료들에게도 난 말하지. 특히,
젊은 동료들에게. 그들이 울 것 같으면 난 멈춰. 내가 너무
조용하게, 너무 차갑게, 너무 평범하게 이야기하는 건
아닐까 싶을 때도, 그들이 울려고 하는 걸 난 봤어. 알지, 난
다른 사람들에게 이야기해. 남편에게는, 안 해. 그는, 글쎄,
난 그가 이해한다고 느끼고 싶어. 다른 사람들은, 글쎄 다른
사람들은 이해해 줄 거라고 기대하지 않아. 다만, 그들이
알기를 원해. 내가 느끼는 걸 느끼지는 못해도 알고 있길
원해. 내가 말하고 싶은 건, 그들이 이해하지 못한다고 말한
건, 아무도 그걸 이해할 수 없다는 뜻이야. 그러나 적어도
그들은 알아야 해.

난 살아 있는 게 아냐. 난 기억과 재언再言에 갇혀 있어. 난
잠을 못 자. 그렇다고 불면증이 날 힘들게 하진 않아. 밤엔,
살아 있지 않을 권한이 내게 있으니까. 그런 척하지 않을
권한이 내게 있으니까. 나는 다른 사람들을 만나. 그녀들
한가운데에서, 나는 그녀들 중 하나지. 그녀들은 나와 같아.
말이 없고, 다 잃은 자들. 난 영생을 믿지 않아. 그녀들이
내가 밤에라도 가서 만날 수 있는 저세상에 존재한다고
생각하지 않아. 아니, 난 그녀들의 고통 속에서, 죽어가던
바로 그 모습을, 내 안에 남아 있는 그대로 그녀들을 다시
봐. 그러다 날이 밝으면, 난 슬퍼져. 그녀들이 그렇게 많은
환상을 지닌 채로 죽은 게 끔찍하지 않아? 집에 돌아가면
기쁨이 터져 나오고, 삶의 모든 맛을 되찾을 거라고 믿으며
죽어간 게 말이야. 자유가 승리하리라고 확신하며 죽은
게, 아니 그 승리를 마주하기 직전에 죽은 게 끔찍하지
않아? 그렇다, 자유는 되찾아졌다. 일부, 아주 조금, 아주

비참하게 조금. 거의 종착점에 다 왔는데, 우리의 눈부신
진리가 눈앞에 펼쳐지기 바로 전에 그들이 죽은 걸 생각하면
끔찍하지 않아? 전쟁, 폭력, 공포가 도처에 있는 게
끔찍하지 않아?

돌아왔을 때—아! 나는 몇 년을 기다렸어. 귀환할 때는 그래서
너무 피곤했어—돌아왔을 때 나는 아이를 원했어. 내
아들이 태어났을 때, 나는 기쁨에 잠겼어. 방금 "잠겼다"고
했는데, 왜냐하면 정말 따뜻한 물이 나를 둘러싸면서
솟아오르고, 내 안에서 솟아오르고, 나를 받치면서 가볍고
행복하게 해주는, 어루만지는 것 같았기 때문이야. 내가
바랐던 아들이, 거기 있었어. 내 아들이. 고요하고도,
은혜로운 기쁨. 나는 이 기쁨에 휩쓸릴 수 없었어, 마냥
빠져들 수 없었어. 부드럽고 감싸안는 기쁨의 물이 주위에
솟아오르는 동시에, 내 방은 또한 내 동기들의 환영들로
가득 찼다. 이렇게 말하는 무네트 유령. "무네트는 이
기쁨을 알지 못하고 죽었어." 쓸모없는 손을 내미는 자키
유령. 이 모든 처녀 유령들, 이 기쁨을 알지 못하고, 이
기쁨에 젖어보지 못하고 죽은 모든 젊은 여자 유령들. 비단
같은 내 기쁨의 물은 끈적거리는 진흙탕으로, 얼룩덜룩한
눈으로, 악취를 풍기는 습지로 변했어. 나는 그 여자를 다시
보았어—너도 기억하겠지, 눈에 누워 죽어 있던, 그 시골
여자. 두 허벅지 사이에 얼어붙은 죽은 갓난아기를 끼고
있던. 내 아들도 이런 갓난아기였어. 나는 내 아들을 바라봐.
그리고 거기서 자키의 눈을 알아봐. 자키의 푸르른 초록색
눈. 또 이본의 뾰로통한 입, 무네트의 이목구비. 내 아들은
모두의 아들이야. 그녀들이 갖지 못했던 아이. 그녀들의

380

선이 그 위에 그려지고, 때론 뒤섞였어. 이 죽은 자들의 군중 한가운데서 어떻게 살아 있을 수 있어?

나는, 두려움을 모르면서 한 남자가 되어가는 아이를 갖길 원했어. 그는 열일곱 살이야. 운명의 예측 불가능한 은총을 받는다 해도, 그는 무시무시한 미래를 맞게 되겠지. 나는 운명의 은총 같은 건 더 이상 믿지 않아. 그를 위해, 또 다른 아이들을 위해 무엇을 할 수 있을까? 난 거기서 죽은 우리 동료들만큼이나 무력하고, 무방비이고, 다 잃었어. 활력이 없거나 삶의 의욕이 없으면 살아 있는 사람이 아니라고들 말하지. 나는 그런 말을 하려는 게 아냐. 분명, 나는 낙관적이지도 유쾌하지도 않아—우리 중 그런 사람이 누가 있을까? 우리 중 누가 유쾌함을 되찾았겠어? 걱정 없는 순간들은 길 위의 성체 가假안치소 같은 것일 뿐, 우리 중 누가 삶의 열정을 되찾았겠어? 아, 물론, 가끔 불길은 일었으나, 열정과 환희 같은 건 아니었지. 우리 품속에, 우리 마음속에, 우리 기억 속에 이 죽은 자들을 품고 있는데, 그게 가능하겠어? 나는 우울하지는 않아. 나는 권태롭지도 않아. 가끔은 웃기도 해. 내가 느끼는 건 슬픔도 아니고, 권태도 아냐. 살아 있는 느낌이 들지 않는 거야. 내 맥박은 피가 혈관 밖으로 흐르는 것처럼 뛰어. 나의 모든 것이 내 바깥에, 다른 데에 있어. 그렇다고 내가 늘 내 맥박 소리를 들으려고 하고, 날 관찰하려고 하는 건 아냐. 원하지도 않는데, 나도 모르게 나는 항상 나를 관찰해. 꿈에서 빠져나오며 지금 내가 잠을 깬 게 맞는지 궁금해하는 그런 느낌도 아냐. 이건 다른 거야. 내 안이 꿈 부분과 다른 부분으로, 둘로 나뉘어 있는 것 같아. 나는 해야만 하는 것을 해. 왜냐하면 그걸 해야 한다고 생각하기 때문이야. 그걸 하면서 나는 나를 봐. 그리고 그 쓸모없음도 나는 잘 알아. 나의 이성은 이렇게 말해. "네 아들. 네 남편." 내 이성은 그렇게 말해야 하지. 아니면 그들은 존재하지 않을 테니까. 그들이 내 안 저 깊은 곳에 항상 현재하는 건 아냐. 그들이 나 자신의 일부인 것도 아냐. 내가 내 바깥에 있는 것처럼, 그들은 내 바깥에 있어. 난 불평하는 게 아냐. 내가 불평한다고는 생각하지 마. 귀환이 나보다 더 괴로웠던 사람도 있으니까. 질베르트… 질베르트가 어떻게 했는지, 또 어떻게 하고 있는지 궁금해. 자기 몸에 맞댄 여동생의 몸을 느끼지 않고 잠을 잘 수 있었을까. 눈 속에 그 아이를 눕히기 전 마지막으로 자기 가슴에 꼭 껴안았을 때 느낀 그 무게를 지금은 느낄 수 없는데, 그 텅 빈 팔을 받아들일 수 있었을까? 너는 어때? 아무것도 되찾지 못했던 사람들은? 거기서 살아남겠다고 작정했던 그 결정에 대해 다시는 의문을 품지 않도록 도와줄 이가 아무도 없는 사람들은?

난 살아 있는 게 아냐. 난 살아 있는 자들을 쳐다봐. 그들은 시시하고, 아무것도 몰라. 아마도 살기 위해선 그래야 하나 봐. 남은 삶의 끝까지 가기 위해선 그래야 하나 봐. 만일 내가 지닌 이런 인식을 그들이 지닌다면, 그들도 나처럼 될 거야. 그들도 살아 있는 게 아닐 거야. 내가 너한테 다 말하는 건, 나와 같은 사람에게만 말할 수 있으니까, 너만은 그걸 이해하니까. 너한텐 굳이 말할 필요도 없겠지. 있잖아. 한데, 넌, 넌 할 수 있겠어? 내가 왜 살아 있는 게 아닌지 나한테 설명을 좀 해봐. 내가 왜 살아 있는 자들이 하는 걸 그대로 하면서, 그들 중 하나가 되지 못한 채,

382

이방인인 채, 그들이 날 용인하도록 그런 척하고 있는
건지? 민낯으로는 그들한테 다가갈 수가 없어. 그들은 내가
자신들의 그날그날인 일상, 자잘한 근심, 시시콜콜한 계획,
덧없는 열정, 곧 사라질 욕망 따위를 무시한다고 생각할
거야. 그럼에도 불구하고 우리가 그렇게 투쟁했다면, 우리가
했던 것처럼, 또 그렇게 버텼다면, 그건 사람들이 이젠 그런
고만고만하거나 자잘자잘한, 자기에게 맞는 걱정 외에
다른 걱정은 하지 않도록 만들기 위해서였어. 그들이 더는
역사의 소용돌이 속에 말려들어 가루처럼 빻아지지 않도록
하기 위해서였어. 그들이 감당할 수 없는 것을 감당하지
않도록. 더 이상 영웅주의와 비겁함 사이에서 선택하지
않도록. 순교와 포기 사이에서 선택하지 않도록. 비극 없이
작고도 큰 기쁨으로 삶을 살도록 하기 위해서였어. "만일
내가 돌아가면"이라고 우리가 말했을 때, 우리가 되찾고
싶었던 삶은 위대하고, 장엄하고, 풍미 가득한 거였어.
돌아와서 우리가 되찾은 삶이 무미건조하고, 인색하고,
사소하고, 훔친 거 같다면, 우리의 잘못이 아닐까? 거기서
가졌던 희망들이 꺾여나가고, 우리 의도들이 배신당했다면?
그게 내 잘못이 아니라는 걸 내가 알아도 소용없어. 난
죄의식을 느껴. 난 죽은 자들을 속인 거야. 난 나 자신을,
야망과 격정으로 배신한 거야. 그런 것에 빠져 있던 내가
부끄러워. 무네트가, 만일 그녀가 돌아왔다면—돌아오기
위해 더 해야 할 게 있었을까? 무네트는 나보다 훨씬
단단했어. 무네트는 그랬는데, 왜 난 아닐까?—무네트가,
만일 돌아왔다면, 다 받아들이고, 잘 적응했을까? 돌아와서
바로 지겨운 일을 하러 사무실로 갔을까? 아침엔 버스를

놓칠까 봐 바둥거리며 뛰어가고? 무네트는 "만일 우리가 돌아가면, 어떤 것도 예전 같지 않을 거야" 하고 말했지. 모든 것은 똑같아. 똑같지 않은 건 우리의 내면이지. 나는 내 안의 무엇이 예전과 다른지, 예전과 다른 무엇이 나를 다른 사람들과 다르게 만드는지 잘 알아. 그들과 나 사이에는 산더미 같은 시체들이 쌓여 있어. 무네트는 너와 내가, 그리고 또 몇몇의 우리가 그녀의 어떤 이상적인 상을 간직하게 하려고 죽은 게 아냐. 그녀는 내 안에 살고 있어. 오늘날 내 주변 사람들이 내 옆에 있다면, 그녀는 내 안에 살고 있다고. 그리고 우리가 돌아오면 하기로 약속했던 것을, 이전과 같지 않도록 우리가 해야만 하는 것을 나는 하나도 하지 않았어. 그렇다면 그녀는 내 안에서 쓸모없이 사는 거야. 무네트가 헛되이 죽은 게 아니게 하려면 무엇을 해야 할까? 아무것도 없어. 기억 의식, 추모식, 안심시키는 흉내 내기, 1년에 한 번씩 우릴 측은하게 생각할 수 있는 기회를, 양심의 가책을 느낄 기회를 사람들에게 주기 위해 하는 이런 건 아무것도 아니야. 우리가 뭘 하든 다 아무 소용이 없어. 과거 속에서 산다는 것, 그건 사는 게 아냐. 삶으로부터 단절된 일이지. 하지만 강 저편에 마비된 채 남아 있지 않기 위해, 이편으로 다시 오기 위해 뭘 해야 할까? 우린 현재를 통제할 수 없어. 만일 내가 다른 사람들 같다면, 만일 내가 거기 가지 않았다면, 나는 어떻게 할까, 하고 이따금 상상해 봐. 한데 잘 안돼. 나는 타자니까. 내가 말하면, 내 목소리가 다른 목소리처럼 울리고. 내 말이 내 바깥에서 와. 내가 말하지만, 내가 말한 것은, 그건 그러니까 그걸 말한 건 내가 아냐. 내 말은, 그것이 이해할 수 없는 말이 되는 어떤 영역에 닿을까 봐, 벗어나서는 안 되는 좁은 길을 따라가. 단어들이 같은 의미를 갖질 않아. 이런 말을 네가 들었다고 해봐. "나 하마터면 넘어질 뻔했어. 무서웠어." 그들은 무서움이 뭔지 알까? 아니면, "나 배고파. 가방에 초콜릿 챙겨왔어야 해." 그들도 이런 말을 한다. 나 무서워, 나 배고파, 나 추워, 나 목말라, 나 졸려, 나 아파. 마치 이런 단어들이 무게가 하나도 나가지 않는 것처럼. 사람들은 또 말해. 나 친구들 보러 가. 친구들… 저녁 식사나 브리지 게임을 하러 누구 집에 가는데, 그 사람들이 친구라는 거지. 우정, 그들이 우정이 뭔지 알까? 그들의 말은 다 가벼워. 그들의 말은 다 틀렸어. 무겁고, 무겁고, 또 무거운 단어들만 가지고 다니는 사람들과 어떻게 함께할 수 있겠어? 내 눈 뒤에는 여러 형상들이 있어. 내가 긴장을 늦추면 그것들이 튀어나와 전경을 차지하고, 압도해 버려. 그러면 나는 더 이상 눈앞에 있는 것이 아니라, 눈 뒤에서 나온 형상들을 보게 돼. 그때마다 당장 난 그것들을 다시 안으로 들어가게 쑤셔 넣어야 해. 안 그러면 그것들이 날 주변에 있는 것들로부터 완전히 분리시켜 버릴 테니까. 그래서 통제하지 않으면 안 돼. 영원히 계속, 지치도록. 밤이면 난 훨씬 자유로워. 앞으로 나오게 그냥 내버려둬. 그러면 마구 달려오지. 어떤 예리함도 잃지 않은 채, 또렷한 윤곽선으로, 가차 없이. 이건 악몽이 아냐. 끔찍하고 무서운 환영들이 아냐. 그건 내가 본 시체 더미도 아냐. 아냐, 그건 그냥 익숙한, 일상적인 형상들이야. 거기서 매일 봤던 일상. 얼굴, 입, 눈. 그 모든 눈들, 점점 야위는 그 얼굴들에서 점점 커지는 그 모든 눈들, 색이 바래고 점점 꺼지는 그 모든 눈들. 저항하고, 애걸하고, 체념하는 그 모든 눈들. 아니면, 가벼운 스침으로부터, 드러나는 풍경, 점점 강렬하게 밝아지는 세부, 내가 늘 알아보는 그것을 중심으로 다른 모든 것들이 하나둘 재조합되어 나타나는 그 형상. 그 많은 해가 지난 후, 그 많은 변화가 있은 후… 그 후, 그 많은 일들이 일어난 후. 그 후, 나는 결혼하고, 아들을 얻었지. 나는 책들을 읽었고. 새로운 지식을 쌓았고, 새로운 관계를 맺었어. 귀환 이후 내가 만난 모든 사람들은 존재하지 않아. 그들은 내 사람들이, 진짜 내 사람들이 아냐. 진짜 내 사람들은 내 동기들이야. 그들, 산 자들은 내 옆에 있을 뿐이야. 그들은 다른 세계에 있어, 우리 사이를 뚫고 들어오지는 않을 거야. 그러나 때때로 그들이 우리와 마주친다는 생각을 하게 되기는 해. 그들은 자기들의 가벼운 단어들 중 하나를, 텅 비어 있는 단어들 중 하나를 발음하고는, 곧장 균형을 잃고 산 자들의 세계로 넘어져. 나는 살아 있는 시체가 아냐. 나는 기운이 없지도, 무감각하지도 않아. 무기력하지도 않아. 가끔, 처지고, 몸보다는 정신적으로 처지기는 하지만. 이런 피로는, 나를 사람들에게 맞추고, 그들의 가벼운 단어들에 적응해야 할 때 와. 나를 보면, 내가 살아 있다고 할 거야. 나는 일해. 나는 내 집을 돌봐. 나는 세상에서 일어나는 일에, 내 동네에서 일어나는 일에 관심을 갖지. 내 아들의 학업에, 그 아이의 미래에 관심을 갖고 말이야. 이 단어들 중 거짓말이 있어. 미래… 라는 말. 아이는 공부에 취미가 있어. 고등학교에서 제법, 꽤, 성적이 좋았어. 아니, 아주 뛰어났어. 열일곱 살의 소년이란 무척 흥미로워. 그 애는 나에게 많은 만족감을 줘. 나는 그 애가 돈에 끌려다니지 않아 좋아. 여러 계획들을 세우지만, 눈부신 경력을 고려하는 건 아니야. 부자가 되거나 중요한 사람이 되는 데는 관심이 없고, 그걸 목표로 삼지도 않아. 그는 그냥 그 일이 좋아서, 자기가 하고 싶은 일이기에 대가 없이 하는 사람을 존경해. 그는 나에게 만족감을 줘, 기쁨은 아니야. 기쁨은…. 겉으로 보기에 나는 살아 있는 자들에 속한 또 한 명의 살아 있는 사람이지. 나의 남편은 착해. 믿을 만한 동반자야. 그는 자기 자식과 아내에 충실해. 그가 나를 이해하는지는 전혀 궁금하지 않아. 왜냐하면 그가 나를 이해하지 못한다는 걸 알기 때문에. 내가 그를 처음 만났을 때부터, 내 설명이 그의 머릿속에 잘 들어가지 않는다는 것을 알았어. 내가 과연 설명할 수 있을까? 그는 조용히, 마음을 안심시키며 이렇게 말하곤 했지. "당신이 지나온 길을 알아. 돌아와도 돌아온 게 아니라는 걸 알아. 상처를, 조금만 닿아도 다시 찢어지는 상처를 갖고 돌아온 걸 알아. 그래서 내가 절대 당신한테 그 이야기를 안 하는 거야. 당신을 돕고 싶어, 다 잊어버리게 해주고 싶어. 말하면 아파. 잊고 싶으면 그걸 말하지 말아야 해." 있잖아, 다 틀렸어. 우릴 사랑하는 사람들은 우리가 다 잊길 원해. 그들은 이해를 못 하는 거야, 우선, 그건 불가능하다는 걸. 그리고, 잊는 게 더 끔찍한 일이라는 것. 내가 과거에 매달려 있는 게 아냐. 잊지 않겠다고 결심한 게 아냐. 잊을지 기억할지가 우리 의지에 달린 문제가 아니라는 거야. 설령 우리에게 그럴 권한이 있다 하더라도. 우리가 거기 남겨놓고 온 우리 동기들에 충실하기, 이게 우리에게 남은 전부야. 그러니 잊는다는 건 어떻게 해도 불가능한 일이야. 우리 중 누군가는 이 과거를 자신의 비밀로 묻어버렸다고 믿는다 해도, 그 기억에 또 새로운 기억들—여행, 모험, 미친 짓, 온갖 것들—을 더해봐도, 과거를 덮기 위한 거대한 삽질로도, 과거는 사라지지 않아. 그 시간은 사라지지 않아. 거기서 보낸 어느 날을 떠올리면, 어떤 순간이 되돌아와, 냄새를 타고서라도…. 언젠가 부엌을 지나고 있었을 거야. 야채 바구니 맨 밑에 썩어가는 감자 하나를 그냥 놔뒀던 모양이야. 그러자 갑자기 다 되살아났어. 진흙탕, 눈, 몽둥이질, 목숨을 부지하기 위해 통과하던 길에 쏟아지던… 냄새, 색깔, 바람 소리, 비에 실려오는…. 내 아들이 접시 앞에서 싫은 표정을 지을 때, 난 이런 말은 하지 않아. "만일 거기서 우리가 이런 갈비를 먹었다면…" 어린아이에게 이런 말을 한다는 건 너무 흉측해. 난 항상 그런 말을 안 하는 데 성공했고, 그 결과 아이는 자기 엄마가 다른 엄마와 얼마나 다른지 몰랐어. 난 절대 그 비슷한 지적도 하지 않았어. 하지만 매번, 나는 그걸 생각했어. 매번 그걸 생각하는 나를 원망했어. 그러면서도 매번 또 그럴 거라는 걸 난 알았어. 만일 나에게 먹이기 까다로운 아이가 있었다면, 난 어떻게 했을까…. 네가 그날들을 떠올리면, 어제, 아니면 오늘 같지 않아? "내가 도와줄게, 다 잊도록. 할 수 있는 건 내가 다 해볼게." 그래, 내 남편이 생각하는 게 바로 이런 거야. 그는 과민해, 왜냐하면 자기가 안다고 믿기 때문이지. 그래서 난 한 번도 그를 이해시키려고 시도하지 않았어. 내가 살지 말아야 했을까? 결혼하지 말아야 했을까? 내 동기들은 다 남편 없이, 자식 없이 죽었으니까? 나는 남편이 있고, 아들이 있어. 이건 부당한 게 아냐, 비정상적인 거야. 귀환 이후, 내가 해온 모든 일이, 억지로 망각하려는 노력처럼 보였을지 모르지만, 지금은 받아들이게 되었어, 잊어버리는 게 불가능하다는 걸. 세상 사람들이 인생에서 하는 일들을 하면서 꾸역꾸역 잊다니, 이 무슨 말도 안 되는 소리야! 돌아올 당시, 나를 돌아오게 한 본능 혹은 의지에는 분명 어떤 생명력이 있었어. 하지만 나를 진정 삶 속에 돌려보내기에는 그 본능이, 그 의지가 충분히 강하지 않았어. 내 남편이 여기 있어. 하지만 나는 그게 무엇이었는지를 그가 상상하게 할 수는 없어. 그건 불가능해, 평생을 얘기해도 불가능해. 나는 그래서 말하지 않아. 나는 아예 그런 말을 하지 않아. 그를 위해, 나는 활달하게, 정연하게, 현재에 존재해. 그는 틀렸어. 내가 거짓말을 한 거야. 나는 현재에 없어. 만일 그도 강제 수용됐더라면, 훨씬 쉬웠을 것 같아, 적어도 내겐 그래 보여. 그는 내 동공에서 베일을 보았을 거야. 그랬다면 우린 두 맹인처럼, 각자 서로에 대한 내면의 지식을 지닌 채 나란히 걸었을까? 아마도 차라리 그게 쉬웠을 거야, 그랬다면 나는 말을 자제할 필요를 느끼지 않았을 테니까. 넌 왜 말하는 걸 자제하냐고, 그에게 말하는 걸 자제하냐고 묻겠지? 그게 그를 괴롭게 할 테니까. 자기가 아무리 날 돌봤어도 전혀 나아지지 않았다는 것을 그가 알게 될 테니까. 나는 살아 있지 않아. 사람들은 기억은 흐릿해지는 법이라고, 시간이 흐르면 사라질 거라고, 그 무엇도 시간에 저항하지 못한다고 믿지. 그게 바로 차이점이야. 나에게, 우리에게, 시간은 흘러가지 않는다는 것. 전혀 흐려지지 않는다는 것,

닳거나 마모되지 않는다는 것. 나는 살아 있지 않다. 나는 아우슈비츠에서 죽었어. 아무도 그걸 목격하진 못했지만.

아마도 우리는
우리의 기다림으로
우리의 기다림을
우리가 기다렸던 것을 미화했었나 보다.
우리는 우리가 기다리던 것을 향해
온통 있었다.
꽉
부드럽게
예민하게
안달 나서는
우리들의 손은 잡을 준비가 되어 있었다.
안달 나고
게걸스럽게
한없이
우리들의 심장은
줄 준비가 되어 있었다.
우리들의 손과 우리들의 심장은
우리들이 기다렸던 것을 향해

아니, 우리를 기다리지는 않은 것을 향해
있었다.

그들이 우리 말을 들어주지 않는다고 말하지 말라.
그들은 우리 말을 들어준다
그들은 이해하고자 한다
끈질기게
꼼꼼하게.
그들의 가장자리를 이해하고 싶어 한다.
자신의 가장자리 그 민감한 경계 영역을
그것이 그들의 가장 깊은 곳
자신의 진실이니까.
그러나 아직도 멀리 있다.
우리가 닿았다고 생각한 순간 멀어진다
움츠린다, 오므라든다, 달아난다.
왜냐하면 그들도 아프기 때문이다
우리는 훨씬 더 아픈 바로 그 지점에서.
그래서 물러나고 후퇴한다…

우리에게 장미꽃을 약속했던 한 시인
우리가 돌아오는 길 위에
장미꽃이 있으리라
시인은 그렇게 말했지.
장미꽃들
우리가 돌아올 때
길은 험하고 메말랐다.

시인이 거짓말을 했을까?
아니다
시인들은 사물 너머를 본다
그리고 그 시인은 선지자의 눈을 가졌다.
만일 장미꽃들이
거기 없었다면
우린 돌아온 게 아니라는 거다.
더욱이
왜 장미꽃인가
우리가 요구하지도 않은.
만일 우리가 돌아온 게 맞다면
사랑이야말로 우리가 필요했던 것이기 때문이다.

푸페트

귀환은 힘들었어. 우린 그걸 예상해야 했어. 한데 우리가 미처 생각하지 못한 것은 그 이후에 일어날 일이었지. 거기선, 귀환은 가공할 만한, 믿을 수 없는, 기적적인 일이었어. 우리는 그래서 귀환이라는 관념에 매달렸고. 우린 그걸 너무나 강하게 믿어 하나의 신앙으로 벼려냈어. 그래, 그건 종교와도 같았지. 설명되지 않고, 설명할 수 없고, 그냥 믿는. 우리의 상상력은, 우리가 어떻게 철조망을 넘을지를 그려내느라, 가장 경이롭고 기상천외한 경지로 비약했었지만, 바로 그 너머에서 멈췄어. 철조망 너머의 자유. 그게 다였지.

그래, 돌아온 사람들 모두에게 귀환은 힘들었다고 생각해. 자유로워진 우리는 거기서 다 하지 못한 애도에 아직까지 붙들려 있지. 되찾은 일상에서, 빈자리는 더 눈에 띄었고, 우리가 잃은 사람들이 간절히 그리워. 그녀들의 부재가 거기서는 덜 느껴졌는데, 자유 속에 있자니 그것이 왜 이토록 참혹할까? 아마도, 거기서는 그 어떤 것도 현실이 아니었어서? 그러니까, 거기서는 모든 게 우리의 실제 삶 밖에 있었어서? 나는, 귀환 후에, 그때서야 엄마를 정말로 잃었어. 엄마는, 우리가, 그러니까 마리에트와 내가, 감옥에 있는 동안 죽었어. 그리고 귀환 후, 그때서야 나는 마리에트를 정말로 잃었어. 마리에트가 죽는 것은 거기서 봤지만, 이제 정말로 내게 동생이 없게 된 건 귀환 후였어. 비참하고, 더럽고, 치사한 디테일들의 총합.

나의 아버지는 내가 거기 있을 때 재혼했어. 새 부인은 아버지보다 훨씬 젊었지. 그들은 마리에트가 죽었다는 소식은 들었어. 나에 대한 소식은 듣지 못했고. 나도 죽은 줄 알았을 거야. 내가 돌아오니, 이 부인으로서는, 모든 계산이 헝클어졌어. 그녀가 탐냈던 재산은 별것도 아니었어. 여행자들이 묵는 작은 호텔. 우리 부모가, 무일푼에서 시작해서 평생의 노동과 근검절약, 결코 포기하지 않는 노력으로 마침내 획득한 변변찮은 소유물이었어. 나는 돌아왔어. 그러나 집에는 더 이상 나를 위한 자리가 없었어. 말 그대로였어. 새엄마가 내 방을 호텔 여분 방으로 만들었던 거야. 내가 내 방을 다시 차지하면, 하루에 그만큼, 한 달에 그만큼 수입이 줄어드는 셈이었지. 이 새 부인 앞에서, 나의 아버지는 순순히 따르기만 했어. 나를 지지하거나, 방어해 주는 말을 단 한마디도 하지 않았어. 나는 내 방을 되찾기 위해 싸워야 했어. 나는 돌아가신 어머니에게서 나온 내 몫을 요구하며 협박하기도 했어. 그래, 그 지경까지 갔어. 나는 협박에 더 무게를 싣기 위해 변호사와 논의하기까지 했어. 이렇게 싸우다 보니, 나는 빈혈이 생겼고, 칼슘 결핍이 생겼고, 오후만 되면 열이 심하게 났어. 그렇게 엄청난 대가를 치르고는, 내 방으로 돌아갔지. 새엄마는 내 삶을 못 살게 굴었어. 그러나 나는 끄떡없었어. 왜? 지금도 가끔 생각해. 거기선, 목숨을 위해 싸웠지만, 이제 여기선 잠잘 자리, 먹을 몫을 위해 싸워야 했어. 그까짓 것을 위해 싸울 가치가 있을까? 그걸 위해 그토록 죽을 고생을 하며 돌아올 가치가 있었을까? 그토록 안간힘을 쓰면서? 나는 몇 번이나 다 때려치우고 싶었는지 몰라. 몇 번이나 차라리 안 돌아오는 편이 나았다고 속으로 중얼거렸는지 몰라. 얼마나 구역질이 났는지! 우리 조직의 옛 간부였던 자가 나에게 알랑거릴 때, 난 거의 그의 품 안으로 뛰어들 뻔했어. 그는 내가 갖지 못한 모든 것을 줄 듯 굴었어. 안락한 가정, 집, 애정, 버팀목. 제길! 넌 알지? 그게 어떻게 끝났는지? 그는 어떤 입지를 찾고 있었던 거야. 열여덟 살부터 해온 영웅 노릇―참 대단하기도 하지―을 빼고 나면 그에겐 직업이 없었어. 아버지를 다 벗겨 먹기―내가 고리못처럼 달라붙어 절대 안 떨어질 것을 안 새 부인은 결국 아버지를 떠났어―그래 맞아, 난 그랬어. 손이 마르다 못해 투명해질 정도로 나는 힘주어 삶에 달라붙었지. 돌아온 후, 아직 내게 남아 있는지도, 끌어낼 수 있는지도 몰랐던 그런 힘으로―아버지를 다 벗겨 먹고 금고를 차지하는 것, 그게 바로 내 남편이 노린 전부였어. 다시 또 이어지는 구차하고 치사한 말싸움들, 비참한 계산과 속셈들, 서로의 면전에 던진 지출과 매상 계산서들, 그리고 의심과 의혹. "금고에 손댔어?―이 외투 어디서 났어?―너, 그 차는 뭐야?" 저열하고, 비열하고… 사랑? 사랑 좋아하네. 아우슈비츠에서 돌아와서는, 지난 세기의 순진한 바보처럼, 하찮은 야망 따위에 걸려들다니…. 결혼했을 때 난 열아홉이었어. 하지만 그건 내 나이가 아니었어. 내 마음은 열여섯? 체포되었을 때에 머물러 있었어. 그런데 내 성격은 세상 다 산 늙은이, 다 헤아릴 수도 없는 온갖 경험을 한 바람에 폭삭 늙어버렸지. 지난 세기 소설에나 나올 법하게, 남편은 객실 청소부들과 바람이나 피우고, 우스꽝스럽기도 하지. 그런데 난 웃어넘기는 데 몇 년이 걸렸어. 이 눈먼 생활이 얼마나 지속되었냐고? 사랑이니 행복이니 하는 걸 따졌다면 금방 끝났겠지. 두 아이가 생기고 나서야 끝난 거 같아.

난 이혼했어. 세세한 이야기는 생략할게. 나머지도 치사하고 더러운 얘기니까. 아이들이 판돈, 경매물, 분할과 공제의 구실로 쓰였지. 아버지는 돌아가셨어. 나는 다시 혼자가 됐고. 혼자 사업을 해나가야 했어. 내가 꿈꿨던 일은 아니었지만, 생계를 위해 할 수 있는 유일한 거였어. 난 교실에서 수업을 받다 체포되었어. 우체국에 취직하는 데 필요한 변변한 졸업장 하나 없었어. 그런데 호텔 운영? 이건 그래도, 말하자면 태어나면서부터 아는 거였지. 하지만 난 지쳤어, 이런 삶에. 삶이 없는 이런 삶에! 거기선 그래도 동기들 덕분에 그 많은 다른 것들이 존재한다는 걸 배웠는데! 상상도 못 했던 그 많은 생각의 지평들이 있었는데! 너희들이 말해줬던 모든 것들. 책, 연극, 그림, 음악, 여행… 나에겐 그게 학교였어! 너희들이 해준 말들을 나는 스펀지처럼 빨아들이며, 나 자신에게 약속했지, 내가 돌아가기만 하면… 돌아가서는, 다 읽고, 다 보겠다고. 그런데 난 벌어먹고 사느라, 지방 소도시 호텔에 처박혀 여행객들 대화나 듣고 살았지… 선택의 여지가 없었어. 아이들을 키워야 했으니까. 이런 생활을 20년 동안이나 어떻게 견뎌왔을까? 너희들 덕분에, 책들 덕분에, 음악 덕분에, 너희들이 나에게 가르쳐주고 알려준 그 모든 것 덕분에. 돌아와서, 환멸은 너무 컸지만, 만일 내가 살겠다는 이런 선망, 배우겠다는 이런 선망, 너희들이, 너무나 대단한 너희들이 아는 걸 나도 다 알겠다는 선망이 없었다면, 난 그 환멸을 절대 극복하지 못했을 거야. 점호 때, 또 우리가 습지로 끌려가며 이동할 때, 너희들이 얘기해 줬던 너희들의 삶이 없었다면. 나는 아우슈비츠에서 살아 나오는 데 도움이 된 그 영험한 능력을 20년 동안이나 발휘했어. 나를 둘로 나누기. 그러면서 거기 있지 않기. 너 알아? 수용소에서 난 그렇게 했어. 넌 거기서 그렇게 자신을 둘로 나누는 게 불가능했다고 생각하지. 하지만 난 해냈어. 시체 더미 앞을 지나갈 때, 나도 물론 그걸 보았지, 하지만 난 얼른 눈을 돌렸어. 바라보지 말자, 보지 말아야 한다, 하면서. 그래서 안 보는 데 성공했어. 돌아와서도 마찬가지로, 내 남편과 아버지가 서로 싸우고 때리고 할 때, 남편이 언쟁을 시작할 때, 난 내 안에 있는 또 하나의 세계로 날 피신시켰지. 거기로 도망쳐 숨어 있었지. 다 해결되고—이혼 문제, 유산 문제—딸들이 다 컸을 때, 난 대차대조표를 작성했지—아, 너한테까지 또 비즈니스 용어를 쓰네. 난 나한테 말했어. 자, 네가 지금 마흔 살이고, 여행을 하고 싶다면, 네 인생을 호텔 방 열쇠들이 걸린 판때기 앞에서 끝내고 싶지 않다면, 결정해야 해. 좀 있으면, 늦어. 마흔이면 아직 뭐든 해볼 수 있는 나이야. 쉰에는 포기하게 돼. 난 그래서 결심했어. 호텔을 팔기로. 프랑스를 떠나 다른 곳에서 다른 일을 해보기로. 그래서 난 내 딸들과 포르토리코로 떠났어. 지금은 애들이 다 컸고, 학업도 거의 마쳤어. 왜 포르토리코였냐고? 사실은, 나도 왜였는지는 몰라. 거기 아는 사람이 하나도 없어. 그 섬에 특별히 끌렸던 것도 아냐. 그냥 다른 데서 자리를 잡아보고 싶었어. 태양이 있는, 열기가 있는, 바다가 있는, 빛이 있는, 색깔이 있는 곳이면 어디에서든. 그래서, 자, 보라고, 내가 지금 얼마나 잘 지내는지. 춤지 않게 된 이후로는 몸도 너무나 건강해졌어. 거기 풍경은 또 얼마나 아름다운지! 난 거기 내 책과 음반들을 가져갔고, 테라스 아래에는, 푸르고, 투명하고, 따뜻한 바다가 펼쳐져 있지…. 다시 입지를 회복하려면 열심히 일해야 한다는 것도 알아. 난 결심했지. 다음번 여행에선—그래, 프랑스도 일 년에 한 번씩은 돌아올 거야—내 사업이 얼마나 잘 굴러가는지 말해줄 수 있길 바라. 지금으로선, 아직 그 기획이 초안에 불과해. 아마, 내가 어처구니없는 일을 저질렀는지도 몰라… 적어도 한 번은 저질렀겠지. 네가 날 이해할지 모르겠는데. 아우슈비츠에서 운 좋게 돌아와서, 아무 일도 일어나지 않았던 것처럼 살았다는 걸….

당신은 알고 싶고
질문을 하고 싶었다.
그런데 무슨 질문을 해야 하는지
질문을 어떻게 해야 하는지 잘 모른다.
그래서 간단한 것들을 묻는다
굶주림
두려움
죽음.
그러면 우리는 어떻게 대답을 해야 할지 모른다.
당신이 쓰는 단어들로 대답하는 법을 모르기 때문이다.
우리가 쓰는 단어들은
당신이 이해하지 못한다.
그래서 당신은 더 간단한 것을 묻는다
가령, 하루는 어떻게 지나갔나요, 하고.
하루가 너무나 길어서
당신은 참을 수 없을 것이다.
그리고 우리가 대답해도
당신은 그 하루가 어떻게 지나갔는지 모르니까

당신은 생각한다,
우리가 대답할 줄을 모른다고.

우리가 말하는 것을 당신은 믿지 않는다.
왜냐하면
그게 사실이라면
우리가 말한 것이 사실이라면
우리가 여기서 말하고 있지 못했을 테니까.
설명할 수 없는 것을 설명해야 한다.
왜
내가 아니라,
그렇게 강했던 비바가 죽었는지를
설명해야 한다.
왜
내가 아니라,
그렇게 열정적이고 자부심이 강했던
무네트가 죽었는지를
설명해야 한다.
왜 내가 아니라,
결단력 있던 이본이.
왜 뤼뤼가 아니라,
순박했던 로지가 죽었는지
설명해야 하는데.
왜 살았는지
왜 죽었는지 모른다.
왜 로지였고

왜 루시가 아니었는지
왜 마리에트였고
왜 푸페트가 아니었는지.
왜
훨씬 젊고 훨씬 가냘픈
그녀의 여동생이었는지.
왜 마들렌이었고
마들렌 옆에 누워 있던
엘렌이 아니었는지.
왜, 왜
모든 것이
설명할 수 없기 때문이다.

402

수용소에서 돌아오기, 무리 속으로 돌아오기
역사 이후의
매일매일
레지스탕스 이후
되풀이되는 일상.
우리는 말하곤 했다
삶이 자유로울 때 삶이 아름다울 거라고
우리가 자유로울 때 삶이 불같을 거라고
모든 게 단순하고
투명하고
우리는 자유와 함께 모든 걸 돌려받을 거라고.
아름다움 사랑 우정
모든 것
자유
다 돌려받으니
우리는 살기만 하면 된다고.
고통받는 걸 아는 자에게
죽는 걸 아는 자에게

이보다 더 단순하고
쉬운 게 있을까.
돌아가기
우리 중 누가 감히 그 이상을 생각했겠는가?
돌아가기
불가능한 걸 이미 요구했는데
모든 걸 요구했는데
그보다 더한 걸 누가 감히 요구했겠는가?
돌아가기
모든 게 우리에게 돌아올 것이다.
돌아가기, 그걸로 끝이 아니다
다시 생활하기 위해 돌아가는 것이다
매일매일을 다시 살기 위해 돌아가는 것이다.
일을 하러 빚을 지러
빚을 갚기 위해 저축하러
비누라도 팔기 위해 돌아가는 것이다
왜냐하면 다른 것은 할 줄 모르기 때문이다.
사무실로 다시 가기 위해 돌아가는 것이다
왜냐하면 다른 것은 할 줄 모르기 때문이다.
매일매일의 삶에서
집을 찾기 위해
왜냐하면 다른 것은 할 줄 모르기 때문이다.
시간을 지키기 위해
왜냐하면 출근은 제시간에 해야 하기 때문이다.
…
당신은 무엇을 불평하는가

삶, 이게 삶이다.
거기서 당신은 무엇을 꿈꾸었는가?
배고프면 먹고
졸리면 자고
사랑을 느끼면 사랑하고
먹고 자고 사랑하기
돌아오고 난 이후
당신은 그걸 다 했다.
역사는,
끝났다.
다른 사람처럼 행복하라
역사는,
이 순간이다.
바로 지금이
삶이다.
왜 돌아오길 원했었나?

역사에서 나와라
삶으로 들어가기 위해
이제 당신들도 해보라, 해보면 알게 될 거다.

마리-루이즈

"있지, 난 부족한 게 없어. 난 행복해." 그녀는 나를 다음 방으로 안내하면서, 잡일을 훨씬 쉽게 만들어주는 설비의 세부 사항들—"왜냐하면, 너도 알겠지만, 가사 노동 시간은 가능한 한 줄여야 하니까"—다른 것들과 조화를 이루는 색, 예전 집 다락방에서 가져왔는데 작은 구석에 두니 잘 어울리는 가구를 가리켜 보였다. "우리 새 집, 너무 근사하지? 좀 이따, 정원도 보여줄게. 아니다. 피에르가 보여주는 게 낫겠다. 정원은, 그의 자랑이거든. 여기, 이 작은 구석은, 난 그걸 내 서재라 불러. 명상하고, 읽고, 써야 할 때 난 거기 틀어박혀. 오후에는 글을 써. 아! 난 작가는 아냐, 스스로 작가라고 생각하는 건 아냐. 난 나를 위해 글을 써. 한데 너도 그걸 해봐야 해. 떠올릴 필요가 있어. 피에르는 내가 쓴 걸 읽는 걸 좋아해. 내 책들은 여기 다 있어. 난 많이 읽어. 봐봐, 선반 하나를 더 만들어야겠어. 바닥에 있는 책 더미 좀 봐. 이걸 다 어떻게 정리해야 할지 모르겠어. 저 옆에 쌓인 책들 빨리 보고 싶다. 그래, 이거 다 강제 수용에 관한 거야. 출간된 책은 모두 갖고 있는 거 같아. 다 읽고 종종 다시 읽고 있어. 아우슈비츠에 관한 책은 많이 없어. 내가 쓰는 것도 약간은 그래서야. 이것 봐. 쓴 공책이 벌써 여러 권이야. 이걸 돌려서 읽히기도 해. 내가 타자를 치진 않으니까, 피에르가 복사해 줬지. 사람들이 달라고 하면 읽으라고 줘. 특히 내 딸의 친구들이. 아! 있지, 피에르가 직접 쓸 수도 있을 걸. 여기 있는 책을 다 읽었거든. 또 내가 모두 얘기해 주기도 했고. 기사들도 오려 놨어. 흥미로운 게 많아. 너도 필요하면, 줄 수 있어. 난 여기 내 서재에 있으면 참 좋아. 집에서 가장 조용한 곳이거든. 정원 저 안쪽에서 흐르는 냇물 소리밖에 안 들려. 들리지? 아! 여기 있으면 소음도 없어. 전나무 길 끝으로 가면, 완전히 조용해. 여기, 내 서재에 있으면, 정말 좋아. 아무도 날 방해 안 해. 다들 내가 여기 있을 땐, 방해해선 안 된다는 걸 알지. 그래, 우린 우리 새 집에서 정말 행복해. 저번 집도 괜찮았지만 거긴 도시잖아, 난 소음은 참을 수가 없어. 여긴 시내에서 멀지도 않아. 걸어서 IO분이면 돼. 게다가 나가는 일도 드물어. 그리고 정원이 있으니까. 이리 와, 우리 거실에 가서 앉자. 피에르를 기다리며 포르토• 한잔하자. 그 사람 늦지 않을 거야. 우리랑 점심 들어, 내가 고기 시베º 해놨어. 피에르가 너를 못 보면 너무 서운해할 거야. 너 왔다 그냥 가면, 기다렸다가 그 사람 보고 가지 않으면 정말 화낼걸. 우리 보러 온 거 처음이잖아… 물론 우린 파리에서 좀 멀리 있지만. 파리는 거의 가지 않아. 나만큼이나 피에르도 집을 떠나 너무 많이 움직이는 걸 좋아하지 않아." 그녀는

- • 식전주로 많이 마시는 포르투갈 포르토산 포도주다.
- ○ 프랑스 남부 지방의 스튜 요리. 토끼, 돼지, 가재, 사슴 등 여러 종류의 고기와 양파, 적포도주를 넣어 푹 끓인다. 주로 토끼 고기를 이용한다.

펠트처럼 눌린 듯 나직한 목소리로 말했다. 그 목소리는 벽지의 온화한 색, 그녀 원피스의 창백한 색, 주름진 망사 커튼을 통해 들어오는 빛, 창을 가득 채운 나무 한 그루의 우거진 잎사귀들 사이로 비치는 빛과 조화를 이루었다. "우리 집에 와줘서 고마워. 세월이 정말 많이 흘렀네. 그래도 이렇게 다시 보니 얼마나 좋아." 그녀는 예쁜 유리잔에 포르토를 부었다. "자, 건배! 이제 오는 길도 알았으니 더 자주 보기로. 그 기쁨을 위하여!" 그녀는 앉아서, 미소 지으며 나를 살피듯 바라보았다. "어떻게 지내니? 일은 해? 돌아와서 다시 네 일 시작했지? 난 당장은 시작할 수 없었어. 알지? 난 남편 회사의 회계 일을 했어. 돌아와서는 얼마나 피곤했던지! 특히 정신적으로 지쳤어. 머릿속으로 이것저것 순서대로 정리하는 게 안돼서 말이야. 이러는데 어떻게 숫자 배열을 제대로 할까 싶더라고. 기운을 차리고 나서야 다시 시작했지. 몇 년 동안 하다가, 지금은 은퇴했어. 피에르도 일을 많이 줄였고. 나이가 있으니까…. 그리고 정원, 이제 그에겐 정원이 있으니까. 그는 여기에 자기 책들을 가지고 와. 우린 여기서 함께 회계 장부를 보기도 하고. 그래, 난 정말 지쳐서, 다시는 회복할 수 없을 줄 알았어. 그런데, 서서히, 다시 자리를 잡더라. 내 능력들이 다시 돌아왔지 뭐야. 피에르 덕분에. 만일 그가 없었다면, 난 절대 다시 적응하지 못했을 거야. 그와 함께 있으면, 큰 문제는 없었어. 한데 다른 사람들 앞에 있으면, 친구여도, 모든 게 흐릿해졌어. 할 말의 단어도 못 찾고, 마구 떨기 시작했어. 식은땀이 나고. 만일 피에르가 없었다면, 난 완전히 은둔해 처박혀 살았을 거야. 이미 그런 셈이었지,

모든 것으로부터 물러났으니까. 사람, 물건, 일. 내 딸을
보고도 얼어붙었어. 내가 돌아왔을 때, 그 애는 열세
살이었는데. 딸을 되찾은 동시에 되찾지 못했어. 네 생각엔
애가 엄마를 되찾아 행복해했을 것 같아? 그 나이라면,
이해할 수 있겠지. 아주 어린아이를 두고 갔던 게 아니니까.
그랬다면, 돌아와서, 아이들이 엄마를 못 알아봤을 거야. 내
딸과는 좀 다른 문제가 있었어. 걔는 아빠하고만 있고, 집을
알아서 보는 게 너무 익숙해져서, 나하고는 어떻게 대화해야
하는지 잘 몰랐어. 내가 그 아이를 무섭게 하는 것 같았어.
사실, 내 얼굴을 보면 그럴 만했지… 기억나? 나보다 더
야윈 몸은 상상하기 힘들었어. 그 아이가 뭔가를 찾을 때면,
가령 지하 창고 열쇠라든지, 우유 살 돈이라든지, 아이는
그걸 자기 아빠에게 물어봤어. 한동안 피에르가 집안일을
다 했으니까. 그가 그걸 어떻게 다 해냈는지 너한테 설명할
순 없지만. 그가 날 원래의 내 삶으로 돌아가게 해줬어.
내가 그걸 알아차리지 못하게 하면서. "마치 애들한테 말을
가르칠 때처럼 한 거야" 하고 한번은 그가 말하더라고.
"애들한테 말하면서 입술을 어떻게 움직이는지 보여주잖아.
그럼 애들이 당신을 흉내 내고, 그러다 보면, 어느 날 애들이
말을 하잖아." 내가 보기엔 차라리 걸음마를 가르치는 거
같았어. 알겠지만, 내 남편은 정말 좋은 사람이야. 우리
딸은 결혼했어, 하지만 집은 텅 비어 있지 않아. 우린 둘 다
행복해. 지루할 틈이 없어. 우린 이런저런 대화를 나누며
저녁을 보내지. 아우슈비츠에 대해서도 끝없이 얘기해. 내
기억은 곧 그의 기억이 되었지. 마치 그가 나랑 거기 함께
있었다는 착각이 들 정도로 말이야. 그는 다 떠올려, 나보다

더 잘. 어, 왔네. 차 소리 들린다." 그녀는 일어나서 계단으로
그를 마중하러 나갔다. "피에르, 손님 왔어. 알아맞혀 봐.
누가 왔는지. 샤를로트야."

"아, 샤를로트! 당신을 드디어 만나게 되었군요, 정말
기쁩니다. 우리가 서로 아는 사이라고 말할 순 없지만, 전
이전부터 당신을 알고 있습니다."

"두 분은 서로 잘 아는 사이예요. 내가 샤를로트에게도 당신에
대해 정말 많이 말했거든요, 거기서. 그치, 샤를로트?"

"그렇군요, 우린 사실상 아는 사이나 마찬가지죠."

"옛 동지를 만난 것처럼, 서로 포옹하면서 인사 나눠요."

그는 그의 아내가 말해준 대로 내가 상상했던 것과 똑같았다.
조금 더 늙었고, 아마 그녀로부터 이야기를 들은 시기에는
지니고 있지 않았을 우울한 눈빛이었다.

"저희를 보러 와주셔서 정말 고맙습니다. 며칠 머무실 거죠?
이런저런 이야기 나누다 가시면 좋겠습니다."

"잠시 두 분이 계세요. 전 식탁 좀 차릴게요. 준비는 다 됐어요.
샤를로트랑 건배해야지, 피에르. 당신 잔 저깄어요."

"자, 샤를로트, 어떻게 지내십니까? 항상 파리에 계시죠?
연극 일 계속하시고요? 제 아내가 당신을 아주 잘 묘사해
줬네요. 뵙자마자 바로 알아보겠던데요? 일에는 다시
복귀하셨어요? 너무 힘들지 않으셨는지, 처음엔? 마리-
루이즈는 초기에 아주 힘들어했어요. 다시 생활에 적응할 수
있을지 염려됐어요. 야채 가게에서, 바구니에 떨어진 누렇게
시든 배춧잎들을 주워 모으는 걸 보고는 다시 정상적인
사람이 될 수 있을까 걱정했죠. 한밤중에도 깨어나 침대에서
뛰어내리고. 아침이라고 생각했나 봐요. 저도 그녀와 똑같이

했죠. 다 잠든 집 안에서 자기 혼자 이상해졌다고 느끼지 않도록요. 배춧잎 줍는 건 바로 사라졌어요. 나중엔, 그냥 못 주워서 아쉬운 것처럼 가만히 보기만 하더라고요. 상추는 겉의 잎을 떼어낸 후, 하나하나 천천히 살펴보면서 큰 잎도 다 먹으려고 하더라고요. 잠 깨는 게 어느 정도 제자리로 돌아오는 건 훨씬 오래 걸렸어요. 우리가 이전에 기상하던 시각으로는 다신 못 돌아갔지만요. 전 그건 상관없어요, 오히려. 여름엔 아침 일찍부터 정원에서 해야 할 일이 항상 있으니까요. 아내가 커피를 만드는 동안 전 장미 나무들 꽃가루받이도 하고, 토마토에 물도 주고 했죠. 겨울엔, 지하 창고가 있어서. 거기서도 항상 할 일이 있었죠. 마리-루이즈는 일찍 일어나는 편이어서, 아침에 이런저런 집안일을 다 해치우고, 오후에는 자기만의 시간을 가져요. 읽고, 쓰고, 편지에 답장 쓰고, 옛 동기들 모두와 서신 교환을 하고 있어요. 커피 마시는 것도 그랬어요. 처음에 돌아와서는 커피를 안 좋아하더라고요. 그래서 치커리 커피를 만들어줬어요. 그러다 서서히 커피를 섞었죠. 탈 때마다 양을 약간씩 늘려가면서. 그랬더니 커피 맛을 완전히 되찾았어요. 안 그랬으면 큰일 날 뻔했어요. 전에, 아내가 얼마나 커피를 좋아했는데요."

그때 주방 쪽에서, 마리-루이즈가 평소 나지막한 목소리를 제법 높여 대화에 끼어들었다. "샤를로트에게 내가 썩은 이파리 먹었던 얘긴 하지 마요."

"당신 그거 안 먹었어. 아, 만일 내가 당신 말리지 않았다면 또…."

"내가 그때 얼마나 배고픔을 심하게 느꼈으면, 돌아와서도!"

"딸애가 식탁 위에 빵 부스러기를 하나라도 남기면, 그것도 못 참았어요. 아이가 완전히 당황했죠. 왜냐하면, 여기는, 독일 점령 때도 배급 덕분에 고생하진 않았으니까요. 우리에게 부족한 건 거의 없었어요. 설탕 정도. 그래도 꿀이 있었으니까. 시골은 풍족했고, 우릴 아는 사람이 많았기 때문에, 모두가 우리에게 필수품을 공급해 줬죠. 소포가 끊어진 적이 없어요."

마리-루이즈가 돌아왔다. "우리에게 편지 쓸 권리가 생기자마자부터, 그러니까 그가 내 주소를 얻고 나서부터는, 매주 소포를 보내왔어. 10킬로짜리. 그래서 나는 거의 수용소 수프와 빵 없이도 지낼 수 있게 되었지. 그 빵 맛 기억나? 마로니에 열매 맛이 나지 않았어? 어쨌든, 그가 아우슈비츠에 보낸 것은 다 받았어. 이후, 라벤스브뤼크에서도…. 게다가 그가 얼마나 두루 다 생각했는지 네가 안다면. 그는 항상 상자 안을 고정하려고 손수건 한두 장을, 비스킷을 돌돌 말아 넣어놨지. 그는 두루 다 생각했어. 마분지 용기 바닥에 글을 써놓기도 하고."

"맞아, 용기 안쪽에 글을 썼지. 가는 연필로 힘을 거의 주지 않고 살짝만 눌러서, 겨우 보이게. 그러고는 표나지 않게 둥근 종이를 가장자리만 달라붙게 붙였지."

"소포를 검사하면서도, 그들은 용기를 뒤집어 보거나 종이 조각을 떼어볼 생각까진 못 했지. 정말 교묘했거든. 과장이 아냐. 난 내가 다 찾아낸 게 참 대견했지! 우리가 거기서 그 소포를 어떻게 했을 거 같아… 하나도 놓치지 않았어. 수리공이 괘종시계를 분해하듯 그 꾸러미를 해체했으니까."

"제가 아우슈비츠에 보낸 마지막 소포는 커다랗고 검은 소인이 찍힌 채 돌아왔어요. '발송인에게 반송.' 물론 독일어로요.
그래서 다른 수용소로 이감된 걸 알게 됐죠."

"마리-루이즈가 죽었을까 봐 무섭지는 않았어요?"

"아니요. 혹시 하는 생각은 했지만. 그럴 리가. 그때는 수용소
상황을 잘 몰랐어요."

"피에르, 지하 창고에 가서 포도주 하나 찾아와요. 보르도산.
어제 크리스틴이 가져다준 토끼로 시베를 만들었어요."

"부르고뉴산 포도주가 시베에 잘 어울릴 것 같은데. 샹베르탱
말이야. 한데 당신이 보르도산이 더 좋다면."

"그럼 당신 원하는 대로. 한데 내 생각엔 파리에선 좋은
보르도산이 훨씬 인기 있을걸."

피에르는 나갔다. "내 남편 어떤 거 같아? 내가 말한 대로지? 안
그래? 그가 얼마나 끈기 있게 날 도와줬는지! 돌아와서는,
난 정말 아무것도 할 줄 몰랐어. 모든 게 다 무서웠거든.
우체국에 가는 것, 시장에 가는 것. 누군가에게 말을 해야
하는 상황이 오면, 난 말을 더듬고, 떨었어. 피에르는
한 번도 날 떠난 적이 없어. 그는 항상 내 곁에 있었어.
그러다 조금씩 조금씩 떨어졌지. 아이들 걸음마 가르치는
것처럼 하나씩 다 알려줬어. 참, 이건 아까 말했지. 아이
앞에 쭈그려 앉은 채 양팔을 벌려 아이를 느슨하게 잡고
가잖아. 그러면서 팔은 그대로 둔 채 서서히 둘 사이 간격을
벌리고. 아이가 다리에 힘을 주고 서서 걷는 게 보이면, 이젠
방 저 끝에 가서, 아이가 거기까지 혼자 오도록 놔두지.
피에르도 그 비슷하게 나한테 해줬어. 우체국 창구나, 가게
계산대에서 내 차례가 되면, 그는 뒤에 물러나 있곤 했지.
그가 내 팔을 놓는 순간 나는 꼭 강물에 떨어지는 것 같았어.

그러면 그가 다시 옆에 와 대신 말해줬어. 그러다 또 나 혼자 해보게 하고. 대신 항상 손 닿을 거리에 있어 줬지. 그가 얼마나 친절했는지 넌 아마 잘 안 그려질 거야."

피에르가 지하 창고에서 올라왔다. "자, 당신 보르도산. 샤를로트 입맛에 맞으면 좋겠는데."

전채는 식욕을 돋웠고, 시베는 맛있었다.

"이걸 아우슈비츠에서 먹었더라면! 자, 샤를로트의 건강을 위해, 건배! 조만간 또 우리 집에 오세요."

"다음번엔 미리 연락해 줘. 내가 더 고급스럽고, 더 독창적인 이 지역 특별 요리를 해줄게."

"그중 하나는 네가 아우슈비츠에서 알려줬던 요리법이겠지… 파테를 만들어줄 수도 있겠다."

"그 생각을 하긴 했지. 한데 목에 속을 꽉 채운 고기 요리가 파리 사람에겐 더 특별할 것 같은데."

"참, 마리-루이즈, 너한테 물어보고 싶은 게 있어. 전번에, 한 젊은 여자가 날 찾아왔거든. 그 여자가 어떻게 내 주소를 알았는지, 누가 우리 집에 보냈는지는 몰라. 자기 엄마랑 내가 같은 수송 열차를 탔다는 걸 알게 됐나 봐. 그래서 내가 엄마에 대해 뭐라도 얘기해 줬으면 했어. 안타깝게도 난 아무 말도 해줄 수 없었어. 그녀는 내가 모르는 사람이었어. 어쨌든 난 기억이 전혀 안 나고, 이름도 생소하더라고. 그래서 마도에게 물어봤지. 우리 중에 마도가 제일 기억력이 좋잖아. 그런데 마도도 기억이 안 난대."

"마도는 어떻게 지내요?" 피에르가 물었다. "지금은 뭐해요?"

"결혼했어요…."

"네, 그건 우리도 알고 있어요. 아들이 하나 있었죠? 이제 몇 살

됐죠?"

"열일곱이에요."

"아, 정말 다행이에요. 마도에겐."

"그 젊은 여자의 엄마 이름이 어떻게 돼?" 마리-루이즈가
물었다.

"마틸드. 너 아는 여자야?"

"마틸드? 브르통 출신의?" 피에르가 바로 말했다. "딸아이가
하나 있다고 했던 여자, 크리스틴하고 나이가 같고,
로맹빌에 있을 때 당신 옆 침대에 있었던. 그 여자랑 바캉스
기간에 서로 딸들을 보내 지내게 하자는 계획도 세웠다고
했잖아. 우리 딸이 파리를 방문하는 동안, 그 집 딸이
우리 시골에 오고. 클리시 광장 근처에 살았다고 했던 거
같은데."

"아, 맞아." 마리-루이즈가 말했다. "근데 딸 이름이 뭐였지?"

"모니크." 피에르가 말했다. "우리 딸보다 한 살 많아. 그러면
지금 서른여덟이겠군. 그녀는 어떻던가요? 어머니가
돌아오는 걸 보지 못해 아주 끔찍했을 게 분명하지만요.
그런데 왜 그렇게 오래 기다렸다가 알아봤을까요? 우리
친목회보에 메시지를 보냈으면, 우리가 바로 편지했을
텐데요. 아버지는 계시죠?"

"네. 그런데 그는 재혼했대요" 하고 내가 말했다.

"아, 저런!" 피에르가 말했다.

"만일 내가 돌아오지 않았더라도, 그래도 피에르는 재혼하지
않았을 거야."

"여보… 그 딸이 어머니에 대해 듣길 원하니까, 당신이 편지를
써줘. 샤를로트, 우리에게 그 따님 주소를 주실래요. 우릴

보러 와도 좋고. 불행하게도, 당신이 비르케나우에서는 그 어머니를 보지 못했으니, 어떻게 죽었는지는 말해줄 수 없겠네."

마리-루이즈는 흡족한 듯 미소 지었다. "내가 말했지, 피에르는 모르는 게 없다고. 나보다 더 잘 기억한다니까. 수송 열차에 탔던 사람 아무나 말해봐. 그게 누군지 바로 알 거야."

"맞아요, 전 여러분들을 다 알아요. 그리고 비르케나우에서 봤을 때…."

"비르케나우에 갔었어요?"

"네, 마리-루이즈와 함께요. 몇 년 전에요. 일종의 첫 순례였죠. 마리-루이즈가 다 잘 설명해 줘서, 블록들, 습지들, 운동장, 당신 블록 사람들이 점호를 받고 서 있던 곳, 수용소 입구의 초소, 보자마자 어디가 어딘지 알겠더라고요. 도착하고 10일 후 블록 25 앞에서 있었던 끝도 없던 점호, 그 장소도요. 눈 오는데 하루 종일 꼼짝하지 않고 서 있어야 했던 들판이며, 브라반더 부인과 알리스 비테르보가 달리다 잡혔던 곳. 어느 일요일 수용소 입구에, 철조망을 따라, 앞치마에 흙을 퍼담아 옮겨 만들었다는 화단은 풀이 무성하게 자라 안 보였어요. 그것도 잘 남겨놨어야 했는데, 하는 생각이 들더군요. 마리-루이즈는 블록 26에서 자기 자리를 기억해 내지 못했어요."

"블록이 텅 비어 있으니 다 달라 보여서. 지붕은 절반은 무너졌고. 지금은 밝아. 그리고 여름이었어. 태양이…."

"오른쪽에 있었는지, 왼쪽에 있었는지도 잘 모르겠다고 하더군요. 어쨌든, 둘째 열이었어. 그래야 당신 자리에서 블록 25 마당이 보이니까."

"둘째 열, 오른쪽이었어." 내가 말했다. 요행히 난 그건 기억하고 있었다.

"봐봐, 내 말이 맞았지. 당신이 나한테 설명했잖아. 블록 25 마당을 보곤 했다고. 문 쪽이 아니라. 그러면 분명 오른쪽이어야 하거든. 제가 사진을 다 찍었어요. 원하시면, 식사 후에 보여드릴게요. 습지도 갔었어요. 방문객들을 태우고 안내하는 작은 버스가 있었지만, 전 직접 걸어가 보고 싶었어요. 물론, 같을 수는 없겠지만요. 날씨가 좋았죠. 신발도 잘 갖춰 신었고. 그래도, 눈을 생각하고, 당신들 나막신을 생각하고, 개들, 바람, 또 당신들 피로를 생각하니, 이런저런 상념이 몰려오더군요. 마리-루이즈는 지금도 어떻게 자기가 티푸스에 걸리고서도 거기까지 걸어갔는지 모르겠다고 합니다. 다행히, 당신이 팔을 내주었어요."

"우리 모두가 다 서로 팔을 내줬죠." 내가 말했다.

"아무렴요. 당신들이 거기 있었을 때 본 것보다 더 많이 보기도 했어요. 화장터, 가스실, 아래 남자 수용소에 있던 처형 벽. 그런 곳을 우린 다 방문했어요. 당신은 거기 다시 가보진 않았죠, 샤를로트?"

"안 갔어요. 내키지 않았어요."

"이해합니다. 저야, 좀 달랐으니까. 전 마리-루이즈와 함께 갔으니까요."

"시베를 좀 더 줄까? 맛이 어때? 맛있지? 네가 좋아할 거 같은데."

"뤼뤼, 카르멘은 잘 지내는지… 이 지역 추모식 때 보긴 하는데…."

"우린 거의 안 나가." 마리-루이즈가 말했다. "우린 그냥 둘이, 우리 집에서 잘 있으려 해. 물론 추모식은 모두 가지. 의무이기도 하고, 동기들을 다시 만나는 게 기쁘기도 하고."

"여기 있는 동기들은, 그래도 자주 보는 편이죠. 한데, 파리나 마르세유 사람들은…. 우린 카르멘이 돌아와서 결혼했다는 얘긴 들었어요. 자식도 셋 있다고. 그녀들은 자주 보시죠, 릴뤼와 카르멘은? 우리도 한번 보고 싶네요, 여기로 초대해도 좋고요. 세실과 함께 오라고 전해주세요. 얼마나 대단한 트리오였습니까! 셋 다 담대했죠. 여기서 함께 보면 정말 좋겠습니다, 안 그래, 마리-루이즈?"

식사가 끝났다. "피에르가 우리한테 커피를 만들어줄 거야." 마리-루이즈가 말했다. "커피는 그이가 만들어. 자, 우린 거실로 가자. 이야기는 거기서 계속하는 게 좋겠다. 정말, 좀 더 있다 가면 안 돼? 적어도 오늘 밤만이라도? 크리스틴이 올 거야. 크리스틴 보고 가. 매일 학교에 나가. 알지, 크리스틴 교사인 거? 우리가 크리스틴에게 네 이야기를 너무나 많이 해서 걔도 널 만나고 싶어 해."

"안 돼. 오늘은. 내가 시간이 없어. 정말 미안해."

"그럼 다시 올 거지? 겨울 전에 다시 와. 우리랑 함께 숲에 산책하러 가. 그 숲은 정말 아름다워. 웅장한 너도밤나무들이 있어."

우린 커피를 마셨다.

"샤를로트가 내일까지 있을 순 없대." 마리-루이즈가 말했다.

"저런." 피에르가 말했다. "숲에 산책할 겸 모셔갔으면 좋았을 텐데. 당신 체포된 곳도 보여주고. 정말 숲 한가운데였잖아."

"다시 온대." 마리-루이즈가 말했다. "약속했어."

418

"샤를로트, 아시죠. 여기도 당신 집이라는 걸. 동기들, 동지들이니까요" 하고 피에르가 말했다.

나는 그들을 그들의 예쁜 집 문지방에 놔둔 채 거기서 나왔다. 그 집은 줄지어 선 전나무 길 끝, 나무 그늘로 서늘하고 어둑한 길 끝에 있었다.

이다

기차에서 전 아는 사람이 하나도 없었어요. 저는 드랑시•에
겨우 3일 있다가, 바로 출발했어요. 누구와 친분을 맺을
시간이 없었죠. 그들은 여자들, 아이들이 있는 숙소로 절
집어넣었어요. 아무도 저에게 관심이 없었어요. 아무도
말을 걸지 않았어요. 아무도 제가 어디서 왔는지, 누구인지,
어떻게 여기에 오게 됐는지 묻지 않았죠. 사람들은
궁금해하지 않았어요. 분명, 너무 걱정되고 초조해서
다른 사람들한테 신경 쓸 여력이 없었을 거예요. 저는
거기, 완전히 혼자 있었어요. 아무 소리도 내지 않고,
내 옆 사람을 불편하게 하지 않으려고 애쓰면서 구석에
가만히 있었죠. 저는 그녀들의 대화를, 두려움을, 예측을
들었어요. 구석에서, 어른스럽게 행동해야 한다는 걱정을
하며 심각하게 있었어요. 출발을 위해 집결시켰을 때, 내
숙소에 있던 거의 모든 사람들이 불려나갔어요. 여자들은
울었고, 손등으로 눈가의 눈물을 훔치고 나서야 아이들을

• 드랑시는 프랑스 일드프랑스 지역 센생드니 주에 속한 도시다. 제2차 세계대전
당시 이곳에는 유대인, 집시 등을 강제 수용소로 이송하기 전 억류하는 임시
수용소가 있었다.

진정시키기 위해 몸을 기울여 말했어요. "얌전히 있어야 해. 엄마 여깄어. 엄마 옆에 딱 붙어 있어." 아이들을 토닥이는 이런 사려 깊은 말은 차라리 자기 자신을 향한 것이었죠. 그녀들은 신경이 곤두서 있었어요. 아이들은 많이 놀라지 않았어요. 아이들은 집에 있지 않은 것에도, 평상시 일과나 규율에서 벗어난 것에도 이미 익숙해져 있었죠. 어떤 여자들은 남자들 쪽에 있는 남편에게 상황을 알리려고 법석이었어요. 그도 같이 떠나는 걸까? 그녀들은 남편과 떨어지는 걸 무서워했어요. 출발을 위해 모인 남자들 가운데 자기 남편이 있는 걸 보자, 여자들은 안심했어요.

열차 쪽으로 가기 위해 우선 줄을 서라는 명령이 떨어졌어요. 모두들 흥분한 동시에 얼이 빠져 있었어요. 아이들이 있는 여자들은 통제력을 잃지 않으려 애썼어요. 그녀들 중 누구도 저에게는 한마디 말, 한 번의 눈길도 건네지 않았어요. 저는 그녀들의 가족이 아니었으니까요. 그녀들에겐 이미 챙겨야 할 가족들이 많았으니까요. 특히나 자식을 여럿 둔 여자들은 더 그랬죠. 저는 혼자였어요. 저는 거의 어른처럼 여겨졌고, 그게 좀 자랑스러웠어요. 제가 유순했던 건 겁먹어서 그런 게 아니었어요. 그저 눈에 띄지 않고, 괜한 문제를 만들지 않기를 바랐기 때문이었죠. 저는 항상 제때 제자리에 있었어요. 항상 명령에 맞춰 빠르게 행동했어요. 행진! 오른쪽! 왼쪽!

열차 차량들은 선로를 따라 문이 열린 채 서 있었어요. 우리는 큰 무리에 떠밀리며 들어갔죠. 남자들은 앞 차량에 올라타서는 자기 차례를 기다리는 아내와 자식들을 한 번이라도 더 보려고 목을 빼고 있었어요. 여자들과 아이들은 함께 있었어요. 제가 탄 차량이 가득 차자, 문이 닫혔고, 철로 홈 안에서 흔들리면서 굴러가기 시작했어요. 무겁고 거슬리는 쇳소리. 문들은 밀폐된 듯 꽉 닫혔고, 우린 완전한 어둠 속에 파묻혔죠. 플랫폼의 고함은 잠잠해졌어요. 저는 차량 바닥에, 지난 3일간 수용소 숙소에서 거의 본체만체했던 여자들 속에 앉아 있었어요. 어머니들은 열차 안에 흩어져 있던 지푸라기들을 다 모아 그 위에 자기 아이들을 눕혔어요. 약삭빠른 사람들은 구석에 자리 잡았고요. 나이 든 여자들은 더 편하게, 벽에 몸을 기대게 했어요. 마지막으로 올라탄 저에게 남은 곳이라곤 가운데 자리 딱 하나였어요. 변기로 쓰이는 듯한 작은 양철통 바로 옆자리. 자주 방해받게 될 거였어요. 침착하게, 저는 자리를 잡았어요. 외투를 조심스럽게 접고, 몸이 더러워지지 않게 낡은 우비를 밑에 깔았어요. 그리고 작은 보따리를 목 주변에 둘러 머리를 받쳤죠. 알리스는 추울 테니 좋은 외투와, 외투를 보호할 낡은 우비를 가져가라고 했었죠. 이 여행이 얼마나 오래갈지 저는 전혀 몰랐어요. 다른 사람들도 마찬가지였죠. 아마도 제법 길 이 여정에 대비해 전 단단히, 가능한 한 나은 조건으로 자리 잡아야 했어요. 아무도 날 돌봐주지 않았으니까. 전 철저히 혼자 자신을 돌봐야 했어요.

얼마나 갔을까, 서서히, 눈이 어슴푸레한 빛에 익숙해졌어요. 전 지금 여기 몇 명이나 있을지 궁금했어요. 그러나 여행이 끝날 때까지 다 셀 수가 없었어요. 너무 어둡기도 했고, 어떤 여자들은 옷 더미 아래서 서로 몸을 꼭 붙인 채 움츠리고 있어 정확히 몇 명인지 알 수 없었어요. 옷 더미와 보따리가 헷갈렸어요. 우린 너무 밀착해 있었어요. 어머니들은, 목이 아플 때처럼, 목을 긁어대는 소리를 내며 울음을 삼켰어요. 자식이 없는 여자들은 조용히, 눈물이 흐르게 두었고요. 나이 든 여자들은 말이 없고, 넋이 나가 있었죠. 모두들 그룹을 만들어, 담요를 나눠 덮고, 옷을 말아 베개로 썼어요. 그녀들은 수용소 숙소에서 몇 주를 함께 보내 서로 알고 있었어요. 저는, 여행이 그렇게까지 끔찍하진 않았어요. 오히려, 드랑시에서 시간을 축내지 않아 다행이라고 생각했죠. 저는 빨리 엄마를 만나고 싶었어요. 엄마를 다시 만날 거라는 확신이 있었어요. 그래서 그 여행의 불쾌함이나 불편함은 중요하지 않았어요.

열차가 흔들렸어요. 아이들이 울었어요. 어머니들은 아이들을 얼렀고, 아이들은 이내 다시 잠들었어요. 여자들은 말을 하기 시작했고, 한탄하기 시작했어요. 모두가 공포에 질려 있었죠. 우릴 기다리고 있는 것에 대한 두려움을, 끔찍한 예측을 말로 표현했어요. 혹시라도 아이들이 다 잠들지 않았을 수도 있는데, 그런 건 생각도 하지 않고, 또 저 같은 사람은 염두에 두지도 않고—그런 모습을 보니, 저에 대한 자긍심이 더 올라갔어요. 그녀들은 절 어린애로 보지 않았어요. 전 열네 살이었지만 그걸 인정하고 싶지 않았어요. 어른으로 대해지고 싶었죠.

열차가 얼마간 더 갔을 때, 몇몇 여자들은 가방에서 수첩과 연필을 꺼냈어요. 그리고 종이 몇 장을 찢어 수첩이 없는 여자들에게 주었어요. 대부분은 쪽지를 써 문틈으로 밀어 넣을 수 있도록 작게 접었어요. 마땅히 쪽지를 써 보낼 대상이 없는 사람들도 있었는데, 그녀들에겐 다른 사람들이 믿을 만한 사람의 주소를 가르쳐주기도 했어요.
이 모든 일에 복잡한 설명과 격려와 의심이 따랐죠.
그런데 어느 누구도 제게는 종이 끝이라도 찢어줄지를
묻지 않았어요. 저는 필요하지 않았어요. 제 아버지는
숨어 지내고 있었어요. 아버지가 어디 계시는지 알기는
했지만, 그 주소는 철저히 비밀에 부쳐야 했죠. 제가 떠난
사실은 곧 제 전 보모가 아버지에게 알릴 거였어요. 저는
아버지를 남겨두고 왔을지언정, 엄마를 되찾을 거란
생각에 만족했어요. 엄마가 날 보면 얼마나 기뻐할지,
내가 엄마에게 얼마나 큰 위로가 될지 상상했어요.
알리스, 그러니까 제 보모는, 여행을 위한 꾸러미를
하나 챙겨줬어요. 라르, 출발 전날 저녁에 급히 남은
토끼 고기로 만든 파테, 작은 통에 든 가염 버터, 또 지난
가을 우리가 함께 만든 잼, 그리고 그라통•. 드랑시에서
보낸 3일 동안, 저는 이 식량에 손도 대지 않았어요.
열차에서도 마찬가지였고요. 전 이걸 다 엄마에게 갖다
드릴 작정이었어요. 엄마는, 6개월 전부터 그곳에 있었어요.
그러니 이게 필요할 테죠. 드랑시에서 듣기로, 그곳 음식은
맛도 없고 풍부하지도 않다고 했어요. 여행하는 동안 저는
출발 전 받은 빵 반쪽과 종이 껍질에 싸인 소시지 조각으로
버텼어요.
열차는 굴러갔어요. 주변에서 누구는 속닥거리고, 누구는
흐느끼고, 누구는 졸았어요. 아이들은 투덜거렸어요. 저는

• 라르(lard)는 동물의 지방을 이용해 만든 저장용 훈제류, 파테(pâté)는 고기나
  생선 다진 것을 파이 껍질로 싸서 구운 요리, 그라통(graton)은 돼지고기 비계를
  바삭바삭하게 튀겨낸 것이다.

424

엄마를 생각했어요. 엄마를 다시 보면 어떨지를. 엄마의
아름다운 금빛 머리카락, 부드러운 피부를. 저는 엄마를
껴안고 싶었어요. 뺨을 엄마 뺨에 대고, 오래오래 비비고
싶었어요. 엄마 손가락과, 손가락의 반지들을 가지고 놀고
싶었어요, 아니, 반지는 그들이 빼앗아 갔겠죠. 저는 엄마가
체포되었다는 사실을 아빠 편지를 통해 알게 되었어요.
우리를 다 한 장소에 몰아넣을 것이라는 데 한 치의 의심도
없었어요. 그러니, 저는 곧 엄마를 다시 보게 되겠죠.
도착하기까지가 너무 길게 느껴졌어요. 그렇다고 제가
엄마가 거기에 무슨 휴가라도 간 줄 아는 바보 멍청이는
아니었어요. 중노동에 시달리고 있을 게 분명했어요. 아마도
아픈 사람들을 돌보고 있겠죠, 엄마는 못하는 게 없었어요.
그리고 모든 걸 다 견뎌낼 만큼 용감했고요. 그러니 이제 곧
우리는 다 함께 집에 돌아오게 되겠죠. 전쟁은 끝날 거고요.
신문을 사보지도, 라디오를 듣지도 않는 알리스마저 그렇게
말했으니까요. 푸아투의 우리 마을에서는, 전쟁이 참 멀게
느껴졌어요. 마을은 큰 도로에서 많이 떨어져 있었어요.
저는 독일인들을 한 번도 본 적이 없었어요. 중노동을 하고,
추위에 떨고, 배고파도 못 먹는 엄마의 일상은 저 스스로
그려본 것이었죠. 제 작은 꾸러미가 엄마를 기쁘게 하고,
이 버터가 엄마를 북돋워 줄 거라고 생각했어요. 저는
보모의 염소들을 돌보는 동안 뜨개질한 커다란 스웨터
두 벌도 가져왔어요. 오, 가련한 알리스. 제 짐을 싸면서,
넣을 것들을 찾으며 얼마나 울었을까요. 코를 훌쩍이는
와중에, 알리스는 저에게 이런 조언을 했어요. "이다,
분별 있게 행동해. 너 자신을 잘 돌보고. 감기 걸리지 않게

늘 조심하고. 내가 모직 양말 한 켤레를 넣었어." 눈물이
그녀의 주름진 늙은 뺨에서 흘러내려, 주름진 늙은 손으로
떨어졌어요. 한데, 그 당시에는 주의해서 보지 않았는데,
알리스는 그렇게 늙진 않았어요. 엄마와 같은 나이이거나,
많아 봤자 조금 많았어요. 그런데도 전혀 다르게 느껴졌죠.
엄마는 정말 아름답고, 우아했어요. "알지, 이다. 이젠 난
널 돌볼 수가 없어. 넌 떠나야 해. 그들 말이, 네가 떠나지
않으면, 에밀을 잡아간댔어. 이제 가렴. 곧 돌아올 거야."
그러면서 그녀는 더 심하게 울었어요. 전 화내지 않고
가만히 들었어요. 이렇게 생각하면서. "비겁해, 알리스.
에밀과 당신은 다 비겁해. 왜 날 보내는 거야? 에밀은 숨어
있을 수도 있잖아. 숨을 만한 시골 농장을 많이 알잖아.
방데는 충분히 넓어. 날 어디로 보내는지, 그곳에서 뭐가
기다리고 있는지, 당신들은 몰라. 나도 모르지만, 사람들
말로는 거긴 정말 끔찍한 곳이래." 그리고 나자 두려움이
싹 사라졌어요. 기쁨이 밀려들었죠. 난 이제 엄마를 다시
만나게 될 거야. 왜 조금 전까지는 그런 생각을 못 했지.
얼마나 어리석었는지. 알리스는 오열하면서도, 그래도
말하려 애썼어요. "너도 이해하지, 이다. 우리도 어쩔
도리가 없었어." 그러면서 꾸러미를 마저 묶기 위해 얽힌
노끈 뭉치를 풀었어요. 짐 싸는 일이 끝나자, 오열도
가라앉았어요. "이 노끈 오라기들을 갖고 있길 잘했네.

- 이다가 있었던 푸아투는 방데 지역의 주요한 도시다. 방데는 땅을 기반으로
살아가는 농민 인구가 많고 보수적인 지역으로, 프랑스 혁명 당시 혁명파와
반혁명파의 갈등이 본격화된 곳이기도 하다. 보모였던 알리사와 그녀의 남편
에밀, 그리고 농민들에 대한 이다의 서술에서도 이 지역 특유의 정치적, 문화적
정서가 드러난다.

426

"요즘엔 이런 것 구하기도 힘든데, 봐봐, 이다, 항상 뭐든 다 간직해야 해."

경찰이 우리에게 유대인임을 밝히게 하고, 별을 달게 하자, 부모님은 저를 시골로 보냈어요. 그들은 아무도 제가 누군지 모를 곳, 학교에 다닐 수 있는 곳, 어쨌든 파리에서보다 더 잘 먹을 수 있는 곳을 찾았어요. 우선은 자유 지역●을 탐색했지만, 사람들이 경계 구획선을 넘었다가 독일 순찰대에 체포당하는 것을 알게 되곤, 그런 위험을 감수하지 않는 편이 더 안전하겠다는 판단을 했어요. 그리고 푸아투의 이 작은 마을에서 알리스와 에밀을 찾아냈죠. 에밀은 일용직으로 일하고 있었어요. 그들은 길이나 들판 가장자리에서 풀을 뜯게 하며 염소 몇 마리를 키웠고, 작은 땅뙈기 구석구석을 남김없이 경작하며 살았어요. 그들은 가난했어요. 부모가 꼬박꼬박 돈을 보내는 하숙생은 그들의 살림살이에 큰 보탬이 됐죠. 엄마는 저를 알리스의 집으로 데려갔어요. 그러고는 떠나면서, 다른 아이들처럼 교회 미사에 꼭 참석하고, 학교에서도 열심히 공부하라고 했어요. 곧 아빠와 함께 나를 찾으러 온다고, 그다음엔 고운 모래와 귀여운 조개들이 있는 어여쁜 바닷가로 여름 휴가를 갈 거라고 했어요. 알리스에게는 교회와 학교에 관한 몇 가지 지침을 주었고요. 저는 엄마가 탄 버스를 배웅하며 슬펐어요. 하지만 이 모든 상황을 잘 이해한다는 것을 보여주기 위해 용기 내 미소 지었죠. 저는 겨우 열세

● 제2차 세계대전 중인 1940년 6월 프랑스는 독일과의 정전 협정에 서명했고 그 이후 프랑스 국토는 파리 등 중북부의 나치 점령 지역과, 비시 정권이 통치하는 중남부의 자유 지역으로 나뉘었다.

살이었지만, 다 이해하고 있다고 믿었어요.
알리스의 집은 마을의 가장자리, 맨 끝에 위치한 집 중
하나였고, 다른 가난한 사람들의 집들과 함께 있었어요.
저는 내 집에 온 것마냥 바로 적응했어요. 알리스와 에밀은
기본적으로 선량한 사람들이었어요, 그들은 저를 정말
좋아했어요. 저는 시골과 꽃, 동물들에 눈을 떴어요. 길을
따라 염소들과 함께 다니며, 그들을 보살폈고, 농촌의
아낙네들처럼 털실로 옷을 짜기도 했어요. 엄마는 전쟁
전부터 갖고 있던 털실을 보내줬어요. 또 용돈도 보냈어요.
저는 그 돈을 쓰지 않았어요. 엄마에게 소포를 보낼 때
쓰려고 보관해 두었어요. 버터, 라르, 계란 등 주변 농장에서
구할 수 있는 것은 뭐든지 소포에 넣었죠. 나는 엄마에게
소포를 부치기 위해 정기적으로 역에 갔어요—역은
8킬로미터 거리로 그다지 멀지 않았고, 아빠가 저에게
자전거를 사줬기 때문이에요. 그곳 직원 둘이 저를
알았어요. "어떻게 지내니, 이다? 소포는 단단히 쌌어?"
그들은 항상 저에게 친절하게 말했어요. 저는 아빠 주소는
몰랐어요. 엄마는, 편지 하나하나마다, 아빠는 잘 지내고
있고, 저에게 따뜻한 포옹을 보냈다고 전했어요.
방학이 끝나자, 전 다시 학교로 돌아갔어요. 담임선생님은
매우 친절했죠. 저는 그 선생님을 아주 좋아했어요. 그녀는
가끔 제 뺨을 다독거리며 이렇게 말했어요. "이다, 넌 어쩜
나이에 비해 그렇게 얌전하고 차분하니. 네 상황에서라면,
그래 이해하지. 그래도 어린아이인데. 한창 웃고 떠들
나이인데." 선생님은 저를 정말 다정하게 바라보았고, 또
조금은 슬프게도 보는 것 같았어요. 저는 학교에서 공부를

무척이나 잘했어요. 선생님의 칭찬이 저를 행복감으로 물들게 했죠. "바로 고등학교를 가도 되겠어. 원하면 내가 알아봐 줄 수 있어. T.에 내 동료가 하나 있어, 거기라면 하숙도 가능하고, 학업도 계속할 수 있을 텐데. 더 해보면 좋은데 그러지 못해 안타깝다. 여기선 1년을 버리는 셈이지." 고등학교 진학. 저도 그 생각은 해봤어요. 한 해 전체를 다 허비하지 않기를 저도 제발 원했어요. 전 다시 부모님 곁으로 돌아갈 것이고, 그럼 파리에 있는 고등학교를 들어갈 거였어요. 엄마와 아빠는 제 성적표를 본 이후로 그렇게 하자고 의기투합했었죠. 그러나 당분간은—엄마가 편지에 그렇게 썼어요—시골 마을을 떠나 도시로 가는 것은 신중하지 못한 행동이라고 했어요. 저는 이 시골 마을에 완전히 적응했고, 다른 아이들도 제가 왜 여기 있는지 묻지 않고 함께 놀아줬어요. 저는 그들 중 하나였어요. 하지만 제 이름은 좀 낯설게 들렸어요. 다른 여자애들 이름은 쉬잔, 이본, 시몬이었는데 말이죠. 제가 그것을 간파했을 때는, 이미 이름을 바꾸기엔 늦어버렸죠, 온 마을이 이다를 알았고, 온 마을 사람들이 저를 정말 좋아했어요. 읍장은, 늙은 농부였고, 할아버지 같았어요. 그는 이따금 집에 들렀고, 저는 그와 알리스 사이의 대화를 듣곤 했어요. 한번은 그가 이렇게 말하는 걸 들었어요. "내가 여기 있는 한, 이다는 절대 못 건드려. 겁낼 것 하나 없어요, 알리스." 이 말을 들은 저는 불안해졌어요. 엄마에게 보내는 편지에는 쓰지 않았지만, 담임 선생님에게는 그것을 말했어요. "항상 조심해. 만일 조금이라도 위험을 느끼면, 들판을 가로질러 읍내로 달려가. 그리고 곧장 학교로 가. 거기 교장이 내 친구인데 널 안전하게 지켜줄 거야. 오늘 저녁에 같이 식사를 하기로 했으니, 내가 미리 말해놓을게."

어느 날, 저는 서명이 되지 않은 엽서를 하나 받았어요. 알지 못하는 도시에서 온 것이었는데, 아버지 글씨였어요. 엄마가 어딘지 모르는 곳으로 끌려갔다는 내용이었죠. 마지막에는 이렇게 덧붙였어요. "얌전히 있어야 한다. 학교 공부도 계속 열심히 하고." 그리고 알리스에게는, 이전처럼 내 하숙비는 매달 1일 우편환으로 부칠 거라고 약속했어요. 추신도 있었죠. "이제 소포는 그만 보내. 엄마는 거기 안 계시니까." 독일군이 엄마를 잡아간 것이었어요. 저는 울었어요. 염소를 데리고 다니는 내내 울었어요. 염소들에게 내 모든 슬픔을 털어놓았죠. 엄마가 얼마나 예쁘고, 엄마가 얼마나 날 사랑했는지, 엄마가 가버려서 얼마나 슬픈지를 다 이야기했어요. 그런데, 염소들 눈빛이 얼마나 우울한지 보신 적 있어요? 염소들에게 말하면 그들은 다 알아듣는 것 같아요.

그때는 여름이었어요. 그리고 가을이 왔죠, 이어 추위가. 저는 점점 뜸해지긴 했지만, 아빠의 소식이 담긴 엽서를 받았어요. 그런데 엄마 얘긴 왜 하나도 안 하는지 궁금했어요. 엄마가 그곳을 떠난 이래—저는 매주, 매달을 다 셌어요—편지를 썼을 법도 한데. 그러다, 곰곰이 생각한 끝에 알았어요. 분명, 엄마는 내가 어디 있는지 드러나면 안 되니까 편지를 쓰지 않는 거다. 아빠는 엽서를 썼지만, 계속 다른 장소에서, 다른 우체국에서 그걸 부쳤어요. 그리고 거기엔 주소가 적혀 있지 않았어요.

겨울이 끝날 무렵의 어느 날, 그 늙은 읍장이 알리스 집에 들렸어요. 저는 학교에서 막 돌아와 신발을 부엌 창문 바로 아래 있는 돌에 털던 중이었고요. 하루 종일 비가 왔고, 추웠고, 신발은 진흙투성이가 되어 무거웠어요. 부엌 창문 아래서, 신발을 돌에 조심조심 두드리던 중, 읍장의 목소리가 들려왔어요. 그가 뭐라고 하는지 듣기 위해 저는 창문 아래 가만히 숨어 있었어요. 알리스가 약간 귀먹어, 그는 말을 크게 했어요. 목소리로 보아 그들은 매우 심각했어요. "내가 이다를 조용히 지켜줄 수 있었던 건, 헌병대에 베르트랑이 있어서였어요. 한데, 베르트랑이 전근을 갔어요. 새로 온 대장은 교활한 위선자로 보여요. 지나치게 열성적으로 일하고 싶어 하는 부류 있잖아요. 알리스, 내가 할 수 있는 건 이런 조언밖에 없어요. 만일 아직 시간이 있다면, 아이를 부모한테 다시 돌려보내요. 그래서 다른 은신처를 찾는 게 나을 거예요."

"그건 불가능해요. 그 애 엄마는 체포됐어요. 아버지는 주소는 주지 않으면서 돈만 계속 부치고요. 이 불쌍한 것을 어디로 보내요?"

이 순박한 노인은 완전히 당황해 어쩔 줄 몰라 했어요. 그 순간, 저는 결심했어요. 알리스에게 인사를 하고, 지름길로 쏜살같이 내달려서 읍내 학교 교장 선생님에게 가기로. 읍장이 나왔어요. 저는 마치 방금 도착한 것처럼 그에게 인사를 했어요. 그는 저를 끌어안았어요. 제 의심은 확신이 되었어요. 떠나야 했어요. 곧장, 저는 짐을 챙기기 시작했어요. "알리스, 나 갈게요. 어디로 가는지 말하지 못해서 죄송해요. 1초도 지체하지 않고 얼른 도망쳐야 할 것 같아요. 내 걱정은 너무 하지 마세요. 제가 알아서 할게요.

어디로 가야 할지 알아요." 그러고는 황급히 가방에 짐을 쌌어요.

"기다려, 이다. 지금 가지 마. 이런 날씨에 가면 안 돼. 읍장이 그랬어. 당장 위험한 건 아니라고." 저는 거의 미쳐 날뛴 자신을 책망하며 짐을 다시 풀었어요. 그런데 이튿날, 그러니까 그날 자정에 헌병대가 도착해 집은 잠에서 깨어났어요. 자동차가 멈추는 소리를 듣고 저는, 단번에 이해했어요. 알리스는 눈물을 주르륵 흘리며 이미 제 침대 곁에 와 있었고, 헌병대가 절 잡으러 왔다고 말했어요. 그들은 셋이었어요. 열네 살짜리 여자애를 체포하러 헌병 세 명이 온 것이었죠! 그건 그들 서로에게 용기를 주기 위해서였어요. 저는, 뒤쪽 창문으로 뛰어내려, 마당을 달려, 텃밭 맨 안쪽 과수원을 통해 밖으로 나가, 숲을 가로질러 도망칠 만반의 준비를 한 채, 공처럼 튀어 올랐어요.

"가면 안 돼, 이다. 가면 안 돼. 헌병대 대장이 말했어. 만일 널 못 찾으면, 에밀을 잡아갈 거래."

저는 갈 수 없었어요. 저 대신 에밀을 잡아가게 할 순 없었어요. 그건 안 되는 일이었죠. 알리스가 그 많은 음식을 준비하느라 분주했던 것은 이 여행 때문이었구나. 전날 파테를 만들어놓은 자신을 칭찬했겠지. 부엌에서 헌병 셋이 기다리고 있었어요. 그들은 저를 밀치지 않았어요. 저는 눈물이 범벅된 얼굴로 제 뺨을 다 적시는 알리스의 뺨에 입을 맞추고, 다 일어나서 따끔거리는 에밀의 콧수염에 입을 맞추며 인사했어요. 그러곤 제 보따리를 움켜잡았어요. 출발. 우선, 드랑시로. 그다음 이 열차로.

여행하는 동안, 전 아무것도 후회하지 않았어요. 전 알리스의 비겁함에 져준 것을 절대 후회하지 않았어요. 그저 엄마를 다시 본다는 생각에 행복했어요. 다른 사람들은, 그 한탄과 걱정하는 소리들로 절 짜증 나게 했어요.

도착해서는—아무도, 우리가 도착한 곳이 아우슈비츠라는 것을 알지 못했어요. 만일 그걸 알았다 해도, 우리들의 공포가 커지지는 않았을 거예요. 왜냐하면 누구도 아우슈비츠라는 이름을 들어본 적이 없었기 때문이죠— 저는 사방에서 으르렁대는 소리들이 무슨 명령인지 파악하려 애를 쓰며, 스카프는 머리에 딱 맞춰 쓰고, 작은 보따리는 꼭 끌어안은 채 등을 꼿꼿이 세우고, 벌어지는 일을 하나도 놓치지 않기 위해 망을 보듯 경계하고 주시했어요. 저는 집에서 배운 이디시어 덕분에 독일어를 조금은 알아들었어요. 한 장교가—그는 완장을 차고, 챙이 달린 납작한 모자를 쓰고 있었어요—자기 앞에 아이들을 딱 붙여 세운 여자들한테 "아이들은 다 여기로" 하고 고함을 칠 때, 저는 움직이지 않았어요. 저는 제가 있던 줄의 맨 끝에 그대로 있었어요. 전 아이가 아니었으니까. 여자들과 아이들을 따로 떼어놓는다는 것도 미심쩍었어요. 그러나 이유는 묻지 마세요. 전 정말 아무것도 몰랐으니까요. 당시, 도대체 누가 알았겠어요? 저는 몸이 크고, 충분히 튼튼해서, 열일곱 또는 열여덟 살로 보였어요. 열네 살짜리 여자애가 아니라 어른인 척했죠. 그래서 오른쪽 대열에 속해, 수용소 안으로 들어왔어요.

오는 동안 열차 안에서 저는 누구와도 말을 트지 않았어요. 다른 여자들은 자기만 챙기거나 경계했죠. 수용소에 들어와서는, 완전히 고립되어 있었어요. 그렇다고 망연자실했던 건 아니예요. 전 여기저기서 엄마를 찾았어요. 제가 어떻게 헤쳐 나갔는지는, 다 설명할 수가 없어요. 결국 전 친구들을 사귀었고, 모두가 저를 도와주었어요. 짐작하시겠지만, 엄마는 되찾지 못했어요. 엄마에게 드리려고 여태 갖고 있던 알리스의 음식 꾸러미는 입구에 놓고 와야 했어요. 손도 안 댔는데. 전 독일 여자가 그걸 제 손에서 송두리째 빼앗아 가는데 아무것도 하지 못하고, 눈물을 삼켜야 했죠. 바로 그 순간에는, 아직 엄마를 찾겠다는 희망을 품고 있었어요. 그 맛있는 배 잼, 제가 읍장의 과수원에서 직접 딴 배로 만든 잼이 얼마나 아까웠는지 몰라요. 거기선 언제나 원하는 걸 다 가져도 뭐라고 안 했는데. 수용소에서는 이런저런 것들을 조금씩 배워나갔어요. 하지만, 다시는 엄마를 볼 수 없다는 사실을 깨닫는 데에는 그리 오래 걸리지 않았어요.

비르케나우에서 몇 주를 지내고 나서, 저는 고무 공장인 부나로 보내졌어요. 정말 혹독했고, 하루가 너무 길었죠. 그러나 비르케나우보다는 견딜 만했어요. 거기선 씻을 수 있었거든요. 수프도 더 나았고, 점호는 훨씬 짧았어요. 자주 벌을 받지도 않았어요. 제가 말하는 벌이란, 엄청난 체벌 말이에요. 왜냐하면, 따귀 때리기 정도는 온종일 배급되는 일용할 양식이었으니까요. 하루는, 공장으로 올라가는 남자들 일렬종대 중에서 아버지를 봤어요. 너무나 변해 있었죠! 늙고, 깡마르고, 누더기를 걸치고 있었어요. 아버지가 항상 얼마나 옷을 잘 입었는데…. 생각해 보세요, 아버지는 재단사였어요. 저는 소리쳤어요. "아버지! 아버지! 이다예요, 이다!" 다른 사람들이 제가 아버지한테 달려가지 않도록 저를 붙잡았어요. 제 이름을 듣자, 그는 돌아보더니, 저 있는 쪽으로 겁에 질린 시선을 던졌어요. 대열은 계속해서 걸어갔어요. 아버지는 다른 사람들 사이에서 저를 알아보지 못했어요.

아버지는 돌아오지 않았어요. 귀환하고 나서는, 전 수용소 동기들도 다시 보지 못했어요. 각자 자기 집으로 돌아갔으니까. 제겐 남아 있는 친척이 없어요, 모두 잡혀갔어요. 모두 거기서 죽었어요. 전 우리 가족을 잘 알던 한 지인의 소개로, 그녀와 함께 제조 공장에서 일했어요. 다시 학업을 계속하고 싶었지만, 그 부인은 가난해서 저를 부양할 순 없었죠. 유대교 공동체에서 받을 수 있는 장학금이 있었는데, 너무 뒤늦게 알게 됐어요. 우리 부모님은 그다지 종교적이지 않아, 저는 랍비를 찾아가 볼 생각은 못 했어요. 그건 지금도 후회돼요. 제가 공부를 계속하기를 담임선생님이 얼마나 원했는데! 이제, 그런 건 더는 중요하지 않아요. 저는 소피와 함께 학교로 돌아갈 거니까요.

샤를을 만났을 때, 저는 스무 살이었어요. 그도 제조 공장에서 일했죠. 그는 수용소에 끌려가지는 않았고, 저는 그게 더 낫겠다고 생각했어요. 그는 제가 아우슈비츠에서 살아 돌아온 사람이라는 데에 감동하기도 하고 두려워하기도 했어요. 우린 결혼했어요. 처음엔 힘들었어요. 우린 둘 다 가진 게 하나도 없었어요. 먹고, 자고, 살기 위해, 우린 다른 사람들의 외투를 만들어야 했어요! 우린 자리를 잡고, 안정을 찾고, 빚을 갚기 전에는 아이를 낳고 싶지 않았어요. 샤를의 친구들 도움으로 우린 작은 집과 이런저런 살림살이를 마련했어요. 몇 년 후, 우린 편안한 아파트를 장만했어요. 이 정도면 괜찮지 않아, 안 그래? 소피가 태어났고, 우린 뛸 듯이 기뻤어요. "어쩜 이렇게 예뻐! 어쩜 이렇게 완벽해!" 모든 부모처럼 우리도 딸 바보였어요. 한데 우리 소피가 귀여웠던 것은 사실이에요. 눈은 크고 진하고, 곁눈썹은 가늘고. 그런데, 어쩌다 그런 일이 생겼는지 모르겠어요. 하루는, 그러니까 별다른 일 없이 잘 지내던 어느 날―소피는 예쁜 아가로 자라고 있었고, 샤를의 일도 잘되고 있었어요―저는 걷잡을 수 없는 불안에 사로잡혔어요. 목이 조여오고, 가슴이 쇠 굴렁쇠에 눌려 으스러지는 듯했고, 심장은 질식할 것 같았죠. 저는 공포로 소리를 질러댔어요. 한밤중이었어요. 의사가 와서 잠재우려 했지만, 잘되지 않았어요. 저는 병원에 실려 갔고, 소피는 샤를이 돌봤어요. 우리 아파트에 작업실을 갖춰놓아 너무 복잡하지 않게 둘 다 해낼 수 있었어요. 그는 요람을 작업실로 통하는 방에 놓고, 언제든 아이를 볼 수 있게 문을 반쯤 열어놨어요. 젖병을 준비하고, 소피가 원하는 시간에 젖병을 바꿔주고, 또 기저귀를 갈아주고 했어요. 그는 이 일을 제법 잘 해냈어요. 그가 제작물 배달을 가거나 절 보러 병원에 오느라 자리를 비울 때면 아파트 관리인이 소피를 대신 봐주러 올라왔어요. 병원에서는 제가 잠을 자도록 안정제를 줬어요. 저는 잠들었다가, 깨어났다가, 다시 이상한 잠에 빠져들곤 했어요. 마치 내가 두 사람인 것처럼 느꼈어요. 정신을 차리고 깜짝 놀라기도 했어요. "내가 여기 왜 있지? 내가 여기서 뭘 하지? 갇혔나? 누가 날 여기 가둔 거야?" 전 겁이 났어요. 마냥 기다렸다가는 기회가

날아갈 것 같았어요. 전 도망쳐야 했어요. 빨리. 눈 깜빡할
사이에, 결정되었어요. 전 실내 가운을 걸치고, 창밖으로
뛰어내렸어요. 안 죽은 게 기적이었죠. 2층에서 뛰어내려도
죽으려면 죽을 수 있었어요. 크고 두꺼운 유리창이
그나마 받쳐줘서 골반에 다섯 군데의 골절상을 입고 겨우
살아났어요. 그래서 병원에 1년가량 더 있었죠. 의사들은
제가 자살 시도를 했다고 생각했어요. 전 그들이 잘못
알고 있다는 걸 이해시키려 해봤지만, 허사였어요. 저는
그저 도망치려고 했었던 거예요. 더욱이, 이건 설명하기가
아주 힘든데. 제 이중 자아를 하나로 합하는 게 잘되지
않았어요. 내가 있고 나라는 유령이 있는데, 그 유령은
자기 분신인 나에게 자꾸 들러붙으려 했어요. 그런데 절대
되지 않았어요. 저는 그 유령이 물렁물렁한 형태로 가까이
다가오는 걸 본 적도 있어요. 유령이 옆에 있으면 전 바로
알아봤고, 그래서 만지려고 하면 붕대처럼 풀어 헤쳐졌어요.
결국 치료는 했어요.

제가 집에 돌아왔을 때, 소피는 아장아장 걷고 있었어요. 벌써
작은 소녀 같았고, 샤를이 그렇게 옷을 입혔어요. 자기
딸에게 옷을 만들어 입히는 걸 그가 얼마나 좋아했던지!
인형한테 하듯이 말이죠. 아이는 점점 예뻐지고,
귀여워졌어요. 저는 집에서 제자리를 다시 찾았고, 다
나았어요. 아니, 다 나았다고 믿었지만 아니었던 것 같아요.
기분이 좋은, 정말 아주아주 기분 좋은 순간들이 많았어요.
전 행복했어요. 그런데 갑자기, 이유도, 어떻게 해야
할지도, 왜 다른 순간이 아니고 꼭 이 순간인지도 모른 채로,
약간의 예감이나 전조도 없이, 불안감이, 소피가 태어난

후 처음으로 느꼈던 그 불안감이 다시 치밀어 올랐어요. 저는 그것과 싸워보려 했어요. 소용없었어요. 모든 게 다 힘들었어요. 아주 작은 일도, 설거지, 침대 정리, 단추 달기도. 이렇게 아주 작은 일도 다 힘들었어요. 저는 아무 힘이 없었어요. 용수철이 갑자기 탁 끊어진 것 같은, 꼭 그런 기분. 샤를은 의사한테 이를 알렸고, 전 다시 병원에 입원했어요. 며칠, 어떤 때는 좀 더 길게, 1주, 아니면 2주 동안 거기 있었어요. 아, 늘상 그러는 건 아니고, 1년에 한 번 정도, 그 이상은 아니었어요. 이해가 안 됐어요. 전 수용소를 거의 생각하지 않아요. 귀환했을 때는, 악몽을 꿀까 봐 무서웠어요. 처음엔 좀 그랬어요. 하지만 이젠 잘 안 꿔요. 수용소 동기들을 자주 보긴 하지만 그 이야기는 절대 하지 않아요. 다른 할 말이 얼마나 많은데… 자식들, 계획들. 벌써 자녀를 결혼시킬 때가 된 사람도 있어요. 시간이 참 많이 지났죠, 믿기지 않을 정도로. 다행히도, 시간은 흘러가요. 전 다 잊어버린 것 같아요. 엄마에 관해 남은 건 아주 부드러운 기억들뿐이에요. 엄마 목소리, 엄마 머리카락, 엄마 피부. 그때의 엄마가 지금의 저보다 훨씬 젊었는데. 가만히 생각해 보면, 정말 기가 막힌 일이죠. 자기 자신보다 더 젊은 엄마를 품고 있다는 건. 제 아버지는… 사라졌어요. 제가 예상치 못할 때 엄습하는 이 불안은, 저에게서 떨어져 나간 이 유령은 다시 자기 자리를 찾고 싶은 것 같아요…. 모르겠어요, 왜 그러는지.

귀환해서는, 알리스를 만나러 갔어요. 전 이 불쌍한 여자를 원망하진 않아요. 절 다시 보게 되어 그녀는 좋아했어요. "네가 돌아올 줄 알고 있었단다, 이다. 널 위해 기도했어."

에밀은 죽었어요. "그 가여운 사람은, 그래도 전쟁이 끝난 건 보고 갔어." 만일 그가 저와 함께 도망쳤다면, 만일 그가 숨었다면…. 전 결혼 후 샤를과 거기로 돌아갔었고, 몇 번은 소피와 함께 여름 휴가를 보내기도 했어요. 저는 소피에게 염소를 데리고 다니던 길을 보여줬어요. 알리스는 더 이상 염소를 키우지 않았어요. 염소 돌볼 힘도 없었으니까—아시겠지만, 염소들과 함께 있으려면, 많이 걸어야 해요. 그래서 알리스는 다리가 안 좋았어요. 그녀는 이웃 농장에서 몇 시간씩 일하곤 했어요. 소피는 염소들마다 이름이 있었고, 이름을 부르면 앞으로 하나씩 나왔다고 하자 신기해했어요. 전 소피에게 제가 다니던 학교도 보여줬어요. 친절했던 담임선생님은 더 이상 그 지역에 있지 않았어요. 생-루의 교장으로 갔어요. 그녀의 남편은 레지스탕스 활동을 하다 죽었어요. 그는 항독 투쟁 조직에 몸담고 있었지만, 마을에서는 누구도 의심하지 않았어요. 그래서 그녀가 저를 위한, 에밀을 위한 은신처를 그렇게 쉽게 찾아준 것이었죠. 이제 우린 여름 휴가 때 알리스 집에 가지 않아요. 알리스는 작년 겨울에 목을 매달았어요. 어느 날 저녁, 자신의 부엌에서. 시골의 겨울은, 우울하니까요.

1년 그리고 하루

길고도 길었던 첫해, 이 첫해는 끝이 보이지 않았다. 우리가
귀환한 첫해. 나는 그해가 어서 지나갔으면 하고 안달했다…
그러나 끝나지를 않았다. 나는 1년 전, 이 시각에 대해
다시는 말하지 않을 그날이 어서 오길 원했다. 1년 전, 이
시각, 우린 점호를 받았다. 1년 전, 이 시각, 우린 부엌에서
수프 통을 가지고 왔다. 1년 전, 이 시각, 날은 추웠고, 나는
추웠다. 1년 전, 이 시각, 우린 석탄 작업장에 있었다. 내 뺨
위로 검은 눈물과 검은 땀이 흘렀다. 닦을 손수건은커녕
천 나부랭이가 하나 없었다. 내가 세수를 하고, 속옷을
갈아입고, 침대를 정리하고, 먹을 때, 내가 하는 사소한
행동 하나하나가 작년에 내가 했던 행동과 상응되었다. 내
삶은 마치 투명한 무늬 같아서, 내가 밑에 깔린 그림인지,
비쳐 보이는 그림인지, 위에 얹힌 그림인지 몰랐다. 나는
이렇게 되뇌곤 했다. 1년만 지나면 다시는 이런 말을 하지
않을 수 있어. 1년 전, 이 시각에…. 마침내 그런 말을 하지
않을 수 있게 된 그날, 즉 1년 전, 이 시각에 우리는 부르제에
도착했다, 라고 말할 수 있게 된 그날, 나는 거의 내 진짜 삶
속에서 사는 것 같았다.

룰루

룰루를 결국 찾았어. 그렇다니까, 찾았어, 어디서냐고? 절대 짐작도 못 할 곳에서. 우리가 만나기로 한 날 8일 전에. 이건 정말 거의 기적이지…. 아니, 그 아이는 감옥에 있던 게 아니었어. 잠시만, 내가 얘기해 줄게. 짧게 해볼게. 왜냐하면 자세히 말하기 시작하면, 끝도 없을 거라서—온갖 절차, 탐색, 탐문, 수소문, 공고, 광고. 그가 살았던 랑뷔토가 집 번지수를 내가 기억하고 있었기 때문에, 우린 그 건물의 모든 세입자들, 인근 가게 주인들을 찾아다니며 물어보는 것부터 시작했어. 그런데 아무 소용이 없었어. 아무도 아는 게 없었어. 다음 주에, 슈크루트● 먹으러, 우리 일곱 명이 다 모여 식탁에 둘러앉으면, 그때 하나하나 말해줄게. 7월 3일에 슈크루트가 너무 먹고 싶다는 건, 20년 전의 허기와 갈망이 발동해서지. 각자 자기 길을 가더라도, 20년 후에 다시 만나기로 그때 약속했잖아…. 우리가 그 아이를 어디서 찾았는지 넌 절대 짐작도 못 할 거야. 내가 우리라고 한 건, 뤼시앵이 나보다 훨씬 더 고생해서야. 정말 뤼시앵은

● 양배추를 발효해 만드는 프랑스 알자스 지역 전통 요리. 고기, 감자 등을 곁들여 먹는다.

집요했어. 넌 짐작도 못 할 거야. 정신병자 수용소에서. 이 말이 거북하다면, 정신병원이라고 할게. 어쨌든 안심해. 그는 미치지 않았어. 제정신이야. 약간 이상하긴 하지만⋯. 그래도 그곳에서 20년을 보낸 걸 감안하면. 전혀 나가지 않았어, 그 근처에도, 20년 동안. 좀 이상하긴 한데, 정확하게 말하면 차라리 비현실적이다? 현재에서 비껴나 있다? 삶 밖에 있다? 이렇게 말해야 하나? 그는 자기가 어떻게 정신병동에 오게 됐는지 너무나 잘 알고 있어. 거긴 교외에 있었어. 그가 우리에게 아주 분명하게, 어떤 빈틈도 없이, 다 이야기해 줬어. 다 기억하더라고. 다만, 언제부터였는지만 빼고.

우리가 돌아온 건, 1945년 6월 3일인데. 일단 이런저런 절차, 확인이니 서류 작업이니 하는 것들이 끝나고 각자 자기 집으로 갔지. 룰루에겐 기다리는 사람이 없었어. 그는 곧장 랑뷔토가로 갔지. 아무도 없었어. 이웃들에게 수소문해 봤대. 아버지, 어머니, 동생, 모두가 다 끌려갔더래. 자기 집은 모르는 사람들이 차지하고 있었어. 해방 후, 전쟁으로 오갈 데 없게 된 브레스트 이재민들을 거주시키는 용도로 징발되었더래. 당연히, 가구며 옷가지도 다 가져갔고. 불쌍한 녀석. 돌아왔을 때 열여덟, 아니 열아홉 살이었잖아. 그는 여기저기 동네들을 다니며, 부모와 친구를 찾았어. 그런데 아무도 없었어. 잡히지 않으려고 다른 데로 이사 갔거나, 강제 수용되었거나 둘 중 하나였지. 불쌍한 룰루는 완전히 혼자였어. 가진 거라곤 보상금 조금, 쓰다 남은 비누 조각 하나, 귀환하며 받은 옷 한 벌이 전부였지. 어쨌든 그는 집 근처 호텔에 방을 하나 잡고 기다렸어. 매일

보호시설을 찾아갔지. 아침부터 저녁까지 철책 출입문에 버티고 서서 돌아오는 사람들을 하나씩 살펴봤어. 혹시 가족이 있을까 봐, 아니면 가족 소식이라도 들을 수 있을까 봐. 사람들에게 물어보고 또 물어봤어. 7월 3일, 그러니까 우리가 떠난 날 이후에는 거기로 오는 사람들이 점점 뜸해졌어. 그는 랑뷔토가의 옛 이웃들에게 혹시라도 누가 집에 돌아오면 자기에게 꼭 알려달라고 부탁했어. 그는 기다리고, 또 기다렸어. 그러나 어떤 소식도 없었어. 아무도 안 왔어. 그리고 얼마 안 있어 호텔 방값 낼 돈도 없게 되자 결국 거리로 나왔어. 지쳤고, 이제 뭘 해야 할지 몰랐어. 벤치에서 잠을 잤는데, 아침에—레퓌블리크 광장이었어. 그는 그곳을 정확히 기억했어—순경 둘이 와서 깨운 거야. 그는 소스라치게 놀라, 얼른 자기 수용소 수감 번호 문신과 송환증을 보여줬지. 이 둘은 아량이 있는 사람들이었어. 그래서 그를 일단 경찰서로 데려갔대, 떠밀거나 하지 않고 말야. 그리고 경찰서장은 룰루의 상태—면도도 안 하고, 세수도 안 한 채, 그야말로 수용소에서 귀환한 자의 몰골… 너 기억나? 수용소에서 그 애가 가장 해골처럼 말랐었잖아. 지금은 꽤 살이 쪘어. 열아홉 살짜리 소년을 찾다가, 마흔 된 아저씨를 찾았으니, 충격이었어—를 보곤 그를 병원으로 데려가라고 했어. 어느 병원이었냐고? 룰루도 잘 모르던데. 그는 병원에 가자, 겁을 먹었어. 이유는 설명하지 못했어. 아마도 갇혀 있다고 느꼈겠지. 겁을 먹었고, 도망쳤지. 하지만 환자복을 입고 있어 금방 다시 잡혔고, 이번에는 그를 기억상실증 환자로 본 거야. 룰루는 그저 너무 지쳐 할 말을 찾지 못해 우물거렸을 뿐인데. 그래서 기억상실증에

걸린 줄 알고 병원에 또 가뒀어. 그 정신병원 의사들은
그래도 제법 괜찮아서, 그를 잘 치료했어. 다시 말하면, 아주
잘 먹이고, 잘 쉬게 하면서 마음을 안정시켰어…. 그때쯤,
그는 힘이 다 빠져서 갇혀 있어도 더는 아무런 두려움도
느끼지 않게 되었어. 뭐랄까, 너덜너덜한 누더기 같은?
아주 나약한 사람이 된 거지. 간호사들이 그를 망쳐놓은
셈이야. 그는 간호사들의 애완동물처럼 돌봄받았어. 대여섯
달 후에, 그는 다 회복되었어. 이제 남은 일은 떠나는
것뿐이었지. 그는 두려웠고, 당황했어. 간호사 하나가
친절하게도 랑뷔토가를 한 바퀴 둘러봐 줬는데, 새로운 건
하나도 없었어. 아무도 오지 않았어. 룰루는 어디로 가야
할지 몰랐어. 돈도 없었고, 그는 그냥 병원에 남으면 안
될지 물었어. 간호사들과, 환자들과 있으면 안전하다고
느꼈으니까. 병원은 그렇게 하기로 했지. 병원장이 우리한테
말해준 건데, 그로부터 얼마 후에 이 완치된 환자가 문제가
됐었대―병원 회계 및 그의 서류상에―하지만 룰루는
여전히 병원을 떠나고 싶어 하지 않아서, 병원장이 알아서
정리를 했대. 이를테면 서류를 적당히 조작한 거지. 자,
이렇게 해서, 거기서 20년을 보낸 거야.

네가 봤어야 해! 네가 거기 있어야 했는데! 우린 먼저 병원장과
면담했어. 우리에게 환자 기록을 보여주더라고. 성명, 나이,
직업―너 룰루가 자기 아버지랑 모피 공장에서 일했던 거
알았어?―거기 다 있더라고. 틀림없이, 우리의 룰루였어.
그러고선 어디서 많이 본 수법. 우리가 창 너머로 관찰할
수 있도록, 환자를 정원에 내려보냈지. 그를 알아보는 데
좀 애먹긴 했어. 배가 너무 나와서. 또 그 소녀같이 고운

피부라니… 게다가 너무나 조용한 분위기… 뭐랄까, 약간 멍한? 이어 병원장이 그를 자기 사무실로 불렀지. 네가 봤으면 좋았을 텐데! 아니, 봤어야 하는데! 그는 우릴 바로 알아봤어. 마치 우리가, 뤼시앵과 내가 하나도 안 변하고 그대로인 것처럼. 한데 난, 내 머리는… 사실, 귀환했을 때의 짧게 깎인 머리나 탈모로 머리카락이 다 빠진 지금 머리 사이에 거의 차이가 없긴 하지만… 마치 우리가 어젯밤에 헤어진 것처럼 바로 알아보지 뭐야. 뤼시앵과 나는 둘 다 눈물이 왈칵 쏟아져서는, 울기 시작했어. 바보들처럼. 그런데 룰루는, 그저 환한 표정을 지어 보였어. 마치 20년 만에 정신병원에서 재회한 게 세상에 흔하디흔한 일인 양 감격해하지도 않고. 우린 서로 부둥켜안았어. "자, 이리 와! 어서 가방 싸. 우리랑 집에 가자." 불쌍한 룰루. 룰루는 여행 가방이 없었어. 입고 있는 환자복이 그가 가진 전부였어. "뭐 어때. 이대로 그냥 가자!" 하지만 그는 병원을 한 바퀴 돌지 않고는, 모두에게 작별 인사를 하지 않고는 떠날 수 없다고 했어. 당연히, 20년이나 지낸 곳인데 정이 들었겠지. 돌아올 땐 양손에 뭘 잔뜩 들고 있더라고. 호주머니도 터질 것 같았고. 사탕, 비스킷, 싸구려 장식품, 온갖 잡동사니들. 그는 또 야간 근무조를 기다리고 싶어 했어. 그때는 우리가 좀 재촉했지. "자, 가자. 그 사람들은 나중에 또 보러 오면 되지." 우린 그를 데려왔어. 안에 저고리 같은 윗옷과, 사방으로 주름진 난징산 천 바지를 그대로 입은 채로. 뤼시앵과 내가 양쪽에서 잡고 머리부터 발끝까지 다시 다 입혀야 했지. 지금은, 우리 집에 있어, 자리 잡을 때까지는. 우리가 살 곳을 마련해 줄 거야. 내 아내가 이미 우리 집

바로 옆에 방 두 칸짜리 작은 집을 알아봤어. 마르셀이 있으니까, 가구 들여놓는 건 어렵지 않을 거야. 그의 가게에서 가져오면 되니까. 직장 구하는 건, 아직은 좀 힘들겠지. 룰루는 그동안 직업이 없었으니까. 모피 공장에서 아버지랑 일하며 배운 것 갖고는 안 돼. 정신병원에서는 털실을 감고, 잡일을 돕고, 쟁반을 나르고, 정원을 좀 가꾼 정도였대. 어쨌든 우선은 익숙해지는 게 급선무야. 혼자 외출할 수 있을 때까지는 내 아내와 아들, 아니면 내가 함께 다닐 거야. 물건들 앞에서 그가 어떻게 반응하는지 넌 상상도 할 수 없을 거야. 우리가 신발을 사준 적이 있는데, 정말 이상했어. 그는 돈에 대해서는 하나도 몰라. 전쟁 전 물건값을 기억하지 못해서인지, 지금 가격을 봐도 하나도 안 놀라. 그가 신기해하는 건, 내가 열여덟 살짜리 아들이 있다는 것과 뤼시앵이 결혼한 가장이라는 거야. 어쨌든 우린 아직도 열아홉 살짜리 소년을 돌보고 있는 셈이지…. 그들이 인류애를 발휘한 일이었다고 아무리 좋게 말해보려 해도… 20년 동안 그렇게 가둬둔 건… 우리 잘못도 좀 있어. 그리고 그가 우리 중 누구라도 만나러 오거나, 편지 쓸 생각을 아예 안 했다는 건… 내가 곧바로 그에게 물어본 게 그거였어. 그는 아주 간단하게 설명하더군. 처음엔 우리 주소를 외우고 있었대. 그러나 자기 집 주소를 되찾으려고 하다 보니. 그걸 찾느라 너무 집중하다 보니, 결국 진이 다 빠져, 우리 주소를 다 잊어버렸다는 거야. 정신병동에 들어가고 나서는, 될 대로 되라 했대. 가끔 우리랑 다시 만나기로 한 약속을 생각은 했대. 그래, 맞아. 생각은 했다고 했어. 시간 개념이 다 없어진 상태였으니, 그런 생각을 해도, 뭐 아무 도움이 안

됐겠지. 반면에, 그는 모든 걸 기억은 해—너나 나보다 더 잘 기억할지도 몰라—그에게 과거는 우리보다 훨씬 가까울 거야. 한데, 그 일이 자신에게 일어났다고 느끼지는 않는 것 같아. 말하자면, 자신의 과거가 아닌 과거를 갖고 있는 거야. 그를 삶 속으로 되돌아오게 하는 게 쉽진 않을 거야. 우리 모두가 돌봐야 할 거야. 어쨌든 그를 정신병원에 둘 순 없어. 우선은 뤼시앵이 그를 모로코 가죽 공방으로 데려갈 거야. 룰루는 바보가 아니니까. 조금만 익숙해지면 될 거야…. 그 애가 얼마나 솜씨가 좋았는지 기억나지. 폴란드인 발디가 우리한테 담배와 성냥을 건넸을 때 그 성냥 한 개비를 정확히 네 개로 쪼갤 수 있었던 사람은 룰루뿐이었어. 나중에 기회 봐서 쓰려고 우린 그걸 갖고 있으려 했잖아. 성냥 하나를 네 개로 나누다니, 우리 몸만큼이나 가늘었지. 부러뜨리지 않고 정확히 딱 소리가 나게 쪼갰지. 그다음엔, 그의 서류를 정리해야 해. 어쨌든, 그도 다음 주 우리 약속에 올 거야. 만일 그 전에 보고 싶으면, 우리 집으로 와. 친구들을 다시 만난다는 생각에 어린애처럼 기뻐하고 있어. 자크는 샤랑트에서 올 거야. 시몽은 마르세유에서. 우리 일곱 명이 다 모이는 거지.

"일곱. 전체 몇 명 중에서 겨우…."

푸페트

버티고, 되돌아오기 위해 우리에게 필요했던 초인적 의지, 이건 모든 사람이 이해한다. 하지만 귀환 후 다시 살기 위해 우리에게 필요했던 의지는 아무도 이해하지 못하지. 거기 있던 그 모든 시간, 우린 목표를 향해 있었어. 단 하나의 목표. 돌아가기. 그러나 돌아간 후 그 너머에 무엇이 있는지 우린 보지 않았어. 돌아가기, 그 모든 일을 겪은 이후니 귀환 정도는 쉬운 일이었지. 우리가 인내하고, 극복했던 것에 대면 삶이 뭐 어렵겠는가? 그게 바로 우리가 잘못 생각한, 착각한 점이었어. 우리가 방심했던 점이었어. 삶에서 제기되는 온갖 문제들. 일하기, 거주하기, 자리 잡기. 돌아온다고 해서 모든 게 해결되진 않았지. 쇠약해진 체력, 악화된 건강, 꺾인 의지로, 그래도 다시 살아내야 했다. 그때 우리에게 필요했던 용기를 사람들은 짐작하지 못하지. 그리고, 우리 각자의 내면 깊은 곳에는 어린 시절 형성된 어떤 개념들, 내재된 정의로움에 대한 어떤 믿음이 있다고 나는 생각해. 우리 각자의 내면에는 2단으로 배열된 장부가 하나씩 있다고 생각해. 차변과 대변, 즉 부채와 자산, 두 열이 평형을 이뤄야 하지. 부채는, 피할 수 없는 불행의 총합, 일생 동안의 총합이야. 자산은, 각자 누릴 수 있는 행복의 몫이고. 둘 사이에 균형추가 있어야 해. 돌아온 자는 이제 자신의 모든 불행이 다 끝났다고 생각했지. 그렇게 방심한 거야. 나는, 돌아왔을 때, 결혼했을 때, 행복했어. 나의 행복은 획득되었고, 내가 마땅히 얻고 누려야 할 것이었지. 그래서 결혼 생활이 잘못되었을 때 난 반발심이 생겼어. 이건 부당하다. 내 남편이 얼마나 추악했는지 네가 안다면, 내게서 아이들을 빼앗아 가려고까지 했어, 내가 너무 아픈 사람이라 아이 돌볼 자격이 없다면서. 내가 비정상이고, 미쳤다면서. 그래, 우린 귀환하고 나서, 부채는 절대 한꺼번에 다 지불되는 것이 아님을 배워야 했다. 수용소가 우리를 강하게 단련시켰다면⋯ 여기선 완전히 반대였지. 모든 것이 우리의 상처 입은 감정을 더 매섭게 건드렸어. 사람들은 말하겠지. "불쌍하기도 하지, 그 험한 일을 당한 여자를, 또 저렇게 냉혹하게 대하다니 그놈은 인간도 아니야." 동정하지 말기를. 내가 원하는 건 동정이 아니니까. 다만 아우슈비츠는 부채와 자산의 평형을 계산하는 데 포함되지 않는다는 것, 그걸 받아들이기 위해 완전히 혹독해져야 했다는 거야.

제르멘의 죽음

그녀의 남편이 유리문을 통해 우리가 기다리고 있는 테라스로 나왔다. 그는 눈꺼풀의 움직임으로, 이제 다 끝났으니 들어와도 된다는 신호를 주었다. 그는 문의 열리는 부분을 붙잡은 채, 우리가 지나가게 비켜섰다. 우리 셋은 제르멘이 잠든 방으로 들어갔다. 모리스가 그녀의 눈을 감겨주었으나 그녀의 그 빛나던 눈, 그 푸르렀던 눈, 선(善) 그 자체였던 눈길의 기억이 되살아났다. 그 눈길로부터, 모든 매체와 구현물로부터 그 선함을 분리해 낼 수 있다면. 그러고 싶을 만큼 그 눈에 대한 기억이 너무나 정밀해서 나는 그녀의 남편이 방금 전 노동자의 투박한 손으로 부드럽게 감겨준 제르멘의 눈꺼풀 너머로 그 눈길과 눈빛을 그대로 느꼈다. 제르멘은 하얀 베개 위에 창백한 낯빛으로 누워 있었고, 죽음 속에서 다시 그녀 자신이 되어 있었다. 며칠 전만 해도 고통으로 일그러져 있던 얼굴 윤곽은 이제 제자리와 균형을 되찾아 이전의 기품과 아름다움을 드러내고 있었다. 누군가가, 간호사 아니면 제르멘의 딸이 은빛 왕관을 쓴 것처럼 그녀의 머리칼을 곱게 땋아놓았다. 그것은 수용소 이전의 제르멘이었다. 제르멘은 로맹빌 감옥에 도착했을 때도 그 단정하고 엄숙한 머리를 하고 있었다. 그 당시, 그녀의 머리는 은회색이 아니었지만, 더는 그런 세세한 건 보이지 않았다. 나에겐 바로 어제 본 듯한, 예전 제르멘의 모습 그대로였다.

모리스는 우리를 동기들끼리만 남겨놓고, 테라스로 통하는 유리문 문턱에 선 채 언덕의 지평선을 향해 있었다. 가을 햇살을 받아 창가 화분 속 제라늄들이 붉게 타올랐다. 우린 제르멘을 바라보았고, 그 얼굴의 아름다움으로 마음을 달랬다. 그 눈길은 아직 꺼지지 않았다. 왜냐하면 우리는 감은 눈꺼풀 아래서 비쳐 나오는 푸르른 눈빛으로, 그 푸름으로 환한 그녀의 얼굴을 늘 알고 있었기 때문이다. 우린 그녀를 바라보았고, 서로 눈으로 말했다. "그녀는 더 이상 고통스럽지 않을 거야." 일주일 전에는, 그 고통스러운 표정을 참을 수 없어, 우린 눈을 돌리고 말았다. 무참히 일그러진 그 윤곽에 괴로워했고, 그 고통이 제발 멎기를, 어서 멎기를 우린 소원했다. 어떻게 해야 고통이 끝나고 제르멘이 마침내 편히 쉴까. 이제, 끝났다. "우린 어제 왔어야 해." 우리 셋 중 한 사람이 이렇게 말했다. "그럼 또 볼 수 있었을 텐데…."

"지난주에 이미 우릴 거의, 아니 아예 알아보지 못했어. 이젠 고통스럽지 않을 거야. 어쩌면 이렇게 아름다울 수가."

이 아름다움이 거짓임을, 몇 시간 후면 풍화되고 말 것임을 너무나 잘 알면서도, 우린 이 영원할 아름다움을 가만히 들여다보고 또 들여다보았다.

제르멘의 손은 침대보의 접힌 부분 위에 놓여 있었다. 그 손에는 아직도 생명의 유연성이 있었다. 나는 제르멘의 손을 잡아, 내 손안에 꼭 그러쥐었다.

"기억나? 아우슈비츠에서 네가 내게 그랬잖아. 내 손 좀 잡고 있어도 되냐고, 그래야 잠들 수 있을 거 같다고. 내 손은 네 엄마 손 같다고. 기억나, 샤를로트? 네가 그런 말 했던 거? 우리가 만일 돌아간다면, 날 보러 오겠다고 약속했잖아. 우리가 돌아온 지 얼마나 됐는데… 왜 이제야 날 보러 온 거야." 제르멘은 부드러운 목소리로 그렇게 말했다. 그 목소리에는 어떤 원망도, 책망도 없었지만, 아쉬움의 기색은 있었다. 후회한 건 나였다. 왜 진작에 보러 오지 않았을까. 나는 왜 그토록 그녀를 오래 기다리게 했을까. 아프니까 이제야 오고, 병원에 입원해서야 오고. 집에 있을 때, 그녀가 내 어머니를 꼭 닮은 단단한 손으로 집안일을 하느라 바빴을 때, 집으로 보러 가지 않고. 아우슈비츠에서 그녀에게 그런 말을 했던 것은, 사실이었다. 다 잊고 있었는데, 그녀의 손을 만지니, 이제, 잠들기 전 그녀가 자기 손을 내 손에 내어줌으로써 전했던 그 따뜻함과 부드러움이 다시 느껴진다. 나는 제르멘의 손을 꼭 잡고 있었다. 정말이지 그녀의 손은 우리 엄마 손을 그대로 닮았다―그 형태, 촉감, 부드러우면서도 건조한 그 피부.

"용서해 줘, 제르멘. 날 원망했어?"

"아냐, 괜찮아. 그래도 왔으면 좋았을 텐데. 우리 집과 그 주변을 봤으면 좋았을 텐데. 거기 있을 때, 내가 자주 묘사해 줬잖아. 산책도 데리고 나갔을 텐데. 우리 집 주변은 무척 아름다워. 널 자주 생각했어. 귀환 후 매년 널 생각했어. 네가 엄마를 되찾은 걸 알고는 나도 정말 행복했어. 지금 연세가 어떻게 되시니?"

"엄마는 너보다 훨씬 나이가 많아, 제르멘. 한데 엄마 손은 지금도 젊어, 네 손처럼."

"네 엄마는 네 옆에 훨씬 오래 계시는구나. 내가 내 아이들 옆에 있는 것보다."

"제일 어린애들은 몇 살이지? 네가 돌아오고 나서 태어난 애들."

"딸은 열일곱. 아들은 열다섯. 엄마를 잃기엔 너무 이른 나이지."

"그런 말 하지 마, 제르멘. 넌 다시 일어날 거야."

"아냐. 봐봐. 항상 시간이 있다고들 생각하지. 넌 기차로 몇 시간 안 걸리는 거리인데도 한 번도 날 보러 안 왔고. 오고는 싶었겠지만 언제든 다음이 있다고 생각했겠지. 그러면 안 돼. 모든 게 다 때가 있는 법이야."

"제르멘, 날 자책하게 하지 마. 내가 널 다시 보러 올 거니까, 나아야 해. 네가 날 용서할 수 있도록."

"난 널 용서했어. 하지만 넌 다시 날 보러 오진 못할 거야. 난 떠나고 없을 테니까."

"아냐, 아냐, 다시 올게. 이번엔 늦지 않게 다시 올게."

나는 동기 둘과 함께 오늘 다시 왔다. 병원에 도착하자, 간호사는 우릴 제라늄이 붉게 핀 테라스로 안내했다. 그리고 거기서 기다리라고 말했다. "그분은 얼마 안 남았어요. 남편이 옆에 계세요." 간호사가 그렇게 말했다. 그분은 얼마 안 남았다고. 나는 지난주에 왔다. 그리고 오늘은, 너무 늦었다. 지난주가, 내가 제르멘을 본 마지막이 된 것이다. 귀환 후 처음 본 것이었는데, 그녀는 나에게 미소를 지어 보였지만, 그녀의 입술은 고통스런 표정을 물리치고, 미소를 만들어내느라 일그러졌다.

나는 차가워진 그녀의 손을 꼭 그러쥔 채, 자책으로
괴로워했다. 소중한 제르멘, 네가 날 얼마나 도와줬는데.
내가 얼어붙었을 때, 네가 내 몸을 데워주었잖아. 네가
네 손을 빌려주어 내가 겨우 잠들 수 있었잖아. 그런데도
널 만나고, 너랑 이야기하고, 네가 어떻게 다시 삶을
꾸려나가고 있는지 보러 올 시간도 내지 못했어─그런데
있잖아, 나한텐 오랜 시간이 필요했어. 그 후에… 그래,
시간이 있고 나서도─내가 너한테 빚진 것을 말하려고 지금
온 건 아냐. 그냥, 내가 그곳에서 돌아왔으니까, 거기선 이런
것들을 말하지 않았으니까, 온 거야.

나는 몸을 기울여 하얀 침대보 위에 놓인 제르멘의 손에
키스했다. 그녀가 나에게 주었던 다정함을 모두 다 그녀에게
되돌려주고 싶었다. 바로 그 순간, 그녀의 손에 내 입술을
대던 순간, 나는 공포에 사로잡혔다. 나는 침대 맞은편에서
카르멘과 뤼뤼를 보았고 나 자신을 통제할 수 있을지
의문이 들었다. 내 앞에 있는 것은, 하얀 침대 위에 누운
제르멘이 아니라, 썩은 널빤지에 누운 실비안이었다. 뤼뤼,
카르멘, 나, 이렇게 셋은 널빤지 발치에 있었고, 우리가
보러 온 것은 실비안이었다. 왜 다른 두 해골들, 양옆에
있는 해골들이 아니라 그녀인가. 짙은 피부의 두 해골들과
실비안을 구분할 수 있는 점이 하나도 없는데, 실비안을
둘러싼 해골들 사이에서, 3층에 걸쳐 쌓여 있던 해골들
사이에서 우리는 어떻게 실비안을 알아봤던가? 그 옆도
아니고, 다른 것도 아니고, 바로 그것, 거기가 실비안이라는
걸 우리는 어떻게 알아봤던가? 썩은 널빤지에 누워서

454

꼼짝도 못 하던 그녀들은 다 엇비슷했는데? 우리가 보러
온 것은, 다른 사람이 아니라 바로 실비안이었다. 실비안은
바로 우리들이었고, 우리 동기들 중 하나였고, 그녀가 우릴
알아볼지도, 우릴 보고 죽기 위한 위안과 용기를 얻을지도
모르기 때문이다. 왜냐하면 우린 달리 아무것도 할 수
없었기 때문이다. 실비안은 그렇게 죽어갔다.
"그녀야, 보여. 눈을 알아보겠어." 다른 널빤지 열들과 비슷한
한 열에 멈춰 서서 카르멘이 말했다. 해골들이 서로 붙어
누워 있는 그 모든 열들을 눈에 불을 켜고 뒤져 마침내
찾아낸 것이었다. 이 수천의 실비안들은, 너무 다닥다닥하게
있어서 마치 해골들이 우글거리는 것처럼 느껴졌지만,
아무도 움직이지 않았다, 해골에겐 더 이상 움직일 힘이
없기 때문이었다.
"왼쪽, 다섯째, 가운데 층, 그녀 눈을 알아보겠지? 여전히 눈이
파래."
해골 더미에서 그 파란 눈을 지표로 삼아, 우리는 곧장
실비안을 알아볼 수 있었다. 카르멘은 틀리지 않았다. 우린
실비안이 누운 널빤지로 다가갔고, 이제 실비안의 그 불타는
듯한 파란 눈 외에는 보이지 않았다. 우리가 실비안을
알아본 순간 다른 모든 것들이 다 지워지고 없었다. 우린
그녀 가까이에 있었다, 마치 우리들끼리만 있는 것처럼.
병원에 아픈 사람을 보러 와서, 다른 환자들은 안중에 없이
그 환자 침대 옆에만 딱 붙어 있는 사람들처럼. 카르멘이
조용히 불렀다. "실비안? 실비안?" 불타는 파란 눈 속에
언뜻 눈길이 비쳤다. "지금 우릴 본 거야." 뤼뤼가 말했다.
"잘 지내, 실비안?" 카르멘이 물었다. 이 틀린 질문이 맞게

들렸다. 죽어가는 사람에게 잘 지내냐? 카르멘의 목소리에 묻어 있는 다정함은 진실했다. 실비안은 우릴 알아봤으나 말할 힘은 없었다. 그녀는 우릴 바라보았고, 그 불타는 파란 눈으로 우릴 바라보았지만, 그 불타는 푸르름에서는 아무것도 읽을 수 없었다. 밤색의 그 얼굴에서, 보라색과 밤색이 대리석처럼 얼룩덜룩한 무늬를 이루는, 실비안의 죽어가는 얼굴에서 유독 찬란하고 환했던 그 불타는 푸르름에서는.

"힘드니까 가만히 있어도 돼, 아직은 말하지 마." 카르멘이 부드럽게 말했다. 이젠 더 이상, 우린 실비안에게 해줄 말이 없었다. 죽어가는 스무 살 젊은 여자에게 무슨 말을 하겠는가. 아무것도 가져다줄 수 없어서, 뭐 원하는 거 없어, 라고 물어볼 수도 없는데. 실비안은 죽어갔다. 보석 같은 파란 눈을 하고서. 이제 그 불빛이 꺼지면, 파란 눈은 그녀 얼굴처럼 밤색으로 변할 것이다. 우리는 그녀 앞에 있었고, 그녀를 바라보았다. 그녀는 말할 힘이 없었고, 우리는 해줄 말이 없었기 때문이다. 실비안은 가만히 우리를 바라보았고, 우린 그녀의 눈길 속에서 고독과 비탄 외에는, 아무것도 읽지 못했다. 그녀는 움직이지 않았다. 눈길도 흔들리지 않았다. 그녀가 이미 죽은 것처럼 보였을 때, 갑자기 터져 나온 기침 발작으로 몸이 요동쳤다. 옆구리 갈비뼈가 흔들렸고, 우린 이가 이리저리 기어다니는 담요 아래 두드러지는 그 활의 형상을 보았다. 실비안은 담요에서 뼈만 앙상한 손을 꺼내—손은 거의 투명했다—그 야윈 손을 입술에 갖다 대었다. 그건 바로 옆 해골의 손이었는지도 모른다. 그녀는 이 말라빠진 손으로, 너무 말라 당장이라도 이가 들끓는 담요 위로 산산이 조각나 떨어질 것만 같은 손으로, 나오는 기침을 억눌렀다. 거친 헐떡임 속에서 기침 발작이 목을 조르고 누더기 담요 아래 갈비뼈 윤곽이 한두 번 더 크게 요동쳤다. 실비안은 손을 뗐다. 그녀의 입술 위에 분홍색 침 거품이 묻어 있었다. 기침으로 지친 실비안은 널빤지 위에 아무렇게나 널브러져 있었고, 그녀의 머리는, 오로지 연골 조직에 의해 몸통에 붙어 있을 뿐 금방이라도 떨어져 나올 듯했는데—그렇게 있다가, 부드럽게 분리될 것 같았다. 툭 끊어지거나 확 찢어지지 않고—그러다가 머리가 떨어지면, 이가 들끓는 덮개 위로, 아니면 옆 해골 쪽으로 굴러가 그 해골의 툭 튀어나온 갈비뼈에 부딪혀 멈출 것 같았다. 뤼뤼는 실비안을 향해, 썩은 널빤지 맨 바깥에 있는 모르는 해골 위로 몸을 기울였다. 그러고는 조심스럽게 실비안의 머리를 제자리에, 그러니까 몸통과 일직선이 되도록 되돌려 놓았다. 머리가 조금이라도 더 버틸 수 있도록. 뤼뤼는 자기 옷 위쪽을 더듬거리더니 가장자리를 찢어 그 천 조각으로 실비안 입술에 묻은 분홍 거품을 닦아줬다. 하지만 다 닦아내지는 못했다. 너무 세게 문지르고 싶지는 않았기 때문에 입가에 흘러 말라붙은 오래된 핏자국까지 닦아내진 못했다. 카르멘은 뤼뤼 손에서 천 조각을 가져와, 이번에는 자기가 몸을 기울여, 실비안의 눈꺼풀을 닦았다. "이렇게 파란 눈을 난 한 번도 본 적이 없어. 봐봐, 지금도 너무 아름다워. 그리고 이 머리카락… 기억나, 샤를로트? 금발이 이 눈과 얼마나 잘 어울렸는지?" 이어 그녀는 실비안의 얼굴로 조금 더 가까이 몸을 기울이더니 입을 맞췄다. "이제 자, 그래, 이젠 편히 자. 우린 가야 해. 우린 더 오래 머무를 순 없어. 하지만 곧 돌아올게. 이제 자." 카르멘은 우리가 돌아오지 않을 것임을 잘 알고 있었다. 그래도 그렇게 말한 것은 실비안이 아직 듣고 있을지도 모르기 때문이었다. 부드럽게 이마를 쓰다듬으며 자장가를 부르듯이 "잘 자라, 우리 아가" 하고 말했다. 그녀는 실비안에게, 밤색 심연에서 눈들이 파랗게 빛나고 있는 이 짧게 깎인 머리에, 키스했다. 그리고 일어나면서, 나한테 자리를 내주기 위해 약간 비켜나면서 카르멘이 말했다. "너도 키스해." 간단하게도. "키스해." 마치 입에서 죽음의 침을 흘리며 죽어가는 자에게 키스하는 게 너무도 자연스러운 일인 양. 나는 실비안의 얼굴 위로 몸을 숙였다. 그녀의 불타는 파란 눈이 나를 바라보았고, 점점 더 커지고, 점점 더 파래지고, 점점 더 깊어졌다. 그 눈에 몸을 기울이면 기울일수록 더욱 도망가고 싶었고, 이 층층이 쌓인 해골 널빤지들로부터, 이 해골 더미로부터, 이 썩어가고 죽어가는 냄새로부터 뛰쳐나가고 싶은 마음이 들었다. 나는 실비안의 불타는 파란 눈에 몸을 기울이며, 카르멘과 뤼뤼의 면전에서 이들을 속일 담력이라도 있기를 바랐다. 하지만 그럴 용기가 나지 않아, 입술을 겨우 열어 실비안에게 키스했다. 이 정도면 카르멘과 뤼뤼의 눈에는 충분하지 않을까 생각하면서. 그러면서 난 혐오감으로 온몸이 오그라드는 것을 느꼈다. 마라, 너도 네 동생 비올렌에게 이렇게 키스했니? 아니면 한센병이 다 갉아먹은 듯한 그녀 얼굴은 안중에도 없이 눈만 바라볼 수 있을 정도로 사랑이 솟구쳤니?—삶에서 이런 수치를 느껴본 적이 있는지? 수치를 느껴서는 안 된다. 후회를 느껴서는 안 된다. 그게

458

다 무슨 소용이란 말인가? 우리와 함께 돌아온 것은
실비안이 아니라, 제르멘인데. 어제였나 그 전날이었나,
어쨌든 요즘에, 실비안은 이미 죽었으니까, 최근 며칠
사이에, 왜냐하면 실비안은 변하지 않았으니까. 그녀는,
제르멘은 여전히 너그러운 입매와 푸르게 빛나는 눈길과
그 눈 속의 선함과 다정함을 지니고 있으니까. 내 손안에는
아직 제르멘의 손이 있었다. 병중에도 그렇게 마르지 않아
부드럽고 통통한 그녀의 손을, 살집을 잃지 않고 그저
투명해진 손을 나는 잡고 있었다. 나는 제르멘의 손을 잡고
있었다, 떠날 결심을 하지 못한 채, 마치 예전 거기에서
밤마다 잠들기 위해, 내 어머니의 손을 놓지 못했던 것처럼.
"이제 우린 그녀를 남편에게 맡겨야 할 것 같아." 릴뤼가
말했고—아니, 그날은 릴뤼가 아니었다, 헷갈린다—우리
테라스로 나왔다. 모리스는 제르멘의 방에 우릴 들여보낸
후 그곳에 움직이지 않고 서 있었다. 먼 언덕 풍경 앞에
붉게 타오르는 제라늄과 함께. 우리는 그와 악수했다. 그는
제르멘에게 돌아갔다. 우리는 테라스에서, 날이 저물며 지는
노을 속에서 한참을 머물렀다. 우리 셋 중 한 명이 말했다.
"우리가 뭐라도 할 일이 없는지 그에게 한번 물어봐야겠어."
"어쨌든, 모레 장례식 때 다시 오겠다고 하자." 또 다른
한 명이 덧붙였다. 제르멘이 죽던 그날, 나와 함께 있었던
두 사람이 카르멘이나 릴뤼가 아니었던 걸 안다. 다만
우리가, 그러니까 릴뤼, 카르멘, 내가 실비안에게 작별을
고하러 갔기 때문에 제르멘이 죽던 날 실제로 나와 함께
있었던 사람들과 그녀들을 헷갈리는 것뿐이다. 카르멘도
릴뤼도 아닌, 그녀들 중 한 사람이 테라스 유리문을 통해

모리스에게 다음에 또 보자는 인사를 건넸다. 왜냐하면 우리는 기차를 타야 했기 때문이다. 모리스는 우리에게 감사를 표하러 테라스로 다시 나왔고, 아무것도 필요하지 않다고, 그의 장남이 다 알아서 할 거라고, 만일 우리가 모레 다시 올 수 없어도 다 이해할 거라고 했다. 그리고 그날 제르멘의 동기를 보게 되어 참으로 좋았다고 말했다.

자크

그날 A로 난 혼자 돌아왔어. 역에서 날 기다리는 사람은 아무도 없었지. 다른 사람들 대부분은 두세 그룹으로 모여 먼저 돌아갔어. 그때는 당국과 당 동지들 등 도시 전체가 몰려들었어. 그들을 위한 축제가 벌어졌고. 역 플랫폼에는 아직도 깃발들이 걸려 있었어. 날 기다리는 사람은 아무도 없을 것이고, 나는 너무 늦게 도착했어. 나의 그룹—우린 일곱 명이었어. 한 수송 열차에서 살아남아 돌아온 일곱 명—은 마르셀이 아파서 늦어졌어. 우린 그가 귀환을 위해 여행할 수 있는 상태가 될 때까지 기다렸지. 파리에 도착할 때까진 절대 헤어지지 않기로 우린 오래전에 합의했었어. 우리 일곱 명은 전날 도착했어. 샤랑트로 돌아가는 건 나뿐이었고, 파리에서부터는 혼자 있었어. 기차에서 사람들은 나한테 매우 친절했어. 먹을 것, 마실 것을 주고 질문도 많이 했어. 나는 너무 피곤해 거의 대답하지 않았어. 같은 칸에 탔던 A 출신의 한 사람은 뭔가 석연치 않은지 자꾸 쳐다봐 나는 표정을 편하게 지을 수 없었어. 나는 그 상황을 훨씬 뒤에야 깨달았어. 그때는, 사람들 기분이 상한 줄 알았어. 왜냐하면 내가 그들 질문에 고개만 까딱일 뿐 별 대답을 하지 않았기 때문이야. 당신은 굶주렸을 게 분명하다, 추웠을 게 분명하다. 아마도 그들은 내가 정말 강제 수용소 포로였는지 궁금했나 봐. 하지만, 내 얼굴만 봐도…. 나는 그저 조용히 있길 원했고, 사람들은 질문에 맞는 대답을 듣길 원했겠지. 다른 귀환자들도 마찬가지였는지 모르겠지만, 처음엔 사람들과 말하고 싶지도 않았어. 동기들과 몇날 며칠 말하고 난 후라, 너무 힘들었어. 사람들과 대화하려면 항상 처음부터 설명을 해야 하니까. 사소한 질문이라도 그에 대답하기 위해서는, 우선 개략적인 소개를 해야 하고, 이어 장소, 시간, 날씨를 묘사해야 하고, 이 사람은 누구고, 저 사람은 누군지를 분명히 말해야 하니까. 그러다 보면 끝이 나질 않았어. 그러나 동기들과 있으면, 그런 사항들을 일일이 설명할 필요가 없었지. 누가 "그 뚱보가 시몽을 쫓아 뛰었던 날" 하고 말하면 모두가 그게 무슨 일이었는지 알았어. 왜 시몽이 뚱보 카포가 자기한테서 훔친 빵을 되찾으려 뛰어야 했는지를. 그래서 난 자는 척했어. 난 풍경을 바라보고 싶었어. 종탑을 알아보고, 역들의 이름을 읽고 싶었어. 사람들은 내가 구석에서 이런저런 사물들을 알아보면서 조용히 있고 싶어 하는 것을 이해하지 못했어. 선로 변경 장치나, 우리가 터뜨려버렸던 변압기, 또 2년 전 탈선을 일으켰던 철로의 커브들을 나는 가만히 보고 싶었어. 사람들은 서로 이야기했어. 이야기하면서 행복해했어. 자유롭게 말하고 대놓고 질문하는 기쁨을 아직 다 누리지 못한 것처럼. 한 여자가 나에게 이렇게 말했어. "돌아오니 웃기고 괴상하죠." 네, 웃기고 괴상해요. 그녀는 내가 뭔가 답을 하길 기다렸어. 내가 자는 척했던 건 바로 그 순간이었어. 내가 잠든 줄 알고 한 남자가 이렇게 말했어. "피곤해 보여요. 에고, 불쌍해라. 저렇게나 삐쩍 말랐네요…." 기차 복도에는 귀환 중인 전쟁 포로들이 있었어. 그들은 말을 했고, 사람들은 이야기를 들으며 흡족해했어. 대화의 맥락을 다 따라 듣지 않아도, 그들에게 포로 생활의 고통은 곧 참전용사의 추억과 하나가 될 것이라 짐작할 수 있었지. 그런 그들이 나는 부러웠어.

역으로 나오니, 역무원 한두 명이 보였어. 어쨌든 검표하는 사람들은 분간이 됐어. 그들은 계속 여기 있었나? 정말이지, 웃기고 괴상했다. 나는 내가 느끼는 바를 말로 표현하기가 힘들었어. 나는 사물들과 사람들을 내가 떠나기 전 모습 그대로 다시 만나기를 바랐어. 그런데도 불구하고, 정말 모든 게 똑같아서 나는 심란했어. 놀랍고, 낯설었어. 나 혼자만 변한 게 웃기고 괴상했어.

승객들은 역 앞에서 흩어졌어. 몇몇이 나를 뚫어지게 바라봤어. 나는 잠시 서 있었어. 아직 어디로 갈지 몰라, 방향을 헤아려보는 것처럼. 나는 다시 발을 내디뎌야 했어. 나는 어디로 갈지 알고 있었어. 집으로. 10분이면 닿을 거리였어. 역과, 역 앞 대로가 예전과 비슷한 걸 알아봤으니, 내 예전 걸음걸이, 힘찬 발걸음도 되찾은 줄 알았어. 이 역 앞 대로로, 얼마나 많이 내려갔던가…. 그런데 다시 길을 걷는 순간, 내 다리는 무거워졌고, 신발 밑창이 무쇠로 된 듯했어. 나는 도저히 집에 돌아갈 용기가 나지 않아서—얼마나 힘에 겨웠는지! 나는 비틀거렸어—벤치에 앉기 위해 다시 역으로 들어갔어. 내가 귀환 소식을 알리지 않았기 때문에, 아무도 기차를 맞이하지 않을 것임을 나는 잘 알고 있었어. 누가 날 보러 오리라는 기대는 전혀 하지 않았는데도 실망감이 들었어. 마치 내가 돌아온다는 사실을 모두가 다 알면서도 그런 양. 귀환이라면, 그런 거 아닌가? 나는 속으로 이렇게 말하며 한참을 벤치에 머물렀어. "밤이 올 때까지 있지 말고 빨리 일어나서 가야 해." 그러나 나는 움직이지 않았어. 이제 그 어떤 기차도 도착하지 않을 것이 분명했어. 역은 텅 비어 있었어. 나는 대합실에서 완전히 혼자였어. 벤치에 혼자 앉아서, 그래야만 한다고, 집에 돌아가야만 한다고 되뇌었어. 집에 가서 저녁을 먹을 것이다. 역무원 한 명이 내 앞을 두세 번 지나가면서 나를 쳐다보았어. 나는 그에게 말을 하지 않기 위해 고개를 돌렸어. 그런데 또 다른 역무원이, 매표소 쪽에서 나를 보는 게 느껴졌어. 그는 이내 창구 문을 닫고, 사라졌어. 이어 또 다른 직원이 나에게 다가와 기차를 갈아타려고 하는지 물었고. "오늘은 더 이상 환승 열차를 운행하지 않습니다" 하고 그는 말했어. "아니요, 기차를 갈아타지 않아요. 전 도착했어요." 그는 친절하게 기다려줬어. 나는 덧붙였어. "전 집에 돌아왔어요." "네, 들어오시는 거 봤어요." 역무원은 말했어. "어디서 오셨어요? 뭐 필요한 거라도?" 그의 목소리에는 온기가 있었어. 나는 드디어 말을 듣고, 말하고 싶어졌어. 나는 그에게 내가 어디 사는지 말했어. "당신 집이 아직도 남아 있는 게 확실해요? 그 동네에 엄청난 폭격이 있었어요." 나는 당황했어. 그건 예상하지 못했어… 그래, 물론, 연합군의 폭격이 있었다는 건 알았지만, 그건 다행스러운 일이었고, 그런데 우리 동네에…

464

아니, 그건 예상하지 못했어. 나는 남은 힘을 쥐어짜 혹시 희생자가 있었는지 물었어. "스무 명 이상이나요." 역무원이 대답했어.

수용소에서, 사망자는 매일 수백 명씩 나왔지. 하지만 수용소 밖에서 죽기도 한다는 생각은 못 해봤어. 자유로운데도 죽는단 말인가? 수용소에서, 우린 우리를 중심에 두고는, 다른 사람들에게는, 항독 투쟁에 가담하지만 않는다면, 아무 일도 일어나지 않는 것처럼 생각했어. 그런데 밖에서도 죽고 있었다니. 이런 명명백백한 사실이 여전히 당황스러웠어. "저는 근무 시간이 끝났습니다." 역무원이 말했어. "원하시면, 같이 가드리겠습니다."

나는 일어났어. 그는 나를 도와주려고 팔을 내밀었어. "아니 아니, 괜찮아요." 나는 똑바로 서서 걸으려 애썼어. 가는 동안 나는 그에게 아무 말도 하지 않았어. 걱정도 됐고, 숨이 가쁘기도 했어. 그로선 질문하고 싶었겠지. 집이 있던 곳에 도착하기 한참 전, 나는 봤어. 나는 멈춰 섰어. "저기예요." "뒤몽 씨 아드님이세요? 아, 죄송합니다. 몰라봤군요. 저… 당신 부모님은 폭격으로 사망했어요." "그럴 거 같았어요." 나는 힘없이 말했어. 불현듯, 내가 그걸 진작에 알았어야 한다는 걸 깨달았어. 만일 부모님이 거기 계셨다면, 역에 오셨을 테니까. 모든 기차들을 다 기다렸을 테니까. 나는 길 복판에 가만히 서 있었어. 머리가 어지럽고 무릎이 휘청거렸어. 역무원이 내 팔꿈치를 잡았어. 그는 존중하며, 아니 장례식 때 상주들을 향해 조의를 표하러 다가올 때의 정중한 태도로 기다려줬어. 이어 이렇게 말했어. "저희 집으로 오세요. 집에 주무실 자리를 마련할 수 있어요.

내일, 푹 쉬고 난 후 시청에 가서 문의해 보세요." 처음에는
이 모르는 사람 집에 가는 것보다 내 동지 집에 가는 편이
나을 거라고 생각했어. 그는 나를 안다고 했지만 나는 그를
전혀 기억하지 못했어. 그는 내 부모님을 아는 것이었어.
하지만 그가 집이 아주 가깝다고 말해서, 나는 그냥 그렇게
하겠다고 했어.

이튿날, 나는 시내로 나갔어. 누구한테 먼저 가봐야 할지
몰랐어. 내 동지들이 나 다음에 체포되거나, 총살당했거나,
강제 수용되었을 수도 있었어. 나는 그 불행들을 떠올리며,
따져봤어. 우리 그룹 중 그런 상황을 잘 빠져나갔을
가능성이 가장 높은 사람이 누구인지를. 뱅상? 알베르?
루이? 누가 살아남았을까?

뱅상이 그의 집에 있었어. 나에게 문을 열어준 게 바로 그였어.
나는 기쁨으로 몸을 떨며 그를 향해 다가갔어. 턱이 떨렸고,
입술도 떨렸어. 기쁨의 환호성이라도 지를 뻔했어. 뱅상은
현관에 말뚝처럼 뻣뻣하게, 팔을 몸에 딱 붙인 채 서
있었어. 나는 움찔했고 환각을 본 것은 아닌지 의아했어.
아니, 분명 뱅상이었어. 마침내 나는 내 원래의 목소리로
말했어. "뱅상! 나야, 나 자크. 나 변했지? 하지만 나야 나,
자크." 그는 말문이 막힌 채 문 앞에 붙박여 있었고 나는
영문도 모른 채 그 앞에 우뚝 서 있었어. 오늘은 그가 기운이
없는 건지, 불편한 건지, 기분이 안 좋은 건지, 도통 알 수
없었고, 뭔가를 알아차리기에는 나는 너무 떨렸어. 순간
온갖 추측들이 뇌리를 스쳤지만, 너무 빨리 지나가 이런
식으로밖에는 요약되지 않았어. 뱅상은 체포되었고, 오래
버티지 못했다. 아니면, 뱅상은 우리 편이 아니고, 다른

편으로 넘어갔다. 아니면, 뱅상은 미쳤다. 아니면, 내가. 이 추측들 중 그 어떤 것도 그럴듯하지 않았어. 나는 그저 나를 쳐다보지 않는 뱅상을 바라보고 있었어. 여전히 나를 보지 않은 채 그는 뒤로 물러나더니 문을 밀어 닫기 시작했어. 나는 비참했고, 수치스럽고, 바보가 된 것 같았어. 방금 전 내 다리까지 휘감았던 떨림이 이제 마비로 변해갔어. 피가 굳었어. 나는 그곳을 나왔어. 내가 어딨는지, 어디에 있다 왔는지 더는 알지 못했어. 나는 이해할 수 없었어. 머리가 아팠어. 심장이 아팠어. 나는 길도 알아보지 못하면서 거리를 걸었어. 모든 게 날 비켜났어. 내게 주어져야 할 열쇠가 나를 비켜났어. 뭘까? 명확히 밝혀내야 할 뭔가가 있었지. 뭘까? 모든 게 뒤죽박죽이고, 얽혀 있고, 꽉 막혀 있었어. 나는 한참 동안 카페에 앉아 있었어, 나 자신에게 무슨 질문을 던져야 할지도 정리하지 못한 채. 나는 알아야만 했어.

내가 루이의 집 초인종을 눌렀을 때 그는 없었어. 문을 열어준 것은 알린이었어. 그녀는 나를 보더니 흠칫 뒤로 물러났어. 침을 꼴깍 삼키더니, "루이는 없어요" 하고 말했어. 그녀는 움직이지 않았고, 문을 활짝 열지도 않았어. 나도 더 이상 움직이지 않았어. 그러자 알린이 물었어. "당신, 돌아온 거예요?" 알린은 격식을 차려 나를 당신이라고 불렀어. 그녀가 문을 열었을 때, 나는 안도감을 느꼈어. 그녀는 붙잡혀 가지 않았어. 그렇다면 분명 루이도 붙잡혀 가지 않았겠지. 그런데 당신이라니…. 내 머릿속은 점점 뿌예졌어. 모든 게 빙빙 돌았어. 나는 문기둥에 몸을 기댔어. 알린은 눈을 내리깐 채 기다렸어. "미안해요, 저는 지금

467

나가봐야 해서." 그녀는 등 뒤에서 문을 닫더니 큰길을 향해 빠른 걸음으로, 등을 꼿꼿이 세운 채 가버렸어. 나는 이해가 안 됐어. 하지만, 다른 친구들 집에 가봤자 별 소용없다는 건 알았어. 나는 철길을 따라 역 방향으로 갔어. 만일 기차 소리가 들리면, 철길에 깔린 자갈을 넘어가 선로 위에 누울 힘은 있을 것 같았어. 나는 귀를 쫑긋 세웠어.

역에서 나는, 하룻밤 재워줬던 역무원을 찾았어. 오늘은 근무하는 날이 아닌지, 그는 보이지 않았어. 나는 역 구내식당 의자에 털썩 주저앉았어. 배는 고프지 않았어. 목마르지도 않았어. 그러나 추웠어. 나는 머릿속을 정리하고, 얽힌 실타래를 풀고 싶었어. 그러나 더 이상 내 머리는 굴러가지 않았지. 내가 이해하려고 하면 할수록, 더 혼란스러워졌어. 이렇게 미쳐가는 거구나 싶었지. 아니면 이렇게 기억상실증에 걸리거나. 나는 미쳤다. 그러면 병원이 피난처가 될지도 모른다고 생각했어. 병원에 가면 날 치료해 줄 거야. 구내식당 직원이 뭘 먹을지를 물었어. 나는 뭔가를 주문했고, 그걸 먹으며 곰곰이 생각하려 애썼어. 스스로 던진 질문에 발부리가 걸렸어. 도대체 왜? 첫 번째 '왜'에서부터 꽉 막혔어. 뭘 할 것인가? 할 수 있는 게 없었어. 어디로 갈 것인가? 갈 데가 없었어. 구내식당은 활기가 넘쳤어. 식당 창문 너머로 보이는 역 플랫폼도 활기가 넘쳤어. 나는 거기서 무한정 머물 순 없었어. 사람들이 나를, 뱅상의 그 무표정한 시선으로 또는 알린의 그 회피하는 시선으로 보는 것 같았어. 어디로 가지? 병원을 제외하곤, 갈 만한 데가 떠오르지 않았어.

이모를 떠올리는 데는 한참이 걸렸어. 그러니까 엄마의

468

여동생이 여기서 몇 킬로미터 떨어진 곳에 살고 있었어.
나는 주변을 돌아볼 것도 없이 바로 구내식당을 떴지. 가는
길은 몇 시간 걸렸어. 점점 거리가 가까워질수록, 점점
더 자주 나는 길가에 앉아 쉬어야 했어. 그때마다 다시는
일어설 수 없을 것 같았어.

이모는 나를 알아보고는 눈물을 터뜨렸어. 나는 몇 년이나
이모를 보지 못했어. 내가 체포되었을 때, 나는 이미 가족
관계를 유지할 시간이 없게 된 지 수년째였어. 동지들이 내
가족이었어. 이모는 내가 돌아오기를 바라고 바랐지만, 내
부모님의 죽음을 알려야 하는 게 너무 두려운 나머지 귀환
열차를 맞으러 나가지 않았다고 했어. 이모 역시 질문하고
싶어 했어. "피곤하지, 에구 불쌍한 것." 이모가 하는 이런
표현은 나를 짜증 나게 했어…. "정말 피곤할 거야. 그걸
어찌 모르겠니. 네가 그 고초를 겪었는데, 우리가 널 다시
일어서도록 해줄 거야." 그리고 멈추지 않고 계속 이어졌어.
폭격, 우리 부모님의 장례식, 묫자리, 그리고 장례식을 위해
자기가 한 일 등. "묘비 때문에도 널 기다렸어. 이젠 네
일이야. 네 형은 총살당한 자들을 위한 구역에 묻혀 있어.
형도 부모님 옆에 이장하는 게 좋겠지? 어떻게 생각하니?
어쨌든, 네가 결정해." 나는 몇 주를 흘려보내고서야 나보다
먼저 귀환한 강제 수용자들을 만나러 갔어. 몇몇은 원래
아는 사람들이었어. 나와 같은 일로 체포되거나, 같은
수송 열차를 타지는 않았지만 같은 당원이었지. 그들은
귀환하자마자, 나를 주의하라는 경고를 뱅상으로부터
받았어. 그들은 거기 있을 때만 해도, 내가 조직을 밀고한
줄은 몰랐다가 이제야, 나의 위선을 돌이켜 알고는 원망하고

있었어. 내가 뤼시앵네 그룹과 함께 작업반에 배치되어, 그들과 떨어진 것은 천만다행이었고. 뤼시앵 그룹이 자기들 소포를 나와 공유한 일을 후회하고 있을 거라고 생각했어. 내가 나중에 이해하기론 그랬어. 당시에 그들을 만났을 때는, 그들은 나에게 아무 말도 하지 않았고, 나는 왜 다들 냉담한 얼굴인지를 계속해서 궁금해했어. 그리고 이 시기 내내, 뒷배경에는, 마치 내가 감히 넘어갈 수 없는 어둠의 영역에 있는 것처럼, 드니즈가 있었어. 나는 이 이름을 부르지도 못했어, 심지어 마음속으로조차도. 나는 그녀를 만나는 게 두려웠어. 아니, 그게 누구든 만나는 것 자체가 두려웠어. 이따금 내 부모님의 친구들을 보러 갈까 생각은 해봤어. 며칠 동안 생각만 해보다 늘 미루곤 했어. 우연히 아는 사람을 마주치면, 나는 짧게 인사만 하고 걸음을 재촉했지. 한동안은 나와 함께 귀환한 동기 그룹, 뤼시앵, 마르셀, 앙리 등에게 편지를 쓸 엄두도 내지 못했어. 드니즈가 하도 고집해 결국 뤼시앵에게 편지를 썼지만 내게 무슨 일이 있었는지는 말하지 않았어. 우리가 20년 전 파리에서 헤어지면서 했던 약속을 지켜 재회한 자리에서, 내가 그 모든 이야기를 털어놓자, 그들은 내가 자기들을 믿지 못했다며 책망했어. 그때는, 나는 아무도 믿지 않았어. 만일 드니즈가 없었다면, 나는 이미 머리에 총을 쐈을 거야. 다행히도 그날, 7월 3일 저녁 식사 자리에서 그들의 관심은 룰루에게 쏠려 있었지. 나는 차라리 내가 아닌 룰루의 처지라면 좋을 것 같았어. 곰곰이 충분히 생각해 봐도 그랬어.

드니즈가 먼저 나를 찾아왔어. 그녀도 라벤스브뤼크에서

470

돌아오자마자 나를 조심하라는 경고를 받았지만, 나에게 퍼부어진 비방들을 믿고 싶지 않았대. 그녀가 전모를 밝혀줬어. "조직이 와해되고, 체포당하지 않았던 동지들— 뱅상, 루이, 알린—은 왜 우리가 거의 다 잡혔는지 이유를 알아내려 했어. 그들로선 조직의 명단이 넘어갔다는 것 외에는 달리 설명할 길이 없었어. 서로 말을 맞춰보고 추론해 본 후, 배신자가 있다는 결론에 도달했어. 그 배신자가 바로 너고." 나는 그들을 향해 날아가고 싶었어. 내가 아니었다고 외치고, 내가 아닌 것을 증명하고 싶었어. 증명하려고. 진정성은, 직접 보면, 느껴질 테니까. "아니." 드니즈가 말했어. "그들은 널 믿지 않을 거야."

그날부터 나는 나의 주장을 뒷받침해 줄, 나의 진실함을 드러내 보여줄 사람을 찾았어. 하지만 증명해 줄 수 있는 사람이 아무도 없었어. 다들 총살당했거나, 강제 수용되었기 때문이야. 유일한 생존자라는 사실은, 나에게 유리하지 않았어. 그건 심지어 나를 공격하는 주장의 주요한 근거였어. 오로지 드니즈만이 나를 믿어줬어. 그녀는 다른 사람들과 달랐어. 동지들은 그녀에게 나와 결별할 것을 종용했어. 그녀는 거부했고, 그들 그룹에서 배제되었어. 우린 결혼했어. 결혼식은 슬펐어. 나는 그 도시를 떠나 다른 곳에 정착하고 싶었어. 드니즈는 그건 곧 유죄를 인정하는 것이나 마찬가지라고 생각했어. 결백을 증명하려면 여기 계속 머물면서 버텨내고 머리를 꼿꼿이 들고 살아야 한다고 했어. 여러 해 동안 나는 찾아다녔어. 여러 해 동안 드니즈도 끈질기게 찾아다녔어. 우린 그것밖에는 생각하지 않았어. 다 포기할 뻔하기도 했어. 왜 내가 거기서 죽지 않고 살아났나?

돌아오려고 왜 그토록 분투했나, 왜?

하루는, 드니즈가 시장에 갔다가—나는 그 일을 언제까지나 기억할 거야. 그날은 일요일 아침이었어—그녀를 향해 똑바로 걸어오는 뱅상을 보았어. 그는 그녀에게 똑바로 걸어왔으나, 막상 옆에 와서는 스치듯 비스듬히 섰어. 그는 감히 그녀를 쳐다보지도 못했어. 그때 있잖아. 우릴 체포했던 경찰 수사관 중 하나, 스페인어를 할 줄 알아서 우리가 돈 카를로스라는 별명을 붙였던 사람이 막 붙잡힌 참이었어. 그는 몇 년간이나 숨어 지내고 있었어. 뱅상은 치안판사 조사실에 증인으로 불려갔어—해방되자마자 경찰들을 고소한 게 바로 뱅상이었거든. 그는 드니즈에게 나도 소환될 것임을 알리려 했어. 드니즈는 그 말을 들어주긴 했지만, 여전히 경계했어. 그녀가 말했어. "그래서, 자크가 증언하지 않았으면 하니?" "아니야, 해야지. 한데 너한테 말해주고 싶은 게 있어." 그는 그녀에게 말을 놓았지만 편해 보이지는 않았대. "내가 말하고 싶은 건, 판사가 읽어준 미행 보고서 내용이야. 모든 게 나로부터 시작됐어. 운이 나빴지. 나는 기차에서 발각됐어. 파리에서 바욘까지 전 노선의 연락책이 나였던 거 기억나? 1939년 당이 불법화되었을 때 나를 체포했던 경찰 하나가 날 알아봤어. 당시 난, 경찰서에서 도망쳐, 그들 손아귀를 빠져나온 상태였지. 생각해 봐, 1939년에 날 붙잡았던 경찰이, 1943년에 나를 알아본 거야. 내 콧수염과 탈색 머리에도 불구하고. 우린 그 일 하던 사람들 중에는 좀 어린 축이었잖아. 그래서 걸음걸이 빼고는 다 바꿨는데. 그들은 걸음걸이로 알아본 거야. 역에서 나오다가 자기 앞을 걸어가는 나를 보고는 바로 눈치챈 거지. 그는 나 같은 놈은 얌전히 있을 유형이 아니라고 생각했대. 그래서 미행을 시작했고, 하나하나 모아 맞추다 보니, 거미줄 같은 조직망이 포착된 거지. 그가 모든 실을 다 쥐었을 때—다 모으는 데, 3주 이상 걸렸어. 그동안, 우린 이른바 수 연맹●의 계략을 쓰면서, 우리 자신을 믿었고, 그 어떤 미행도 다 따돌릴 수 있다고 확신했지—망은 전부 파악되었으니 이제 그 실을 잡아당길 일만 남았던 거지. 기억하겠지만, 나는 다시 한번 간신히 그들로부터 도망쳤어. 그러고는 얼른 지역을 옮겼고. 자크에게 곧 소환될 거라고 전해줘. 그리고 날 보러 오고 싶다면…."

나는 명예를 회복했어. 그들 입장이었다면 나도 그렇게 했겠지만—왜냐하면, 나 역시, 강경파였으니까—난 예전처럼 동지들을 바라볼 수는 없었어.

● 북미 대평원 원주민 중 일곱 부족으로 구성된 연맹으로, 대대로 살던 땅을 점령하려는 미국 정부에 항거했다. 이들에 대한 진압 중 가장 유명한 사건은 1890년에 자행된 운디드니 학살이다.

드니즈

나는 자크를 물가로 끌어내느라 그토록 많은 고생을 했다.
나는 자크를 끌어내는 데, 그를 살려내는 데 다 바치느라
나 자신을 생각할 시간은 없었다.
그의 집
그의 아버지 그의 어머니
그의 총살당한 형
그의 귀환은 힘들었다.
동지들, 차가운 시선, 등을 돌린 동지들,
더 이상은 그를 알지 못하는 동지들
그는 모든 것을 잃었다.
그는 평생의 모든 것을 잃었다.
나는 나에게 말하곤 했다
이제 내가 그의 모든 것이 되어야 해.
그러나 모든 것은 아무것도 아닌 것과 다르지 않다
그건 아무것도 아니고 나는 결코 그에게 모든 것이 될 수 없다.
그걸 계산하진 않는다
내가 그에게 살아갈 용기를 얼마나 주었는지를.
나는 나에게 말하곤 했다, 계산해서는 안 된다고

나 드니즈는 자크에게 말했다
용기를 내 정면으로 맞서야 해.
자크는 나 드니즈에게 말했다
의혹에 맞서 뭘 할 수 있어.
나는 자크에게 말했다
의심받는 게 배신했다는 건 아냐.
그는 드니즈에게 말했다
배신했다는 데 근거가 있을 거고
배신했다는 데 이유가 있을 거야.
의혹에는 근거도 이유도 없어.
의심에 맞서서는 아무것도 할 수 없어.
나는 자크에게 말했다
정면으로 맞서.
그는 드니즈에게 말했다
정면으로 맞서려면 얼굴을 들고 버텨야 해.
난 할 수 없어
난 죽음은 봤을지언정
난 동지들 눈 속의 의혹은 볼 수 없어.
나는 자크에게 말했다
죽는 건 비겁한 일이야.
그는 드니즈에게 말했다
정면을 못 보느니
차라리 죽을래.
자크에게
나는 말했다
자크 버텨야 해.

그리고 매일 아침
그는 말했다
드니즈
제발, 부탁이야, 허락해 줘.
그리고 매일 아침
나는 말했다, 안 돼 자크
안 돼 자크, 넌 그러면 안 돼, 버텨야 해
필요한 시간만큼 버텨야 해.
나는 그에게 의지를 돌려주느라 그토록 많은 고생을 했다.
살아낼 의지를.
나를 생각하기보단
그 세월 내내…

가비

나는 밖에 나가지 않아, 추워서. 외출할 때는, 온몸을 푸근하게 감싸고, 크고 두꺼운 외투에 털 장화를 신는데도, 오한이 들어. 발도 시려, 바로 설사를 해. 길 끝까지 가지도 못해. 여름에는, 날씨가 정말 좋으면 정원이라도 한 바퀴 돌고 오지만. 여기 여름은… 아무리 여름이어도 나는 추워. 그래서 일 년 내내 난방을 하지. 그냥 문 열어주러 나가기만 해도, 이것 봐, 손가락이 하얗게 질렸잖아. 푸페트가 정말 부럽다! 따뜻한 나라로 떠난 건 정말 잘한 거야! 푸페트가 그랬어, 끝도 없는 겨울과 추위를 참을 수 없어 떠난다고. 앤틸리스 제도에선, 잘 지내는 것 같았어, 생기를 되찾았지. 요즘 통 소식이 없네. 어떻게 됐을까, 너 아는 거 있어? 지난번에는, 가게를 하나 열 계획이던데. 난 장이랑, 우리 아들 사정 때문에 여기 있어야 해. 장이 은퇴하면 우린 미디피레네 지역으로 갈 거야. 게다가 난 집에 있어야 행복해—내 손가락들이 원래대로 돌아오고 있네. 커피 좀 내려줄까? 난 항상 손을 비비고 있어. 강박증처럼 보일 거야. 해가 바뀌어도 양털 슬리퍼를 절대 안 벗어. 그래도 차마 집에서 장갑까지 끼고 있진 못하겠더라고….

귀환해서, 난 2년을 플라토 다시•에서 보냈어. 폐에 흐리게
보이는 부분이 있었어. 밤에도 창문을 열어놓아야 했어.
간호사도 의사도 그게 내 호흡을 방해한다는 걸 인정하려
들지 않았지. "익숙해져야 해요. 익숙해질 겁니다." 회진을
돌 때마다, 간호사가 창문이 열려 있는지 확인하곤 했지.
아우슈비츠에서 돌아온 사람에게 추위에 익숙해져야
한다고 말하다니, 나 원 참. 그래도 이렇게 돌아온 건
천운이지. 정말이야, 우리 아버지가 총살당하고, 우리
어머니와 이모가 거기서 죽는 걸 본 내가, 장을 다시
만났으니, 운이 좋았지. 약혼자를 찾지 못한 사람이 얼마나
많은데. 장은 나보다 먼저 돌아왔어. 그는 독일에서 막
돌아왔고, 아우슈비츠에 관해서는 아무것도 몰랐기 때문에
그렇게까지 큰 걱정은 안 했어. 우릴 기다려준 사람들이
우리가 어떤 일을 견뎠고, 생존자가 얼마나 되는지를
다 짐작할 수 있었다면, 돌아왔을 때, 우린 그들과 다시
만나지 못했을 거야. 만일 장이, 그걸 다 알았다면…. 우린
결혼했어, 그리고 자리를 잡아가기 시작했고… 내가 플라토
다시로 가야 했던 건 바로 그때쯤이었어. 당시에는, 지금
같은 재가 요양은 상상도 못 했어. 장은 자주 날 보러 왔어,
격주 일요일마다. 그리고 휴가는 모두 나에게 와서 보냈지.
그는 나한테 이래라저래라 설교도 하고, 용기를 북돋아
주기도 하고, 헤어져 있던 5년에 비하면―그가 1940년
6월에 포로가 되었으니까―2년은 아무것도 아니라는
말을 거듭했어. 나한텐, 아우슈비츠 이후, 그 2년이 훨씬

• 프랑스 동부 알프스 샤모니 근처 해발 1000미터 고원 지역으로, 제2차
세계대전 이전부터 결핵 환자들을 위한 휴양지로 유명했다.

길었어. 장이 없었다면, 난 완치할 때까지 그곳에 머물지 못했을 거야. 산들은 눈으로 뒤덮여 있었어. 거기서 돌아와 다시 눈을 보니…. 장은 같은 눈이 아니라고 나를 설득하려 무진장 애를 썼어. 두툼한 스웨터를 있는 대로—내가 뜨개질을 시작한 게 그때부터였어—서너 벌씩 겹쳐 입어서 꼭 흑곰 같아 보였지. 그가 나한테 이러더라. "오, 내 귀여운 작은 곰, 곧 다 나을 거야. 그러면 집으로 가자. 집에 있으면 얼마나 편하고 좋은데." 맞는 말이야. 난방하면 집은 금방 따듯해지니까. 너, 제르멘이 했던 말 생각나? "난 돌아가면, 정말 따듯한 집에서 살 거야." 그러면서 앙케트 같은 질문을 했잖아. "만약 이것들 중 하나 고르라고 하면?—바로 지금 (점호 중이었지, 우리 발은 차가운 눈에 파묻혀 있었고) 뜨겁게 데워진 거품 몽글몽글한 초콜릿 한 사발, 아니면 뜨거운 목욕물과 좋은 비누, 라벤더향 비누가 있는 욕조. 아니면 아주 따듯한 침대, 풍선처럼 부푼 솜털 이불이 덮여 있고 그 밑에 탕파를 넣어둔. 뭘 제일 먼저 고를래? 아, 나는 따듯한 침대. 포근하고 따듯한 침대에서 늘어지게 자고 싶다." 우린 항상 따듯한 걸 생각했잖아. 제르멘은 또 이런 말도 했었지. "만일 내가 돌아간다면, 난 겨울에, 채소를 절대 찬물에 안 씻을 거야. 미지근한 물로 씻을 거야." 생각만 해도 좋지, 내가 바로 그렇게 하고 있어. 따듯한 집에서…. 내가 뭐 하러 집을 나가겠어. 어느 정도냐면, 빵이 떨어지면, 나가면 바로 모퉁이에 빵집이 있는데도, 거기까지 뛰어나가느니, 그냥 안 먹고 말아. 그런 일은 거의 일어나지 않지만. 행여라도 예기치 않은 상황이 생기면, 가령 누가 오면, 그러니까 아들 친구가 왔다가 저녁 식사까지 하게

되거나 하면. 일요일엔 장이 일주일치 장을 다 봐. 특별한
걸 사야 할 때면 모를까 내가 굳이 목록을 줄 필요도 없어.
내 거대한 냉장고에 다 있어. 내 손안에 모든 게 다 있지.
내게 시장이란… 우리 동네엔 아케이드 시장이 있어. 바람이
숭숭 들어와서 오돌오돌 떨려. 상인들이 안됐지. 추위를
느끼면 곧바로, 난 거기에 있던 내가 떠올라. 얼어붙은 길,
얼어붙은 진창, 바람, 눈, 점호 때의 눈보라. 그리고 우리
등에 걸쳤던 것, 그것으로… 어떻게 버텼지, 나는 종종 혼자
물어. 떠올리기만 해도, 소름이 돋아서, 내 소파에 온몸을
파묻고 웅크린 채 숄을 칭칭 둘러 감아. 집에서는 좋아.
지겹지 않아. 하루 종일 아무도 안 만나. 집안일, 바느질,
뜨개질하느라 바빠. 장은 7시쯤 들어와. 그가 오자마자
하는 일은, 보일러실로 내려가 잘 돌아가나 보는 거야. 우린
저녁을 먹고, 대화를 나누고, 음반이나 라디오를 들어. 우리
집에 텔레비전은 없어. 무서운 게 너무 많이 나와서. 한 대
있긴 했는데, 고장 났을 때 장이 수리를 안 맡겼어. 알제리
전쟁 중이었어… 제복들, 군인들, 기관총들…. 차라리
책 읽는 게 나아. 우린 대체로 우리 둘만 있어. 장-폴은
약혼녀가 생기고 나서 저녁엔 거의 집에 없어. 지금 스무
살이야, 믿어져? 스무 살…. 장-폴이 군 복무를 마치면, 둘은
결혼할 거야. 여자애가 아주 귀여워, 아담해. 우릴 자주 보러
와. 일요일엔. 우린 일요일에도 안 나가. 내가 차 안에서도
추위를 타거든. 항상 친구들, 가족들이 우리 집에 와. 여름엔
남자들은 정원에서 페탕크를 하고, 겨울엔 카드놀이를 하고,
그동안 여자들은 수다를 떨고 저녁을 차리고. 그러면서
쉬는 거지. 옷이나 신발을 사야 해서 시내에 나갈 수밖에

없을 때도 있긴 해. 아주 어쩌다가. 난 그래서 내 물건들을
아껴 써. 그리고 뜨개질도 하고. 심지어 외투도 떠서 입어.
내가 보여줄게. 어떤지 말해줘. 집은, 장이 다 관리해.
나가기 전에, 아침에, 부엌을 한번 획 둘러봐. 버터나 커피가
없으면, 저녁에 가져와. 오는 길에 빵도 사 오고. 크고
무거운 물건―침대보, 이불―은 카탈로그로 구매해. 양모
같은 것도. 난 카탈로그 보는 걸 정말 좋아해. 여러 개 받아
쌓아놓지. 몸을 따뜻하게 하고 공상에 잠기면서 카탈로그를
하나하나 넘겨. 일하러 나가지 않아도 되니 얼마나
다행이야. 그땐, 비가 오나 눈이 오나 나가야 했는데….

루이즈

나는 마도가 왜 그런 생각을 했는지 모르겠어, 자기처럼 강제
수용됐던 사람과 결혼했다면 훨씬 쉬웠을 거라니. 날 봐,
나와 내 남편을. 우린 귀환하고 2년이 지난 후 만났어. 그는
스물아홉, 나는 스물여섯이었지. 그는 부헨발트에서, 나는
아우슈비츠에서 돌아왔고. 같은 기억을 갖고 있진 않았지만,
우린 같은 참조 사항들을, 같은 코드를 갖고 있었고, 같은
언어로 말했어. 그런데 무슨 일이 일어났게? 결혼 20년째인
지금 우리 집에는, 강제 수용을 겪은 사람이 하나만 남았어.
그자는, 바로 남편이지. 강제 수용자였으니, 그는 매사에
금세 피곤해해. 밤샘 같은 건 꿈도 못 꿔, 저녁 먹고 나면
바로 누워야 하지. 강제 수용자이니 쇠약하고, 아프고,
신경질적이고, 추위를 잘 타고, 머리도 아프고, 배도 아프고,
등도 아프고, 다리도 아프지. 그는 자신을 돌봐야 하고,
몸조심해야 하고, 건강 관리를 해줘야 해. 적어도 일주일에
한 번은 보건소에 가. 그 약 무더기를 네가 봤어야 하는데…
가루약, 앰플, 알약, 약병이 사방에 널려 있어. 여름에
휴가도 못 가. 치료받으러 요양소에 가야 하니까. 크루즈
여행, 해변이나 시골 얘기를 꺼내보긴 했는데, 그러면

482

나한테 이래. "수용소 포로였던 우린, 오래 못 살 거야. 그러니 조금이라도 더 살고 싶다면…" 수용소 생활을 했던 자니, 항상 식이요법을 실천해야 하지. 매일 아침 요거트를 두 개씩 먹어, 티푸스에 걸렸었으니까. 나도 티푸스를 앓았지만 그가 자기 요거트 먹는 걸 보면…. 그와 살면, 강제 수용 얘기는 알아듣겠지. 그는 사무실에는 가. 하지만, 집에 오기만 하면, 아무것도 기대할 수 없는 인간이 되지. 실내 가운을 입고, 텔레비전을 켜고. 집은, 말 그대로 의무실이야. 너도 알지, 질병 냄새, 류머티즘 연고 냄새. 자기 전엔, 등이나 다리를 주물러달래. 물론, 그의 건강 상태가 안 좋은 건 맞아. 우리 중 멀쩡히 돌아온 사람은 아무도 없으니까. 하지만 왜 그에게만 아플 권리가 있는 거야. 어쨌든, 우리 둘은 동시에 아플 수가 없어. 있잖아, 아, 정말, 강제 수용소에 갔다 온 자와 결혼한다는 것은….

마르셀린

가비는 운이 좋았어. 자길 돌볼 수라도 있었으니까. 난, 그럴
수 없었어. 절대 그럴 수 없었어. 내가 집에 왔을 때, 우리
아버지는 부헨발트에서 돌아오지 못했어. 우리 엄마는
혼자였고, 한 번도 일해본 적이 없었어. 그러니 엄마가 뭘
할 수 있었겠어? 집안 사정이 말이 아니었어. 노동자들이
평생을 절약해 모은다고 해도, 그건 재산이라고 하기도
어려운데다, 돈의 가치도 예전과 같지 않았기 때문에,
엄마가 아무리 가진 돈을 지켜냈어도—사실 불가능했지.
그랬다면 아버지와 내가 강제 수용소에 있는 3년 동안
어떻게 먹고 살았겠어?—그건 터무니없는 금액에 불과했을
거야. 돌아와서 또 놀란 것은… 강제 수용 보상금을 받았을
때, 난 내가 무슨 부자라도 된 줄 알았어. 다시 일을 시작할
때까지 버틸 수 있는 돈이라고 생각했어. 전쟁 전 내 월급 석
달치였는데 그걸로 고작 보름쯤 먹고 살 수 있었지. 한데,
엄마가 해낸 일은 거의 기적이었어. 세상에, 비누, 설탕, 쌀,
심지어 커피까지, 그때까지 다 안 쓰고 보관하고 있더라고.
우리가 없는 동안 도대체 어떻게 살았는지 모르겠어. 아마
손도 안 댔을 거야. 우리가 돌아올 때를 위해 다 아껴뒀던

거지. 난, 바로 알았어. 아버지는 돌아오지 못한다는 걸. 그
나이면…. 엄마는, 믿고 싶어 하지 않았어. 아버지를 다시
만나기를 희망했지. 한참 동안, 한참 동안. 그 오랜 시간이
지난 후, 엄마가 말하더라. 이젠 더 이상 희망하지 않는다고.
그때 엄마 입술은 더 이상 희망하지 않는다고 말했지만,
엄마 눈은 아직도 희망하고 있었어. 나는 엄마에게 말했어.
"엄마, 생각해 봐. 아버지가 살아 있었다면, 수용소가
해방되었는데, 소식 한 장 안 보냈겠어? 돌아오는
누구에게든 무슨 말이라도 남겼겠지, 좀 전해달라고."
얼마나 집요한 희망이던지! 얼마나 처절한 희망이던지!
누군가가 러시아에 죄수들과 포로들이 있다고 말해줬나
봐. 오데사에 배를 기다리다가 발이 묶였거나, 병원에
입원했거나, 배회하고 있는 사람들이 있다고… 그리고
폴란드, 헝가리, 루마니아에도… 기억나? 그때 지어진 그
모든 전설 같은 이야기들? 우리 아버지 동기 중 몸이 아파서
더 일찍 오지 못하고, 좀 늦게 온 분이 있었어. 틀림없이
우릴 볼 용기가 나지 않아 늦은 것이기도 했을 텐데,
그때도 엄마는 희망의 끈을 놓지 않았다니까. 같은 질문을
몇 번이나 반복하던지. "당신이 그이가 죽는 걸 봤어요?
당신 눈으로 직접 봤냐고요?" 그 불쌍한 분은 거의 고문을
당하다시피 했지. 아니, 난 귀환 후에 하나도 못 쉬었어.
휴양을 위한 온천 도시에 포로들 쓰라고 동원된 요양소나
호텔도 있었다던데, 그런 데 갔으면 좋았을 텐데. 무료이긴
했지만, 그렇다고 집에 돈이 들어오는 것은 아니니. 집에는
땡전 한 푼 남아 있지 않았어: 사실, 엄마가 빚을 지지 않고
그만큼 버틴 것도 이미 대단한 일이었지. 난 피곤했어,

정말 피곤했어! 정말 손 하나 까딱할 수 없었어. 머리 빗는 것도 힘들어서… 손이 납으로 된 것처럼 축축 처지고, 빗이 미끄러져 툭 떨어지더라. 너무 피곤해서… 저기 거실 소파에 누워버렸어. 다시는 일어설 수 없을 것만 같았어. 하지만 일어나야만 했지. 나는 얼마간은 한 단체 지원금을 받았어. 정말 얼마 안 됐어. 아주 공정하게도. 엄마는 아직도 연금을 못 타. 아버지가 다시 돌아오리라는 희망을 못 버려서, 신청도 하지 않았어. 나는 6주 정도 쉬었다가, 다시 일을 시작했지. 힘들었어, 정말 겨우겨우 했어. 아침에 출근하는 것만으로도… 이미 지친 채 사무실에 도착하곤 했지. 다행히 같이 일하던 사람들이 다 착했어. 동료들이 많이 도와줬지. 그래, 영양제도 먹고, 칼슘, 비타민―하지만 쉬진 못했어. 내 상태가 지금도 안 좋은 건, 분명 그 때문이야. 우린 2년 정도는 휴식 기간을 가졌어야 해. 그렇대도 내가 만일 2년간 요양소 같은 곳에서 부양을 받았다면, 그럼 엄마는? 엄마는 어떻게 됐을까? 이건 인정해야겠다, 돌아와서 시골에 내려가거나, 아무것도 안 하고 가만히 있기를 원하는 사람은―그렇게 해야만 했던 결핵 환자들 빼고는― 우리 중 아무도 없었어. 모두가 당장 살고 싶어 했어. 삶 속으로 되돌아가고 싶었지. 다시 당 활동에 투신거나, 결혼하거나, 아이들을 갖기 급급했지―잃어버린 시간을 만회하려는 듯 말이야. 난, 결혼하기까지 4년을 기다렸어. 그리고 아이는 원치 않았지. 내 남편도 굳이 원하지 않았어. 남편은 첫 결혼에서 낳은 자식이 이미 두 명 있어서, 그걸로 충분했지. 장담하는데, 난 자식을 낳아 키울 힘도 없었을 거야. 아니면 어딘가 아픈 아이가 나올까 봐 무섭기도

486

했고. 아니, 실은 아이를 낳을 만큼 충분히 건강한 상태가 아니었어.

결혼 후, 난 얼마간 더 일을 했어. 항상 일을 해왔기 때문에, 그냥 살림하면서, 남편에게 의존하는 건 생각하기 어려웠어. 한데 정말 더 이상은 일하는 게 불가능해졌을 때 그만뒀지. 게다가, 남편은 집에 있는 아내를 더 원했어. 난 집에 있었지, 하지만 그렇다고 나 자신을 돌봤다는 건 아냐. 그러진 못했지. 난 바빴어. 집은 벅찼고, 손님이 많았어. 직업적 상황 탓에, 남편은 접대할 일이 많았어. 일주일에 두세 번은 손님들이 저녁 식사를 하러 왔어. 우린 외출도 잦았어. 남편은 외부 모임이 있을 때마다 내가 동행하길 원했어. 하지만 정말 침대 속에만 머물고 싶은 날들이 있었어. 내 남편은 기운이 넘쳐. 겨울 스포츠에, 테니스에… 사람들이 피곤하다고 하는 걸 그는 이해하지 못해. 그냥 대충 살면 안 돼. 그게 그의 행동 강령이야. 내가 그를 묘사하는 대로 생각하면, 넌 그가 학대라도 하는 줄 알겠다, 아냐, 그가 학대하는 건 아냐. 강제 수용이 얼마나 끔찍한 경험이었는지는 그도 아니까. 그래도 그는 인간 본성에는 놀라운 가소성●이 있다고 생각해. 그 가소성 덕분에 인간은 모든 것에 적응하고, 재적응한다고, 심지어 굳이 의지를 개입시키지 않더라도 말이야. "증거가 있잖아, 당신이 돌아온 거, 그게 그거야." 그가 이렇게 말하더라— 돌아오지 못한 사람들의 수를 세보면 그의 주장을 반증할 수도 있었지만, 나는 그냥 뒀어. 그와 이런 걸 논쟁하고

● 고체가 외부에서 탄성 한계 이상의 힘을 받아 형태가 바뀐 뒤 그 힘이 없어져도 본래의 모양으로 돌아가지 않는 성질.

싶지는 않으니까. "물론, 당신에게 나쁜 기억은 남아
있겠지. 하지만 이 끔찍한 기억의 포로가 되면 안 돼. 거기
사로잡히면 안 돼. 그 기억이 자신을 짓눌러 으스러뜨리게
두면 안 돼. 자, 이건 마음먹기에 달린 문제야. 끝난 건 끝난
거야." 그런 거야, 되는 대로 살아가면 안 된다는 거. 이게
그가 세운 이론이야. 거의 과학자지. 안타깝게도—내가
안타깝다고 하는 건, 만일 그가 옳다면, 나는 더 건강한
상태였어야 하는데 안 그러니까—그의 이론은 내 몸에서
심한 열이 날 때마다 혼란에 빠지지. 매년, 거의 같은
시기에, 난 며칠 동안 고열에 시달려. 어떤 약도 듣지를
않아. 병원에선 방사선을 포함한 각종 검사로도 아무것도
못 밝혀냈어. 내 의사는 뭐가 뭔지 모르더라고. 내 병은
병명이 없대. 그래서 내가 이름을 붙였지. 나의 티푸스
기념일이라고. 매번, 다시 기운을 차리는 데 몇 주씩 걸려.
나는 원인을 찾으려 했어. 증상을 발현시키는 게 뭔지
알아보려고 했어—충격 때문인가, 아니면 피로, 아니면
흥분? 아니, 다 아니었어. 설명할 수가 없었어. 항상 같은
식으로 시작돼. 머리가 깨지도록 아프고. 배가 아프고,
확 체온이 올라가. 어떤 예고나 전조도 없이, 갑자기.
전날 내가 좀 힘들었거나, 아니면 그냥 좀 우울했거나
한 것도 아닌데…. 어쨌든, 이런 일에도 불구하고, 난
나에게 그렇게까지 오냐오냐하진 않아. 으레 그렇듯 다시
안정되면, 나는 활동을 재개하지. 내 신경은 억세. 남편 말이
옳았을지도. 굴복하고 싶지 않아. 아픈 사람으로 살지 않아,
절대.

장례식

우린 기차에서 만나기로 했었다. 내가 역에 도착했을 때, 우리들 중 셋은 이미 거기 있었고, 기차표를 손에 쥔 채였다. 우린 서로 포옹했다. "다해서 몇 명이나 될까?"

"글쎄, 많을지 어떨지 모르겠어. 지방에 사는 애들은, 거의 못 올 거야. 어쨌든, 나에게 주소가 있는 애들에겐 다 연락했어. 마리-루이즈에게선 전화 왔어. 자기 남편이랑 자동차로 바로 온다고 했어."

우리 넷은 모두 파리에 살면서 꽤 자주 보곤 했다. 그러다 보니 우리는 사소한 얘기들만 주고받았다. 우린 잠시 매표소 근처에서 기다리다가, 뒤를 수시로 돌아보면서 약속 장소인 플랫폼 쪽으로 향했다. 아직 아무도 없었다. 우린 우리가 가야 할 도시명이 표시된 기차 차량 가까이에 있었다. 거기 서서 계속 잡담을 나눴다. "잘 지내? 남편은? 아들은?" 누가 오는지 주시하면서.

"어, 저기, 회색 옷 누구지? 우리 찾는 거 같은데?"

"누구?"

"저기 회색 옷 입은 키 큰 여자. 우리 동기 같은데, 한데 못 알아보겠어."

"나도 모르겠는데."

회색 옷을 입은 여자가 점점 다가왔고, 우리 옆을 지나치더니, 그냥 계속 갔다. "아니네. 우리 동기가 아닌가 봐. 걸음걸이를 못 알아보겠어."

회색 옷을 입은 여자는 분명 우릴 지나쳤다. 그런데 뒤돌아서더니, 망설이다가, 미소를 지으며 다시 우릴 향해 왔다.

"잔인가. 아, 알 것도 같고."

"잔? 어떻게 저렇게 변했담…" 그녀는 우리 가까이 왔다. "나 못 알아보겠어? 잔이야." 가까이서 보니 하나도 안 변했다. 알아보고 나니, 그녀가 맞았다. 알아보자마자, 우린 정말 당장, 한 치의 주저도 없이 그 피부에서 주름을, 눈가에서 피로를, 입매에서 쓰디쓴 고통을 삭제했고, 그러자 그녀는 예전 그대로였다. 우리 기억으로 씻어내고 다듬어보니, 그녀는 다시 우리가 알던 잔이 되어 있었다. 나는 생각했다. 참 이상하다… 나에게도 여러 개의 얼굴이 있는 걸까? 우리 각자에게는 하나의 얼굴이―처지고, 닳고, 굳어버린―있고, 이 손상된 얼굴 아래에 또 다른 얼굴이―빛이 나고, 생기 넘치고, 우리 기억 속에 보존된―있는 것 같았다. 그리고 이 서로 다른 두 얼굴 위에 만능열쇠 같은 가면 하나가 덧씌워져 있다. 외출할 때, 일상생활할 때, 사람들을 만날 때, 주변에서 생기는 일에 참여할 때 쓰는 예의 바른 가면, 마치 점원들이 유니폼을 갖춰 입으면서 착용할 법한 가면 말이다. 분명, 우리 동기들의 진실을 보는 건 우리뿐일 것이다. 그 아래 맨얼굴을 보는 것은 우리뿐일 것이다.

잔은 우릴 알아봤고, 우리와 포옹했다.

490

"어떻게 알았어? 내가 너한테는 소식을 못 전했는데. 네 주소가 없었어."

"어제 우연히 미미를 만났어. 진짜 웃긴데. 바로 어제, 내가 난생처음 간 곳에서. 딸을 새 치과에 데려가던 중이었어. 우리…"

"너 딸 있어? 몇 살이야?"

"좀 있으면 열아홉."

"열아홉이면, 치과에 혼자 가려고 하지 않아?"

"내가 같이 가야 했어, 왜냐하면 거기 친구가 하는…."

"열아홉이면… 너 돌아오자마자 바로 결혼한 거야?"

"거의…."

"아이는 하나밖에 없어?"

"아들도 있어."

"어떻게 그간 널 한 번도 못 봤을까."

"나도 몰라. 그냥 하루하루 지나가니. 또 몇 해가 지나가고. 시간이 없었어. 남편, 애들, 집, 일."

"너 일해? 무슨 일해?"

"전처럼, 화학자."

"그럼, 미미는 내 메시지를 받았네. 미미는 안 온대?"

"난 미미를 거의 못 알아볼 뻔했어. 한데, 하나도 안 변했어. 아, 어떻게 말해야 하지. 그러니까 미미인데, 미미가 아냐. 너무 지쳐 보인다고 할까. 나를 알아본 건 개였어. 아니, 미미는 안 올 거야. 이틀 전에 제르멘을 보러 갔다고 하더라고. 제르멘의 마지막 순간을 본 거지. 그래서 장례식은…."

"너도 안 변했어."

잔에게도, 그 말은 진실이기도 거짓이기도 했다. 유심히 보면,

다 변했다. 표정, 인생의 쓴맛이 밴 입술 주름, 머리카락, 얼굴 윤곽. 분명, 거기 있을 때만큼 야위진 않았다. 지금은 말랐다기보다 메말랐다. 그래도 하나도 안 변했다. 그 눈빛이며, 목소리, 간결하고 정확하고 능숙한 손동작.

"모두가 가정도 있고, 일도 있네…."

"그래서 모르겠다. 하루가 어떻게 지나가고, 한 해가 어떻게 지나가는지…."

"넌 한 해 한 해 지나가는 걸 느껴? 난 글쎄. 물론 내가 늙어가는 건 알지. 아니, 꼭 그렇지도 않아. 난 돌아왔을 때 갑자기 확 늙어버렸어. 그때 늙어서 이젠 늙지도 않아. 그때 그대로야."

"장례식 때문에 이렇게 시간을 낼 수 있는 사람은 아직은 행복한 거야." 우리가 자리 잡은 객차로 합류한 또 다른 동기가 잔을 포옹하며 말했다. "이런 일이 더 자주 있길 바란다, 부디."

"넌, 정말 하나도 안 변했구나." 잔이 말했다. "여전히 짓궂어."

"아냐, 네가 우리에게 정말 필요한 사람이었는지는 죽어봐야 아는 거야."

잔은 미소를 지었다. 그녀의 미소는 진정으로 그녀를 우리에게 되돌려 주었다, 새로 해 넣은 이빨 두 개에도 불구하고.

"그렇다고 너무 못되게 굴 건 없어."

"아냐, 네 말이 맞아. 죽은 사람들 때문에 시간을 낸 게 맞고, 산 사람들을 다시 만날 기회가 되긴 하잖아. 그러니까 더 자주 생겨야 해."

"아, 됐어, 이제 그만 좀 해!" 이제껏 대화에 참여하지 않았던 누군가가 말했다. "막말은, 아무리 재밌어도, 선을 넘지 말아야 한다고."

"글쎄, 장례식 얘기가 뭐 어때서? 우리 동기들만 죽을 운명인
　것도 아니고."

"왜, 너 다른 장례식들도 가?"

"가지, 가끔. 근데 아무 느낌이 없어. 가봐야 하니까 가는 거지.
　아우슈비츠 이후로, 난 더 이상 장례식에서 울지 않아….
　그래도 장례식을 치를 수 있는 사람들은 다행이야. 비바,
　무네트, 클로딘을 생각하면…."

"난 마리에트가 자주 생각나."

"죽은 사람들 다 열거하려고?"

"또 누가 올까?"

"가비? 가비한테도 알렸어?"

"그럼, 당연하지. 한데 기대하지 마. 집에서 잘 안 나오잖아."

"어! 저기 온다, 또 누구 하나 온다, 여기, 여기!" 창가에 자리
　잡은 누군가가 소리쳤다. 그녀는 손을 흔들어대며 달려오는
　한 사람에게 손짓했고, 이 새로운 승객은 기차로 펄쩍
　뛰어오르더니 웃음으로 자신을 반기는 우리 객차 문턱에 짠
　하고 나타났다.

"여전하네. 항상 늦어서 걱정시키더니. 기차 놓치는 거 안
　무서워? 놓쳐야 할 기차가 있긴 했는데, 그건 안 놓치고."

"그래그래, 미안. 어쨌든 반갑다. 어떻게 지냈어?" 그녀는 뺨을
　내밀었다.

"하나도 안 변했어. 늘 주의가 산만했잖아. 너희들 기억나, 쟤
　신발 잃어버린 날?"

"나 신발 안 잃어버렸어. 누가 훔쳐 간 거야."

"그게 그거지. 자, 앉아. 그렇게 서 있지만 말고. 여기, 앉아.

어쨌든, 카르멘이 당장 집시들한테 가서 다른 신발 한 짝을 안 훔쳐 왔으면…."

"너희들 신발도 훔쳤어?" 잔이 책망하듯 말했다.

"왜, 그럼, 넌 한 번도 훔친 적 없단 말이야?"

"SS들 거는, 뭐 가능하면, 그랬고. 포로들 거는, 절대 안 했어."

"너같이 도덕적인 애가, 어떻게 돌아올 수 있었는지 미스터리야. 우리가 함께 있었던 게 다행이었지. 그럼 넌 어떻게 해야 했다고 생각하는데? 영하 20도에 맨발로 점호받으러 나가게 돼? 우린 이 미련퉁이를 다시 여기로 데려오고 싶었다니까."

"그래, 나 약 올리려고 하는 말이지."

"집시 여자들은 우리한테서 다 훔쳐 갔어. 그 신발들도. 한 짝이 아니라 몇 켤레나 있었어. 넌 비르케나우는 안 거쳐봐서 그래, 잔."

"네가 그렇게 얼이 빠져 있지 않았으면, 네 신발을 지켰을 거야. 우리가 블록 26에 있었을 때, 난 내 신발을 항상 머리맡에 뒀어. 밤엔 베개 대신 베고 잤고."

"아무렴, 내가 다 잃어버린 거 너희가 알고말고. 신발 훔쳐 가게 놔뒀다고 그만 좀 뭐라고 해. 만날 때마다 그 얘기 할 거야?"

"너도 우리가 널 다시 데려와서 다행인 줄 알아. 그렇게 다 잃어버리다가, 너 자신까지 잃어버렸을 거야."

"돌아온 사람들에겐 다 각자의 운이 있었던 거야." 잔이 말했다. "서로를 만난 운."

"정말이지, 네 생각은 일관적이네. 미덕과 윤리, 정의, 그리고 각자의 당연한 몫."

기차가 움직이기 시작했다. "이젠 아무도 안 오겠지." 우린 외투를 접어 짐칸에 집어넣고 자리를 잡았다. 잔이 내 옆에 앉았다. "널 다시 만나 너무 좋아. 넌 안 변했어, 전혀. 어떻게 지냈어? 뭘 하면서? 재혼은 했어?"

"아니."

"왜 재혼 안 했어? 혼자 사는 건 좋지 않아."

"다른 누군가랑 사는 건 생각할 수조차 없었어."

"그때부터 죽?"

"그때부터 죽."

"정말 생각도 안 해봤어?"

"그럴 의향도 없었고, 기회도 없었고. 모르겠어. 어쨌든 한 번도 고려해 본 적 없어. 처음엔, 너무 빠른 거 같았고, 나중엔, 너무 늦었지."

잔의 질문에 답하면서, 나는 다른 동기들 중에서도 유독 그녀와 나를 가깝게 만드는 것, 그것이 무엇인지 가늠해 보았다. 동기들 가운데 유일하게 그녀만이 이렇게 직접적으로 질문하고 직접적인 대답을 기대한다. 괜한 무분별함 없이. 잔은 계속 묻는다. "혼자 있으면, 권태롭지 않아?"

"나 친구도 많고, 일도 많아."

"행복해?" 그녀는 날 가만히 바라보았다. "내 말은 그런 뜻이 아니고. 지금 상황에 만족해?"

마치 최근까지 만났던 양 잔도 나와 있는 게 자연스러웠다. 그녀들, 동기들이 우리 가운데 있으면 편하다고 할 때 말하고자 하는 바가 바로 이것일 터였다. 우리 사이에는 억지로 애쓸 필요가 없었다. 구속이나 강요도 없었다. 통상적인 예의조차 없었다. 우리 가운데 있으면, 우리들은 그냥 우리들이었다. 20년 동안 잔이 뭘 했는지, 어떻게 살았는지 난 아무것도 몰랐지만, 그런 건 하등 중요하지 않았다. 마치 우리가 한 번도 헤어진 적이 없었던 것 같았다. 그런데, 잔은 우리 수송 열차에 타지는 않았다. 우린 라이스코에서 알게 됐다—여기서 우리란, 라이스코, 즉 실험실 작업반에 들어갈 기회를 얻어 살아남은 사람들이다. 나는 오늘 그 당시 그대로인, 그러니까 흰 가운을 입은 채 반듯하고 진지한 자세로, 주의를 기울이며, 이리저리 오가고, 도구들을 다루며, 헤어 박사 앞에서 심각하고 단호했던, 또 동료들에게는 헌신적이고 관대했던, 일상의 사안을 개선하는 데 있어서는 무모할 정도로 대담했던 그녀를 보고 있다.

"잔, 너 토마토 생각나?" 좌석 끝에서 질문이 날아왔다.
"우리가 온실에서 훔친 토마토? 정말 대단했어. 너 하마터면 그때 잡힐 뻔했잖아."

"토마토? 라이스코에 토마토가 있었어? 처음 듣는 소린데?"
"그래, 온실에 있었어. 온실 몰라?"
"알지, 한데 난 토마토 기억은 안 나."
"아니, 있었잖아. 떠올려봐. 잔이 상자 화분에서 익어가는 토마토들을 발견했어. 부엽토가 반 이상 차 있던 상자 말이야."

"정말 맛도 기가 막혔지."
"아니, 난 토마토는 기억이 안 나. 그 작업에 나는 안 보냈었나 봐."

"무슨 소리야, 너 거기 있었어. 우리 다 거기 있었어. 심지어 네가 제일 많이 챙겼는데 도중에 몇 개 떨어뜨렸잖아. 내가 네 뒤에 있다가 줍고."

"확실해? 그 토마토 날에 샤를로트가 거기 아직 있었어? 라벤스브뤼크로 떠난 후 아냐?"

"어, 확실해. 그러니까, 그 여덟 명이, 라이스코를 떠나 라벤스브뤼크로 간 건 1월 초야. 우리가 〈상상병 환자〉 공연을 했던 이후라고. 〈상상병 환자〉는 크리스마스 무렵이고. 토마토는 그 전 여름이었어."

"토마토라… 우리가 그걸 먹었어?"

나는 당황했다. 아니, 토마토 맛이 전혀 기억나지 않았다.

"그럼, 우리가 다 먹어 치웠잖아!"

"난 거기서 토마토를 먹은 기억은 단 한 번도 없어."

"그래도 어쨌든 토마토 맛이었어. 맹세코. 잔, 안 그래? 아, 네가 그 기억을 못 한다니, 정말 웃긴다. 제르멘이 오이로 잡혔던 날인데."

"듣자 하니, 무슨 잔치라도 벌였던 것 같다. 오이, 토마토…."

"제르멘이 큰 오이를 따서 자기 옷 아래 숨겼잖아. 근데 덩치 큰 정원 담당 카포가 와서 덜미를 잡았고, 그래서 그 벌로 이튿날 비르케나우로 보내버렸고."

"우리가 제르멘 걱정을 얼마나 했는지 기억 안 나?"

"그래, 그건 생각나. 아마 그게 토마토 기억을 덮어버렸나 보다."

"제르멘은 지하 감옥에서 밤을 보냈어. 우린 무서워 덜덜 떨었고."

"그런 얘기 그만하고 좀 재밌는 얘기 하면 안 될까? 어쨌든 네가 토마토를 전혀 기억 못 하는 게 신기하긴 하다…."

"난 왜 기억 못 하는지 알아. 그땐 샤를로트가 완전히 정신 나가 있었던 시기야, 얼이 빠져 있었어."

그런 시기, 완전히 정신이 나가 있던 시기는 많았다. 그런데 지금은 어떻게 그 시간들이 이토록 분명하고, 이토록 잘 배열된 인상인 걸까? 정신을 지키기 위해선 뭘 기억하고, 뭘 망각해야 할까? 토마토를 잊어버린 건 어리석다. 토마토의 기억은 무거운 기억이 아니다. 왜 연기 냄새, 연기 색깔, 굴뚝에서 솟아오르던, 바람에 뒤틀리며 냄새를 퍼뜨리던, 매연을 내뿜던 그 붉은 불길은 잊지 않았나? 왜 아침에 죽은 그 모든 자들, 저녁에 죽은 그 모든 자들은, 눈은 갉아먹히고, 손은 얼어붙은 새 발처럼 다 뒤틀린 시체들은 잊지 않았나? 왜 갈증, 허기, 추위, 피로를 잊지 않았나? 그건 기억해 봐야 아무 쓸모도 없는데, 그 개념을 사람들에게 전할 수도 없는데. 왜 시간이 그렇게 더디고, 더뎠던 것은 잊지 않았나? 오늘날 이 세계에서는 다들 27개월은 그렇게 긴 시간이 아니라고 말하는데, 나는 거기의 시간과 여기의 시간의 차이를 그들에게 이해시킬 수 없는데. 텅 비어 있으면서도 그 모든 죽음들로 무거웠던, 시체가 제아무리 가벼웠어도 그 해골들이 수천 구 쌓여 당신들을 짓눌러 으스러뜨릴 만큼 무거워졌던, 거기 시간의 공허함과 여기 시간의 한가함 사이 차이를 사람들에게 이해시킬 수 없는데.

"난, 아무것도 기억 못 해. (이 말을 누가 했더라?) 나는 정말 아무것도 기억이 안 나. 누가 거기서의 뭔가를 나한테 물어보면, 난 그냥 내 앞에 입을 벌리고 있는 텅 빈 구멍 같은 게 느껴져. 그러면 현기증을 느끼고 물러나는 대신, 거기로 나를 내던져. 내 앞의 텅 빈 구멍 속으로 뛰어들어, 나를 지키려고. 너희들이랑 있어야만 뭔가가 기억나, 아니, 너희들의 기억을 알아봐. 평소에도 그런 얘기 자주 해?

498

우리랑 함께 있지 않을 때도?"

"아니, 전혀."

"난, 해. 난 사람들이 알아야 한다고 생각해. 그들이 알아야 해. 돌아오기 위해 우리가 왜 그렇게 애를 썼는데. 이 모든 게 아무 소용이 없고, 우리가 아무 말 않고 침묵한다면, 그게 도대체 뭐였는지 우리가 말을 안 하면."

"그걸 말해도 정말 아무 소용이 없다면?"

잔은 나에게 또 물었다. "그래, 몸은 어때? 괜찮아? 건강해?"

"괜찮아. 다들 그렇듯 소화기관에 조금 문제가 있긴 하지만."

"좋아 보이네. 이렇게 건강한 모습으로 다시 봐서 기뻐."

그녀는 거기 있었을 때의 그 눈으로, 그때 나를 봤던 그 눈으로 나를 가만히 응시했다.

"너는 괜찮아?" 난 이 질문을 겨우겨우 던졌다. 주름과 메마른 피부 아래서 옛 얼굴을 찾아내긴 했지만, 그녀의 피부와 잇몸 색에 뭔가 아픈 기색이, 병색이 있었다.

"아니, 안 좋아. 잠을 못 자. 돌아온 이후, 거의 못 잤어. 어떤 수면제도 안 들어. 모든 약을 다 먹어봤어. 아침에야 잠들어, 겨우 몇 시간 자. 매일 그런 것도 아니고. 그리고 아침에, 일어나면, 항상 머리가 아파. 머리가 쪼개질 듯 아파. 빨리 아이들이 컸으면, 학업도 마쳤으면 좋겠어. 아이들을 위해 그때까지는 살고 싶어. 간신히 살고는 있지만, 이게 살아 있는 걸까? 난 너무 피곤해서 잠자리에 일찍 누워야만 해. 종종 저녁도 먹기 전에, 너무 피곤해서. 한데 막상 누워도 잠이 안 와. 그동안 너희가 날 못 본 것도 그래서야. 나는 내가 정상 궤도에 오를 때까지 기다렸어, 더 기운이 나고, 회복될 때까지. 이게 어디서 기인한 건진 알아. 나는 돌아와서 악몽을 많이 꿨어. 이 악몽들이 너무 끔찍했어. 잠드는 순간을 늦추려고 온갖 종류의 핑계를 만들어냈지. 결국은, 아예 잠이 사라졌어. 넌 악몽 안 꿔?"

"어쩌다. 내가 꾸는 악몽은 딱 하나야. 늘 똑같아. 1년에 한 번 정도 꼭 돌아와, 대화를 나누거나 회상을 한 다음에 그 영향으로 꾸는 건지는 잘 모르겠어. 항상 같은 주제인데, 내가 감옥에 있어. 그들이 나를 귀휴 내보내고, 나는 저녁이 되면 약속한 대로 다시 돌아와, 하루 종일 도망치고 싶은 유혹에 시달리고, 길을 잃어버리려고 애쓰다가, 결국은 돌아와. 한 번도 탈출에 성공한 적이 없어, 길은 항상 감옥으로 이어져. 무대만 바뀔 뿐, 항상 같은 주제. 상테 감옥일 때도 있고, 로맹빌 감옥일 때도 있고. 아니면 내가 모르는 요새일 때도 있고, 수용소일 때도 있고. 가장 끔찍한 게 수용소지. 상상해 봐. 아우슈비츠에서 나왔는데, 스스로 돌아간다? 철조망을 넘어 들어가는 것도 끔찍한데, 거길 나갈 기회가 다시는 없을 거란 생각이 들면 더 끔찍해. 너무 숨이 막혀 비명을 지르고 싶은데 가슴에 통증이 와서 소리가 안 나와. 결국 비명을 지르며 깨지. 철조망, 감시탑, 굴뚝의 윤곽이 보일 때. 다른 건 하나도 안 보여. 항상 더 많은 게 보이기 전에 비명을 질러. 설명할 수 없는 일이지. 한번 탈출을 시도라도 했다가 다시 잡혔으면 나았을 텐데, 그런 적은 없어."

"누구 마르셀린 소식 아는 사람?"

"왜? 마르셀린 아파?"

"뭐가 문제인진 모르지만. 열, 열이 자주 나."

"매년, 일종의 열병을 앓는데. 티푸스 기념일이래."

"난(우리 맞은편에 있던 사람 중 하나였다), 난 말야, 악몽을 꾸면, 죽은 사람들이 다 나와. 애걸을 하고, 나를 불러. 그 소리는 들리지만, 내 몸은 움직이지 않아. 아니 움직일 수 없어. 내 발이 어디 걸려 있어. 끔찍해."

"자, 이제, 정말 그만하자. 좀 일반적인 대화를 나눌 순 없는 거야? 잔이 돌아왔는데, 저렇게 혼자 내버려두진 않을 거지?"

"일반적인 대화라, 뭘 말해야 하지?"

누군가가 말을 따라 하더니, 이어 말했다. "거기 있었을 때는, 집에 있는 꿈을 꿨고, 돌아온 이후로는 거기 있는 꿈을 꿔."

"꿈에서 현실로 넘어올 수는 없는 건가?"

기차 식당 점원이 복도에서 종을 울렸다. 우린 그에게서 표를 샀다.

"식사가 언제부터 나오죠?"

"11시요."

"좋네. 점심 먹을 시간은 충분해. 우린 1시에 도착할 거고, 장례식은 3시야. 역에서 환승 버스를 놓치면 안 돼."

"너, 알아들었지, 너 말야. 버스를 놓치면 안 돼."

"너희들이랑 같이 가는데, 내가 왜 놓쳐?" 다들 웃었다.

"누가 꽃 챙겼지?"

"어, 내가 전보로 주문했어. 식장으로 바로 배달될 거야."

그래, 이제 꿈에서 현실로 넘어와야 하지 않을까? 현실은, 그런데 어디 있나?

나를 향해 다가온 낯선 남자
그 남자는
그 숱한 해가 흐르고
내가 안고 싶었던 첫 남자였다.
도시는 남자들로 가득했다
내 눈에는 보이지 않는 남자들.
그중 다가온 낯선 남자는
그 남자는
그 숱한 해가 흐르고
내가 본 첫 남자였다.
그가 나에게 말 걸었다
나는 그의 말을 듣지 않았다
나는 그의 입술을 바라보았다
나는 그에게 키스하고 싶었다.
존재들이 헤어지던 순간
내 눈엔 그의 입술만 보였다.
그 연약한 단서 하나 가지고
나는 그를 찾아다녔다.

도시로
아침의 도시로
푸른 저녁의 도시로
또 다른 도시로.
단서는 날 비켜났다.
나는 찾았고, 나는 안다
결코 그를 되찾지 못하리라는 것을.
도시 전체가 텅 비었다
나의 도시는.

프랑수아즈

인생을 다시 만들다, 참 묘한 표현이지…. 다시 만들 수 없는 것, 다시 시작할 수도 없는 것, 인생이야말로 바로 그런 것일 텐데. 지우고, 다시 시작한다… 지우고, 그 위에 다시 쓰고… 그게 어떻게 가능한지 나는 모르겠다. 그렇게 한 사람들은 어떻게 했는지 궁금해. 피가 빠져나간 심장 대신 다른 심장을 이식하기… 다시 접합된 이 심장을 뛰게 할 피는 어디서 구해야 할까? 메마른 심장에 열과 박동을 돌려주기… 열은 어디서 끌어오지? 박동은 어디서 끌어오고?

폴이… 너 기억나지, 감옥에 있던 5월의 아침, 나랑 동시에 불려 갔던 그날 아침이? 내가 그에게 인도되었을 때, 그에게 작별 인사를 하기 위해 소리가 울리는 긴 복도를 따라 감옥을 가로질러 갔을 때, 그때 난 내 심장이 내 지시 없이는 더 이상 뛰지 않을 거란 걸 알았어. 내가 명령하는 만큼만, 우리, 폴과 내가 투신한 투쟁을 계속할 힘을 내기 위해서만 움직일 거란 걸. 그 투쟁이, 지금은… 지금은 우리가 알았고, 스캔들이 터졌고, 거짓말이 폭로되었어. 내 심장은 마지못해 뛰고 있어. 내 심장은 결코 사랑의 박동은 되찾지 못할 거야.

사랑으로 쿵쿵 뛰는 일은 이제 절대 없을 거야.

그날 아침, 내가 불려 갔을 때, 내 안에서 뭔가가 멈췄어. 아무리 해도 다시 움직이지 않았어, 시계가 멈춘 것처럼, 시계 주인이 멈춰버린 것처럼.

그날 아침, 내가 불려 갔을 때, 폴에게 작별을 고하라는 호출인 걸 알았어. 왜 새벽 5시에 날 불렀겠어? 왜 감옥에서 한 여자를, 새벽 5시에, 1942년 5월에 불렀겠어?

그날 아침, 내가 불려 갔을 때, 나는 내가 선택해야만 한다는 것을, 사는 것과 죽는 것 사이에서 당장 선택해야만 한다는 것을 알았어. 나는 사는 것을 선택했어. 왜냐하면 군인이 거기 있었으니까, 내가 옷을 입는 동안 그가 감방 문턱에 서 있었으니까. 폴은 삶을 걸고 이 죽음의 군인과 싸웠고, 오늘 목숨을 잃는데, 내가 이 죽음 운반책인 군인에게 굴복할 수는 없었으니까. 끝까지 버티고 죽음이 닥칠 때까지 살아야 했어.

그날 아침, 내가 불려 갔을 때, 난 잠들어 있지 않았어. 감옥에서는 잠을 잘 못 자. 왜냐하면 공기가 부족하고 활동이 부족하니까. 왜냐하면 침대가 다 뜯긴, 빈대가 들끓는 널빤지고, 배고프고 춥고, 심지어 5월에도 추우니까. 그러나 이런 것이 잠을 방해하는 전부는 아냐. 생각을 하기 때문에 잠을 못 자. 벽에 대고 생각을 하지. 나는 아직 심문받기 전이었어. 그는 버텨낼 거야, 저항할 거야. 나에겐 힘이 있어. 그래, 나는 강해질 거야. 폴은 고문도 견뎠어. 지금은 뭘 하고 있을까? 어디 있을까? 여기 있을까, 다른 감옥으로 갔을까?

그날 아침, 내가 불려 갔을 때, 나는 적어도 이 질문에 대한 답은 알게 됐어. 폴은 나와 같은 감옥에 있었어. 그가 다른 감옥에 있었다면 작별 인사를 하라고 날 불렀을까? 감옥에선, 벽에 대고 생각해. 나는 폴을 생각했어. 나는 폴만 생각했어. 그와 나 사이에 얼마나 많은 벽이 있을까? 그들이 그에게 무슨 짓을 할까? 그들이 그를 고문하겠지. 폴은 버티겠지만 그의 몸은 온통 멍으로 뒤덮여 있겠지. 잇몸이 다 드러나고, 머리는 두들겨 맞고, 팔다리는 뒤틀려 있겠지. 폴의 몸에, 관절 마디마디에, 입술에, 몽둥이질이 쏟아지는 그곳에서 나는 너무나 고통스러웠어. 그 입술에, 내가 애무하고 싶어 참을 수 없는 욕망을 느끼면서도, 쉬고 있는 그를 깨우지 않기 위해, 얼마나 부드럽게 입을 맞추곤 했는데 그 입술에 몽둥이질이라니. 그는 먼저 잠들어 있곤 했어. 투쟁 동지들을 만나기 전 미행을 따돌리기 위해 길을 우회하고 우회하느라 시내를 너무 많이 돌아다녀 피곤한 몸을 이끌고 돌아왔으니까. 나는 폴을 생각하며, 오로지 그의 미소만 떠올리려 애썼어. 그 미소는 고문의 고통으로 일그러졌어. 그는 입술을 꽉 오므린 채였어. 나는 다시는 그의 미소를 볼 수 없을 거야.

나는 벽에 대고 생각했어. 나는 희망을 향해 벽을 뚫고 나가고 싶었어. 벽들 사이에 희망이 한 줄기라도 있을까… 벽에는 갈라진 틈 하나 없었어. 그들이 심판을 할까? 재판이 열린다면, 폴은 사형을 선고받을 거야. 거기서 생각이 멈췄지. 왜냐하면 심장이 멈췄기 때문에. 사형을 선고받지 않을 가능성이, 가능성의 그림자라도 있을까? 의심할 여지 없이, 그럴 가능성은 없었어. 재판이 연기될 수도 있다… 재판이 당장 열리지 않는다면… 기적이 일어날 수도 있다.

감옥에 폭탄이라도 떨어진다면. 이 벽들이 다 무너져 내린다면, 폴은 탈출할 수 있다. 당원들이 감옥을 폭파하고, 폴은 무너진 벽들 사이에서 뛰쳐나올 거야. 그만 생각해, 그만, 너는 미쳐가고 있어. 기적은 없을 거야. 폴은 죽을 거야.

그날 아침, 내가 불려 갔을 때, 나는 재판도 없이, 폴이 바로 총살당할 것을 알았어. 그도 그것을 알고 있었어. 그날 아침 자기 심장이 탄환에 날아갈 것을, 심장이 터져버릴 것을 —며칠 낮, 며칠 밤 동안 그는 이것을 알고 있었을까— 알고 있었어. 그리고 내 심장은 그때부터 제대로 뛰지 않았어, 굴복하지 않을 정도만, 버틸 수 있을 정도만, 그것에 필요한 힘을 낼 정도만, 딱 그만큼만 뛰었지.

나는 오래, 폴에게 작별 인사를 했던 그날 아침에 믿었던 것보다 더 오래 버텨야 했어. 나는 다시 내 감방으로 돌려보내졌어. 내 생각은 더 이상 벽들에 부딪히지 않았어. 내 생각은 벽에 부딪혀 죽었어. 믿었던 것보다 훨씬 오래 버텨야만 했어. 아우슈비츠는, 긴 시간이었어. 나는 버텨야 했기 때문에 버텼어. 힘들고 길었다. 하지만 그렇게 길고, 그렇게 힘든데, 나는 끝나지 않기를 바랐어. 아우슈비츠에 있는 한, 나는 어떤 결정도 내리지 않을 수 있었어. 폴 없이 어떻게 살아갈지 상상이 안 됐기 때문에 돌아오는 순간을 떠올리지 않는 편이 내겐 더 나았어. 나는 다시 자유로워지는 것이 무서웠어. 자유로워지다니, 왜? 뭐 하러? 그 없이 어떻게 살지? 나는 아직도 그 없이 살아가는 나 자신을 떠올릴 수 없어. 그토록 오랜 세월 동안. 나는 유예 상태로 살았다. 내가 폴과 작별 인사를 하던 날, 만일 그가 나에게 계속 살겠다는 맹세를 하게 하지 않았다면, 내가 더는 심장에 계속 뛰라는 명령을 내리지 못했을 테니, 내 심장은 멈췄을 거야.

인생을 다시 만들다… 폴이 내 기억 속 그림자에 불과해졌을 때나. 내가 죽으면, 새로운 여명이 터오도록, 세계를 불태우고 싶어 했던 그의 열정을 과연 누가 기억해 줄까? 나는 그 여명을 향한 의욕을 잃었어. 그가 없는데, 다 무슨 소용이야. 이제 환상의 가면이 다 벗겨졌어.

인생을 다시 만들다, 참으로 묘한 표현이야…. 나는 돌아왔어. 나는 다시 내 일을 시작했어. 간호사라는 내 직업은 정말 숭고해. 환자들은 나를 필요로 해. 나는 폴 없이, 환자들과 함께 살아가. 근무가 끝나도 서둘러 내 환자들을 떠나지 않아. 나는 온전히 그들에 속해 있어. 환자들을 돌보는 방법을 아는 내 존재의 일부는 전부 그들의 것이야. 나는 잠을 자러 우리 집에 들어가. 나는 우리 집이라고 말해. 내 집이라는 말은 차마 나오지 않아. 그 숱한 해가 흘렀는데도, 폴이 여행 중이라는, 돌아올 거라는 착각이 들 때가 있어. 이건 너무나 끔찍한 눈속임이라, 이제는 빠져들지 않으려 해. 폴은 죽었다. 나는 그 말을 반복해. 살았던 사람이 더 이상 없을 때 해야만 하는 일이지. 나는 몽유병자처럼 그저 살아. 아무도 날 깨우지 못할 거야.

인생을 다시 만들다, 참으로 묘한 표현이야….

당신이 아직도 나로 말미암아
뭔가를 해볼 수 있을지
나는 모르겠다
당신에게 그럴 용기가 있는지…

혁명이 오면
나는 내 두개골에서
내 뇌를 꺼낼 것이다.
그리고 도시를 내달리며
흔들 것이다.
눈처럼 내리겠지
먼지의 눈
더러운 먼지 가루
현 시대의 색깔
진홍색 깃발을 흐리겠지.

만일 혁명이 너무 늦어진다면
그걸 할 힘도 없겠지.

보내기

다른 사람을 위해 죽은 한 남자
하다 보니 했을 뿐
더는 그런 말 말라, 걸인이여•
더는 그런 식으로 말하지 말라.
수천 명이 있었다.
다른 사람들을 위해
바로 당신을 위해
앞으로 나선 사람들이.
걸인이여.
당신이 여명을 맞을 수 있도록
몽발레리앙°의 아침에
그 창백한 새벽빛을.
오늘날에
여명이라 부르는 것은
걸인이여.
그건
그들의 피로 물든 어스름일 뿐이다.

- '보내기'라는 시는 델보가 자신의 절친한 친구 루이 주베를 의식하며 쓴 것으로 보인다. 델보가 큰 영향을 받았다고 밝힌 극작가 장 지로두의 1937년작 〈엘렉트라〉 무대에서 주베가 걸인 역을 맡았다. 연극의 마지막에, 폭력과 비극 속에서 살아남은 등장인물들은 역사가 전환되는 여명의 순간에 관한 대화를 나눈다. 다른 인물들에게 '여명'을 알려주는 이가 바로 걸인이다.
- 파리 북부 낭테르에 위치한 곳으로 중세부터 주요한 요새였으며 현재는 국립 묘지 및 전쟁 기념관이 조성되어 있다. 제2차 세계대전 때 이곳에서 독일군이 레지스탕스들을 처형했다. 총 1008명이 총살당했다.

역자 후기

몸의 정치, 몸의 시, 몸의 윤리

류재화

저 눈부시게 밝고 환한 창공의 새하얀 구름. 저 찬미할 만한
극단의 생략과 부재의 모노톤 추상화. 조너선 글레이즈의
영화 〈존 오브 인터레스트The Zone of Interest〉(2023)의
새하얀 구름이 파울 첼란의 시에서는 "소돔이 바벨로
몰려가고, 탑을 쥐어뜯고 유황불 타는 덤불숲 둘레를
광란하는" 구름이 된다. 수용소장과 그의 아내, 그리고
그의 아이들이 사는 위생과 청정의 안락한 푸른 정원
너머에 있을 아우슈비츠는 이 영화에 완벽히 부재함으로써
극단의 아이러니를 만들어낸다. 그리고 이 영화는 바로
그 점 때문에 성공한다. Ob-scène. 차마 바라볼 수 없음.
완벽하고도 눈부신 하얀 삭제. 독일 장교들이 먹을 푸른
작물에 뿌려지는 인간 뼛가루, 인산염은 바로 그 Ob-
scène의 장소에서 왔다. 이 새하얀 영화에 불순물처럼
난입하는 가끔의 잿빛 연기, 그리고 뭐에 막힌 듯 잘 들리지
않으면서도 분명 들리는 아우성과 단말마. 칠흑 같은 화면
속에 뭔가 모를 행동을 부지런히 하고 있는 한 소녀. 그 뒤로
겨우 보이는 시커먼 흙더미들과 광차, 자갈, 삽과 가래들.
죽어갈 남자와 여자들로 덮인 황량한 벌판.

514

그러나 샤를로트 델보의 이 이야기는 다르다. 〈존 오브
인터레스트〉가 철저히 보여주지 않은 이 독일 장교 사택
담장 너머의 세계를 고통스러울 정도로 철저히, 집요하게
보여준다. 왜냐하면 당신들이 안다고 하지만 결코 알지
못하기 때문이다. 고통은, 악은, 철저히 몸으로 온다.
델보의 이 글은 적어도 내겐 몸의 정치, 몸의 시, 몸의
윤리였다. 개념적 추상성은 물리적 구체성이 전제될 때만
성립할 것이다. 안다고 하지 말 것! 델보는 심지어 2천
년을 울어주었던 같은 민족의 당신이라고 해도 3일 낮, 3일
밤을 반죽음 상태에 빠진 자들의 고통을 결코 알 수 없을
것이라고 말한다. 그것을 아무리 말해보았자 "쓸모없는
지식"이 되는 이유다. 결코 공유할 수 없는 이 경험을
공유하고 싶은 안달과 그러나 그것이 가능하지 않음에
대한 절망과 환멸, 그리고 체념이 3부 "우리 나날들의
척도"에서 줄곧 주장된다. "우리 중 그 누구도 돌아오지
못할 것이다." 그러나 몇 명은 돌아왔다. 아니, 그들 중 결코
누구도 돌아오지 못했다. 왜냐하면 전쟁의 종결과 귀환
후에도 결코 일상으로 돌아갈 수 없었기 때문이다. 실존적
체험의 증언이나 다름없는 이 "나날들의 척도"는 그래서
아이러니하다. 고통으로 분명 측정되기에 그것은 하나의
척도이면서, 그 무엇으로도 통분되지 않는, 공유되지 않는
척도이기 때문이다.
"쳐다보려고 해보라. 직시하려면 봐야 한다!" 델보는
가학적으로, 피학적으로 수용소의 모든 일상과 부조리,
고통과 악, 행정과 정치 시스템을 폭로한다. '악의 평범성'을
넘어 시스템의 '악'을 통찰한다. 어린 시절 가게 진열창에서

보았던 마네킹처럼 부자연스럽게 꺾인 팔다리로
장작더미처럼 쌓여 있는 시체들을 보라고, 쥐가 파먹은
시체들의 왼쪽 눈을, 그리고 술 장식처럼 속눈썹이 늘어진,
떠 있는 눈을, 손가락들이 색바랜 말미잘처럼 피어난 그
희부연 눈을 보라고 절규한다. 아니다, 때론 보지 말라고
외친다. 절대 땅바닥에 끌려가는 마네킹은 바라보지 말라고.
너 자신을 보게 되니까.

*

내가 《우리 중 그 누구도 돌아오지 못할 것이다》의 1부를
번역한 것은 올해 초 겨울이었다. 너무나 생생한 수용소
겨울 장면과 그 죽을 것만 같던 추위에 나는 완전히
동화되었다. 제2차 세계대전의 발발과 그 양상, 히틀러의
등장과 독일 제3제국의 탄생, 그리고 단일대오의
애국심이라는 역설적 망령으로 주체 아닌 타자를 적으로
규정, 완전한 혐오로 완전한 말살과 파괴를 한 20세기
세계대전의 집단적 정신병리 현상을 나는 피상적으로나마
이해하고 있었다. 그러나 수용소 안의 세계를 이렇게
철저하게 묘사한 글은 읽어본 적이 없었다. 너무나
끔찍했다. 번역이 자꾸 중단되었다. 관련한 주제를 다룬
여러 영화들을 보았지만, 이 글과는 비교되지 않았다.
특히나 우리가 군대 또는 대학 기숙사 생활 등에서 쓰던
점호, 방장 같은 용어들이 어쩌면 나치의 강제 수용소에서
유래했을지도 모른다는 생각이 들자 잠시 몸이 굳었다.
점호란 출석자를 체크하는 것이 아니라, 곧 죽어갈 자,
가스실로 보내질 자를 파악하기 위한, 일종의 눈으로

하는 의료적 진단 절차였다. 원기둥 또는 신문 기사의
한 단 정도의 뜻으로 알고 있던 'colonne'가 여기서는
'일렬종대'라는 뜻으로, 특히나 하나의 표상처럼 압도적으로
나오는 이유 또한 내 나름으로 짐작하였다. 추운 겨울, 새벽
점호로 기상한 포로들은 꽁꽁 얼어붙은 수용소 마당에
일렬종대로 서서 하나씩 쓰러져 간다. 누군가는 이를 악물고
끝까지 버틴다. 이 생존과 절멸의 극악하고도 간결한 표상.

*

'아인 폴크, 아인 라이히, 아이 퓌러(하나의 민족, 하나의 국가,
 하나의 총통)'를 주장하며 '하나된 세계'에 착란적으로
 강박된 이 전쟁이 악을 시스템화함으로써 세계를
 파괴했음을 우리는 이제 너무나 잘 알고 있다.
미셸 투르니에는 《마왕》에서 히틀러와 나치 악의 전제로,
 단순한 선과 악의 이원론을 적용해 인종을 분류한 후
 주체(실은 결핍과 컴플렉스 투성이인 평범하고도 조악한
 인물)가 타자-상대를 적으로 규정, 완전히 말살하는 인류
 의식 심층에 있는 파괴 본능에 주목한 바 있다. 나치
 독일하 정부와 군사 및 행정, 언론 기관은 이 분류를 거의
 선으로 확신하며 수많은 시스템을 만들어냈다. 투르니에가
 《마왕》에 빼곡히 기술한 사실적 또는 소설적 지표들에
 따르면, 직업 군인을 선발할 때도 당 관리 자제는 물론
 부르주아 출신, 장인, 노동자, 농부 출신까지 골고루
 적절하게 선별해 알맞게 구성했다. 거의 120개 항목에
 달하는 일련의 유전 형질을 조사하고 항목화해 이른바
 "인종 카드"를 만들었다. 단호한 이원론을 혈액형에까지

적용해 선과 악을 나누고 그 형태를 구체화했다. 유목민,
집시, 이스라엘인에게는 B형 혈액형이 많다든지, 하는
식으로. 심지어 포르말린 용액이 담긴 150개의 유리
표본병에 수많은 인류 샘플을 채집하고, 특히 유대인과
볼셰비키의 공통점에 주목해 연구하기도 했다.
악을 작동시킨 시스템의 이 우스꽝스러운 비극성. 델보의
글에서도 그에 대한 냉소가 드러난다. 라이스코
실험실에서의 일을 쓴 〈릴리〉에서, 델보와 동기들이 뒤에서
단추를 채우는 실험복을 입고 자못 진지한 과학자처럼
시험관을 들고 연신 분류하고 기록하는 장면. 릴리가
끌려가는 비극적 아이러니를 재현하는 글인데도 행간마다
의미심장한 통찰이 번득이는 것이 보였다.

*
한편, 유의해야 할 게 있다. 샤를로트 델보는 유대인이 아닌
이탈리아계 프랑스인으로 레지스탕스 활동을 하다가
아우슈비츠행 수송 열차에 오르게 됐다. 왜 유대인이 아닌
프랑스인이 강제 수용소로 가게 되었을까? 유대인은 물론
다양한 국적의 비유대인 수감자들도 있었던 수용소의
실상을 이 책은 우리에게 정밀하게 보여준다.
델보가 아우슈비츠에 가게 된 배경에는 독일군이 1940년에
파리를 함락시킨 후 프랑스가 독일과 정전 협정을 맺은
역사적 맥락이 있었다. 당시 프랑스가 독일에 패배한 원인을
밝힌 역사학자 마르크 블로크의 《이상한 패배: 1940년의
증언》에 따르면 1870년 보불 전쟁과 그 전쟁에서의 패배
이후 들어선 프랑스 제3공화국은 1940년에 이르는 동안

이미 노후화될 대로 노후화되어 있었다. 제2차 세계대전 초반 프랑스는 독일에 선전 포고를 해보기도 했지만, 전황은 결코 좋지 않았다. 1940년 6월 13일 수도 파리가 함락되고, 독일에 대해 나름 강경파였던 폴 레노 총리가 하야한다. 그리고 제1차 세계 대전 중 독일에 맞선 베르됭 전투를 승리로 이끌어 국부로까지 칭송되던 84세의 노인 필립 페탱이 전권을 위임받는다. 하지만 그는 6월 22일 가혹한 조건으로 무력하게 독일과 정전 협정을 맺는다.

당시 런던에 망명해 있던 샤를 드골 장군은 영국 BBC 방송을 통해 6월 18일 항독 호소문을 발표한다. "무슨 일이 생기든, 프랑스 저항의 불길은 꺼져서도 안 되고, 꺼지지도 않을 것입니다(Quoi qu'il arrive, la flamme de la résistance française ne doit pas s'éteindre et ne s'éteindra pas)." '저항'이라는 뜻의 '레지스탕스'의 유래를 이 드골의 호소문에서 찾기도 하는데, 그렇다고 레지스탕스 운동이 바로 시작된 것은 아니었다. 전 국토의 5분의 3에 해당하는 북프랑스가 모두 나치에 넘어간 후 독일 비점령 지역인 프랑스 남부 휴양 도시 비시에 1940년 7월 11일 새로운 정부가 수립된다. '노동, 가족, 조국'을 표어로 삼는 보수적이고 권위적인 정부였다. 페탱은 10월 대국민 담화문 중 독일과의 '협력'을 강조한다. 그러나 바로 이 담화문을 계기로 레지스탕스 활동은 더욱 불붙는다. 그리고 이제 이 단어는 협력이 아닌 부역이라는 뜻으로 통용될 것이다.

독일이 프랑스에 대한 정치적, 경제적 속박을 강화해 나가던 1942~1943년에 레지스탕스 조직 세력은 더욱 확장되었다. 무장 행동도 빈번해진다. 그러나 비시 프랑스에서

레지스탕스는 결코 대중적인 운동이 아니었고, 인구의
  1퍼센트 남짓한 수가 적극적으로 참여했을 뿐이다.
비시 정부가 그나마 프랑스 국토 전체를 점령당하지 않고
  일부라도 보전하면서 나름의 의제를 갖춘 독립된
  정부였다고 보는 시각과 '프랑스인'을 구하기 위해
  '프랑스'를 희생시킬 수밖에 없었던 페탱의 고뇌를
  이해하려는 시각도 분명 존재한다. 하지만 드골이 이끈
  '자유 프랑스'나 전후 프랑스 정부들은 비시 정부의
  합법성을 결코 인정하지 않는다. 페탱은 히틀러에 으름장을
  놓을 정도로 나름 강단진 자였다. 그러나 좌파 정치인들의
  복잡다단한 정치적 견해와 당리당략적 노선들에 혐오감을
  느끼는, 이른바 단순명료한 것을 좋아하는 군인이자, 이미
  지칠 대로 지친 노인이기도 했다. 이 모든 다양한 노선들을
  조율하는 능력을 잃은 비시 정부는 더욱 위기를 맞고,
  1942년 11월 연합군이 프랑스령 북아프리카의 모로코와
  알제리에 상륙하자, 독일은 비시 정부의 한계를 느끼고
  남프랑스까지 모두 점령한다. 레지스탕스 조직원들이
  미행에 걸려 대대적으로 체포된 것도 그때부터다.
  1942년 페탱은 일선에서 물러나고 더 친독적인 라발
  정부가 들어선다. 이 정부의 관료들과 경찰들은 유대인과
  공산주의자, 레지스탕스, 망명자 등을 대거 강제 수용소로
  보냈다.
델보가 체포된 것이 바로 그 시기였다. 그녀는 상테 감옥에
  있다가 1943년 아우슈비츠로 이송되어 혹독한 수용소
  생활을 하고, 1944년 초 라벤스브뤼크 수용소로 이감된다.
  그리고 그해 8월 19일 드골이 이끄는 '자유 프랑스'

제2기갑사단이 파리 남쪽에 다다르고, 8월 24일 저녁
연합군과 함께 파리에 입성하면서 마침내 파리는 해방된다.
그러나 해방 후에도 여러 지난한 정치적 협상과 포로 송환
절차 등의 문제로 델보는 1944년 말까지 수용소에 있을
수밖에 없었고, 1945년 4월에야 완전히 석방된다.
당시 프랑스는 나치 및 비시 정부를 지지하는 자들과 이들을
증오하는 자들 사이 극심한 갈등으로 분열됐다. 3부에
나오는 다양한 화자들의 증언에서, 특히 〈자크〉의
이야기에서 우리가 읽는 것은 바로 같은 프랑스인들 내에서
생긴 불신과 증오와 환멸, 치유될 수 없는 깊은 상처와
불안, 그리고 공포 섞인 감정의 잔여물이다. 심지어 그토록
고통을 함께 나눈 포로 동기들 간에도, 귀환 후 일상으로
돌아가는 과정과 방식들이 제각각 다르다. 화자가 계속해서
바뀌는 증언록 형식의 3부는 단순히 살아남은 이야기를 한데
모으는 데 그치지 않고, 같은 경험을 공유한 자들 안에서도
얼마나 큰 가치관과 삶의 결의 차이가 있었는지를 드러낸다.
아우슈비츠에 대해 너무 많이 말하는 자가 있는가 하면,
너무 많이 말하지 않으려는 자가 있다. 그럼에도 불구하고
말을 해야 하기 때문이고, 그럼에도 불구하고 말을 하지
않아야 하기 때문이다. 귀환 후에도 아물지 않는 이 정신적
고통 속에서 델보는 인간을 통해 위로를 받기보다 인간에
대한 환멸을 느끼는 듯도 하다. 라벤스브뤼크 수용소에서
마지막 밤을 보내던 날, 그러니까 심장 발작이 일어난 그날
밤, 달빛 비치던 막사 마당 어딘가에 델보는 몰리에르의
《인간 혐오자》를 버리고 왔다. 그러나 결국은 인간 혐오자가
되는 것, 이것이 전쟁의 진상이자 참상이 아닌가 싶다.

당시의 정치적 상황을 시간 순서대로 한번 약술해 보고 싶었던
　　것은, 번역하는 내내 이 초현실적으로 혹독한 개인의 불행이
　　도대체 어디에서 왔을까, 하는 의문이 내 안에서 계속
　　고개를 쳐들었기 때문이다. 시대의 소용돌이 속에서 일어난
　　이 일련의 고통을 이토록 집요하게 외쳐본들 뭐 하나,
　　하는 회의감이 들기도 했다. 아니, 그 이유를 나는 물론
　　알고 있었다. 그러나 '전쟁'이라는 너무나 진부한 말보다
　　'정치' 혹은 '시스템화된 악'이라는 단어가 내 입안에서
　　계속 맴돌았다. 물론 그 이유를 알았다 해도 무력하긴
　　마찬가지다. 델보도 암시하고 있지만, 아우슈비츠를
　　만들어낸 그 악의 시스템은 현재에도 우리 사회 곳곳에
　　도사리고 있기 때문이다.

＊

"새벽의 검은 우유 마신다 우리는 마신다 저녁에 우리는
　　마신다 점심에 또 아침에 우리는 마신다 밤에 우리는 마신다
　　또 마신다." 거의 착란에 가까운, 이 비문형적인 첼란의
　　반복법은 곧 '죽음의 푸가'이다. 델보는 "슈넬러! 슈넬러! 더
　　빨리 도리깨질을 해야 곡식 알갱이들이 튀어나온다, 달린다,
　　달린다." 또는 "슈넬러, 슈넬러, 바이터, 바이터, 이 눈들이,
　　이 이빨들이 찌르고, 물어뜯는다. 횃불처럼 타오르고
　　아우성친다" 하고 절규한다. 나치의 독일어를, 살인자들의
　　언어를 첼란은 쓰기를 거부하거나 번역 투의 비문처럼
　　문형과 문법을 파괴해 가며 쓴 반면, 프랑스인 델보는 이
　　독일어를 기억의 악몽에서 꺼내 살점을 파고 후려칠 듯
　　도리깨질한다.

마감이라는 제한된 시간 속에서, 하루도 쉬지 않고 번역하는
동안 나는 쓰러질 듯 피로했고, 외롭고, 힘겨웠다. 그러나
흙더미 산꼭대기까지 끌개를 끌고 가 엎고, 다시 삽질하며
계속해서 끝없이 돌아가는 죽음의 푸가를 추었던 그들에
비하면 이 고통은 정말 아무것도 아니라고 생각하며 다시
힘을 내었다. 어쩌면 인생은 10분의 9가 인내이자 고통인지
모른다. 번역하는 내내 델보의 강한 의지와 의연함, 타자에
대한 이해력과 여유, 사랑, 그리고 현실적인 인식과 냉정한
통찰, 감정 과잉에 빠지지 않는 절제력을 깊이 느끼며 정말
사랑했다. 마지막으로, 이 놀랍고, 무서울 정도로 진실한
책을 번역할 기회를 준 가망서사에 깊은 감사를 드린다.
우리는 모두 인내의 동반자들인지 모른다.

출간 배경

샤를로트 델보라는 세계,
진실한 기억과 연대의 예술이 시작된 곳

박우진, 편집자

《우리 중 그 누구도 돌아오지 못할 것이다》는 프랑스 극작가
　　샤를로트 델보가 제2차 세계대전 당시 아우슈비츠에 강제
　　수용되었다가 돌아온 경험, 그리고 함께 살아남은 동료
　　여성들의 이야기를 서술한 실험적인 형식의 회고록이다.
델보는 나치 독일이 점령한 프랑스 비시 정권하에서 공산당에
　　속해 반독 저항 활동을 하다가 1942년 3월 남편 조르주
　　뒤다크와 함께 체포되어 상테 감옥에 수감되었다. 당시 그의
　　나이는 스물아홉이었다. 그 직전까지 델보는, 유명한 연극
　　배우이자 아테네 극장 감독인 루이 주베의 비서였고 극단의
　　순회 공연을 따라 남미에 체류했다. 하지만 비시 정권이
　　레지스탕스를 탄압하는 과정에서 자신의 문화예술계
　　친구들이 고초를 겪자 "다른 사람들이 단두대에 올라서는
　　동안 혼자 안전한 것을 견딜 수 없다"고 생각해, 주베의
　　만류를 뿌리치고 파리로 돌아왔다.
체포된 지 두 달 후에 남편은 처형되었고(감옥에서 남편을
　　마지막으로 접견한 경험은 〈작별〉에 쓰여 있다. 그는 이
　　책의 마지막에 실린 시 〈보내기〉에 나오는 몽발레리앙에서

총살당한 I008명 중 한 명이다), 델보는 그다음 해인
I943년 I월에 아우슈비츠로 보내졌다. 독일 점령기인 4년
동안 레지스탕스 여성을 강제 수용소로 보낸 수송 열차는
단 한 대였고, 델보를 포함한 총 230명이 그 열차의 가축
칸에 올랐다. 그중 종전 후 살아 돌아온 사람은 49명이었다.
(영국의 저널리스트인 캐롤라인 무어헤드가 이에 관한
기록과 구술을 재구성해 《아우슈비츠의 여자들A Train in
Winter》(20II)로 펴냈다. 국내에 번역 출간되어 있다.)
델보는 '죽음의 수용소'로 불렸던 비르케나우, 고무민들레
　재배 실험실이 있었던 라이스코 등 아우슈비츠 수용소를
　전전하다가, I944년 I월에 독일 동부의 라벤스브뤼크
　수용소로 이감되었다. 그리고 I945년 4월, 총 27개월간의
　수용소 생활 끝에 풀려나 귀환한다. 그는 곧바로
　강제 수용의 고통과 참혹을 기록하기 시작해 I946년
　《우리 중 그 누구도 돌아오지 못할 것이다》의 I부를
　완성하지만, 원고는 20년 동안 서랍 속에 잠들어 있었다.
　I947년에 쓴 2부 역시 마찬가지였다. 이 원고들은 각각
　I965년, I970년에야 책으로 출간된다. 이는 델보가
　I965년에 낸 또 한 권의 책 《I월 24일의 호송Le Convoi du
　24 Janvier》과도 맞물려 있다. 당시 델보는 자신이 일하던
　프랑스국립과학연구센터(CNRS)의 지인을 통해 한
　출판사의 여성 서사 프로젝트에 관여했고, "도대체 이
　여성들은 누구였는가?"라는 질문을 따라 아우슈비츠행
　수송 열차에 올랐던 여성들에 대한 전수 조사를 하게
　되었다. 그렇게 파악한 정보를 엮은 책이 바로 《I월 24일의
　호송》이다. 아우슈비츠와 그 이후의 경험을 개인이 아닌

230명 여성, 그리고 강제 수용된 사람들의 집단 기억으로 써내고자 한 델보의 기획은《우리 중 그 누구도 돌아오지 못할 것이다》3부의 집필로 이어진다. 델보가 수용소 생활을 함께한 동기들을 중심으로, 살아남은 사람들의 귀환 이후 삶을 담은 3부는 1971년에 출간되었다. 프랑스에서 '아우슈비츠와 그 이후' 연작으로 나온 이 (초판 기준) 세 권의 회고록은 〈누가 이 말을 가지고 돌아올 것인가?Qui Rapportera Ces Paroles?〉(1974)를 비롯한 다수의 희곡 등 델보의 작품 세계를 떠받치는 기단 같은 작업이다.

국문판에서는 본래 나뉘어 있었던 세 권의 책을 합본했으며 1부 제목인 '우리 중 그 누구도 돌아오지 못할 것이다'를 전체 책 제목으로 삼았다.

*

홀로코스트와 아우슈비츠의 참상에 관한 많은 기록 중에서도 이 책은 선형성에 저항하는 서사 구조, 부서지고 잇따르는 언어를 구사하며 시와 산문의 경계를 넘나드는 표현의 방법으로 강렬한 인상을 준다. 툭툭 끊어지고 더듬듯 되풀이되고 입과 코를 틀어막힌 채 겨우 쉬는 숨 같은 문장들에서 발생하는 거칠고 강박적인 리듬은 내용과 틈 없이 엉켜 한 덩어리가 되어 있다. 그것은 언어 이전에 몸으로 맞닥뜨린 폭력과 부조리의 속성 그 자체이자, 델보 자신의 말처럼 "설명할 수 없는 것을 설명해야 하는" 생존자의 윤리를 구현한 형식이다. 저명한 홀로코스트 문학 연구자 로렌스 랭어는《우리 중 그 누구도 돌아오지 못할 것이다》영문판 해제에서 이를 "공포를 원래의 모습으로,

희생자들의 기억 속에 떠오르는 그대로 정지시키는
형식"이라고 해석하며 "델보의 언어는 종종 주문과 유사한
선율적 반복을 통해 음악의 지위에 접근하면서, 청각적이고
시각적인 이미지를 추격한다"고 평했다.

델보의 수용소 기록에서 주된 주어는 '나'가 아닌 '우리'다. 걸을
때 서로의 팔에 의지하고, 칼날 같은 바람에 맞서 서로의
몸을 문질러주고, 인간성을 잃게 만드는 일상의 와중에도
서로의 실존의 증인이 되고, 상대를 잃어버리지 않으려
수시로 이름 불렀던 동기들 속에서 델보는 기억하고 쓴다.
그 밑바닥에서 여성들은 서로를 돌보았다. 그것은 생에
매달리는 일이기도 했다. 왜냐하면 서로가 없으면 곧바로
절망의 나락으로, 죽음의 유혹으로 떨어졌을 테니 말이다.
수용소에서 버틸 힘과 용기와 의미는 혼자서는 도저히
지켜낼 수 없는 것이었다.

이런 함께함이 델보를 살아남게 했지만, 동시에 그 이후의 생애
내내 죽음과 동행하게 했다. 동기들의 죽음은 생존자의 삶을
맴도는 유령이 되어 끈질기게 물어온다. 왜 더 강인하고
용감한 다른 여성이 죽었는지, 왜 하필 당신이 살았는지.
우리만이 알고 있는 우리의 진실을 우리 아닌 사람들에게
말할 수 있을지, 말해야 할지, 말하는 것에 무슨 의미가
있을지를. 델보에게 살아남은 이유가 있다면, 그것은
무엇보다도 그 죽음들에 대한 책임이다. 생전에 그는
자신에게 "잿더미로부터 과거를 일으킬 도덕적 의무가
있다"고 종종 말했다. 동기들의 죽음이 무의미해지지
않도록 말이다.

그러므로 3부는 델보가 스스로 부여한 의무를 절실하게

행함으로써 내놓은 하나의 대답이다. 그는 귀환 후 20여
년이 지난 시점에 생존자 동기들을 하나하나 찾아다니며
그간의 삶을 듣고 옮긴다. 여성들은 입을 모은다. 내가
지금 여기 살아 있는 듯 보이지만, 나는 아우슈비츠에서
죽었다고. 마도는 말한다. "우리에게, 시간은 흘러가지
않는다. 전혀 흐려지지 않는다. 닳거나 마모되지 않는다"고.
자신의 말은 다른 사람들과는 다른 말이 되었으며 결국 배운
게 있다면 다른 사람들에게 말할 수 없다는 것뿐이라고.
아우슈비츠에서의 경험은 훈장이 아니라 악몽이, 질병이,
속세에서는 쓸모없는 지식이, 깊은 허무를 동반한 혜안이,
그로 인한 괴리와 고독이 되어 돌아왔다.
터져 나오는 이야기를 델보는 듣고 옮긴다. 우리가 결단코
우리였던 참혹의 밑바닥에서 "고작 잠잘 자리와 먹을
몫을 위해 싸워야 하는" 이곳으로, 자신을 잃지 않기 위해
아이러니하게도 전념을 다해 살아 있어야만 했던 거기에서
"그날그날인 일상, 자잘한 근심, 시시콜콜한 계획" 따위로
생의 감각이 흐려진 여기로 독자들을 끌고 오가며, 델보는
똑바로 바라본다. 저자가 역사와 기억의 매개자 역할을
맡아 펼치는 이 치열한 증언 문학은 랭어의 말마따나
생존자들의 '죽음 이후 afterdeath' 영역을 열어젖히며, 감히 눈
마주치는 독자에게 진실과 윤리, 실존에 대한 심오한 의문을
불러일으킨다.

*

비극을 극복하고 진보하는 선형적 주류 역사 서사를 가로막고
비튼다는 것, 영웅이 아닌 희생자의 지점에서 쓴다는

것, 바로 그 점이 델보의 작품이 덜 알려진 주요인이었을
것이다. 《우리 중 그 누구도 돌아오지 못할 것이다》
영문판은 프랑스에서 출간된 지 25년이 지난 1995년에야
번역되었다. 델보가 72세로 세상을 떠난 지도 10년이
지난 시점이었다. 《아우슈비츠의 여자들》 저자 캐롤라인
무어헤드는 아우슈비츠에 갔던 여성 레지스탕스들의
존재가 묻혔던 배경으로 "여성의 이야기였다는 점,
그리고 전후 드골 정권에게는 '앞으로 나아가는' 서사가
필요했다는 점"을 꼽았다. 프랑스 정부가 레지스탕스에게
수여한 훈장은 약 1030개인데 그중 여성에게 돌아간 것은
10개에 불과했다. '대문자 역사' 속에, 학력도 높지 않고
직업도 평범했던(《1월 24일의 호송》에 따르면 230명 중 약
160명이 초등학교 이상의 교육을 받지 못했으며, 대다수가
주부, 농부, 사무직, 재봉사 등 노동계급이었다) 보통의
여성들을 위한 자리는 없었다. 잔 다르크가 되고 싶어서가
아니라 양심에 의해 나선 이들이 약한 동기를 향한 매를
대신 맞고, 서로를 붙잡으며 살아남은 것은 공명심 때문이
아니었다.
델보만의 실험적인 예술의 형식이 시대를 앞서간 탓도
있었다. 랭어는 《우리 중 그 누구도 돌아오지 못할
것이다》가 미국에서 출간되었을 당시 아우슈비츠의 세부
사항을 자세히 알지 못하는 사람들에게는 그 "독창적인
미니멀리즘이 난해하게 여겨졌다"고 회고했다. 그러나 그
이후 이 책은 당연히도 "홀로코스트 문학의 고전이 되었다."
특히 온 감각을 곤두서게 하는 특유의 문체는 델보가 평생
천착한 '진실한 기억'이라는 철학적·정치적 화두의 측면에서

시대를 넘어 꾸준히 재해석될 가치가 있다. 델보는 말년에 미래의 독자를 향해 쓴 에세이 《기억과 날들La Mémoire et les Jours》(1985)에서 몸에 새겨진 '심층 기억Deep Memory'에 관해 서술한다. 그 기억은 일반적 언어 체계와 관습에 붙들린 '생각'이란 매개를 거친 '외부적 기억'과 구분되는 '감각적 기억'의 방식으로만 가닿을 수 있다. 철학자 주디스 버틀러는 델보가 언어와 맺는 관계, 그 "소멸, 침묵, 빔, 비서사적 구조"에서 살아 있으나 살 만하지 않은 괴리된 상태의 전형을 보고 이로부터 동시대 난민과 이주민의 삶에 대한 사유를 이어간다. 그는 대담집 《살 만한 삶과 살 만하지 않은 삶The Livable and the Unlivable》(2023)에서 델보의 사례를 중요하게 인용하며 이 폭력과 단절의 시대에 거주를 박탈당한 삶을 정의하고 설명하는 언어를 비판적으로 성찰한다.

*

책을 다 읽은 독자에게 샤를로트 델보는 결코 한 사람의 이름으로 남지 않을 것이다. 델보를 떠올리면 마도, 륄뤼, 카르멘, 비바, 세실, 푸페트, 제르멘⋯ 자신의 양심을 따라 행동하다 아우슈비츠에 갔고, 역사의 밑바닥에서 서로를 구하고 돌봤던 여성들이 그 곁에 나란히 서고, 그 목소리들이 메아리쳐 울린다. 한국에 잘 알려지지 않았던 극작가 델보를, 이 오래된 책을, 여성 레지스탕스라는 잊힌 과거와 함께 지금 여기로 소환하는 것은 그녀가 또 한 명의 영웅이어서가 아니다. 인간의 심연을 들여다본 자로서, 가장 취약한 존재의 상태에 처해본 자로서, 그런 존재들 간

연대를 통해 살아남은 자로서, 우리의 죽음에 대한 책임을 스스로 무겁게 진 자로서, 그 이후 유예된 생의 시간을 똑바로 마주한 자로서 델보가 지식의 허황, 언어의 실패와 분투하며 지켜낸 이 맹렬한 말들이 여전히, 아니 나날이 첨예하게 근원적인 삶의 질문을 던지고 있기 때문이다. 그녀들이 그토록 애써서 돌아온 그때 거기의 세계는, 그 많은 고통과 죽음을 딛고 지어진 지금 여기의 세계는, 이 인류는, 정녕 그럴 만한 가치가 있었는지를.

우리 중 그 누구도 돌아오지 못할 것이다: 아우슈비츠와 그 이후

초판 1쇄. 2024년 11월 15일
초판 2쇄. 2025년 2월 7일

지은이. 샤를로트 델보
옮긴이. 류재화
편집. 박우진
디자인. 동신사
제작. 세걸음
펴낸곳. 가망서사
등록. 2021년 1월 12일 (제2021-000008호)
주소. 서울시 은평구 통일로78가길 33-10 401호
메일. gamangeditor@gmail.com
인스타그램. @gamang_narrative
ISBN 979-11-979719-9-0 (03860)

이어주는, 데려가는, 건너가는 이야기들